Gabriela Adameşteanu

Verlorener Morgen

Die Andere
Bibliothek

Begründet von
Hans Magnus Enzensberger

Gabriela Adameşteanu

Verlorener Morgen

Roman

Aus dem Rumänischen übersetzt von
Eva Ruth Wemme

Erster Teil

1980

Coriolanstraße

Wenn sie früher so tagelang dagesessen hätte ohne rauszugehen, da hätte sie gedacht, gleich fällt ihr die Decke auf den Kopf. Sie hätte kurz gewartet, dann wäre sie losgegangen. Alle kamen der Reihe nach dran, einen Tag hier, einen Tag da, nie kam sie mit leeren Händen zurück, sie plauderte ein bisschen, schnappte Neuigkeiten auf, denn immer mit diesem verstockten Kerl hier zusammen zu sein, da rannte man doch lieber weg. Sie hatte sich mit ihm noch nie was zu sagen gehabt, ja was kann man denn überhaupt mit einem Mann bereden?

»Ein Mann sollte einen vom Bauchnabel abwärts kennen...«, sagte sie. Die Schwägerin machte ein finsteres Gesicht, wenn sie das hörte:

»Halt die Klappe, Vica, Mensch, der Junge hört dich doch... Du bist jetzt eine alte Schachtel und redest immer noch so schweinisch...«

»Pfff... Na und? ... Soll er's doch hören! Als ob du den noch lange am Rockzipfel halten kannst! ... Keine Sorge, du, ich war schon in besseren Häusern, ich weiß, wie die ganz feinen Damen so reden... Wo ich alles war, da hab ich mich jedenfalls gut verstanden, die haben mich alle gern gehabt und respektiert, und bei Madam Ioaniu, was hab ich mit der gelacht und mit Ivona...«

Die Schwägerin war auch so eine Verstockte, der musste man mit der Zange die Wörter aus der Nase ziehen... Ihr armer Bruder. Solange er lebte, wollte er's der immer recht machen, so sind die Männer eben, immer haltense sich an die Frauen. Nur ihrer, der hat das nicht fertiggebracht, und solang sie noch jung war, hat sie immer alles im Kopf behalten, was er zu ihr gesagt hat, was hat sie geweint, was war sie verzweifelt, sie war so abgemagert, fast hätte der Wind sie weggepustet... Bis einmal die Patin kam, Gott hab sie selig.

»Was hast du, Vica, du hast so abgenommen?«

»Ja, naja ...«

»Hör auf, Mädchen«, sagte sie, »und quäl dich nicht mehr so ...«

So war ihr Mann, hatte eine böse Zunge, sie selber war ganz anders, sie war wie ihre Mama, genauso fröhlich, hätte sie doch auch bloß so einen Mann abgekriegt, der so gerne lachte wie sie ... Solche Männer gibt es auch, aber die haben dann wieder andre Frauen, glaub bloß nicht, dass einer doller wäre als die anderen ...

Und jetzt fällt es ihr immer schwerer, aus dem Haus zu gehen, aber einmal oder zweimal im Monat nimmt sie doch ihren Lederbeutel (den hat sie von Madam Daniel gekriegt), stopft hinein, was sie gerade zwischen die Finger bekommt, wirft sich ihre Jacke über, steckt sich die Zähne in den Mund, schmückt sich mit zwei Kopftüchern, knotet mit einem Schal die steife Kappe fest, die sie sich vor neun Jahren aus den Resten eines Mantels gemacht hat, und bricht auf. Als sie geht, sagt der Alte:

»Was ist, gehst du wieder los?« Er knurrt aus seinem Bett unter den Plaids hervor, die auf die Daunendecke gehäuft sind, da liegt er, hat den Kopf in einen alten zerrissenen Jerseystoff von ihr gewickelt; sein Fez, das er sonst immer trägt, hat er verlegt.

Beim Reden japst er zwischen den Wörtern, er ist fett und groß, wiegt schon über hundert Kilo. Die Haut an seinem Hals hängt weich und schlabbrig herunter, aber seine Wangen sind fleischig, fast rosig, und der alle paar Tage rasierte Bart sprießt weiß und stachelig.

»Beschissene Angewohnheit, dauernd durch die Gegend zu rennen ... dein ganzes Leben bist du immer bei anderen rumschlawinert ...«

»Jaja ...«, antwortet sie.

Sie sieht ihn nicht mal an. Aufbruchsbereit und angemuddelt mit allem, was sie sich übergezogen hat, geht sie im Zimmer hin und her, schleppt ihre Sachen herum und packt noch etwas ein: ein Glas mit sauren Paprika, ein paar Zwiebeln, diesen Winter hat sie davon genug, ein paar Knoblauchzehen, einen Rest Tzuicaschnaps, den sie in eine kleinere Flasche umfüllt, eine Hustensaftflasche. Sie stopft alles in ihren Beutel zu den leeren Plastiktüten. Sie mag es nicht, mit leeren Händen zu kommen, und alles findet dankbare Abnehmer.

»Jaja …«, antwortet sie.

Und sie hört nicht mal mehr darauf, was er noch zu ihr sagt. Soll er quatschen, solange er will, da kann er sein Maul bis zu den Ohren aufreißen, kann reden, kann sich's selber anhören, Männergerede sollst du sieben und dir dann untern Hintern schieben, wie sie zu Madam Ioaniu sagte … Da lachte die Alte aber …

Daran hält sie sich: Sobald sie merkt, dass er seinen Rappel kriegt und anfängt, sie anzumaulen, geht sie rüber ins Zimmer, du kannst mich mal, du samt dei'm Alten, du Scheißkerl, flüstert sie …

Sie redet mit sich selbst, geht aus dem großen Zimmer in den Ladenraum und redet immer so zu ihm, er hat ja keine Ahnung, was sie da zu ihm sagt, seit kurzem ist er auch noch taub auf einem Ohr, hört nur noch, was er hören will, und sie redet immer so, bis sie sich beruhigt hat. Im Laden ist es dunkel. Ein bisschen Wärme kommt aus dem Zimmer, früher heizte sie mit dem Allesbrenner, aber das hat ja wohl keinen Sinn mehr, seit fünfundzwanzig Jahren, ach was, noch länger – wie viele Jahre ist das her, seit sie den Laden zugemacht hat? Jetzt sind an zwei Wänden im Laden Holzscheite aufgestapelt und auf der anderen Seite Kohlen – warum noch Feuer anzünden, man kann hier ja nicht mal mehr einen Schritt machen. Die alte Theke mit den aus den Angeln gekippten Türen, die großen Gläser für eingelegte Paprika, die Kartoffelsäcke, die Töpfe, der Eimer mit dem Wischwasser … Sie kraucht dazwischen umher und werkelt so lange herum, bis der da die Schnauze voll hat und still ist. Erst dann kommt sie wieder ins Zimmer, bückt sich stöhnend und füttert den Ofen gut mit Kohlen, dann lässt sie das Türchen unten auf: Nie kann sie sich auf ihn verlassen – heut Abend, wenn sie nach Hause kommt, wird'se ihn im ausgekühlten Haus vorfinden.

»Nee, ich bleib hier und brüte vor mich hin wie du und glotz dich an … Das werd ich doch nach vierzig Jahren noch lang nicht über haben …«

Sie hat ihm erst jetzt geantwortet, sodass er sie nur mit großen Augen anstarrt und schweigt. Schweigt und sich wundert, was sie auf einmal hat, so aus heiterem Himmel. Dich krieg ich schon noch – das sagt sie nicht mehr laut –, so beschissen, wie du dich benommen hast …

Darum hat sie ihn auch nicht lieb gehabt, obwohl, als sie ihn das erste Mal sah, da kann man nicht sagen, dass er ihr nicht gefallen hätte.

Sie stand an der Theke im Gemischtwarenladen am Ianculuiplatz, eine Kundin schleppte ihn an und stellte sie einander vor. Neunzehn war sie damals gewesen, sie war ein fröhliches Mädchen und alle hatten sie gern. Und er war ein schöner und starker Mann, er hatte 'ne gerade Nase und dünne Lippen und die Haare waren glatt gekämmt, mit Seitenscheitel – genauso wie auf dem Foto an der Wand. Von damals ist nämlich das Foto, als er sie geheiratet hat und er in Zamfirescus Fabrik angestellt war …

Der Zamfirescu hatte ein Café, ungefähr da, wo jetzt die Kogălniceanu-Statue steht, und was brachte ihr Mann nicht alles aus der Fabrik mit! Schokolade und alle möglichen Sorten Bonbons und Fondants … Das gab Zamfirescu allen mit, die bei ihm arbeiteten, auch zu den Feiertagen, auch zu Ostern, Schokoladeneier, riesige Schokoladentafeln, du meine Güte, ach, die hätte sie jetzt auch gern noch mal gehabt! Und damals war sie so weit gewesen, da hatte sie sie nicht mehr sehen können, so war ihr die Lust an allem vergangen! … Tja, so is' der Mensch … Und Zamfirescu, das war ein richtiger Herr, der kam ja bis hoch in die Bekanntschaft der Königin und war auf Du und Du mit den Brătianus* … Drei Jahre war ihr Mann bei Zamfirescu, viel gelernt hatte er nicht, aber eine schöne Schrift, und seine Unterschrift erst, mit so 'ner Schleife untenrum …

Mit dem, was er von Zamfirescu gespart hatte und was ihr Vater ihr als Mitgift gegeben hatte, eröffnete er den Laden. Als ihr Vater ihm die Mitgift in die Hand zählte, hatte er sich vertan; wenn man von ihm was wollte, dann schenkte er einem keinen roten Heller, und jetzt hatte er fünfzehntausend zu viel hingeblättert! Und dieser Dummkopf, ihr Mann, dieses alte Rindviech, der kommt jetzt ganz aufgelöst zu ihr:

»Was machen wir jetzt«, sagt er, »er hat sich verzählt, als er mir das Geld hingeblättert hat … Was machen wir jetzt«, sagt der Dummkopf, »wir geben es ihm zurück, hier, nimm du's und gib's ihm zurück …«

»Her damit«, hat sie da gesagt, »und kein Wort mehr davon, das hier ist mein Geld! Genau so viel hab ich von ihm bekommen …«

Und dabei blieb's, denn ihr Vater hinterließ alles, was er hatte, nur seinen zweiten Kindern, sollen die Würmer ihn fressen … Aber mit der Mitgift und dem, was er von Zamfirescu gespart hatte, legten sie zusammen und er machte in der Coriolanstraße einen Laden auf. Danach führte sich das alte Rindviech wie ein großer Herr auf, als er den Laden hatte … Dann kam er mit voll beladener Kutsche an, immer nur Kutschen erster Klasse, und er hinten auf die Kissen gepflanzt. Einmal brachte er ihr einen goldenen Armreifen mit, und einmal ein Medaillon mit einem Saphir und einem Kettchen dran, dann hat er damit aufgehört:

»Was bring ich dir das überhaupt mit?«, sagte er, »wenn du's ja eh nie trägst.« Wann hätte sie das tun sollen, wo sie die ganze Zeit hinter der Theke stand? Und er hatte ja keine Ahnung! Er ging ins Kino, ging zum Fußball, das gab's gar nicht, dass Juventus spielte und er es verpasste! Es war ja fast, als wäre er der Chef bei Juventus … Jetzt verlässt er das Haus gar nicht mehr, außer bei schönem Wetter, dann geht er zu Fuß im Cişmigiupark* spazieren, aufrecht und den Bauch vorgestreckt, so einen

Kaufmannsbauch, wie ihn der Alte, der Vater, der krepelige Oltener*, nie gehabt hat. Das war sein großes Wehwehchen: »Was bin ich denn für ein Kaufmann, wenn ich keinen richtigen Bauch habe?«, jammerte er, als er älter wurde. Aber ihr Mann war schon sein ganzes Leben so: groß und dickbäuchig. Und er geht aufrecht, schweren Schrittes, den Bauch voran, und schielt gierig zur Kuchenbäckerei rüber und zu den Flaschen mit Cicolimonade. Sie steckt ihm manchmal einen Fünfundzwanziger in die Jackentasche, macht sich aber keine Sorgen, sie weiß, dass er das Geld nicht anrühren wird, er hat es nur gerne, zu wissen, dass er Geld dabeihat, so sind die Männer eben.

»Du gehst weg und mich lässt du alleine…«, jammert er leise.

Er sieht weiter fern, sitzt aufrecht zwischen den Kissen. Es ist immer noch der Film von gestern Abend, eine Wiederholung, aber er sieht ihn sich noch mal an. Und gleich darauf mit veränderter Stimme:

»Vica, bring mir ein Glas Wasser…«

»Verdammt noch mal, du kannst doch selber aufstehen, auf dem Land bei euch da hat dir deine Mutter auch nicht alles in den Hintern geschoben…«

Aber sie stellt den Beutel ab, geht wieder ins Zimmer, bringt ihm ein volles Glas und gibt es ihm in die Hand. So eingemummelt und seit 'ner Stunde zum Aufbruch bereit sitzt sie neben ihm und wartet, dass er trinkt, damit sie das Glas zurück auf den Tisch stellen kann.

»Was haste gesagt?«, fragt er und legt sich wieder in sein Bett und gähnt. »Was haste noch mal eben gesagt?« Er murmelt, murmelt…

»Schluss jetzt! … Klappe!«, zischt sie.

Und rafft ihren Beutel an sich und knallt beim Gehen die Tür, dass die Scheiben klirren.

Vorsichtig meidet sie die schiefen Steine im Hof, auf die am Morgen der Raureif gefallen ist. Die geschwollenen Beine bereiten ihr stechende Schmerzen, obwohl sie sich gestern Abend mit Benzin eingesprüht hat, und heute trägt sie dicke Wollstrümpfe. Anscheinend steht ein Wetterwechsel bevor. Sie hält einen Augenblick inne, um zu verschnaufen, die eisige Luft macht sie benommen und sie zieht ihre krumme Hand aus der Jackentasche, die in einem an den Fingerspitzen zerlöcherten Strickhandschuh steckt, und stützt sie auf den abgeblätterten Fensterladen. Seit sie vor zwanzig Jahren zugemacht haben, ist er mit Rost und Staub bedeckt, inzwischen kann man ihn von der Mauer nicht mehr unterscheiden. DEALU-ZORILOR-WEINE stand da unten rechts in großen Lettern neben dem Fensterladen, daneben die Eingangsstufe, die er entfernt hatte, als sie zumachten. Er mauerte das Fenster zu, nahm die Stufe raus – warum sollte man sie drinlassen, es kam doch eh keiner mehr durch die Vordertür herein. *Trinkstube* – und Wurstwaren hattense gehabt! Und was für Käselaibe! Die Kundschaft war von der Coriolanstraße gekommen und von der Sabinelorstraße und aus allen Straßen hier … Kamen alle, kauften, guckten, erzählten sich was, tranken ein Gläschen, schnabulierten eine Kleinigkeit. Und was er für guten Käse besorgt hatte, und Sardellen, Kolonialwaren, Delikatessen!

»Also, Madam Delcă«, sagte manchmal einer, »hier bei euch, das ist schon eine andere Sache als beim Dragomir Niculescu*!«

Und so hatte sie an der nassen, blechbeschlagenen Theke ihre Jugend verbracht! Immer rannte sie hin und her zwischen Gläserklirren und Menschen, wurde gelenkt von dem, was von den Tischen herübergerufen wurde.

»Vica! … Halloo! … Vicaaaa!«

Ihr Mann saß genau wie jetzt auf dem Bett im hinteren Zimmer. Kam nur noch herein, um einen Betrunkenen vor die Tür zu setzen oder heimlich nachzusehen, ob wohl einer die Hand nach ihr ausstreckte. Wenn man gerade nichts Böses ahnte, tauchte er hinter einem auf! Obwohl er so ein Hüne war, hörte niemand, wie er reinkam. Er war auf einmal da und schnüffelte herum, das fand er immer schon gut, sein ganzes Leben hat er keinen Finger gerührt, kam nur auf Inspektion. Aber wer hätte ihn auch hören sollen, alle waren ja angeheitert und fröhlich! Und wenn sie ihn sahen, war plötzlich Stille. Alle hatten Mores vor ihm.

»Komm, Herr Delcă, trink doch ein Glas mit uns«, rief ihm manchmal ein neuerer Kunde zu, der seine Art noch nicht kannte.

Und er dann mit seiner leisen Stimme:

»Nein danke, ich trinke nicht …«

Und dann lief er griesgrämig im Laden rum, als wollte er den anderen den Spaß verderben, als wollte er ihnen die Lust am Trinken vermiesen, und später ging er wieder nach hinten. Er zog sich an, machte sich fein und ging aus: zum Fußballspiel, ins Kino, streunte durch die Stadt. Und sie musste mit den Lieferanten, dem Ausladen der Ware, mit dem ganzen Betrieb fertig werden. Sie war eine starke Frau, nicht wie die Weiber heute: dünn, dünn wie Bohnenstangen und ohne Hintern, nichts dran, bei denen haben die Männer nichts zum Anfassen … Sie war eine starke Frau, kräftig und vollbusig, der Fußboden krachte unter ihren Schritten, mit krausem Haar, das sie im Nacken zum Knoten gesteckt hatte, mit einem fleischigen, hellen Gesicht … Wenn sie gewollt hätte, sie hätte alles machen können, aber das war eben nicht ihre Art, nicht so wie diese … Da war einer, ein hochgewachsener Mann mit schmalem, schwarzem Schnäuzer und einem miesen Blick, sie sieht ihn noch vor sich, der arbeitete bei der Polizeipräfektur, und wenn er kam, kaufte er nur immer schwarzen Kaviar, Stör, Wurstwaren und teure Weine. Das lud er alles in seine Kutsche und fuhr damit zu den' ihren Feiereien. Und der guckte sich die Augen nach ihr aus, Vica hier, Vica da … An allen Fingern hatte er Ringe und auf dem kleinen Finger einen riesigen Herrenring aus Gold …

»Gefällt er dir?«, fragte er sie einmal. »Wenn er dir gefällt, sieh ihn dir ruhig an, dann gehört er dir.«

»Trag du ihn…«, hat sie ihm geantwortet. »Ich hab keine Verwendung für so was, ich habe ja mein' Mann…«

Ein schöner Mann, aber bösartig war er wohl, das sahste schon daran, wie er mit den Augen rollte… Als die Kommunisten an die Macht kamen, war er plötzlich verschwunden: Seine Frau, sein Haus, seine Kinder, alles hat er verlassen und keiner hat je wieder was von ihm gehört! Ob die ihn geschnappt haben, manche hatten ihn wirklich gefressen, das schien auch keine saubere Sache zu sein mit diesen Ringen… Aber als hätt's nur ihn gegeben! Viele waren da, viele! Aber sie hatte eben keine Rosinen im Kopf, sie war nicht von diesem Schlag, und außerdem war sie doch immer kaputt vom Arbeiten. So wie Madam Ioaniu immer zu ihr gesagt hatte, Madam Ioaniu war ja eine gebildete Frau, hatte zwei Männer.

»Vica, merk dir das«, sagte sie, »eine abgearbeitete Frau ist keine gute Gattin…«

Sie geht krumm, als hätte sie einen Buckel, geht mit ihrem blauen, verblichenen Mantel, der über dem ganzen Zeug, das sie sich angezogen hat, auseinanderplatzt, mit ihrem Beutel in der Hand. Sie geht mit gesenktem Kopf, sieht weder nach rechts noch nach links, es ist vielleicht fünfzehn Jahre her, dass sie nicht mehr im Zentrum war, warum auch. Hier gibt es doch alles, was man braucht: die Bank und den Friseur an der Ecke, die Apotheke und den Schuhladen, das Telefon neben dem Laden, wo sie mit einer Handvoll Münzen hingeht, wenn ihre Nachbarin Reli nicht zu Hause ist, den Grill, wo sie sich auf dem Heimweg immer Hackfleisch-Mititei kauft. Das kleine Tablettchen aus Karton stellt sie auf einen leer geräumten Verkaufstisch vom Markt, setzt die Tasche ab, stippt das Hackröllchen in den Senf, verschlingt es. Jedes Mal überlegt sie, ob sie eins aufheben soll, um es ihrem Mann mitzubringen, nee, lass mal, denkt sie dann und wischt sich den Mund mit dem Taschentuch, lass mal, denkt sie, der ist sowieso schon fett genug und er kauft sich ja auch selber Käsekuchen, wenn er in den Cişmigiupark geht…

Sie geht krumm, kommt an dem Gärtchen vorbei, in dem sommers die Rentner Schach spielen, ein paar Krähen krächzen von der grünlichen Statue der nackten Frau herüber, ihr Bruder Ilie, Gott hab ihn selig, wusste sogar, wie sie heißt, immer wenn er an ihr vorbeiging, sagte er ihren Namen … Verdammt noch mal, wie hieß die? Nife … oder Nimpfe vielleicht. Mit geschlossenen Augen könnte sie von zu Hause zur Straßenbahn gehen, so kennt sie sich aus, sie kann einem alle Häuser aufzählen, jedes Loch in der Straße, obwohl jetzt hinter den Zäunen viele neue Leute eingezogen sind, aber die alten, die kennen sie alle.

»Küss die Hand, Madam Delcă, wie geht's, küss die Hand, Madam Delcă«, rufen sie, sobald sie sie sehen.

Alle haben sie gerne und respektieren sie. Und sie bleibt für einen Plausch stehen, sobald sie jemanden trifft: Jeder hat sein Kreuz zu tragen, der eine hat's mit der Leber, der andere mit der Galle, mit dem Blutdruck. Sie hat so viel angeschrieben, davon könnte sie reich werden, und jetzt kommt nicht einer und sagt mal:

»Komm, hier sind fünfundzwanzig, Frau Vica, die werden dir nicht schaden …«

So ist das im Leben, solange du was zu vergeben hast, bist du beliebt, wenn nicht, gibt man keinen roten Heller mehr auf dich, sie weiß das, was sie alles erlebt und gesehen hat, sie weiß, wovon sie spricht. Schule des Lebens, Abendkurs, wie sie zu Madam Ioaniu immer sagte, und die Alte hat laut gelacht … Schule des Lebens, denn was andres, was andres kannte sie nicht als immer nur Arbeit, Arbeit. Nichts außer Arbeit und Arbeit …

Und schwerfällig erklimmt sie die Stufen der Straßenbahn. Sie klaubt ihre Münzen aus der Tasche, die sie schon vorbereitet hat, und drängelt sich zwischen den Menschen bis nach vorne.

Nur Arbeit und wieder Arbeit, das war ihr Leben, vom elften Lebensjahr an, als Mama starb und sie mit der ganzen Horde

Geschwister allein zurückblieb. Denn Papa ging in den Krieg, und nach einem Jahr, es war Sommer, da kriegte Mama Fieber, Typhus, wer weiß, was sie hatte, aber sie starb, die arme Mama. Und Sile starb auch, der Kleine, er wurde ja noch gestillt, und die Zwillinge starben auch, aber sie, Vica, und Ilie und Niculaie, sie haben überlebt, weil sie schon größer waren, und hatten ein langes Leben. Sie lebten da alleine in dieser Wohnung im Pantelimonviertel an der Capra-Kirche, wo Mama begraben liegt, waren ganz alleine, sie und die ganze Geschwisterhorde. Die überlebten, die lebten, oder starben halt, gingen tot, wenn sie eben kein Glück hatten, oder nicht … Dann kam die Großmutter manchmal vorbei, um nach ihnen zu sehen, die Griechin, die immer so fein tat. Sie hat sie noch richtig vor Augen in ihrem silbergrauen Ottomanenkleid, das bis obenhin mit kleinen Knöpfen geschlossen war und mit Spitzenborte an den Ärmeln. Und mit einem Pelz über den Schultern. Sie hat sie richtig vor Augen: kräftig und rundlich und mit großen Brüsten wie alle Frauen aus ihrer Familie. Deshalb schnürte sie sich auch in ein Korsett, sie hatte so ein Riesenkorsett mit Walgräten. Nur an den Buckel erinnert sie sich nicht: Hatte die Griechen-Großmutter einen Buckel? Sie war eine feine Dame, die Großmutter, die Griechin, und sie hatte einen Zeitungskiosk neben ihrem Haus – eins dieser langen Häuser mit Glasveranda auf der Heilige-Apostel-Straße. Sie war eine echte Dame, aber die Enkel, die konnten sie nicht leiden, warum hatte die denn Mama zur Adoption freigegeben? Wenn sie Mama nicht weggegeben hätte, dann wäre sie auch mit dem Jungen und dem anderen Mädchen aufgewachsen, ja, und dann hätte sie ein richtiges Leben gehabt, die arme Mama! Sie wär auch auf die Pensionsschule gegangen und wär wie ein richtiges Fräulein aufgewachsen und sie hätte keinen Oltener geheiratet und wäre nicht hinter der Theke gestanden und wär nicht durch den Schlamm von Pantelimon gewatet mit sieben Kindern am Rockzipfel! Arme Mama! Wenn ihre Griechen-Mutter sie nicht weggegeben hätte, dann hätte sie ein anderes Leben gehabt und vielleicht wäre sie auch nicht mit dreiunddreißig gestorben, diese große kräftige Frau! So redeten die Nachbarinnen immer, wenn die Griechen-Großmutter nach Pantelimon kam, um ihre Enkel zu sehen. Die Nachbarinnen konnten sie nicht leiden und sie, die Enkel, auch nicht, und wenn sie sagte, sie sollten sie Grohh-Mama nennen, dann schrien sie wie kleine Teufelchen Totmama …

Gott hab sie selig, die Totmama, ach je, sie ist ja schon längst unter der Erde! Sie hat noch jetzt ihre Fotografie in der Schublade, ein Foto, das sie beim Fridrich Binder hat machen lassen, so eitel steht sie da, die Totmama, mit ihrem Pelz um den Hals und mit hochhackigen Stiefeln. Feine Stiefel, die quietschten und die sie mit Rizinusöl einrieb und mit Häkchen zumachte. Ihr ganzes Leben hat sie auf sich geachtet, die Totmama, und deshalb hat sie auch ein Kind weggegeben, damit sie nicht zu viele davon am Hals hat! Darum erwärmte sie sich auch nicht für ihre Enkel, die Armen, wenn die irgendwas brauchten, dann rannten sie zu ihrem Onkel, dem alten Geizkragen, der hatte ein Haus gegenüber der Kirche: hatte ein großes Haus mit hohem Zaun und Weinkellern und mit bissigen Hunden. Ein echter Knauser, ein Knickriger, ein echter Pfennigfuchser, darum nannten ihn die Leute auch den Geizkragen …

»Alte, nimm deinen Korb mal zur Seite, seit du hier rein bist, stehst du im Weg rum, da stolpern doch alle drüber …« Ein kleiner breiter Mann schreit ihr das von hinten direkt ins Ohr.

Der Korb ist ein geflochtener Weidenkorb, in dem zwei Hühner mit weichem Kamm vor sich hin gluckern. Vor zwei Stationen ist eine Bäuerin damit eingestiegen, sie hat sie gesehen, wie die vorne eingestiegen ist.

»Und wo soll ich die hintun, du?«, fragt die Bäuerin.

Sie nimmt den Weidenkorb auf und versucht, ihn zwischen die Füße der umstehenden Passagiere zu zwängen, die Hühner flattern mit den Flügeln und zappeln mit den zusammengebundenen Füßen.

»So ist das eben in der zweiten Klasse, die steigen hier mit Körben ein und mit Kohlköpfen, unglaublich… Manche nehmen sogar ihre Hunde mit rein…«, sagt ein Mann und dreht sich zu einem mageren Alten um, der eine Kappe trägt und genau vor ihr steht.

Der Alte sagt nichts, er nickt nur und die großen Adern an seinem Hals schwellen unter seiner weichen Haut.

»Tu ihn hier hin, zu mir…«, sagt Vica zu der Bäuerin. Und rückt den Korb unter ihren Sitz.

»Die steigen ein, mit was sie halt haben, sollen die jetz' zu Fuß gehen, nur weil's ein paar Leuten nicht passt… Wer seine Fahrkarte zahlt, steigt ein, warum sollen sie nicht einsteigen…«, sagt sie laut zu dem Mann.

So! Sollen's doch alle hören, auch die, die ihre Nase rümpfen und nur erster Klasse fahren, weil's in der Zweiten angeblich stinkt. Seit sie den Laden hat, ist sie immer nur Zweite gefahren und ist davon auch nicht gestorben. Sie zahlt fünfundzwanzig Bani* und fährt Zweite, sind auch nur Menschen, hier wie da, und wenn sie nicht so sparsam gewesen wäre, hätte sie es mit dem, was ihr Mann nach Hause brachte, keine Woche durchgehalten.

Sie nimmt ihren Beutel hoch und steigt vorsichtig die Stufen der Straßenbahn runter. Die Luft riecht feucht, es ist jetzt gegen Ende des Winters, die Leute ziehen mit Plastiktüten in den Händen Schlitten voller Kinder über die schwarzen Schneereste. Zwischen den Kränen die Blocks ohne Putz, von Teerfetzen bedeckte Schutthaufen, verschlossene Holzbaracken. Sie ächzt und geht langsamer als sonst, sie hat Angst, dass sie über einen der Drähte stolpert, die diese Wahnsinnigen seit dem Herbst hier herumliegen lassen. Sie kann's kaum erwarten, endlich anzukommen, seit längerem ist sie bisschen wacklig auf den Beinen, selbst bei so einem kurzen Weg… Ist schlimm, alt zu werden, und Hunger hat sie auch, obwohl sie vorm Losgehen noch eine große Tasse Tee mit aufgeweichtem Brot drin getrunken hat. Komme, was da wolle, sie tut nichts auf nüchternen Magen, sonst wird ihr schwummrig und sie fühlt sich nicht wie'n Mensch, den ganzen Tag wär da nichts mit ihr anzufangen. Und sie kann jetzt schon die Hand dafür ins Feuer legen, dass ihre Schwägerin heute noch nicht mal was gekocht hat ... Die ist ihr ganzes Leben schon so lahm gewesen, bis die mal was hinkriegt, ist dir schon alles abgestorben, und dauernd jammert sie, wegen allem und jedem. Bevor sie hierhin gezogen sind: dass sie so beengt wohnen, man kann sich gar nicht rühren; und jetzt ist es zu weit weg, dauert so lange mit dem Auto ... Wenn die hätte leben müssen wie sie, vierzig Jahre in dieser kleinen Bude, mit Kohlen, mit der Sorge wegen der Gasflaschen, was hätte sie da wohl gesagt ... Wenn sie zu denen kommt, ist es doch, als käme sie ins Paradies, das hat sie der auch gesagt, als sie vor drei Jahren hierhin zogen, und ihre Schwägerin hat immer bloß gemault: Nee, die Fenster gehen nicht richtig zu, nee, die Tür ist schief, nee, es ist zu weit draußen.

»Halt die Klappe«, hat sie gerufen, »halt die Klappe und lästere Gott nicht, hier bei euch ist doch das Paradies auf Erden, ganz ehrlich ...«

Und siehe da, sie hatte es wohl vorausgesehen: Der arme Ilie erlitt einen Unfall und starb kein Jahr später ... Erst da hatte es ihre Schwägerin auch mal richtig erwischt, musste jetzt auch mal fühlen, wie es war, wenn man selbst Hand anlegen musste, um sich alleine durchzubringen! Der arme Ilie, der Arme, hat nie ein böses Wort über sie verloren, sogar das Geld hatte sie unter ihrer Fuchtel, sodass ihr der Bruder manchmal nur heimlich einen Fünfundzwanziger zustecken konnte, wenn sie aufbrach:

»Hier, nimm, Vica, Geld für die Straßenbahn, damit du mal wieder bei uns vorbeikommst ...«, hat er an der Tür zu ihr gesagt.

Mit ihrem Sohn, dem Gelu, geht es der Schwägerin auch nicht mehr so von der Hand ... Der ist ein ganz Windiger, ist wie sie, wie ihre ganze Familie, ärgert sich über alles Mögliche.

Und sie nörgelt den ganzen Tag an ihm rum: Mensch, Gelu, drückst dich, wo du kannst… Gelu hat von nichts Ahnung, immer nur die Nase in den Büchern, Tischlein deck dich… Wenn sie Kinder gehabt hätte, verdammte Blagen, gut, dass sie keine hat, wer weiß, was dabei rausgekommen wäre, die Jugend von heute hat keine Manieren, die schämen sich für gar nichts mehr.

Das Berceni-Viertel

»Hier bei euch ist wirklich der Himmel auf Erden…«, sagt sie und lässt sich auf den Küchenstuhl fallen.

Von der Wärme ist ihr Gesicht gerötet und die Gelenke sind ihr weich geworden, am liebsten würde sie keinen Schritt mehr tun. Sie sieht auf die ungewaschenen Teetassen im Spülbecken, auf den Tisch und die Wachstuchdecke voller Krümel und auf den Teller, auf das Stück Käse mit der vergilbten Rinde.

»Und wo is sie jetzt?«

»Auf Arbeit – diese Woche arbeitet sie morgens… Weißt du das nicht?«, antwortet Gelu.

Er steht seitlich an die Tür gelehnt. Er ist groß und schmal, die Gesichtszüge noch nicht ausgeformt und wie geschwollen vom inneren Brodeln, das er zu verbergen sucht. Er sieht sie starr an und ein Lächeln verzerrt seine Lippen, lässt sie in die Breite gehen. Die gürtellosen Haushosen hängen an seinem schmächtigen Körper, darüber das verblichene grüne Hemd.

»Hätt ich das gewusst, hätt ich nicht den Weg bis hierhin ganz umsonst gemacht…«

Sie steht auf, nimmt ihre Mütze ab, bückt sich nach dem Beutel und stellt das Einmachglas mit sauer Eingelegtem auf den Tisch, dazu das Fläschchen, den Knoblauch, die Zwiebel. Sie ärgert sich, dass sie hierhergekommen ist und die nicht da ist, ja, wenn man sich drauf verlässt, kommt nie einer, aber so geht's nun auch nicht, nur sie, nur sie immer, schon seit Jahren, immer irgendwo unterwegs! Ihr Mann hat schon auch recht… Hach, würde Mama noch leben, das wär was anderes gewesen mit dem Leben! Sie ist vier Jahre in der Schule gewesen und wollte aufs Lyzeum, Mama hatte ihr schon eine Uniform gemacht, mit Käppchen, da erinnert sie sich jetzt noch dran, das war im Juli, und im August war die Mobilmachung… Papa war an die Front gegangen, danach ist Mama gestorben, die riesengroße Frau hatte so dagelegen und war ganz wirr im

Kopf gewesen, die Lippen waren ihr aufgesprungen, die Arme, von der Hitze in ihr drin ... Und sie, was wusste sie schon, ein elfjähriges Kind? Sie spielte am Straßenrand, hatte keine Lust, nach Hause zu kommen ...

Am Ende war's dann die Hölle, sie musste die Geschwister hüten, stand Schlange beim Brot, was für Schwarzbrot, noch matschig und mit Spelzen war das, und wer stand also Schlange? Vica – sie war die größte. Sie war elf. Stand mit der Karte in der Hand da, stand da, bis es ihr schlimm wurde, sie kann die Bons immer noch auswendig: *880 Gr. Brot, 440 Gr. Brot, 300 Gr. Brot. Die Vergabe findet nur gegen Aushändigung der vorliegenden Karte statt. Zuwiderhandlungen werden mit Gefängnis bis zu 6 Monaten, einem Strafgeld bis zu 3000 Lei* oder mit beidem bestraft.*

Haha, sie war die Zweitbeste in der Klasse, sie las richtig flüssig! Da stand sie und las die Brotkarte, sie kann sie jetzt noch auswendig, wie das *Vaterunser* hat sie die gelernt ...

»Was weißt du schon, was es heißt, mit elf keine Mutter mehr zu haben ... Wir waren schlimm dran, als Mama starb ...« Sie kaut an einem Kanten Brot.

Und jetzt, nach so langen Jahren, fühlt sie sich immer noch wie eine Waise, ohne jede Stütze.

»Darum, hab deine Mama lieb ...«

Sie stellt die abgewaschenen Tassen sorgfältig ins Regal, und wie sie so mit dem Rücken zum Jungen steht, schneidet sie ein Eckchen Käse ab und stopft es sich in den Mund. Den Rest bedeckt sie mit einem Stück Plastik und stellt den Teller raus, vors Fenster. Guck, der steht doch gut da vorm Fenster, nur ihre Schwägerin, die jammert immer, wenn sie das hört:

»Wenn der arme Ilie noch leben würde, könnten wir dies Jahr einen Kühlschrank kriegen.«

»Hau mir ab mit dem ollen Kühlschrank«, sagt sie, »rausgeschmissenes Geld! Koch einfach jeden Tag das Essen einmal auf und dann hält sich das ...«

»Darum, hab deine Mama lieb und respektiere sie, du hast nur noch sie … Hab sie lieb und kümmert euch gut umeinander«, sagt sie laut.

Dass er's hört, dass der Junge sich's merkt.

Gelu steht etwas weiter entfernt an der Tür, verlagert sein Gewicht auf das andere Bein und gähnt. Er denkt nach, wie er sich den Weg freimachen und gehen könnte, denn wenn er jetzt den Mund aufmacht und mit ihr ins Reden kommt, ist der ganze Tag futsch. Er hat sowieso heute nur herumgehangen, seit er aufgewacht ist. Bücher, das Zeichenbrett, alles liegt im Schlafzimmer verstreut, und jetzt …

Jetzt guck dir diesen Jungen an, denkt sie, breitet die Bügeldecke auf dem Tisch aus und steckt das Bügeleisen in die Steckdose: Sie hat ungebügelte Wäsche gefunden, im Badezimmer, wenn die Schwägerin kommt, wird sie dann schon Vergeltsgott dafür sagen. Jetzt guck dir diesen Jungen an, wie ein begossener Pudel. Sein Vater, der Ilie, Gott hab ihn selig, hatte eine andere Art, von den Geschwistern war er der kleinste, als Mama starb, konnte er gerade erst laufen. Sie hat ihn ganz allein aufgezogen, wie eine Mutter war sie für ihn, und was der sich mit Papa gestritten hat, mit dem Alten, dass er ihn in die Schule gibt …

»Ich hab kein Geld, Mann, hab ich nicht, und wenn's so ist, was willst du dann von mir?«, sagte der Alte.

So ein zupackender Oltener, der war noch mit dem Jochholz von da weggegangen, aus Cărbuneşti, von wo der war. Mit dem Jochholz, mit Körben voll Gemüse, und Fisch, und Hühnern, und Essig, und Kohle, und ganze geschlachtete Lämmer in Leintuch gewickelt, oder nur ein Viertel vom Lamm, das an den Enden vom Joch hing. Und Papa verkaufte das alles, bis er Ban für Ban zusammengekratzt hatte und sich ein Lehmhaus in Pantelimon machte, und dann kriegte er auch noch Mamas Mitgift. Und so hat er dann einen Laden aufgemacht. Er hat Faden verkauft und Petroleum und Seifenblöcke, es ging ihm gut, er gewöhnte sich richtig dran, deutsche Kleider zu tragen, und hatte auch eine dicke Goldkette an der Uhr und einen gezwirbelten Schnurrbart. Es ist ihm gut gegangen, aber im August hat die ganze Nacht die Glocke geläutet und es war Mobilmachung. Und als er zurückgekommen ist, war alles kaputt ... Aber Papa, ein Oltener mit vierenzwanzig Zähnen, der knackte noch mit achtzig die Nüsse mit seinen Hauern, der hatte da noch alle Zähne im Maul, ja, Papa hat dann wieder von vorne angefangen. Ist mit Waren über die Dörfer. Als Mama gestorben war, ist Papa, als er gerade erst von der Front zurück war, den ganzen Tag mit Waren über die Dörfer. Und dann hat er die Mârlancă getroffen, er ist zu ihr gezogen und hat der dann auch noch eine Horde Kinder gemacht.

»Wenner wollt, kommt auch her«, hat Papa gesagt, als er zur Mârlancă gezogen ist.

Aber sie sind weiter im alten Haus in Pantelimon geblieben, an der Capra-Kirche, wo Mama begraben liegt ...

Sie zieht das Bügeleisen kurz aus der Steckdose, es ist zu heiß geworden. Sie öffnet die Tür zur Speisekammer, da sind nur trockene Kekse, sie nimmt einen, taucht ihn in ein Wasserglas, weicht ihn ein und mumpelt.

»Ich geh mal, Tante, ich hab zu tun, ich weiß schon nicht mehr, wo mir der Kopf steht.«

Er geht, schlurft träge mit den Pantoffeln, wirft sich auf einen Stuhl und stützt sein Kinn in die Hand. Streicht sich mit den Fingern über die Wange: Soll er sich heute rasieren, soll er nicht ... Ihm ist ganz schwindelig vom Gerede der Tante, und immer diese alten Geschichten bei ihr; wenn man gerade denkt, es ist überstanden, fängt sie wieder von vorne an. Seit einiger Zeit scheint es, als würde sie immer mehr reden, und genauso viel isst sie auch.

Aber er fühlt sich heute auch nicht ganz wohl. Er blättert in den Papieren mit den Berechnungen, schreibt etwas auf den Rand, gähnt, erhebt sich und schaut aus dem Fenster. Es gibt nichts zu sehen, immer dieselbe Straße, die auf der einen Seite von Wohnblocks begrenzt ist, und vorne, gerade vor seinem Fenster, die stacheldrahtumzäunte Brache. Ein zerlöchertes Blechhaus, ein Unterstand, seit hier die Tramlinie endet. Durch die dünnen Wände des Wohnblocks sind ein laut aufgedrehtes Radio zu hören und streitende Stimmen. Er krempelt die Hemdsärmel auf und drückt mechanisch, mit nur zwei Fingern, die Pickel auf seinem Arm aus. Es gibt Tage wie den heutigen, an denen er zu nichts taugt und nur faulenzt. Der weißliche Himmel, der Schlamm vor dem Wohnblock, die Angst vor einem ganzen Leben, das ihn erwartet und vor dem er sich hilflos fühlt, er ist voller Abneigung, dazu die schlechte Laune seiner Mutter, seine Unbeholfenheit bei den Mädchen und die Geldnot – all das lässt ihn so zusammengekauert und verärgert dasitzen und der Reihe nach seine Pickel auf dem Arm ausdrücken. Wie ist das Leben? Ist es so, wie er es jetzt gerade sieht, oder so, wie es ihm erscheint, wenn er gut gelaunt ist und all das vergisst? Er wirft sich aufs Bett und kneift seine Augen zusammen, wartet auf die unerträgliche Erinnerung, verjagt sie mit Zähneknirschen und sie kommt zurück und lässt sein Blut warm werden. Der Geruch des sehr frühen Frühlings in der Luft, die lebendige, zitternde Kühle, die Schneehaufen mit schwärzlicher Kruste am Rand des Gehwegs, aus denen Wasserrinnsale fließen. Und er, der sich sehr jung fühlt, wie er im unerwarteten Licht läuft, eilig über Rot geht, aus Angst, sich zu verspäten.

Das Mädchen hat zerbrechliche, schmale Schultern gehabt, dünne Arme, die von schwärzlichem Flaum überzogen waren. Einer ihrer Strümpfe hatte über dem Knie eine Laufmasche und war eilig mit weißem Faden genäht worden. Das Mädchen sah ihn an, während er ihr mit ungeschickten Händen den Reißverschluss zu öffnen versuchte. Er spürte sie in seinen Armen, steif und mürrisch, ohne ihre gewohnte Leichtigkeit, aber Eile und Angst hinderten ihn daran, aufzuhören. Er stolperte weiter zu den Knöpfen, schielte hin und wieder zum Wecker hinüber, der neben ihnen auf dem Tisch tickte. Sie hatten fast die ganze Zeit damit vertan, sich sinnlose Phrasen zuzuwerfen, und jetzt konnte der Kommilitone, der ihm das Zimmer überlassen hatte, in weniger als einer Stunde zurückkommen. Irgendetwas, vielleicht sogar die Erinnerung an ihre Laufmasche, vielleicht ihre Unbeholfenheit, ließen ihn plötzlich weich werden und er versuchte, seine Hitzigkeit zu zügeln, ließ seine Hand über den glänzenden Schopf gleiten, ihr Haar war im Nacken mit einem schwarzen Band zusammengebunden. Aber sie entwand sich ihm und sah ihn schief, ahnungsvoll und bösartig an, nein, es hatte keinen Zweck, es in die Länge zu ziehen. Verstohlen hatte sie ihn den ganzen Weg hierher angesehen, während sie ihre feuchten, weichen Finger im Vorbeigehen über die verstaubten Zaunstäbe flattern ließ, an der gelblichen Wand entlang, und während sie die Treppe bis zu der abgeblätterten Tür hinaufgestiegen waren, wo er so lange herumgetappt war, während er immer beunruhigter den Schlüssel im schwarz gewordenen Schlüsselloch drehte. Das Bett knarzte ununterbrochen und er schützte seine Stirn vor dem Blech am Kopfende, wurde immer matter von der Reglosigkeit des steifen Körpers, der ihm nicht antwortete, machte trotzdem weiter, sah seine Bewegungen fast schon mit Schrecken von außen. Als wäre alles, was er von jetzt ab tat, nur eine Sache, die um jeden Preis zu Ende geführt werden musste; eine Pflicht, derer er sich nicht entledigen konnte. Und sie, die das zweifellos spürte, mit ihren Blicken, die sich in die Zimmerdecke bohrten – eine Decke, die sie bis in die kleinsten Unregelmäßigkeiten betrachtete –, sie, mit zusammengepressten Lippen über den weißen kleinen, spitzen Zähnen, dauernd blinzelte sie, ließ zwischen ihren halbgeöffneten Lidern ein böses Blitzen hervorkommen; einen abschätzigen Blick, befriedigt von seiner Unzulänglichkeit, die sie dort unter ihm auskostete.

»Jetzt hör auf, dich dauernd auszuquetschen, guck doch, wie du schon aussiehst…«, sagte Vica und zeigte mit ihrem dicken und schrumpeligen Finger auf die violetten Flecken auf seinem Arm, den er mit geschlossenen Augen berührte und mechanisch nach weiteren Pickeln suchte.

Sie hat die Tür mit der Schulter aufgedrückt und ist leise, krumm mit einem Teller Brot und Käse eingetreten.

»Lass mich in Ruhe ...«, ruft Gelu wütend. »Lass mich in Ruhe«, wiederholte er leiser.

Er ist zum Fenster gegangen, stützt eine Hand auf das Fensterbrett und sieht hinaus.

»Verzeih mir«, hatte er dem Mädchen zugeflüstert und hatte sich in die Bettecke zurückgezogen, bis das kühle Holz, die scharfe Kante ihm ins Fleisch gedrückt hatte. »Verzeih mir«, stammelte er, und Mattigkeit und Verzweiflung hatten ihn gepackt, waren so groß, dass er nicht mal mehr auf die Uhr sah und nicht einmal mehr versuchte, sich zu bedecken. Ab jetzt konnte alles geschehen. Er erkannte in sich das Entsetzen dieser Stunden, als hätte er schon vorher gewusst, dass es so enden würde. Also konnte er jetzt auch diese Worte aussprechen, das Letzte, was er bis zu diesem Zeitpunkt gedacht hatte, jemals vor jemandem auszusprechen. Und erst spät, sehr spät bemerkte er ihren dünnen Arm, wie sie versuchte, ihn unter seine angespannten Schultern zu legen, und wie ihr weiches Haar an seiner Wange flatterte.

»... guck dich an, du bist ja nur noch Haut und Knochen. Darum bist du auch immer so schläfrig, darum hast du auch keinen Mumm ... Ich habe mich mein ganzes Leben gut verpflegt, und mein Mann hat's auch so gemacht. Noch jetzt kannste ihm zugucken, wie er sich den Teller haufenweise vollmacht und wie er Brot eintunkt und wie er sich 'ne Stippsuppe macht, und dann isst er das so mit dem Löffel ... Mensch, ich sag immer, wenn ich ihn so sehe, Mensch, du bist doch wie dieser Opa Mealache, der sich immer Suppe und Essen in einen Teller machte, wenn seine Schwiegertochter ihm was gab. Warum soll ich zweimal den Mund aufmachen, sagte der immer, wenn's doch eh dann da runter kommt. Aber mein Mann, wenn ich das sage, der sagt dann: Mensch, was denn, ich bin doch auch 'n alter Opa. Glaubst du, ich wär kein alter Opa? Ich werd doch jetzt im Sommer neunensiebzich ...«

»Klar ist der 'n alter Opa! Wenn der kein alter Opa ist, wer denn dann?«, keift der Junge über die Schulter.

Verdammt noch mal, dieses verfluchte Kind! ... Der ist schon so wie ihr Mann, genauso mürrisch und bösartig redet der, wer weiß, wem der noch mal das Leben zur Hölle macht! Verflucht, ich pack dich gleich an den Eiern, ich hätte dich richtig durchgebläut, wenn du meiner gewesen wärst, ich hätte einen Menschen aus dir gemacht ... In seinem Alter, da denkt man doch, der hat schon bisschen Verstand im Kopf, wenn der was sagt, dass er dann drüber nachgedacht hat. Seine Mutter ist schuld, seine Mutter hat ein' klein' Teufel aus dem gemacht, und jetzt flennt sie rum:

»Ich weiß nicht mehr, was ich mit Gelu machen soll«, heult sie, »ich weiß nicht mehr, wie ich *ver-fah-ren* soll, wenn ich ihm was sage, wird er immer gleich wütend und beschimpft mich. Als sein armer Vater noch lebte, war es irgendwie anders, und die Atmosphäre zu Hause war auch anders, Ilie hatte so ein fröhliches und offenes Wesen, das weißt du ja auch noch«, heult die Schwägerin.

»Was soll man machen, kannste nichts machen, lass ihn halt, den Rotzlöffel«, hat sie zu ihr gesagt.

Aber dabei gedacht: Was wundert's dich, dass der so mürrisch und stumm ist, der kommt halt nach dir, wie bist du denn? Wie warst du denn zu mir und zu allen, die zu dir ins Haus gekommen sind?

Sie wär es wert, dass man ihr das alles ins Gesicht sagt, aber sie will sich nicht mehr mit ihr anlegen. Großes Glück hat die Schwägerin mit Ilie gehabt, Gott hab ihn selig. Er war von Haus aus so lieb, Ilie, der Arme, und das ganze Leben hat sie mit ihm gemacht, was sie wollte, nie hat sich die Schwägerin mal gefreut, wenn sie ihr die Tür aufmachte, nie sie mit freundlichen Augen angesehen, muss ihr wohl leid um die fünfundzwanzig Lei getan haben, die Ilie ihr manchmal heimlich zusteckte ...

»Nimm schon, Vica, da hast du was für die Straßenbahn, wenn du wieder mal zu uns kommst ...«, sagte er ihr an der Tür.

Und jetzt hat sich ihre Schwägerin verändert, als sie gesehen hat, dass sie allein auf der Welt ist.

»Komm doch mal wieder vorbei, Vica, dann können wir bisschen reden«, sagt sie, »die Decke fällt mir auf den Kopf vor lauter Stille ...«

Sie kommt, jaja, sie kommt, wie heute, legt mit Hand an, stopft, bügelt, aber sie hat auch nicht mehr so richtig Kraft; dass es nie so weit kommt, dass du mal Hilfe brauchst, von der Familie nicht und von niemandem, da kommst du vor die Hunde; so sagte Madam Ioaniu immer. Sie war eine gebildete Frau, die Madam Ioaniu, gebildet und fein, zwei Männer hat sie gehabt und beide hat sie begraben müssen.

»Dass man nur nicht alt wird, Vica, nur nicht alt wird und bei anderen auf der Schwelle stehen muss ...«

Wie oft sie das gesagt hat! ...

»Nimm du, ich hab keinen Hunger, ich hab gerade die Papiere auf dem Tisch und das bringt mir nur alles durcheinander ...«

Gelu hat den Teller mit dem Käse und dem Brot zurückgebracht. Er hält ihn in der Hand und steht da, unentschlossen, lehnt sich an den Türrahmen; kommt nicht einmal herein, geht aber auch nicht.

»Nimm du und iss, heute gibt's eh nicht so viel zu essen, Mama kriegt erst morgen den Lohn ...«

»Was soll ich essen, ich hab keinen Kopf für Essen.«

Aber sie nimmt den Teller, stellt ihn auf eine Ecke des Schranks und bearbeitet den Herd: Sie nimmt die Herdplatten heraus, um sie zu putzen, legt sie in die Spüle. Würde er hersehen, könnte der Junge erkennen, dass sie mit zahnlosem Mund lächelt; gerade hat sie ihre Zähne herausgenommen, sie drücken und sie hält sie nicht lange aus. Soll der Teufel seine Eier holen, lacht sie. Siehste, jetzt tut's ihm doch leid, dass er mich so angegangen ist, dann wird sie's eben essen, was denn sonst, ist doch nicht ihre Schuld. Sie hat ihm nur was zum Beißen gebracht ... Er is' bestimmt nicht böse von Natur, aber er is' schlecht erzogen, seine Mutter is' schuld, sie hat ein' klein' Teufel aus ihm gemacht, seit er klein war. Gelu hier, Gelu da ... Ist schon richtig, er war auch schön, er war dick und schön, hatte Locken, lauter Kringel. Als er klein war, hat sie, Vica, ihn gebadet und hat ihm mit Öl die Gelenke massiert und hat ausgespuckt gegen den bösen Blick und ihn auf den Popo geküsst und ihn mit in den Laden genommen. Unter der Theke, da war sein Platz. Er kauerte da auf allen vieren und guckte auf die Waage. Und nach der Währungsreform hat ihr Mann ihm einen Sack voller Geld zum Spielen gegeben ...

»Los, iss schon, was ist denn jetzt«, sagt er aufgebracht.

Jetzt geht das schon wieder los, wer weiß, was den gerade reitet! Er ist rausgegangen, nach drüben.

Es packt ihn so, auf einmal ... Sie streckt die Hand aus, nimmt den weichen Brotkern, nimmt Käse und steckt sich beides in den Mund. Es lohnt sich nicht, dass sie die Zähne reintut, die drücken. Fünfhundert Lei hat sie dem gegeben, der sie gemacht hat, und er hat es trotzdem falsch gemacht, soll er doch verrecken ... Der Gelu, der wird schon nicht böse sein, wenn's ihn so packt, diese Verrücktheiten; was soll's, er ist jetzt ein erwachsener Mann, der wird wohl mal eine Frau brauchen ...

Und wieder streckt sie die Hand aus, nimmt mit steifen Fingern ein Stück Käse und steckt es in den Mund. Was hat er sie damals angegangen, als wollte er sie fressen, ehrlich: Vor bisschen über einem Jahr, nicht mal, als sein armer Papa gestorben ist, als der arme Ilie gestorben ist. Der arme Ilie lag da tot auf dem Tisch und dauernd kamen Leute rein, gingen wieder raus, Leute, Kollegen von ihm von der Arbeit, Leute aus dem Wohnblock, Nachbarn von da, wo sie früher gewohnt hatten, jeder mit einer Blume, mit einer Kerze, wie man halt so kommt ... Und sie, ihr war so schwer ums Herz, sie wusste gar nicht mehr ein und aus ... Aber ganz früh morgens war sie mit fünf Kilo Fleisch gekommen, mageres Fleisch, schönes, sie hatte sich von Reli, der Nachbarin, Geld geliehen, und seit fünf

Uhr hatte sie Schlange beim Fleisch gestanden, wie's in ihr drin aussah, das wusste nur sie … Da zu stehen und Fleisch für das Totenmahl zu kaufen … Aber sie hatten keinen Kühlschrank, er hatte es nicht geschafft, einen Kühlschrank zu kaufen, der arme Ilie, und außerdem, wer hatte jetzt noch Lust auf Fleisch? Ihre Schwägerin, die saß da und heulte, zwei Frauen hielten sie fest, sie konnte wohl ihren Augen nicht trauen, dass sie jetzt auch mal dran war mit den schlimmen Sachen, die's auf der Welt gibt … Wer kümmerte sich da noch ums Fleisch? Sie ging also und briet das Fleisch in der Pfanne, sie würde es nicht verkommen lassen, das gute Fleisch … Sie wendete mit der Gabel die Fleischstücke in der Pfanne, vielleicht hatte sie auch eins in den Mund gesteckt, um zu sehen, ob es fertig war oder nicht, und sie wischte sich das Gesicht mit der Hand ab. Es war heiß in der Küche und es tropfte ihr von den Wangen, das weiß sie noch, Tränen waren das, und Schweiß. Und sie brauchte den nur sehen, wie der hier so hereinkommt wie ein Irrer … Wie ein Irrer ist der Gelu reingekommen, der Junge:

»Was anderes fällt dir jetzt nicht ein?«, brüllte er.

Und er rannte hin und drehte am Herd alle Flammen aus.

»Was anderes fällt dir jetzt nicht ein? Wenn du wenigstens dran denken würdest, dass gerade viele Leute kommen und dich so sehen, wie du hier stehst und Fleisch brätst …«

Sie hat ihn in Frieden gelassen, hat ihn die Flammen ausdrehen lassen. Das Fleisch, das hatte sie gesehen, war schon durchgebraten … Sie ließ ihn machen, hatte ihm nur noch gesagt:

»Was rennst du hier rum wie ein Irrer, was hast du? Wieso machst du den Herd aus, du Irrer? Und die Leute, was kümmern dich die, was soll's, dass die Leute kommen und das sehen? Willst du, dass das gute Fleisch hier verkommt, ich hab schon um fünf dafür angestanden. Nur ich weiß, was ich da ein schweres Herz hatte, dass ich da wegen Fleisch für das Totenmahl für meinen Bruder anstand … Besser, ich wär gestorben und er wär noch da, ich hab ihn doch aufgezogen, ich war wie eine Mutter für ihn, und bei der Hitze, da ist es in paar Stunden hin, wenn man's nicht brät. Und was gibst du der ganzen Meute heute Abend zu essen, wenn die vom Friedhof zurückkommen? Die kommen doch alle hierher zurück, und deine arme Mutter, was soll die denen zu essen geben? Das Fleisch verkommt doch, da ist Geld für ausgegeben worden, lern das mal zu respektieren und die Alten zu respektieren, die wissen, wie's auf der Welt läuft ...«

Das hatte sie ihm gesagt und er hatte es geschluckt. Er hatte was gemurmelt und weg war er, seit da guckt er sie so schief an, man muss halt wissen, wie man diese jungen Leute nimmt! Man darf denen wirklich kein Fitzelchen zugeben, sonst tanzen sie dir auf der Nase rum, gut, dass sie keine Kinder gehabt hat! Die Kinder heute, die kennen keine Angst und keine Scham ... Und wie man die aufzieht, das weiß sie, wie schwer das ist ... Wer hat denn den Ilie aufgezogen? Sie hat ihn gewaschen, sie hat ihm zu essen gegeben. Mit ihren elf Jahren, wie sie war, und immer mit Ilie im Arm. Auch damals, als dieser Zippelin über Bukarest schwebte und alle rausrannten, um ihn zu sehen, da ging sie auch raus mit Ilie ... aber da lebte die Mama noch. Alle standen an den Gartentoren und manche waren auf die Häuser geklettert, die ganze Vorstadt war draußen und staunte, was es da zu sehen gab, die wussten ja nicht, dass der Bomben drin hatte und den Menschen den Tod brachte. Alle waren sie rausgekommen, manche mit Kerzen in der Hand, manche mit Lampen, damit sie das Ungeheuer besser sahen. Naja, es war schon auch schön! Ein Licht und eine Menschenmenge, wie zu Ostern alle zusammen, und am Himmel, ja, Lichtstreifen. Und unsere suchten auch nach dem Zippelin, um ihn mit ihren Kanonen zu kriegen und ihn abzuschießen. Und wenn die Kanonen anfingen, dann dachte man, man wär in der Hölle, ehrlich. Und sie, schu-schu-schu, immer den armen Ilie beruhigen. Der Arme war ganz blau vor lauter Weinen und er war schwer wie ein Stein. Am Ende waren sie dran gewöhnt, und wenn man die Kirchenglocken hörte, die große Glocke von der

Metropolie und die Glocke von der Capra-Kirche, und wenn die Sergeanten mit ihren Signalen anfingen, dann schnell, Mama mit Sile im Arm und den Zwillingen am Rockzipfel, Feuer ausmachen, schnell-schnell, und alle rannten in die Keller vom Kohlwäscher. Der Kohlwäscher hatte Keller, wie es sie in der ganzen Vorstadt sonst nicht gab! Aber als die Bomben auf den Obermarkt fielen, hat es sie geschüttelt, man hätte schwören können, der jüngste Tag wär gekommen, du, Maria, hat der Kohlwäscher gesagt, deine Leute da, die haben sich in die Hose gemacht vor Angst. Die lagen alle durcheinandergeworfen und die Kinder schrien, aber Oma Anghelina, die hatte es erwischt, nicht die Kinder, das war ein Gestank, und guck, so hat die Erde gewackelt. Ach Kinder, was soll's, Schwager, sagte die arme Mama, aber Oma Anghelina sagte keinen Piep mehr, der klapperten die Zähne und sie lief ganz breitbeinig … Ach, alt ist sie, aber Angst vorm Sterben hat sie dann doch … Neben ihnen, beim Obor, fielen die Bomben von den Flugzeugen mitten am Tag und töteten die armen Leute und Frauen, die Holz holen gekommen waren. Und die hatten es geschafft, ich weiß nicht, wie, auch in Kohlwäschers Keller zu kommen.

»Tja, ich werd wohl mal gehen …«, sagt sie.

Alt wird sie hier nicht mehr. Gibt auch keinen, mit dem man noch ein Wort wechseln könnte, zu essen gibt's auch nichts, diese Schwägerin da ist nicht ganz dicht, so ein großer Junge im Haus, so ein großer Mann, und dann nichts zwischen die Zähne … Dass die mal einen großen Topf Essen kocht, mit Fleisch und Soße, damit der Junge was hat, wo er sein Brot reintunken kann … Und dann wundert sie sich noch, dass er nervös und schnäkig ist …

Gelu erhebt sich verwundert vom Tisch. Er war sicher, sie würde ihm den ganzen Tag auf die Nerven gehen, und jetzt, wo er sieht, wie sie schwerfällig auf die Tür zusteuert, ihren Beutel in der Hand, da will er ihr irgendwas sagen, aber ihm fällt nichts ein. Er geht nur lustlos hinter ihr her und presst die Finger in die Handfläche; er mag es nicht, irgendwas wiedergutzumachen, es hätte auch gar keinen Zweck, er hat halt heute keine Zeit für sie ... Wenn sie bleiben will, kann sie ja bleiben, wenn sie weg will, soll sie halt ...

»Als wärst du Napoleon in Russland, Tante«, sagt er und betrachtet ihre Kappe.

Eine steife Kappe, die aus den Resten eines alten Mantels von vor neun Jahren gemacht ist und mit Vateline ausgestopft. Und über der Kappe, über den Ohren, der unterm Kinn verknotete Schal.

»Napolejon in Russenland, was und wo du willst, das bin ich, aber davon kann ich mir auch nichts kaufen. Denn wer wird mich nu' noch haben wollen? Nur der Deibel ... Nur der Teufel, nur der Chef der Hölle«, lacht sie.

Gelu lacht auch kurz, eine Spur Bosheit in der Stimme. Er sieht sie an und sieht ihre weißen Augenbrauen, erst jetzt wird ihm klar, sie hat es anscheinend irgendwann aufgegeben, sie zu färben. Und die Haare sind auch weiß am Ansatz und weiter unten rot und brüchig. Er sieht sie plötzlich, wie sie sich vor dem Spiegel kämmt und sich an den großen, schweren Schreibtisch lehnt, er sieht die große, weiße Kanne auf dem Lavoir, die ihm genauso gut gefiel wie die ovalen Fotografien an der Wand, auf denen die jungen Gesichter des Brautpaars – Vica und Onkel Delcă – sich mit umkränzten Stirnen ansehen. Ihr Schlafzimmer, wo er keinen Schritt mehr hineingesetzt hat, weil er den Geruch nach Benzin und Schimmel nicht mehr ertrug, der in die Möbel und Kleider gedrungen war.

Was für eine seltsame Erinnerung an den Laden, der ihm damals so groß erschienen war mit seinen hohen, bis zur Decke reichenden Regalen, mit der Theke, unter der er so gerne spielte und gebannt auf das kaum wahrnehmbare Schwanken der Waage sah. Und der Abend, an dem sie ihm einen Sack brachten, so groß wie er, mit grünen Banknoten vollgestopft ...

»Die kannst du zerreißen, du kannst damit machen, was du willst, wir haben neues Geld ...«

Und sie, die Männer, die blieben noch und flüsterten in einem Winkel, während Tante Vica ihr Haar kämmte, das lang über die Stuhllehne fiel; langes, lockiges schwarzes Haar, das sie noch nicht zu färben begonnen hatte.

»Ich hab meine Zähne rausgenommen, deshalb zischel ich so, ich halte die nicht lange aus. Ich mag die nicht, die kommen nur rein, wenn ich auf die Straße geh, sonst sehen mich ja die Leute und sagen: Guck dir dieses alte zahnlose Weibsen an…«

»Wenn du noch eine Stunde bleibst, dann kommt Mama vielleicht…«

»Ach, lass mal, ich komm schon noch mal vorbei… Wenn das Wetter besser wird, komm ich. Wenn ich heute eh schon draußen bin, dann erwisch ich vielleicht Ivona noch mal…«

Jetzt wird sie mit ihren Geschichten über ihre Madams anfangen… Er lacht fast, sein Ärger von vorhin ist verpufft. Aber sie sagt nichts mehr; sie hält sich nur am Geländer fest und steigt vorsichtig Stufe für Stufe hinunter.

»Pass gut auf euch beide auf…«, ruft sie von unten. »Und greif zu und iss, hör auf mit Hungern, darum bist du doch so nervös und hast keine Kraft…«

Das Viertel Domeniilor Regale

Sie geht langsam, die Blicke am Boden, passt auf, dass sie nicht ausrutscht oder über einen der Drähte stolpert, die diese Lümmel im Herbst überall haben liegen lassen. Sie geht krumm, den Lederbeutel in der Hand, es hatte keinen Sinn mehr zu bleiben, die Paprika hat sie dagelassen, bisschen Tzuica-Schnaps hat sie dagelassen, Zwiebel, Knoblauch … Lass mal, alles tut not im Haushalt …

»Ach, hast du dich wieder ins Zeug gelegt, Vica! Hätte nicht sein müssen«, sagt die Schwägerin immer, »du weißt doch, ich krieg keine Tzuica runter! Du weißt doch, ich tu keine Zwiebel ans Essen …«

So sagt sie, aber dann nimmt sie schnell alles und stopft es in ihren Schrank, so ist sie halt, krumme Nase und frisst dir die Taschen leer. Was sie mitgebracht hat, hat sie dagelassen, und was hat sie davon? Da gab's nichts mehr zu kriegen: Die Schwägerin weiß schließlich, wann sie kommt, und im Haus nichts zu essen … Und dann war's auch noch vor'm Zahltag, hat der Junge gesagt. Ungefähr vor einem Jahr hat die Schwägerin zu ihr gesagt:

»Vica, ich geb dir fünfundzwanzig Lei von Ilies Rente. Geb ich dir jeden Monat, das war sein Wunsch … Diesen Monat kann ich nicht, aber wenn du noch mal kommst, dann geb ich dir's.«

»Ach, lass doch, ihr habt ja auch nichts, lass mal«, hat sie gesagt.

Sagt sie immer.

Sie hat keine Hoffnung drauf gesetzt, was die Schwägerin sagt, und daran hat sie gut getan, was hatte sie schon zu erwarten? Ihre Schwägerin hat'n Loch im Geldbeutel, kaum hat die Geld, schnell alles zum Fenster raus. Wenn sie gelebt hätte wie die, sechshundertfünfzig Lei und zu zweit … Und die Miete und Strom und Fernsehen …

Sie geht langsam, vorsichtig, sie ist an den Telefonhäuschen vorbei. Zwei Telefonhäuschen hier, an der Endstation der Tram, beide mit zerbrochenen Scheiben, beide mit rausgerissenen Kabeln. Die Bosheit wird immer größer, immer mehr Bauernlümmel hier und Bukarester Grobiane ... Gut, dass sie nichts mehr in ihrer Tasche hat, nur ein paar trockene Brotscheiben, ihre Schwägerin ist so verschwenderisch, die kauft immer zu viel Brot, und dann, wenn sie sieht, es wird trocken, dann wirft sie's weg.

»Warum schmeißt du das weg?«, sagt sie. »Gib es mir, ich bin der Mülleimer ...«

Und dann lacht Gelu, wenn er das hört! Sie nimmt es mit nach Hause, macht Semmelbrösel draus, tunkt es in Tee, weicht es ein und isst es mit dem Löffel. Das hat sie zu kriegen, von ihrer Schwägerin. Und als der arme Ilie noch lebte, da hat die Schwägerin schon genauso das Geld rausgeworfen:

»Zu uns musst du am Zahltag kommen, Vica, komm nicht zu spät, danach ist hier Katastrophe«, sagte der arme Ilie.

Und wirklich, eine Woche vor der Auszahlung waren sie pleite und gingen überall rum, Geld leihen. Leute mit zwei Gehältern und es reicht nicht. Wie kam sie denn zurecht? Sie ist zurechtgekommen, weil sie eine harte Hand hatte!

»Ich bewundere dich, Madam Delcă, du hast all meine Bewunderung dafür, wie du deinen Haushalt führst«, meint Ivona zu ihr.

Wenn Ivona mal was sagt, dann meint sie's auch, oder wenn sie eine Postkarte schickt:

»Liebe Madam Delcă, du bist lange nicht mehr zu uns gekommen, wir erwarten dich an dem und dem Tag«, dann weißt du, sie erwartet dich an dem Tag auch und rennt nicht in der Stadt rum.

»Wie Mutti an dir hing, Madam Delcă«, sagt Ivona. Und plötzlich, du guckst grad so, da sucht sie nach einem Taschentuch und fängt an zu weinen. Sie ist schon aus der Trauer raus, aber sie weint immer noch um ihre Mutter, und da hat sie auch recht: Solange die bei Kräften war, hat sie Ivona ja das Haus geführt und ihren Jungen aufgezogen.

»Madam Delcă, ich …«, sagte Ivona, nachdem Madam Ioaniu gestorben war, »ich verstehe mich nichts aufs Totenkuchen machen …«

»Aber lass doch, Herre noch mal«, hat sie gesagt, »was hat ein Toter davon? Wenn du tot bist, was willst du noch? Bei allem, was du zu Lebzeiten gegessen und erlebt hast …«

»Mutti mochte auch keine Totenmahle, und ich werde dir alle zwei Monate fünfzig Lei geben, in ihrem Angedenken. Ich schicke dir eine Postkarte und du kommst und holst es dir, und dann reden wir ein bisschen, oder ich schicke sie dir per Einschreiben, wie es dir angenehmer ist …«

Noch eine Woche, dann werden es zwei Monate, dass sie ihr zum letzten Mal etwas gegeben hat. Die ist ganz richtig, die arme Ivona, ein gutes Mädchen, sie kennt sie schon ein Leben lang: spindeldürre und immer in Eile, und mit einer langen Nase, und ihre Haare färbt sie blond und trägt sie kurz. So wie sie vor zwanzig Jahren war, so ist sie jetzt immer noch. Jahrelang ist sie einmal im Monat in ihr Haus gekommen, sie hat die Karte von Ivona gekriegt und ist losgelaufen: Und was freute sich Ivona, wenn sie sie an der Tür sah!

»Ach, Madam Delcă, wie schön, dass du gekommen bist! Bei mir hat sich so viel Zeug zum Stopfen angehäuft, ich weiß schon nicht mehr, wo ich es hintun soll … Und zum Anziehen hab ich auch nichts mehr … Ich bin sooo nackig …«

Was hat sich Ivona gefreut, sie zu sehen! Sie sprang ihr an den Hals und küsste sie auf beide Backen und sie küsste sie auch. Sie hatte Ivona lieb.

»Du hast goldene Hände, Madam Delcă, goldene Hände hast du«, sagte Ivona zu ihr. »Wäre ich nur auch wie Mutti oder wie du, aber ich bin ganz ungeschickt … Ich habe von nichts eine Ahnung und mein Mann hat ein Gedicht für mich geschrieben: Wenn meine Frau ’ne Nadel sieht, sie schnell wie vor dem Teufel flieht …

Und denen da, diesen Schnepfen, diesen Nutten da von ihm, wo der hingeht, macht er denen auch Gedichte? Dem sollen doch seine verdammten Eier abfaulen, würde sie am liebsten gesagt haben. Aber sie sagte nichts, um sie nicht zu verletzen, sie wusste schon, was man sagen soll und was nicht auf der Welt.

Sie ist an der Haltestelle stehen geblieben und wartet geduldig, bis die Tram kommt. Es regnet, kleine Tropfen stechen ihr ins Gesicht, aber ihr macht das nichts aus, sie hat sich alles Mögliche druntergezogen, darüber einen Mantel – einen guten Mantel, sie hatte ihn vor neun Jahren umgedreht, ein guter Stoff, von früher, und aus den Resten, die übrig geblieben waren, hatte sie sich die Kappe geschneidert. Und hatte noch zwei Lagen Vateline reingestopft. Der Schal hält ihr die Ohren warm und die Kappe schützt sie vor dem Regen; sie hat sie tief in die Stirn gezogen und man kann sagen, sie thront da. Denn wer ein ganzer Mensch ist, der weiß, wie er Leib und Seele zusammenhält, und sie weiß es, darum machen ihr die Kälte und der Regen nichts aus.

Eine Alte mit fingerlosen Wollhandschuhen geht an ihr vorbei und zerrt einen Wagen hinter sich her, in dem stocksteif eine Gasflasche steht. Jetz' guck dir diese Alte an, denkt sie, wie viel Jahre die wohl auf dem Buckel hat? Ich werd wohl auch bald so aussehen, o Gott … Aber hat die denn niemanden, der ihr mal fünf Lei gibt, damit se ihr die Flasche bringen? …

Da kommt die Tram, sie geht eilig hin, so wie sie ist, so eingemummelt, sie geht mit winzigen Schritten.

»Komm, Mütterchen, komm«, sagt ein gutwilliger Mann.

Ein etwas älterer Herr, ein Gutgekleideter, wie früher.

»Mersi«, antwortet sie.

Aber sie bleibt nicht stehen. Als sie an ihm vorbeigeht, sieht der Herr sie verwundert an, bleibt einen Moment an der Treppe stehen und erst dann steigt er ein. Sie geht weiter in die zweite Klasse, geht mit eiligen Schritten, seit sie den Laden zugemacht hat, ist sie immer nur zweite Klasse gefahren, aber davon ist sie auch nicht gestorben.

»Naja, dolle Ersparnis, die fünf Bani«, sagt die Schwägerin, die dumme Ziege. Dolle Ersparnis, ja, ist es. Denn hier ein bisschen, da ein bisschen, das summiert sich, und wär sie nicht so bedacht, sie hätten mit dem, was ihr Mann nach Hause brachte, keine Woche überlebt.

Aber dann ist keine Zeit mehr, zur hinteren Tür der Tram zu kommen, und vorne, egal was, da steigt sie nicht aus: So alt ist sie nun auch wieder nicht, dass sie da aussteigt, wo man einsteigt, vorne ist der Eingang, das weiß jeder Bukarester.

Sie weiß das, sie ist schon mit der Pferdetram gefahren, mit den gelben Waggons, die im Sommer ausgetauscht wurden und Vorhänge hatten, und die Pferde hatten auf dem Kopf und auf den Augen einen Schutz aus Leinen. Was für Schindmähren, was für Gäule waren das, diese Trampferde! ... Die fuhren zur Piaţa Sfântu Gheorghe, wo die Wölfinnen-Statue stand, über die Colţei, die Dorobanţi, dann in die Clopoţarii Vechi und dann weiter bis zum Depot in der Bonaparte. 20 Bani die ganze Tour. Und dieser verflixte Niculaie wartete auf dem Gehweg mit seinen anderen Gaunerchen, und wenn die Tram um die Ecke bog, dann hockten die sich auf die Stoßdämpfer und machten sich da ganz dünne, denn wenn der Tramkutscher sie sah, dann nahm er ihnen die Mützen ab und es gab richtig Dresche. Das machten die dann auch bei der Elektrischen, das war die Vierzehner, haha, der war so verrückt, der Niculaie, so verrückt und schlau! Schade um ihn, solange der in der Schule war, bekam er immer nur den ersten Preis mit Krönchen, und der Junge vom Direktor, der mit ihm in der Bank saß, griff immer nur den zweiten Preis ab. Schlau, der kriegte alles mit in der Schule, gab den Ton an hier draußen. Schlau, aber verrückt, jeden Tag kassierte er von Papa Ohrfeigen, entweder hatte er beim Knöchlespiel verloren – ich seh ihn noch vor mir, wie er auf seine Knöchle aufpasste – und kam dann ganz zerfleddert nach Hause, oder der Tramkutscher hatte ihn erwischt und ihm die Mütze weggenommen. Es gab auch noch andere Trams, die an der Ienei-Kirche vorbeifuhren, auf der Regale, auf der Câmpineanu, die hielt an den Haltestellen, aber wenn man Handzeichen gab oder mit dem Stock oder dem Schirm, dann hielt sie auch so. Es gab auch Tramcars damals, die fuhren ohne Schienen, aber da stieg man besser nicht ein, die fuhren immer durch die Schlaglöcher, da gluckerte einem das Wasser im Schädel. Sie weiß, wie das mit den Straßenbahnen war, sie weiß das, sie ist echte Bukaresterin, aber diese neuen Leute jetzt, von denen Bukarest voll ist, die wissen nichts. Bukarest ist überschwemmt mit Bauern, und die alten Bukarester, die haben keinen Platz mehr: Bauerntölpel, die in den Wohnblocks wohnen und Geld für ein Auto sparen, wie diese dreckige Oiţa, die zweite Kusine von Delcă; so ist das jetzt, so sind die Zeiten heute.

Sie läuft zwischen den Sitzen hindurch, schwankt, geht schwerfällig. Der Boden ist voller Schlamm, dass sie nur nicht rutscht, um Gottes willen, dass sie sich nur nichts bricht, ach guck, ein freier Sitz am Fenster!

Sie geht schnell hin und setzt sich.

Sie ist heute mit dem linken Bein aufgestanden, wenn wenigstens Ivona zu Hause wär... Aber um diese Zeit wird sie kaum woanders sein, Ivona ist jetzt ja auch in Rente, ihr Mann auch: Viertausend, vielleicht noch mehr, so viel wie die zusammen haben. Aber viertausend werden die auch kleinkriegen, die beiden alleine, den' ihr Junge ist ja weg! Sind jetzt zwei oder drei Jahre, seit Tudor weg ist, er ist weg, bevor seine Großmutter gestorben ist, Madam Ioaniu. Sein Zimmer hat Ivona noch immer so gelassen, da schläft keiner drin und vermieten tut sie es auch nicht. Ein Riesenhaus und ganz leer, und das Zimmer vom Jungen hat Ivona wie eine Grabstätte hergerichtet, mit Farbfotos, die er von da geschickt hat, wo er überall war. Und was bringt's ihnen, dass ihr Junge in aller Herren Länder rumfährt, was bringt denen das? Ivona hat ihn vor einem Jahr mal gesehen, da haben sie sie rausgelassen und sie konnte zu ihm, und diesen Sommer hat ihr Mann ihn gesehen, und das war's. Tudor darf nicht herkommen, und Gott bewahre, dass Ivona mal was braucht, wenn sie alt ist. Mutterseelenallein in einem Riesenhaus, denn ihr Mann, der ist immer bei seinen Schicksen. Ja, plötzlich siehst du, wie der sich die Jacke anzieht und weg ist er! Gott bewahre, Ivona hat nicht mal einen, der ihr ein Glas Wasser bringt. So ist die Jugend von heute: Du gibst ihnen, gibst immer, aber wenn sie was geben sollen – nichts. Und dazu kommt, dass Ivona auch keine ist, die sich umbringt, Ivona hat sich ihr ganzes Leben nur um sich gekümmert.

»So bin ich eben, Madam Delcă, so bin ich eben, etwas rationaler«, hat sie einmal gesagt, »und weißt du, was mir das im Leben weitergeholfen hat?«

Hat dir im Leben gar nichts geholfen! Wenn mein Mann das getan hätte, was deiner dir antut, den ganzen Tag nur Weiber bespringen, ich hätte ihm gezeigt, wo der Haken hängt, der hätte sich umgeguckt! ... Aber so'n Waschlappen wie Ivona mit ihrer Arbeit und ihren Freundinnen und 'ne Zigarette im Mund und immer Kaffee. Die hat keine Ahnung, was ihr Niki treibt.

»So ist sie halt, seit sie klein ist, bemüht sie sich, nicht zu zeigen, was sie auf dem Herzen hat«, sagte ihre Mutter, Madam Ioaniu.

Das hat ihr Madam Ioaniu alles erzählt.

»Vor dir, Vica«, sagte sie, »habe ich keine Geheimnisse ... bleib hier in meinem Zimmer«, sagte sie, »du arbeitest hier und wir unterhalten uns schön miteinander ... Ich habe gerade gedacht: Was wird wohl mit Vica sein, sie taucht gar nicht mehr auf? Und ich habe Ivona gebeten, dir eine Postkarte zu schreiben.«

Ab und zu kriegte sie plötzlich eine Karte von Ivona:

»Liebe Madam Delcă, du warst lange nicht mehr bei uns, wir erwarten dich, ruf vorher an, morgens ist Mutti zu Hause.«

Vor allem im Sommer, wenn sie sich nicht vor Glatteis fürchten musste, stieg sie um neun in die Tram und um viertel vor zehn läutete sie an der Hintertür. An manchen Tagen öffnete ihr Leana, die Wäscherin. Madam Ioaniu saß oben in ihrem lederbezogenen Sessel: Das Leder war gerissen, sie hatte es genäht, es war wieder aufgeplatzt, war dunkel geworden; sie hatte einen Teppich darauf gelegt und da auf dem Teppich saß Madam Ioaniu. Ihr Zimmer war voller Teppiche: Teppiche auf der Recamiere, Teppiche an den Wänden, Bilder und ein Spiegel bis zur Decke. Ein venezianischer Spiegel mit einem schwarzen Holzrahmen und Perlmutt. Auch das Perlmutt ist vergilbt, ist vom Staub ganz matt geworden, aber vor dreißig Jahren, da hat es so geschillert. Und da waren noch so viel andere Sachen in Madam Ioanius Zimmer! Stühle mit lederbespannten Lehnen und mit Nägeln beschlagen, alte Hutschachteln, Koffer mit alten Kleidern, Berge von französischen Büchern mit vergilbten Seiten, wenn man die anfasste, kam aus denen der Staub und so ein spitzer, scharfer Geruch...

Und sie sah Madam Ioaniu immer in ihrem Sessel sitzen, mit einem Buch in der Hand. Sie war ihr ganzes Leben verdammt schlau gewesen, fand sich immer zurecht und war gebildet. Die würde jetzt noch dasitzen und lesen mit der Brille auf der Nase und dem Gesicht voller roter Äderchen. Sie war blond gewesen und die ganze Jugend lang hatte sie sich mit ihren Sommersprossen rumgeschlagen, hatte sich Salben aus Paris mitgebracht, mit denen rieb sie sich ein, aber erst als sie alt wurde, sind die Sommersprossen von ihrem Gesicht verschwunden. Und dann sind sie auf der Haut woanders aufgetaucht. Sie war massig und hatte eine große Brust, aber in der Jugend war sie schlank und groß gewesen: Sie hatte ja die Fotos in den Alben gesehen, da waren ja Berge von Alben... Und nur immer in diesem Sessel saß sie den ganzen Tag über, schlief da auch nachmittags drin. Über ihr an der Wand hing ein großes schwarzes Bild, ein Alter, der einen Apfel schält. Wie oft sie dieses Bild gesehen hat!

»Wieso ham Sie denn diesen potthässlichen Opa hier hängen!«, sagte sie, »ich hätte ja Angst, da nachts einen Blick drauf zu werfen.«

»Ach, Vica, das ist ein wertvolles Gemälde, es ist von einem alten Maler«, sagte Madam Ioaniu, »er kam nach Balcic*, jeden Sommer habe ich ihn getroffen, und das Bild hat er mir geschenkt, als er merkte, dass es mir gefällt.«

Und immer so weiter, Geschichten, Geschichten. Ihr war es schlimm, stundenlang so alleine in ihrem Sessel; ihre Tochter auf Arbeit, ihr Schwiegersohn auch, der Junge in der Schule, was freute die sich, wenn sie sie die Treppe hochkommen hörte!

»Bleib hier, arbeite hier in meinem Zimmer«, sagte sie zu ihr, »dann wechseln wir zwei ein paar Worte ...«

Und plötzlich kramte sie in den Koffern und kam mit einem Stapel Tücher an, den ganzen Arm voll: alter Samt und Naturseide und feine holländische Leintücher, und Batistwäsche, sie war nur schon ganz fadenscheinig, zerfaserte, wenn man sie anzog. Und wieder Blusen und Kleider, und Moireés und Geripptes, und glänzender Satin und Tüll und Tailleurs aus englischem Stoff, richtig gute von vor dem Krieg, und Pardessus aus Kamelhaar, Bänder und Spitzen – guck dir an, was für ein Haufen Zeug das war. Und alles drehte und wendete sie, was holte sie da nicht alles raus! Tudors Zeug, gerade die richtige Größe, Nachthemden, Küchenschürzen, Badeanzüge; irgendwann hatte sie Ivona mal Hosen gemacht; Peschöhr-Hosen – so sagte man damals dazu. Mit der Nähmaschine, treten, treten, immer am Nähen. Sie schneiderte nach Augenmaß ohne Muster, ohne nichts. Ivona brachte ihr manchmal ausländische Journale mit, aber die sah sie nicht mal an:

»Lass die mal«, sagte sie, »ich kann's auch ohne ...«

Sie arbeitete und Madam Ioaniu half ihr manchmal beim Absteppen. Und plötzlich sieht man sie, wie sie aufsteht und schlurf, schlurf in die Küche geht und mit dem Kaffeetopf zurückkommt, heißem Kaffee und Tassen: Haha, das war was, das war ein Leben! Und Madam Ioaniu steckte sich eine Zigarette an, guck, so saß die mit der Zigarette in der Hand da, und dazu diese harten, gebogenen Nägel wie rot angemalte Vogelkrallen; seit sie Madam Ioaniu kannte, seit ihrer Jugend, hat die sich immer ein starkes Rot auf die Nägel getan.

»Ach, verdammt, jetzt gucke an«, hatte sie gedacht, als sie die Fingernägel von Madam Ioaniu zum ersten Mal gesehen hatte.

Madam Ioaniu hatte knotige Hände, solche Knoten hatte die an den Fingergelenken, und sie sagte, deshalb würde sie die auch rot malen, damit man nicht mehr sehen würde, was für hässliche Hände sie hätte. Und die Backen malst du dir auch deshalb an? Diese Frage lag ihr auf der Zunge.

Hätteste mal sehen sollen, wie sich Madam Ioaniu anscheußelte, wenn sie ins Kino ging oder zu ihren Freundinnen; Donnerstagnachmittag gegen fünf ging sie mit ihren Freundinnen zum Pokern. Sie machten das reihum, einmal im Monat war Madam Ioaniu dran, sie zu empfangen:

»Morgen am Donnerstag, da komm nicht«, sagte sie, »denn morgen kommen die Mädels zu mir …«

»So ist es, Donnerstag kommen die Mädchen zu Mutti«, lachte ihr Schwiegersohn, dieser Rüpel. Der lachte sie aus, weil sie von sich als Mädels sprachen und doch schon alte Weiber waren. Aber denen machte das nichts aus, sie kümmerten sich einfach um ihren Poker; ihr ganzes Leben lang hatten sie Poker gespielt, und als die Kommunisten kamen und ihnen ihr Hab und Gut wegnahmen und die Männer ins Loch steckten und manche starben und manche überlebten, je nach Pech, sie spielten trotzdem weiter ihren Poker. Nur dass keine mehr Geld hatte, und da spielten sie um Bohnen.

Jetzt hatten sie wieder angefangen um Geld zu spielen, fünf Bani zum Eröffnen; und bevor die Mädels kamen, machte Madam Ioaniu immer einen Apfelkuchen.

Sie war ihr Leben lang verdammt gerissen gewesen, diese Madam Ioaniu, und was sie anfasste, das wurde was. Einmal war sie, Vica, sehr in Eile gewesen, ein Kleid für Ivona fertig zu kriegen, und irgendwann gab sie auch Madam Ioaniu etwas, um abzusteppen. Und siehe da! Kaum nahm sie die Nadel in die Hand, steppte sie schon schön ordentlich ab; seit damals gab sie ihr immer wieder mal was, Madam Ioaniu steppte dort in ihrem Sessel die Nähte ab und erzählte; haha, wie viel die erlebt hatte! Zwei Männer hatte sie in ihrem Leben gehabt und alle beide hatte sie begraben! ... und der erste Mann war ein riesengroßer Professor, und als die Deutschen kamen, brachten sie ihn ins Gefängnis, die wussten schon, wo sie ihn hinsteckten. Sie behielten ihn nicht lange da, aber der kam wieder und war kein Mensch mehr, er war eben schon etwas älter und er hatte irgendeine Krankheit, da hat er dann ziemlich schnell danach den Löffel abgegeben.

»Du wirst bestimmt Hunger haben, Vica«, fuhr Madam Ioaniu aus ihren Geschichten auf, »du wirst Hunger haben, willst du nicht was?«

»Willst du Hafer, Pferdchen?«

Sie hatte schon lange Hunger, schon lange knurrte ihr der Magen vor Hunger, aber was sollte man in einem fremden Haus schon sagen?

Madam Ioaniu holte den Schlüssel aus der Tasche ihres Kleides – sie bestimmte über Gut und Böse, sie hielt alles im Haus verschlossen –, schloss das Buffet auf und holte den Kuchenteller heraus. Damals, als Madam Ioaniu noch bei Kräften war, gab es bei ihnen immer etwas zu essen. Und wenn sie, Vica, ging, dann steckte sie ihr immer noch was in die Tasche, von dem, was sie so in der Küche fand: eine Dose Leberwurst, eine Fischkonserve, ein bisschen trocken gewordenen Kuchen, ein Stück Käse.

»Nimm das, Vica«, sagte sie, »nimm, du wirst das gut gebrauchen können.«

»Gib her, Madam Ioaniu, ich bin ein Mülleimer, gib her ...«

Und da lachte Madam Ioaniu ...

Warum hätte sie hochnäsig sein sollen und es nicht annehmen? Wer hätte dann nämlich in die Röhre geguckt? Doch wohl sie selbst. Wozu hätte das gut sein sollen? Aber sie waren auch sehr zufrieden mit dem, was sie nähte:

»Frau Delcă, du hast wirklich goldene Hände! Was würde ich ohne dich machen?!«, schmeichelte Ivona bei der Anprobe, wenn sie sah, was das für ein Kleid wurde. Sie hat goldene Hände, die Madam Delcă, sagte sie zu ihrer Mutter.

Und Madam Ioaniu nickte in ihrem Sessel mit dem Kopf und lachte, ihr gefiel, was sie hörte, denn wer anderes als sie hatte Madam Delcă schließlich ins Haus geholt?

»Ach, wie lang ich Vica schon kenne«, sagte sie, »seit wann warst du im Modehaus meiner Schwester? Wie alt warst du da, Vica?«

»Weiß ich nicht mehr richtig, wie alt ich war, als ich bei Madam Geblescu war. Sechzehn oder achtzehn vielleicht«, sagte sie.

Weil, als Papa zur Mârlancă zog und der auch noch Kinder gemacht hat, da hat er sie, die ersten Kinder, alle irgendwohin gegeben. Sie hat er in die Schneiderei gegeben, Niculaie ins Handwerk, das war auch so ein Verrückter, jeden Abend riss er von seinem Herrn aus und Papa verpasste ihm eine Tracht Prügel und am nächsten Tag brachte er ihn zu einem anderen. Und sie hatte er ins Modehaus gegeben, an der Ecke, am Pache-Boulevard, zur Schwester von Madam Ioaniu, zu Margot Geblescu, der Chefin, wie sie sie nannten. Ein Jahr lang war sie in der Schneiderei gewesen und hatte mit Tuch rumhantiert, sie hat immer noch den Kohlegeruch des Bügeleisens in der Nase, das sie hin und her schwenkte, um die Glut anzufachen, ach, was waren das für Kleider, und für Mäntel! Als sähe sie die jetzt noch auf den Kleiderpuppen. In diesen Jahren damals hat sie echte Damen gesehen, die Damen von Bukarest, eine parfümierter als die andere und eleganter, alle waren sie Kunden von der Chefin. Und manche mochten sie, sie war reinlich, hatte helle Haut und schwarzes Lockenhaar wie ihre Großmutter, die Griechin:

»Gib mir Vica zur Anprobe«, sagten sie, »dieses Mädchen hat Charme.« Und ab da hatte sie echte Damen zu sehen bekommen, das hat sie auch ihrer Schwägerin gesagt, die das ganze

Leben lang hochnäsig gewesen ist, obwohl sie wirklich keinen Grund dazu gehabt hat.

»Lass mal«, sagte sie zu ihrer Schwägerin, »lass mal, ich hab hohe Damen gesehen, nicht solche wie du. Ich habe richtige Damen gesehen und ich weiß, wie es in der Welt zugeht ...«

Sie mochte das Gefummel mit den Stoffen nicht, aber wenigstens war sie dem Schlamm im Pantelimon-Viertel entkommen. Ach ja, wenn Mama noch gelebt hätte, das Leben wäre anders gelaufen! Aber im August Neunzehnhundertsechzehn läuteten eines Nachts die Glocken und die Hörner bliesen am Rathaus und Papa ging an die Front. Dann fing tagsüber der Zippelin an zu kommen und nachts kamen die Flugzeuge, Brot gab es nicht mehr, danach auch kein Fleisch, kein Maismehl, keine trockenen Bohnen, der Winter kam früh und die Menschen hatten kein Feuerholz... Sie hatten nur noch das, was Papa zurückgelassen hatte, als er gegangen war. Man hörte die Kanonen immer näher kommen, Wagen mit Flüchtlingen fuhren vorbei und Wasserwagen und Wagen mit auf Stroh liegenden Verwundeten, aber sie rannten schon lang nicht mehr nebenher, um sie zu sehen, sie waren voller Läuse und Mama suchte sie nach Nissen ab. Sie weiß nicht mehr, in welchem Monat ihre Mutter starb, nur dass sie und Niculaie am Straßenrand spielten, und ihre Tante kam, die vom Kohlwäscher, um sie nach Hause zu rufen. So wurde sie ein unglückliches Kind, mit elf Jahren, und mit einer Horde Geschwister am Hals...

Dann fingen die Deutschen immer an, Zucker zu wollen, und Benzin, und Kochtöpfe und Kessel, und sie nahmen auch die Glocke aus der Capra-Kirche mit. Wo noch einer im Haus war, der ein Wort sagen konnte, der sagte was dagegen, aber wer sollte sie, die armen Waisenkinder, beschützen? Die Nachbarn sprangen ihnen manchmal bei, die nahmen sie manchmal und beschützten sie; am Ende sind die Zwillinge gestorben, einer nach dem anderen, sie begruben sie in der Karwoche, wo wenn einer stirbt, direkt ins Paradies kommt... Die zwei armen unschuldigen Kinder, wo hätten sie auch sonst hinkommen sollen? Die Nachbarinnen hatten sie bei sich aufgebahrt, die machten auch den Totenkuchen, sie schleppten das Wasser ran, sie teilten die Gaben aus. Und dann kamen sie und haben die Glocke aus der Kirche geholt. Sie nahmen die Glocken aus allen Kirchen in der Stadt, hauten sie entzwei und karrten sie weg und machten Munition draus, die Deutschen waren das, oder wer das war. Und in der ganzen Stadt hörte man, wie die Glocken dröhnten, wenn sie die zerhauten, und die Leute standen da, guckten, niemand sagte was, sie schlugen nur Kreuze, dass sie so was noch erleben mussten! Und es gab auch Wunder, erzählten sich die Leute, die Deutschen waren gekommen und wollten den Schrein mit den Gebeinen vom Heiligen Dumitru mitnehmen. Aber als sie ihn vom Boden hochheben wollten, da konnten sie nicht, so viele sie auch waren, sosehr sie sich auch anstrengten, sie konnten nicht. So schwer hatte sich der Heilige gemacht. Und die Deutschen wurden wütend, sie legten Dynamit unter den Heiligen und zündeten es an, der Rauch stieg bis zum Himmel, und als er verflogen war, waren der Schrein und die Gebeine unangetastet, die hatten nichts abgekriegt. Aber die Deutschen, die da waren, waren alle gestorben. Die lagen herum wie tote Fliegen, ohne Arme, ohne Köpfe, ohne Beine, denn Gott konnte so viel Ungehorsam nicht vergeben, und dann auch noch so kurz nach den Osterfeiertagen. So schlimme Zeiten hat sie miterleben müssen, so ist es ihnen ergangen von klein auf, arme Kinder… Wer überlebte, der überlebte, wer starb, der starb, je nachdem, was ihr Schicksal eben war…

Seit längerem guckt sie aus dem Fenster, aber es gibt nichts zu sehen. Sie sieht keins der Häuser, keine der Straßen, an denen die Tram vorbeifährt. Sie sitzt zusammengesunken auf ihrem Sitz, die Hände über dem Beutel auf dem Schoß verschränkt – den hat sie von Madam Daniel. Der ihr Mann war früher mal ein hohes Tier, der Daniel, großer Kommunist, Freund von Zaharescu, beide den ganzen Tag im Ausland, die Frauen ließen sie zu Hause – was brachten die nicht alles mit, von wo sie herumreisten. Was für Lederkleidung, Stiefel, Kosmetikschachteln, sie hatte auch nicht viel zu tun bei denen, sie hatten ja alles! Die Zahareasca, die nähte manchmal, flickte etwas; die andere, Madam Daniel, warf die Sachen einfach weg. Und sie bekam diesen Beutel aus geflochtenem Leder:

»Nimm, Madam Delcă«, sagte sie, »zur Erinnerung...«

Sie überließen ihr auch einen ausgetretenen Perserteppich, einen großen, den sie ins Wohnzimmer legte. Und alte Hemden vom Daniel, der war zwar dick, aber nicht so ein Koloss wie ihrer, sie weitete sie, stopfte sie, ihr Mann zog noch mal dran, lange hielten die nicht. Sie waren einfach abgetragen; dazu ließ sich Madam Daniel nämlich nicht herab, ihr was Besseres zu geben; jetzt sind die beiden in Israel, sie und ihr Mann.

Sie hockt zusammengesunken auf ihrem Sitz, die Hände über dem Beutel auf dem Schoß verschränkt, und sieht aus dem Fenster. Und auf einmal erkennt sie die Häuser, an denen die Tram vorbeifährt. Sie springt schnell vom Sitz auf, fuchtelt mit der Hand, packt ihren Lederbeutel und hastet zur Tür. Sie geht schnell, ist aber vorsichtig, dass sie nicht ausrutscht und sich, Gott bewahre, das Bein bricht; auf diesem Gummiboden geht man wie auf dünnem Schlick. Die Zeiten sind verdorben, die Menschen sind verdorben, alles ist verdorben und nicht mal der Winter ist mehr, wie er war.

»Warte noch kurz«, bittet sie den Tramführer.

Sie hält sich an der Stange fest und setzt den ersten Fuß ängstlich nach vorne. Wenn dieser wahnsinnige Tramführer jetzt losfährt?

Der Tramführer spuckt zur Seite, legt die Hand auf den Hebel, nur, dass er ihn nicht nach vorne zieht.

»Warum bleibste nich zu Hause?«, fragt er sie.

Vielleicht hat sie ihn gehört, vielleicht nicht, aber sie antwortet nicht; gerade setzt sie ihren zweiten Fuß nach vorn, sorgfältig, und hält sich gut an der Stange fest.

»Warum bleibste nich zu Hause, he? Zu Hause sucht dich der Sensenmann und du rennst hier durch die Stadt«, sagt er.

Er ist ein schwärzliches Jüngelchen, er hat nicht mal den Kopf umgedreht. Man sieht seinen von schwarzem, krausem Haar bedeckten Nacken: zu lange Haare, wie von 'nem Zigeuner, fettig und kraus, bis zu den Schultern reichen die. Dazu ein quietschbuntes Hemd und eine alte Joppe.

»... du Scheißzigeuner, verreck doch, du mieser Zigeuner!«, schreit sie.

Zu spät, er lässt die Türen zuschlagen und die Tram fährt los.

»Verreckt doch alle, die ganze Welt ist voll von euch«, keift sie.

Die Tram ist längst um die Straßenecke gebogen, sie steht am Bordstein und keift.

Zwischen den Gehwegen scheint die Straße sich verbreitert zu haben, die Autos fahren eins nach dem anderen vorbei und die Fahrer lachen durch die Scheiben und sehen den Mädchen nach.

»Wenn das Mädchen sein sollen...«, schimpft sie, »wenn man unter denen heute überhaupt noch ein Mädchen findet...«, schimpft sie und sieht auf den noch nicht geschmolzenen Haufen Eis an der Trambahnschiene.

Ein Schritt, noch einer, sie geht mit dem Blick Richtung Eishaufen vorwärts. Und plötzlich fühlt sie im ganzen Körper so etwas. Etwas wie eine Ameise, es juckt sie. Wie ein Kitzeln fühlt sie im Körper die Angst vor dem Lastwagen, der plötzlich um die Ecke gebogen ist und auf sie zukommt. So stark fühlt sie in ihrem schweren und alten Körper die Angst vor dem Wagen, dass sie glaubt, sie wäre in ihren Kleidern gefangen. Tief innen weiß sie, wie sie rennen würde, wie sie sich ans andere, entfernte Ufer des Gehwegs werfen würde. Von nahem, ganz nah hört sie ohrenbetäubend den Motor – ohrenbetäubend wie das Herzklopfen in der Brust. Der Lastwagen hat bremsenquietschend angehalten und der Fahrer steigt pfeifend aus. Er sieht sie nicht einmal an, er geht pfeifend weiter.

»Soll'n se doch …«, sagt sie.

Das Blut klopft immer noch matt in ihren Schläfen, im Kopf. Und mit zitternden Beinen geht sie langsam weiter, die Blicke auf den Eishaufen an den Schienen gerichtet. Sie hört den Fahrer, wie er pfeifend zurückkommt, wie er schwerfällig die Stufen des Wagens raufsteigt, die Tür zuknallt. Und als wäre ihr plötzlich etwas eingefallen, bleibt sie stehen. Sie steht zusammengesunken auf dem Gehweg und guckt vor sich hin. Der Fahrer sitzt am Lenkrad, sie sieht ihn gut durch die Scheibe des Lastwagens.

»Aach-nee …«, sagt sie.

Im Rinnstein liegt noch zerbrochenes Eis und darunter Zeitungsfetzen, die hier und dort nass herausgucken. Ansonsten ist es sauber auf dem Boden, ein bürgerliches Viertel, sie kann ganz ruhig bis zu Ivona gehen. Sie zieht ihre verkrümmte Hand aus der Manteltasche, sie ist in einen Wollhandschuh gehüllt, vorn ist er aufgetrennt, sie stützt sie an die Wand. Die Beine zittern noch.

»Aach-nee«, sagt sie, »ich hab mich schon gewundert, woher ich den kenne. Ich hab mich gewundert, woher ich den so gut kenne … Den Schwiegersohn von Reli, der im Pipera-Viertel arbeitet … Was der wohl hier sucht? …«

»Und beinahe hätten Sie mich nie mehr wiedergesehen, ich bin gerade noch so davongekommen, dieser Wahnsinnige …«

»Du meine Güte, Madam Delcă, meine Güüüte, du musst aber auch besser aufpassen! … Ab einem bestimmten Alter sind wir verpflichtet, selbst auf uns aufzupassen, wie Mutti sagte. Sie mochte dich so sehr, Madam Delcă …«

Und Ivona wird dann in ihrer Tasche nach einem Taschentuch suchen und anfangen zu weinen. Naja, sie hat auch allen Grund dazu: Ihre Mutter hat den Haushalt zusammengehalten. Ivona mochte das Haushalten nicht und sie war auch nicht sehr geschickt; sie mit ihrem Zur-Arbeit-Gehen, mit dem Kaffee und den Zigaretten. Sie hat nicht das Glück gehabt, nach ihrer Mutter zu kommen, wenn die was in die Hand genommen hat, diese verflixt schlaue und gerissene Frau …

Vica geht krumm und den Blick zu Boden gerichtet, die Beine zittern, und wenn sie nicht schnell was zwischen die Zähne bekommt, wird sie ohnmächtig – was hat sie seit heute früh gegessen? Fast nichts, eine große Tasse Tee mit eingestipptem Brot und bei ihrer Schwägerin bisschen Brot und bisschen Käse – das hält nicht vor. Wenn sie rausgeht, ohne vorher was zu kauen, so auf leeren Magen, da ist sie den ganzen Tag neben der Rolle. Zum Glück ist heute Samstag, da lädt Ivona sie vielleicht zum Essen ein. Morgen ist Sonntag, vielleicht hat sie dann Gäste, vielleicht gibt es was Warmes. Ivona macht immer von Samstag auf Sonntag warmes Essen. Also wird sie da essen, wenn sie sie einlädt. Ansonsten ist ihr Kühlschrank, seit Tudor weg ist, immer leer; ein riesiger Zilu und immer leer, warum hat sie den eigentlich?

»Wir beide, Madam Delcă, wir brauchen nicht viel Essen …«, sagt Ivona, »in unserem Alter sind Essen, Süßigkeiten vor allem, und Fleisch wahres Gift …«

»Wird so sein«, antwortet sie zerstreut, »wird so sein, wenn Sie's sagen …« Aber in Gedanken: Gib mir jeden Tag Fleisch, gib mir auch Süßigkeiten, dann brauch ich nichts mehr. So ist sie halt, ihr Mann auch, sie haben ihr Leben lang gern gegessen und mochten ein gutes Leben. Was hat ihr Mann sie am Anfang ausgeführt, als sie sich gefunden hatten und sie jung verheiratet waren, was hat er sie ausgeführt, wenn er mal wo gehört hatte, da wäre eine gute Wirtschaft: Was für Hühnersuppen, Rindfleischspeisen, Pilzragouts, das hat sie alles gekostet. Er war auch neugierig, er war als Kind vom Land gekommen. Sie mochte es vor allem im Oktober zu Heilig Dumitru, unter einem Sonnendach zu sitzen, mit einem oder zwei Krügen neuem Wein und gegrillten Mititei und Ziegenhoden und ein bisschen Ghiudem-Wurst und Ziegenschinken, Kalbsbries, nur sie beide an einem Tisch zwischen den Weinranken … Zum Schluss gingen die Gaslaternen an und die Lautari-Musikanten fingen an zu geigen und ihr Mann winkte sie stolz heran, damit sie ihm ins Ohr sangen. Danach verwöhnte er sich noch mit einer Kuttelsuppe, er war lustig und fuhr dann mit der Kutsche nach Hause; ein paar Mal war das so, bei der Weinernte, sie erinnert sich noch gut, als ob es erst gestern gewesen wäre … Jetzt sind sie alt geworden, aber sie mögen das immer noch: eine Pfanne mit Fleisch braten und mit Wurst und dann das Brot in die Soße tunken … Dazu ein großes Glas sauer Eingelegtes und einen Pflaumenschnaps … Ein Mensch, der nichts isst, ist schnäkig und schlecht gelaunt, dem blühen Krankheit und alles Schlimme auf der Welt … Und was Ivona sagt, das ist nur Gerede … Gerede von einer Frau, die nicht gern Hausfrau ist, sie hält sich immer an Obst und Diät, aber wer kann von so was schon leben? Wenn sie immer Obst und Fleisch holen würde, da würde das Geld keine zwei Tage langen! Zwei Leute, sechshundertfünfzig Lei, Strom, Miete, Fernsehen … Also, das ist nur Gerede, denn wenn Leana zum Saubermachen und zum Waschen kommt, dann sieht man Ivona schnell mit dem Topf zur Gospodina rennen! Und dann kommt sie aber auch nur mit drei oder vier Portionen!

Aber wenigstens, wenn Ivona was sagt, dann gilt das auch; wenn sie gesagt hat, dass sie ihr fünfzig Lei alle zwei Monate gibt, dann hat sie es auch nicht ein einziges Mal vergessen. Noch eine Woche und es sind wieder zwei Monate, seit sie ihr was gegeben hat, und wenn sie sie sieht, dann gibt sie ihr vielleicht heute was für die nächsten zwei Monate. Vielleicht gibt sie ihr was, warum sollte sie ihr nichts geben? Geld hat die ja wie Heu, und entweder heute oder in einer Woche, sie wird ihr sowieso was geben müssen.

»Ich bin grad vorbeigekommen, ich komme von meiner Schwägerin und da dachte ich mir, ich guck mal, wie's Ihnen geht … Ach, ich guck mal, wie es Frau Ivona geht, und Herrn Niki …«, so wird sie sagen.

Ivona freut sich, wenn sie sie sieht, Ivona liebt sie und schätzt sie, und sie ist so allein zu Haus, das ist ihr schlimm, vor allem, seit sie auch nicht mehr zur Arbeit geht. Ihr ekliger Mann, wenn man den treffen will, dann ist der gerade bei seinen Schicksen. Ivona freut sich und vielleicht gibt sie ihr heute schon die fünfzig Lei – was sind schon fünfzig Lei bei der ihren Geldern? Was sind fünfzig Lei in einem feinen Haus? Ist ein gutes Mädchen, die Ivona, sie hat ein warmes, weiches Herz, sie hat nur ihr Leben lang kein Glück gehabt. Sie ist eben ein bisschen komisch. Sie hatte eben nicht das Glück, wie ihre Mutter zu sein, ihre Mutter war ein ganzer Mensch, ihre Mutter wusste, was sie wollte. Wollte sie? Dann gut. Wollte sie nicht? Verlor sie keine Zeit.

Die arme Ivona hat nicht das Glück gehabt, wie ihre Mutter zu sein, bei den Männern gut anzukommen, bisschen anziehend zu sein... Die Männer so um den Finger zu wickeln, so richtig um den Finger zu wickeln... Aach, wie Madam Ioaniu ihren ersten Mann um den Finger gewickelt hat, der war ein großer Professor, und was kannte der alles für hohe Tiere! Der war mit den größten Anwälten und Ministern auf Du und Du und das ging ja bis zur Königin rauf... Aber es hat ihm gar nichts genützt, zu Hause hatte nämlich Frau Ioaniu das Kommando: Sie entschied darüber, was gut und böse ist... Sie war der General. Und er kroch nur auf allen vieren rum, er wusste nicht, was er ihr noch alles Gutes tun sollte, die hatte einen Süßen, bis sie geheiratet haben, aber das wusste der arme Mann nicht! Bei denen herrschte offenes Haus, wer kommen wollte, kam, ihr Süßer kam auch, Madam Cristide hat ihr fast alles erzählt. Aber die, naja, kann man auch nicht drauf zählen, was eine wie die sagt, sieht man ja, wie die aufgetakelt herumläuft wie ein Wiedehopf. Vielleicht hat Madam Ioaniu einen Süßen gehabt, bevor sie heiratete, aber nach der Hochzeit hat sie es sein lassen. Die ist auf dem rechten Pfad gewesen! Madam Ioaniu war nicht so eine, sie war anders als solche! Sie hatte Köpfchen, war vernünftig, und sie hat zu ihr gesagt, sie soll diese Siebentausend auf die Bank bringen:

»Egal wie«, hat sie gesagt, »du, Vica, solltest dein Geld auf die Bank bringen. Sei es auch wenig, aber dann weißt du, du hast eine Reserve, damit du nicht im Alter betteln gehen musst. Verwandtschaft, Freunde, alle sind da, aber nicht, dass du von denen abhängig bist, merk dir das ...«

Und so, naja, immerhin, da hat Madam Ioaniu doch eine gute Tat im Leben getan.

Drei Häuser weiter muss sie noch gehen, nachdem sie auf den Boulevard um die Ecke gebogen ist, sie hat schon den gusseisernen Zaun gesehen, die schwarzen Laternen zu beiden Seiten des Tors. Es sind dreißig Jahre, seit sie die Laternen nicht mehr anzünden und sich niemand mehr um sie kümmert. Es gab noch zwei an der Tür vorne, die haben ihre Mieter abgenommen. Die haben ihnen Mieter reingesetzt, als der Ioaniu im Gefängnis war, darum sind Ivona und Madam Ioaniu und der kleine Tudor in einer winzigen Kammer unterm Dach gelandet. Und diese Kanaille von Niki ist ausgerechnet da zu seinen Schicksen gegangen. Eine Zeit lang sagte Madam Ioaniu, sie würde die Laternen wieder aufstellen, wenn sie die Mieter loswürde; dann ist sie älter geworden, dann ist der Tudor, der Junge, weggegangen. Ein Riesenhaus ganz leer, nur Ivona und ihr Mann, warum sollten sie die jetzt wieder aufstellen? Außen ist das Haus abgeblättert, wer soll das denn jetzt kalken? Vielleicht sieht es auf der Seite, wo der neue Block neben dran ist, auch so aus. Da war eine Brache, am 4. April war's, da ist hier eine Bombe hingefallen, direkt neben Madam Ioanius Haus: Die Fenster sind zerbrochen, manches war kaputt, aber das Haus ist stehen geblieben und sie selbst sind auch davongekommen. Sie hatten Glück, dass sie nicht im Schutzraum waren, da ist die Bombe nämlich draufgefallen. Hundert Tote, nein, sogar mehr, wie viel das waren, aber Madam Ioaniu, die Glückliche, sie ist davongekommen. Der Ioaniu hatte sie aus Bukarest weggeholt und Ivona auch und diesen Nichtsnutz von Niki. Ioaniu wusste, dass die Flugzeuge kommen sollten, er war schließlich Colonel, er war General, was auch immer er war, und er arbeitete da ausgerechnet am

Telefon, am Telegraphen. Darum haben die Kommunisten ihn auch geschnappt und ihn ins Kittchen gesteckt, das gefiel denen nicht, was der gesehen hatte. Er hatte genug gesehen und wusste zu viel.

Tja und jetzt haben sie ihnen dieses Haus da hinten hingehockt! Ein neues Haus mit viel Geld dahinter, was die wohl für Geld haben, dass die hier hingezogen sind! Große Tiere werden das wohl sein, Neureiche, große Kommunisten, wie Daniel, wie Zaharescu. Neureiche, Altreiche – manche sind gestorben, manche sind davongekommen, manche sind ins Ausland weg, manche gehen jetzt noch rüber … Ihre Häuser sind auch alt geworden, die sind auch im Sterben.

Guck dir Madam Ioanius Haus an, außen ganz abgeblättert. Die arme Madam Ioaniu ist auch nicht mehr, ihre Schwester ist auch nicht mehr, die Chefin, ihre Männer sind nicht mehr, und jetzt ist auch das Haus alt geworden. Madam Ioaniu hat es von ihrem ersten Mann, von Mironescu, der ist wirklich schnell gestorben, aber er hat ihr das Haus hinterlassen und das Silber und die Kristalle und alles. Und Ioaniu war mit dem Gutsten da befreundet, und als der den Löffel abgeben sollte, hat er ihn gebeten: Nimm sie! Und der, weil er sie schon lange hoffnungslos geliebt hat, der hat sie genommen.

Madam Ioaniu hat es ihr selber haarklein erzählt, und nicht nur einmal. Nur Madam Cristide sagte, es wäre nicht so gewesen, sondern anders: dass die Mironeasca, also Madam Ioaniu, vorher mit dem Ioaniu zusammengelebt hätte, ganz Bukarest hätte das gewusst. Von Madam Cristides Mutter, von ihrer Schwiegermutter wüsste sie das, weil bei uns weiß man alles und nichts wird vergessen. Wer stopft der Welt das Maul? Und wenn man Madam Cristide so sieht, so angescheußelt wie eine Vogelscheuche, wie soll man sich auf der ihre Worte verlassen? Eine Sache stimmt, Madam Ioaniu sprach nicht so viel über ihren ersten Mann, selten, wann auch immer, wie auch immer … Nur einmal kam es aus ihr raus:

»Ich hatte keine Freude an ihm, Vica, verstehst du?«

Sie saßen beide da und tranken Kaffee und da kam es aus ihr raus.

»Ich verstehe, wie soll ich das nicht verstehen«, sagte sie, »ich habe mich auch nicht gerne mit meinem Mann gepaart, wenn ich gesehen hab, er fasst mich an, dann wär ich immer am liebsten weggerannt. Er hat nicht gewusst, wie er mich nehmen soll, er hat nur gewusst, was er da machte, dann hat er mich losgelassen und Prosit ...«

Sie redeten so miteinander wie Frauen, was lachten sie da, was redeten sie nicht alles für dummes Zeug ... Madam Ioaniu kam tipp-tapp mit dem dampfenden Kaffeetopf und den Tassen, sie kam auch mit einer Flasche an, bisschen schnäpseln. Der war gut, der Pflaumenschnaps, Madam Ioaniu aß und trank auch gerne. Und da kam das über ihren Mann aus ihr rausgesprudelt.

»Ich hatte keine Freude mit ihm im Bett, Vica«, sagte sie über ihren ersten Mann, »zwischen uns war auch ein großer Altersunterschied, er war zwanzig Jahre älter als ich. Er hatte Manieren und war aufmerksam, aber was hab ich am Anfang geweint ... Nach einer Zeit gewöhnte ich mich daran ... Nur dass ich nicht aus dem Haus kam. Aber ich hatte einen offenen Salon und einige treue Freunde ... Wenn ich das ganze Leben mit Ştefan zusammen gewesen wäre, ich hätte wohl nie erfahren, was Lust bedeutet, es gibt Frauen, die haben so ein Schicksal. Oder wer weiß, vielleicht wäre ich auch vom rechten Pfad abgekommen wie so viele ...«

Wenn sie schon so geredet hat, dann wird sie vielleicht auch abgekommen sein vom Pfad ... Also, sie dachte sicher an so schlimme Sachen. Aber wer kann's schon wissen? Denn über ihre Sachen schwieg sie wie ein Grab ... Ihr armer Mann, sie hat ihn auf Fotos gesehen, Ivona kommt nach ihm, ein flacher Kopf: dürr und hochgewachsen, und eine lange Nase, von ihm hat Madam Ioaniu nicht sehr viel gesprochen. Es wird ihr schlimm gewesen sein mit ihm, oder sie hat sich nach sechzig Jahren nicht mehr erinnert, so lang wie das her war ... Sie redete nur immer von dem anderen, nur von Ioaniu redete sie. Redete, dass man wirr im Kopf wurde.

Sie drückt gegen das Tor, das Tor ist immer offen. Ein hohes Tor aus Gusseisen, im Sommer ist eine Laube hinten im Hof, eine Laube mit Efeu und Jerichorosen bedeckt … Und das ganze Haus bewachsen mit Efeu und Glyzinie und Jerichorosen. Früher waren da auch Blumen, so was wie Wicken, aber groß wie Wagenräder, Madam Ioaniu hatte sie gepflanzt und sie wusste auch, wie die hießen. Im Sommer roch es nach Jasmin und Jerichorose und Linden und Rosen, auf der Straße roch es schon, dass man ganz schläfrig wurde und Kopfschmerzen kriegte … Als wäre man nicht mehr auf dieser Welt …Und der ganze Hof voller großer, gelber Rosen und der Zaun, das Tor bedeckt von roten, kleinen Kletterrosen. Madam Ioaniu kümmerte sich um die Blumen, sie hatte früher auch einen Gärtner gehabt, dann war da noch der Soldat, der sich um alles kümmerte. Vom Juni an blühten die Rosen der Reihe nach, alle Sorten, und sie blühten bis in den Spätherbst hinein, in den November. Madam Ioaniu pflegte sie, sie erinnert sich noch, wie sie mit der Schere und dem Weidenkorb rausging und Rosen schnitt und ihr welche gab, wenn sie ging: Ja, nicht mal die Rosen schnitt sie, wie es kam, sondern sie schnitt nur die ab, bei denen sie sah, dass sie sowieso verwelken würden.

»Aach, jetzt bleib doch mal ruhig sitzen … Bleib da, ruh dich aus, seit heute Morgen immer auf den Beinen«, sagte Madam Ioaniu zu ihr.

Als hätte sie nicht das ganze Leben so gestanden, da an der Theke hat sie gestanden! … Aber sie weiß, was man denen sagen muss, damit sie sich freuen, damit sie mit dem Schwanz wedeln. Sie weiß, was man bei solchen Leuten reden muss und was nicht, wo sie hinkommt, da lieben sie sie, da schätzen sie sie.

Und dann fing Madam Ioaniu plötzlich an. Auf einmal legte sie los:

»Hach, ich habe so eine Energie gehabt in meinem Leben,

Vica! Mir haben immer vier oder fünf Stunden Schlaf pro Nacht gereicht… Ich mochte es, zu reisen, zu tanzen, ich mochte es wahnsinnig gern, ins Theater zu gehen. Mit Lulu bin ich zu allen Bällen im Militärpalast gegangen, wir tanzten die ganze Nacht und morgens, wenn ich mit der Kutsche nach Hause kam, fühlte ich mich frisch wie eine Blume. Glaubst du, ich wäre dann schnell ins Bett gegangen, wie es die anderen Damen taten? Niemals – hörst du? Nie! Ich ließ den Soldaten immer das Feuer im Bad anmachen, nahm eine Dusche, rief die Zugehfrau, legte fest, was an diesem Tag gekocht werden sollte, sah nach, was im Haus noch zu tun war… Dann fuhr ich wieder mit der Kutsche in die Stadt, gab Bestellungen für die nächste Woche auf, fuhr zu Dragomir Niculescu, nachmittags wieder Besuche oder eine Aufführung. Ein paar Mal habe ich gedacht, mein Leben wäre zu Ende. Ich habe großes Unglück erlebt, aber ich habe auch Freude gehabt, ich hatte auch viel, was mir gefallen hat… Ich mochte die Blumen und die Parfüms so gern…«

Und so erzählte Madam Ioaniu: Sie saß im großen Sessel auf der fleckigen Husse über den Kissen, auf dem Teppich, und redete und redete. Wenn sie anfing zu erzählen, war es schwer, sie zu bremsen. Manche Sachen hatte sie ihr schon mal erzählt, aber sie ließ sie es noch einmal sagen, nur dass der Magen ihr dabei knurrte vor Hunger. Aber was soll man sagen in einem fremden Haus?

Auch jetzt hat sie Hunger. Sie fällt fast um, wirklich, die Beine tragen sie kaum, wenn sie über die schiefen Steinplatten im Hof zum Hintereingang geht. Hier durch die Hintertür ist sie immer gekommen, als sie noch oben in ihrem Taubenschlag saßen und sie bis zur Mansarde hinaufsteigen musste. Auch Madam Ioaniu stieg da rauf und sagte nichts, was hätte sie sagen sollen? Sie konnte nichts anderes sagen als Dankeschön, andere waren im Gefängnis und wieder andere, die größten Prinzessinnen, die saßen in Kellern und Scheunen. Sie hingegen hockten in ihrem Haus, auch wenn man sie in den

Taubenschlag gequetscht und unten überall Mieter reingesetzt hatte.

Am Ende wurden sie auch die Mieter los, aber das nützte ihnen nichts: Tudor, der Junge, ging ja weg, und wenn Ivona und ihr Mann tot sind, dann nimmt sich der Staat eben doch wieder das Haus. Sogar Ivona hat ihr das mal so gesagt, als sie ihr gestanden hat, dass Tudor drüben geblieben war. Aber Madam Ioaniu hat lange nichts gesagt. Wenn sie nicht wollte, dann konnte man nichts aus ihr rauskriegen, sie sagte kein Wort; schwieg wie ein Grab.

Sie klingelt. Sie klingelt lange, bleibt stehen und dann klingelt sie noch mal. Sie drückt auf den vergilbten Klingelknopf und hört das lange Geräusch, wie es sich bis zu den oberen Zimmern hin ausbreitet; wie es über die hohe Holztreppe, die in der Seite eine eiserne Schiene hat, hinaufdringt. Sie bleibt eine Weile stehen, dann klingelt sie wieder. Ihr scheint, als hörte sie ein Rascheln drinnen, als hörte sie Schritte. Altes Haus, alte Möbel, alles knackt. Auch das Parkett knackt, sogar ohne dass man sich bewegt, ohne dass jemand drauftritt…

Sie kann es gar nicht glauben, dass sie so viel Pech haben kann… Sie steht da und dann klingelt sie, und steht immer noch da, macht drei Schritte und reckt den Hals zum Tor.

Ist Ivona vielleicht weg gewesen und kommt gerade in diesem Augenblick zurück?

Madam Ioaniu

Auf den Stufen hat sie die Zeitung ausgelegt, die sie bei sich hat, und hat darauf die leeren Plastiktüten aus dem Beutel gelegt. Und darauf hat sie sich gesetzt. So kann es von unten nicht ziehen, so kalt der Stein auch um diese Zeit ist, es wird so nicht ziehen. Sie merkt nämlich, sie kann nicht mehr, wenn sie nicht eine Weile sitzt, die Beine tun ihr weh, sie hat einen Krampf und ihr ist ganz schwach vor Hunger, es ist später Nachmittag, sie ist den ganzen Tag herumgezogen und nichts hat sie zwischen die Zähne bekommen.

Vielleicht taucht Ivona doch noch auf, diese verdammte Streunerin. Zur Streunerin hat ihre Mutter sie gemacht... Was für eine Frau, dass es ihr nie gefallen hat, einfach schön in ihrem Haus zu sitzen, sich wie andere um ihren Haushalt zu kümmern! Darum hat sich auch ihre Tochter die weite Welt in den Kopf gesetzt und ist bis nach Deutschland gekommen, bis nach Amerika, wo die überall war. Darum ist auch ihr Mann immer bei den Schicksen, aus Lust und Laune geht ja keiner von zu Hause weg, weiß man ja, wenn der Mann abhaut, dann ist die Frau dran schuld. Dableiben, wieso dableiben? Wenn man Ivona so sieht mit ihren Pferdezähnen, der langen Nase, so dürr und hektisch und den ganzen Tag die Zigarette im Mund und mit den Freundinnen am Telefon, ja, da gibt man wohl Fersengeld, was?

Sie sitzt auf der Zeitung, auf den leeren Plastiktüten und kaut an einem trockenen Brotkanten von ihrer Schwägerin; die Zähne hat sie rausgenommen und in ihren Beutel getan. Fünfhundert Lei hat dieser Gauner von Zahntechniker ihr abgenommen, und die drücken, ihr ganzer Mund ist eine einzige Wunde, verdammte Gauner die, ganz Bukarest ist voll davon, überall wo man hinkommt, überall stehen die mit ausgestreckten Händen... Woher nehmen, von sechshundertfünfzig Lei, zwei Leute, und Strom, und Miete, und Fernsehen?

Sie sitzt, sitzt, aber lange wird sie nicht mehr sitzen, die Dunkelheit wird sie sonst überraschen, hier an fremden Türen. Ihr Mann hat schon recht, die anderen, die siehst du nicht ein einziges Mal zu ihnen nach Hause kommen. Was ist denn, haben sie die Pest, dass keiner kommt? Zwar kommen die manchmal, die Schwägerin, Gelu, Niculaie mit seinen Weibern, der arme Ilie, Gott hab ihn selig, der kam oft mal, solang er noch lebte. Aber auch der immer auf dem Sprung … dass sie mal kommen würden, alle zum Fernsehen, was knabbern, sie hat ja immer was im Haus. Und wenn sie gingen, würden sie ihr fünfundzwanzig in die Tasche stecken:

»Was für dich, Vica, fünfundzwanzig Lei, die werden nicht schaden …«

Solange sie den Laden hatte, wurde sie sie gar nicht mehr los, und wer kam, ging bepackt wieder weg: Sie deckte ihnen den Tisch, holte raus, was sie alles Gutes hatte … wer kam, hatte immer gleich eine ganze Horde mit dabei. Und jetzt kriegt man keinen mehr zu sehen, keiner erinnert sich mehr. So ist das auf der Welt, solang man was zu geben hat, ist man gut genug, wenn nicht, bist du keine vergammelte Zwiebel mehr wert … Vielleicht taucht Ivona doch noch auf, vielleicht ist sie hier an der Ecke, im Alimentara* … Wenn sie bloß nicht zu einem dieser Damen-Tees gegangen ist, da treffen sich so Damen, eine Gruppe, die hat sie bei Ivona gesehen, die treffen sich, wenn ihre Männer nicht zu Hause sind, mal bei der einen, mal bei der anderen, und eine Woche vorher bereiten sie alles Leckere der Welt vor, um die anderen damit umzuhauen. Danach stopfen sie sich Süßigkeiten rein und süppeln Kaffee und dann geht's los, und ein Gequatsche, keine Minute steht der Mund still. Weiber, die nicht arbeiten, murmelt sie leise, das haben die Kommunisten gut gemacht! Mir haben sie den Laden weggenommen, aber euch haben sie noch mehr weggenommen! Und guck sie dir an, wer es vorher gut hatte, hat es jetzt immer noch gut … Und als es ihnen schlecht erging, ach, da hatten sie immer noch genug zum Verkaufen, Teppiche und Kristall und Schmuck, und dann hatten sie immer noch übrig, auch Madam Ioaniu ist ja noch was übrig geblieben, der ihr Haus ächzt ja jetzt noch unter dem ganzen Kristall und den Teppichen.

Madam Ioaniu war wie eine Katze, wenn man sie auf den Boden warf, fiel sie auf die Füße, und zwei Männer hat sie geheiratet und beide hat sie ins Grab gebracht! Verdammt gerissen war die, die hat sich ja noch mit achtzig Jahren angemalt, hat die Augenbrauen mit dem Stift nachgezogen und ist mit ihrer Tochter Filmgucken gegangen, in die Sala Palatului, beide: Ihr Schwiegersohn kaufte ihnen einmal die Woche Eintrittskarten und er dann zu den Schicksen. Verdammt schlau war sie, im Morgengrauen stand die auf, machte sich einen Kaffee und dann inspizierte sie die Küche; sie legte fest, was sie kochen würde, wie viele Portionen, was sie brauchte, alles hatte sie geplant; sie ging hin und her, schwer und dickbusig und mit der Zigarette im Mundwinkel; siehste, von ihr hat ihre Tochter das Rauchen gelernt, von ihr hat die auch das Geizen gelernt. Die Madam Ioaniu war verdammt auf ihren Geldbeutel bedacht, die stand da und zählte, wie viel Kartoffeln sie für einen Orientalischen Salat kochen musste, zwei für jeden, sagte sie, und so ging sie durch die Küche mit der Zigarette im Mundwinkel, wie ein General. Und wenn plötzlich einer mehr am Tisch saß, dann musste einer eben einen leeren Teller nehmen. Verdammt, und je älter sie wurde, desto geiziger wurde sie auch, ansonsten, in den guten Zeiten, da hatte sie ihr abends beim Gehen immer noch etwas zugesteckt: eine Dose Leberwurst, eine Konserve, ein paar trockene Kuchen, ein Stück Käse. Einmal, das weiß sie noch, da hat sie ihr drei Eier gegeben, eins ist auf dem Weg kaputt gegangen. Aber sie Vica, hat nicht gemeckert, sie hat nicht die Meckerziege rausgekehrt, so hochnäsig wie ihre Schwägerin immer – warum hätte sie hochnäsig sein sollen und sie nicht nehmen? Wer hätte den Schaden gehabt? Sie selber! Dann also wozu?

»Nimm doch, Vica«, sagte Madam Ioaniu, »die werden euch gut tun …«

»Gib her«, machte sie da, »gib her, ich bin der Mülleimer …«

Und was lachte die Alte da! Sie lachte, nippte an ihrem Kaffee und an ihren Gläschen, und sie mochte es zu essen, wirklich, was die bei Tisch alles runterkriegte … Je älter sie wurde, desto gieriger wurde sie auch.

Sie steht von den kalten Steinen auf, ist ganz steif geworden, die Beine schmerzen noch schlimmer als heute Morgen. Und sie muss mal, sie kann es kaum noch halten, je älter der Mensch wird, umso schwächer wird auch die Blase. Darum geht sie auch so ungern raus, vielleicht kommt dieses verrückte Huhn bald und lässt sie ins Haus. Sie macht noch ein paar Schritte, schaut zum Tor, vielleicht taucht Ivona ja noch auf, verdammte Streunerin. Darum hat sich ihre Mutter auch so lange die Hacken abgelaufen, bis sie Niki im Zaum hatte, ihn zum Schwiegersohn gemacht hatte. Sie ist viel rumgerannt, damit sie nicht auf ihrer wilden Ivona sitzenbleibt, die hatte es alleine nicht geschafft zu heiraten. Wie sie damals war, so ist sie jetzt immer noch: spindeldürre und lange Nase und Pferdegebiss, ab durch die Mitte. Wie viele da wohl dran gedacht haben, die zu heiraten?

Darum konnte ihre Mutter sie auch von klein an nicht leiden. Haha, die Alte war durchtrieben, durchtrieben war die Madam Ioaniu, und solang sie bei Kräften war und noch klar im Kopf, kriegte man nichts aus ihr raus. Sie war listig wie ein Fuchs und schwieg wie ein Grab. Aber einmal kam es doch aus ihr raus.

Da saßen sie beide, sie nähte an der Maschine, die Alte krumm in ihrem Sessel wie ausgestopft, und da ging's los, los ging's mit dem Erzählen. Als sie älter wurde, hörte sie nicht mehr auf zu reden. Und immer über ihren zweiten Mann, den Ioaniu. Jahrelang hatte sie geschwiegen und nicht einmal seinen Namen erwähnt, aber jetzt, seit sie seine Rente bekam, und am Telefon antwortete sie ja auch so:

»Hallo!«, sagte die Alte, »hallo! Hier Sofia General Ioaniu …«

»Ach, leck mich am Arsch«, sagte sie dann.

Und die Alte, hinterlistig:

»Was sagst du? Was hast du gesagt, Vica?«

»Ach nichts, was soll ich sagen, ich habe nichts gesagt, hab nur auf den Nähmaschinenfuß geschimpft.«

»Ach so, wenn du nichts gesagt hast …«

Und die Alte immer weiter mit ihren Geschichten: Wie Ioaniu der Liebling von Averescu* war und wie er in Predeal* und Mărăşti und sonst wo verletzt wurde und was für Orden er hatte und wie sie beide sich kennengelernt hatten und sie damals so kraftlos und arm und schwarz gekleidet war wegen ihrem ersten Mann. Und wie er sich wieder in sie verliebte, weil er es auch vorher schon gewesen war, aber es nie zu sagen gewagt hatte. Das konnte sie ihrer Großmutter erzählen, dass er das nicht gewagt hatte! Die zwei hatten noch ganz andere Sachen gewagt, die Alte hatte so einiges hinter sich, man weiß ja, wo Rauch ist, ist auch Feuer, und übrigens, warum sollte diese verrückte Cristidoaia sonst so reden, die es ja wieder von ihrer Schwiegermutter weiß? Aber Madam Ioaniu mochte nicht erzählen, wie viele Schwänze sie gesehen hatte. Sie redete immer ihr Zeugs weiter, wie Ioaniu ihr Körbe voller Blumen gekauft hatte, und Parfüms und französischen Puder und Pelze und Pariser Toilette, und wie eifersüchtig er war, wenn er sie zum Ball ausführte, im Militärpalast … Und Lulu hier, Lulu da, er hieß nämlich Gheorghe, nur die Alte nannte ihn Lulu. Lulu hier und Lulu da, ein verdrehtes Weibsstück …

»Das«, sagte die Alte, »waren die glücklichsten Jahre meines Lebens! Immer voller Lust, mich zu amüsieren, ich weiß nicht, wie das kam, in der Jugend hatte ich das nicht so … Ich habe Ivona gehabt, als ich heiratete, ich war selber noch ein Kind, und ich habe so eine schwere Geburt gehabt, dass ich fürs ganze Leben Angst hatte … Ştefan hätte dann so gerne noch ein Kind gehabt, aber er konnte betteln wie er wollte! Er konnte mich nicht mehr überzeugen … Dreißig Stunden habe ich mich mit Ivona gequält, ich wusste nicht mehr, wann Nacht oder Tag war. In meinem Bett habe ich sie bekommen, die Hebamme hatte mir Gurte gemacht, an denen ich mich hochziehen konnte, ich zog an den Gurten und brüllte … Und das ganze Haus ging auf Zehenspitzen! Ich war zu jung, ich bekam Angst und wollte mein ganzes Leben nichts mehr von Kindern hören …«

»Ach, was soll das immer mit den Kindern! Ich war froh, als ich jung war, dass ich keine machen konnte … Ich war froh, dass ich diese Plage nicht hatte. Was brauchte ich noch Kinder? Ich hatte ja meine Geschwister, auf die ich aufpasste. Ich hatte ja die Nichten und Neffen.«

Aber die Alte hörte nicht zu. Wenn sie anfing zu reden, hörte sie nicht mehr, und immer weiter ging's mit ihren Geschichten. So war es auch einmal, als es aus ihr rausbrach:

»Ich mochte es gern, auszugehen, ich mochte es, Gäste zu haben, ich mochte es wie wahnsinnig, zu tanzen … Aber der arme Ştefan hatte ein verschlossenes Wesen, er war ganz und gar kein Tänzer, er hatte seine Arbeit und die Bibliothek … Und weißt du, was ich machte? Morgens stellte ich manchmal das Patephon auf, schloss die Tür ab, tanzte alleine, sah mich im Spiegel an. Ich dachte darüber nach, wie es wohl wäre, einen anderen Mann zu haben, mit dem ich zusammenpasste, naja, du weißt, wie junge Frauen manchmal denken, nachdem sie geheiratet haben … Aber traurig war ich nicht, ich war von Natur aus fröhlich, den ganzen Tag lachte ich, das mochte Lulu später so sehr, nur dein Glöckchen ist hier im Haus zu hören, so pflegte er immer zu sagen. Ivona traute ich mich nicht einmal anzufassen. Ich war so geschwächt nach der Geburt, dass ich sie nicht gestillt habe, und die Arme, sie wurde krank … Sie war ein braves Kind, aber kränklich, und das blieb die ganze Kindheit über so.«

Madam Ioaniu hat ihre Tochter nicht gemocht, so dürr und irgendwie ältlich und mit dieser langen Nase; sie mochte ihre Tochter nicht und das ganze Leben hatte sie sie im Nacken.

Aber so gerissen wie die war, die Alte, so listig und raffiniert, sie hat ihrer Tochter auch nicht gesagt, sie soll mal Leine ziehen; und jetzt, wo sie ins Alter gekommen war und wusste, was sie wollte, da schwieg sie. Nur ihr, der sie alles sagte, nur ihr hat sie gesagt, dass sie ihre Tochter nicht gemocht hat.

»Das Kindermädchen kam und brachte sie mir, was gab's bei einem kleinen Kind zu sehen? Ein Päckchen weiße Spitze und darin ... Ich wusste nicht mal, wie man sie wickelt, auch nicht, wie man sie trockenlegt, das war so kompliziert, bis zum Ende habe ich das nicht gelernt ... Ich sag's dir geradeheraus, ich hatte Angst, sie anzufassen, und dass ich ihr nicht irgendwas quetsche; sie hatte einen kahlen, länglichen, unförmigen Kopf, und sie weinte die ganze Zeit, und auf der Wange hatte sie solche Flecken ... Der arme Ştefan war so glücklich, er hat sie immer schön gefunden ... Ivona ist interessant, sie ist angenehm, intelligent, aber schön ist sie nie gewesen ... Ivona hatte von klein auf ein erwachsenes Wesen und eine Art ... wie ein Großer ... Vielleicht ist sie deshalb, wenn ich an sie denke, nie wirklich klein gewesen ... Sicher, ich liebte sie, wie sollte ich sie nicht lieben? Mutterinstinkt, wie ... auch die Tiere lieben ihre Jungen ... Ivona war ein sehr braves und etwas seltsames Kind ... Und unmerklich war sie dann plötzlich groß ...«

So ist das ... Sie brannte einfach nicht darauf, sich um ihre Tochter zu kümmern, so wie einem selbst nicht danach ist, zu den feinen Herrschaften zu gehören. Viele Rosinen hatte die im Kopf, wie alle Frauen, die nicht arbeiten. Ganz richtig im Kopf war sie auch jetzt nicht, warum hätte sie sonst diese ganzen Kistchen und Fläschchen aufheben sollen? ... So geizig wie die war, was nützten ihr diese Flaschen und dieses ganze alte Zeug, das sie auf keinen Fall wegschmeißen wollte?

»Ich habe die Blumen so gemocht, Vica«, sagte Madam Ioaniu, »ich mochte es, das Haus voller Blumen zu haben ... Blumen mochte ich und noch mehr mochte ich aber Parfüms ...«

Und plötzlich sah man sie, wie sie vom Sessel aufstand

und mit einem Buckel hinten davontappte; je älter sie wurde, umso buckliger wurde sie. Auf einmal sah man, wie sie mit 'nem Stapel Flaschen im Arm ankommt. Nur sie wusste, wo sie die herholte, aus der Toilette, aus Schubladen: Flaschen und Fläschchen, manche groß wie ein Finger, andere wie Wasserkaraffen, Flaschen mit goldenen Deckeln, mit Silberfäden, mit glitzernden Etiketten. Und was die für Korken hatten! Und was für mattes, blaues, grünes Glas, das die Alte mit ihren achtzig Jahren noch auf keinen Fall wegschmeißen wollte ... Die Alte kam angetappt, schwer und dickbusig und krumm, je älter sie wurde, desto krummer wurde sie, und die Nase wurde länger. Sie hatte eine gebogene Nase gekriegt. Und sie stellte die Fläschchen auf den Tisch und sah sie sich an.

»Das war, als ...«, begann sie.

Und erinnerte sich an alle, wann sie sie bekommen hatte, was für ein verdammtes Gedächtnis die hatte!

»Das war mit ...«, sagte sie.

Sie wusste, wie alle hießen, Dutzende Male hatte sie ihr das erzählt, aber man konnte das ums Verrecken nicht behalten.

»Die hat mir Lulu vor unserer Hochzeit mitgebracht, jeden Tag schickte er mir einen Boten mit Blumen ... Körbe voller Blumen und Parfüms ... Vom Fenster aus sah ich das rote Käppi des Boten. Und Ivona schickte er Kartons mit Kuchen und glasierten Früchten und Karolinentörtchen von der Konditorei Capşa. Ivona ist von ihrem Vater und von ihm, von beiden, verwöhnt worden ...

»Die hat er mir gegeben, nachdem ich eine Ausschabung hab machen lassen. Wie besorgt der arme Lulu war, als er mich abholen kam! Eine Woche ließ er mich nicht aus dem Bett ... Es war die erste Ausschabung, die ich mit ihm habe machen lassen, darum war er auch so besorgt, aber ich hatte eine gute Ärztin und ich hatte schon viele gemacht, ich war schließlich, nicht wahr, doch schon lange verheiratet gewesen ... Aber was musste er das wissen? Warum soll der Mann alles wissen, sag mir das mal, du, hab ich recht, Vica?«

»Der Mann braucht dich nur von der Taille an abwärts zu kennen«, sagte sie.

Und was lachte Madam Ioaniu da! Sie lachte und beguckte ihre Fläschchen.

»Rausgeschmissenes Geld«, sie rümpfte die Nase, wenn sie sah, wie die ihre Flaschen beguckte, »rausgeschmissenes Geld, warum hat er Ihnen so was mitgebracht? Besser ein Grundstück, das hier ist doch zum Fenster rausgeschmissenes Geld …«

»Ach ja, Land schien in Rumänien die sicherste Anlage zu sein. Und Land, hast du ja gesehen, war dann gar nichts mehr wert. Lass mal, es war besser so! Der arme Lulu mochte es, mich zu verwöhnen …«

Und dann klaubte die Alte die Flaschen wieder zusammen. Sie nahm den Berg Fläschchen und steckte alle in irgendwelche Schubladen im Toilettentischchen, als wären sie aus Gold, so hütete sie die! Warum hat sie sie wohl behalten? Die Zeit verging und sie war langsam nicht mehr ganz bei Trost, wurde immer geiziger! Und bis sie nicht alle wieder an Ort und Stelle hatte, kam sie nicht zurück zu ihrem Sessel.

»Der arme Lulu war ein stattlicher Mann, als wir geheiratet haben, und er war ein Kavalier. Er war ein Militär mit Karriere, sehr korrekt und sehr streng, aber bei mir war er ganz anders. Schrecklich, wie er mich verwöhnte und mir die Wünsche von den Lippen ablas! … Jeden Abend gingen wir aus ins Continental und ins Mon Jardin und zu den Bällen im Militärpalast … Wir hatten uns auch einen Freundeskreis aufgebaut … Er hatte ein goldenes Herz, aber man musste taktvoll sein, denn er war cholerisch und wurde schnell wütend …«

»Ach ja, verdammt gerissen bist du dein Leben lang gewesen«, sagte sie in Gedanken zu ihr, »gerissen und materialistisch, und immer alles für dich, und du hast immer gewusst, wie du auf die Füße fällst! Was für ein Glück manche im Leben haben«, dachte sie.

Hinter ihr zischt etwas, sie dreht sich schnell um und das Herz klopft wie wild in ihrer Brust:

»Uff, verdammt«, sagt sie, »uff, verdammt, husch, hau ab!«

Ein räudiger Kater mit abgerissenem Fell, o Gott, o Gott, steigt aus den Zweigen des Birnbaums. Was für ein Birnbaum das mal war, was für große, saftige Birnen der getragen hat! Jetzt ist er eingeschnorrt, ist ausgetrocknet, letzten Sommer haben ihn auch noch die Raupen angefressen. Natürlich vertrocknet alles, wenn sich keiner mehr rührt und im Hof was tut. Es steht keine Blume mehr im Hof, kein einziger Rosenstrauch, seit Tudor weg ist, der Junge, seit Madam Ioaniu gestorben ist… Aber auch schon vorher, als sie dann schrumpelig geworden war. Solange sie noch Kraft gehabt hatte, kümmerte sie sich um das Haus, sie kümmerte sich um die Blumen und die Gartenlaube. Sie richtete über Gut und Böse, keiner hätte es gewagt, ihr was zu sagen. Die wussten schon, was sie machten, und die verdrehte Ivona und ihr ekliger Mann, die wussten, dass das Haus, die Teppiche, das Silber, der Schmuck, was noch so übrig war, das war alles auf den Namen der Alten eingetragen; alles ihrs, und dann kriegte sie auch noch Rente von ihrem Mann. Er ist zwar im Gefängnis gestorben, aber am Ende haben sie der Alten doch Rente für ihn gegeben. Er hatte ja auch den anderen Krieg mitgemacht, und da hatte er Hände voll Orden gekriegt! Er war bei Predeal verletzt worden und die Alte hatte ihn versteckt gehalten! Madam Ioaniu, damals hieß sie ja Mironescu, hielt ihn monatelang versteckt und ihr Mann, der Professor, er hielt ihn auch mit versteckt, die beiden waren Freunde. Und dann nahmen die Deutschen ihren ersten Mann und brachten ihn ins Lager, aber den Ioaniu nicht. Ioaniu zog sich seine Zivilkleider an und ging nach Moldova*, er wusste eben, wie er es machte. Er hatte auch in Mărăşti* gekämpft und wurde wieder verletzt, und dann behängten die ihn eben mit Orden, der König, die Königin und Averescu. Als wieder Krieg kam, verstand er sich nicht gut mit Antonescu* und das war sein Glück: dass er ihn nicht noch nach Russland geschickt hat. Am Ende hat er dann doch kein Glück gehabt, er ist im Gefängnis gestorben, aber die Alte, die hatte schon welches, kann man sagen. Die Alte hat geduldig gewartet, soweit's ging, hat die Zähne zusammengebissen, hat Rente bekommen, ist in der ganzen Stadt unterwegs gewesen mit ihren Französisch- und Deutschstunden, aber sie hat alles gekriegt: das Haus, das Kristall, die Teppiche und dann hat sie am Ende auch noch Rente von wegen ihrem Mann gekriegt. Und zum Schluss war aber doch das ganze Geld weg!

Deshalb hat man ja, nachdem sie jahrelang den Mund gehalten hatte, immer nur gehört, wie sie sagte:

»Hallo!«, meldete sich die Alte, »hallo! Hier Sofia General Ioaniu.«

»Nee, leck mich am Arsch«, sagte sie da.

Und die Alte hat so schlau von allem gesprochen, aber nur ganz schwer hat sie davon erzählt, was da wirklich gewesen ist und wie ihr Mann gestorben ist. Da hatten es die Kommunisten wohl geschafft, die Angst saß ihr richtig in den Knochen! Aber auf einmal ist es doch aus ihr rausgekommen.

»Ach, ich war so schlank, als ich jung war, weißt du noch, Vica?, meine großen Brüste.« Diese unansehnliche Ivona, die hat nicht das Glück gehabt, ihr ähnlich zu sehen, und auf die Männer hat sie auch ihr ganzes Leben keine große Wirkung gehabt.

»Guck, so dünn war ich in der Taille«, sagte die Alte, »so einen flachen Bauch hatte ich … Nachdem ich niedergekommen war, hab ich mich angestrengt, so gut ich konnte. Das hat mir die Hebamme beigebracht und das hat sie gut gemacht; keiner hätte gedacht, dass ich ein Kind hatte, ich war so schlank wie ein Fräulein … Später bin ich bisschen fülliger geworden, und nach vierzig Jahren fing ich an aufzupassen, dass ich nicht dick wurde: ein Apfel, kein Brot. Du weißt ja, wie ich ausgesehen habe, bis Lulu starb. Aber als dann der ganze Ärger kam, hatte ich keine Zeit mehr für mich …«

»Warum hätt' ich wohl schlank bleiben sollen?«, schnitt sie ihr das Wort ab, »dick ist nämlich schön! Und der dünne Mensch bekommt alle Krankheiten und alles Schlimme der ganzen Welt… Siehst du nicht die ganzen Dünnen? Die sind nervös und kraftlos…«

»Weißt du«, kam es der Alten über die Lippen, »weißt du, als ich die Pension kriegte, da wurde ich langsam dicker… Ich kostete vom Gekochten, um zu sehen, wie es schmeckte, ich richtete die Portionen her, was hätte ich sonst noch für eine Freude im Leben gehabt? Merk dir, was ich dir sage, Vica, merk dir, es ist nicht gut, im Leben ohne Freude zu sein… Sonst bist du immer mürrisch und schlecht gelaunt, und du vergiftest dir noch die Seele und vergiftest auch die anderen. Es ist gut, dir im Leben Freude zu bereiten, keiner hat da was zu verlieren… Also habe ich mir keine Begrenzung beim Essen mehr gesetzt, als ich die Pension bekam. Manche Leute essen ja aus Ärger, andere aus Langeweile, aber am schwersten ist es sich zurückzuhalten, wenn man aus Freude isst. Und die letzte Freude, die dem Menschen im Leben bleibt, ist das Essen.«

Das war das einzige Mal, dass Madam Ioaniu ihr von der Rente erzählte. Ansonsten nichts; nicht, dass Antonescu ihren Mann zur Reserve schickte, nicht, wie die Kommunisten ihn holten und wie er drüben im Westen dann Krieg machte. Dass er bis in die Tschechoslowakei gekommen war. Was sie halt von Ivona so gehört hat, oder von der Zahareasca, und die wusste es von ihrem Mann, der ein großer Direktor gewesen ist. Und nach einer Zeit war der Zaharescu kein großer Direktor mehr, dem hatten sie das Wasser abgegraben. Oder er war halt an der Reihe mit Abtreten, das ist ja das Gesetz bei den Kommunisten: dass immer von hier nach da gewechselt wird, je nachdem, wie sich was ändert und was die sagen. Aber sie macht sich keine Sorgen um solche, die früher mal groß gewesen sind: Auch wenn sie die abgesetzt haben, am Schluss ging es ihnen doch gut. Um die macht sie sich keine Sorgen; sie macht sich Sorgen um ihren armen Mann, er ist jetzt alt, wird jetzt neunundsiebzig, und seit er in Rente ist, hat sie keinen Lei mehr zur Seite gelegt. Es ist immer bei den siebentausend geblieben, o Gott, dass nur nichts passiert. Also, um die macht sie sich keine Sorgen, denen geht es jetzt immer noch gut. Und der Zahareasca geht es auch immer noch gut, obwohl sie jammert, was die alles jammert, da denkt man Gott weiß was, was das Regime ihr gemacht hat… Aber bei der im Haus, das platzt gleich aus den Nähten vor lauter Sachen aus dem Ausland, und ihre große Tochter, die ist nach England und da geblieben. Manche meinen, sie wäre dahin zum Spionieren, andere meinen, die ist da geblieben, weil sie hier schon alles hatte, wo gibt, oder dass sie da geblieben ist, weil ihr Vater nicht mehr in der Position von früher war…

Aach, sollen sie doch alle verrecken! So ist das eben bei manchen, die fallen immer auf die Füße. Um die vergießt sie keine Träne, um die macht sie sich keine Sorgen; sie macht sich Sorgen um sich und um ihren Mann, sie zweie leben von sechshundertfünfzig Lei, dann noch die Miete, Strom und Fernsehen. Und sie ist hier ganz steif geworden vor Kälte, seit sie auf diese Verrückte wartet. Sie wartet hier auf fünfzig Lei, soll sie doch an ihren fünfzig Lei ersticken, ihr ist schon ganz schwarz vor Augen vom Hunger. Bei manchen isses einfach so, als hätten die keine Sorgen, die nehmen es halt nicht so schwer und gehen drüber weg. So ist die Zahareasca. Oder diese Nutte, die Madam Daniel. Oder die wilde Ivona: Wenn eine andere ihren Mann die ganze Zeit bei seiner Schickse hätte, dann würde die doch eingehen wie 'ne Primel!

Aber die, haste nichts, willste nichts, das sieht man ja, der Apfel fällt nicht weit vom Stamm. Sie ist eben die Tochter ihrer Mutter, und Madam Ioaniu hat zwei Männer gehabt und beide ins Grab gebracht, aber sie hat trotzdem ihr Ding weitergemacht: Schminken, Poker, und ja keinen Film im Sala Palatului verpassen.

Ihr Mann, der Ioaniu, da kann man sagen, der war ein Glückspilz, weil Antonescu ihn in die Reserve versetzt hat und nicht nach Russland geschickt… So viele haben da ihre Knochen liegen! Könnte man sagen, dass er Glück gehabt hat, der Ioaniu, weil die Kommunisten ihn wegen nichts angehen konnten, weil sie ihn ja einberufen haben, ihn aus der Reserve zurückgeholt haben, und für die ist er dann ja auch bis auf die Tatra. Aber nein! Es hat ihm nichts gebracht! Er ist trotzdem im Gefängnis gestorben! So Fünfzig, Zweiundfünfzig, Gott weiß, wann er gestorben ist, die Alte schwieg ja wie ein Grab. Aber egal dass sie den Mund hielt, es wissen ja doch alle. Und sie weiß es von der Cristidoaia, von der der Mann war auch im Gefängnis ... Die hat ihr erzählt, wie sie da der Reihe nach alle starben, die mal Minister und Anwälte gewesen waren und die richtig Wohlstand gehabt hatten, und die mit denen verwandt waren, und die ganzen Pechvögel alle, die haben da ins Gras gebissen. Wenn sogar der Brătianu da gestorben ist, wie die ihn dort reingeworfen haben, und die Ratten haben ihn bei lebendigem Leibe abgenagt! Manche haben ihn angeblich angebettelt, er sollte fliehen, diesen Brătianu oder einen anderen, der sein Neffe war oder Bruder, einer von den Brătianus, und der hätte dann gesagt: »Ein Brătianu flieht nie!« ... Und er ist nicht geflohen, er ist geblieben. Und dann hat er die Hölle gesehen. Und Maniu* ist gestorben und andere, so viele ... Von den Hundert oder Tausend, was die waren, sind wohl nur zwei davongekommen.

Und sie wussten nichts, weder Madam Ioaniu noch ihre Tochter, wussten nicht, dass Ioaniu im Gefängnis gestorben war, erst nach einer Weile, so im Sommer, haben sie das Papier gekriegt. Und sie sind zum Friedhof gegangen, das Grab pflegen. Sie gingen hin und hielten ihm die Totenmessen, was die Alte eben machen wollte, denn sie brachte sich wegen solchen Sachen nicht gerade um. Sie sind zum Friedhof, aber wie sollten sie ihn da finden? Da waren ganze Hektare voll mit Kreuzen, nur neue Tote und Holzkreuze, nicht mal ein Jahr standen die da ... Welches seins war, weiß Gott ... Aber dort kriegten sie raus, dass Ioaniu im Lazarett gestorben war ... Er war krank geworden, und weil die ihn nicht mal mit dem Arsch anguckten, wie einen Hund, weigerte er sich angeblich zu essen. Er, der Dickschädel, hat nichts mehr gegessen, damit sie ihn ins Lazarett brachten, die haben natürlich Danke gesagt, als er nichts mehr essen wollte, er war ihnen ja egal, sie brachten ihn wohl zwei Stunden bevor er starb ins Lazarett. Und bevor er starb, hat er die ganze Zeit geredet und einer hat ihn gehört und hat es seiner Frau weitergesagt: Der sagte, er wäre noch klar im Kopf gewesen und wusste, dass er sterben würde. Und das wäre seine Bitte gewesen: dass sie ihn nicht in diesen gestreiften Kleidern begraben sollten, er wäre kein Dieb, er wäre ein ehrlicher Mann. Er war Soldat und General und hat niemandem was Böses getan, darum hatten sie ihn ja auch ausgezeichnet. Er meinte, darum hätte er sie gebeten, ihn nicht in diesen gestreiften Kleidern zu begraben. Und welche auch immer das waren, die das hörten, sie hielten sich dran. Denn so hat Madam Ioaniu ihn gefunden: Ein Totengräber, wie auch immer, er hat sich erinnert, dass einer der Toten im Schlafanzug begraben worden war. Der Totengräber hat sich gewundert: Was hätte die wohl geritten, den im Schlafanzug zu bringen, und dann noch im Schneesturm, mitten im Winter? Aber wenn man tot ist, ist es ja egal, dann merkt man ja nichts mehr, was brauchst du dann noch Kleider!

Und so hat Madam Ioaniu ihren Mann gefunden und hat ihm Totenmessen gehalten und ihm ein Marmorkreuz hingesetzt, und nach sieben Jahren hat sie ihn rausgeholt und ihn in die Gruft gebracht auf den Belu-Friedhof, sie hat seine Zähne angeguckt und ihn wiedererkannt: dass das ihr Mann war.

Ein verflixtes Weibsbild, hart wie Eisen, sie hatte sie nie weinen gesehen. Nicht mal, als sie den ganzen Ärger am Hals hatte: der Mann tot, die Schwester im Gefängnis, die Tochter immer unterwegs, der Schwiegersohn bei der Schickse, die Securisten hinter ihnen her und sie ohne Rente, ohne nichts. Und dann rannte sie sich noch die Hacken krumm, dass sie ihren Neffen nicht von der Schule warfen.

»Du musst im Leben wissen, was du willst, Vica, denn wenn du verbissen daran festhältst, dann kommt am Ende doch was dabei raus ...«

Wer weiß, an was die Alte gedacht hat, als sie ihr das alles sagte! Aber wirklich, sie wusste schon, die Zeit arbeitet für einen. Und am Ende hatte sie doch eine Rente wegen ihrem Mann gekriegt. Und Tudor hat die Schule zu Ende gemacht und dieser Lümmel von Schwiegersohn hat seine Schickse laufen lassen und ist nach Hause zurückgekommen. Jetzt hat er eine andere, aber es heißt, dass er nach Hause zurück ist, auch wenn er da wie auf Kohlen sitzt. Man sieht ihn da so sitzen und auf einmal nimmt er seine Jacke vom Haken und geht.

»Niki ist beim Tennis«, sagt Ivona, diese Schnepfe.

Alle wissen, wohin er geht, aber alle tun so, als würden sie ihr glauben.

»Zum Tennis, so ein Mist, zum Weiberreiten ist er, soll'n ihm doch die Eier abschrumpeln!«, sagte sie leise.

Und was lachte die Alte da, wenn sie sie hörte! Die Alte mochte ihren Schwiegersohn nicht, ja, so raffiniert wie sie war, sagte sie ihm trotzdem nicht, er sollte Leine ziehen. Sie war ja so lang herumgelaufen, damit er ihre unansehnliche Tochter endlich nahm ... Diese Streunerin, die Ivona, wo die wohl jetzt rumrennt! ... So ein großes Haus zu haben und alles drin und viertausend Rente die beiden, und dass du dann durch die Stadt rennst ... Hinterhältig und verdreht, von der sieht man kein Fitzelchen. Was die alles hat, was die da zusammenrafft, die nimmt das mit ins Grab! Falsch und dürre, deshalb betrügt ihr Mann sie auch! Und je älter sie wird, umso dürrer wird sie.

»Hol dich der Deibel und deine fünfzig Lei ...«

Sie stampft auf der Stelle, damit ihr ein wenig warm wird, und dann bückt sie sich seufzend, was ist das denn nur so schwer, wieso ist es so schwer, sich zu bücken? Früher, was hat sie da die Böden geschrubbt, was hat sie geschleppt, gehoben, und dann erst ihr Mann, seit einiger Zeit kann er sich nicht mal mehr die Schuhe zuschnüren. Wegen dem Bauch kann er nicht. Riesendickwanst, da siehst du ihn auf einmal den Fuß mit dem Schuh auf den Stuhl stellen und dann ruft er sie:

»Vica!«, ruft er, »Viiicaaa! Komm und bind mir die Schnürsenkel ...«

»Ach, du und deine Mutter da bei euch Bauern, die hat dir wohl alles durchgehen lassen! Du mit den Füßen auf dem Tisch wie ein Rindviech mit Schuhen ...«

Aber sie kommt. Schon immer, seit sie ihn kennt, hat er so großkotzig getan, und wenn sie ihn in vierzig Jahren nicht geändert hat, was soll sie ihn jetzt noch ändern. Wenn er eben von der Art her schäbig ist, da hätte sie auch gegen die Wand rennen und kopfstehen können, sie hätte ihn doch nicht geändert. Und bei dem Bauch, den er da hat, gibt's auch nichts, was man ihm hätte sagen können; mit hundertzwanzig Kilo, wie viel der hat, wenn er sich da bückt, da kann ihm ja im Kopf was platzen, da kann er dann ja gelähmt sein; kann auf der Stelle tot umfallen, und das wär dann ja viel schlimmer ...

Also meckert sie, was sie zu meckern hat, aber sie kommt und bindet ihm die Schnürsenkel.

Sie bückt sich, klaubt die Plastiktüten zusammen, faltet sie und legt sie in ihre Tasche. All das tut sie langsam, seit sie älter geworden ist, tut sie nichts mehr schnell. Aber weggehen will sie auch nicht, sie hat keine Lust ... Sie hat keine Lust, wenn sie dran denkt, dass sie den ganzen Weg umsonst gemacht haben soll. Du Dussel, du Dussel, flüstert sie sich selber zu, geht um das Rohr an der Treppe herum, biegt um die Ecke des Hauses und geht mit winzigen Schritten zum Tor. Der Hof leer, der Mann bei seiner Schickse, und Ivona soll doch verrecken, da wo sie ist, die hat wohl Paprika im Hintern, dass die nicht mal ruhig in ihrem Haus hocken bleiben kann ...

Der Hof leer, keine Schritte auf dem Pflaster ... Man könnte glauben, die wären alle ausgezogen, so leer sieht das Haus aus, seit der Junge weg ist. Seit die Alte eingeschnorrt ist. Die hat sich gehalten, solange es ging, sie war ja über achtzig und auf der Straße gaben sie ihr sechzig, aber alles nur, bis der Junge weg war. Alles nur, solang Tudor da war und bis sie irgendwann Wasser in den Lungen hatte, Entzündung, oder was es war. Damals war es gerade so, dass sie dauernd bei ihnen war, um zu arbeiten, und sie erinnert sich gut, die Alte lag im Bett und im Wohnzimmer rieb sich ihr Schwiegersohn die Hände:

»Sie stirbt«, sagte er, »die arme Mutti stirbt…«

Und so hat er sich immer die Hände gerieben, guck, und so haben seine Augen geglänzt vor Freude. Jedem, der ins Haus kam, dem sagte er das; sogar ihr hat er es gesagt, und was hatten sie denn bis dahin zusammen geredet?

»Sie stirbt«, hat er zu ihr gesagt, »jetzt noch einen Tag, zwei Tage, eine Woche, aber ich glaube, nicht mal so lange, dann stirbt die arme Mutti…«

Ach ja, so sehr hatte er es also gehasst, drauf zu warten, bis seine Schwiegermutter abkratzte, und jetzt konnte er sich nicht mehr zurückhalten. Was der sich wohl dachte? Dass Ivona auch stirbt und dass er dann beide los ist und dass seine Schickse dann Hausherrin wird und Herrin über den Schmuck und das Geld auf der Bank von der Alten? Das muss ihr Schwiegersohn wohl gedacht haben, so wie der immer im Wohnzimmer hin und her rannte und sich die Hände rieb:

»Siehst du? In zwei, drei Tagen höchstens, da stirbt die arme Mutti…«

Und die Alte sagte nichts. Lungenentzündung, Wasser, was sie gehabt hat, sie wird's wohl wissen, aber abgekratzt ist sie nicht. Ganz umsonst hat der Schwiegersohn sich im Wohnzimmer die Hände gerieben. Sie lag da, solang es dauerte, aber sie hat den März überstanden, das ist der Scheiß-Monat, wenn man irgendwie Pech hat, wenn man sterben soll, dann stirbt man im März, das weiß jeder; und wo die Alte den März überstanden hatte, wie es ein bisschen wärmer wurde, da ist sie auf einmal aus dem Bett aufgestanden. Auf einmal hat sie angefangen, durchs Haus zu schlurfen. Schlapp-schlapp, schlapp-schlapp, bis der Arzt sagte, jetzt wäre die Gefahr vorbei; nur dass sie jetzt nicht mehr die Madam Ioaniu von früher war. Nach der Krankheit, da wusste sie auf einmal, wie alt sie war: Sie war schmal geworden, die Haut hing ihr runter, ihr Gesicht war eingefallen und die Augen riss sie auf und ihre Stimme rasselte so, man verstand kaum, was sie sagte. Ob das jetzt die Krankheit war, oder dass der Junge die Flucht geschafft hatte ... Sie hatte Tudor von klein auf erzogen, sie hatte ein' klein' Teufel aus ihm gemacht; seit er ein Milchkind war und bis zu dem Tag, an dem er wegging, hatte nur sie sich um ihn gekümmert ...

»Ich werde ihn mein Lebtag nicht mehr wiedersehen, Vica! Ich werde ihn in diesem Leben nicht mehr sehen, und ein anderes gibt es nicht, denke ich ... Ich beneide den, der an Gott glauben kann und dass die Seele unsterblich ist, ich habe das nie glauben können ...«

So hat sie's eines Morgens gesagt. Nur sie beide waren zu Hause und die Alte saß im Sessel. Sie hatte ihr etwas zum Säumen gegeben, aber die Alte hatte keine Lust, sie stichelte irgendwie vor sich hin und ließ es dann wieder sein; besser ließ sie es sein, alles, was sie machte, musste man wieder auftrennen.

Da saß die Alte im Sessel und redete von dem Jungen. Und so schlimm liefen ihr die Tränen runter über die Backen:

»... Weißt du, Vica, weißt du? Als Niki Ivona vom Krankenhaus nach Hause brachte und ich den Jungen sah, da habe ich zum ersten Mal wirklich ein Kind gesehen. Ich hatte ihn so lieb, er schien mir so klein und so hilflos ... Und gerade als ich ihn so sah, da war es vom Licht oder vom Wind, ich weiß nicht warum, dass er nieste ... Und er machte eine Handbewegung, so wie ein Großer ... Und ich weiß auch nicht, warum ich mich wunderte, dass er solche Bewegungen wie ein Mensch machen konnte! Er hatte ein altes Gesicht, wie Kinder im ersten Monat immer haben, aber ich mochte es, ich sah ihn an, wenn er aufwachte, wenn er sich umschaute. Wenn ich an Gott geglaubt hätte, ich hätte gesagt, das ist ein Wunder. Als könnte ich nicht verstehen, wie er so plötzlich zu uns gelangt war, als würde es mich einschüchtern, wenn ich ihn ansah, er schaute sich um, als hätte er alles begriffen. Ivona war auch noch lange krank, sie hatte einen Kaiserschnitt gehabt, und ich fütterte ihn, ich lernte, ihn zu wickeln, ich badete ihn, ich erlaubte niemandem, meinen Platz einzunehmen ... Und als Ivona wieder gesund wurde und anfing, sich auch um den Jungen zu kümmern, und ich sah, dass sie nicht wusste, was sie tun sollte ...! Die Arme, im Haushalt ist sie ein Antitalent, ungeschickter als ein Mann ... Wenn ich sah, wie sie ihn hielt, wie sie keine Geduld hatte, ihm mit dem Löffelchen zu essen zu geben, und im Bad war sie einmal drauf und dran, ihn zu verbrühen, da, Gott bewahre, aber da hatte ich wirklich die Nase voll von ihr. Es tat mir leid, dass sie seine Mutter war, dass sie ihn geboren hatte ...«

Die Alte saß im Sessel auf der dreckigen Husse, den Kissen, dem Teppich. Stundenlang saß sie so, regte sich nicht und redete immer über den Jungen. Und da kam es aus ihr raus, wie sie ihren Mann geholt hatten, und da hat sie auch endlich geweint ... Sie redete, redete, und so liefen ihr die Tränen runter über die Backen ...

»Schlimme Zeiten waren das ... Bald, sehr bald wird es auch mich treffen, hat Lulu eines Abends zu mir gesagt. Er wusste genau, wann sie ihn festnehmen würden. Das sagte ihm einfach die Logik, er verfolgte mit, wie die Verhaftungen in der Armee immer weitergingen. Er bereitete mich rechtzeitig darauf vor und ganze Tage durchforsteten wir die Bibliothek, verbrannten Dokumente, Briefe, Akten, Bücher, die Securitate fand nichts. Sie zerlegten das Sofa, das Parkett, fledderten die Buchseiten, absolut nichts fanden sie, um es ihm anzulasten. Ach, sie genierten sich nicht, einen auch ohne Beweise für schuldig zu erklären, aber er war dann nicht unter den Ersten dabei. Sie warteten noch, bestellten ihn, wie ich erfahren habe, zum Verhör, setzten ihn unter Druck ... Ziemlich schnell wurde er krank. Verurteilt ist er nicht worden, es war also nicht schwer, dass sie ihn später rehabilitiert haben ...«

Darum hast du also deine Rente bekommen, ha-ha, hatte sie gedacht ... Jetzt war also die Zeit gekommen, das alles mal auszusprechen! Warum hätte sie jetzt noch schweigen sollen? Sie hatte nur für den Jungen geschwiegen, damit er sich sein Leben gut einrichten konnte, sie hatten immer gehofft, dass sie ihn bei der Arbeit auf einen hohen Posten setzen würden und ihn in die Partei aufnehmen, denn schlau war er, der Tudor! Und ehrgeizig! Immer die Nase in den Büchern! Sie hatten immer gehofft, dass es ihnen bald besser gehen würde, ihm und der ganzen Familie. Und darum ist er beim ersten Mal nicht geblieben, er war schon mal in Deutschland gewesen, in Holland, wo der nun gewesen war, aber er ist beim ersten Mal nicht dageblieben. Aber danach, als der Junge dann doch weg war, da hatte seine Großmutter keinen Grund mehr, noch länger den Mund zu halten.

»Wenn es dunkel wurde und wir hörten, dass ein Auto vor dem Haus hielt, erstarrten wir alle und sahen einander an, kalkweiß ... Mein Lebtag werde ich dieses Jahr nicht vergessen! Wie lang die Sekunden waren, wenn man darauf wartete, dass es an die Tür klopfte ... jemand die Treppe raufkam ... Wir wagten es nicht mal, ans Fenster zu gehen und nachzusehen, ob es ein schwarzer Lieferwagen war. Du kennst doch Herrn Romanescu, nicht? Er hatte zehn Jahre bekommen, immer war er ein feiner, humorvoller Mensch gewesen, weißt du, was er sagte, nachdem er rauskam? Wenigstens konnte ich im Gefängnis sicher sein, dass sie nicht kommen würden und mich holen ... Aber wenn ich sie auf den Gängen hörte, dann klopfte mir das Herz trotzdem bis zum Hals ... Ich wusste, entweder holen sie einen zum Verhör oder bringen einen nach Jilava oder an den Kanal ... Und jetzt sind schon zehn Jahre vergangen, seit ich draußen bin, hat Herr Romanescu gesagt, aber abends, zu Hause, da kommt es mir doch manchmal vor, als kämen sie die Treppe hoch. Du weißt ja selbst nur zu gut, wie sie hochkamen mit ihren Pistolen ... Und jetzt sind da diese ganzen jungen Leute, glotzen einen an. Wie war's?, fragen sie einen. Manche weichen einem aus ... Ich werde euch nichts erzählen, antworte ich. Das ist immer meine Antwort. Aus sehr vielen Gründen werde ich euch nichts erzählen; auf jeden Fall ist einer der Gründe, dass ihr nichts verstehen würdet … Aber mir hat der arme Romanescu davon erzählt, er wusste ja, was ich durchgemacht hatte, dann sprach er davon, was er für Angst gehabt hatte, bevor sie ihn verhafteten … Es gab viele, die vor Angst nicht mal mehr zu Hause schliefen, sie irrten auf den Straßen herum, wanderten durch die Stadt, verschwanden irgendwo auf dem Land. Ich erinnere mich an einen Alten, der von fünf Uhr morgens an immer Schlange stand, beim Kühleis, denn mitten aus der Schlange nahmen sie dich nicht mit, und so stand der Alte ganze Tage lang Schlange. Wenn er sah, sie kamen, dann wechselte er von einer Schlange zur nächsten. Der Arme! Natürlich nahmen sie ihn am Ende trotzdem mit. Ein paar Monate, nachdem sie Lulu festgenommen hatten, wirklich nur ein paar Monate später, denunzierten sie auch Margot und ihr Prozess begann … Ivona hatten sie aus der Universität geworfen, dann wurde die Italienische Schule, wo sie Stunden gab, aufgelöst und keiner stellte sie mehr ein; für ein paar Unterrichtsstunden fuhr sie den ganzen Tag durch die Stadt, drei Lei pro Stunde, es war nicht mal die Schuhabsätze wert. Damals ging ich in Rente, damit ich mit Tudor zu Hause bleiben konnte. Ich glaube, ich hätte nicht lange durchgehalten bei all dem Unglück, wenn Tudor nicht gewesen wäre …«

So ist es. Jeder hat sein besonders Liebstes. Und sie ist ihr ganzes Leben lang so eine gierige, leidenschaftliche Person gewesen. Das sah man schon, wie sie lachte und wie ihre Augen beim Essen glänzten und wie sie an den Zigaretten sog.

»Da merkte ich, wie man wegen einem Kind zittern kann, dass ihm nichts passiert, wie man mit ihm alle Krankheiten durchlebt. Etwas gab mir Kraft, weißt du, Vica, das spürte ich jeden Morgen. Wäre ich gläubig, würde ich sagen, Gott war das. Etwas gab mir Kraft in diesen Jahren, ich erinnere mich nicht, jemals geweint zu haben, Ivona sollte mich auch nicht so sehen. Ich musste gesund bleiben und die Kraft haben, nicht daran zu denken, was mir alles passiert war, ich durfte nicht jammern und daran denken, was ich alles verloren hatte, denn meine Tochter und dieses unschuldige Kind waren allein auf der Welt …«

Sie mochte den Jungen, vielleicht mehr als alles auf der Welt. Was hätte es ihr jetzt noch genützt zu schweigen? Dem Jungen konnte es sowieso nichts mehr nützen, wer weiß, was für Zeiten das sein mussten, dass er mal zurückkehren konnte! Also saß die Alte da, redete, redete, weil was dachte sie? Sie dachte, sie würde nicht mehr lang zu leben haben, und den Jungen würde sie wohl nicht mehr sehen. Dass höchstens Ivona und dieses Ekel von seinem Vater ihn noch mal sehen würden, in Deutschland, in Österreich, in Amerika – wo er eben, wer weiß, gerade wäre.

Aber von ihnen allen wäre sie es, die ihn nicht mehr sehen würde.

»Ich möchte glauben, Vica, aber ich weiß nicht, ich kann es nicht … Wenn ich glauben würde, wäre ich sicher, dass wir uns eines Tages irgendwo wiedersehen, wer weiß, aber so spüre ich, dass ich ihn nie mehr sehen werde …«

Und so war es, sie hat es nicht mehr geschafft, ihn zu sehen …

Sie geht langsam, sorgsam, ihre Beine werden weich vor Hunger und sie kann sich kaum aufrecht halten, würde am liebsten in irgendeinen Hof hinein, in einen Gang, irgendwo. Aber wie soll man da einfach so mitten am Tag reingehen? Gut, dass hier wenigstens kein Glatteis ist, gut, dass sie wenigstens nicht mehr diese Sorge hat wie heute Morgen. Der ganze Raureif ist geschmolzen. Lauter Villen, Häuser mit mehreren Stockwerken und Gärten und Linden an der Straße, ein herrschaftliches Viertel, kann man sagen, was man will. Ein herrschaftliches Viertel war das und so ist es geblieben, nur dass jetzt andere Leute hier sind. Nur dass jetzt neue Herren hier sind, die alten, die gestorben sind, die entkommen sind, die ins Ausland sind, die immer noch fliehen … Alte Herren, neue

Herren – was kümmern sie die! Sie kümmert sich drum, nicht auszurutschen, sich kein Bein zu brechen, o Gott. Neben dem Bordstein halten sich noch immer das bröckelige Eis und die Schneehaufen, schwarz wie Pech sind die.

Sie ist an der Haltestelle angekommen, die Tram ist nicht zu sehen, besser, sie sucht sich schon mal das Geld zurecht. Den Geldbeutel aus der Tasche holen, fünfundzwanzig abzählen, zweite Klasse, das Geld in der Hand halten, wenn sie einsteigt … Sie kramt in der Tasche nach dem Geldbeutel und verheddert sich dauernd in diesen verdammten Plastiktüten … Was hat sie auch mit diesen verdammten Tüten immer, den Geldbeutel braucht sie jetzt … Wo ist er denn, der Geldbeutel … Wo kann der Geldbeutel sein?

Ihre Beine sind noch zittriger geworden und sie fühlt eine Schwäche im Herz und im Rücken … Der Geldbeutel, fünfundzwanzig Lei waren da drin, und das Kleingeld … Das Blut klopft in ihren Schläfen, sie stützt die eingekrümmte Hand an die Mauer, den schwarzen, an den Spitzen aufgegangenen Wollhandschuh. Der Geldbeutel, ach, soll doch Ivona und ihre ganze Meute verrecken … Seit sie von Gelu weg ist, ist sie doch nicht mehr an ihre Tasche gegangen … Wo soll er sein? Wo wird er sein? Als wäre er vom Erdboden verschluckt …

Das Blut klopft ihr in den Schläfen wie mit Hämmern und ihr wird rot vor Augen, schwarz, Gott bewahre, dass sie hier nicht liegen bleibt, an Ort und Stelle stirbt, wie gelähmt …

Seit der arme Ilie verstorben ist, seitdem hat sie immer Hyposerpil dabei, und Carbaxin. Wenn sie sich nicht selber um sich kümmern würde, dann läge sie schon lange neben ihrer Mutter hinter der Capra-Kirche! Sie steht immer noch an die Wand gelehnt, versucht noch immer, sich zu erinnern, plötzlich hat sie eine Eingebung: Bloß bei dieser dämlichen Ivona kann sie es verloren haben, bloß da hat sie noch mal in der Tasche gekramt. Als sie die Plastiktüten herausgeholt hat und sie auf die Stufen gelegt hat, nur da hat ihr der Geldbeutel rausfallen können.

Sie bricht eilig auf. Schnell, hastig. Wieder biegt sie in den Boulevard ein, ein furchtbarer Tag, nur Pech hat sie! Sie läuft und läuft, bleibt stehen, kramt in dem Beutel, bis sie das Papierchen findet, in das sie ihre Medikamente gesteckt hat. Sie faltet das Papierchen auf und holt eine Pille hervor, nur ein Pillchen, und schluckt sie. Ohne Wasser rutscht sie schlecht den Hals runter, sie schluckt schwer, wie ein Rabe, dem man Körner in den Hals wirft. Dann legt sie das Papierchen zurück in den Beutel und geht weiter; jetzt scheint sie ruhig zu sein.

»Hüte dich vor Aufregung und Ärger, Madam Delcă«, hat die von der Rettung gesagt, als ihr Bruder starb.

Hat sie gesagt und sie hat sich's zu Herzen genommen! Darum hat sie Hyposerpil dabei und Carbaxin, und wenn etwas passiert, dann schluckt sie was. Danach ist sie ruhig, keine Sorge. Soweit man kann, muss man für sich selbst sorgen, muss man gucken, was der Strick halt aushält, und nur so stark zieht man dann dran ... Denn wenn de dich nicht um dich kümmerst, was denkste denn, wer's dann macht?

Ach, da ist das Tor, immer noch offen, da ist ja auch der räudige Kater, immer noch unterm trockenen Birnbaum.

»Pfui, verdammt, kuschsch!«, zischt sie ihm zu.

Ein verdammter Kater, dürr und bucklig und mit seinem zerfetzten Fell da, den werden jüngere zerbissen haben, ein verdammter Kater, fürchtet sich vor nichts. Sitzt da und guckt sie mit seinen gelben Augen an, Gott bewahre, als wär der gar kein Kater, als wär das der Gehörnte ... Der hat ihr bestimmt Unglück gebracht ...

Sie tritt ein, da ist auch das Rohr, die Stufen, jetzt-jetzt, ihr Herz klopft stark, es kribbelt in ihrer Brust, da ist eine Leere wie ein Knoten, jetzt-jetzt: Ob sie den Geldbeutel findet oder nicht ... Zwanzig Lei hatte sie da drin, und das Kleingeld noch dazu. Das Blut klopft ihr im Schädel, hämmert. Gott bewahre, bloß kein Unglück, dass sie hier nur nicht stocksteif liegen bleibt! Ihr armer Mann, der sagt immer:

»Du musst leben«, sagt er zu ihr, »du musst leben und dich um mich kümmern … Ich bin acht Jahre älter als du und muss vor dir sterben.«

»Komm, du altes Rindvieh«, schimpft sie, »komm, du wirst mich schon noch begraben! Was du das ganze Leben an mir gezerrt hast und nur gemacht hast, was du wolltest, keinen Millimeter hast du mal nachgegeben …«

Sie geht langsam, krumm, mit winzigen Schritten – was guckt sie überhaupt, sie sieht sowieso kaum von hier bis da. Ob er da ist, ob er nicht da ist, der Geldbeutel … Sie bleibt stehen, stützt ihre gekrümmte Hand an der Mauer ab, kramt in der Tasche, bis sie das Papierchen findet, in dem sie das Carbaxin hat, faltet das Papierchen auf, holt noch eine Pille heraus, schluckt sie. Die geht scheint's besser runter, so ist es, bei allem lernt man was dazu. Ist schwach, das Carbaxin, der arme Ilie, der trank Kaffee nach Kaffee und rauchte Zigarette nach Zigarette, und abends hat er dann 'ne ganze Handvoll Carbaxin genommen. Sonst hätte er nicht mehr schlafen können. Armer Ilie, armer Ilie, sie kann es gar nicht glauben, dass er gestorben ist, und jetzt träumt sie jede Nacht von ihm:

»Ach, so ist das Leben, alle müssen wir gehen, ja, alle der Reihe nach …«, sagt sie zu ihrer Schwägerin, wenn sie sieht, wie die wieder anfängt zu flennen. Als könnte man, wenn man weint und mit dem Kopf gegen die Wand rennt, irgendwas ausrichten. Bringt's was? Kannst doch gar nichts dagegen tun, alle müssen wir gehen, der Reihe nach, und keiner von uns wird mehr da sein …

Das Carbaxin ist gut, guck, was sie jetzt ruhig ist, nur das Herz klopft ihr so schlimm in der Brust … Es klopft wie ein Hammer. Und da die Stufen. Sind leer die Stufen. Nirgends der Geldbeutel. Sie traut ihren Augen kaum, zwanzig Lei und das Kleingeld dazu. Ihr ist ganz schwarz vor Augen, sie streckt die Hand aus und stützt sich an der Wand ab, dass ihr nur nichts im Kopf platzt, Gott bewahre!

Sie kann es kaum glauben, sie geht immer um die leeren

Stufen herum, bückt sich dauernd und tastet darunter mit der Hand ... Verdammt ... nur der Teufel, wie sollte er sonst verschwinden? Und diese ganzen Gauner, die einen am helllichten Tag beklauen, diese Gauner, von denen Bukarest voll ist ... Ein verflixter Tag, alles ist nur schiefgegangen, und diese verrückte Ivona rennt wie 'ne Streunerin durch die Stadt ... Ein verflixter Tag, ach und hach, völlig umsonst läuft sie sich die Hacken ab, der Geldbeutel ist nicht da, einfach nicht da, sie sieht ja, dass er nicht da ist, aber sie hat keine Lust, wieder zu gehen. Immer noch trippelt sie um die Stufen herum, guckt darunter, bückt sich, tastet mit der Hand, vielleicht sieht sie nicht richtig. Er ist nicht da. Ist und ist nicht da.

Und irgendwann wandern ihre Blicke zu dem Rohr. Und auf einmal fängt sie an zu lachen, sie lacht vor sich hin. Ein Lachen wie Schluckauf.

Der Geldbeutel.

Nee, verdammt, nur der Teufel hat ihn da hintun können! Nur der mit den Hörnern konnte ihn da hinfallen lassen, neben das Rohr. Sie hat die Zähne bei der Schwägerin rausgenommen, weil die drückten, und jetzt ist sie zahnlos, aber sie kann doch lachen, wie sie will, keine Menschenseele weit und breit. Keiner kann sie sehen. Und sie lacht bis über beide Ohren, legt sorgsam den Geldbeutel auf den Boden der Tasche, dann darüber die leeren Plastiktüten. Der Herrgott, der Arme, der hat sehen müssen, was in ihrem Herzen los war ... Und sie, die alle Jubeljahre mal in die Kirche geht, sie würde gut dran tun, diesen Sonntag mal loszugehen und eine Kerze anzuzünden. Früher mal, da hat sie abends die Bibel gelesen, was sie auch wollte, sie fand es in der Bibel, wenn sie sie aufschlug, Geschichten, Tipps, wie man sich benehmen soll, alles steht da in der Bibel drin. Bis ihr Mann einen Fernseher kaufte, jetzt sieht sie alle Filme, welche, die ihr gefallen, und welche, die ihr nicht gefallen. Sie mag nur die mit Liebe. Wo sie sich richtig lieben und sich dann trennen oder sie oder er stirbt. Oder sie treffen sich nach zwanzig Jahren wieder und es ist zu spät.

Und sie liegt im Bett und weint wegen den' ihrer Leidenschaft. Sie liegt da und sieht alles, und ihr Mann macht den Fernseher nicht aus, bis die *Hora Unirii – der Tanz der Einheit* gespielt wird.

Siehst du, der Herrgott, der Arme ... Sie hat so eine Freude im Herzen, wie sie sie schon lange nicht mehr gehabt hat! Jahre ist das her, seit sie nicht mehr so froh und ruhig war! Nur dass sie mal muss. Sie würde ja hinters Haus gehen, aber da ist gepflastert und man sieht den Fleck ... Und dann könnte ja auch wer weiß wer kommen ...

Aber hier ist keine Menschenseele im Hof.

Und eine Stille – nur oben am Mansardenfenster flattern ein paar violette Tauben. Da hat die Alte gesessen und ihre Tochter und ihr Enkel, damals, als sie den Ioaniu geholt haben, und dieser dreckige Niki hat beide sitzenlassen und ist zu seiner Schickse gegangen. Ungefähr damals hatte sie angefangen, zu den Kundinnen nach Hause zu gehen, ihren Laden hatte sie schon längst zugemacht, und was sollte sie sonst anfangen? Sie hätte in die Kooperative eintreten können, aber sie mochte keinen Chef über sich haben. Besser, sie ging zu den Kundinnen, einen Tag hierhin, den nächsten dahin, von nirgendwo kam sie mit leeren Händen zurück, dann wechselte sie auch noch ein paar Worte, bekam das ein oder andere mit. Und sie schlugen sich drum, sie zu sich nach Hause zu bestellen. Große Damen waren das, aber jetzt ging es ihnen schlecht: Sie waren alt geworden, man hatte sie aus ihren Häusern geholt, da raus, wo sie ihre Paläste hatten, die wohnten jetzt in Kellern und auf Dachböden, ach, ein Jammer, wie es denen ging. Da war eine, die war eine hohe Prinzessin, und jetzt wusch sie Wäsche in einer Autowerkstatt, solche Berge von Wäsche wusch die jetzt, alles übernandergeworfen, die wird gewusst haben, wo das alles herkam. Und sie hatte auch noch drei Kinder, die liefen ihr dauernd zwischen den Füßen rum, und sie redete in Französisch und Deutsch auf sie ein. Und nach einer Zeit hatten sie das so gelernt, da nahm sie auch fremde Kinder, zwei

Lei die Stunde, und immer dazu Wäsche waschen, spülen, bügeln, was sie da alles machte, und immer auf Französisch reden, und wer eben lernen will, was meinste, der lernt's auch. Und diese nichtsnutzigen Kindern schnatterten – immer auf Deutsch, auf Englisch, soll doch der Teufel …

Das weiß sie auch von Madam Ioaniu, die Alte hat die Prinzessin mit eigenen Augen am Waschzuber gesehen. Eine sehr anständige Frau, und sehr gut konnte die trotzdem noch eine Prinzessin sein, eine Dame war das und eine Dame ist sie geblieben, sogar wenn sie den Schmodder von den dreckigen Bälgern abschrubbte. Und den Mann der Prinzessin wollten die Kommunisten erschießen, aber am Ende ist er nach zwanzig Jahren noch mal davongekommen, die hatten's nicht mal hingekriegt, ihm den Prozess zu machen und ihn zu verurteilen. Und wer das überlebte, der saß da zwanzig Jahre und fraß den gechlorten Kalk, den sie denen in die Latrinen taten, und so ist er noch mal davongekommen. Da ging nämlich die Ruhr um in Jilava und in Sighet, wo die waren, und die aßen den gechlorten Kalk und kamen mit dem Leben davon, die sind nicht an der Ruhr gestorben. Ob es so war, ob's nicht so war, sie hat's halt weitergegeben, wie sie's gehört hat …

Früher, da stand so was sogar in den Zeitungen, jetzt kriegt man das alles nicht mehr mit, aber man hört ja noch manchmal was: Ab und zu sagt einer was, ab und zu sagt ein anderer was, die Leute sind eben so, die halten nicht den Mund … Außer wer im Gefängnis war, der schweigt wie ein Fisch, der hat keine Lust, noch mal dahin zu kommen.

Also, so viele wie da gestorben sind, Tausende oder Hunderte, weiß denn jemand, wie viele das waren? Hat der Teufel Zeit gehabt, sie zu zählen? Wer überlebte, hat überlebt, wer gestorben ist, ist gestorben, wie gerade halt das Schicksal ging … Und sie, was hat sie mit denen am Hut? Hat sie nicht ihre eigenen Sorgen, was will sie noch vom Unglück der anderen? Aber jetzt erst mal, was soll sie jetzt machen? Soll sie hinters Haus gehen? Soll sie nicht?

Irgendwelche verdammten Kinder sind zu hören, wie sie da in der Nachbarschaft rumschreien. Sie muss warten, bis die weg sind. Die schreien, dass einem das Trommelfell platzt, diese Plagegeister, oh, was würde sie denen ein paar hinter die Löffel geben und sie zur Ruhe bringen! Die Eltern sind schuld, die machen kleine Teufelchen aus denen, und den ganzen Tag kümmern die sich um ihren eigenen Kram, die Kinder kriegen 'n Schlüssel um den Hals, sind dann auf der Straße. Darum findet man heute ja keinen mehr mit noch bisschen Furcht und Scham in den Knochen.

»Die Welt geht zugrunde, und je mehr Zeit vergeht, umso schlimmer wird es«, sagte Madam Ioaniu, »als ich jung war, mochte ich es auch, mich zu amüsieren, aber die Jugend von heute, du siehst ja, wie sie sich auf der Straße küssen und anfassen! Und gab es das zu unserer Zeit, dass ein Kind seinen Eltern frech antwortete, jetzt sag nur, hab ich nicht recht, Vica? Ich habe nie an Prophezeiungen und so etwas geglaubt, dass manche sagen, es käme das Ende der Welt... Ich glaube auch jetzt noch nicht an solche Dinge, aber weißt du, was ich glaube? Ich glaube, die Menschheit kehrt zurück zur Barbarei. Die Barbaren werden über uns kommen, ach, was sollen die noch kommen, im Grunde sind sie schon da, und wir werden wieder so wie die Wilden...«

Aach... Gebildet, ja, ach Gott, gebildet war sie, die Alte! Berge von Büchern hatte die im Leben gelesen und alles hatte sie im Kopf. Gebildet und materialistisch, und immer auf sich bedacht, und was sie in die Hand nahm, das wurde was. Ihre Schwester Margo war bisschen verrückter, aus der Richtung kommt das auch bei Ivona. In den früheren Zeiten, wenn man da große Dame war, da hatten die keine Arbeit, die Männer behielten die zu Hause. Nur diese Streunerin Margo Gebleasca, wenn man die suchte, da war die in Paris, mit den Modellen, mit den Mustern, verdammt, der Herr möge mir vergeben, die war ganz schön durchtrieben. Zweimal im Jahr fuhr die nach Paris wegen Mustern, das war ihre Marotte, und sie fuhr zusammen mit ihrem Mann, ein schöner Mann, aber was ein Wirrkopf! Und in Bukarest wohnten die an der Chaussee, an der Kisseleff, da hatten die ihr Haus, nur waren beide halt verrückt, echte Geldverschwender. Darum hielten die auch das Haus nicht in Schuss. Ein großer Partylöwe, der Geblescu, er fuhr zum Feiern in die Stadt, Nacht für Nacht, Kartenspiel, Weiber, der wusste schon, am Ende hat der sich wohl mit einer eingelassen und weg war er... Den hat Madam Ioaniu nie mehr erwähnt. Der Krieg kam, nach dem Krieg kamen die Kommunisten, werden ihn vielleicht mitgenommen haben, war vielleicht im Gefängnis, ob er's geschafft hat oder nicht, ob er noch lebt? Weiß nur er...

Ungefähr damals hatte sie angefangen, zu Madam Ioaniu zu kommen. Die hatten kein Geld mehr gehabt, hatten für nichts mehr was, die waren richtig in Teufelsküche gekommen, sie arbeitete bei denen immer auf Pump, was sollte sie sich auch an den zweien bereichern? Sie hatte noch andere Kundinnen damals, die Zahareasca, die, wo der Mann ein großer Direktor war, dann noch Madam Daniel. Zu denen ging sie auch zum Arbeiten. Aber sie kam auch zu Madam Ioaniu, die kannte sie schließlich, seit sie Lehrmädchen im Modehaus der Schwester gewesen war, bei Margo Geblescu.

Die Schwester, Margo, war später nicht mehr mit ihrem Mann zusammen gewesen, hatte kein Modehaus mehr am Pache-Boulevard gehabt, wohnte auch nicht mehr an der Chaussee. Sie hatte nur noch ein Eckchen Weinberg bei Otopeni und dahin hatte sie sich zurückgezogen. Das war so ein altes Haus, wo sie wohnte.

»Fahr mal, Vica«, sagte Madam Ioaniu eines Tages zu ihr, »fahr mal zu meiner Schwester nach Otopeni und hol Wein...«

Und als sie ankam, klingelte sie an der Tür; klingelte, klingelte, und es kam ihr ziemlich komisch vor: Was öffnete die nicht? Ihre Schwester hatte doch vor ihren Augen mit der am Telefon geredet, sie wusste doch, dass sie mit den leeren Krügen kam.

»Wer ist da?«, hörte sie, als sie es gerade sein lassen und wieder gehen wollte.

»Ich, Vica«, sagte sie.

Aber insgeheim: Verreck doch, du lässt mich hier an der Türe stehen, du.

»Komme sofort!«, sagte Margo.

Und es verging noch mal eine halbe Stunde, bis sie kam und aufmachte. Sie bekam den Wein und alles und ging wieder. Auf dem Weg dachte sie aber die ganze Zeit, was hat mich diese verrückte Margo da an der Tür stehen lassen?

Und was war? Nachdem Tudor, der Junge, weg war, hat Madam Ioaniu ihr alles erzählt. Oder Madam Cristide? Dass Margo nach der Trennung von ihrem Mann einen anderen gefunden hatte, den sie da in Otopeni am Weinberg versteckt hielt. Eine schöne Frau war diese Margo und sie hatte sich gut gehalten, war zierlich, nicht so groß wie ihre Schwester, eine adrette und elegante Frau, und Schuhgröße dreiunddreißig. Ja, solche kleinen Füßchen hatte sie ...

Und sie hielt den da versteckt, wer weiß wie lange, vielleicht über Jahre. Der versteckte sich da den ganzen Tag und kam nur raus, wenn Riri in der Schule war; Margo hatte auch ein Kind mit ihrem Mann. Und den da, den holte sie nur raus, wenn das Mädchen zur Schule war, und nachts ließ sie ihn raus, die Reben mit dem Wasserschlauch gießen. Ja, so versteckte der sich da, wie man so sagt: gab keinen Huster von sich, keinen Pups, nur nachts ging der durch die Reben, durch den Garten.

Aber die kriegten es doch raus und nahmen ihn mit, die Kommunisten. Es war sogar seine Frau, die losgegangen war und ihn verraten hat, der hatte nämlich auch eine Frau, und die hat ihn verraten, aus Ärger, dass der sich bei Margo Gebleasca versteckte. Und so kam er ins Zuchthaus. Und beim Prozess bekam auch Margo fünf Jahre, wegen Verrat. Margo hat alles abgesessen und immer noch gesagt, sie wäre billig davongekommen! Sie kam erst raus, als sie alles abgesessen hatte, und kurz danach ist sie gestorben! Und ihre Tochter, die

Riri, ist von Madam Ioaniu aufgenommen worden und sie hat auch eine Weile mit in der Mansarde gewohnt, sich mit reingequetscht. Und die haben sie von der Schule geschmissen, sie war dann Arbeiterin, und nach einer Zeit hat sie was gemacht, sie hat wohl geheiratet und jetzt ist sie angeblich in Frankreich und hat schon große Kinder. Madam Ioaniu hat ihr Fotos gezeigt.

Aber erst, als ihr Enkel weg war, hat Madam Ioaniu ihr das alles erzählt. Oder hat ihr das die Cristidoaia erzählt? War besser, dass sie es ihr nicht schon damals erzählt hat, als sie mit den Krügen zum Weinberg ging, dann hätten sie sie nur mit reingezogen… Das hätte sie nicht noch gebraucht, solche Sachen wissen… Sie hat ihre eigenen Sachen gewusst, und das war ihr schon genug. Das hätte sie nicht noch gebraucht, auch noch das von Margo zu wissen, der ihr Problem, was musste die sich auch mit einem verheirateten Mann einlassen und den dann auch noch verstecken? Was hatte der denn für ein Leben, wie hat der sich wohl gefühlt, angeblich kam er nur nachts raus, kam raus und goss den Garten und die Reben mit dem Wasserschlauch und spazierte zwischen den Beeten mit den Engelstrompeten rum. So spazierte er bis spät herum, alleine. Deren Sache, wie einer sich bettet, so liegt er, und Madam Ioaniu hat Mist erzählt, als sie gesagt hat, sie hätte von ihrer Schwester nichts erfahren, dass sie den versteckt hat; sie hat es gewusst, aber hat den Mund gehalten, hat geschwiegen wie ein Grab.

Sie bewegt sich ein bisschen, sie ist beim Warten ganz steif geworden, und diese verdammten Kinder hauen nicht ab. Sie bewegt sich, steigt eine Stufe hoch, steigt sie wieder runter, und auf einmal, flatter flatter, schwirren alle Tauben über ihrem Kopf davon. Verdammte Viecher, die Mistdinger, die einfach über einen wegfliegen… Guck sie dir an, die kriegen es fertig, setzen sich dir auf den Kopf und bekäckern einen! Richtig über die Schulter sind die ihr geflattert, fehlte noch, dass sie mit den Flügeln ihre Wange gestreift hätten, und jetzt hat sie dieses Klatschen im Ohr, flatter-flatter-flatter, so viele, der ganze Hof voll … Wie viel werden das sein? Viele, wird einem ganz schwindlig beim Hingucken! Als wären das Wäschestücke auf der Leine, wenn der Wind reinfährt. Verdammte Mistviecher, soll doch der Kater seine Krallen in euch reinhacken! Haben sich irgendwohin verzogen, wo sie halt konnten, ist keiner mehr da, der ihnen Futter aufs Fensterbrett tut. Früher hat ihnen Madam Ioaniu was hingetan, sie war's, die sie angelockt hat. Sie hat ihnen Körner hingelegt und Brotkrümelchen:

»Als wäre Mutti die Heilige Barmherzigkeit«, maunzte Ivona mit ihrer affigen Stimme.

Affig, ja, und geizig. Von der hatte kein Lebewesen was zu erwarten. Geizig und bösartig und eine Streunerin … Wo die jetzt wohl in der Stadt rumrennt? Ihre Mutter war nicht so, ihre Mutter war eine Frau mit Verstand und klar im Kopf. Die wusste, was sie wollte: Wollte sie was? Gut. Wollte sie nichts? Dann tat sie keinen Schritt zu viel.

Sie guckt, keine Menschenseele, der Hof wie ausgestorben, die Straße auch, wenn Ivona käme, dann würde sie sie bitten, ins Haus zu dürfen, nur fünf Minuten, nur sich erleichtern. Diese verdammten Kinder sind auf den Zaun geklettert und wollen einfach nicht abhauen, sollen diese Latten ihnen doch irgendwo reinfahrn …, nur so, damit die sich mal bisschen beruhigen. Wie auch immer, sie geht besser, hat genug Zeit vergeudet. Gut, dass sie den Geldbeutel gefunden hat …

Sie steigt die Stufe hinunter und geht mit winzigen Schritten davon. Wenn sie aus der Tram steigt, dann wird sie auf dem Markt Station machen: Da wird sie vom Grill drei Mititei kaufen, zwei wird sie essen und eins ihrem Mann mitbringen, dem alten Ungeheuer, der wird wohl auch Appetit haben, der Arme … Ihr armer, verbitterter Mann, stumm, bösartig wie er ist, aber sie sind ja jetzt seit neunundvierzig Jahren zusammen. Ja, das sind sie. Und sie wird ihm auch so'n Hackwürstchen vom Markt mitbringen, wenn sie zurückkommt.

Ach ja, lang war's und ist nicht mehr lang. Jetzt biegt sie um die Ecke am Hofeingang und dann sind es noch paar Schritte bis zur Tramhaltestelle. Und von da noch ein bisschen, dann ist sie zu Hause.

Und auf einmal bleibt sie wie versteinert stehen.

Verdammt, denkt sie. Sie ist stehen geblieben. Zwei Meter sind es von hier, wo sie ist, bis zur Haustür. Zwei Meter, nicht mehr, nicht weniger, nur so viel. Eine Nachmittagssonne scheint, sie kann gut sehen, es blendet nicht; nur dass sie ihren Augen nicht trauen kann. Sie versteht nicht. Und die Tauben, flatter-flatter, rauf zur Mansarde.

Jetzt guck dir das an, denkt sie, die kommt gar nicht aus der Stadt... Jetzt guck dir das an, die kommt nicht vom Tor. Jetzt guck dir das an, verdammtes Miststück, die kommt aus dem Haus! ... Ivona! Mit ihrem grauen Käppi, dem grünen Mantel, mit dem Fuchs um den Hals, dieser silberne Fuchs, der so haart, dass sie ihn dauernd schon an einen Händler verkaufen wollte, aber die haben ihn ihr nicht abgenommen. Sie weiß schon, warum sie den am Ende nicht verkauft hat, was die sagt, braucht man nicht glauben, die lügt, dass es kracht. Ivona mit ihrer langen Nase und ihrer füchsischen Schnauze. Ivona, die das Haus zuschließt! Jetzt guck dir an, wie sie die Vordertür zweimal abschließt. Und dann schnuppert sie. Guck, nach links und rechts schaut die, als wär sie ein Fuchs, der was wittert. Und einmal gleiten der ihre Blicke zur Hintertür, und da sieht man, wie sie plötzlich auch stocksteif stehen bleibt.

Sie bleibt stocksteif stehen, als sie sie sieht.

Ha, ich zahl's dir heim, ich zahl's dir heim ... Aber bis sie den Mund aufkriegt, ist die andere, die Füchsin, ihr schon zuvorgekommen:

»O weeeh, Madam Delcă! O weeeh, du stehst hier im Hof und klingelst nicht, rufst nicht, sagst nichts? ... Oder vielleicht geht die Klingel nicht... Aber wirklich! Als würdest du zum ersten Mal herkommen! Ich war doch im Haus, hab zu tun gehabt... Hab zu tun, du weißt ja, wie's ist, du kennst das, man schafft es gar nicht mehr; seit ich zu Hause bin, habe ich noch weniger Zeit als vorher. Und erst jetzt komme ich dazu, rauszugehen, obwohl ich schon lange hätte los müssen …«

Ich zahl's dir heim, denkt sie, aber sie zeigt es nicht. Sie sagt auch nichts, guckt sie auch nicht schief an, sie tut so, als glaube sie ihr. Sie weiß schon, was solche wie Ivona verdient haben: Honig ums Maul und abkassieren. Nur zu schade, dass sie bei Gelu die Zähne rausgenommen hat, wenn sie den Mund aufmacht, dann ist sie zahnlos. Ob nun zahnlos oder nicht, von ihr will eh keiner mehr was! Nur der Chef von den Teufeln höchstens, der Beelzebub. Also lacht sie mit offenem Mund.

»Ach naja, macht nichts … Macht nichts, ich kam grad hier vorbei, war vorhin bei meiner Schwägerin, und was dacht ich da? Ich guck mal, was Frau Ivona macht, wie's Herrn Niki geht … Und wenn wir uns jetzt nicht in die Arme gelaufen wären, egal. Wär auch keiner dran gestorben. Hätte nichts gemacht …«

Ivona

Sie hat den Mantel angelassen, nur den Fuchs hat sie sich vom Hals genommen und auf den Sessel gelegt. Und daneben ihr graues Filzhütchen.

Sie hat den Mantel angelassen, damit die Alte versteht, dass sie es eilig hat: dass sie nur für fünf Minuten ins Haus gekommen ist, nur die fünf Minuten, um die sie sie gebeten hat. Das wievielte Mal hat sie dieses Theater gemacht: Wenn man auf sie wartet, kommt sie nicht, und wenn man einmal unter Druck steht und in Eile ist, dann steht sie plötzlich da und klingelt an der Tür. Und klingelt und klingelt und steht da, wie sie auch heute dagestanden hat ... Sie ist von einer Hinterhältigkeit! ... Diese einfachen Leute sind von einer Hinterhältigkeit und immer auf ihren Vorteil bedacht! ... Und besitzen eine Frechheit! Eine Schamlosigkeit! Als merkten sie, dass ihre Zeit gekommen ist?! Wohin man auch sieht, überall gemeines Volk, Flegel ... Und bessere Leute gibt es immer seltener: Täglich hört man von einer Erkrankung, von einem Sterbefall, ganz zu schweigen von denen, die nach drüben gegangen sind ...

Natürlich, vor zwanzig Jahren ist es noch schlimmer gewesen: Zu Hause zitterte man, dass man nicht festgenommen wurde, und auch auf der Straße war man nicht in Sicherheit, manch einer fühlte sich berufen, einen öffentlich anzusprechen, einem nachzurufen: »Burschoase!«, zu stänkern ... Es war gar nicht nötig, mit einem Bekannten Französisch zu sprechen, damit sie einen erkannten, es gab genug Anzeichen, an denen sie erkennen konnten, dass sie es mit einem feinen Menschen zu tun hatten. Inzwischen sagt keiner mehr was, aber es reicht schon, auf der Straße ihre Gesichter zu sehen ... Zu hören, wie sie reden! ... Sie haben eine ganze Welt verschwinden lassen, in der man noch wusste, was gute Manieren sind; die Jugend von heute ist aufgewachsen, wie es nun einmal war, und da haben wir das Ergebnis! Mit jedem Tag, der vergeht, verschwinden auch die, die noch ein wenig Fingerspitzengefühl hatten und einen Rest von Anstand. Und diese schamlose Alte, die gar nicht mehr aus dem Bad kommt. Dass man einfach kommt, eine Stunde an der Tür klingelt, eine ganze Stunde klingelt, dann so tut, als ginge man weg, und zurückkommt, lauert, sich hinter einem Regenrohr versteckt – das ist doch etwas, was ein anständiger Mensch nie tun würde...

Sie macht eine verärgerte Geste und berührt mit dem Ellbogen ein schräg auf dem Tischchen platziertes Album. Vorgestern hat sie es abgewischt und andächtig seinen weinroten Ledereinband betrachtet – was für haltbare und feine Dinge man vor hundert Jahren noch herstellte! Wie die Menschen damals noch Zeit und Geduld hatten, das alles zu tun! ... Weiß Gott wer hatte sie ausgerechnet dann angerufen, als sie sich das Album ansah, wahrscheinlich diese schwatzhafte Madam Cristide, und sie hatte das Album hastig auf die Tischkante gelegt. Jetzt berührt sie es versehentlich mit dem Ellbogen: Das Album fällt, sie will es auffangen, aber verärgert wie sie ist, gleitet ihr das Album zwischen den Finger hindurch. Ach, jetzt werden sich die Fotografien darin lösen und in der ganzen Wohnung umherfliegen! Was für eine vermaledeite Alte, nur sie hat heute all das Pech ins Haus gebracht...

Gott sei Dank hat sich keine Fotografie gelöst, sie sind angeklebt. Gott sei Dank! Sie bückt sich, nimmt das Album und legt es sacht an Ort und Stelle. Auf dem Teppich ist nur ein Papierchen liegen geblieben, etwas größer als eine Visitenkarte. Ein weißlich-gelber kleiner Karton – vergilbt. Sie bückt sich wieder und hebt ihn auf:

DIE AUFRICHTIGSTEN GUTEN WÜNSCHE ZUM NEUEN JAHR
1914 Sophie und...

Die zweite Unterschrift undeutlich... Eine Schrift in schwarzer Tinte, spitze Buchstaben, aber eine männliche Schrift: und in derselben Sekunde, in der sie sich fragt, wem sie gehört, hat sie die Unterschrift bereits erkannt. Sie hat die allzu bekannte Unterschrift erkannt, und wieder dieselbe Reaktion: ein kurzes Stechen in der Brust, ein schmerzhaftes Staunen, eine leichte Hoffnung. Es ist seine Unterschrift, die Schrift seiner Hände, es könnte also sein, dass er noch kommt, es könnte also sein, dass er zurückkehrt. Und in derselben Sekunde wundert sie sich niedergeschlagen, dass sie noch einmal einen derartigen Gedanken hat haben können.

Die Verwunderung verlässt sie nicht mehr, während sie mit ungeduldigen Schritten durch die *hall* geht. Wie ist es möglich, dass von einem Menschen nichts mehr übrig bleibt – sie sieht das weiße Säckchen vor sich, es ist von Wein und schwarzem Harz befleckt, und ihre langen, trockenen Finger, die es sorgsam in den kleinen Sarg für die Gebeine legen ... Wie ist es möglich, dass von einem Menschen nichts mehr übrig ist und man die Spur seiner Hände doch so lebendig vor Augen hat, als hätte er einem erst vor einer Stunde geschrieben? Als könnte er noch einmal zurückkehren ...

So, wie sie als Elfjährige damals noch gehofft hatte und große Kerzen anzündete und je eine Stunde lang zur Sainte-Vierge betete, der Patronin der Notre-Dame. So viel Zeit war vergangen, aber sie träumte noch von ihm, Nacht für Nacht; sie träumte von dem massiven Nussbaumholzbett und darauf er, ganz verloren zwischen den hohen Holzteilen des Gestells, zwischen Kissen mit dicken gebauschten Spitzen. Er atmete pfeifend. Manchmal hatte er am Hals eine offene Wunde, manchmal seltsame grünliche Flecken auf den Wangen ... Von diesem Grab hier, in dem er schon seit so langer Zeit liegt, dachte sie; aber sie sprach es nie laut vor ihm aus.

»Du bist nicht tot«, sagte sie jedes Mal im Traum zu ihm. Und sie stellte sich auf die Zehenspitzen, damit er sie auf die Stirn küssen konnte.

»Du bist nicht tot«, flüsterte sie ihm ermunternd zu, »wir haben uns alle geirrt, Mutti und du und ich. Und jetzt ist alles, wie es sein soll, du wirst wieder gesund werden ...«

Er saß halb aufgerichtet zwischen den Kissen, um leichter atmen zu können … Er war es, sie hörte seinen pfeifenden Atem, ganz nah …

Ihre zerbrechlichen, trockenen Finger, daran die gleichmäßig ovalen Fingernägel, genauso haben sie in ihrer Jugend ausgesehen, bloß weniger schimmernd. Zwischen ihnen dreht sie die vergilbte Neujahrskarte:

JULIETA. *Photographe de la Cour Royale.* Negative werden für Vergrößerungen und Fotografieabzüge zurückbehalten.

Wie sehr sie den armen Papa geliebt hatte, und noch jetzt, da sie kaum seine Schrift, die langen, spitzen Buchstaben erkannte, jetzt, da sie sich nicht mehr an seine gewöhnliche Stimme erinnerte, sondern nur noch an die pfeifende, gurgelnde, erstickte, mit der er zu ihr, die in der Tür stand, gesagt hatte:

»Gute Reise …«

Sie war reisefertig gewesen, um mit *tante* Margot und *oncle* Alexandru in die Ferien nach Sinaia zu fahren. In jenem Sommer hatte man ihr auseinandergesetzt, Mutti würde mit Papa in Bukarest bleiben, darum waren auch an den Fenstern nicht die gewohnten blauen Papiere zu sehen, die bis zur Rückkehr immer von der Sonne verblichen waren. Die Koffer hatten an der Treppe bereitgestanden und Yvonne war fertig angekleidet: den Hut auf dem Kopf, das Pardessu bis obenhin zugeknöpft, *son sac à main* hing ihr am zarten Handgelenk. Fertig angekleidet, lehnte sie unbeholfen an der weißen, hohen Tür des Schlafzimmers – sie stand halb offen.

»Yvonne!« Muttis Stimme war von unten zu hören. Wahrscheinlich stand sie am Treppenabsatz.

»Yvoonne! Komm runter! Mario, nimm die Hutschachteln, sonst vergisst du sie noch, geh zum Automobil und halte sie gerade, damit die Federn nicht kaputt gehen … Und dann geh hinauf und schau nach, warum sie sich verspätet …«

Es wäre nicht nötig gewesen, jemanden nach ihr zu schicken. Sie war bereit, hatte den Motor des Automobils draußen vor dem Fenster gehört, auch *tante* Margots Stimme:

»Es hat keinen Sinn, *ma chère*, wir sind sowieso zu spät dran, du kennst ja Alexandrus Marotten …«

Sie hatte alles gehört, aber sie rief nicht laut: »Ja!« Wollte auch nicht aus seinem Krankenzimmer rennen und die Treppe hinunter. Sie stand an der angelehnten Tür, schaute ihm zu, wie er sich zwischen den Kissen aufsetzte, wie er versuchte zu lächeln, aber nur sein unnatürlich gelbes Gesicht verzog. Von der Tür her sah sie ihn an, wie er seine zitternden Beine aus dem Bett hob (dünne, lange, sehr weiße Beine ohne Haare). Wie er damit wie zufällig nach den Pantoffeln fischte, weil er seine knappen Kräfte nicht damit verschwenden wollte, sich zu bücken. Wie er sich ihr langsam näherte, den Rücken gekrümmt unter dem Hausmantel, der schief auf den Schultern hing; langsam kommt er näher mit schlurfenden Schritten, verheddert sich in den langen Schößen des Nachthemds. Er hält sich an den Möbeln fest, atmet pfeifend, das Gesicht unnatürlich gelb, das ihr zuzulächeln versucht, und das graue, weiche, schüttere Haar, das vor Anstrengung am Schädel klebt. Er war es, und dennoch wollte sie ihm nicht um den Hals fallen; sie presste sich an die Tür, presste die Hand um die verschnörkelte, vergoldete Klinke; sie wollte ihn auch nicht küssen, seit Monaten nicht mehr, Mutti hatte ihr verboten, es zu tun, sie spürte ein seltsames Ziehen im Herz bei dem Gedanken, dass er näher kam. Ein seltsames Ziehen im Herz, eine leichte Furcht und sogar einen unerlaubten, beschämenden Ekel bei dem Gedanken, er könnte sie berühren:

»Gute Reise …«, flüsterte er ihr zu und blieb unerwartet stehen.

Als hätte er plötzlich gemerkt, dass er keine Kraft hatte, bis zur Tür zu kommen.

»*Au revoir*, Papa«, hatte sie gesagt und ihre flüsternde Stimme gehört, so schrill, unnatürlich laut, hastig.

Unvermittelt hatte sie sich umgedreht, ihr *écossaise*-Reiserock schwang unter dem Pardessu; schon war sie drauf und dran, die Holztreppe mit erleichtertem Trippeln hinunterzulaufen. Noch hielt sie die Hand auf der Klinke, deren geriffelter Griff unter ihren Fingern warm geworden war, da hörte sie sein ersticktes Flüstern:

»Gute Reise … im Leben …«

Ja, sicher, damals, als sie ihren Blick von ihm löste, sichtbar in Eile, um fortzukommen, damals hatte er es gewagt, ihr diesen pathetischen Satz zuzuflüstern, er beschämte sie, aber sie erinnerte sich (sogar nach fünfzig Jahren) noch an ihn. Vielleicht der einzige pathetische Satz, den dieser fremde, beflissene und furchtsame Mann je ausgesprochen hat, sie hat ihn so sehr geliebt, und später hat sie nur hohle, konventionelle Phrasen über ihn gesagt bekommen! Wie lange hatte er wohl in Gedanken diesen pathetischen Satz bereitgehalten, wie lange hatte er ihn hinausgeschoben in der Hoffnung, ihn nicht mehr aussprechen zu müssen, wenn er nachts keuchte vor Atemnot und sich mühevoll aus den Kissen erhob, um in die weiße Emailleschüssel zu spucken, die nie nah genug am Bett stand? Oder wenn er mit müder Hand nach der Schnur griff und sich darüber beunruhigte, dass gerade in dem Augenblick, in dem er sich so schwach fühlte, niemand in der Nähe war, dass Sophie mit Margot zu einem Besuch aufgebrochen war, dass Maria in der Küche mit dem Kutscher tratschte, dass der Soldat, den sein Freund, der Oberst Ioaniu, geschickt hatte, das Haus mit der Ungarin verlassen hatte, um in den Cişmigiupark zu gehen. Dass die Schwester fort war, den Abendgottesdienst zu hören. Allein in diesem immer vollen Haus, seit er sich schlecht und immer schlechter fühlte, war die Eingangstür nie verschlossen, denn jeden Augenblick war mit dem Besuch des Arztes oder des Priesters zu rechnen, der noch einmal kam, ihm das Abendmahl zu erteilen …

Wie lange muss er diesen pathetischen Satz mit sich herumgetragen haben, während der endlosen Nächte, in denen die

Schwester (oder Maria, oder der Soldat) ihm half, sich hinzusetzen mit über den Bettrand hängenden Füßen, die einzige Stellung, in der er anscheinend besser zu Atem kam? Während der langen Nachtstunden, wenn er so dalag im über die Schultern geworfenen Hausmantel, darunter das lange Nachthemd, und der Körper überströmt von klebrigem Schweiß, in den Schläfen das Pulsen des Blutes … In Erwartung des immer früheren grauen Morgenstreifs (immer früher wurde es Tag, der Sommer nahte), wenn er auf das Trappeln der Hufe wartete und auf das Rattern der Kutschenräder und auf den Lärm der Milchkannen, die aneinanderstießen. Das war die Zeit, in der er sich immer etwas besser fühlte, das blutrote Licht des Morgens wurde rosafarben, die Vögel im Garten zwitscherten ohrenbetäubend … Er ließ sich sachte zurück ins Bett sinken, seufzte leise und streckte die Hand aus nach der Schnur: Maria würde die schweren Vorhänge zur Seite ziehen, würde die Fenster weit öffnen, und bei geschlossenen Augen würde er mit langsamen Atemzügen die lebendige Luft des Junimorgens einsaugen.

Wie sehr sie ihn geliebt hatte, wenn sie auch jetzt, fünfzig Jahre nachdem er gestorben war, noch immer undeutlich und absurd hoffte, er könnte zurückkehren. Dass die Welt sich plötzlich zurückdrehen könnte, dass sie von neuem diejenige sein könnte, die sie damals war …

Alles genauso, ganz genau so, immer derselbe Tag vor Heilig Constantin und Elena unter dem rosa Schirmchen, das von der Sonne leicht verblichen war, Mutti geht zwischen den Rosenbeeten im Hof auf und ab – tut ein paar Schritte, bückt sich, die behandschuhten Finger versuchen, eine am Vorabend vom Regen niedergedrückte Knospe aufzurichten. Und sie übt am Klavier, wirft immer wieder denselben heißen, ungeduldigen Blick aus dem Fenster: Bis wohin ist die Schattenlinie gekrochen, die das Pflaster des Hofs zerteilt? Sie hat einen Fehler gemacht, wieder *da capo*, ein alter Leierkastenmann kommt gerade jetzt unter dem Fenster vorbei, ein alter Leierkastenmann, der sich hierher auf die Chaussee verirrt hat, einen Augenblick lang überdeckt der Musikkasten das Klavier, »Und wie es einstens waaar«. *Da capo*, noch einmal *da capo*. »Seit ich bin auf der Welt, allein du und ich …«

Man hört das Geräusch einer Kutsche, Papa …

»*Mais voyons, Yvonne … Soyez attentive …*«

Es herrschen Schatten und Kühle im Haus und ein Duft nach Pfingstrosen. Papa hat Yvonne gestern Kirschen an die Ohren gehängt:

»*Ça lui donne un drôle d'air …*«, hat Mutti verächtlich gesagt.

Etwas anderes hätte sie sagen wollen, eigentlich das, was das Mädchen auch verstanden hatte: dass Yvonne ihr Organdi-Kleidchen beflecken würde und sich dann an das Gitter setzen, damit Ionică, die Tochter des Lehrers, sie sehen könnte, die hatte auch Kirschohrringe. In der Tat würde Mutti zu einem Besuch aufbrechen und *Mademoiselle* Lisette zur Modistin gehen, würde Madam Ana mit ihrem Strickzeug in der Hand einschlafen, dann könnte Yvonne sich ans Gitter setzen und zusehen, wie all die Kinder, die es erlaubt bekommen hatten, sich Kirschohrringe an die Ohren zu hängen und den Kreisel zu schlagen, auf der Straße spielten.

»*Mais, voyons*«, sagt *Mademoiselle* Lisette, »*soyez attentive …*«

Die Gummiräder der Kutsche gleiten vor dem Tor des Hauses davon. Wieder einmal – Mutti in der mit Efeu und Geißblatt überwachsenen Laube, dieser Blume mit weißen, braven Blütenblättern, schüchtern kleben sie eins am anderen und in der Mitte eine zersplissene, weiche Stempelzunge voller Pollen:

»Wie heißt diese Blume?«, fragt sie.

»*Chèvrefeuille*«, antwortet Mutti zerstreut und zieht sich ihr Nachtjäckchen enger um die Schultern.

»In Govora, in der Sommerfrische, dort hat der Flirt begonnen«, fährt Mutti fort und sieht sich um, ist leicht beunruhigt: der Blick einer Mutter, die befürchtet, ihr Kind habe sich plötzlich verlaufen? Der Blick einer Frau, die befürchtet, sie wäre belauscht worden?

Yvonne hört ihr nicht zu, sie versteht alles, aber ihre Geschichten langweilen sie. Muttis und *tante* Margots Geschichten. Yvonne rennt zum Haus, die Arme ausgebreitet wie Flügel. Yvonne fliegt zum Haus und in der Nase hat sie den Duft von Jasmin und Rosen, der Abend naht, wenn der Jasmin beginnt, seine Blüten zu öffnen, aber Papa ist noch immer nicht zurück. Schwer atmend bleibt Yvonne in der *hall* stehen, ihr Gesicht zerfällt zu den kleinen Quadraten des Türspiegels. Eine furchtbare Taftschleife, ein aufgeschrammtes Knie, die Hälfte einer blassen Wange, der schiefe Kragen des Matrosenkleidchens, das ist Yvonne, zerfallen im vergoldeten Rahmen des Spiegels. Yvonne wartet auf Papa und sieht beunruhigt von der Türschwelle auf das blaue Emaillezifferblatt der Uhr. Sie sieht genau hin und berechnet im Kopf die Zeit, die römischen Ziffern verwirren sie noch, der goldene Uhrzeiger ist zwischen den römischen, goldenen Buchstaben erstarrt. Und auf der blauen, golden umrankten Emaille des Zifferblatts betrachten sich elegant, feierlich und kindlich ein Hirte und ein Hirtenmädchen – sie im rosa Kleid, rund wie ein aufgeblähter Ballon und mit blonder Perücke, er mit weißen Strümpfen an den Beinen. Der eine auf dieser, der andere auf jener Seite des Zifferblatts.

Und wieder das Sirren von Rädern auf dem Boden, das Trappeln von Pferden, Schritte …

Papas Lackschuhe, die weißen Glacéhandschuhe, Papa drückt Grigore seinen Stock mit dem Elfenbeinknauf und den Hut in die Hand und Yvonne stellt sich sachte auf die Zehenspitzen, damit er sie auf die Stirn küssen kann.

»So früh?«, wundert sich Mutti.

Sie kommt mit Margot zum Haus, beugt sich manchmal zu ihr hinüber, um ihr mit gesenkter Stimme etwas zuzuraunen, beide brechen in Lachen aus.

»Als wäret ihr zwei Pensionatsmädchen, die sich Geheimnisse zuflüstern«, bemerkt Papa väterlich.

»Du übertreibst«, sagt Mutti.

Du übertreibst sind die Worte, die Mutti am liebsten sagt. Mäßige dich, warum regst du dich so auf? Übertreib nicht, sagt Mutti zu Papa. Du übertreibst, sagt Mutti, deine kleine Neurasthenie lässt dich immer übertreiben... Mutti lächelt, befiehlt Papa mit strengem Blick, mehr Taktgefühl an den Tag zu legen, der Motor von Jeans Automobil ist zu hören, ein sehr ergebener Freund, ein sehr kultivierter und heiterer Mensch, der eine so schöne politische Karriere hingelegt hat. Papa dreht den elfenbeinernen Zigarettenhalter zwischen seinen knochigen langen Fingern, er gehorcht Mutti und schweigt unzufrieden, bis jemand – wer wohl? – sich unbemerkt zu ihm stiehlt... Jemand steckt sein Köpfchen mit der raschelnden Taftschleife genau in seine Armbeuge und Papa erschrickt und wundert sich, weil er nicht weiß, wer das sein könnte!

Wie viele Jahre haben vergehen müssen, bis sie hat verstehen können – *hélas!* –, dass die Zeit sich nicht zurückdrehen lässt? Dass er nicht zurückkehren wird von dieser weiten Reise, von der Mutti ihr damals erzählte, als man sie unerwartet aus der Sinaiaer Sommerfrische zurückgeholt hatte?

»Warum riecht es so?«, hatte sie gefragt und war in die *hall* getreten.

Es roch tatsächlich nach etwas Ungewohntem in der *hall* und im ganzen Haus: Es roch nach Blumen, aber zu viele Sorten Blumen, und nach Wachs und Weihrauch, wie in einer orthodoxen Kirche. Und nach noch etwas, das ihr einen leichten Ekel verursachte. Sie atmete geräuschvoll, demonstrativ, immer laut durch die Nase – wie ein Pferdchen, dachte sie, so hätte Papa zu ihr gesagt:

»Warum trappelst du so wie ein Pferdchen?«, so sagte er immer und streichelte ihr über den Kopf.

Und ihr geräuschvoller Atem und ihre ungelenken Bewegungen, ungelenker als sonst, waren ihr hervorragend gelungen – das sah man –, denn alle folgten ihr aufmerksam mit den Blicken. Hatten nur Blicke für sie: *Mademoiselle* Lisette und Mutti und *tante* Margot und Maria … Und der Erfolg, den sie erzielte, ließ sie noch geräuschvoller werden und sie wollte noch weiter ins Zentrum der Aufmerksamkeit. Die Möbel, die Holztreppe, die ganze Vertäfelung des Hauses krachte, es war kühl und klamm im Haus und alle Spiegel waren verhängt.

Wie gut sie sich noch an jenen langen regnerischen Sonntag erinnert, das Trommeln in der Regenrinne, das Ticken der Uhr mit dem Hirten und dem Hirtenmädchen, die auf der blauen Emaille erstarrt waren, und die seltsamen, bewundernden Blicke der anderen, ja, an jenem Tag war *sie*, nicht Mutti, die wichtigste Person im Haus! Sie hörte, wie der Regen an die Fenster schlug, auf den Boden, während sie die Stufen zu ihrem Zimmer hinaufstieg. Sie legte die Hand auf den verschnörkelten Griff der Klinke, trat ein, holte sich einen Hocker und setzte sich an den Spiegel. Sie setzte sich an den Spiegel in der Hoffnung, auf jemand anderen zu treffen. Jedes Mal, wenn sie zum Spiegel ging, hoffte sie auf dieselbe verworrene und absurde Weise, dass sie eines Tages sich selbst sehen würde und dennoch anders aussähe, als sie sich kannte. Sie hatte ihr Gesicht schon immer gehasst – vielleicht seit dem ersten Mal, als sie sich in einem Spiegel gesehen hatte, vielleicht seit sie Französisch verstand und niemand davon wusste:

»*Dommage! Elle n'a rien de Sophie … Dommage qu'elle ressemble tant à son père … Mais elle fait son mieux … elle est bien gentille …*«

Sie saß auf dem Hocker und sah in den Spiegel. Hier war das Boudoir von *tante* Margot, bevor sie geheiratet hatte, und Mutti hatte nichts verändert; sogar die silberverkleidete Schmuckschachtel stand genauso halb offen da auf dem Toilettentisch, gewollte Nachlässigkeit, und daraus hervor quollen die Ketten aus Koralle und Bernstein. Mutti hatte nichts verändert, weil Yvonne ein braves Kind war, und wenn sie etwas nicht berühren durfte, dann wusste man sicher, dass sie es nicht tat. Sie sah in den Spiegel, ein hoher Spiegel bis zur Decke mit einem schwarzen Ebenholzrahmen, Perlmuttintarsien rings um den

Toilettentisch und an den Schubladen; einen rosa Schimmer, ein Schimmern in *bleu-vert* verursachte das Perlmutt im dunklen Zimmer, mattes Licht drang gelblich durch die Fenster. Yvonne war immer ein braves Kind gewesen, das den Puppen nicht die Augen eindrückte oder die Haare ausriss; auch jetzt fasste sie nichts an, saß nur auf dem Hocker und schaute in den Spiegel. Nein, diese seltsame Sache, die in ihrer Abwesenheit passiert war, hatte nichts in ihrem Gesicht verändert.

Schade, sehr schade – es war noch immer sie, dieselbe wie immer.

Und ihr neues, schwarzes Samtkleid war nicht gerade vorteilhaft, wie Mutti sagte; es ließ ihren Teint noch gelblicher und bleicher wirken, und das Haar, ihr verhasstes, zu dünnes, brüchiges Haar, das am Stirnansatz wie farbloser Flaum hervorwuchs, ihr Haar hing schütterer und glanzloser denn je herab. Sie betrachtete sich lange von vorn; dann versuchte sie, sich mit einem gerahmten Handspiegel mit Silbergriff zu behelfen. Sie drehte den Griff in alle Richtungen, um sich im Profil zu sehen, sie hielt ihn schräg, aber im Profil sah sie noch furchtbarer aus. Das Rauschen des Regens draußen verwandelte sich in ein durchdringendes Prasseln, ein feuchter Nebel ließ die Fensterscheiben beschlagen und die mit Efeu und Geißblatt bewachsene Laube im Garten sah verhangen aus. Es war kalt, sehr kalt, *oncle* Alexandru war mit dem Automobil weggefahren, er würde zurückkommen, und Mutti und *tante* Margot würden mit ihm zu einem Besuch gehen, ihre Hände stakten dürr mit kraftlosen, langen Fingern aus den Ärmeln des schwarzen Kleides: Sie verschränkte sie ineinander vor Verzweiflung. Wie lange sollte sie noch warten, bis Papa von seiner weiten Reise zurückkehrte? Sie hatte begonnen zu weinen, leise und wie von selbst. Sie weinte, ohne es zu wollen, ohne Schluchzen und Seufzen; sie weinte schön, so wie die Fräuleins weinen, ohne ihre Wangen zu ruinieren, lautlos schloss sie die Zimmertür hinter sich.

»Nur ein paar Korrekturen«, sagte *tante* Margot, »man

braucht nicht mehr als eine kleine Korrektur… und an der Taille kann man noch etwas richten… Ich schicke dir irgendeine…«

»Nein, nein, nicht irgendeine! Nicht irgendwen! Du weißt, was ich letztes Mal erlebt habe…«, weigerte sich Mutti.

»Irgendeine in dem Sinne, dass ich dir die schicke, die du willst… Sag mir, welche…«

»Was weiß ich«, Mutti schwankte ungehalten, »was weiß ich, natürlich will ich von dir keine erstklassige Arbeiterin für so eine Lappalie… Ich glaube, Vica könnte es schaffen, sie ist flink, sie ist aufrichtig, sie ist auch ein bisschen reinlicher…«

Sie hatte immer getrappelt, wenn sie die Treppe hinuntergelaufen war, sie trappelte wie ein Pferdchen, wenn sie auf Papa mit seinen weit ausgebreiteten Armen zulief… Wer weiß, warum sie nun so leicht auftrat, und dazu waren ihre Augen tränenverhangen. Die Tränen rollten warm, heiß über die Wangen und sofort kamen neue Tränen und verschleierten ihre Augen, so wie vom Regen draußen die Fenster beschlugen. Ihr war so schwer ums Herz und sie sah so hässlich aus im Spiegel… Sie spürte, dass auch die Nase geschwollen sein musste und bestimmt gerötet war, aber in diesem Augenblick machte ihr das nichts aus. Wie schön wäre es, wäre Papa zu Hause, dann könnte sie jetzt in sein Kabinett in den ersten Stock, das Kabinett mit der rauchgeschwängerten Eichentäfelung, in das Mutti ihre neue Ausstattung gestellt hatte, die Clubsessel und das Kanapee mit Lederbezug. Sie wäre leise hineingeschlichen, dieselben leisen Schritte, und sie hätte ihm die Hände vor die Augen gelegt oder hätte ihren Kopf in seine Armbeuge gebettet, und er hätte zitternd die Papiere auf dem Schreibtisch durcheinandergeworfen, das Löschpapier, das *coupe-papier*, das riesige bronzene Tintenfass, er hätte sich gefürchtet, sich gewundert und es immer weiter aufgeschoben, sie zu erkennen.

»Wie, mein Fräulein, wie?«, hätte er dann gesagt und sie streng angesehen.

Und sie hätte gewusst, dass alles nur ein Scherz war.

»Wie ist es möglich, dass ein kultiviertes und intelligentes Fräulein nichts Schöneres findet, um ihre Zeit zu verbringen, ohne sich zu langweilen? Vielleicht machen wir beide mit der Kutsche einen Ausflug zum Hippodrom … Oder wir lassen die Kutsche stehen und gehen zu Fuß zur Konditorei … Na sag, wo gehen wir hin: zu Nestor, zu Angelescu? Was ziehst du heute vor: Indischkuchen oder Karolinenkuchen?«

Sie geht so leise die Treppe hinab, dass weder Mutti noch *tante* Margot sie gehört haben. Also kann sie sich bei der letzten Biegung der Treppe hinter der Balustrade verstecken und den Kopf auf ihre knochigen Jungenknie legen. Und die Blicke verharren auf dem vergoldeten Muster des Stucks an der Wand. Die Tränen hören so plötzlich auf, wie sie begonnen haben, sie atmet gierig den neuen Duft ihres Körpers ein, ein starker, fast saurer Geruch, der zwischen ihren Schenkeln aufsteigt, sie versucht möglichst langsam und leise zu atmen und spitzt die Ohren, um zu lauschen …

»… ich wusste, dass sie auf eine etwas unnatürliche Weise mit ihm verbunden ist. Du hast diese Eifersuchtsszenen gesehen, die sie mir machte, als sie klein war … Ich erinnere mich, einmal ist sie herumgeschlichen, genau wie eins dieser schwachen, perfiden Hündchen, und ich habe plötzlich entsetzliche Schmerzen im Finger gespürt. Sie hatte mich gebissen. Bis aufs Blut gebissen … Darum habe ich versucht sie zu schützen, darum habe ich es vermieden, sie herzuholen, obwohl der Rest der Familie mich dafür verdammt hat, aber wenn ich weiß, ich tue etwas Gutes, dann …«

»Es gab sehr gute Rückmeldungen zu der Beerdigung, du hast dir ganz umsonst Sorgen gemacht …«, unterbrach sie *tante* Margot.

Sie hatte einen hastigen, gutmütigen Ton in der Stimme, wie immer, wenn sie das Gesprächsthema wechseln wollte.

»Genau, wie es sein sollte. Feierlich und trotzdem einfach … auch die Reden, allerdings hat mir die des Studentenvertreters nicht so gut gefallen. Übrigens haben die Studenten einen sehr schlechten Eindruck gemacht, als sie sich *in corpore* ins Hippodrom zur Blumenschlacht begeben haben. Alexandru hat mir eine Notiz in der Zeitung gezeigt, ›die rumänische Studentenschaft hat sich selbst eine schlechte Note in Betragen gegeben‹. Der arme Ştefan, er hatte recht, wenn er sagte, dass die Sitten dieses Landes bloß noch in der Undankbarkeit gegenüber denen bestehen, die sich um das öffentliche Wohl sorgen.«

»Ich habe es Ştefan immer vorgeworfen, dass er zwischen Fremden und der Familie keine Trennlinie zog! Wie kann man Erwartungen an irgendwelche Fremden haben, wenn deine erste Pflicht als Mann der Familie gilt, nicht der Öffentlichkeit ... Nun ja ... Aber wenn sein eigenes Kind ...«

»Aber Sophie, die arme Yvonne ist wirklich noch ein Kind ...«

»Ein Kind, kann sein, ein Kind, aber ein Kind *terriblement égoïste*, glaube mir, das zu sagen fällt mir nicht leicht, und vor jemand anderem würde ich davon auch nicht anfangen ... Wenn sie wenigstens irgendetwas gefragt hätte! Sie weiß doch, wie es ihm ging, als sie wegfuhr, nicht die kleinste Frage ... Es interessiert sie nichts als ihre eigene Person ... Es gibt doch Dinge, die man fühlt, die man ahnt, auch wenn die Großen sie einem verheimlichen, um einen zu schützen ... Ich sehe, du willst mir nicht antworten, das heißt wohl, du hast eine ganz andere Meinung, na gut ... Na gut, weißt du, was dein Schützling gerade in diesem Augenblick tut? Seit einer Stunde sitzt sie in ihrem Zimmer vorm Spiegel, sitzt da, macht sich zurecht, bewundert sich ... Als ich die Tür ein bisschen aufmachte, um zu sehen, was sie tut, es war so ruhig und ich machte mir Sorgen, dass sie einen Schock hat, ich dachte, vielleicht hat sie eins und eins zusammengezählt, seine Krankheit, ihre Abreise, die Kleider ... Tja, von wegen! Sein Augenstern sitzt da und bewundert sich ... Ja, das wäre für ihn ein letzter Schlag gewesen, das zu sehen, und in dieser Hinsicht hat der Herrgott ihn wirklich verschont. Du ahnst nicht, wie schwer es mir fällt, vor dir solche Dinge auszusprechen ...«

»Ja, dieses In-den-Spiegel-Gucken, ja, das ist ein bisschen ...«

Vom Augenscheinlichen *à contre-cœur* gezwungen zuzustimmen, setzte sich *tante* Margot mit übereinandergeschlagenen Beinen in einen Sessel, zog ihr Zigarettenetui hervor, rauchte, die linke Hand spielte zerstreut mit ihrer Perlenkette, lang wie ein Rosenkranz: zwei lange Perlenreihen, die man zu sehr kurzen Kleidern mit über den Hüften liegender Taille zu tragen begonnen hatte.

»Aber trotzdem, dich als Mutter dürfte das nicht behelligen ... Wenn man ein Kind hat, dann muss man an es denken, nicht an sich selbst. *Tant mieux*, wenn sie ein kühleres Wesen hat ... *Tant mieux ...* dann hat sie im Leben weniger zu leiden ...«

Die arme *tante* Margot! Sie redete, als hätte sie schon damals um ihren Schmerz gewusst ... Mit ihrer Vamp-Ausstrahlung, die sie sich damals ein paar Jahre nach ihrer Heirat zugelegt hatte: kurz geschnittenes Haar, ein Seitenscheitel, eine Haarsträhne, die ihre Stirn bis zu den Augenbrauen bedeckte, ein Seidenschal, den sie kokett hinten auf dem Rücken knotete ... Der sehr kurze Rock, ihre kleinen Knie, die in grauen Seidenstrümpfen steckten.

Sie redete, als hätte sie schon damals um ihren Schmerz gewusst. Nein, es war noch zu früh, zu früh für sie: Alexandrus Eskapaden, sein Ruf als *coureur*, dummes Zeug ... Sie hatte noch gut fünfzehn Jahre, bis sie erfuhr, was Furcht bedeutet, was Einsamkeit bedeutet, Armut, Gefängnis, Demütigung ...

»Was weiß ich ...«, antwortete Mutti flüsternd.

Ihre gewohnte Antwort, wenn sie an etwas anderes dachte. Sie hatte ihren Hut auf dem Kopf und zog den langen schwarzen Schleier vors Gesicht; etwas ganz anderes als der kleine Spitzenschleier, den sie für gewöhnlich trug.

»Yvonne!«, rief sie gleich darauf mit anderer Stimme, »Yvonne!«

Sie, Yvonne, schlüpfte in den Schatten der Balustrade, kroch auf allen vieren die Treppe hinauf. Unerklärliche Staubfäden – so merkte sie – waren auf ihrem schwarzen Samtkleidchen.

Warum wohl, fragte sie sich in ihrem blitzgescheiten Kopf, warum wohl hatte man seit ein paar Tagen das Haus nicht mehr gefegt? Sie kroch die Treppe hinauf, das Herz rüttelte mit seinen dumpfen Schlägen gegen ihre Rippen, gegen den Brustkorb. Wenn bloß nicht gerade jetzt irgendwo eine Tür aufging, irgendwo Maria auftauchte oder Madam Ana oder *Mademoiselle* Lisette. Oder wer weiß wer.

Leise, auf Zehenspitzen, trat sie in ihr Zimmer, warf sich aufs Bett, steckte sich die Finger in die Ohren, noch lange ließ sie Mutti nach ihr rufen.

Sie steht mit dem Rücken zur Pendeluhr, um nicht in Panik zu verfallen, sie zählt automatisch ihre Schläge, presst nervös die Lippen aufeinander, knüllt den kleinen Karton in den Fingern. Zwischen die runden Klänge, die in unerträglicher Gleichförmigkeit einer auf den anderen folgen, die nicht zu beschleunigen sind, dringt das dünne Flattern ihres hastigen Atems.

Und dann endlich Stille. Eine so große Stille, dass das Knacken der Täfelung im Haus zu hören ist und wie diese schamlose Alte mit irgendetwas im Bad knistert. Zwölf – wenn sie in zehn Minuten nicht geht, geht sie vielleicht nie mehr.

Bis sie ins Zentrum kommt, macht in der Stadt alles zu. Besser, sie geht an die Tür und klopft, vielleicht ist der Alten etwas zugestoßen. Das wäre nicht auszuschließen, bei ihrem Alter und ihrem Gewicht kann man es als ein wahres Wunder ansehen, dass sie bis jetzt durchgehalten hat. Obwohl Mutti und auch sie ihr so oft geraten haben:

»Pass besser auf, Madam Delcă, pass besser mit der Ernährung auf«, so sagten sie immer, »ab einem gewissen Alter ist es nicht mehr gut, Fett und Süßigkeiten zu essen … Der Blutdruck, das Cholesterin, versteh doch, ab einem gewissen Zeitpunkt geht das nicht mehr so mit dem gebratenen Schweinefleisch, das deinem Mann so gut schmeckt …«

»Ach Herrje, Schweinefleisch! Überleg doch mal, seit wann hab ich kein Schweinefleisch mehr gesehen! … Das ist vielleicht Monate her, dass ich mal Fleisch zwischen die Zähne gekriegt hätte …«

So schnitt Vica ihnen jedes Mal das Wort ab.

Sie versucht, den Anflug von Ekel zu unterdrücken, der sie bei der Vorstellung schüttelt, was im Bad passiert sein könnte. Übermorgen, wenn Leana kommt, dann soll sie noch sorgfältiger putzen als sonst, mit Spiritus, alles desinfizieren. Besser, sie hätte ihr gleich die Tür aufgemacht! Besser, sie hätte ihr das Geld gegeben und wäre sie los gewesen! Jetzt wird sie genauso gezwungen sein, ihr welches zu geben, und der Morgen ist dazu auch noch weg! Gezwungen, ihr was zu geben; gezwungen, dahin ist es also schon gekommen. Man will jemandem etwas Gutes tun, einem Menschen, der einem arm erscheint, den man ein Leben lang kennt, und dann kommt es so weit, dass man von ihm abhängig ist. So weit, dass man alles dafür gibt, ihn wieder los zu sein. Das ist das Schicksal der Großzügigen, behauptet Niki.

»Begreifst du, nichts anderes bedeutet Philanthropie«, lacht Niki, »*tu te laisses faire …*«

Niki mit seinem Sinn fürs Praktische, Niki, der die Wirklichkeit so gut durchschaut … Kein Zweifel, von ihm hat auch sie eine klarere Sichtweise auf die Dinge übernommen: nur schwer und sehr spät, aber irgendwann hat sie es verstanden. Im Hinblick auf die Alte macht sie sich keine Illusionen mehr, wie sie sie früher einmal hatte. Weder Gefühle noch Dankbarkeit lassen sie immer vor der verabredeten Zeit kommen, um ihr Geld abzuholen. Nein, es ist klar: Sie hat sich vorgenommen, immer eine Woche, zehn Tage vorher aufzutauchen, einfach, um die doppelte Summe Geld zu bekommen. Nicht fünfzig Lei, sondern hundert … Und sie hat keinerlei Skrupel, wie jeder korrekte und gut erzogene Mensch sie haben würde. Unglaublich listig sind diese einfachen Menschen, hinterhältig und unverfroren … Und sie wissen so gut ihre Interessen durchzusetzen! Sie verfangen sich nicht wie wir Kultivierten im Netz der Gefühle, der Ideale, sie sind von klein auf so erzogen worden ... Nein, sie kennen ihre Interessen genau und verfolgen sie Schritt auf Tritt. Natürlich, manchmal können sie Hingabe und Großzügigkeit vortäuschen, um einen auf diese Weise noch besser hinters Licht zu führen.

So erklärt es ihr Niki immer.

»Ich könnte einen ganzen Roman schreiben ... Und nicht nur einen! ... Zwanzig Romane könnte ich über all das schreiben, was ich gesehen und erlebt habe. Zehn, zwanzig Romane ...«

Niki hätte geschrieben, wäre nicht die Zeit angebrochen, die dann anbrach. Er hat so viel gelesen, Geschichte und Philosophie, er hat so viel gesehen in seinem Beruf als Anwalt ... Sie, gefühlig und idealistisch wie sie ist, hätte niemals auch nur ein Plädoyer halten können ... Aber durch Nikis Erzählungen hatte sie verstanden, was es hieß, Anwalt zu sein: Es bedeutete, die Menschen so zu erkennen, wie sie in Wirklichkeit waren, nicht so, wie sie vorgaben zu sein. Das war einmal ein Beruf gewesen, Anwalt, ein Beruf, der verschwunden ist, wie so vieles. Was hatte es nach '46 noch bedeutet, Anwalt zu sein, da man ja mit bereits vorbereitetem Urteil und nur mit angeblichen Zeugen in den Gerichtssaal kam? Wozu noch ein Anwalt, wenn man bei verschlossenen Türen verhandelte? Unter normalen Umständen hätte Niki geschrieben, weil er vieles gesehen hatte und so *ta-len-tiiert* war! Gleichermaßen zum Schriftsteller und Schauspieler begabt: immer auf dem Laufenden mit den neuesten Witzen, er versteht es, sie auf jede Situation umzumünzen, sie vorzutragen ... Wohin er auch kommt, Niki mit seinem Humor, er unterhält die ganze Gesellschaft. Und er ist immer auf dem Laufenden mit den neuesten Nachrichten aus der Stadt, weil er einen weitreichenden Bekanntenkreis hat; hin und wieder überrascht er sie, wie damals, als er sie zu einem Besuch in der Nähe der Armenischen Kirche mitnahm, und mit wem unterhielt sich Niki da? Mit einem Freund des Hauses, einem dieser jungen Schriftsteller – sie hat ihn später im Fernsehen gesehen, hat seine linientreuen Artikel in der *Scânteia** gelesen, ein vom Regime geschätzter Autor, wohlsituiert, der ihm von seinen Reisen ins Ausland berichtete, Herrgott, wie hieß er noch? Naja, gerade hat sie einen Lapsus. Und Niki mochte es auch, Maler zu treffen und in ihre Ateliers zu gehen, schließlich hat er in seinem Büro auch die sorgfältig aufgerollten Leinwände von Mirea. Warte nur, wirst schon sehen, was für eine Wertsteigerung die haben, sagt er manchmal zu ihr. Und sie, mit ihrer lebenslang erlernten Diskretion, bewegt nicht mal eine Nadel in seinem Büro, öffnet keine Schublade. Nicht nur aus Anstand, sondern weil sie auch keine neugierige Person ist: Sie ist an Tudor interessiert, dem Liebling, Niki interessiert sie und Mutti hat sie interessiert, solange sie lebte, dazu ein paar Freundinnen – mehr nicht. Für sie zählt der Rest der Welt tatsächlich nicht. Aber es schmeichelt ihr zu wissen, dass Niki so viele Bekannte hat, viele von ihnen hat er beim Tennis kennengelernt, die anderen als Anwalt. Nur Mutti hatte, vor allem seit man die *pauvre tante* Margot festgenommen hatte, ihre ungerechtfertigten Befürchtungen, was Niki anging! Die Neugier und die Vielzahl von Nikis Bekannten kamen ihr verdächtig vor. Selbstverständlich waren das ungerechtfertigte Befürchtungen. Dahin ist es mit den Menschen gekommen: dass sie nicht mal mehr der eigenen Familie vertrauen …

»Es ist unnormal, dass ein wohlsituierter Mann diesen ganzen Dreckschweinen mit hängender Zunge nachläuft … Nicht nur, dass er ihre Bekanntschaft zulässt, er sucht sie ja geradezu … Entschuldige mal, Yvonne …«

Wie ungerecht Mutti damals war, als sie das sagte! Wenn einer dem anderen keinen Glauben schenkt, wie soll man da weiterleben? Die machiavellischste Erfindung der Kommunisten war es, aus jedem einen möglichen Verdächtigen zu machen: dass wir einander verdächtigen – tja, darauf beruht wohl in Wirklichkeit ihre Macht! Alles hat sie von Niki gehört und gelernt … Wenn man ihn so sieht, wie er sich dafür interessiert, was *sie* tun, wenn man sieht, wie richtig er sie einschätzt und alle einschätzt, wie könnte man dann gerade ihn verdächtigen, dass er bei der Securitate mitspielt? Der arme Niki mit seinem *flair*, er muss Muttis Zweifel geahnt haben! Vor allem in den letzten Jahren, als ihre Sklerose fortgeschritten war und sie sich nicht mehr so kontrollierte, als sie allen möglichen Leuten ihren Verdacht zuraunte – was für eine peinliche Situation, Herrje! ... Es wäre nicht verwunderlich, wenn sie dieser Alten auch etwas gesagt hätte, die kommt einfach nicht mehr aus dem Bad! Wenn wir ihnen nicht so viel Honig ums Maul schmieren würden, wären die einfachen Leute dann auch so schamlos? Die arme Mutti hatte in der letzten Zeit keine Kontrolle mehr über sich. Und Niki, der vor allem so sensibel ist mit seinem *flair*, unmöglich, dass er nichts gemerkt hat! Oder vielleicht ist ihm sogar etwas zu Ohren gekommen ... Aber er hat nie darüber gesprochen. Niemand kann ihm vorwerfen, dass er sich nicht anständig verhalten hätte; von seiner Seite hat Mutti nie ein böses Wort zu hören bekommen. Und er hat auch nie versucht, sich zu erklären; aber erklärt Niki überhaupt mal etwas? Er erklärt nichts, denn so ist eben sein Temperament, er ist diskret, er verbirgt nichts, aber gibt es jemanden, der schneller seine Schuld eingestehen würde?

»Ich, meine Liebe, bin der einzige Schuldige«, seufzt er. Und mehr ist er nicht imstande zu sagen. Aber sie hat es als Frau geschafft, ihn zu durchschauen; trotz so vieler Dinge, die passiert sind, vertraut sie Niki noch immer voll und ganz. Mutti zum Beispiel hat nicht verstanden, dass jemand einfach von seinem Wesen her neugierig sein kann, dass jemand Vergnügen daran haben kann, informiert zu sein – ein Faible, das bei Niki sicher auch durch seinen Beruf entstanden ist. Und was seine kleinen Flirts betrifft, hat sich Mutti als eine sehr intolerante Person erwiesen. Dass sie nicht verstehen konnte, dass nicht alle Menschen gleich sind, dass vor allem der Mann hin und wieder eine kleine Veränderung braucht, dass seine Gefühle auf diese Weise nicht unbedingt beeinträchtigt werden ... Eine kleine Vergnügung, von der er entspannt zurückkehrt, und meistens aufmerksamer, weil er trotzdem ein kleines Schuldgefühl verspürt… Nein, sagte Mutti, es ist überhaupt nicht annehmbar, dass alle Welt weiß, dein Mann ist ein *coureur*… So jugendlich Mutti innerlich auch war, für sie war im Leben der äußerliche Anschein wichtig:

»Um den Augenschein aufrechtzuerhalten, wendest du all deine Energie auf, und erst dann gelingt es dir, wirklich so zu leben, wie du willst«, pflegte sie zu sagen.

Oh, aber nicht alle Menschen sind gleich! Man muss nicht alle Männer mit Onkel Jorj vergleichen, der seine ganze Energie in seinen Beruf steckte, der seine militärische Korrektheit besaß und ansonsten ein großes Kind war. Sicher, so ein Mann ist viel leichter zu kommandieren als einer mit Temperament, mit einem geselligen, aktiven Wesen, wie Niki es besitzt. Wahrscheinlich wegen diesem zu aktiven Wesen hatte Niki nicht schreiben können! Wenn man ein dynamisches Wesen hat, ein lebendiges Wesen, wie soll man dann mit so einer gesetzten Lebensweise zurechtkommen? Das Schreiben ist kein angemessenes Hobby für Niki, davon ist sie überzeugt, auch wenn sie es ihm nicht sagt. Und wenn man ja doch weiß, dass man keine Chance hat, jemals etwas zu veröffentlichen, warum dann Zeit vergeuden? Sie hat ihm aber nie widersprochen, im Gegenteil, sie hat ihn träumen lassen.

»Wenn ich mal in Rente bin«, versprach Niki, »dann setz ich mich hin und schreibe… Ich werde sicher niemanden finden, der etwas von mir veröffentlicht; wenn du nicht für die Zensur schreibst, mit Partei und Arbeiterklasse, dann veröffentlichen sie dich halt nicht… Aber ich, ich werde es einfach genießen zu schreiben! Mein ganzes Leben hatte ich keine Zeit und ich musste es vor mir herschieben, aber jetzt werde ich mich hinsetzen…«

Und sie ermunterte ihn natürlich; sicher, sagte sie, ganz normal, dass du dich dransetzt, bei deinem Talent, bei deiner Menschenkenntnis… Denn sobald die Menschen in Rente gehen, sind sie deprimiert, ihr Wesen ändert sich, sie beginnen düstere Gedanken zu haben, vor allem die Männer. Und man darf sich nicht gehen lassen; nach einem ganzen Leben, in dem man sich abgeplagt hat, kann man wenigstens dann einmal durchatmen. Und grundsätzlich sollte man lernen, aus allem nur den Vorteil zu ziehen. So schwer, wie es ohne Tudor ist – ach, wie schwer! –, sie tröstet sich damit, dass die Vorteile überwiegen. Man hat sehen können, was er ganz allein imstande war zu tun: dass er es geschafft hat, seinem Leben einen Sinn zu geben, denn auch im Westen ist es nicht ganz so einfach, wie der ein oder andere glauben mag! Und wenigstens wird er nur noch für sein eigenes Verschulden geradestehen müssen. Wenigstens weiß sie, dass er frei ist. Wenigstens kann er reisen. Wenigstens hat er dort das, was er hier nach einem ganzen Leben noch nicht hätte. Wenigstens …

Auf einmal wirft sie die kleine Karte in den Aschenbecher – so lange hat sie sie zwischen den Fingern zerknickt, lächerlich. Sie dreht sich um, sieht zur Pendeluhr. Sie ist fast sicher, dass sie heute keine Zeit mehr haben wird hinauszugehen. Nicht, dass sie etwas Besonderes zu tun gehabt hätte, der einzige Programmpunkt heute, die kirchliche Heirat von Ţuţu, ist erst heute Abend, es ärgert sie nur, ihre Zeit einfach so sinnlos zu vertun.

Raschelt da etwas im Bad? Anscheinend …

Sie geht zurück und nimmt den Aschenbecher vom Tisch. Das Teetischchen, das noch immer hier in diesem dunklen Winkel der *hall* steht. Das Teetischchen, es ist immer noch ganz; auch die Räder, das Tablett und die *vieil-or*-Inkrustationen, die es einem Schachbrett ähnlich sehen lassen. Das arme Tischchen! Es bräuchte nur eine Politur, ein paar Schräubchen, die herausgefallen sind, und es wäre wie neu. Ein guter, erfahrener Tischler, der sein Handwerk versteht, hätte nicht lange daran zu tun. Nur, wo findet man heute noch Menschen, die sich auf ihr Handwerk verstehen?

»Sobald Petruţa auszieht, gleich am nächsten Tag«, so träumte Mutti, »werde ich den Tischler rufen und die Möbel aufarbeiten lassen. Das Teetischchen, den *Secrétaire*, das Serviertischchen, das abgeblättert ist ... Danach erst die Wohnzimmermöbel. Gleich am nächsten Tag, wenn sie auszieht ...«

Wie viele Jahre waren sinnlos wartend vertan, bis sie aus der Mansarde wieder in ihre eigene Wohnung krochen! Wie hat auch Niki sich abgemüht, mit wie vielen seiner vielen Bekannten hat er geredet! Nur eine skeptische Person wie Mutti konnte an ihm zweifeln ... Nur Mutti hatte so skeptisch sein können: zu behaupten, wenn Niki losginge, um mit jemandem zu sprechen und sich einem Bekannten in Erinnerung zu rufen, dass er dann großspurig irgendwo hineinginge, großspurig am Pförtner vorbei, du bleibst draußen, er geht die Treppe hoch, geht zum Klosett, läuft herum, durch die Säle und kommt dann siegessicher wieder herunter. Und dir sagt er, er hätte mit jemand sehr Wichtigem gesprochen, er dürfte nur den Namen nicht sagen ... Das war Muttis Theorie – noch so eine Ungerechtigkeit gegen Niki. Und wenn schon, sie haben einfach auf keine seiner Anfragen eine Antwort erhalten. Der arme Onkel Jorj, er ist gestorben, so war es eben, und sie haben immer weiter wegen des Hauses Bittgänge gemacht und haben weiter zusammengepfercht oben in der Mansarde gewartet, sich einander die Nasen auf der Treppe gestoßen, sind hinuntergestiegen ins Bedienstetenbad, haben im Treppenhaus geputzt, auf dem Hof, hinter den Mietern her. Gingen verängstigt auf Zehenspitzen, redeten im Flüsterton ...

»Macht endlich das Radio aus«, keuchte Mutti, »Petruța macht sich schon wieder an unserer Tür zu schaffen. Macht es aus, ich habe euch schon so oft gesagt, hört damit auf ... Ich verstehe nicht, wie vernünftige Menschen so gedankenlos sein können ... Warum hört ihr das? Sandu Geblescu hat recht gehabt, die Amerikaner haben uns schon lange verkauft ...«

Auch Mutti hatte wie so viele eine Zeit lang geglaubt, die Lage würde sich ändern; aber dann erwartete sie nichts mehr, nur dass Tudor seine Schule beenden würde, dass das Lumpenpack von Mietern verschwände und sie den Tischler rufen könnte, den sie schon ein Leben lang kannte, damit er ihre alten Möbel reparierte.

»Sie werden ausziehen«, sagte Mutti, »und ich werde meinen Tischler holen ... Sie ziehen aus, denn du siehst es doch? Ihre Ansprüche werden immer größer, und den guten Mann machen sie zu einem immer höheren Tier ...«

Das eine war er, der Mann, aber die Frau durfte auch ganz schön Karriere machen! Kaum mehr vorstellbar, dass sie irgendwann vor ihrem Tor gestanden hatte, einen Holzkoffer in der Hand, dünne Zöpfe, die auf dem Kopf zusammengesteckt waren ... Und barfuß schlappte sie mit gerissenen Fersen durchs Haus und schnaubte sich im Hof die Nase aus ... Jetzt war sie Direktorin und schien dauernd überarbeitet! Ob sie noch Zeit hatte, sich zu erinnern, dass Mutti ihr beigebracht hatte, was ein Taschentuch war, was eine Zahnbürste und dass sie sie überredet hatte, sich nicht immer mit Waschbenzin die Haare zu waschen?

»Wenn du sie schon erziehst, dann bring ihr doch auch bei, nicht mehr so was wie *Spülstein* zu sagen ...«, raunte ihr Niki manchmal zu.

Die kindischen Anspielungen von Niki, mit denen er ja auch recht hatte. Denn in diesem Fall war Mutti naiv gewesen: Es ist naiv, zu glauben, du könntest in der Psychologie solcher Menschen etwas verändern, wenn du sie wie deinesgleichen behandelst. Oder wenn du ihnen echte Vertraulichkeiten erlaubst, wenn du dich vor ihnen demütigst. Es ist Naivität, zu glauben, man könnte ihr Vertrauen gewinnen oder wenigstens ihren guten Willen. Nein, sie sind schlauer als du, aber glauben werden sie dir trotzdem nicht, denn gerade deshalb sind sie jetzt da angelangt, wo sie sind: denn sie glauben noch weniger als jeder andere. Sie sind der Überzeugung, dass alles eine Lüge ist, dass die ganze Welt lügt. Sie sind es, die sich über nichts Illusionen machen.

»Von denen erwarte ich nichts Gutes«, sagte Mutti manchmal, »aber sie tun uns wenigstens nichts ... Ich zweifle nicht daran, dass sie uns diese Leute hier reingesetzt haben, damit sie uns überwachen. Warum sind sie ausgerechnet dann aufgetaucht, als die arme Margot verhaftet wurde?«

»Ach, das ist lange her, das war ganz am Anfang! Aber was sollen die jetzt noch überwachen?«, wehrte Niki träge ab, »was können die uns noch Böses wollen?«

»Wir leben in Zeiten«, sagte Mutti, »in denen es dir, egal wie unschuldig du dich fühlst, nie *nicht* angst und bange sein darf… Also müssen wir nur geduldig sein und warten…«

Mutti hatte versucht, mit Frau Petruţa in Kontakt zu kommen, vielleicht, weil sie den Mann seltener sah. Solche wie er saßen von morgens bis abends in Versammlungen, wie sie das anstellten, weiß Gott…

Der veränderte sich nicht, hatte sich nie verändert, seit er aus der Fabrik geholt worden war, um bei der Securitate zu arbeiten, und dann hatten sie ihn zum Aktivisten gemacht und danach verlangten sie von ihm, er sollte schnell das Diplom nachholen, am Ende machten sie ihn zum Direktor. Er hatte sich viel weniger verändert als sie, nur dass er anstelle der Mütze einen Hut aufsetzte, dabei aber nicht aus dem Krawattenanzug schlüpfte. Die Kleidung wurde an ihm so schnell knittrig. Vielleicht auch, weil er so schnell dicker wurde: Zuerst wurde nur sein Gesicht breiter, dann wölbte sich sein Nacken über den Kragen, er wurde schwerfällig, fing an, auf den Eingangsstufen zu keuchen. Klar, wenn eine ihrer Eignungsprüfungen darin bestand, bei den Feiern durchzuhalten, bei denen man schrecklich viel aß und trank. Bewegung hatte er immer weniger – das Auto kam und holte ihn ab, das Auto kam und brachte ihn zurück.

Wahrscheinlich hielt sich auch Mutti an diese Anzeichen, als sie sagte, es würde wohl nicht mehr viel Zeit vergehen, bis sie auszögen.

Ihre große Chance lag darin, dass das Haus eine Holzheizung besaß, von der die Mieter bald die Nase voll hatten. Man bot ihnen zuerst etwas im Floreasca-Viertel an, aber Petruţa lehnte ab, es war ihm zu anstrengend im ersten Stockwerk. Als man ihnen die Wohnung auf der Roma anbot, lehnten sie nicht mehr ab. Und eines Tages, unglaublich! wurde es still im Haus, es erschien jetzt riesig, angst und bange wurde einem davon beim Knacken der Holztäfelung! …

Aber so stark man auch ist, alles auf sich zu nehmen, manchmal bleibt keine Zeit mehr, sich des lang Erwarteten zu erfreuen. Sie waren noch nicht mit dem Streichen und dem Reinemachen fertig, als Mutti anfing, sie wollte den Tischler holen. Wieso erst fertig werden? Sie hatten einen ungeheuren Dreck hinterlassen! Ein Chaos! Niki fand Gelegenheit, an seine häufigen Vorschläge zu erinnern, die er in den schwersten Zeiten so oft gemacht hatte: Man sollte die wertvollen Möbel einfach verkaufen. Aber da, das muss man sagen, hatte er nicht recht! Wir hatten nicht sehr viele wirklich wertvolle Dinge, und damals, als wir darüber nachdachten, ob wir sie verkaufen sollten, hätte man sowohl beim Antiquitätenhändler als auch auf dem Flohmarkt nur läppische Preise für sie erzielt. Also war es wahrscheinlich doch gut, dass Mutti so stur an ihren Dingen festgehalten hatte. Und um ihr eine Freude zu machen, war sie eines Nachmittags mit ihr losgezogen, um den Tischler aufzusuchen. Irgendwo an der Piaţa Mare, an der Bărăţiestraße. Mutti hatte sich nicht mehr genau erinnert, wo der Tischler seine Werkstatt hatte, sodass beide Arm in Arm eine Weile umhergeirrt waren.

»Damen mit Hut! Damen mit Hut!«, riefen ein paar Rüpel hinter ihnen her.

Sie hatten beinahe die Hoffnung verloren, es dämmerte bereits, als sie endlich zufällig die Straße fanden. Sie bogen in die Gasse ein, ein Schmutz, ein entsetzlicher Gestank, sie klopften an alle möglichen Türen … Und erfuhren, dass Muttis Tischler vor einer Woche verstorben war! Ach, arme Mutti, sie war auf einmal so erschrocken … So orientierungslos … Als würde es keinen anderen geben, der ihn hätte ersetzen können … Und all das, weil sie seit Jahren nur an genau diesen einen gedacht hatte. Dazu kam der Argwohn der alten Menschen gegenüber den jungen Leuten, die sie nicht hatten prüfen können. Jeder Tischler, den man ihr später vorschlug, wurde von ihr überhört oder einfach abgelehnt: die Arme, sie hatte ihre Begeisterung verloren …

Sie zieht den Mantel aus, durchquert die *hall*, tritt ins Vorzimmer, hängt den Mantel an den Haken. Vor Ärger zuckt ein Muskel ihrer linken Wange. Sie nimmt die Filzkappe und den Fuchs, steigt die Treppe hinauf, öffnet die Schlafzimmertür, öffnet die Tür des Kleiderschranks, legt beides sorgfältig auf das obere Regal. Seufzt. Am Ende wird sie ihr sogar noch das Geld geben. Diese schreckliche Alte!

»Ach, fünfzig Lei sind ja nun nicht die Welt … Du hast fünfzig Lei bezahlt, aber dich dafür den ganzen Tag amüsiert … Wenn du richtig drüber nachdenkst, dann ist das gar nicht so teuer!«

Ungefähr so wird Niki ihr antworten, wenn er die ganze Geschichte von heute hören wird.

»Eure Madam Delcă ist wirklich eine Figur … Ich habe genug von der Sorte kennengelernt! Ach, wenn ich die mal beschreiben würde …«

Auf der gesunden Bräune seines Gesichts würde das Lachen besänftigend, aber unruhig wirken, und die Blicke würden zur Seite huschen und es vermeiden, die ihren zu treffen. Kein besonderes Motiv, ihren Blick zu meiden und so schnell, fast fahrig zu sprechen, als hätte er Angst vor ihren Fragen, die sie in Wirklichkeit sowieso nie stellt. Nach so langen, miteinander verbrachten Jahren bemerkst du so viel in einem falschen Lachen! Und trotzdem, *pauvre* Niki, er könnte auch einfach ruhig sein. Er könnte sicher sein, dass er nicht Gefahr läuft, von ihr jemals etwas Unangenehmes zu hören, sie kennt seine Überzeugungen und Gepflogenheiten. Die gute Erziehung verpflichtet einen, die eigenen Impulse zu kontrollieren, so wie sie einen auch zwingt, so zu tun, als sähe man nichts, um den Menschen an deiner Seite nicht zu demütigen. Und wenn du so erzogen bist, dann würde jeder unbeherrschte

Ausbruch bloß dich selbst vergiften; nur dir würdest du ein unangenehmes Gefühl geben – ein Gefühl der Erniedrigung, der Verstörung.

Als der liebe Tudor damals im vorletzten Brief seinen Vater bat, öfter zu Hause zu sein, auf seine häufigen Ausflüge zu verzichten, da war Niki ein paar Wochen lang beleidigt. Er ist natürlich überzeugt, dass sie es war, die gejammert hat, und besonders das hat sie verletzt: Nach einem ganzen gemeinsam verbrachten Leben nicht zu wissen, was man voneinander halten soll! Seit damals scheint er, wenn Vica bei ihr ist, noch etwas unruhiger als sonst – noch etwas verunsicherter. So wird es auch heute sein, wenn er zurückkommt.

Äußerlich sanft lächeln – und in Wirklichkeit wird er immer ruhiger, je deutlicher er merkt, dass sie nicht vorhat, das gefährliche Thema anzusprechen –, dann wird er vorsichtig die geleerte Kaffeetasse auf die Armlehne des Sessels stellen. Eine alte Gewohnheit wird ihn dann gleich aufstehen lassen, und dabei wird er versuchen so zu tun, als hätte er es keineswegs eilig, als bewege er sich nur zufällig auf die Tür zu.

Eine widersprüchliche Bewegung – Soll er gehen? Soll er bleiben? –, die sie natürlich nicht kommentieren wird. Sie wird so tun, als würde sie es nicht einmal merken.

»Ich wundere mich nicht darüber, dass dir das wieder passiert ist«, wird er weiterreden, er wird, die Hände hinter dem Rücken, durchs Wohnzimmer spazieren, »ich müsste mich sogar freuen, denn nur so, nur wenn du dich an der Wirklichkeit reibst, kannst du begreifen, in welcher Welt du lebst … In welcher Welt wir leben. Obwohl, bei allem, was du schon erlebt hast – du hast so lange gearbeitet und trotzdem weiter geschwebt –, wenn du es bis jetzt nicht verstanden hast, ich weiß nicht, ich glaube, die Chance ist vertan, dass du es jemals begreifst. Denn was sagst du, hast du sonst schon mal jemanden gesehen, der bereit wäre, eine helfende Hand auszustrecken? Wie kannst du nicht merken, dass die Zeiten sich geändert haben und die Menschen mit ihnen?«

Es wird schon Nachmittag sein, wenn er wie immer seinen Tennisschläger vom Haken nimmt und geht. Aber nein, heute ist er seit morgens fort, also wird er dann wahrscheinlich darauf verzichten, noch einmal fortzugehen. Allerdings wagt sie nicht zu glauben, dass sie ihn letztendlich aufhalten kann, und lächelt betrübt über die Neigungen, die seine Worte verraten. Nach so vielen Jahren, nach so viel Desertieren und Zurückkommen, da reden sie so miteinander wie in den ersten Jahren. Im Halbschatten der *hall* erscheint seine gebräunte Wange noch immer jugendlich; fast jugendlich erscheint auch sein sorgfältig gekleideter Körper, den er lange vor einem Bäuchlein bewahren konnte. Nur die Augen machen ihm seit einiger Zeit Sorge, denn bei Licht und ohne weiteren Grund beginnen sie zu tränen.

»… weil du im Gegensatz zu mir und nach dreißig Jahren kommunistischem Regime immer noch glaubst, dich entsprechend deinem Rang verhalten zu müssen. Ja, ja, lach nicht, widersprich mir nicht, genau darum geht es! Auch wenn dein Stiefvater ein solches Ende gefunden hat, auch wenn deine Tante unglücklich im Gefängnis saß, auch wenn alle in deiner Umgebung und alle, die du als Jugendliche verehrt hast, dasselbe erlebt haben, du hast anscheinend nicht bemerkt, dass sich etwas verändert hat. Du weißt doch, was mit Tieren passiert, die sich nicht anpassen, wenn sich das Klima radikal verändert? Warum fühlst du dich verpflichtet, Hausangestellten eine Rente zu geben, bei jeder Gelegenheit Kleider zu verteilen, Madam Anas Nachttopf auszuleeren, nur um sie nicht ins Altersheim zu schicken? Als wir hier sowieso schon beengt und belagert leben mussten, da habt ihr, du und vor allem Mutti, noch für solche Skrupel Zeit gehabt! Und auf der Straße, wie oft habe ich gesehen, dass du bei jedem Bettler dein Portemonnaie aufmachst! Ich habe dich so oft darauf hingewiesen, die Mehrheit von denen sind Betrüger und gesünder als wir, aber das hat nichts gebracht! Meine Ratschläge kommen bei dir nicht an …«

Sein Tonfall ist säuerlich, nach einem ganzen Leben kann man keine Liebeserklärungen mehr erwarten. Aber es rührt sie, dass er so viel über sie redet, und hinter seinen doppelbödigen Worten (aber wann ist Niki mal nicht doppelbödig?) verbirgt sich noch immer dieser kleine Komplex, der ihn nicht verlassen hat, seit er sie kennengelernt hat. Wie sehr auch immer die Welt sich um sie herum verändert, *pauvre* Niki, tief in seinem Inneren wird er nie vergessen, dass er der Sohn eines kleinen Händlers vom Obormarkt ist. Dass er nur durch die Heirat mit ihr Zutritt zur besseren Gesellschaft fand ...

Diese Sache, die nur sie verstanden hat, rührt sie.

Pauvre Niki! Diese kleine Wunde – die nur sie allein auf der Welt spürt – hat sie über so vieles hinwegsehen lassen! Sie ist aus verschiedenen Gründen tolerant mit ihm gewesen, aber erst in der letzten Zeit ist es ihr gelungen, ihn zu verstehen ... Sie hat noch immer dieses Weihnachten vor Augen – das letzte Weihnachten, das sie gemeinsam verbracht haben, Mutti ging es noch gut und der liebe Tudor war noch da. Der liebe Tudor war mit seinen Freunden, seiner *Bande*, wie sie sich nannten, zum Skifahren in den Bergen; und sie hatte trotzdem darauf bestanden, Weihnachten zu Hause zu feiern, wie immer. Und es war ihnen ein fröhliches Weihnachtsfest gelungen, sie hatten einen Tannenbaum besorgt, eigentlich war es eine Rotfichte, sie hatte sogar einen Streit mit Niki, einen Streit wegen ihm, besser, sie hätten ganz auf einen Baum verzichtet, als dass sie eine Rotfichte ...

Aber alles wurde, wie es sein sollte, und am Ende gab er zu, dass er nicht recht gehabt hatte ... Ein Weihnachten, wie es besser nicht gelingen konnte, sie waren alle da, Lilly und Victor und Ortansa mit Radu Priboianu, dann der Enkel des Generals Petrescu mit seiner Frau, junge Leute um die vierzig, sie war nicht besonders.

»Est-ce qu'elle est née?«, wie Mutti gesagt hätte.

Der arme General, er hat viel gelitten, als diese Heirat geschlossen wurde! Und ihr merkt man immer noch die »gesunde

Herkunft« an – sowohl in der Haltung als auch im Verhalten: Sie weiß bis heute nicht, was sie mit ihren Händen tun soll, und wie sehr du dir auch mit ihr Mühe gibst, es ist unmöglich, sie dazu zu bringen, normal zu konversieren. Immerhin ist sie anständig…

Sie legten Weihnachts-Colinde auf den Plattenspieler, hörten *Stille Nacht*, sangen *Florile dalbe* im Chor, jeder gab sein Bestes, um sein Päckchen vom Weihnachtsmann zu bekommen. Sie hatte für jeden etwas Passendes gekauft und alle gaben zu, dass das der angenehmste Teil des Abends gewesen war. Natürlich war der Großartigste von allen Niki! Später brachten sie auch Mutti herein, setzten sie in einen *rocking-chair…* Dann löschten sie das Licht und sie hat es noch ganz lebendig vor Augen, wie die orange-grünen Christbaumkugeln im Dunkeln glänzten! Und dann gleich die elektrischen Kerzen mit roten Spitzen, ganz genau wie kleine Fackeln! Und später die Wunderkerzen! Nur Niki war etwas besorgt, passt auf, passt auf, sagte er, vergesst nicht, das ist ein echter Baum! Vergesst nicht, eine Fichte braucht nur einen Funken, um zu brennen!

Tatsächlich hatte es aber keinen unangenehmen Zwischenfall gegeben, und als sie aus dem Fenster sah, überkam sie eine schreckliche Freude, eine Freude wie in der Kindheit: Es schneite in großen, weichen Flocken, innerhalb einer Stunde waren alle Häuser und Autos bedeckt… Eine Weile stand sie so, sah aus dem Fenster, im Haus herrschte außerordentliche Fröhlichkeit, man lachte, man scherzte, es tat nicht Not, dass die Gastgeberin anwesend war, sodass sie sich ein paar Sekunden der Entspannung gönnte und aus dem Fenster sah. Es bleiben einem solche Augenblicke des Lebens im Gedächtnis, in denen du dich glücklich gefühlt hast, unerklärlich, grundlos glücklich, das siehst du dann später erst. Später siehst du, dass in diesem Augenblick des Glücks und der Ruhe schon das große Unglück lauerte, das sich bald ereignen sollte; trotzdem bewahrst du eine angenehme Erinnerung daran. So bewahrt auch sie in angenehmer Erinnerung, dass sie aus dem Fenster auf die Straße gesehen hat, obwohl dort nichts Besonderes zu sehen war: eilige Paare, die früh von dort heimkehrten, wo sie eingeladen gewesen waren, wenige Sternsinger und kein Einziger, der noch die alten Lieder kannte. Man kennt kein anderes mehr als dieses schreckliche, sinnlose Lied über einen Hasen und Herrn Ştefan und Mihai, mit dem sie einem schon ab November in der Tram auf die Nerven gehen. Und doch war sie an jenem Abend, als sie abwechselnd ins Zimmer und aus dem Fenster sah, glücklich wie damals – wie damals, als sie ein Kind war, als Papa lebte, als *tante* Margot bei keinem Weihnachten fehlte, mit *oncle* Alexandre … Alle zogen sich zu einer angemessenen Zeit zurück; Mutti war leicht erregt, wer weiß, welche Erinnerungen für einen Moment in ihrem verwirrten Geist wach geworden waren, es wurde ein wenig problematisch, bis sie eingeschlafen war, Niki hatte das aufgebracht. Sicher, auch er wird seinen *Stress* gehabt haben, manchmal ärgert er sich über Nichtigkeiten, selbstverständlich hat ihn seine Erziehung dazu veranlasst, sich zurückzuhalten, aber sie mit ihrer Intuition spürte, dass er sich ärgerte. Und als sie zurück ins Wohnzimmer kam, hatte Niki mit seiner kindischen Aufgeregtheit, die ihn ergriff, wenn er ein Glas mehr als gewöhnlich trank, alle Wunderkerzen im Weihnachtsbaum aufgesteckt, und als sie hereinkam, zündete er alle auf einmal an:

»Noch nie habe ich mich mit dir wohlfühlen können«, sagte er, als die letzte Explosion weißen Lichts verlosch.

Sie war so schockiert, dass ihr die Stimme versagte! Und auf einmal zerschmolz die Abneigung, die sein schlechtes Betragen in ihr hervorgerufen hatte … Es blieb stattdessen etwas Seltsames zurück, ein fast rührendes Gefühl für sich selbst und eine Art Mitleid für ihn. Ein ehrgeiziger Mann erträgt nur schwer die Überlegenheit seiner Frau – ungefähr das war der Sinn, der in seinen verworrenen Sätzen lag. Er hörte nicht auf zu trinken, wurde immer verwirrter, sprach leicht unzusammenhängend und formte die Wörter mit Mühe.

»Ich bin der einzige Schuldige, du hast nicht die geringste Schuld ...«, wiederholte er.

Er verteidigte zum ersten Mal seine galanten Abenteuer vor ihr und sein Fortgehen von zu Hause, sogar die Kälte, die er seinem Sohn entgegenbrachte; sogar das gestand er ihr damals ein, dass er nicht immer den Pflichten eines Vaters nachgekommen war.

Jener Weihnachtsabend, den sie eine Weile als Wiederherstellung ihrer Ehe gesehen hatte; leider jedoch kann man nicht sagen, dass sich seither etwas geändert hätte. Eher im Gegenteil, wenn man an sein Zuspätkommen dachte, an seine immer häufigere Abwesenheit in der letzten Zeit.

»Wo siehst du sonst noch«, würde Niki fortfahren und sich wieder in den Sessel setzen, »wo siehst du sonst noch jemanden, der einem anderen einfach so seine helfende Hand hinstreckt? Sich gegenseitig einen Gefallen tun, das ja ... Beziehungen austauschen, eine Aufmerksamkeit für einen erwiesenen Dienst – das ist das einzige Gesetz, das niemand bricht ... Niemand hebt für dich auch nur einen Strohhalm auf, wenn du ihm vorher nicht eine Aufmerksamkeit hast zukommen lassen ... Du wirst sagen, dass das nichts Neues ist, dass es immer schon so war, Korruption, Fanarioten, die Sitten hier ... Dass die Welt seit zweitausend Jahren so ist ... Sicher, ich widerspreche dir nicht, so ist die Welt um uns herum und wir werden sie nicht ändern, ich nicht und du auch nicht, keiner ... Ich sage nur, dass du dich ändern müsstest, damit du keine Enttäuschungen mehr erlebst ...«

Ungefähr so wird es enden ... Sie hört seine spöttische Stimme und diesen alten, sehr alten Schatten von Zärtlichkeit in seiner Ironie. Trotz allem, Zärtlichkeit. Wie windig Niki auch war, hier konnte sie sich nicht täuschen ... Etwas, was man nicht anders nennen konnte als Zärtlichkeit ...

Sie wird ihm also wie jedes Mal mit einem Gefühl des Triumphs zuhören; sie hat es geschafft, endlich, hat ihn auf dieses wohlbekannte Terrain geführt, das allein ihnen gehört. Davon ist sie überzeugt – das teilt sie mit keiner von denen, die ihr das Leben vergällt haben. Genau wie vor dreißig Jahren öffnet er ihr die Augen über das Leben und sie hört ihm mit einem Ausdruck angespannter Aufmerksamkeit zu. Manchmal denkt sie sogar an etwas anderes, aber sie stimmt ihm mit den Blicken zu, in regelmäßigen Abständen. Ab und zu unterstützt sie ihn mit einer hilfreichen Frage, so wie das Hündchen, das Tudor so treu gehorchte und jedes Mal mit dem Ball in der Schnauze zu ihm kam. Es brachte den Ball zurück, damit der Junge ihn wieder fortwarf und das Tier ihm in großen Sprüngen nachjagen konnte, dann blieb es für einen Moment einen halben Meter davor unbeweglich stehen, beschnupperte den Asphalt. Schließlich nahm es den Ball wieder auf, um ihn vor Tudors Füße zu legen und bei der kleinsten Geste von Zärtlichkeit aufzuspringen – hoch, angespannt wie ein Bogen.

Und vor Freude gab es ein kleines Bellen von sich, stemmte die Vorderpfoten gegen den Körper des Jungen.

»Aaaach, für heute haste wirklich 'ne gute Tat getan! Der Herrgott wird's dir danken ... Ich wünsch dir immer Gesundheit und dass du dich an deinem Männe freuen kannst ... Du hast ja einen schönen und guten und anständigen Mann.«

Heiliger Himmel, was ist sie erschrocken! Plötzlich kommt die Alte von hinten! Nein, auch wenn man sie jetzt auf einem Besen reiten sähe, sie würde sich nicht wundern! Und wirklich, Vica hat nicht die Absicht zu gehen! Da sieht man, was schlechte Erziehung heißt ... Und wie sie bis über beide Ohren grinst und ihre Zähne bleckt! Das war es also, warum sie so lange da drin war: Eitelkeit – um sich die Zähne einzusetzen! Vor einer halben Stunde, als sie sich im Hof trafen, war sie noch zahnlos gewesen und man hatte kaum verstanden, was sie sagte. Ach, was wird Niki spotten, wenn sie ihm das erzählt ...

»Ich wundere mich nicht, dass dir das passiert ist«, wird er sagen, »aber das wird dir, ich sag es dir gleich, sowieso nichts nützen! Du wirst einfach so weitermachen … Du wirst nicht draus lernen …«

Und wirklich, so ist es! Nur ihr feines und unsicheres Wesen, ihre Unfähigkeit, jemandem direkt ins Gesicht zu sagen, was sie denkt, lässt sie von einer Schwierigkeit in die andere stürzen. Aber dieses Mal ist es genug! Sie wird diese freche Person einfach hinauswerfen! Und diese fünfzig Lei – gar nicht dran zu denken! Dass sie bloß verschwindet, bevor Niki zum Essen kommt, weil er es nicht mag, sie zu sehen …

»Also, Madam Delcă, so viel Dankbarkeit! So viele Worte … Ich freue mich auch, dass wir uns getroffen haben; ehrlich gesagt, es hätte mir leid getan zu hören, dass du den Weg bis hierher umsonst gemacht hast … Beim nächsten Mal, das weiß ich, wäre es dir schwergefallen … Ich weiß, wie schwer es in unserem Alter ist, sich auf den Weg zu machen …«

Also, wie geizig die ist, hockt hier im Dunkeln, ihre Mutter hatte immer alle Lampen an! Nicht mal, als das Telefon geklingelt hat und sie schnell hingelaufen ist, nicht mal dann hat sie das Licht anmachen wollen. Oder dass sie gesagt hätte:

»… Setz dich mal, Madam Delcă, du wirst bestimmt müde sein … Setz dich, warte, bis ich zurück bin, dann plaudern wir zwei noch'n bisschen …«

Das ist doch wirklich! Nicht mal mit dem Hintern hat die mich angeguckt, ist einfach zum Telefon abgezischt! Wenn das Telefon nicht gewesen wäre, hätte sie mich vor die Tür gesetzt – aber schnelle. So, jetzt hat sie mich hier sitzen lassen im Dunkeln. Und ich, ich werd mir noch die Beine brechen, bis ich beim Sessel bin. Der Ledersessel – der, wo sie Teppiche und Kissen drübergetan haben, weil er aufgeplatzt ist. Der Sessel, in dem Madam Ioaniu gesessen hat … So fett wie ich bin, ich werde mich in diesem Sessel doch immer klein fühlen.

Sie streckt ihre geschwollenen Füße aus – sie zwicken, dass ihr die Augen rausspringen –, sie stöhnt, legt ihren Nacken an die Lehne.

Aha, die Alte hat sich nicht umsonst hier in den Sessel rein verkrochen! Weil, nachdem sie krank gewesen war und es anfing, ihr schwer zu werden, durchs Haus zu gehen, da konnte man sie kaum noch aus dem Sessel rauskriegen. Und wenn man reinkam, dann erschlug dich so'n Geruch: nach alten Büchern, nach Grünspan und nach altem Fleisch. Was war Madam Ioaniu da dünn geworden, und ihre Augen waren wässrig, und sie hatte einen zittrigen Gang, und das weiße Haar hatte angefangen dünn zu werden. Wo es doch so dicht gewesen war, sie hatte es immer aufgedreht, jetzt waren da nur noch paar Härchen; es wurde dünner und dünner, bis man auf ihren Schädel durchgucken konnte. Aber die Alte flocht sich immer noch ein dünnes Zöpfchen, und mit der Zeit wurde auch das Zöpfchen immer dünner. Guck, wie ihr Finger, und am Ende wie ein Mäuseschwänzchen, so war der Zopf der Alten. Und nur immer im Sessel traf man sie an, und immer mit gespitzten Ohren saß sie da. Vielleicht war es ihr schlimm, so stundenlang allein, und wenn sie Schritte auf der Treppe hörte, dann lebte sie wieder auf.

»Wer ist da?«, sagte sie, »wer ist denn da?«, sagte sie mit dieser schabenden Stimme.

»Ich bin's«, sagte ich am Ende der Treppe, wenn ich raufkam, »ich bin's, was denn, erkennen Sie mich nicht mehr?«

Denn so hatte Ivona es verlangt, dass ich sie so frage. Sie wollte sehen, ob ihre Mutter noch ganz bei Trost war, weil sie immer an die Wand starrte und kein Wort mehr von sich gab. Aber diese falsche Ivona wollte nur das eine sehen: Konnte sie das Geld der Alten von der Bank abheben oder nicht, konnte sie es auf sich oder ihren Mann übertragen? Da hatten sich nämlich zwei gefunden, die ist materialistisch, diese Ivona, materialistisch und geizig, darum wollte sie, dass ich frage. Deshalb fragte ich dann, wenn ich zu ihrem Sessel kam:

»... was, erkennen Sie mich nicht mehr?«

Und Madam Ioaniu glotzte mich mit glasigen Augen an. Sie hatte durch und durch blaue Augen, aber in letzter Zeit waren auch ihre Augen farbloser geworden. Vielleicht hat sie nicht mal mehr viel mit ihnen gesehen, irgendwann klagte sie über Schleier, und das weiß man, wenn man das hat, geht's nicht mehr weg. Sie wusste schon, was für Krankheiten sie hatte und was nicht. Am Ende hatte sie ja genug erlebt, hätte nicht viel gefehlt und sie wäre hundert geworden.

»Ich kenne dich«, sagte sie nach einer Weile mit dieser schabenden Stimme. »Ich kenne dich, du bist Vica.«

Madam Ioaniu war eingeschrumpft, war krumm geworden – so einen Buckel hatte sie hinten auf dem Rücken! Und im Gesicht war sie ganz zerknittert, Falten hatte die. Aber nach einer Zeit wusste sie auch nicht mehr, wer ins Haus kam, wer rausging, sie saß nur noch da und starrte auf die Wand und schlurfte ein bisschen rum. Das ganze Leben war sie ein Sparfuchs gewesen, aber jetzt, wer weiß, was in ihrem Kopf vor sich ging, sie hatte die Angewohnheit, im Haus alles einzusammeln, was sie fand: Brotkanten, Flicken, Zettelchen und Flaschendeckel, Zahnstocher… Da hättest du im Traum nicht dran gedacht, sie sammelte alles ein und tat es in ein Tuch, sie hatte sich so ein Knüpftuch gemacht und versteckte es. Sie wusste, wo sie es versteckte, damit die anderen es nicht fanden. Ja, sie konnte sich also doch noch erinnern, wenn sie sich an das Tuch erinnerte.

»Ich mache mir Sorgen um Mutti, ich befürchte, sie hat Sklerose«, jammerte Ivona, »ich mache mir Sorgen, aaach, was für ein schreckliches Jahr, es gibt Jahre, die fangen schlecht an und dann geht es so weiter, von Unglück zu Unglück…«

Angeblich litten sie, weil ihr Junge, der Tudor, weggegangen war. Als würde ihr jemand glauben, dass ihr das nicht recht war, dass er drüben geblieben war!

»Ich mache mir Sorgen um Mutti, ich habe Angst, dass sie in ihrem Zustand etwas Unüberlegtes tut… Dass sie nur nicht das Wasser laufen lässt, Feuer macht, von zu Hause wegläuft…«

Darüber jammerte sie am meisten, wenn sie in irgendeiner Ecke das Tüchlein der Alten fand.

Und eines Tages kam es auch so. Eines Tages war Madam Ioaniu wirklich verschwunden. Sie kamen nach Hause, da stand die Tür offen. Sie hatten Glück mit der Cristidoaia, so wie die ihre Nase in alles reinsteckt. Als sie nämlich einkaufen ging, da kam es ihr komisch vor, dass sie die Tür von Madam Ioaniu offen stehen sah. Und sie hat auf der Arbeit bei der Füchsin hier angerufen.

Und sie machten einen Aufstand, diese hinterhältige Ivona und ihr widerlicher Mann, sie trommelten das ganze Viertel zusammen, fragten bei der Miliz, in den Krankenhäusern. Wo die nicht überall waren damals, wo dieser faule Niki nicht überall hinlief, sogar im Leichenhaus war der … Er rannte rum, bis ihm die Zunge ellenlang raushing, nicht dass er vor Liebe zu der Alten umkam, aber was hätten die Leute gesagt?

Die Leute hätten gesagt, wo der Junge nicht mehr im Haus ist, da hätte er es auf seine Schwiegermutter abgesehen und hätte sie dazu gebracht, abzuhauen. Madam Ioaniu war nämlich so weggelaufen, wie sie war, in einem Frottee-Hausmantel, einer von denen, die ich für sie genäht habe, vorne mit Knöpfen. Und ohne Tasche war sie gegangen, sie hatte keine Papiere dabei, sie hatte nichts …

So ein Glück, dass es damals warm war, es war Sommer. Wird es Mai gewesen sein? Oder war es Juni? Und noch größeres Glück hatte Madam Ioaniu, dass sie auf einen Herrn traf, der sie kannte. Ein besserer Herr, ein gut angezogener Herr, von früher. Sie kannten sich vom Sehen, und er hat sie, weil er sie erkannt hat, nach einigem Suchen, die Straße, wer und was, paar Stunden später wieder nach Hause gebracht.

Seit da hatte die Füchsin immer ein Auge auf ihre Mutter. Und die Tür hat sie doppelt abgeschlossen und den Schlüssel versteckt. Und für alle Fälle hatte sie ihr einen Zettel in die Tasche gesteckt, so ein weißes Papier, das mit einer Sicherheitsnadel dran befestigt war:

ICH HEISSE SOFIA DENISA IOANIU UND WOHNE AUF DER UND DER STRASSE, NUMMER SOUNDSO, TELEFON …

Ich weiß noch, sie saß da im Sessel auf den Hussen, dem Teppich, saß da wie ein Zigeunerkönig und hatte den Zettel an die Brust geheftet, damit man wusste, wer das ist … Sie war ganz klein geworden und hatte einen Buckel hinten, und dann dieser kleine weiße Zopf, dünn wie ein Mauseschwanz. Wie Madam Ioaniu dasaß und die Wand anstarrte und kein Wort rausbrachte; ob jemand reinkam, ob jemand ging, sie hatte keine Ahnung; es hätte jeder kommen können und das Haus ausräumen.

Nichts wusste die Alte mehr. Darum hatten sie ihr auch den Zettel an die Brust geheftet. Darum hatten sie das alles auf den Zettel geschrieben, weil, weiß der Teufel, Gott bewahre, aber manchmal lief die Alte eben weg: Entweder war sie viel schlauer als die anderen, denn man weiß ja, dass die, die wieder kindisch im Kopf werden, dass die so schlaaauuu sind … Oder dieser widerliche Schwiegersohn von ihr hat heimlich die Tür aufgemacht, damit er sie endlich loswurde: damit die Tram sie überfuhr, damit sie erfror – denn seine Schwiegermutter ist immer ohne Kleider raus … Er hatte wohl genug von ihr, immer diese Mummelgreisin da im Sessel, so klein und mit dem Buckel hinten und mit Glotzaugen. Und irgendwann legte Ivona ihr ein Laken über den Sessel; man merkte, dass ihre Blase schwach geworden war, und Madam Ioaniu machte in die Hose wie die kleinen Kinder. Und da hat er ihr vielleicht heimlich die Tür aufgemacht. Bei einem wie dem ist jede Bosheit denkbar …

Und seine Schwiegermutter kannte ihn, darum hatte sie ihn ihr Leben lang nicht leiden können. Darum hatte sie auch Tudor in alle Papiere eingetragen, wollte nur ihm ihr ganzes Vermögen vererben. Und als Tudor weg war und die Alte ihre Lungenentzündung überstanden hatte, fing ihr Schwiegersohn an, um sie rumzuschwänzeln, hei-tei-tei, weißt du, liebe Mutti, denk doch mal, ob dieser Staat es wirklich verdient, das Geld zu kassieren, das er einsteckt, wenn irgendein Unglück passiert… Aber die Alte, was tat die? So gerissen wie die war, die tat so, als würde sie nicht verstehen, was will der? Der wusste nur zu gut, was er wollte: Er wollte, dass sie ihn in die Papiere eintrug – ihn und diese taube Nuss Ivona statt seinem Sohn.

Er wusste, was er wollte, aber er wollte es nicht geraderaus sagen, nur hinterrücks kam er immer. Vor seiner Schwiegermutter hatte er keinen Mumm, er hat sich sein ganzes Leben lang nicht getraut, sich mit Madam Ioaniu anzulegen: weil, als ihre Schwester Margo im Gefängnis saß und ihr Mann, der General, auch, da war dieser widerliche Niki von zu Hause weggelaufen. Er hat die Füchsin mit dem kleinen Kind sitzenlassen und ist mit einer Nutte weg. Und nach paar Jahren kam er zurück – er ließ sich nicht scheiden, hatte die Nutte verlassen, er wusste schon, was er tat. Er kam mit eingezogenem Schwanz und Madam Ioaniu kratzte ihm nicht die Augen aus, sagte nichts, aber sie erinnerte ihn manchmal daran, dass sie, die Alte, ihm das Haus geführt hatte, während er weg war. Dass sie die Teppiche verkauft hatte, den Schmuck, dass sie die Rente beantragt hatte. Daher konnte er den Mund vor seiner Schwiegermutter nicht mehr aufmachen. Und ihr auch nicht ins Gesicht sagen, dass sie kurz über lang ins Gras beißen würde und dass sie ihn in die Papiere eintragen sollte. Und die gerissene Alte, die tat so, als würde sie nicht verstehen, was er ihr sagen wollte. Noch war die Alte nicht völlig klapprig, die hatte noch was im Kopf, und eines Tages verplapperte sie sich: dass sie Ivona in ihre Papiere eintragen wollte, dass sie dann ruhig sein könnte, wenn sie wüsste, sie wäre im Alter sicher. So viel sagte sie ihr, wenn sie allein waren. Aber ruhig war sie trotzdem nicht, weil sie wusste, sie kann sich auf ihre Tochter nicht verlassen. Sie wusste, diese dumme Nuss sagte alles, was sie hörte, sofort ihrem Mann weiter. Und was der wollte, das erreichte er bei ihr auch. Und Ivona hätte ihrem Mann sofort gesagt, dass die Mutter das Geld nur auf ihren Namen eingetragen hatte. Die konnte doch vor ihm kein Geheimnis bewahren, ob sie also das Geld jetzt auf ihren Namen überschrieb oder auf seinen, es kam auf eins raus. War dasselbe.

Also, als die Alte plötzlich ohne Enkel dastand, da wurde sie vor Schmerz plötzlich klapprig, und vor Ärger, weil sie jetzt ihrem Schwiegersohn ausgeliefert war. Was soll sonst in ihr vorgegangen sein, dass sie alles, was sie im Haus fand, zusammenschleppte: Flicken, Zahnstocher, Korken, Knochen vom Essen? Sie sammelte alles, knotete es in ein Tuch und versteckte es, um dann damit wegzulaufen ... Wie klapprig sie auch geworden war, sie wusste, dass sie ihrem Schwiegersohn ausgeliefert war, und sie wusste, dass man sich von einem wie dem nichts erwarten kann, nur Böses.

Ach, sie hatte den Braten schon längst gerochen, hatte ihm schon lange nichts mehr abgekauft – nur diese Irre, ihre Tochter, die guckte nicht hin. Was dieser widerliche Niki sagte, das hat ihm diese Irre ihr ganzes Leben lang geglaubt; und wenn der sie glühende Kohlen essen lassen wollte, das kannste wohl glauben, dann würde sie das auch machen, nur um ihm den Gefallen zu tun. Jetzt guck doch, wie sie da ins Telefon säuselt, und er treibt sein böses Spiel mit ihr und sie weiß schon gar nicht mehr, wie sie ihm noch süßer vorzwitschern soll.

»Aber Niki, bist du sicher, du kannst nicht früher kommen? Gut, ich bestehe nicht darauf, ich wollte nur wissen, ob ich auf dich warten soll ... Nein, du weißt doch, für mich sind die Mahlzeiten eine bloße Formalität. Wenn ich es doch sage ... ja, gut, ja, gut, dann werde ich sicher etwas holen ... Nur, weil du sagtest, du kämst heute früher ... Wie, aber heute Morgen hast du gesagt, heute Morgen, bevor du weg bist, da hast du gesagt ...«

Ha-ha, das tut dir mal gut, das tut dir mal gut ... siehst du, jetzt bist du nicht mehr so streng wie vorhin, als du wie ein Polizist vor der Klotür gestanden hast, angezottelt mit deinem Mantel und dem Käppi, drauf und dran abzuhauen, sobald ich rauskomme? Abzuhauen und mir die fünfzig Lei nicht mehr zu geben! Ha, Füchsin, Füchsin, in deiner Falschheit und in deinem Geiz, da bist du unübertroffen! Aber guck dir an, wie der pfeift, und guck dir an, wie die tanzt, wie barfuß auf glühenden Kohlen, wie ein Tanzbär! ... Jetzt guck dir an, wie sie miaut, wo sie ihm eigentlich das Telefon an den Kopf schmeißen müsste; geh doch zum Teufel, zu deinen Huren, geh und hau ab und komm erst zurück, wenn Mama von den Toten zurückkommt! Wenn sie 'ne richtige Frau wäre und ihm das sagen würde und ihm das Telefon an den Kopf knallen, dann käme der sofort angelaufen, aber ganz schnell, und mit eingezogenem Schwanz ...

Aber bei einem wie dem, auf den man sich überhaupt nicht verlassen kann, bei einem wie dem könnte es sein, dass er abhaut und weg ist er! Hahaa, soll er doch abhauen! Seine Nutte wird sich bestimmt keinen alten Zausel halten wollen, nur wegen seiner Rente ... He, he, die ist ja nicht blöd, diese Hure, die wartet ja nicht umsonst, belauert ihn ja nicht umsonst wie eine Spinne seit zehn, fünfzehn Jahren. Nicht den Zausel belauert sie, sie lauert auf das Haus der Alten, auf das Silber, die Teppiche und das Geld von der Bank. Seit zehn, fünfzehn Jahren, wie viel das sein wird, seit diese Hündin ihn belagert, wirklich, schlau diese Weiber, hängen wie die Kletten an einem ... Ivona wird ja nicht ewig leben, sie wird ja nicht alle überleben. Wie Madam Ioaniu, die hatte zehn Leben wie eine Katze, aber am Ende ist sie doch gestorben! Und Ivona, die ist so verrückt und vergiftet, immer mit der Zigarette im Mund und mit ihren Kaffees, und ganz bei Trost war die noch nie, Ivona wird es nicht so lang machen ... Man sieht doch, wie die ist. Dass sie sich hinterm Vorhang versteckt hält und dann wie eine Irre auftaucht, mit dem Käppi auf dem Kopf, und mit diesem mottenzerfressenen Fuchs um! ... Und nein, nein, sie muss ins Zentrum, soll sie doch! Und dann hat sie das große Jammern gekriegt, als sie auf die Uhr guckte, aber von mir aus kann ihr der Arsch auf Grundeis gehen, wenn man sich nicht in den Griff kriegt, wenn einen der Hafer sticht ... Ha-ha, seit wie lang wohl dieser widerliche Niki nur noch dem Namen nach ihr Mann ist ... Und es gibt eben so schamlose Weiber, die sind wie die Stuten, die brauchen einen Mann, um sich in den Griff zu kriegen. Meiner Meinung nach ist's nicht schade um das, ich hab »Danke, lieber Gott!« gesagt, als ich das los war, aber mein Mann, der hätte's sogar noch vor paar Jahren gemacht, schämst du dich gar nicht, hab ich gesagt, schämst du dich nicht, ein alter Mann in deinem Alter? Und ich hab »Danke, lieber Gott!« gesagt, als es aufhörte! Aber der von Ivona, soll'n ihm doch seine Eier abschrumpeln, der ist imstande und vertut seine Zeit und bespringt die Weiber und verpulvert das Geld ... Dem kannst du das Geld mit vollen Händen rausgeben und er kriegt es beim Poker klein, und beim Feiern und mit den Nutten. Und diese irre Ivona weiß schon nicht mehr, wie sie ihm noch mehr Honig ums Maul schmieren soll, wie die jetzt schon wieder säuselt ... Aaach, säusele du nur, der ist trotzdem unterm Pantoffel von dieser Hure! Diese Hure ist sein Feldwebel und aus der Geschichte kommt dieser widerliche Niki auch nicht mehr raus, verflixte Bäuerin, die weiß, wie sie ihn hält!

»Aber vergiss nicht, um sieben ist die Hochzeit von Ţuţu ... Naja, nein, aber wir brauchen doch ein bisschen Zeit, dass wir nicht im letzten Moment ankommen, wenn die Kirche schon voll ist. Clemenţa wird da drauf achten ... Nein, lieber Niki, wieso sollte ich denken, dass du erst um sieben kommst? Bin ich die Sorte Frau, die einem ohne Grund Vorwürfe macht? ... Wenn du dich jetzt an jedem Wort festbeißt, dann bin ich lieber ruhig ... Nein, ich bin ruhig und warte auf dich, nein, warum sollte ich verärgert sein? Dann rufst du mich noch mal an? Wie du willst ... Wie du denkst, wenn du meinst ... Aber warum solltest du mich noch mal anrufen, wenn du nicht mehr lange bleibst? Ach, nein, ach, nein, jetzt, wo du mich angerufen hast, mache ich mir keine Sorgen mehr!«

Ach, scheiß doch auf diesen Mann! So ist es auch nicht gut, immer so hei-tei-tei in sein Ohr, dass er überhaupt keine Angst vor dir hat!

Tja, da hat mein Mann wohl recht:

»Du kannst immer nur über mich jammern, aber ich würd gern mal sehen, was du sagen würdest, wenn du die anderen siehst …«

Der Arme, so mürrisch, stumm, bösartig wie er ist, aber wir sind seit fünfzig Jahren zusammen! Sind wir. Mürrisch, stumm, bösartig, ja, nachdem wir den Laden zugemacht haben, ist er in die Fabrik gegangen, damit wir eine Rente kriegen im Alter. Und wenn ich ihn nachmittags sah, wie er nach Hause kam, so riesengroß in seiner blauen Arbeitshose, und sich die Hände kratzte, da hatte er nämlich von den Chemikalien einen Ausschlag gekriegt, aber scheiß drauf: Er hat Milch getrunken und was er nicht alles gemacht hat, diese Krätze ist er jahrelang nicht losgeworden. Wenn ich ihn so sah, wie er da am Ende der Straße auftauchte und wie er so schlurfte wie ein Bär, dann wurde ich, keine Ahnung was ich dann wurde. Keine Ahnung, was ich dann wurde, einfach so aus heiterem Himmel, aber ich musste weinen. Mürrisch, stumm, bösartig wie er ist, aber am Lohntag holte er das Geld aus der Tasche und gab mir alles auf die Hand. Ich zählte es, teilte es auf: welches für die Miete, welches fürs Fernsehen, welches für Kohle und Holz. Der Arme behielt nichts für sich, nur was ich ihm gab. Ich steckte ihm noch manchmal einen Zwanziger in die Tasche, aber ich machte mir keine Sorgen: Ich wusste, er rührt ihn nicht an. Er mag es nur, wenn er weiß, er hat Geld dabei, so sind die Männer … So ist das, wenn einer ein richtiger Mann ist, dass man sagen kann, man kann sich auf ihn verlassen. Wenn ich an Ivonas Stelle wäre, wenn ich wüsste, der könnte Geld abheben, wie er lustig ist, ich würde keine Nacht mehr ruhig schlafen! Kein Auge würde ich mehr zukriegen vor Sorge, dass der zur Bank geht und dann, tipp-tapp, mit dem Geld zwischen den Zähnen zur Nutte. Aber Ivona hat überhaupt keine Zweifel bei ihm, so gerissen sie sonst auch ist. Man sieht ja, wie sie ihm Honig ums Maul schmiert. Aach, deshalb hat er auch so sein böses Spiel mit dir getrieben! Eine alte Frau bist du und kannst noch immer nicht mit deinem Mann reden! Da steht sie und säuselt und hat keine Ahnung, dass sie einen fremden Mann im Haus hat. Hat keine Ahnung, dass ich fast umfalle vor Hunger und kalte Schauer über den Rücken kriege; ein schrecklicher Tag mit lauter Pech! Bin ich blöd, statt zu Hause zu sitzen, wo ich alles habe, bin ich hier unterwegs, nur um mich schwarz zu ärgern? Wenn ich nur dran denke, was ich noch für einen Weg bis nach Hause habe, dann würde ich mich am liebsten gar nicht mehr aus diesem Sessel wegbewegen. Aber ich werd mich schon wieder bewegen! Wenigstens einen Brotkrumen will ich doch noch essen! Wenn diese Irre so unverschämt ist und nichts merkt, dann werd ich mich eben selbst um mich kümmern. Ich werd mal schnell in die Küche gucken und was in den Mund stecken. Und wenn die Füchsin mich erwischt, dann werd ich sagen, ich wollte mir ein Glas Wasser holen. Wenn einer ganz richtig im Kopf ist, dann kann er sich gut um sich selbst kümmern!

Aber in der Küche, da ist nichts, blanke Armut – kannst du mit der Zunge den Boden lecken. Zwei Brötchen, steinhart, und ein Käse, der außen hart ist, und sonst nichts. Aaach, für was sollte der bescheuerte Mann da nach Hause kommen? Wäre doch noch bescheuerter, zu kommen und sich die Zahnprothese an diesen Brötchen kaputt zu beißen! Wenn wenigstens ein Topf mit Essen da wäre, wenigstens ein Glas eingekochtes Gemüse … Jaja, Brot mit Zacusca, wenn's das gäbe, und ein Gläschen Pflaumenschnaps …

Die Tür quietscht, besser ich dreh mich nicht um; ich dreh mich nicht um, weil ich ein Stück Käse kaue. Käse, hart wie eine Nuss, mehr hab ich nicht genommen, nur um meinen Hunger bisschen hinzuhalten. Und danach drehe ich mich um, ich höre gleich neben mir auf dem Mosaikboden Schritte. Guck, wie bedrückt sie vom Telefon kommt, mit eingezogenem Schwanz! Und wie gelb sie ist und dürre, man kann ja ihre Rippen zählen! Und die Haare – zwei, drei sind noch übrig, und Pferdezähne … Wenn man sie so sieht, man könnte denken, das ist der Teufel.

Was ist sie bedrückt, ja, der liebe Gott schlägt nicht blind zu, es gibt eben doch noch Gerechtigkeit im Himmel! Es gibt einen Gott, der gesehen hat, wie sie mich hier hat hungern lassen und so lange an der Tür stehen. Wo ich so lange unterwegs war, da hat sie mich so lang an der Tür stehen lassen, obwohl ich geklingelt hab, soll ihr doch das Hirn in den Ohren rasseln, mir haben die Knie vor Hunger gezittert und ich bin fast umgefallen … Jetzt fall ich auch fast um …

»Brauchst du was, Madam Delcă? Wenn du was brauchst, sag es nur …«

Guck sie dir an, wie aufgeblasen und frech die ist! Und wie sie die Nase rümpft, nein, bis hierher und nicht weiter! Bis hierher, schließlich hat sie mich nicht auf der Straße aufgelesen! Sie soll mich nicht angucken wie eine Untergebene! Soll dich der Teufel holen mit deinem zerfressenen Pelz, ich hab dich nicht dazu gebracht, dich hinterm Vorhang zu verstecken! Nee, jetzt reagier deinen Ärger nicht an mir ab, wenn dein Mann zu der Nutte gegangen ist, dann mecker nicht mich an, ich hab heute schon genug geschluckt und ausgehalten! Ich bleib keine Minute mehr hier, selbst wenn du mich auf Knien anflehst, nee, nee, jetzt kannst du mich auf Knien anflehen, das bringt nichts! Ich bin ja so nett, so nett, aber wenn dein Glas wieder voll ist, dann bin ich dir nichts mehr wert! Das Töpfchen geht nicht oft zum Wasser und keiner ist schuld, wenn dir wegen wer weiß was der Kragen platzt. Wer bin ich denn, dass ich hier dauernd unterwegs bin, zu dem und zu dem, und der eine ist gerade schlecht gelaunt, der andere macht nicht auf, der Nächste gibt mir nicht mal ein Glas Wasser … Wer bin ich denn, bin ich denn kein Mensch? Hatte ich etwa keinen Laden auf der Coriolan und die Kunden kamen von überall her, von der Sabinelor und von hinter der Tram, und wer kam, war voll bepackt, wenn er ging? Und wie vielen hab ich auf Pump gegeben, ich wär jetzt eine reiche Frau! Und den Geschwistern hab ich Möbel beschafft und hab ihnen dauernd Pakete geschickt, bisschen Käse, teuren Aufschnitt, Dealul-Zorilor-Wein, und jetzt sieht man keinen mal vorbeikommen … Was ist denn mit uns? Hat einer von uns die Pest oder was, dass keiner zu uns kommt?

»He, he, was machst du, was machst du da am Kleiderhaken, Madam Delcă?«

Ich mach nix, nix … Jetzt guck sie dir an, wie unverschämt, bis vorhin hat sie mich nicht mal angeguckt und jetzt tut sie so, als würde sie nicht verstehen … Verdammt, wer hier in dieses Haus seinen Fuß reinsetzt! … Verreck doch, du Füchsin, du hast mich hier stehen lassen, hungrig, ich wünsch dir alle Krankheiten an den Hals, und dass du dann erst gesund wirst, wenn ich's sage! Dass es so weit kommt, dass man dich mit dem Löffel füttern muss, so wie deine Mutter …

»He, Madam Delcă, was machst du, was machst du, lass den Mantel … lass den Mantel, du willst doch wohl nicht so gehen, wir haben nicht mal zwei Worte miteinander gewechselt … Ach, ich hoffe, du bist nicht böse, wir kennen uns doch nun schon so lange … Lass den Mantel hängen, leg die Mütze zurück. Apropos, willst du, dass ich dir einen Hut von Mutti gebe, den du dir herrichten kannst? Du bist doch so geschickt …«

»Ja, Madam Delcă, Mittwoch war die Totenmesse in der Weißen Kirche. Die Frau von General Pantazi, du wirst von ihm gehört haben, das war in unserer Jugend … Wie schnell geht die Jugend vorbei, Madam Delcă! Und irgendwie, ich weiß nicht wie, innerlich fühlt man gar nicht, dass man sich verändert hat, nicht? Nicht wahr? Nur wenn man in den Spiegel schaut … Ach ja, Madam Delcă, er ist natürlich schon vor Längerem gestorben – sie war eine sehr feine Frau … Eine sehr, sehr gutaussehende Frau … Es werden wohl an die hundert Leute gewesen sein, vielleicht auch mehr, die Kirche war voll. Und ich sah mich um, Madam Delcă, ich habe mich umgeschaut und gesehen, was eine gute Erziehung bedeutet: was es heißt, aus gutem Hause zu sein. Der Gottesdienst war für ein Uhr angekündigt, und keiner ist auch nur eine Minute zu spät gewesen – fast hundert Menschen saßen über eine Stunde still da, weil die Priester sich verspäteten … Sie warteten auf den Archimandriten*. Aber weißt du, wie, Madam Delcă? Ab-so-lut niemand hat sich gemuckst: keine Rede, dass jemand durch die Kirche gelaufen wäre, die Ikonen geküsst, die Leute angestarrt hätte?! … Neeeein, keine Rede! … Sie saßen un-be-weg-lich da, bis die Priester und der Archimandrit da waren. Nimm doch etwas Käse und Sahne, Florica hat mir etwas mitgebracht, wie oft sie wohl noch kommt, sie ist auch nicht mehr die Jüngste, und du siehst ja, es wird von Tag zu Tag alles immer schlimmer. Und der Archimandrit hat einen langen Gottesdienst gehalten, wie bei Fürsten, und sie saßen immer weiter so da: regungslos … Ach, glaub mir, das hat mir sehr imponiert! Nach so vielen schrecklichen Dingen, die sie durchgemacht hatten, da waren noch hundert Menschen übrig, die wussten, wie man sich benimmt … Und am Ende sprach ein Reserve-Oberst – der war damals sein Kollege gewesen –, ein, wenn man so will, etwas einfacherer Mann … Aber er sprach von Herzen: Hohe Herren wären das, sagte er, sie haben wie hohe Herren gelebt und wie hohe Herren haben sie das Elend und die Vulgarität des Lebens ertragen … Sie: eine hingebungsvolle Ehefrau und Mutter, sagte er, selbst als sie erlitt, was sie zu erdulden hatte, selbst als sie allein zurückblieb und die Mädchen so aufzog, wie es sich schickt … Übrigens war auch eins der Mädchen zur Beerdigung gekommen, die, die schon seit Längerem weg ist, die andere, jüngere hat ihr Mann vor einem Jahr rübergeholt, für sie war es also zu früh, um zurückzukommen, sie hat die Staatsbürgerschaft noch nicht, und die Kinder, die sind noch klein, die hatte sie nicht mitgebracht … Warum sollte man Kinder zu so einem Anlass mitnehmen? … Hätte sie noch gelebt, ich nehme an, dann hätten sie auch Frau Pantazi mit rübergenommen, aber weißt du, sie war eine stolze Frau, sie hätte es nicht einfach so akzeptiert, sich den Kindern so aufzubürden … Denn, nicht wahr?, so nah man sich auch steht als Kind und Eltern, aber man muss doch bedenken: Es ist auch für diejenigen nicht einfach, die nach *drüben* gehen; die noch einmal von vorn beginnen müssen, sich ein Leben aufbauen … Und du, statt ihnen zu helfen, wie alle Eltern es sich wünschen und ihren Kindern beistehen wollen, du machst das Gegenteil! Gehst ohne jede Rente mit und bist ihnen eine Last …«

»Ach, im Alter, da musste wirklich dein eigenes Geld haben! Bloß nich' alt sein und an den Türen anderer Leute betteln müssen! … Und wenn's Verwandte sind, und wenn's Freunde sind, dass de bloß nicht von ihnen abhängig bist … Wie Madam Ioaniu immer gesagt hat, Gott hab sie selig …«

Ein gelber, ölbespritzter Vorhang mit aufgegangenem Saum hängt vor dem Küchenfenster, das mit stabilen, schwarz angelaufenen Metallstäben vergittert ist. Den Vorhang hat Madam Ioaniu genäht und die Metallstäbe hat der General mit eigenen Händen angebracht, weil der letzte Dieb durchs Küchenfenster kam, nachdem er wohl über das Dach des Holzschuppens geklettert war. Damals hatten sie keinen Soldaten mehr, und drei Monate später wurde Ioaniu festgenommen. Auf der Außenseite der Scheibe hatte sich ein graues Netz von Staubfäden gesponnen. Leana würde es wegwischen, wenn sie wie immer zum Frühjahrsputz bestellt würde.

Falls sie wie sonst zu Ostern Gäste haben.

Das gelblich-graue Licht fällt schräg durchs Fenster – der Morgen ist vorbei und hinter dem elfenweißen Himmel beginnt die unsichtbare Sonne nun zu sinken. Während Ivona sich erhebt, um noch etwas in der Speisekammer zu suchen, wirft sie einen Blick aus dem Fenster, aber sie sieht nichts als den welligen, aufgeplatzten Teer des Schuppendachs und etwas weiter entfernt die schwarze, feuchte Laube. Reste glasigen Schnees, der wie unter einer Zuckerkruste fest geworden ist, liegen starr wie Vogelkot auf dem Laubendach.

»Ich dachte, es gäbe noch ein bisschen Zacusca … Aach, das ist eine Wirtschaft hier! Ich kann nicht begreifen, wieso einem die Zeit nicht ausreicht, selbst wenn man zu Hause ist … Wahrscheinlich verlassen einen auch einfach die Kräfte. Wahrscheinlich das Alter... Magst du Zacusca? Sag ehrlich, Madam Delcă... Du bist ja keine Vegetarierin, da sollte ich dich wohl lieber fragen... Ich würde mich wirklich nicht wundern, wenn du keine Zacusca magst...«

An der Wand am Herd vergilbte Fliesen. Fest gewordene, glänzende Öltropfen punktieren sie wie ein Muster. Die Fliesen waren einmal weiß, Madam ließ sie anbringen, nachdem die Mieter fort waren, sie waren weiß, und weiß war auch die Farbe, mit der sie das Spülbecken und die Wasserrohre gestrichen hatten. Die Farbe ist abgeblättert und wie bei einem Strumpf sind Löcher schwarzen Metalls aufgetaucht. Und an der oberen Ecke der Wand erscheint der Grünspan wie Wasserlinsen: Unter dem grün-schwarzen Fleck schwitzt die Wand, weint Tropfen reinen Wassers. In der gegenüberliegenden Ecke an der Speisekammer ein grauer Geist: lange, rauchige Spinnweben zittern an der ganzen Decke.

»... Was ich dich fragen wollte, Madam Delcă? Oooh, das Alter und die Vergesslichkeit... Wie man im Volksmund sagt, ein Abgrund grüßt den anderen... Naja, es wird mir schon wieder einfallen, aber, ich bitte dich, iss! So lange nach dem Frühstück, da musst du doch hungrig sein...«

Aha, jetzt redet sie nicht mehr so unüberlegt daher! Aha, sie kann also doch ohne Naserümpfen! He-heee, eben hat sie ganz schön einstecken müssen! ... Und wo sie gesehen hat, es klappt nicht so, da hat sie ihren Schnabel gehalten. Auf einmal ist sie wieder zur Vernunft gekommen und hat angefangen, hei-tei-tei, aach, Madam Delcă, wir zwei, wir waren doch so gute Freundinnen, und sei's drum, du gehst doch jetzt nicht einfach und wir sehen uns gar nicht mehr, und dann Krokodilstränen, denn wenn du jetzt gehst, was wird dann aus mir, dann geht mir der Arsch auf Grundeis... Wär ich wie sie, dann wär ich jetzt schon lange weg! ... Eine andere an meiner Stelle, die hätte sich nicht so einwickeln lassen... Aber ich weiß, wie man sich unter Leuten benimmt, darum, wo ich hinkomme, da hat man mich gerne, alle mögen mich... Darum hat diese verrückte Ivona auf einmal auch gemerkt … Auf einmal hat sie das Blatt gewendet …

»Ach, sag mal, Madam Delcă, soll ich dir zwei Eier machen? Sag nur.«

Das gibt es doch nicht, ist die schon so hinüber, dass sie sich gar nicht beruhigt und immer noch in der Speisekammer rumkramt und noch was holen will … Aach, die Ivona, die wird schon keine schlechte Natur haben, aber sie ist nicht ganz bei Trost. Jetzt redet die immer weiter über diese Leute, die da wie angewachsen in der Kirche saßen. Als wär das was Tolles, zu sitzen, als würden nicht alle gerne sitzen, wenn man weiß, dass die Arbeit sich von alleine macht?!

»Lass mal, Madam Delcă, lass mal, mach dir keine Mühe, ich mach das mit den Spiegeleiern …«

Die wird schon keine schlechte Natur haben, aber was ist die durcheinander … So'n Blindfisch, die kann nicht mal zwei Eier in der Pfanne braten … Und rennt da mit der Gabel rum, man denkt schon, gleich piekt sie die irgendwo rein, wenn man jetzt wartet, dann wird aus den Eiern noch Kohle oder noch schlimmer … Ach, ach, sie wird schon eine gebildete und gelehrte Frau sein, aber in der Küche ist sie keine gammelige Zwiebel wert und sie kann sich auch unter Leuten nicht benehmen … Weil, was sie heute gemacht hat, das hätte ihre Mutter nie getan, sogar, wenn man heißes Wachs auf sie draufgetropft hätte. Tja, ihre Mutter war eben richtig im Kopf und wusste, wie's sein musste. Sie wird schon auch genug Fehler gehabt haben, es gibt keinen Menschen, der keine Fehler hat, wie der Priester in der Kirche sagt, aber gelebt hat die, beinah wäre sie noch hundert geworden … Achjaa, so lange leben ist auch nicht gut! Was wusste die noch da drüber, dass sie lebte, wo sie im Sessel saß, da auf der Decke?! Da hab ich sie noch gefragt:

»… Ich bin's, was denn, erkennen Sie mich nicht mehr?«

Weil Madam Ioaniu mich anstarrte und schwieg. Sie hatte von nichts mehr eine Ahnung, aber wo ihr Tüchlein war, das wusste sie noch. Und sie lauerte auf die Tür, ob jemand sie wohl offen gelassen hatte. Und wenn man's gerade nicht erwartet hat, dann war sie auf einmal verschwunden. Und Ivona wieder am Telefonieren, und wieder die Straßen rauf und runter und fragt überall rum ... Und wenn sie dann meinte, jetzt ist es aus mit ihrer Mutter, dann klingelte irgendwer an: Sie sollte kommen, sie abholen. Einmal haben sie von der Bariera Vergului angerufen, ein anderes Mal von der Brâncoveneasa ...

Und was konnte Ivona dann bitten und betteln, noch mehr als sie sie heute gebeten hat!

»Komm doch öfter zu uns, Madam Delcă«, sagte sie, »komm doch öfter, ich bin so unruhig wegen Mutti! ... Als hätte ich ein kleines Kind im Haus, ich kann sie überhaupt nicht alleine lassen ...«

Schon gut, aber ihr hat's gereicht! Sogar, wenn sie mir Gold gegeben hätte, ich wär nicht gekommen, ich hab keine Geduld mit kleinen Kindern und mit alten Leuten auch nicht. Und einen Chef brauch ich auch nicht. Und dann soll man noch stundenlang in so einem riesigen Haus sein, mit runtergelassenen Rollläden und überall dunkel, nur der Kerzenständer, der in Madam Ioanius Zimmer brennt. Der Kerzenständer brennt wie in einer Gruft und die ganze Zeit knackt irgendwas, und dann mit dieser Greisin da im Sessel neben dir, die sich nicht mehr rührt und nicht schnauft und nur mit den Augen immer an die Wand starrt ... Und fehlt nur noch, dass sie in die Hose macht, und dann soll man sie umziehen. Und wieder knackt das Parkett, der Teufel geht um, Herr Gott, nee, als würde man drauf warten, dass irgendwo ein Gespenst auftaucht ...

Da kann man krank werden, so schlimm wird einem da ...

Und Ivona hat mich nicht gekriegt und jemand anderen hat sie, wie man sieht, auch nicht gekriegt. Und Madam Ioaniu wusste, was sie tat, dauernd verschwand sie. Das letzte Mal, als sie raus ist, haben sie sie zwei Tage lang nicht gefunden.

Wo sie damals rumgelaufen ist, das haben sie nicht mehr erfahren. Die war ganz schmutzig, als sie sie gebracht haben, die Stiefel voller Schlamm, und die Wolljacke fehlte auch, mit der sie von zu Hause weggegangen war. Es war ungefähr auch so ein Wetter wie jetzt, der Winter ging gerade zu Ende, und sie bekamen nicht raus, wo die Alte zwei Tage lang hatte bleiben können, ohne zu erfrieren. Sie fragten sie, ließen sie in Ruhe, nach einer Zeit fragten sie wieder, aber sie kriegten nichts aus ihr raus. An irgendwas erinnerte sie sich noch, sie murmelte ja immer:

»... es war dunkel, dunkel, dunkel ... und ein großer weißer Vogel ...«

»Mutti hat in einem Taubenschlag geschlafen ...«, lachte dieser widerliche Niki.

Wo wird sie die zwei Tage gewesen sein? Und wieso ist sie ohne Jacke wiedergekommen? Das haben sie bis zum Ende nicht mehr erfahren. Weil Madam Ioaniu, solang sie noch schnaufte, immer nur stammelte, aber mehr kriegte man nicht aus ihr heraus, nur:

»... dunkel ... dunkel ... dunkel ... und ein großer weißer Vogel ...«

Als Ivona merkte, dass mit ihrer Mutter nichts mehr anzufangen war, hat sie aufgehört zu arbeiten. Sie hat sich pensionieren lassen, was die ihr halt geben wollten, und war bei ihrer Mutter und pflegte sie. Es war ihnen nicht recht, dass sie so Geld verloren, aber sie hat auch nichts gesagt. Und dann dauerte es nicht mehr lang und ihre Mutter war verstorben. Sie ist sehr schnell gestorben.

Danach konnte sie nicht mehr zurück zur Arbeit, aber sie hatte es das ganze Leben schon nicht gemocht, zu Hause zu sein und den Haushalt zu machen. Ihr hat es gut gefallen, als sie Lehrerin in der Italienischen Schule war, aber lange war das nicht, denn als sie ihren Stiefvater, den General, eingesperrt haben, da wurde sie rausgeworfen. Oder vielleicht wurde die Schule geschlossen. Naja, so war diese Ivona eben, immer ein Pechvogel ...

»Mir tut es nur um eins leid«, hat sie bei der Beerdigung von Madam Ioaniu zu mir gesagt, »es tut mir leid, dass ich nicht schon früher in Rente gegangen bin, wo ich es sowieso habe tun müssen. Damit sie nicht erst in diesen elenden Zustand kommt und sich nicht so quälen muss. Von so viel Sitzen im Sessel war sie ganz wundgelegen, sie hat ja niemanden gehabt, der sie gewechselt hätte … Sie hatte nicht mal mehr die Kraft, sich zu beschweren … Und wenn ich daran denke, was sie wohl gefühlt haben mag, wenn sie da so einsam, so bewegungsunfähig dasaß, nicht mal die Hände konnte sie ja noch richtig bewegen …«

»Ach, was wollen Sie denn jetzt noch?«, hab ich damals gesagt, »wenn der Mensch einmal so weit ist, dann hat er keine Seele und auch keinen Verstand mehr, denk ich … Aber naja, ob man will oder nicht, da müssen wir alle durch, wir kommen alle an die Reihe … Wir kommen alle dahin, alle der Reihe nach, und keiner von uns wird hier bleiben …«

»Ich hab grad an Madam Ioaniu gedacht, Gott hab sie selig … Wie viele Jahre ist es her, dachte ich gerade, dass wir drei hier gegessen haben: Madam Ioaniu, ich und der Junge. Ach, was haben wir in dieser Küche für Makkaroni gegessen! Mit Makkaroni habe ich Tudor groß und stark werden lassen, das hat Madam Ioaniu einmal zu mir gesagt. Und wenn ich mich hier auf diesen Stuhl setze, dann ist es so, als würde ich mich zu Hause auf einen Stuhl setzen, ja, ich hab den Jungen so vor Augen, was hatte der es eilig, und schluckte wie ein Wolf, hatte immer Sorge: war auf dem Sprung zur Schule, dann wieder zum Spielen. Pass mal auf, hab ich gesagt, kau richtig, damit's hinten wieder raus kann. Aber er hat trotzdem wie ein Wolf geschluckt: immer in Sorge, dass er zu spät kommt, das arme Kind! Dass die bloß keinen Grund finden, um ihn von der Schule fliegen zu lassen.«

Aha, wie böse die da guckt und wieder in der Speisekammer herumrumpelt … Die mögen es nicht, wenn man ihre Geheimnisse kennt, aber heutzutage weiß man einfach alles. Und sogar Madam Ioaniu hat sich mal verplappert und mir erzählt, wie sie zum Gesprächstermin ist, als die ihn von der Schule werfen wollten. Und darum haben sie ihn dann dabehalten. Aber die haben ein paar gute Jahre lang gezittert, dass sie ihr Versprechen zurücknehmen und ihn doch von der Schule werfen. Aber wenigstens war Tudor ein Bücherwurm und voller Ehrgeiz, und wenn er mal eine schlechtere Note bekommen hatte, dann weinte er heimlich nachts im Bett, die beiden Frauen wussten gar nicht, was ihn da ritt und wie sie ihn wieder beruhigen sollten. Daran sieht man, dass er diesem Schürzenjäger, seinem Vater, nicht ähnlich ist, da merkt man, dass er nach Ivonas Vater kommt, der war früher mal jemand gewesen. Ob gewesen oder nicht, wahr ist, dass es seinem Enkel nicht sehr geholfen hat. Sein Enkel hat nur das ganze Unglück geerbt, das von seinem guten Großvater und von seinem Stiefgroßvater und von der ganzen Familie. Und der General ist dann im Gefängnis gestorben. Da drin sind eine Menge Leute gestorben. Alle, die vorher was gewesen waren, die Minister und Generäle und die, die mit denen gut standen, und auch, wer nichts war, aber Pech hatte und einfach so reinkam ... Und Ioaniu war schon länger tot gewesen, aber es hatte sich keiner gefunden, der es Madam Ioaniu zu Hause sagen wollte. Was soll man bei den Leuten reinschneien wie ein Unglücksbote? Deshalb haben sie erst nach zwei Jahren ein Papier gekriegt und erst dadurch haben sie es erfahren. Er war gestorben wie ein Hund, aber für den Jungen war es besser so: Da war er einen los, der stand in seiner Akte nur noch als »tot« vermerkt, und da konnte er dann auch was lernen gehen.

»Womit cremst du dein Gesicht ein, Madam Delcă, du hast so einen schönen Teint? In unserem Alter so einen Teint ohne jede Falte, was machst du mit deiner Haut? Mit was wäschst du dich, was für eine Creme benutzt du? Oder ist das dein Geheimnis? Wenn du es geheim halten willst, dann frag ich dich nicht weiter, dann sag's mir nicht ...«

»Aaach, ein Furz, Riesengeheimnis ... Mit was creme ich mich ein, mit Vax-Albina, fünf Bani die Dose ... Und gewaschen hab ich mich mein Leben lang damit, was grad da war! Mit Kernseife hab ich mich gewaschen, danach mit Cheia ... Was ich halt gerade im Haus hatte, damit hab ich mich gewaschen, aber Puder und Cremes, mit so was hab ich mich nicht eingeschmiert ... Puder und Cremes haben Gift drin und das macht das Gesicht kaputt ...«

Unglaublich, wirklich, was für einen frischen und porentief reinen Teint sie hat! Dem Gesicht nach würde man sie für nicht viel älter als fünfzig halten. Nicht mal ... Das ist der Vorteil bei Fett! Mit der Zeit werden die Muskeln schlaff und nur noch das Fett kann die Haut gespannt halten. Darum haben die Dicken, das weiß man ja, einen schönen Teint; leider kann man nicht alles haben, Teint und eine gute Figur ... Auf irgendwas muss man eben verzichten. So ist das Leben.

»Lass das Geschirr stehen, Madam Delcă! Ich bitte dich, nicht die Teller abwaschen ... Lass die Teller stehen und komm mit hoch ...«

Das glaubst auch nur du, dass die Vica auf dich hört! Nie und nimmer lässt sie jetzt alles stehen und kommt. Wenn ich abgewaschen hätte, da hätte sie aber Zicken gemacht! ... Na, dann soll sie abwaschen und sich beruhigen! Es ist dunkel in der *hall*, aber Dunkelheit und Schatten stören mich nicht. Es ist so hässlich auf der Welt bei vollem Licht! Und vor allem hier in Bukarest, wo die Schaufenster der Geschäfte so geschmacklos eingeräumt sind, die Leute geschmacklos gekleidet, die Straßen ungepflegt, und keiner kümmert sich um die Parks, um die Bepflanzung ... Und wenn an einer Stelle Gras gesät wird, dann trampeln sie darüber wie die Tiere, wie eine stumme Schafherde ... Und die alten Bäume, die die staubige Luft auffrischen könnten, die alten Bäume werden einfach ohne Grund abgeholzt. Und wenn man alles genau und bei Licht betrachtet, dann sind auch die Menschen hässlich, aber das macht ihnen nichts aus. Irgendwann, wahrscheinlich war ich noch Schülerin am Lyzeum, da las ich mal eine Geschichte in einer Zeitschrift. Die Handlung spielte in Balcic am Strand. Eine Handlung gab es eigentlich nicht. Nur die Geisteszustände einer Figur. Eigentlich erinnere ich mich auch daran nicht mehr richtig. Ich weiß nur noch, dass diese Figur einen ziemlich kritischen Blick hatte: Sie kritisierte alles um sich herum. Aber vor allem die Frauen beschrieb sie, ohne ein Blatt vor den Mund zu nehmen! Ja, und was mir in Erinnerung geblieben ist: die Figur, oder der Autor, wie auch immer, eins von beidem, wer auch immer da etwas beschrieb, der schlug vor, man sollte nur den jungen Mädchen unter zwanzig erlauben, nackt an den Strand zu kommen. Die Mutterschaft, sagte er, macht hässlich und deformiert, und nur ein junger und jungfräulicher Körper ist schön … Dieser ziemlich originelle Autor hat mich schockiert, ja, was Kunst so vermag: Gerade diese Sache, die mich so schockiert hat, ist mir im Kopf geblieben!

Ivona steigt langsam die Treppe hinauf, öffnet die erste Tür und fährt mit den trockenen Fingerkuppen an der Wand entlang. Sie schaltet die Deckenlampe ein – es ist das dunkelste Zimmer –, sie nähert sich dem Spiegel, schaltet auch dessen Lampen an. Sie verharrt und sieht geradewegs in den Spiegel. Sie sieht starr, ungeduldig und gierig hinein – dass bloß die Alte nicht fertig abgespült hat in der Küche und sie so erwischt. Oh, wie entsetzlich ist es, Jahr um Jahr zu sehen, wie man immer hässlicher wird! Und diese weißen, kurzen Haare, die an der Kopfhaut wachsen – ungelenk zieht sie an den Locken ihres matten, schütteren Haars. Und die lange Nase mit der breiten, von großen Poren zerlöcherten Spitze, und die entfärbten Lippen, die so dünn geworden sind und nach innen fallen. Im gelblichen Weiß des Augapfels rote, geplatzte Äderchen.

Während sie ihre dünnen, weichen Augenbrauen zusammenzieht, wendet sie ihr Gesicht vom Spiegel ab. Aus dem Augenwinkel sieht sie noch einmal ihren Umriss in undeutlichem Nebel hängen. Oben am Toilettentisch die beiden schwarz angelaufenen Silberleuchter voller Staub.

Wenn Leana kommt, muss sie ihr sagen, sie soll sie putzen.

Ivona schaltet die Spiegellampen aus und es bleibt nur ein schmaler Lichtstreifen, der durch die heruntergelassenen Jalousien dringt. Es ist ein sanfter Halbschatten, der sie beruhigt. Sie kehrt zum Spiegel zurück und sucht fiebrig zwischen den Gegenständen auf dem Toilettentisch, legt die Silberkassette beiseite, aus der in willentlicher Achtlosigkeit Perlen- und Bernsteinschnüre quellen, stellt die Puderdose beiseite, den Zerstäuber, holt aus einem *étui* das Rouge und malt sich niedergeschlagen je ein Kreuz auf jede Wange. Ein dunkelrotes Kreuz rechts, ein dunkelrotes Kreuz links, dann tritt sie ein paar Schritte zurück. Wie merkwürdig sie aussehen kann … Sie schließt die Lider, um sich nicht mehr zu sehen, und verreibt das Rouge auf den Wangen.

Und tritt wieder ein paar Schritte zurück.

Aha, ja, sie scheint besser auszusehen. Ein bisschen Rouge nur, und sie scheint eine andere zu sein. Natürlich, es ist auch dunkel hier … Eine Frau muss an erster Stelle für sich selbst hübsch sein – das ist es, was ihr ein gutes Gefühl gibt. Und wieder zieht sie die Locken ihres trockenen, schütteren Haars übereinander. Aber wie schnell es dieses Mal gewachsen ist!

Sie dreht sich unvermittelt auf den Fersen ihrer *trotteurs*-Pantoffeln um und diese unvermittelte, jugendliche Bewegung befriedigt sie. Der sanfte Halbschatten, dazu der alte, kühle Geruch nach Lavendel, der seit langem in das Rosenholz des Schrankes eingedrungen ist. Ein Sonnenstrahl von draußen blitzt plötzlich grell auf im Perlmutt, das in den schwarzen Rahmen des Spiegels eingelassen ist; der Strahl gleitet ab und verlischt. Nur ein einziger Gedanke kann Ivona noch beschwichtigen. Sie kommt aus dem Schlafzimmer und schweift mit den Blicken zur Pendeluhr in der *hall.* Ungefähr jetzt, so sagte Niki, würde er zurückkommen, ungefähr um diese Uhrzeit. Plus etwa eine halbe Stunde Verspätung der Vornehmheit halber – es ist also an der Zeit, dass die Alte geht, es gibt ja auch keinen Grund, warum sie noch bleiben sollte. Sie hat sich erleichtert, hat gegessen. Soll sie ihr nun das Geld geben?

Sie könnte es tun, denn in einer Woche müsste sie es sowieso mit der Post schicken. Aber die Rente kommt erst morgen und sie kann ihr einfach nichts geben. Soll sie etwas von Nikis Geld nehmen? Oder vom Geld für den Boiler? Wenn sie ihr das Geld gäbe, dann hätte sie sich wirklich nichts mehr vorzuwerfen! Was es heißt, ein sensibles und sentimentales Wesen zu haben! Ein simples Detail kann einen schon zu Boden werfen! Als sie gesehen hat, wie sie sich da zum Garderobenhaken schleppte, sie, die normalerweise so großschnäuzig ist! Wie sie kaum mehr wagte, noch ein Wörtchen zu sagen… Und diese lächerliche Kappe, die sie seit dreißig Jahren an ihr kennt und nach der ihr lieber Tudor in allen seinen Briefen fragt: »Und wie geht es Madam Delcă? Kommt sie noch mit ihrer formidablen Kappe bei euch vorbei?« Und wie ihre Hände zitterten, als sie sich nach ihrem Mantel streckte – ach, nein, niemals wird aus ihr eine praktisch veranlagte Frau werden, wie Niki sie sich an seiner Seite wünscht… Als sie sie so gesehen hat, dachte sie: Nein, so benimmt man sich nicht gegenüber einem Menschen, der schon ein Leben lang in deinem Haus ein und aus geht! In ihrem Alter, weiß man denn, wie lange sie noch lebt?

Am Ende ist sie nur eine bedauernswerte Alte, der das Regime alles genommen hat, was sie besaß, und die Zukunft wird ihr nicht mehr viel bringen außer Unglück. Hätte sie sie so gehen lassen und hätte später erfahren, dass ihr – Gott bewahre – wer weiß was auf dem Heimweg passiert wäre, sie hätte Gewissensbisse gehabt. Die arme Alte, so sehr hat sie sich geschämt, als sie sich zurechtgewiesen fühlte, dass sie kein Wort mehr rausbrachte! Sie hat ja versucht, es ihr irgendwie recht zu machen…

»Wie oft war ich in diesem Zimmer und dieses Bild kenne ich gar nicht… Ich dachte, es gäbe nichts, was ich in diesem Haus nicht kenne…«

»Das kannst du nicht kennen, Madam Delcă, weil es eine alte Fotografie ist… Ich habe sie vor ein paar Monaten zufällig gefunden und mich sehr gefreut! Hier ist unsere ganze Familie, mein Gott, schau, wie jung sie sind! *Tante* Margot jedenfalls war damals Schülerin an der Şcoala Centrală! Ich glaube, Mutti hat es aus Rücksicht auf Onkel Jorj unterlassen, dieses Foto aufzuhängen, denn siehst du das? Hier ist Papa … Das ist ihr erster Mann! Papa und Onkel Jorj kannten sich beide, sie schätzten sich, aber trotzdem, es gehörte sich nicht, es aufzuhängen … Ja, Papa ist der Mann, der an dem Tischchen liest, sicher, ich ähnele ihm, und der andere, der jüngere mit dem Strohhut und dem blonden Schnauzer, das ist Titi Ialomiţeanu … Ein guter Freund der Familie, den wir aus Buzău kannten, Muttis Geburtsstadt. Meine beiden Großeltern sind bei einem schrecklichen Zugunglück ums Leben gekommen. Es gab einen Zusammenstoß mit einem anderen Zug, der Benzin transportierte, die Bremsen waren gebrochen, der Zug entgleiste und dabei gingen einige der Waggons in Flammen auf … Was für ein Unglück! Man konnte die Türen nicht mehr öffnen … So sind Mutti und *tante* Margot Waisen geworden. Mutti hat Papa geheiratet und Margot kam in die Şcoala Centrală, und die Sonntage und die Ferien verbrachte sie bei uns … Dann kam, du wirst dich daran erinnern – ich nicht –, der Krieg …«

Eine glänzende, neue Täfelung aus Nussbaumholz. Rechts zwei Türen: dazwischen ein Tischchen mit hohen Beinen, in Herzform. Darüber eine Marmorplatte, eine gewöhnliche Tischuhr: rundes, großes, weißes Zifferblatt, auf dem die römischen Ziffern von Weitem zu erkennen waren.

Viertel nach fünf.

An der Wand links unter dem Spiegel ein Mahagoni-Sofa. Die aus drei Halbovalen bestehende Lehne ist eingefasst von einer Schmuckleiste mit Girlanden. Auf dem Sofa ein junges Mädchen – Fransen in der Stirn, Löckchen an den Ohren, der Ellbogen auf ein *coussin* gestützt – eine steife Geste, die nach Trägheit und Nachlässigkeit aussehen soll. Unter dem geraden Rock sehen ihre spitzen Knöchel und die Lackschuhe mit Absätzchen und versilberten Schnallen hervor.

Ein herangezogener Stuhl neben dem Sofa. Längs darauf sitzend, die Beine übereinandergeschlagen, die Hände weich und unbeholfen auf der runden Lehne erstarrt, ein Jüngling, der ihr bis vor einer Minute Gesellschaft geleistet hat. Auf dem frischen Gesicht ein träumerisch versunkener Blick. Die Augen etwas schief, oder scheinen sie nur so wegen der breiten Wangenknochen, ziemlich große Ohren, die vom Haarschnitt kaum bedeckt werden, sein Scheitel genau in der Mitte des Kopfes gezogen, er teilt das gepflegte, pomadisierte Haar. Zum Besuch gekleidet: sandfarbener Anzug, steifer Kragen.

Neben dem Sofa ein weiteres hohes Tischlein mit drei Beinen. Auf dem Tischchen in einem breiten Rahmen die Fotografie eines jungen Paars. Mager und klein, steif, in der Militäruniform eines preußischen Offiziers, hat der Mann seinen Ellenbogen auf den Tisch gestützt.

König Carol* und Königin Elisabeta*.

Eine Konsole hinter dem Sofa, unter dem Spiegel, und auf der Konsole eine Bronzefigur: ein Apollo mit Leier. Über dem Sofa der Spiegel, in dem man auf der anderen Seite des Salons eine junge Frau erkennt. Ein riesiger Dutt mit zwei großen Haarwellen, die Augen ein wenig hervortretend. Ein Eindruck von Erhabenheit und innerer Ruhe, den die neblige Verschwommenheit des Spiegels noch erhöht (oder sogar erst erfindet). Denn es reicht aus, die Lupe etwas näher an die Augen zu führen und jede Einzelheit des Gesichtes gesondert zu betrachten: die Stirn zum Beispiel ist ziemlich niedrig, die schmalen Lippen sind stur zusammengepresst, die Nase … Und so weiter. Legt man allerdings die Lupe zur Seite, dann blickt die junge Dame wieder träumerisch und frei. Ein riesiger weißer Seidenschal, in den sie sich gehüllt hat, lässt den schwarzen aufgestellten Kragen der Spitzenbluse sehen.

Zur Mitte des Salons hin ein Tischchen mit Samttischdecke in *gris-vert*. Lotus- oder Seerosenknospen – im *dégradé*-Stich aufgestickt. Eine Seidenkordel säumt sie, verknotet sich an jeder Ecke mit großen Schleifen und weichen Troddeln, die weiß und golden den Teppich berühren.

Eine einzige Person am Tischchen: ein Herr im besten Alter, die Glatze verlängert Stirn und Schläfen, er ist in die Lektüre einer Zeitschrift vertieft.

So, wie er sie zwischen den knochigen Fingern hält, scheint er sie nur durchblättern zu wollen, aber die Lektüre hat ihn gefesselt. Das schmale Gesicht, Augenringe um den abwesenden Blick, sorgfältig rasierte Wangen, Schnauzer mit altmodisch gezwirbelten Spitzen: ein unerwartet dichter Schnauzer angesichts des feinen – möglicherweise blonden, oder ergrauten – Flaums, der seine kahle Stirn umwölkt. Die Kette der Taschenuhr reicht von einer Westentasche zur anderen, wo sie sich in der Mine des Druckbleistifts verfängt. Den Frack trägt er sehr korrekt, doch hat er weder Kragen noch Krawatte angelegt.

Auf dem Tischchen neben ihm eine Tabakdose, eine Zigarettenspitze mit Elfenbeinverzierungen, ein fein gearbeiteter *coupe-papier*, ebenfalls aus Elfenbein; gleich daneben ein Papierkorb und eine bronzene Obstschale mit Ständer und kleinen, gedrehten Henkeln. In der Obstschale ein Stapel Papier, Briefe, Exzerpte, Zeitschriften. Die Stunde der Korrespondenz.

Über dem Tischchen die Ranken und Fransen der holländischen Lampe. Der einzige Lichtfleck; ansonsten feierliches Halbdunkel: dunkle, schimmernde Täfelung, schwere Möbel, alle in leicht angespannter Haltung. Es ist ein besonderer Moment, in dem sie in gewohnter Konversation posieren; ein Moment, den der geöffnete Apparat sich festzuhalten anschickt, und ihre Gesichter versuchen, seine Feierlichkeit zu erhaschen.

1917

Zweiter Teil

Teestunde

»... ein schwieriger Moment ... Ich weiß, dass Sie das gesagt haben, Herr Professor: Wir befinden uns in einem schwierigen Moment und es wäre auch keineswegs undenkbar, dass wir uns plötzlich mitten in einer Katastrophe befinden ...«

Wie immer, wenn er vor anderen spricht, glüht das Gesicht des Gastes und rote Flecken erscheinen auf seinem weißhäutigen, dünnen Fräulein-Hals. Er hat sich in seinem üblichen Ton an den Hausherrn gewandt – übertrieben freundlich –, die Schultern ehrerbietig vorgebeugt und mit seinem blauäugig fragenden Blick, den er auf ihn richtet. Professor Mironescu muss gar nicht erst die Augen von dem Exzerpt lösen, um ihn zu durchschauen; er kennt die respektvolle Art des jungen Mannes, er kennt auch seine Unsicherheit. Er ist überzeugt, dass nicht die schönen Augen der Damen die dünne Eloquenz dieses ehrenhaften jungen Mannes anregen, sondern das strenge, aber wohlwollende Verständnis des Magisters.

»... Ihre Worte haben mich verwundert, denn sie stellen eine Ausnahme von der gängigen Meinung dar.«

Bleibt da etwas, nachdem man zweifelnd den Kopf geschüttelt hat und das Lob von sich weist? Bleibt etwas zurück, was man besser nicht hätte hören sollen? Ja, da ist eine leicht peinliche Liebenswürdigkeit (als hätte man sich schuldig gemacht), ein unangenehmes Gefühl, der andere hätte einem die Kleider vom Leib gerissen und würde nun deine unangemessene Nacktheit betrachten ...

Der Professor langt mit der Hand in die Obstschale, greift nach einem weiteren Brief; am Rand des Aschenbechers brennt die Zigarette vor sich hin. Ein Fädchen blaugrauer Rauch ringelt sich über dem Tisch.

»Es scheint mir nicht verwunderlich, dass im ersten Augenblick die öffentliche rumänische Meinung getrübt war ... In der Politik die Zukunft vorauszusagen ist nicht jedem gegeben ...

Von der öffentlichen rumänischen Meinung haben wir nichts zu erwarten, aber vom politisch denkenden Menschen … Er ist es, der uns immer ein paar Schritte voraus sein muss, der sich nicht mitziehen lassen darf, mitschleifen … Er muss uns führen, sei es auch in die den Wünschen der Allgemeinheit entgegengesetzte Richtung …«

»Sogar in die ihren Wünschen entgegengesetzte Richtung willst du, dass er sie führt?«

Über die goldenen Rahmen seiner Brillengläser hinweg sieht der Gastgeber ihn amüsiert an: der ironische Blick eines Professors, der einen Schwachpunkt erwischt hat, der ermutigende Blick eines Pädagogen, der sich zwingt zu antworten, denn alles ist bloß eine Redeübung. Versteht der junge Mann alles, was der grün-verwaschene Blick ihm sagen will? Versteht er die veränderte Zeichnung der Falten auf dem knochigen Gesicht?

Ohne Worte verstehen sich auch diejenigen nur teilweise und falsch, die sich mögen.

»Eigentlich, ich für meine Person … keinesfalls … die Autokratie, das kann ich sagen, war noch nie nach meinem Geschmack … Und ebenso wenig der Ehrgeiz oder der Wunsch nach Macht …«

Indem er noch tiefer errötet, sieht der Gast verwirrt zum Tisch herüber. Für gewöhnlich schaut er so, wenn eins seiner kleinen Geheimnisse entdeckt wurde. Unser ganzes geheimes Leben befindet sich doch unter der aufmerksamen Bewachung fremder Augen; und seins ist noch geheimer als das Leben anderer, so hat er es gewollt. In einem solchen unangenehmen Moment, wenn eine Tatsache oder einer seiner heimlichen Gedanken aufgedeckt wird, wirft der junge Mann diesen verwirrten Blick um sich. Während er sich umsieht wie ein gerade aus dem Schlaf Geweckter, müht er sich in Wirklichkeit damit ab, seine Haltung zu verfestigen und schnell zu erfassen: Welche geheimen Dinge über ihn sind ans Tageslicht gekommen? Wie weit ist der Feind gekommen, nachdem er die Frontlinie durchbrochen hat?

Das also fragt sein durchscheinender und verwirrter Blick im Grunde.

Professor Mironescu lächelt seinem ehemaligen Studenten aufmunternd zu, versucht ihn zu schützen wie damals bei der Prüfung, die er mit Bravour bestanden hat – *magna cum laude, summa cum laude* –, aber die Gefühligkeit des jungen Mannes ist wirklich sehr stark. Absolut herzerwärmend, dieser bescheidene Ministeriumsbeamte, der nie seine Verdienste erwähnt und Belobigungen mit verrücktem Händeflattern von sich fernhält. Eine einzige menschliche Schwäche legt er an den Tag: Die Teestunde scheint bei ihm die Lust aufs Politisieren zu wecken.

»Ich wollte dir eigentlich nicht widersprechen«, beeilt er sich ihn zu besänftigen.

Er legt das Blatt, das er in den Händen gehalten hat, auf den Tisch, nimmt achtsam den goldenen Rahmen seiner Brille von der Nase, legt sie vorsichtig hin und massiert die Druckstelle mit den trockenen Fingerkuppen.

»Ich wollte dir nicht widersprechen, denn wir wissen alle, dass die öffentliche rumänische Meinung in den Händen eines autoritären Politikers leider sehr schlecht aufgehoben wäre … Er könnte sie relativ leicht in eine ihren Wünschen entgegengesetzte Richtung lenken … Und auch den Grund kennen wir sehr gut: Unsere Bevölkerung ist in einem wirklich beunruhigenden Maße ungeübt in Demokratie und eine Tradition entsteht nicht in ein, zwei Generationen: Darum kann sie nicht auf ihren Rechten beharren, sie ist bereit, wegen nichts die Waffen zu strecken, man begnügt sich mit wenig wie ein geschlagener Mann … Aber vor allem ist man nicht solidarisch, ein Fehler, den man auf mehreren Ebenen sehen kann. Um den Bogen zu schlagen, ich hoffe, du erkennst nun, dass ich dir nicht widersprochen habe: Ja, ich glaube wirklich, dass unsere Bevölkerung in eine ihren Wünschen entgegengesetzte Richtung geführt werden kann …«

»Vielleicht hat das schon begonnen?«

Das Gesicht des jungen Ialomiţeanu ist erleuchtet von einem süßen, einnehmenden Lächeln.

»Ha-ha«, lacht der Professor und setzt sich die Brille wieder auf die Nase. »Ha-ha, so darfst du das nicht verstehen… Ich habe keine Anspielung auf Brătianu gemacht! Ich habe, glaube mir bitte, keinerlei Anspielung auf die Gegenwart gemacht, und ich habe auch nicht für die nächsten fünfzig Jahre geweissagt… Ich habe theoretisch gesprochen, *in abstracto*… eine unglückliche Richtung, in die dieses Volk mühelos gezerrt und immer weiter in Korruption und Armut verstrickt werden kann – unsere alten Krankheiten…«

Er macht mit der Hand eine abfällige Geste, nimmt ein Blatt vom Tisch, überfliegt es unaufmerksam und lässt es wieder in die Obstschale fallen. Wirklich, in was für platte Spekulationen hat er sich da ziehen lassen! Er nimmt einen neuen Brief, öffnet ihn und vertieft sich in die Lektüre, bewegt schnell und mechanisch sein Knie, immer schneller, blinzelt mit dem linken Auge: ein Tick, den er in letzter Zeit in Augenblicken nervöser Anspannung hat, wenn etwas anderes als sein eigener Wille die Hälfte seiner Wange schief zieht. Der glatte Griff des *coupe-papier* in der etwas feuchten, zu warmen Hand, der Schrei des Seidenpapiers unter der Elfenbeinklinge. Die verwaschene grüne Iris jagt auf dem gelbfleckigen Augapfel mit seinen blutigen Nerven aus geplatzten Äderchen von einem Augenwinkel zum anderen. Eine weißliche Warze im Augenwinkel, ähnlich einer zerdrückten Pflaume, stört seinen Blick und sinnlos und mechanisch rückt der Professor den Goldrahmen seiner Brille auf dem Nasenrücken zurecht. Die freie Hand tastet blind am Rand des Tischchens und auf der Tischdecke nach der Tabakdose und der Streichholzschachtel.

Eine unsichere Bewegung – heimlich, schuldbewusst.

»Mach, wie du denkst, aber beim ersten Zug wirst du wieder zu husten anfangen…«

Die kalte Stimme Sophies ist die Stimme seiner Unruhe – also lässt er den Blick nicht zum anderen Ende des Salons gleiten, wo sie in dem italienischen Sessel sitzt, in ihren gewohnten weißen Seidenschal gehüllt. Auf dem Samt des Tischchens huscht die knochige Hand noch immer unentschlossen herum, und als wollte sie Zeit schinden, kratzt der trockene Fingernagel kaum hörbar an den Umrissen einer aufgestickten Seerose.

Aus einem älteren und ungerechtfertigten Schuldkomplex heraus fühlt sich der junge Titi Ialomiţeanu bedrückt durch das Schweigen. Nur seine gesellschaftliche Unfähigkeit hat den Professor auf seine Briefe zurückkommen lassen. Ein Augenblick, den der junge Mann nur schwer erträgt – dieser, der jetzige –, in dem er, die Hände auf dem Rücken, eine Porzellanfigur auf dem Kaminsims betrachtet: eine träumerische Schäferin, ihre Hand am blonden, sorgfältig frisierten Köpfchen, mit einem tief ausgeschnittenen Kleid, dazu den obligatorischen Hund und den obligatorischen Felsen zu ihren in *Louis-Quinze*-Schühchen steckenden Füßen, und ein Schäfer, der mit einem graziösen Schritt auf sie zukommt und einen Blumenkorb in der Hand hält.

Ein durchdringendes Knistern – der Professor zerknüllt das Papier, das er gelesen hat, und ballt weiter die Faust darum. Jeder, der in den Salon sähe, würde sagen, die Schuld läge bei den Gastgebern, die ihren Gast nicht auf angemessene Weise unterhalten. Jedenfalls, wenn sie ein paar erleichternde Umstände anerkennen würden: den besonderen Zustand Sophies in diesem Moment oder das exzentrische Wesen und die nicht dem Protokoll entsprechenden Manieren des Professors, der Titi Ialomiţeanu seit einiger Zeit ohne den gewohnten, steifen Kragen empfängt, wobei er vorgibt, dieser bereite ihm Husten- und Erstickungsanfälle; und der junge Mann weiß nicht, ob er diese Vertraulichkeit als eine Art, Sympathie zu zeigen, werten soll oder als kleine Abfälligkeit.

Der zartfühlende junge Mann gibt sich jedoch selbst die Schuld für dieses unangenehme Schweigen. Ob gut oder schlecht, er hat jedenfalls die *l'usage du monde* verinnerlicht, sodass er sich nach beendeter Betrachtung des Frankenthal-

Figürchens dazu imstande fühlt, die Lage zu glätten. Es sind schon ein paar Jahre, seit er begonnen hat, sich in der Gesellschaft zu zeigen, in diesem Salon war es, und seinem konservativen Wesen entsprechend ist er ihm treu geblieben. Aber wie verändert scheint es ihm jetzt hier, wie ruhig und bürgerlich! Einige Jahre ist es her, dass er seine erste Visitenkarte mit einem Blumenstrauß abgab und sich gezwungen sah, Sophie Mironescu an die gemeinsamen Jahre ihrer Kindheit in ihrer Heimatstadt Buzău zu erinnern, er wurde mit Wohlwollen hereingebeten, gerade fand ein *jour fixe* statt. In dieser Zeit hatten seine Kleidung und seine Manieren noch zu wünschen übrig gelassen, das Tanzen war noch eine große Anstrengung, am Telefon zu sprechen eine wahre Katastrophe, die ihm schon Wochen vorher zusetzte. Kein Wunder, dass dieser so banale Salon ihm Eindruck gemacht hatte. Er war damals voller Menschen – Menschen, die unter gewöhnlichen Umständen nicht einfach auftauchen. Das Ehepaar Mironescu war frisch verheiratet – gerade erst waren sie von ihrer Reise nach Italien zurück, wo sie ihre Flitterwochen verbracht hatten –, sie befanden sich in einem ganz anderen Geisteszustand: Sie waren begeistert und herzlich, stellten Projekte vor, verteilten Adressen, sprachen über Vorhaben, pflegten ihre Freundschaften, Verwandtschaften und einflussreichen Beziehungen ... Wie wundervoll war der Salon Mironescu dem jungen Ialomiţeanu erschienen! Nach so vielen einsamen Spaziergängen zur Flora und zum Rondell Toi, mit zerlöcherten Schuhen, dem zu weiten Mantel Nenicus und mit Fransen am Hosensaum, bei denen er sehnsuchtsvoll den eleganten Equipagen und Automobilen nachgesehen hatte, die bei den Blumenschlachten unter Nelken- und Rosenstürmen vorbeigefahren waren, und nun hatte er auf einmal diese bewundernswürdigen Gesichter vor sich! Auch wenn es selbstverständlich keine Chance gab, von ihnen wahrgenommen zu werden ...

Mit auf dem Rücken, über den Frackschößen verschränkten Händen beginnt der junge Ialomiţeanu erneut seinen Spaziergang durch den Salon. Nach ein paar Schritten bleibt er wieder stehen – dieses Mal vor einer Fotografie König Carols und Königin Elisabetas. Er könnte dieses Thema auf die Tagesordnung setzen: diesen Verdammten, der nach vierzig Jahren glücklicher Herrschaft auf dem Thron der Woiwoden beim ersten Schicksalsschlag beweist, dass er noch immer bloß das ist, was er war, als er aus Sigmaringen herkam: ein gehorsamer, ein mittelmäßiger preußischer Offizier. Oder das Gegenteil: den unglücklichen König beklagen, der in gesetztem Alter, in dem er sich anschicken will, seine Seelenruhe zu finden, plötzlich gezwungen ist, sich entweder für ein Blutbad unter seinen Ahnen oder unter seinen Untergebenen zu entscheiden, die er schon ein halbes Jahrhundert mit höchster Geradlinigkeit regiert hat. Diesen neuen König Lear, wie ihn manche Zeitungen nennen, der sich über Nacht in einem fremden und feindlichen Land wiedergefunden hat, in einer bösartigen Familie, verlassen und verraten von denen, die er jahrelang seines Vertrauens für würdig befand, ja sogar schamlos aufgefordert, den Thron und das Adoptivland zu verlassen ...

Aber warum sollte er ausgerechnet dieses Thema anschneiden, zu dem bereits die feierlichsten Worte gesprochen worden sind und um das jede Diskussion kreist? Einen so unverzeihlichen Fehltritt kann er doch nicht begehen! In diesem Haus, dessen Hausherr so viel Wind macht um seine alten Freundschaftsbeziehungen zu Minister Athanasiu, hier wird er nicht so unbesonnen sein! Allerdings sprechen dieselben Gründe auch dafür, dass er hier noch unbekannte Einzelheiten erfahren könnte. Er weiß schon, dass die Redelust des Professors wächst, je schlechter es um seine Gesundheit steht, und jede seiner Fragen wird als Antwort dieselbe lange, theoretische Rede erhalten, die für den Beweis herhält, ein Wissenschaftler müsse sich vom Kabinett und dem politischen Gebrodel fernhalten, es handele sich sowieso nur um eine Schlammschlacht.

Also? Also, ein versierter Mann von Welt würde gerade der Lieblingsrede seines Gastgebers freudig den Weg bereiten, ihm damit gute Laune machen und so spätere Antworten zum Thema ermöglichen.

Der junge Mann unterbricht seinen Gang wie gewohnt abrupt (da ihm der Verstand und nicht ein natürlicher Impuls seine Handlungen vorgibt, wirken sie immer abrupt), setzt sich seitlich auf einen Stuhl und verschränkt die Hände auf der Lehne.

Er wird also zuerst eine einfache Frage stellen: »Glaubt der Professor wirklich, man kann sich der Politik seiner Zeit entziehen – dem Druck der Gemeinschaft?«

Er hat seine Schultern unterwürfig sinken lassen und nur die Absicht einer kleinen Stichelei scheint in seinem unschuldigen Blick zu flackern.

Der Professor hebt verwundert den Blick. Er befindet sich Tausende von Meilen entfernt und hat das Gefühl, brutal aus dem Schlaf gerissen zu sein. Aber nur für eine Sekunde. Gleich darauf wischen sein Anstand und die Sympathie, die er dem jungen Gesprächspartner entgegenbringt, seinen Ärger über die Störung beiseite.

Sympathie – vielleicht sogar mehr als Sympathie. Vielleicht sogar eine Verbundenheit, die unbemerkt entstanden ist wie eine Antwort auf die Aufmerksamkeiten, die er ihm erweist. Wenn man immerzu Lobeshymnen bekommt, beginnt man sich daran zu gewöhnen, und wenn sie nach einiger Zeit versiegen, wird man sie missen. Aber Treue ist eine der Qualitäten des jungen Mannes: Der Professor mag launisch und wankelmütig in seinen Gefühlslagen sein, auch Sophie hat ihre weiblichen Kaprizen, aber der junge Mann ist immer bereit, immer geneigt, zu Diensten zu stehen. Er gehört zweifelsohne zu dieser seltenen Art Menschen, die auf dieser Welt kein höheres Glück zu finden scheinen, als geliebten Menschen nützlich zu sein. Wie solltest du so eine Großzügigkeit nicht schätzen? Und angesichts dessen, was er dir bietet, wie solltest du da nicht ein immer größeres Wohlwollen empfinden?

Da du ihn täglich siehst, wird das Auge ohne es zu wollen nachsichtiger: Wo du zuvor einfache Makel sahst, fallen dir nun kleine Ähnlichkeiten auf. Und unmerklich, mit noch etwas geringschätziger Liebe, hast du Titi Ialomiţeanu dann adoptiert, eine Tatsache, die du dir damals, als du ihn zum ersten Mal sahst, um keinen Preis hättest vorstellen können, damals bei einem von Sophies *five o'clocks.* Als du ihn sahst, wie er sich an der Tür herumdrückte wie ein Provinzler, sodass der Diener ihm mit Gewalt die Handschuhe und den Hut hatte abnehmen müssen, und als du den leicht gräulichen Streifen an seinem Kragen sahst, und die abgewetzten Manschetten und die schlammbespritzten Hosen ... Gar nicht zu reden von ihrem unmodernen Schnitt! Gar nicht zu reden von den gewöhnlichen Gartenblumen, mit denen er sich bewaffnet hatte und stur darauf beharrte, sie Sophie zu überreichen! Lange hattest du um Vergebung für ihn bitten müssen, bis du Sophie überzeugt hattest, ihre natürliche Abneigung gegen den armen jungen Mann abzulegen! Die natürliche Abneigung der Frauen gegen die Armen und Verlorenen, ihr natürlicher Snobismus, der dem Snobismus der Hunde so ähnlich ist. Was soll's, so großartig Sophie als Frau auch ist, sie kann sich den Gesetzen ihres Geschlechts nicht entziehen, und in den Augen einer Frau von Welt sind kleine Fehler bei der Kleidung wahre Verbrechen.

Bestehst du darauf, sieht sie darüber hinweg, aber verzeihen, verzeihen wird sie das sicher nie ... Auch wenn die angeborene Klugheit des armen Jungen zu – jawohl! – ausreichenden Korrekturen an seiner Kleidung geführt hat, Sophie wird sicher nie vergessen, wie er damals aussah, als sie ihn zum ersten Mal empfing. Doch du, der du dich an deine eigene Jugend erinnerst, an die ersten Bälle, bei denen du es vorzogst, abwesend zu sein, indem du vorgabst, entweder die Weste oder die Hosen passten nicht genau, und wenn der Ball bei euch zu Hause stattfand, hast du dich im Studierzimmer eingeschlossen, und nur auf Bitten deiner armen Schwestern erschienst du, wenn man bei der Quadrille keinen geeigneten Partner gefunden hatte, du bist toleranter und vorurteilsfrei, du bist imstande, solche Dinge weniger ernst zu nehmen.

Und wirklich, indem du immer eine solche devote Bewunderung spürst, wirst du dahin kommen, dem armen jungen Mann zu erlauben, sich mit auf ein Familienbild zu stellen …

Oh, unsere grundfesten, mittelmäßigen Familiengefühle, die aus der Gewohnheit herrühren, aus Vertrauen, seelischer Bequemlichkeit und Toleranz! Unsere mittelmäßigen und tiefen Familiengefühle, die dem Leben die notwendige Stabilität verleihen, die den Geist befreien, damit er sich höheren Dingen widmen kann, die ihn schützen …

Der Professor behält die Brille auf der Nase und ihre Schnur hinter dem Ohr, dann streckt er seinen welken Körper auf dem Stuhl aus, lässt den besänftigten Blick durch die hellen, großen Fenster gleiten, die auf die Terrasse mit den Klematis hinausgehen. Ein zu reiner, zu tiefblauer Himmel, als dass schon Herbst sein könnte, ein honigfarbenes, weißes Licht, in dem ab und zu die goldenen Kronen der Obstbäume im Garten metallisch aufleuchten. Die perverse Hitze des Spätsommers hat dazu geführt, dass sie alle seit einer Woche ganz ermattet herumlaufen, mit hängenden Wangen und verschwommenem Blick. Heute Morgen jedoch hat ein kühler Dunst den Garten verschlungen – ein kompakter, dichter, frostiger Nebel wie bei einem Kesselunglück in einem Schiffsbauch. Gegen Mittag kam die altbekannte Hitze wieder zurück, das gleißende, goldene Licht, doch in einem Winkel des unglaublich blauen Himmels entdeckt der Professor eine Gruppe harmloser weißer Wölkchen. Sollten das die Anzeichen eines Wetterwechsels sein?

Er sieht sich zärtlich nach dem jungen Mann um. Ja, er muss zugeben, dass es so ist: dass du, solange das politische und gesellschaftliche Leben normal verläuft und du selbst ein gewöhnliches Wesen bist, frei von jedem Idealismus, die Illusion deines isolierten Daseins aufrechterhalten kannst. Doch in Wahrheit bleibt das eine simple Illusion, auf die nur selten jemand hereinfällt, der für die Kultur eines Volkes arbeitet. Denn das erste Ergebnis der Kultur ist, dass es die solidarischen Beziehungen festigt – auf der Horizontalen die Beziehung mit deinen Zeitgenossen, auf der Vertikalen die mit den vorherigen Generationen. Daher können die, die wahrhaft für die Kultur eines Volkes arbeiten, auch wenn sie dabei an sich als autonomes Individuum denken, oder – ja sogar! – an sich als einen zentralen Punkt des Universums, wenigstens ab und zu nicht übersehen, dass sie Teil eines einheitlichen Organismus sind. Und in Momenten, wie sie sich gerade zu zeigen beginnen, in denen die kollektiven Interessen in den Vordergrund treten, in so schwierigen Momenten wird es, wenn du rechtschaffen bist, unmöglich sein, dein eigenes Schicksal von dem der anderen zu trennen …

Fast keucht er nach dieser langen Tirade und eine ungerechtfertigte Rührung, ähnlich der am 10. Mai bei den ersten Akkorden der Fanfare, treibt ihm beschämenderweise die Tränen in die Augen. Dieselbe ungerechtfertigte Erregung, die offensichtlich nur von der Übermüdung der Nerven herrührt, hat ihm einen Knoten im Hals beschert. Indessen macht die knochige Hand eine ganz andere Bewegung zum Tischchen hin – eine entschlossene Geste, die sich nicht einmal daran erinnert, dass Sophies Erlaubnis nötig wäre. Mit geschickten und sicheren Bewegungen steckt er sich die Zigarette zwischen die Lippen, zündet ein Streichholz an. In solchen Momenten taucht sein ursprünglicher Einfluss auf die Frau wieder auf, die ihm reglos zuhört, auf die weiße Gestalt in ihrem Schal mit den weißen Fransen, die fühlt, dass ihm unzweifelhaft etwas seine Kraft genommen hat, und die geduldig und vertrauensvoll darauf wartet, dass sie sich von selbst wieder einstellt.

Mit der Zigarette zwischen den knochigen Fingern, mit blasser und kahler, hoher Stirn, raucht der Professor und überlässt sich, ungeachtet seines leichten Fiebers an diesem Nachmittag, seinem kleinen, kindischen Siegestaumel.

Über wen, über was denn Sieg?

Margot gähnt auf dem kleinen Kanapee, gibt acht, dass man sie nicht sieht, und überprüft ihre Stiefelchen. Für sie sind sie immer noch neu, obwohl es schon drei Monate her ist, dass *son beau-frère* Ştefan sie ihr aus Wien mitgebracht hat. Bei derselben Gelegenheit hat er ihr auch die Porzellanpuppe mit echtem Haar und blauen Augen geschenkt, die, wenn man sie umdreht, Ma-mma, Ma-mma sagt…

»Puppe? Denkst du, sie kann mit einer Puppe noch etwas anfangen?«, hat Sophie ihn ohne jedes Feingefühl gefragt.

»Warum? Sie ist ja noch ein Kind … oder nicht?«, hat Ştefan unentschlossen gefragt.

Wie gewöhnlich *beeinflussen ihn* ihre Meinungen. Er hatte den Kopf von einer zur anderen Seite gedreht; er hatte ihr väterlich über den Kopf streicheln wollen, aber unaufmerksam wie immer hatte er sie nur mit den Fingerspitzen am Ohr berührt.

»Es wird schon jemanden geben, der mit der Puppe spielen kann«, hatte Ana geflüstert.

Ana sah aus wie immer, wenn sie diskret sein wollte und es kaum erwarten konnte, ihrer Rede freien Lauf zu lassen.

Et ils ont pris un drôle d'air: Sophie, Ştefan, Madam Ana.

Bitte schön … Soll man doch denken, sie versteht solche Anspielungen nicht! Wie damals, als sie mit dem Automobil von Onkel Jorj beim Landhaus der Filipescus waren, gerade zogen sie die Drillichanzüge aus und legten ihre Helme und Brillen ab, als die alarmierten Gastgeber aus dem Haus gelaufen kamen: zuerst Miza und Radu, dann ein etwas überaltertes Fräulein, sie war wohl neunundzwanzig Jahre alt und hatte eine Nase! … Und auch die Figur, und alles ließ zu wünschen übrig! Dann ihre Toilette! Außerdem ein wunderbares Kollier am Hals, zwei goldene, ineinander verschlungene Schlangen mit Augen aus Rubin – aber um diese Uhrzeit? Ein Reisekostüm oder Kleidung für eine Landpartie wären angemessen gewesen, auf keinen Fall aber so etwas, was sie da trug …

Sophie selbst hatte diese Kommentare abgegeben.

»Aber wer ist das überhaupt?«, hatte Sophie Jorj Ioaniu gefragt, der zufälligerweise in der Nähe stand.

»C'est la seule amie de Miza avec qui Radou n'a pas couché …«

Und Sophie hatte im ersten Moment nicht an sich halten können:

»Dommage!«

Und Ştefan weist sie diskret zurecht: Das Kind! Margot ist hier! Und Sophie gibt wiederum auch diskrete, beruhigende Zeichen: Das Kind versteht nichts …

»… ach, meine Kleine, es ist ein Wunder Gottes, wie der Körper der Frau sich öffnet, damit das Kind herauskommt … Wie die Knochen sich weiten, das ist ein Wunder Gottes«, hatte Madam Ana Margot einmal geantwortet.

(Und Sophie bei einem *jour fixe* zu Miza: Stell dir vor, sie hat sich nicht entblödet, Madam Ana zu fragen, wie die Kinder da herauskommen, wo sie herauskommen …)

Lass nur, sie weiß sicher ganz gut, wo und was sich öffnet … Es sind keine seltenen Augenblicke, in denen Margot zum Beispiel hier im Salon zu ihnen herübersieht und mehr versteht als jeder andere. Ja, und im Gegenzug versteht sie niemand und niemand kennt sie, auch keine ihre Mitschülerinnen. Wie entsetzlich, so allein und unverstanden auf der Welt zu sein! Gestern Abend hat sie sehr lange Klavier gespielt und geweint, davon überzeugt, dass sie früh sterben wird, gleich nach dem ersten Ball und dem ersten Kuss. Sie werden sie in Weiß kleiden und ihr eine katholische Messe lesen lassen, denn dies wird ihr letzter Wunsch sein.

Es wird ein regnerischer Nachmittag sein, die glänzenden und schwarzen Coupés, die weihevollen Akkorde der Orgel unter den düsteren Gewölbebögen, der betäubende Duft der Lilien und Tuberosen, Sophie mit einem dichten Schleier, damit man nicht sieht, ob sie wirklich weint, der *pauvre* Ştefan, er weint tatsächlich, aber wirft seiner Frau hin und wieder einen Blick zu, um zu sehen, ob sie es ihm erlaubt … Madam Ana in Ohnmacht gefallen, so ein Elend … Das Dämmerlicht in der

Kathedrale und der Totenmarsch aus der *Parisiana* und das »Allegro con fuoco« aus *Dolore* von Fr. Senna. Und es wird nicht mal ein Monat vergehen, da werden alle wieder ins Theater gehen, werden *Die Spinne* sehen, was ihr verboten worden ist, und für Tony Bulandra entflammt wird Sophie vorschlagen, im Café de Paris zu soupieren, und dort mit Titi Ialomiţeanu Tango tanzen... Wie kann man sich ein schwärzeres und unwürdigeres Vergessen vorstellen?

Margot hat einen Kloß im Hals. Wie schrecklich, erst so kurz zu leben und bereits *seule et incomprise* zu sein! Dann ist es wirklich besser, man stirbt jung und muss sich nicht erst noch mit eingefallenen Wangen und ausfallenden Haaren herumschlagen. Sie wird also sehr jung sterben, vielleicht sogar als Jungfrau oder jedenfalls bevor sie ein Kind haben muss, weil sie es hasst, dick zu werden; und sosehr man sich auch in einen weißen Seidenschal einwickelt, man wird es doch erkennen. Wer würde ihr wohl Tuberosen ans Grab bringen? Ştefan steht unter dem Einfluss Sophies, Titi auch, Miti Popazu ist nach Wien gefahren, also keine einzige Blume! Ein verlassenes Grab... Wie bedauerlich, so jung und bezaubernd und grazil, und wenn sie wollte, könnte sie sogar anstelle von Sophie und Madam Ana das Haus führen... Wer kontrolliert denn Abend für Abend die faule Nela, ob sie ihre Lackschühchen abgestaubt und mit Rizinusöl eingerieben hat, wie es sich gehört? Sie könnte auch den Tee servieren und die Konversation am Laufen halten, auch jetzt zum Beispiel; sie kann sogar über Politik konversieren, sie weiß, was das heißeste Thema ist: *Was wird unser kleines Königreich in der gegenwärtigen Situation tun? Werden wir an der Seite Frankreichs und Russlands stehen, um unsere Brüder jenseits der Karpaten zu befreien, bevor sie an vorderster Front dezimiert werden? Werden wir an der Seite der Entente stehen, um Bessarabien zu befreien, das wir nach einem Krieg verloren haben, in dem wir eigentlich den Sieg davontrugen? Das ist das Dilemma, mit dem der kleine rumänische Staat sich herumschlägt.*

Das ist es, was in allen Salons besprochen wird und sogar in der Şcoala Centrală, im Schlafsaal. Wäre sie die Gastgeberin, würde sie mit diesem Thema die Atmosphäre sofort beleben.

»Im Übrigen, betrachtet man alles mit einem gewissen Abstand, dann eröffnet ein solches, von der Geschichte stiefmütterlich behandeltes Land dem, der es wünscht, mehr als jedes andere ein Arbeitsfeld…«, hört Margot die Stimme des Professors aus sehr weiter Entfernung. »Wenn dein Ehrgeiz von edler Natur ist, wenn du möchtest, dass die Dinge vorangehen und nicht deine eigene Person, dann wirst du dich gerne als Individuum der Ganzheit unterwerfen… Du wirst verstehen, wie schon gesagt, dass du nicht der Mittelpunkt der Welt bist, sondern nur einer ihrer beliebigen Punkte, dass du weder Herz noch Hirn bist, sondern nur ein Muskel, der in einem riesigen Organismus pulsiert… Du wirst nicht zum erwachsenen Mann werden, wenn du nicht…«

Auch gestern Nachmittag war die Teestunde langweilig, drei Damen von der Orthodoxen Gesellschaft waren gekommen, und Sophie war noch nicht fertig angekleidet gewesen und hatte sie geschickt, um mit ihnen Konversation zu treiben. Alle drei saßen steif da wie die Krähen, waren mürrisch wie bei einer Beerdigung, und außer *ja* und *nein* und *o weh* war nicht viel aus ihnen herauszubringen. Endlich hatte sie es geschafft, die Stimmung zu lockern, da erschien Sophie, nahm ihre Gastgeberinnenrolle ein, Ştefan tauchte auf, aber als er hörte, worüber sie sprachen, zog er sich schnell mit seiner Korrespondenz ins Kabinett zurück. Dann erschien Titi Ialomiţeanu, er war mit der Kutsche in Begleitung des Soldaten Mişa gekommen, um sie wie verabredet auf der Chaussee spazieren zu fahren: Am Ende leistete er nur ihr Gesellschaft und beim Tennis gingen sie nicht einmal mit hinein…

»*Mais qui sont ces dames?*«, fragte Titi sie in der Kutsche.

»*Ce sont des Vaï-madames*«, erklärte sie ihm mit den bekannten Worten der Königin.

Und Titi: »Wie, wie?« Bis der mal was verstand! ... Also musste sie ihm im Einzelnen erklären, wie sich diese Damen für des guten Tones mächtig halten, dabei aber folgendermaßen konversieren:

»O neeein, so ein Regenwetter!«

»O neeein, was ein Aufsatz auf dem Ring! Erlauben Sie, nur einen Augenblick?«

»O neeein, ich bitte Sie ... O neeein, ist das möglich ...«

»Das ist tatsächlich für jeden von uns der Beweis, erwachsen geworden zu sein ... Geistig erwachsen, nicht biologisch – versteht sich. Und für jeden von uns wird das so tiefgreifende Konsequenzen haben wie ...«

Während er noch leicht das Gesicht verzog, erhob sich der Professor vom Stuhl.

Da steht er also.

Der Frack korrigiert seine Haltung etwas, richtet ihm die hängenden Schultern auf, lässt seinen in letzter Zeit mager gewordenen Körper fülliger wirken. Über seine golden gerahmte Brille hinweg wirft er den anderen einen warm-grünen Blick zu; er denkt gar nicht daran, um diese Zeit den Salon zu verlassen, seine Lieben, die Korrespondenz – er will nichts anderes, als seinen Stuhl etwas näher an das Tischchen schieben.

»... bitte, meine Lieben, lasst euch nicht stören ...«

Die rechte Hand dirigiert unsicher ein Pianissimo, die Linke – ein ungelenker, schwacher Arm – zieht die Lehne hinter sich her, verdunkelt mit den Holzbeinen die Zeichnungen und Farben des Perserteppichs, indem sie die rauen Fasern umbürsten, in denen der Fuß versinkt.

Er hat sich wieder gesetzt, aber anders: auf die Stuhlkante, nur halb auf dem Sitz – durch die weite Hose erscheinen die mageren Hinterbacken nur wie eine Verlängerung der fleischlosen Schenkel –, als wolle er jeden Augenblick wieder aufstehen.

Doch davon keine Rede.

Es ist nur eine überschäumende Fiebrigkeit, ein Reflex aus einem Augenblick der Begeisterung heraus, auf den ganz sicher ein anderer folgen wird – voller Zweifel und Skeptizismus. Eine zyklothymische Struktur, wie er selbst erkennt.

Er sieht wieder aus dem Fenster. In dieser kurzen Zeit ist die Luft schattiger und kühler geworden wie unter einer unsichtbaren kalten Wasserströmung. An den golden gekiesten Wegen, auf den wunderbaren Rosenbeeten Sophies öffnen sich hier und da berückende, strohgelbe Blüten, sicher, sie duften nicht und der Samt der Blüten ist vom Raureif des Herbstes hart geworden. Aus dem dichten Efeubogen haben sich Glyzinien- und Klematiszweige gelöst und hängen herab, ziehen alle Blicke auf ihr tiefrotes, glänzendes Laub.

»Der Herr Professor wird mir dieses Mal meine fehlende Bescheidenheit verzeihen«, beginnt der junge Mann unentschlossen, »da ich bis zu diesem Augenblick nicht allzu sehr durch Eitelkeit gesündigt habe. Ich maße mir keinesfalls die Fähigkeit an, die politischen Ereignisse zu beurteilen, aber in aller Bescheidenheit sage ich, dass ich mir erlaubt habe, enttäuscht zu sein … Sind Sie nicht auch der Meinung, dass unsere Politiker es nicht gesehen haben? … Es war zu erwarten, dass die öffentliche Meinung von Enttäuschung geprägt sein würde. Ist es aber natürlich, auch von den Klardenkendsten enttäuscht sein zu müssen? Oder vielleicht waren sie auf dem Laufenden, waren vorbereitet, ich hätte beinahe gesagt, waren im Voraus bezahlt, aber das würde ich nicht wagen …«

»Ich kenne diesen Zustand gut«, lächelt der Professor. »Auch mir unterläuft es, enttäuscht von ihnen zu sein, Zweifel an ihnen zu haben: Ich versuche mich dann daran zu erinnern, dass alles, was wir jetzt sehen, in nur fünfzig Jahren entstanden ist. Und vor allem wiederhole ich für mich im Geist mein Lieblingssprichwort: *Calomniez, calomniez, il en restera toujours quelque chose …* Leider wird man erst in fünfzig oder siebzig Jahren wissen, von welcher Statur unsere Politiker gewesen sind. Was sie erreichen in einer Geschichte, die ihnen wie gewöhnlich missgünstig gestimmt ist… Du kennst mich als Verfechter allgemeiner Wahlen, das ist die Konsequenz aus meiner Denkart, doch manchmal geschieht es, dass ich mir diese Frage stelle: Wie werden unsere Politiker aussehen, nachdem wir der demokratischen Wahl die Tore öffnen, nachdem Carp* und Brătianu genauso viel zählen werden wie ihre Kutscher und dieselben Möglichkeiten haben, ihre Meinung zu äußern, was das Schicksal unseres Landes angeht? … Denn wenn man sie nur ein bisschen über ein gewisses Maß hinauswachsen lässt, werden Qualitäten zu Defekten, und eine Welt, in der wir – verpflichtend in jeder Hinsicht – alle gleich sind, wäre ein Karzer, in dem man nicht mehr atmen könnte… Aber ich habe den Eindruck, ich habe deine Idee schon lange verraten…«

»Nein«, beeilt sich der junge Mann, »ich habe mich nur daran erinnert, wie ruhig der König aus Sinaia abreiste und wie die Regierung anfing, Ferienvorbereitungen zu treffen… Wir waren schließlich alle hier in diesem Salon. Als damals Ihr Onkel anrief und Sie telefonierten… Sie erinnern sich, oder?«, wendet er sich an Sophie.

Sein blauer Blick gleitet ängstlich in den Winkel des Salons, wo Sophie abwesender, verächtlicher als gewöhnlich ihren fülligen Körper mit ihrem Schal verhüllt. Eine zweischneidige Bosheit steckt hinter seiner übertriebenen Freundlichkeit: eine Mischung aus Bewunderung, Ungläubigkeit, Angst und (vor allem) Neugier – eine sentimentale Melange, die Sophie schon immer in ihm hervorgerufen hat. Immer, schon seit ihrer Begegnung in der Kindheit, als er sie sah, sich von der Hand seiner Mutter losriss, zur Holztreppe rannte und alle Umstehenden erschreckte, die Eltern, die Diener, alle eilten sie dem kleinen Ausreißer nach, der gerade Gefahr lief, sich auf der Treppe den Kopf einzurennen. Warum rannte er so bestürzt davon? Er kann es noch jetzt nicht genau sagen, er erinnert sich aber an das Entsetzen, das ihn bei ihrem Anblick packte: ein so schönes Mädchen mit blonden, langen Locken unter dem riesigen, blumenbeladenen Hut! Ein so blendend schönes Mädchen, voller schäumender Rüschen und knisternder Schleifen! Bewunderung und Furcht, Zweifel und Neugier... Das ist die älteste gemeinsame Erinnerung, der Moment hat sich noch nicht ergeben, sie daran zu erinnern.

»Sie erinnern sich, oder, Madam Mironescu? Damals, als der Onkel Sie davon überzeugen wollte, dass Sie diesen Sommer trotzdem in die Sommerfrische fahren... Er hatte, wenn ich mich nicht irre, einen Ausflug nach Măldăreşti vorgeschlagen, aber Sie hatten eingewandt, Sie würden jetzt kein Automobil vertragen...«

»Wenn es darum geht, sich zu erinnern, da irren Sie sich nie. In dieser Hinsicht besteht wirklich keinerlei Risiko! Schon längst haben Sie uns von Ihrem hervorragenden Gedächtnis überzeugt! ...«

»Dein Gedächtnis hingegen, meine Liebe... Leider...«, unterbricht der Professor Mironescu mit einem Lächeln.

Er versucht gleich die scharfe Bemerkung seiner Frau auszugleichen: Sie muss eben auch verstanden werden, ein solcher Zustand fördert bei sehr jungen, sensibleren und idealistischeren Frauen Launenhaftigkeit und düstere Stimmung. Es wäre jedoch schade, würde der junge Gast aus ihrer Antwort Abschätzigkeit oder sogar Verachtung herauslesen. Solche Momente hat es schon gegeben, in denen sie mangelnde Geduld für Titi Ialomiţeanu bewiesen hat, und immer hat er sich bemüht, alles wieder ins Lot zu bringen und aufzupassen, dass der junge Mann sich nicht verletzt fühlte.

Als aufmerksamer und feinfühliger Gastgeber schenkt der Professor beiden der Reihe nach sein versöhnliches Lächeln. Ein so huldvolles Lächeln, dass es fast ein wenig gezwungen scheint, er zieht seine vollen, etwas schlaffen Lippen über den gelben, starken Zähnen in die Breite. Und im Folgenden scheinen die Dinge sich – von selbst – zurechtzurücken. Titi Ialomiţeanu versichert der Dame errötend, eine andere Qualität würde er sich niemals zusprechen, aber sein Gedächtnis, ja... Er hat, leider, ein gutes Gedächtnis, das immer besser wird, je mehr er sich für etwas oder jemanden interessiert... Aus diesem Grund könnte man ihm verzeihen, dass er sich in höchstem Grad dafür interessiere, was in diesem Haus passiere, dem er sich so nahe fühle wie seinem Elternhaus.

»... das waren meine persönlichsten Erinnerungen... *mémoires intimes*«, lächelt der junge Mann, der wie ein Phoenix aus seiner eigenen Demütigung emporsteigt.

Mit oberflächlicher Eile geht er über den winzigen Zwischenfall hinweg – findet der Professor, der großzügig einen Anflug von Unzufriedenheit unterdrückt. Warum Unzufriedenheit? Weil der junge Mann sich ohne die geringste Feindseligkeit ins Gespräch mit Madame wirft, mit einer beflügelten Freundlichkeit seiner Frau gegenüber? Als wäre er der Angreifer und sie das Opfer? Eine wirkliche Verdrehung der Rollen, die bewirkt, dass das taktvolle Eingreifen des Ehemanns teilweise seinen Wert verliert, unnütz erscheint und einem kritischen Auge sogar lächerlich. Oooh, kleine, winzige Nichtigkeiten eines angreifbaren Wesens, rügt sich der Professor selbst, der zum Glück die Unzulänglichkeiten seines äußerst einfühlsamen Wesens mit dem gesunden Wunsch nach Vereinfachung von Situationen sublimiert.

Dem Wunsch, seinesgleichen mit verständnisvoller Großzügigkeit zu betrachten.

Umso besser, wenn der schüchterne Titi, der vom Schutz durch seinen erwachsenen Freund profitiert, es jetzt wagt und ein helles und scherzhaftes Augenblinzeln – wie einen Antrag auf neue Freundschaft – zur jungen Madame hinüberschickt, die mürrisch und schwerfällig in der anderen Ecke des Salons sitzt!

Und umso besser, dass sie es nicht einmal zu bemerken scheint...

Gedankenversunken fröstelt Sophie unter ihrem weißen Seidenschal. Trotz ihrer hervorstehenden Augen, ihrer ziemlich schmalen Lippen, trotz der zahlreichen Unvollkommenheiten und ihrer fortgeschrittenen Schwangerschaft hat Sophie nicht aufgehört, attraktiv zu sein. Und als sie es wie jede Frau spürt, dass sie beobachtet wird, wendet auch sie sich dem jungen Mann zu und sieht ihn an. Ja, sie hat wirklich ziemlich herausstehende Augen, ihre langen, geraden Wimpern hingegen lassen ihren Blick verhangen scheinen: Sie machen ihn geheimnisvoll und rätselhaft. Nicht einmal in diesem Augenblick erkennt der junge Mann, wie sie ihn ansieht: verächtlich? freundlich? komplizenhaft? gleichgültig oder gelangweilt? Oder …

Über dem Garten wölbt sich ein elfenbein-blauer Himmel, der auf die schattige Luft drückt; schon jetzt kann man die Dunkelheit ahnen, die naht. Für gewöhnlich müsste zu dieser Zeit der Tee serviert werden, aber wie unerträglich schlecht sich alle benehmen, wenn sie sich unbeobachtet glauben! Sophie will sich gerade aus dem Sessel erheben, heute hat sie sich unförmiger gefühlt als je zuvor, seit ein paar Tagen zieht sie den linken Fuß nach.

»Hab Geduld, Süße, hab Geduld … Nur noch ein paar Tage, dann ist es vorbei … Dann läufst du wieder wie vorher«, hat ihre Hebamme Fănica Filipeasca gesagt.

Aber warum führt dich das Leben, das sonst so logisch und sachte dahinfließt, unbemerkt an einen solchen Punkt, von dem aus du nicht mehr zurück kannst, wie du es so gerne tätest: wie ein Kind, das in die Rockschöße der Mutter zurück will, nachdem es allein ein paar Schritte durch die Dunkelheit getan hat. Und warum muss eine dem Sein zugehörige Sache wie die Geburt – da sie doch das Leben erneuert – so abstoßend und schmerzhaft sein? Und was hat Madam Ana bloß, dass sie heute gar nicht mehr auftauchen will?

Um diese Uhrzeit haben sich sonst immer die Türflügel geöffnet und Madam Ana ist erschienen, hat den Teewagen hereingeschoben. Oh, du musst sie wirklich immer überwachen, musst jeden daran erinnern, was er zu tun hat, selbst wenn du deinen linken Fuß nachziehst und aus heiterem Himmel dein Bauch wehtut. Hin und wieder ein störender Schmerz, wie die

Krämpfe bei einer Blinddarmentzündung, mit denen du dich lieber ins Boudoir zurückziehen würdest, wäre der Tee serviert worden. Dann könntest du die Männer ihre sinnlosen Diskussionen weiterführen lassen, die du gnädig lächelnd erduldest, so wie du das Spiel eines Kindes duldest.

»Zum Beispiel spricht sich Take Ionescu* jetzt für den sofortigen Kriegseintritt aus, obwohl er vor nicht langer Zeit noch ganz entgeistert war: Er sah eine Katastrophe voraus. *Finis Romaniae* ... Wie erklären Sie sich diesen Meinungswandel?«

»Ach, Take Ionescu!«, wischt der Professor das Thema mit der Hand beiseite, »selbst wenn man mal von seinen Wahlkartellen absieht ... Viel zu viele, so eine Überraschung ... Wenn man ihn nur als Menschen betrachtet, wenn du erlaubst ... Sein wohlbekannter Seitenwechsel, die Tatsache, dass er zu jedem Thema eine sehr schöne Rede halten kann ... wirklich ›ein Goldmund‹, wie ihn die Leute ja auch genannt haben ... Ich will ihm jetzt wirklich keine Wankelmütigkeit vorwerfen ... Das wäre nichts Neues, den Vorwurf hat man ihm schon gemacht, ob nun gerechtfertigterweise oder nicht, ich will das jetzt nicht in Frage stellen ... Aber ich denke, zweifellos treibt ihn hier ein gewisses Temperament ... Um deutlicher zu werden: Die Tatsache, dass er in kleinem Kreise flammend die eine Haltung einnimmt und sich dann in der Öffentlichkeit sofort beeinflussen lässt, schweigt oder seine Stimme verspätet abgibt ... so eine Haltung beweist eine Unfähigkeit, äußeren Einflüssen standzuhalten ... eine Art Zerbrechlichkeit ...«

Er ist abgeschweift. Er weiß, dass er nicht mehr über den Anführer der konservativen Demokraten spricht, sondern über die Unzulänglichkeiten, mit denen er sich selbst schon sein ganzes Leben herumschlägt; seine unerschütterliche Ehrlichkeit lässt ihn vor allen beinahe zugeben, dass er sich diese unangenehmen Eigenschaften tatsächlich selbst zuschreibt. Das aber schätzt Sophie nicht, ihr Anstand hütet sich instinktiv vor diesem zweifelhaften Gemisch aus Demut und Eitelkeit: Sie findet, ein solches Spektakel sei eine kleine Selbstbeweihräucherung, eine peinliche Schmierenkomödie. Sicher lässt der wohlbekannte Konventionalismus der Frauen Sophie auf diese Weise denken, aber auch ihr spezieller Mangel an Humor. Dennoch weiß er, es könnte sein, dass sie (wie so viele Male schon) recht hat. Ein Kind, diese Sophie – ein Kind im Vergleich zu ihm, das ihn mit ihren braven und allwissenden, großen blauen Augen anstarrt. Ein Kind im Vergleich zu ihm, aber es kennt das Leben aus einem einfachen Instinkt heraus, der kein Verstehen mehr braucht. Die feminine Intuition, die heimlich und listig die Welt beherrscht, während ihm nichts zu tun bleibt, als unterwürfig seine kahle Stirn zu senken.

»Aber glauben Sie denn nicht... scheint Ihnen nicht...«, beharrt der junge Mann.

»Ja, mein Lieber, das ist mir klar, ich verstehe... verstehe.«

Mit beiden knochigen Händen in der Luft gibt der Professor seinem jungen Freund zu verstehen, er solle innehalten. Und nur einen Augenblick Geduld haben, dann würde er selbst das formulieren, was der Junge seit einer Stunde vor sich hin brabbelt; mit der gewohnten seelischen Tiefe des Lehrers hat er besser als jeder andere begriffen, was ihn umtreibt.

»Ich verstehe, was du fragen willst... Du fragst, ob wir der Zeit hoffnungslos unterworfen sind, ob wir gänzlich unvermögend sind und verloren in unserer Zeit, und ob unser Wille (sei er auch kollektiv und unteilbar und nicht so verstreut, wie er sich gerade zeigt), ob unser Wille nicht einmal so viel wiegt wie ein Sandkorn...«

Irgendwo im Haus ist das noch ungewohnte Klingeln des gerade erst installierten Telefons zu hören. Sophie muss in der Nähe sein, sie ist vorhin erst hinausgegangen, um den Tee zuzubereiten; und er fasst in klar umrissene und genaue Begriffe, was der junge Mann wie gewöhnlich nicht anders aus dem trüben Gewässer seines aufgewühlten Herzens zu fischen vermag als in Form von konventionellen Fragen.

»... oder wenn trotzdem diese Menschen, die sich darum schlagen, uns zu regieren (und uns der Reihe nach regieren, so wie die gnädige Hand des Königs sie in Reih und Glied stellt), wenn diese Menschen die nötigen Qualitäten haben, also eine gewisse Möglichkeit, abzuschätzen, was aus der dauernden Mischung aus Kalkül und Zufall resultiert, die die Geschichte und das politische Leben darstellt … Beschützt uns ein unumstößliches Gesetz des Fortschritts oder drehen wir uns für immer im Kreis? Gibt es für uns eine wirkliche Chance des Fortschritts, der Annäherung an die westlichen, zivilisierten Nationen, unseren jahrhundertealten Traum, oder ist alles nur eine *Fata Morgana*, vergeudete Liebesmüh, weil sie sich dort viel schneller bewegen als wir und der Abstand immer mindestens derselbe bleiben wird … vielmehr noch, dass er bei jedem Stolpern ins Unermessliche wächst? Wenn du dich konzentrierst, klar berechnest und zugleich ahnst, kannst du dann begreifen, wie sich der Krieg entwickeln wird, und im geeignetsten Moment eingreifen? Oder ist auch diese Mühe vergeblich und ohne Sinn, solange die zukünftige Entwicklung der Geschichte nicht absehbar ist, so wie man winters im Schneegestöber nicht weiter als zwei Schritte sehen kann?«

Die zustimmenden Ausrufe des jungen Mannes verschaffen ihm die Zufriedenheit, verstanden worden zu sein. Und endlich hört man Türen aufgehen. Plötzlich dringt das ferne Gehusche des Hauses in den Salon, das Gurren Sophies (am Telefon in der *hall*), ein verwunderter Aufschrei – aber er hat aufgehört, weiter zu lauschen; nicht wegen übertriebener Wohlerzogenheit, sondern weil ihn die nahen Geräusche weitaus mehr erfreuen. Das leise, gewohnte Quietschen des Teewagens, das Klirren der Löffel und der Zuckerzange, ein feines Tönen wie von Sand – die glasierten Kuchen, die Kekse, die süßen *five o'clocks*, die bei einer ungeschickten Bewegung Madam Anas von den Tellern rutschen. Der junge Mann hat Hunger, aber gerade deshalb hütet er sich wie vor dem Feuer davor, den Blick auf den Teewagen zu richten.

»Erscheint Ihnen die endgültige Neutralität keine Lösung zu sein?«, murmelt Titi Ialomiţeanu heldenhaft.

»Ştefan!« Die metallische Stimme Sophies ist zu hören.

Wahrscheinlich will sie von der Schwelle aus kontrollieren, ob der Tee angemessen serviert wird, so wie ein General von einem höheren Standpunkt mit dem Binokel am Auge das Schlachtfeld und die Entwicklung der Geschehnisse beobachtet. Sie erscheint unfrisiert, der Schal hängt nachlässig über einer Schulter, das etwas geschwollene Gesicht hat seine Niedlichkeit eingebüßt. Ganz ungewöhnlich ist sie zwischen den beiden Türen an der Pendeluhr stehen geblieben und wartet, statt dass sie Nela den Hausherrn holen schickt. Mit einer kleinen Genugtuung – warum? – bemerkt Titi Ialomiţeanu diese Übertretung der Regeln. Etwas Ungewöhnliches muss geschehen sein, sodass die junge Frau zu den Sitten ihres bescheidenen Elternhauses in Buzău zurückgekehrt ist, so wie die Siebenbürger zum Beispiel noch nach vielen Jahren im südlichen Regat und nachdem sie sich eine literarische Sprechweise zugelegt haben, in Momenten großer Erregung zu ihrem Dialekt zurückkehren, als hätten sie nie anders gesprochen.

Aber da er nichts unabgeschlossen lassen möchte, was aus seinem gewohnten Leben mit geordneter und strenger Arbeit herrührt, redet der Professor weiter und erhebt sich dabei langsam vom Stuhl.

»Ja, meine Liebe … Ja, *chérie* … Mir schien vorhin, als hätte das Telefon geläutet … Bitte, habe ein bisschen Geduld, noch eine Minute …«, wendet er sich zerstreut und sanft an Sophie.

»Wenn also die Herausbildung einer Tradition, die Kontinuität der Institutionen das ist, was dieses Land sich wünschen sollte … das bisher keine große Ruhe gekannt hat … Ja, *mon petit* … aber siehst du, ich komme auf dich zurück … Also, mir ist klar, was du mich fragen willst: Ob ich Vertrauen in unseren Ministerpräsidenten Brătianu habe, auch wenn ich unabhängig bin, meine Meinung aber ehrlich, wenngleich naiv ist … Oder ist das Problem an sich ohne Sinn und nur der Zufall, nur ein Glücksfall kann Großrumänien … oder … Ja, meine Liebe … Was sagst du, wer ist gestorben?«

»Meine Herren«, wendet sich der Professor mit tiefer Stimme zu ihnen um, »meine Herren«, sagt er ernst und seine Stimme klingt so seltsam, so feierlich!, »meine Herren, König Carol ist gestorben …«

Und wie ein leiser Gong fängt die Pendeluhr an zu schlagen.

»*Voilà*«, sagt der Professor etwas verwundert, und mit der knochigen Hand gibt er zu verstehen, dass das Schicksal selbst diese runden, metallischen, gleichmäßigen Klänge über den Salon zu rollen scheint. »*Voilà* …«

Und sofort schiebt er die hastigen Fragen des jungen Mannes beiseite, das Gejammer Madam Anas; sorgsam nähert er sich der, die mit süßer, weiblicher Ergebenheit darauf gewartet hat, zuallererst ihm diese Todesnachricht zu überbringen. Wahrscheinlich hat sie wieder Migräne, sie wird wieder daliegen müssen, mit wohlriechendem Essig getränkte Kompressen auf der Stirn. Aber sein Lächeln verlischt in dem Maße, in dem er ihr Flüstern zu verstehen beginnt, und wieder dieses unerklärliche Gefühl wie am 10. Mai, als dieser erwachsene Mann bei den Akkorden der Fanfare einen Kloß im Hals spürte … Jemand weint in seinem Inneren unter den sinnlosen Schlägen des Gongs, der nichts anderes kundtut als die gewohnte Nachmittagsstunde – sechs Uhr.

Indem er sich feierlich verbeugt, bittet Professor Mironescu die Anwesenden, ihn für eine Weile zu entschuldigen.

Unnötig, all diese Entschuldigungen. Während er ein Biskuit knabbert und den Duft des Tees aus seiner Tasse einatmet, die er in der Hand hält, hat Titi Ialomiţeanu seinen Stuhl an das kleine Kanapee herangezogen, um dem Fräulein Gesellschaft zu leisten, wie es nun wohl geboten ist. Und schnell streckt er die Hand wieder zum Teller mit den *five o'clocks*. Der Repräsentationszwang zwingt ihn manchmal dazu, eine Mahlzeit auszulassen, und oft ist er gezwungen, beim Tee in diesem vertrauten Salon die Gier seines jungen Körpers zu unterdrücken.

Doch heute wird er sich dank der unerwarteten Ereignisse satt essen können, ohne sich weiter zu beherrschen. Er betrachtet deshalb mit Freude die kleine Nichte, die ihrerseits ihr Tortenstück mit Schokolade genießt; in diesem Augenblick ist er entspannter denn je, ihn erfüllt die Freude eines Schülers, der die Pausenglocke hört. Er ist nicht mehr gezwungen, Konversation zu machen, und wird ausreichend Geduld haben, bis der Professor seine Angelegenheiten mit der Ehegattin regelt …

»Sophie … hast du gehört, oder? Sophie hat ihm nicht nur gesagt, dass der König gestorben ist …«, flüstert die Kleine.

Sophie hat noch etwas gesagt, was ihr scharfes Ohr vernommen hat, oder ihr scharfes Auge hat es verstanden, auch ohne zu hören. Titi Ialomiţeanu wird ihr Vertrauter und Kavalier sein, mit Geduld wird er sie aus dem Einfluss Sophies herausholen. Aber was Sophie gesagt hat, das gehört sich nicht, von einem Fräulein ausgesprochen zu werden. Es gehört sich nicht, dass die beiden darüber sprechen, was in der oberen Etage zu geschehen beginnt, obwohl hinter der Tür gedämpfte Stimmen und Schritte zu hören sind, und auf der Straße sind die Räder der Kutsche zu hören, mit der Ştefan selbst davonfährt, um den Frauenarzt zu holen, der wie gewöhnlich im Colţea-Spital ist.

Es gehört sich nicht, so etwas zu sagen, aber da sie noch eine Weile beim *tête-à-tête* im Salon bleiben werden, wird sie eine Möglichkeit finden, es ihm zu verstehen zu geben.

Nachmittag im Rosengarten

Margot

»Komm' Sie, Frollein, komm' Sie, geh'n Sie da weg, ein gut erzogenes Frollein darf nicht splitternackt am Fenster stehen… Komm' Sie, heute ham wir zu tun, dass wir nicht wissen, wo uns der Kopf steht… Und was renn' Sie da herum, was woll'n Sie da sehn? Gäste kommen erst heut Abend. Komm' Sie, Frollein, ich muss gucken, wie ich Ihnen die Haare mache…«

Zuerst einmal ist sie ganz und gar nicht nackt, sie trägt Höschen und Unterhemd, und am Fenster steht sie auch nicht, sondern sie deutet vor dem Spiegel ein paar Schritte Bostonwalzer an. Ach, wie sehr liebt sie diesen ultramodernen, gefühlvoll-sinnlichen Tanz! Ach, wie sie das bewundert! Und sie, Madam Ana, was kann sie wollen? *Savez-vous planter les choux, savez-vous planter les choux*, aber ist sie denn noch immer nicht satt, das immer wieder zu hören? Dabei am Arm von Coralie und Sévastie im grauen Kleid mit Perkalinbluse über den Schulhof zu spazieren? Denn nur zu den Prüfungen darf man das weiße Musselinkleid anziehen und das Halstuch in den Farben der Schulklasse! Ihre Klasse hat ein rosenrotes Tuch, seit dreißig Jahren ist das an der Şcoala Centrală so Sitte. Und weiß Madam Ana, was für andere schreckliche Sitten es an dieser Schule noch gibt? Nach zehn Uhr kommt niemand mehr herein, nicht einmal die Direktorin! Keiner! Man ist eingesperrt wie in einer besetzten Burg! Wie in einem Kloster! Versteht sie also, was es heißt, nur zwei Mal im Monat Ausgang zu bekommen, und auch nur, wenn man keine Strafe bekommen hat? Und wenn deine eigene Schwester dich vielleicht im Einverständnis mit der Direktorin oder von sich aus gerade an einem solchen Sonntag vergisst und sich damit entschuldigt, dass sie die Tage verwechselt hat? Versteht Madam Ana, was für ein bitteres Schicksal es ist, Waise zu sein?

Sicher, viele Dinge versteht Madam Ana nicht, oder sie tut so, als würde sie sie nicht verstehen, aber wenn du sie an dein bitteres Waisenschicksal erinnerst, dann lässt sie das Frisiereisen fallen und drückt dich an ihre Brust, die nach Küche und Lavendel riecht, »du bist das Kätzchen von Madam Ana«, flüstert sie dir mit ihrer heiseren Stimme zu, »ich bin doch deine Amme? Ist Spiridon nicht dein Milchbruder? Und solange Madam Ana lebt, bist du sicher auf der Welt! Und du hast auch eine Schwester, die sich um dich kümmert, und dann gibt es noch Onkel Ştefan, so ein guter, gebildeter Mensch, der Onkel Ştefan! Und von heut auf morgen wirst du heiraten, Kätzchen, und dann wirst du 'ne Partie machen …«

»Guck dir doch das Frauchen Sophie an, was die für eine Partie gemacht hat! So eine tolle Partie! Wie Ihre Patin, die Fănica Filipeasca, schon gesagt hat, heirate, heirate und guck, was bist du gut gelandet! … Wenn Er da oben es so gewollt hat, dass Ihre Eltern gerade in diesen verdammten Zug steigen mussten, und wenn Er es so wollte, dass sie ausgerechnet in einem dieser sieben Waggons waren, die Feuer gefangen und so sehr gebrannt haben, ach, das ist übers Feld getost, da hättest du sagen können, das ist die Hölle, Frollein! Und die Schreie, die von den Leuten allen kamen, und wer noch aussteigen konnte, der wälzte sich auf dem Boden und brannte, und die da drinnen schrien auch, so eingeschlossen waren sie da drin wie in Einmachgläsern, so schrien die wie am Spieß, und keiner, ja, wer sollte da helfen? Wer hätte da kommen und helfen sollen? Wer hätte so verrückt sein können, sich da ins Feuer zu werfen? Das ganze Feld war am Brennen, und ja, wie Osterfackeln haben die Waggons gebrannt, angeblich war da so ein dicker Händler in einem Fell, der zeigte vor, wie viele Säcke Gold er hatte, und brüllte, einer sollte kommen und ihn retten. Und man sagt, da wären welche gewesen, die wären was frech gewesen, die hätten sich irgendwie an ihn rangemacht, hätten ihm das Geld, den Pelz und alles abgenommen und ihn dann da drin verbrennen lassen … Ach, das Ende der Welt,

Frollein, das war es wohl damals! Das ist das Ende der Welt, hab ich damals gesagt, Gott soll mich schlagen für meine vielen Sünden, wie hat er mir so voller Gnade vergeben können? Ich weiß nicht... Ich bin da drin auf allen vieren aufgewacht, hatte den Rock überm Kopf und ein Bein verstaucht, dies' Wunder hab ich nur dem lieben Gott zu verdanken! Der hat vielleicht gedacht, lass sie, die soll ihre Sünden noch auf Erden sühnen, die hat zu viele auf'm Buckel... Oder vielleicht hatte Er mit dem armen Spiridon Mitleid, weil Er wusste, es gibt keinen auf dieser Welt, der sonst auf meinen armen Jungen aufpasst. Was Er gewollt hat, das ist geschehn. Mein Waggon war der einzige in der dritten Klasse, der nicht verbrannt ist, und ich hab gesagt, groß ist die Macht des Herrn im Himmel, ich würd Ihm die Füße küssen, weil Er mich da rausgeholt hat und mich bewahrt hat... Denn ich hab am Ende auch gedacht: Wie konnte das sein, dass ich nicht an Ort und Stelle vor Angst gestorben bin? Hee, sitzen bleiben, sitzen bleiben, Frollein, nicht dauernd zum Fenster rausgucken, was gibt's denn da zu sehen? Hab ich doch gesagt, die Gäste kommen alle erst heute Abend!«

Die Gäste kommen alle erst heute Abend, aber eine Kutsche ist auf ihrer Straße aufgetaucht, ja, dort hinten am anderen Ende, sie schaukelt und weicht dem Haufen graugrüner Steinquader aus, die dort für die Ausbesserung der Straße bereitliegen, warum wohl hat Sophie zu Titi Ialomiţeanu gesagt, *komm doch morgen früher?* Und warum ist Sophie so launisch und lässt ihren ganzen Ärger an ihr aus?

»Wie kann man nur in einem Zimmer mit so schlechter Luft hocken? Während es draußen... Während in deinem Alter... und diese Unordnung... In der Schule ist doch Marie auch nicht da und räumt deine Wäsche auf?«

Soll sie sie doch in Ruhe lassen, sie weiß es ja. Sie steckt sich sogar die Finger in die Ohren und weiß trotzdem, was sie ihr sagt: Ein-wohlerzogenes-Fräulein-liebt-das-Wachwerden-bei-frischer-Luft-am-Morgen-liebt-das-Plutarch-Übersetzenein-gut-gelüftetes-Zimmer-und-das-Klavierüben-die-Staffelei-das-Sticken...

»J'en ai assez!«, hat sie erstickt und rot bis zum Haaransatz gerufen, hastig hat sie Sophie das Bündel Seide aus der unbarmherzigen Hand gerissen, ein schwarzer, krustiger Fleck darauf, mit dem sie ihr unter der Nase herumfuchtelte. *J'en ai assez... J'en ai assez...*, ruft sie. *J'en ai assez...*

Sie hat ihr damals den Rücken zugekehrt, um ihr nicht die Genugtuung zu bereiten, dass sie sie zum Weinen gebracht hat. Nein, sie wird nicht so unerträglich hysterisch werden wie Sophie! Sie wird nicht alle bei jeder Gelegenheit anschreien, sie hat auch keine Angst vor Blut, und ohnmächtig wird sie auch nicht, so sind die modernen Mädchen heute. Sie braucht kein Fläschchen mit Riechsalz, kein Zuckerwasser, und wenn der Krieg beginnt, dann wird sie Rotkreuzschwester und wird all das Leid lindern...

»... Gott behüte, Frollein, jetzt kommen schlimme Zeiten und der Krieg kommt über uns, ja, das hat Frau Sophie zu mir gesagt. Und ich hab auch gesagt, wenn sie den armen Spiridon nur noch mal gehen lassen würden... Dass sie ihn gehen lassen, dass er noch mal nach Hause kommen könnte, wie es beim Herrn Titi war, der doch auch eingezogen war, und ja, jetzt ist er seit drei Monaten befreit... Lass mal, hat Frau Sophiechen zu mir gesagt, es ist nicht leicht, aber wir sehen mal, was wir arrangieren können. Siehst du, so hat Frau Sophiechen mir versprochen, Frollein, nicht immer herumruckeln, jetzt ist das Eisen gerade kalt, aber wenn es heiß ist, kann ich Sie ja verbrennen, Gott bewahre...«

Uff, Gott sei Dank, endlich ist sie hinausgegangen, das Eisen wieder heiß machen! Uff! Jetzt kann sie wieder ans Fenster eilen, da, die Kutsche, da, die Kutsche, nur dass sie an ihrem Haus vorbeigefahren ist, also ist es nicht Titi, warum hat Sophie wohl zu ihm gesagt, *komm doch morgen früher*? Wie schön ist es in den Ferien, ohne *mademoiselle* Bastien, die-jeden-Hang-der-Schülerinnen-zum-Luxus-überwacht-undjeden-Kontakt-zu-den-Schuldienerinnen! ... So, gerader Rücken, schmale, jungenhafte Hüften, die in Höschen stecken, wenn der Krieg beginnt, könnte sie sich fast in einen Kavalleristen verwandeln oder in einen Bergjäger, könnte sich dort hineinbegeben und keiner auf der Welt würde etwas wissen. Niemand würde etwas wissen, erst wenn sie ihr-Leben-für-den-König-und-ihr-Land-hingegeben-hätte, so, ein Kreuzen der Beinchen in der Luft wie beim berüchtigten Cancan abends in ihrem Schlafsaal, bis *mademoiselle* Bastien auftaucht, wer ist die größte Tänzerin? Wer lässt das gebauschte Betttuch flattern? Margot!, rufen alle. Nicht wichtig, dass sie dafür sieben Sonntage lang keinen Ausgang bekommt. Und wer wird sie schon verraten? Also noch einmal die Beine in der Luft gekreuzt, eine Hose ohne Knöpfe, ohne den Stoff aufeinanderzuknöpfen, Coralie hat ihr gezeigt, was für ein Muster ihr neues Paar Höschen hat, das sie aus Paris bekommen hat, und Sophie ist zwar ein Ungeheuer, aber sie hat ihr versprochen, eine Bestellung aufzugeben, sie wüsste schon, wie und über wen. Wenn ihr etwas gefällt, dann ist sie sofort bereit, etwas zu unternehmen, so wie letzte Woche, als sie nach dem Essen alle hinausgingen, um in der Laube den Kaffee einzunehmen, *et, soudain, Sophie la regarda dans le blanc des yeux, elles s'entendirent du regard ...*

»Los, Ştefan, wenigstens diesen Sommer«, hatte sie begonnen, »wir wollen wenigstens noch diesen Sommer in die Sommerfrische fahren, wenn wir für den nächsten Sommer schon nicht mehr sagen können, was das Schicksal für uns bereithält ...«

Irgendwie hatte sie sich kaum beherrschen können, nicht in Lachen auszubrechen. Ştefan war mit der Serviette um den Hals bis hier nach draußen gekommen und sie hatte es zugelassen, um sich über seine Zerstreutheit zu amüsieren. Wie immer hatte er ihr galant den Arm angeboten und so waren die beiden bis in die Laube gegangen, ha-ha-ha, was für ein Paar! Er groß und dünn mit langen Beinen und die Serviette aus holländischem Leinen um den Hals, und sie… Sie ließ ihm die Serviette, um sich zu amüsieren, aber warum hatte Sophie ihn so gehen lassen? Denn plötzlich platzte sie heraus:

»Aber um Gottes willen, nimm sie endlich ab, wir werden noch zum Gespött der Leute! Wir geben hier Theaterstücke für die Bediensteten!«

Tatsächlich hat Sophie keinen Sinn für Humor!

»Los, Ştefan«, hatte sie wieder gemaunzt, »wenigstens nach Sinaia, wenigstens eine Woche…«

»Na bitte«, schnaufte er, »ich habe euch gesagt, dass in diesem Sommer keine Rede von Sommerfrische sein kann…«

Und er hatte begonnen, sich die Serviette vom Hals zu knöpfen.

»Los, Ştefan«, war sie weiter beharrlich geblieben.

Sie allein hatte darauf bestanden! Sophie schwieg, sie fächelte sich Luft, spielte die Märtyrerin und Außenstehende.

»Immer und immer wieder dasselbe… Ich habe doch schon gesagt, wenn es irgendwen gibt, für den Sommerfrische und gute Luft notwendig und eine Rettung wären, dann wäre das ohne Zweifel ich… Ich bin der Erste, der bedauert, dass das Ausland gesperrt ist, und wo wollt ihr überhaupt hin mit der schlechten Versorgung gerade? Wenn überall der morgige Tag unsicher ist, wohin wollt ihr jetzt eine Reise riskieren, mit Koffern beladen, mit Amme, Hüten, Bediensteten…«

»… du weißt, dass Jean uns sein Automobil jederzeit zur Verfügung stellen würde…«

Das war der einzige Einwurf Sophies gewesen.

»… und du weißt, für den Fall, dass die allgemeine Mobilmachung bekanntgegeben wird und man in einer Gefahrenzone ist, dass sie dann alles einbehalten, Wagen, Automobile…«

»Wie immer übertreibst du…«

Und sie hatte ihn zu nichts überreden können, nur das Versprechen dieses außergewöhnlichen Abends: ein Abend mit Gästen wie früher. Also schnell ans Fenster, bis wieder Madam Ana hereinkommt! Wie seltsam, wieder eine Kutsche, aber vom anderen Ende der Straße! Wo doch auf der ganzen Straße ihr Haus das einzige ist, zu dem für gewöhnlich mal *Coupés* kommen, was bedeutet dann dieses ganze Herumgefahre? Die Kutsche kommt von der anderen Seite auf ihr Haus zu, ein Panamahut ist einen Augenblick lang im Inneren des Wagens zu sehen, warum wohl hat Sophie dem lieben Titi gesagt, *komm doch morgen früher?* Schnell zurück zum Spiegel, schnell die Brauen gebürstet, schnell einen Pickel am Kinn ausdrücken, jetzt ein paar Schritte zurück, jetzt schickt sie sich selbst zuerst einen gesitteten, dann einen leidenschaftlichen Kuss. Jetzt sucht sie aufgeregt in der silberbeschlagenen Schmuckschatulle, nein, weder echte noch unechte Perlen legt man in ihrem Alter und zu dieser Stunde an – vielleicht die Korallenkette? Vielleicht Bernstein? Sie durchsucht fiebrig die Schatulle, ihre Finger verheddern sich vor Eile in den Ketten und Kettchen, ein Medaillon, das könnte gut passen. Ein Medaillon, in das man ein liebes Gesicht einrahmt und eine blonde Strähne – warum unbedingt blond? Auch Sophie hat blondes Haar, aber was für hervorstehende Augen! Und was ihr Bauch für Falten schlägt, seit sie niedergekommen ist, zwei Speckrollen zeigen sich an ihrem Bauch, wenn sie ihr Korsett ablegt, man kann sie richtig mit der Hand packen! Man sieht, dass sie ihr Hemd nie ablegt, so wie sie auch ihre Zöpfe unter dem Käppchen nie löst. Da ist das Medaillon, siehst du, sie sieht noch einmal träumerisch auf das wässrige Silber, schließt die Augen, seufzt, *les rêveries d'une jeune fille*, da noch ein Pickel, diesmal hinter dem Nasenflügel versteckt, Achtung, das Gesicht ist gerötet vor Aufmerksamkeit, die Finger drücken und durch die inneren Kanäle ist zu hören, wie die Haut platzt, ein Tropfen milchiger Flüssigkeit, Rezept gegen schwarze Punkte: nachdem man sie ausdrückt, sollte man dem Gesicht ein Dampfbad gönnen, dann legt man mit dem Pinsel folgende Tinktur auf: 5 Gramm Schwefel, 20 Gramm gekampferter Alkohol, 5 Gramm Glyzerin, Rosenwasser… Man massiert das Gesicht. Am ersten Abend lässt man diese Tinktur eine halbe Stunde auf dem Gesicht, dann nach und nach zwei Stunden, drei Stunden, vier Stunden, die ganze Nacht, wenn sie keine Hautirritation auslöst... Achtung! Schritte auf der Treppe! *Les belles se rendent dans le jardin, cueillir des roses soir et matin*, was für ein göttlicher Bostonwalzer, so, eins-zwei-drei, eins-zwei-drei, so, Madam Ana soll auch tanzen, ha-ha-ah, wie lustig sie aussieht, wie schwerfällig und albern, und wie sie herumzappelt, um dem zu entkommen...

»Aber lassen Sie mich doch, Frollein, meine Sünden, lassen Sie mich doch, ich hab mit Ihren Tänzen doch nichts zu tun! Komm' Sie, Frollein Mărguţa, beruhigen Sie sich, Frollein, dauernd rennen Sie zum Fenster, dauernd richten Sie sich die Haare, he, was gibt's denn da zu gucken? Hab ich nicht gesagt, da gibt's nichts zu sehen?! Komm' Sie, damit wir mal fertig werden, jetzt kommt wieder Frau Sophiechen, jetzt kommt sie aus der Mansarde, sie ist diesem unmöglichen Grigore Arznei geben gegangen, und sie hat gesagt, wenn er sie jetzt wieder nicht nehmen will, dann soll ich selber rauf und ihm die geschwollenen Mandeln ausdrücken und sie mit Salz einreiben. Komm' Sie, Frollein, komm' Sie, lassen Sie das Fenster sein, wir haben nur noch die Stirnfransen zu machen, und dann kommt sie hier rein, und dann geht's uns aber schlecht, wenn sie wieder Ihre Wäsche hier überall liegen sieht und diese Papiere, Briefe, Umschläge, was das ist, und Bücher, also, kann das denn sein, Frollein? Kann das denn sein? Also, bald heirat'n Sie und dann wird es schwer, wer wird Sie denn dann noch wie hier zu Hause machen lassen? Also, guck dir Herrn Ştefan an, so ein anständiger Mensch, wirklich eine Seele von Mensch, aber aus seinem Zeug da kriegt man ihn nicht raus, ist eben so, es wird schwer werden, Frollein, so, ein bisschen drehen, also, sagen Sie das nicht, um Gottes willen, das bringt Pech! Um Gottes willen, wie denn, nicht heiraten? Also, was ist das denn für ein Mädchen und was für ein Frollein ist das denn, das sagt, sie will nicht heiraten? Naja, man sagt das wohl so, manche, aber wollen tun sie alle, hehee, die sind doch nicht dumm, die wissen schon, was da Gutes auf sie wartet! Naja, guck dir nur mal Frau Sophiechen an, was die für eine tolle Partie gemacht hat, und guck, wie es jetzt in ihrem Haus aussieht, und wie glücklich sie ist…«

Les belles se rendent dans le jardin, cueillir des roses soir et matin, aber glücklich ist sie überhaupt nicht, überhaupt nicht, überhaupt nicht, *et mon beau-frère cloué au lit, cloué au lit, et il pâlit. Et elle se rend dans le jardin, cueillir des roses soir et matin, voilà les roses blanches, jaunes, grenat*, und ein Hut aus Panama!

So, Madam Ana soll ihr die Locken hinten so offen lassen wie bei einer Walküre, so, weiß denn Madam Ana, was das ist, eine Walküre? Ah, schneller, schneller… Am Spiegel mit dem Silbergriff sieht es im Profil gut aus… Sogar sehr gut! Auf der Straße im Moment nichts Bemerkenswertes, die Maulbeerbäume mit welken Blättern voller Staub, in einem Winkel eine Asphaltmaschine, ein Herr, der sich mit einem Panamahut zufächelt und hastig ohne nach rechts oder links zu sehen vorwärts geht, nein, auf gar keinen Fall will sie zusammengenommenes Haar, sie will sich auf keinen Fall einen Knoten im Nacken machen lassen wie anno dunnemal, solche Worte hat sie sicher nicht in der Schule gelernt. In der Schule spricht man nur Französisch.

»Wo hast du diese Wörter her?«, hat Ştefan sie gefragt, »woher weißt du, was *mannstoll* ist?«

»Wie woher? Aus der Küche und aus der Dienstmädchenkammer«, hat Sophie säuerlich bemerkt.

Und sosehr er unter ihrem Einfluss steht, er hat doch lachen müssen, als er hörte, *mannstoll* bedeute *großmäulig*!

»Du hast recht, *mon choux*«, entschuldigte er sich gleich bei Sophie, als sie ihn zurechtwies, dies sei eine mehr als deplatzierte Konversation für eine *jeune fille*. Und dass er bei jedem hässlichen und banalen Wort aus dem Rahmen falle und ob er etwa in seinen Wortschatz auch solche beschämenden Wörter mit hineinnehmen wolle?

»Die Güte eines Wortschatzes kann man auf vielerlei Weise prüfen«, hob er an und brach dann in Husten aus.

Man sah, er hatte sich vor Lachen verschluckt, und nun führte er sein Taschentuch zum Mund.

»... wie ein Schatten seiner selbst ist der arme Herr Ştefan, und die Doktors wissen wohl auch nicht, was er hat. Mal ist es TBC, dann wieder nicht, dann soll er alles versuchen, dass er ins Ausland kann und sich da behandeln lässt. Frau Sophiechen – los komm, wir fahren, er dann schwerfällig – nee, wie ein kranker Mann, nicht jetzt, andermal, geht nicht. Frau Sophiechen – nein, nein, nein, komm, wir fahren, warum sollen andere fahren können, nur wir nicht? Herr Ştefan – nein, nein, nein. Der Mann, Frollein Mărguţa, so anständig er auch ist, aber er wird immer ein Mann bleiben. Und aus seinem Zeug kriegst du ihn eh nicht raus, nee, guck dir Frau Sophiechen an, was die einen Ärger mit ihm hat ...«

Ob man trotzdem etwas hört? Öffnet jemand das Tor? Jemand in einem *écru* Flanellanzug und mit einem Panamahut, der blitzschnell seinen Stock herumwirbelt, wie Titi es zu tun pflegt? Ach, besser Madam Ana geht in die Mansarde nachsehen, was Grigore tut, dass sie bloß schnell hochgeht, damit er wieder gesund wird! Wer wird denn sonst den Gästen heute Abend die Tür öffnen? Nein, nein, sie braucht nichts mehr, sie wird selbst Ordnung in ihre Sachen bringen, Madam Ana soll nur schnell hinaufgehen, wie es ihr vorhin befohlen worden ist!

»Ich gehe, Frollein, meine Sünden, guck, ich geh jetzt, aber wenn Frau Sophiechen gesagt hat, ich soll mich nicht kümmern, sie sieht nach Grigore, ich will sie ja nicht gerade heute verärgern. Heute, hat sie gesagt, redet sie mit Herrn Titi wegen dem armen Spiridon, leicht ist das nicht, weißt du, hat sie gesagt, es ist immer die Rede davon, dass der Krieg ausbricht, aber wenigstens eine längere Erlaubnis, weil doch Herr Titi überall Verbindungen hat.«

Uff, endlich!

Sie steigt auf Zehenspitzen die Holztreppe hinunter, als sie den Fuß auf die erste Stufe setzt, hat man ein schwaches Scheppern der Klingel hören können, warum hat Sophie ihm wohl gesagt, *komm doch morgen früher*? Und wenn Sophie noch immer in der Mansarde ist, wer wird ihm dann die Tür öffnen?

Sie beeilt sich, läuft aber auf Zehenspitzen und sieht sich vorsichtig nach allen Seiten um, durchquert die *hall*. Unter dem Glasdach schneidet das heiße, durch die Milchglasscheiben gefilterte Licht warme, goldene Streifen in die schattige Luft des Raumes, durch den Staubpartikel schwirren. Aber es scheint niemand vor dem Eingang zu sein. Sie muss die Tür nicht mehr öffnen, man sieht es ganz deutlich aus dem Vestibül: An der Tür unter den gusseisernen Laternen ist keiner.

Vor der massiven Tür am Eingang ist niemand.

Hat sie mitten am Tag eine Halluzination gehabt?

Sie geht mit langsamen, schweren Schritten die Holzstufen wieder hinauf, öffnet lustlos die Tür ihres Boudoirs, ein blendend kahles Zimmer, das nach verbranntem Haar riecht, nach abgestandener Luft, nach Parfüm und getrocknetem Blut. Was für ein hässliches Zimmer und wie lange es noch dauert, bis es Abend wird, bis die zum Abendessen geladenen Gäste kommen… Wie früh es noch ist, denkt sie und schaut traurig auf das runde Zifferblatt in der Mitte des weißen Sockels aus rot und schwarz geädertem Marmor. Zu beiden Seiten des Zifferblatts zwei blaue Emaillemedaillons und auf jedem von ihnen – eine Kamee. Die rechte ein Apollo mit Leier, die linke ein Neptun mit Dreizack…

Sie hat keine Lust mehr, bis heute Abend noch etwas zu tun. Sogar zum Fenster geht sie ohne jeden Antrieb, ihre Schritte schlurfen. Was soll es da schon zu sehen geben? Die Laube mit dem Efeu, die Korbstühle unter dem Nussbaum… Aaah! Wieso ist Sophie nicht in der Mansarde und kümmert sich um Grigore? Wieso taucht sie jetzt hier auf? Man könnte denken, sie sei hinausgegangen, um ihre Rosenbeete zu kontrollieren, aber wieso hat sie dazu ausgerechnet die heißeste Stunde gewählt? Und wie übertrieben, sich dafür so anzukleiden! Was für eine seltsam gewollte Gärtnerinnenkleidung: ein alter Strohhut und ein leicht geraffter Rock! Hat sie etwa auch Stiefel an den Füßen? Man könnte meinen, sie wäre zum Blumengießen hinausgegangen, aber warum sollte man bei dieser Hitze die Blumen gießen? Selbst ein Laie weiß, dass man das nicht tut! Dass sie nicht ganz bei Sinnen ist, sieht man, der Schlauch plätschert vor sich hin und hat die Wege unter Wasser gesetzt, noch nie hat es im Garten so einen Schlamm gegeben! Aber wann soll sie Zeit gehabt haben, aus der Mansarde herunterzukommen? Und wie? Über die Bedienstetentreppe? Und wie ist wohl dieser Panamahut mitten im Garten gelandet? Wie unpassend, ein alter Strohhut und ein nagelneuer Panamahut! Wie albern! Sie lacht und lacht, bis ihr die Tränen in die Augen treten. Ach, sie hat diese Ferien so satt! Wenn nur die Schule bald wieder begänne, dass sie mit Sévastie und Coralie über den Schulhof spazieren könnte, unter den Bäumen entlang, dann den Teig im Hauswirtschaftsraum vorbereiten, zwischen den Steinarkaden mit orangefarbener und blaugrüner Majolika träumen, mit den Reagenzgläsern in den Chemiesaal gehen, sie könnte alles tun, in allem ist sie geschickt… *Mais tu serais une brillante couturière*, hat *mademoiselle* Rancœur gesagt, ich habe nicht einmal in meinen Schneiderwerkstätten in der *Reuniunea* so einen guten Geschmack angetroffen! Sie könnte also ein erlesenes Modehaus eröffnen, nur bloß endlich diesem Haus hier entkommen! Hier fühlst du dich wie in einem lichtlosen, feuchten Keller.

Ab jetzt wird sie in den Ferien in der Schule bleiben und in einer kleinen Gouvernantenzelle wohnen. Und wenn der Krieg beginnt, wird sie die Verwundeten pflegen, wird das Leid lindern. Und eines Tages wird der, den sie pflegt, oh! ein Prinz sein. Oder ein französischer Offizier.

»*Est-ce qu'elle est née? …*«, wird seine Mutter, die Prinzessin, streng fragen, wenn sie sie so am Kopfende hingebungsvoll über ihn wachen sieht.

»*Madame!?*«, wird sie würdevoll antworten, und eine Walkürensträhne wird sich unter ihrer Schwesternhaube lösen.

Aber da sie dann kein Wort mehr herausbringen wird, wird man glauben, sie wäre ein Findelkind. Ein Kind, das in einem rosa Körbchen ausgesetzt wurde, das wie ein Kätzchen wimmerte und um den Hals ein wertvolles Medaillon trug. Sie werden beide leiden, werden in die weite Welt hinausfliehen, aber keiner wird sie trennen können und die Heirat wird am Ende gebilligt. Und Sophie wird niemals die Gelegenheit bekommen, auch nur einen Fuß in den Palast ihrer Schwester und desjenigen zu setzen, der dann ihr *beau-frère* sein wird.

Oder: Wenn der Krieg nicht ausbrechen sollte, wie bisher, und sie weder Krankenschwester noch Gouvernante werden kann, dann wird sie sich ein offen frivoles Benehmen zulegen; sie wird *alleine* mit dem Fahrrad fahren, und zwar nicht in dem langweiligen Velodrom, wo man sich in einer Reihe mit diesen ganzen unerträglichen Fräuleins bewegt, sondern durch Bukarest.

Sie wird mit dem Fahrrad auf der Straße fahren, eine Fahrradmieze.

Sie will nichts von den Pallade-Brüdern wissen, mit denen sie bei der Verlobung Sevasties geflirtet hat, sie will von niemandem etwas wissen, sie wird bloß ihre Traurigkeit in die Klaviertöne des Bechsteinflügels einfließen lassen. Sie könnte auch jetzt spielen oder hinunter in den Salon mit dem Kamin gehen und nachsehen, ob Ştefan seine Korrespondenz beendet hat.

Sie steigt wieder die Treppe hinunter, presst ihre Noten an die Brust. Sie klopft, drückt vorsichtig die Klinke herunter, ach, sieh an! Was für ein merkwürdiger Tag! Vor Verwunderung hat sie ihren Knicks vermasselt.

»... was Brătianu dem österreichischen Botschafter *à propos* der Kriegsgerüchte geantwortet hat, haben Sie das gehört?«, fragt Titi Ialomiţeanu.

Wie charmant geschnitten sein blonder, bronzen schattierter Schnurrbart ist! Wie wunderbar modern ihm das steht! Und wie elegant er ist und voller Würde! Aber sie grüßt ihn kühl, vergebens ruft er immer wieder:

»Oh, sieh sich einer unsere kleine Ententistin an! Oh… Ooooh…!«

Vergebens sieht er sie mit dem Blick jenes Abends an, als sie mit Mischa, dem Soldaten, auf der Chaussee promenierten. Vergebens und nochmals vergebens! Es gibt im Leben, o ja, nicht wiedergutzumachende Ereignisse, über die man nicht hinwegsehen kann – selbst wenn zerbrochene und untröstliche Herzen dabei zurückbleiben…

Also geht Margot von der Tür zum kleinen Sofa auf ihren Platz, macht winzige Schrittchen, so klein, dass sie oben ihre Schenkel zusammenkleben fühlt, eine warme, klebrige Feuchte, ein eher unangenehmes Gefühl, wie alle Gefühle, die einem in Erinnerung rufen, dass man einen Körper hat, während man nur für die Seele lebt. Wenn für einen nur die Seele zählt.

»… So?! Ich gestehe, dass ich das nicht weiß… Ich habe es nicht gehört…«

Pauvre Ştefan! Wie offensichtlich er nur aus Freundlichkeit antwortet! Sicher hat Titi ihn gestört, als er um diese Uhrzeit kam, wo man doch weiß, was ihn da gerade am brennendsten interessiert: im Salon seine Briefe zu beantworten! *Pauvre* Ştefan! Aber er ist so liebenswürdig und feinfühlig, dass er alles tut, damit sein Gast sich nicht unwohl fühlt! Und Titi ist ebenfalls so feinfühlig und liebenswürdig, dass er versucht, über den kleinen Fehltritt seiner Ankunft zum unrechten Zeitpunkt hinwegzugehen, indem er immer wieder beliebige Fragen stellt; so schnell stellt er sie eine nach der anderen, als würde ihn die Antwort gar nicht interessieren! Die ganze Welt ist in einer nicht mehr gutzumachenden, schwierigen Lage, nur wegen *ihr*! Sophie ist die einzig Schuldige, weil sie Titi in der Laube hinten im Garten zwischen den Wasserpfützen auf den Wegen verführt hat…

Sicher, sie hat ihn verführt, um ihn zu kompromittieren ... Und jetzt sieh an, wie sie hereinkommt, als wäre nichts geschehen, nur dass sie nicht mehr so angekleidet ist; adieu geraffter Schäferinnenrock, sie hat sich ihr *vieil-or*-Nachmittagskleid angezogen, von dem sie nicht einmal weiß, wie schlecht es ihr steht! Jetzt tut sie, als wäre sie überrascht, Titi Ialomiţeanu zu sehen, der Arme, er errötet und sie – lacht natürlich, fächelt sich, setzt sich in den Sessel auf ihren Platz, fehlt nur noch, dass sie ihren Stickereikorb hervorholt! Nein, sie beeilt sich, in die Konversation einzusteigen, seit einiger Zeit versteht sie sich schrecklich auf Politik! Aber wäre sie an Sophies Stelle und hätte einen solchen Affront erleiden müssen, dass Titi zur unpassenden Stunde in den Salon zu Ştefan geflohen wäre, nur um ihr zu entkommen! Wäre sie in dieser unentschuldbaren und kompromittierenden Lage, sie würde sich im Bad die Venen an der rechten Hand aufschneiden! Mit einer Lanzette! Oder: Hätte sie keine Lanzette, dann würde sie das Schlafzimmer voller Lilien stellen, auch weil Ştefan seit einiger Zeit in einem eigenen Zimmer schläft. Oder: Wenn sie auch so viele Lilien nicht besorgen könnte, dann würde sie den Schleier nehmen und eine Braut Christi werden. Aber nicht im Pasărea-Kloster (wo Sophie an dem Sonntag war, als sie vergaß, sie von der Schule abzuholen). Hätte sie so viele Sünden wie Sophie, sie ginge sofort in ein Kloster, in eine Einsiedelei ...

Und was noch entsetzlicher ist, noch schrecklicher und aufregender, das ist, dass die Tür zur Terrasse mit den Klematis geöffnet ist ...

»Ein schrecklich heißer Tag war das heute, nicht? Und kommen Ihnen die Gemüter nicht auch erhitzter vor als sonst?«, fragt Titi Ialomiţeanu.

Titi Ialomiţeanu

Ein schrecklich heißer Tag war das heute, ein Grund mehr, dass die Gemüter derart erhitzt sind. Die allgemeine Situation kritischer denn je: Alle versichern, dass es diesmal besiegelt ist, der Krieg steht zweifellos vor der Tür. Und in solcherlei konfusen Tagen ist die Ehrlichkeit keine im Umlauf befindliche Münze mehr! Dies sind die Worte Professor Mironescus: Mit seiner Eitelkeit glaubt er sicher, er wäre der einzige ehrliche Mensch, der in Rumänien noch übrig geblieben ist. Alle geben Prophezeiungen ab, was nun sein wird, wie alles enden wird: Schlecht, sagt die Mehrheit. Wer sich also über Wasser halten kann, wird das tun. Wer Reichtümer anhäufen kann, wird das tun – Handel mit Nahrungsmitteln, Spekulierereien, Exporterlaubnisse –, es ist eine Zeit, wo einer, der weiß, wie man zu Reichtum kommt, sein Ziel erreicht.

Etwas anderes könnte dir noch interessanter vorkommen: Findest du wohl noch jemanden, für dessen Aufrichtigkeit zehn Leute ihre Hand ins Feuer legen und dass er etwas für das Land Sinnvolles tut und nicht nur seinen eigenen Interessen folgt? Nimmst du zehn Leute, bekommst du zehn unvorteilhafte Meinungen, wenn sie nicht sogar gegen ihn eifern. Sogar wenn du sie aus derselben Partei nimmst, wenn du sie aus derselben Fraktion der Partei nimmst. Über den einen hört man, er sei ein Agent des Britischen Geheimdienstes; über einen anderen, er stünde auf den Auszahlungspapieren des Botschafters von Deutschland; der Nächste hat Filipescu nicht einfach so nach Petersburg begleitet; Take ist der Anwalt Russlands, die anderen sind Prodeutsche, aber nicht aus Überzeugung, sondern gegen Bezahlung, auf die Regierenden schimpfen sie alle, wahllos. Und wer soll in diesem Getümmel noch unbefleckt davonkommen? *Calomniez, calomniez, il en restera toujours quelque chose*, ebenfalls ein Ausspruch des Professors, denn gibt es noch einen wertvollen Menschen bei uns, dessen Reputation nicht angegriffen ist? Und wer garantiert dann noch für die Aufrichtigkeit des anderen? Professor Mironescu mit seinen Schreibtischideen! Es ist utopisch, von Ehrlichkeit zu sprechen, so wie er es tut, und eine Verblendung, die er seiner Eitelkeit verdankt. Und er merkt nicht einmal, dass ziemlich viele Leute seine Haltung als regierungsnah interpretieren. Man darf glauben, er wäre nicht dafür bezahlt worden, aber seine Eitelkeit ist gekitzelt worden und er hat die Vorteile für seine Phantasmagorie mit diesem Phonetiklabor gesehen … Sodass es wahrscheinlich nicht mehr lange dauert und man wird aus dem Mund des Professor Mironescu die tollsten Hosannas für den kleinen Brătianu hören! Und dank des für ihn typischen Mangels an Realitätssinn und politischem Gespür wird er den richtigen Augenblick finden und mit Mann und Maus und ganzem Herzen zu den Liberalen wechseln, nämlich dann, wenn sie ihre Regierungszeit beendet haben werden! Und dann wird das, was du als einer der Ersten vorausgesagt hast, zu deiner Prophetenzufriedenheit auch passieren: Dann fängt die Katastrophe an und kein Stein wird mehr auf dem anderen bleiben! Und unter solchen Umständen und Bedingungen wird die Aufrichtigkeit nicht mehr nur keine im Umlauf befindliche Münze mehr sein, sondern sie ist nicht mehr möglich. In einer Welt, in der alle tricksen und du kein As im Ärmel hast, musst du mindestens versuchen, den anderen heimlich in die Karten zu schauen. Ist es unter solchen Umständen nicht bar jeder Vernunft und sogar lächerlich, sich einem großen Forschungsvorhaben widmen zu wollen?

Dem großen Werk?

Wenn alles brennt und sich unter deinen hilflosen Augen windet, wer braucht dann noch dein anspruchsvolles Gekritzel? Nur Professor Mironescu kann noch an so etwas glauben, er, der nicht merkt, dass die Zeiten des Wissenschaftlers in seinem Forscherkabinett vorbei sind. Sicher, das war noch nie mehr als eine romantische Idee, aber gegenwärtig ist sie völlig passé. Unter solchen Umständen ist das einzige Ziel, der einzige Zweck, sich um jeden Preis über Wasser zu halten. Das gilt auch in diesen Tagen, wo alles konfus ist und furchtbar, dazu kommen noch die Aufregung und die Hitze …

Die Kutsche holperte durch die staubigen Löcher der Straße, steuerte ziellos einmal zum einen Gehsteig, dann zum anderen, beinahe stieß sie mit einer Asphaltiermaschine zusammen, dann fast an einen graugrünen Haufen von Steinquadern, die hier liegen geblieben waren, als sie die Straße zu pflastern begonnen hatten. Und er bekam keine Luft mehr in diesem stickigen Schatten, ölige Schweißtropfen kitzelten ihn unter dem Kragen am Ansatz seiner pomadisierten Haare, zwischen den steifen roten Barthaaren seines Schnauzers, sodass er nicht mehr nachkam damit, sich mit dem monogrammversehenen Taschentuch abzutupfen.

Da er sich nun nicht mehr mit dem feinen Taschentuch abrieb, sich aber auch nicht beschmutzen wollte, begann er seinen Schweiß wie ein Grobian mit dem Handrücken abzuwischen. Dann schmierte er den Handrücken am Plüsch der Bank ab, aber die war so verstaubt, dass er es aufgab. Oh! Was für ein überreizter und unangenehmer Tag! Die schreckliche Hitze, die erregten Gemüter, die Zeitungen voller Schimpftiraden, schwere Vorwürfe von allen Seiten – was Wunder, dass die Leute so misstrauisch geworden sind? Was Wunder, dass du auch dauernd zu irgendeiner Seite gerechnet wirst, was dir natürlich nicht passt? Daher kommst du zum Beispiel dauernd in die Lage, verneinen zu müssen, dass du im Ministerium (wie man sagt) für jeden Direktor, einen nach dem anderen, der richtige Mann seist … Eine peinliche Sache, so etwas zu verneinen, und dann auch noch so, wie du eben verneinen kannst: nicht überzeugend genug, denn das Talent der Eloquenz ist dir nicht gerade gegeben. Und machen wir uns doch keine Illusionen über die Menschen: Sie glauben dir nicht, was du sagst! Je mehr du sagst, je mehr schauen sie dir in die Augen, stimmen dir zu oder misstrauen dir! Denk nur an die Lektion von heute, als du dich vor deinem Freund Bădescu gerechtfertigt hast. Nur das – sagtest du – habe ich durch meine Handlungen versucht: mich mit allen gut zu stellen. Ich kann jedoch sagen, dass ich versagt habe, sobald ich schon verdächtigt werde, mich auf die Seite von diesem oder jenem geschlagen zu haben … Denn wenn ich sehr gute Beziehungen zum neuen Direktor im Ministerium habe, Vasiliu, dann heißt das nicht, dass ich die Grenzen der gewöhnlichen beruflichen Zusammenarbeit überschritten habe. Auch wenn mein Lohn erhöht worden ist, auch wenn ich mit dem Automobil zur Inspektion aufs Land geschickt werde, auch wenn man mich öfter als andere nach meiner Meinung fragt … All das beweist doch eigentlich nichts. Und was heißt das schon, dass ich diesen Posten schon beim Vorgänger des jetzigen Direktors innehatte, bei Grigore Zlătescu? Oder die Absurdität, dass ich mich damals abmühte, konservative Politik zu machen, und Zlătescu stand, wie man weiß, durch die Beziehung zum Haus Racotă denkbar gut mit der damaligen konservativen Regierung, und jetzt versuche ich den Wechsel zu den Liberalen, dafür sind ja meine häufigen Besuche bei den Mironescus der beste Beweis!

(Merke: Zlătescu heute, amüsiert: Professor Mironescu wäre sehr verwundert, sich ohne Umstände zu den Liberalen gezählt zu wissen, er glaubt sich unabhängig und weiß nicht, dass er der Einzige ist, der das denkt. Er steckt den Kopf wie ein Vogel Strauß in den Sand und weigert sich, der Wahrheit ins Gesicht zu sehen.)

Sicher, im Gespräch mit Bădescu hättest du ihm zeigen können, dass du die Beziehung zu deinem ehemaligen Direktor Grigore Zlătescu noch immer pflegst, der jetzt in der Nachbarabteilung sitzt und nicht auf dem Abstellgleis steht, wie man in unserem Ministerium glaubt. Du hättest Freund Bădescu die Wahrheit sagen können: dass du Zlătescu (wie auch heute) einmal im Monat eures gewohnten Tauschhandels mit Informationen wegen einen Besuch abstattest und ihn dann zur gegebenen Zeit warnst; damit wäre auch deine Treue ausreichend bewiesen. Du hast es aber vorgezogen zu schweigen, da deine inneren politischen Grundsätze dir zu absoluter Diskretion raten …

(Merke: Zlătescu hat heute das Gerücht von der Kündigung Brătianus bestätigt, das hat er von der Familie Racotă, die voller Berechnung die Ernennung ihres Verwandten, Maiorescu, zum Premierminister erwartet. Das Zlătescu gegebene Versprechen*

meinerseits, in diesem Sinne in proliberalen Kreisen durch Professor Mironescu zu sondieren.)

Alles soeben Erwähnte wäre nichts als der Beweis für die Unzivilisiertheit dieses Landes, das (hier hat Professor Mironescu recht) keine in ihrem Amt gefestigten Menschen hat, und zwar bereits seit Jahrzehnten, aus den zivilisierten europäischen Ländern kennt man es anders. Ein Mann, der seinen Namen an eine Institution bindet, der in deren Tradition eintritt, wird der betreffenden Institution mit der Zeit seinen Namen verleihen. Hier gibt es keine solche Stabilität, und die Reaktionen, die du im Ministerium erlebst, beweisen es nur. Denn wenn nun acht Jahre vergangen sind, seit du Chef dieser Abteilung bist (ein Fortschritt, der dir Hoffnung für alles Kommende gibt), wenn in diesen acht Jahren die Generaldirektoren, Regierungen und Minister öfter gewechselt haben als du, dann bedeutet das keinesfalls, dass du ein Fouché bist, wie man es dir weismachen will – ein ehemaliger Freund hat dich vor kurzem so genannt.

Wer redet schlechter über einen als ehemalige Freunde und Geliebte, denn bei beiden Kategorien spielen Eitelkeit, Neid und Eifersucht mit!

In solchen unangenehmen Situationen ist die einzige Lösung, bei der dir auch dein äußerst friedliches Wesen hilft: Entwaffne sie mit einem Lächeln. Nur wenige haben die Stärke, dich zu bespucken, wenn du ihnen noch die andere Wange hinhältst, denn für gewöhnlich wird auf einen Angriff mit dem Gegenangriff geantwortet. Aber wenn du nicht reagierst und dich verhältst, als wäre nichts passiert, sogar noch mit einer scherzhaften Gutmütigkeit dazu, dann hast du die Möglichkeit, sie zu verwirren.

Ihnen sogar die Orientierung zu nehmen.

Und vor allem beim süßen Geschlecht, das einer solchen Szene beiwohnt, ist der Effekt sehr vorteilhaft für dich, dieses Geschlecht hat immer die Neigung, die Opfer zu schützen. Wenn du dich also dazu gezwungen hast, zu den Versammlungen der untereinander zerstrittenen Konservativen zu gehen, dann bedeutet das keineswegs, dass du etwas anderes wärst, als du bist: ein Mensch, der seine Pflicht tut und außerdem ein Junggeselle ist, also ausreichend Freizeit hat.

Vor allem bist du gesellschaftlich noch nicht weit genug aufgestiegen, dass du den Jockey Club besuchen könntest. Sicher, das würde, wie bei jedem, deine Eitelkeit endgültig befeuern, vor allem, weil nur du allein wirklich weißt, wie sehr dein unbeholfenes Verhalten unter Menschen dich schon hat leiden lassen. Aber niemand kann behaupten, dich jemals in einer unehrenhaften Situation gesehen zu haben: Du warst nicht in der Menge, die geschrien hat, »Nieder mit der Regierung«. Du warst auch nicht unter denen, die die Scheiben der prodeutschen Redaktion der *Steagul** eingeworfen haben. Nichts hat dich von dem Grundsatz abgebracht, den du nie häufig genug wiederholen wirst: sich mit allen gut stellen …

Seine Gedanken pulsten weiter, mit derselben Erregung, lebendig und gedrängt, aber dann – er hätte nicht sagen können, wann – hörten sie auf, zu strömen wie bisher. Sie schienen ihm genauso logisch, aber jeder von ihnen verweilte etwas länger in seinem Verstand; wenn er davon eine Beschreibung hätte geben sollen, hätte er sich mit Sicherheit daran erinnert, wie sich langsam, Blütenblatt für Blütenblatt, eine noch knospende Blume öffnet.

Das wäre natürlich nur ein lyrischer Vergleich gewesen, denn er hatte noch nie so etwas gesehen. Eine sich öffnende Blume – das war eines der geheimnisvoll sich vollziehenden Dinge in der Natur, so wie sich die Umarmung der Eltern vor den Augen des Kindes vollzieht, das eines Tages die Rüschen seines Körbchens zur Seite zieht und dem man dann lediglich das kleine Geschwisterchen zeigt. Genauso sieht man am Morgen anstelle der abendlichen Knospe eine geöffnete Blüte – mit höchstens ein paar feuchten, knittrigen Blütenblättern.

Die Gedankenbilder stellten sich also immer langsamer ein, wurden immer ausladender in ihrer Bewegung, aber je näher ihn die durch staubige Seitenstraßen holpernde Kutsche dem Haus seiner Freunde brachte, schwebte über ihnen eine nachdrückliche Unruhe: Warum wohl hatte Sophie zu ihm gesagt, *komm doch morgen früher?*

Die Hand hörte auf, den Panamahut zu drehen, hörte sogar auf, weiter etwas in das unvermeidliche tägliche Heftchen zu kritzeln, in das er die Stichworte für seine kurzen und höchst geheimen Notizen schrieb. Unter dem geöffneten Dach der Kutsche, ungeschützt vor dem Staub und der Hitze, war er langsam eingenickt.

War er wirklich eingeschlafen?

Denn jetzt hörte sein Ohr die wohlbekannte Stille der schläfrigen, menschenleeren Straßen ganz anders, das Trappeln der Hufe, das Rumpeln der Kutsche auf dem kaputten Pflaster, das Rollladenrattern eines Geschäfts, das sich beeilte zu öffnen. Ja, sogar das Gluckern des Wassers aus der Gießkanne, mit der der Händler unter der gestreiften Markise den heißen Gehweg vor dem Laden besprengte; sogar das Platzen der schwarzen Maulbeeren, deren warme, überreife Körper auf dem Asphalt aufschlugen und ihr süßes, klebriges Blut verspritzten, umsummt von Wespen.

Und dennoch, warum hatte sie wohl zu ihm gesagt, *komm doch morgen früher?*

Seine Art hatte ihn dazu gebracht, sich dem Befehl zu unterwerfen, aber tatsächlich folgte er ihm lustlos und mit einem unguten Gefühl. Wieder ein Holpern, wieder der saure Nachgeschmack des Kneipenessens – einen weiteren Weg zu machen an einem Tag mit so vielen Erledigungen, auf diesem Höhepunkt der Gerüchte, der *Eintritt* stünde bevor! ... Ein Holpern, eine schwindelnde Leere, in die dein Herz rutscht: Es könnte sein, dass dies die letzte, ja, ja, ohne jede Übertreibung, deine letzte Woche ist! ... Noch eine Woche und vielleicht rennst du schon besessen mit dem an die Brust gepressten Gewehr davon – wirst du derjenige sein, den die Kugeln verschonen? Denn sonst, oh, diese furchtbaren Wunden ... Du siehst dich vor deinem entsetzten geistigen Auge, wie du noch ein paar Schritte läufst, nachdem das Projektil in deinem Bauch zerplatzt ist, und noch im Laufen versuchst du alles wieder heil zu machen: Mitten im Rennen sinkst du auf die Knie, sammelst um dich herum mit kalten, blutverklebten Händen deine Eingeweide auf, spürst deine Schmerzen nicht, versuchst eilig, sie zurückzustopfen, zusammen mit trockenen Erdklumpen und nassen Grashalmen. Und sie rutschen heraus, immer wieder … oh, diese verfluchten Diskussionen in der Offizierskantine!

Eine Anstrengung, deine Lider zu öffnen, du schließt sorgfältig das Heft mit den geheimen Aufzeichnungen auf deinen Knien, in das du an diesem Morgen verkürzt und nur mit den Initialen die Tagesangelegenheiten eingetragen hast. Vorderste, eiligste Aufgabe also: eine Lösung, wie du nicht wieder einberufen wirst.

1. Überarbeite die Liste der Personen, an die du dich richten könntest, auch wenn die Chance nur hypothetisch ist.

2. Die ersten Besuche in dieser Angelegenheit machen. Wenn möglich, bei den einflussreichsten Leuten, nicht zu vergessen Dimitriu aus dem Inneren.

Dann: 1. Den neuen Anzug vom Schneider holen.

2. Einen Früchtekorb vom Capşa bestellen. Beachten: Adresse der Familie Mir. und Uhrzeit der Einladung: *Voulez-vous nous faire l'honneur de venir dîner chez nous après-midi Vendredi, 12 août, à 7 heures? Après dîner on fera un peu de musique, en petit Comité. Votre bien-dévouée, Sophie Mironesco.*

Außerdem so viel Ärger bei der Arbeit! Am Schluss hast du die unerledigt gebliebenen Papiere in eine Schublade verschlossen, sie laufen Gefahr, *sine die* dort liegen zu bleiben; Ordnung und Unordnung verknüpfen sich bei dir auf eine dir selbst sehr unerwartete Weise.

Du gehst als Letzter aus dem Büro (alle sind daran gewöhnt), du hättest in der Kirche fast deinen Freund Bădescu über den Haufen gerannt. Er hat darauf bestanden, dass ihr auf einen Aperitif in die Kneipe zu Mircea geht.

(Merke: Bădescu über den Premierminister Brăţianu: Dieser Mann ist nicht beliebt, aber es ist wahr, dass er es auch nicht sein will. Er lässt es zu, in den Zeitungen verleumdet und beschimpft zu werden, ohne dass er Maßnahmen zu seinem Schutz ergreift, er verachtet die Zeitungen, das Gehirn der modernen Welt, anscheinend schlägt er nie eins auf. Also, Bădescu – proliberale Haltung. Im Allgemeinen informiert. Könnte sein, dass er bei kommenden Wahlen offen zu den Liberalen steht.)

Bădescu hat nicht verneint, was du von Herrn Marghiloman* wusstest, dass nämlich General Prezan den Offizieren eine Liste mit verbotenen Zeitungen überreicht hätte, um sie zu lesen, an erster Stelle dabei die *Steagul. A propos* Frau Prezan, da gibt es sie betreffend eine Rivalität, zwei Personen aus höchsten Kreisen: Bei den Namen wurde Diskretion gewahrt, auch du hast sie gewahrt, obwohl es in Hinsicht auf König Ferdinand* sogar Beweise gibt. Paradoxerweise wusste Bădescu über die Explosion in Dudeşti nichts oder wollte nichts sagen.

Weil du sehr spät dran warst, als ihr euch trenntet, bist du mit einer Marktkutsche zum Schneider gehetzt. Weil der Ärmel an einer Seite nicht gut saß, hast du inzwischen noch einmal in einer Kneipe gegessen. Gemischtes Volk, mehr als sonst, viele waren vorzeitig aus der Sommerfrische gekommen. Wieder ging dir im Kopf herum, warum Sophie wohl gesagt hat, *komm doch heute früher?* Bei ihr muss man mit Unbedachtheiten rechnen, ungesunde, sogar peinliche Überspanntheiten, was du dir noch vor ein paar Jahren nicht hättest vorstellen können, als sie dir noch die Unerreichbarkeit in Person zu sein schien!

Was bedeutet es doch, einen Menschen, und dann noch eine Frau, aus der Nähe zu kennen! Es gibt eine französische Maxime, vielleicht von La Rochefoucauld, die ungefähr so lautet: Nicht einmal ein Genie kann vor den Augen seines Lakaien verbergen, wer er ist – der ihn natürlich in unangenehmen Lagen erlebt. Dieses Sprichwort (oder diese Maxime) deutet nur an, es fällt nicht ins Vulgäre, um zu erklären.

Also beendete er seine Mahlzeit, der Fisch war gut, *idem* der Reispilaw mit Krebsfleisch, der Kohl und das der Hitze draußen unangemessene Fleisch, du warst gierig, wusstest gleich, dass es dir später schwer im Magen liegen würde. Dann gingst du in ein Café, nur kurz und unentschlossen: Solltest du früher hingehen oder nicht?

Einer deiner Grundsätze ist (und du weichst nur selten davon ab), was die Frauen angeht, in jeder Situation vorsichtig zu sein; auch mit denen, die du ausführlich kennengelernt hast. Nie kennst du auch die dir ausreichend bekannten gut genug. Niemals kannst du wissen, was sie anstellen, wenn ihre Interessen und Eitelkeiten verletzt worden sind. Ein dir besonders eigener Zug ist es, dich immer vor den Vorgehensweisen der Frauen zu fürchten, ihre Listigkeit ist ja allseits bekannt; aber auch die Blindheit der Männer, die sich nicht nur von ihrer Lust leiten lassen, wie sie behaupten, sondern auch von der Selbstgefälligkeit dieser Gelüste. Was dich betrifft, Vorsicht ist ja *ta qualité maîtresse*, folglich – sollst du früher hingehen oder nicht?

Bevor du die Entscheidung trafst, gingst du zum Schneider. Der Anzug passte nun gut und es war Zeit aufzubrechen, du ließest den alten Anzug zur Reinigung und zum Bügeln dort, es war keine Zeit mehr, noch einmal nach Hause zu gehen, nicht einmal in dein möbliertes Zimmer. Also saßt du wieder in der Kutsche, warst aus dem Schläfchen erwacht, aber noch immer unentschlossen: Warum hatte sie dich bestellt?

Sosehr man sich auch von der Vernunft leiten lässt: Sich auf Menschen zu verstehen, das kann man nie behaupten, von ihnen hat man immer Überraschungen zu erwarten. Sophie selbst hat dich mit Launen überrascht, die du zwar von einer Frau hättest erwarten können, aber nicht, dass sie sie für dich fühlt! Nicht, dass sie plötzlich zu deinem Geburtstag dasteht (die Adresse musste sie behalten haben, als du einmal krank warst und der Professor in einem Anflug von Großherzigkeit den Jungen schickte, um sich zu erkundigen). Und jetzt noch aufregender: sie selbst, aber sie hat dich (zu deinem Glück!) nicht in allzu großer Unordnung angetroffen. Trotzdem, plötzlich die junge Frau Mironescu vor sich zu haben, die heimlich mit einer Mietkutsche kommt und mit einem dichten Schleier vor dem Gesicht, die Genugtuung, dass die Nachbarn eine so Elegante zu dir hinaufkommen sehen und denken, sie käme für ein *rendez-vous*, eine Genugtuung, die aber größtenteils gehemmt ist von der Angst, die Vermieterin könnte dich erwischen und sich auf eure Abmachung berufen, keine Frauen ins Haus zu bringen – jedenfalls nicht bei diesem Mietpreis. Schwer vorzustellen, dass sie sich derart für die hölzernen Treppen begeisterte, die bei jedem Schritt quietschen, für die zwei *portes cochères*, durch die man auf den Flur kommt, der ihr anziehend schummrig schien, sodass sie die vielen miteinander vermischten Gerüche gar nicht wahrnahm, sondern alles als aufregendes Abenteuer auffasste. Alles eröffnete ihr Perspektiven (gestand sie dir) für ein neues Leben. Sodass sie, ohne noch auf die Ratschläge deines braven Verstandes zu hören, zum runden Mansardenfenster eilte, um es zu öffnen und begeistert zu rufen, es ähnele dem Bullauge eines Schiffs; sie berücksichtigte weder Diskretion noch Vorsicht, für eine Laune riskierte sie, gesehen zu werden und sich zu kompromittieren. Alles erschien ihr so charmant, abzüglich des Geruchs nach Schimmel, den sie bemerkte. Was kann man für Ansprüche an ein möbliertes Zimmer stellen?, antwortetest du. Aber sie durchlebte einen außergewöhnlichen Zustand, sie hatte noch nie ein Mietzimmer gesehen.

Wenigstens hatte sie das gesagt.

Und dann ihre Geständnisse, während sie sich auf einen aus Stroh gebundenen Stuhl setzte: dass sie schon früh schreckliche Prüfungen hatte erleben müssen, und eine Zeit lang hatte sie sich vorgestellt, sie würde sich in ihrem Zimmerchen in der Strada Iosif einem asketischen Studium widmen; dass sie nur Kameradschaften mit ihren Kommilitonen pflegen würde, die sie in Bars und düstere Lokale begleiten würden, dass sie viel lesen und reisen würde; dass sie schließlich im Geflatter der Tauben unter der schimmernden Kuppel von San Marco sitzen würde und träumerisch das Lied der Gondoliere hören, und in einem Café am Montmartre würde sie Absinth trinken... Solche und andere verrückte Träumereien hätte sie irgendwann gehabt, dann hätte sie begonnen, sich nach einem warmen Heim zu sehnen und nach den hellen Freuden der Gesellschaft.

Hatte sie denn einen Fehler begangen, als sie diesem Ruf ihres Herzens gefolgt war?

Manche Dinge erinnern sie an eine auf den Müll geworfene Blume, aber *hélas!*, es gibt Blumen, die auf Müll wachsen...

Sie hatte geseufzt, hatte aus Feingefühl aufgehört zu reden: Standen ihr die Tränen in den ziemlich hervorstehenden graugrünen Augen oder nicht? Wegen ihrer langen Wimpern scheinen ihre Augen immer überschwemmt von Tränen und sie weiß natürlich, welchen besonderen Zauber das hervorruft, denn sie zwinkert sehr oft und ganz sicher ohne tatsächlichen Grund.

Du hast nicht gewusst, was antworten, und auch nicht, wie du dich nun verhalten solltest, also bliebst du still und sahst sie nur an. Positiv beeindruckt, wenn auch beunruhigt, fragtest du dich, was ihre Worte bezweckten. Dann wünschtest du, sie sollte von dem Strohstuhl aufstehen, du warntest sie, er wäre wacklig und ein Bein hättest du gerade noch anleimen können. Sie achtete nicht darauf, sie zerknüllte nervös ihre Handschuhe, vielleicht war sie nicht erschrocken, aber der Verstand sagte ihr, dass sie es in einer solchen Situation eigentlich sein müsste. Wahrscheinlich hatte sie bereits andere Mietzimmer gesehen und deins war nicht das erste gewesen. Machen wir uns keine Illusionen, was die Leute betrifft, und vor allem die Frauen, meistens ist es schlimmer, als du es dir vorstellst. Über sie ging zeitweilig das Gerücht um, sie wäre *au mieux* mit Jorj Athanasiu, denn warum hätte dessen Frau Lisette sie sonst gemieden? Sie selbst hatte ihm erzählt, dass sie sich erst vor zwei Jahren wieder vertragen hätten.

Nach langem Schweigen entband sie dich von jeder Antwort, indem sie sagte, sie hätte bemerkt, du wärst seit einiger Zeit zur Vertrauensperson ausersehen worden, wegen deiner Qualitäten als hilfsbereiter Person, die im Gegensatz zu anderen anscheinend noch eine Seele besitze. Eine Auszeichnung, auf die du noch vor ein paar Jahren nicht zu hoffen gewagt hättest! Vor allem, weil dir schon mehr Liebesgeständnisse gemacht worden sind, als sie denkt, und alle infolge sehr schüchterner Provokationen deinerseits! Auch sie war ja zu diesem unerwarteten Besuch nur durch dein Verhalten ermuntert worden, wie immer war es *comme il faut* gewesen, und auch, weil du diese verrückte Geste gewagt hattest, sie zu küssen, als ihr allein im Salon zurückgeblieben wart, damals während der ersten Krankheit des Professors.

Wie du sie verhalten streicheltest und, als sie auswich, ihre Frisur etwas zerzaustest, während sie sagte, sie wolle gehen, und du darauf bestandest, du wärest jetzt brav, damit sie noch bliebe, und sie begann, im Zimmer umherzulaufen, einen Spiegel zu suchen, wie sie vorgab, sei er auch noch so klein. Sie fand keinen, aber sie hatte die Idee, sich in der Fensterscheibe zu spiegeln und zu kämmen, wie (so lachte sie) die Dienstmädchen. Sie hatte immerzu ihre Launen und sicher, sie fühlte sich wie bei einem *bal paré*, sie lachte erst, dann wurde sie plötzlich melancholisch, beides stand ihr eigentlich nicht gut. Und auf einmal löste sie ihre Haarnadeln, bei keiner Frau hattest du je so langes, dichtes blondes Haar gesehen, selbst nackt hätte sie sich darin einwickeln können. Du hättest ihr dieses Kompliment auch gemacht, aber nicht damals, sondern ein andermal, damals sagtest du nur wenig; und um sie nicht zu verschrecken und weil du keine Stimme hattest, vergrubst du dein Gesicht in ihrem berauschend duftenden Haar, berauschend knisterte auch ihr Kleid mit dem *frou-frou*, du nahmst sie in die Arme, du berührtest benommen ihre erhitzte Unterwäsche, während sie dich wegschob und sagte, wobei sie sich vollkommen beherrschte, du solltest sie ihre Frisur richten lassen.

Du warst viel zu eingeschüchtert und alles ging sehr schwerfällig, beim Abschied fragtest du sie: »Kommst du auch nächstes Mal noch?«, ohne jedoch etwas zu verabreden, und du wagtest es nicht, dir Träume zurechtzulegen. Du zwangst dich, so forsch wie möglich zu sein, denn so unbefangen, wie sie war, sollte sie dich nicht verachten, irgendwann hattest du dann deinen Kopf verloren (interessant, dass du merktest, wie du ihn verlorst, du zweifeltest wirklich einen Augenblick lang, dann sagtest du, geschehe was wolle, wenigstens dieses Mal!). Nachdem sie sich angezogen hatte und unzufrieden war, dass sie nicht einmal ein Bidet zur Verfügung hatte, geschweige denn ihr Luxusbadezimmer, dachtest du lange darüber nach, wie enttäuschend doch der Sieg oft ist.

Damals erinnertest du dich dann, was du in jenem Moment des Selbstverlustes gesagt hattest: dass du gegen deine eigenen Fehler ankämpfst (die Angst davor, in der Öffentlichkeit zu sprechen, et cetera), während du auf eine politische oder diplomatische Karriere hoffst. Da sie sehr mit ihrer eigenen Person beschäftigt war, hat sie dieses Bekenntnis vielleicht vergessen. Es wäre trotzdem unangenehm, hätte sie dein Geständnis vor ihrem Mann benutzt, denn Professor Mironescu hat die Absicht, sich zusammen mit dir seinen philologischen Forschungen zu widmen (die dich nicht begeistern, aber das sagst du ihm nicht, um seine Eitelkeit nicht zu treffen): Als Folge hättest du zu erwarten, dass er sein Verhalten dir gegenüber ändert. Sicher, für einen klugen Menschen kann die Tatsache, dass du nicht vorhast, ihm bei seinen minutiösen Arbeiten zu folgen, dass du davon träumst, in die Politik zu gehen, in die Diplomatie, keinen Grund zum Ärger darstellen. Aber die Psychologie des Professors wird immer düsterer: Es ist klar, dass er der Neurasthenie zum Opfer fallen wird. Du bist nicht im Besitz aller Fakten, nur ein gewisses Schweigen Sophies, was bestimmte Gesprächsthemen angeht, nur gewisse Blicke, Ausrufe – all das bedeutet etwas. Aber ansonsten, *chapeau bas*! Sie weiß, was nicht angemessen wäre, ausgesprochen zu werden, sie unterhält sich nicht gern über jedes Thema. Was die Diskretion Sophies betrifft, *chapeau bas*! Also ist sie wohl auch nicht losgelaufen, um deine Äußerungen zu verwenden, vor allem, was die Hoffnungen betrifft, die du in dieser Hinsicht auf Marghiloman setzt, den Verfechter der Allianz mit Deutschland. Und vergessen wir nicht, dass die Beziehung zu ihrem Mann weniger nah ist als früher, und es ist sichtbar, dass es keine Anzeichen für ein Liebesleben gibt, seine Krankheit scheint auch eine Ansteckungsgefahr zu beinhalten. Aber als du den letzten Besuch machtest, begrüßte der Professor dich mit einem ziemlich zweifelhaften Kompliment, mit einem *à propos* zu deinem eleganten Auftreten:

»Du wirst noch dahin kommen«, sagte er, »dich auch nur noch in Wien und Berlin einzukleiden und deine Wäsche zur Reinigung dorthin zu schicken, du, als unsere wohlbekannte konservative Koryphäe!«

Also! Was soll er von so einer Bemerkung halten? Das klingt doch wie eine Anspielung, als wärst du der Hausfreund von Marghiloman!

Was folgt daraus? Nur eins: Es ist gut, den Bekenntnissen anderer zuzuhören, aber du hängst dir besser ein Schloss vor den Mund. Denn du bist umso unantastbarer, je weniger konkrete Dinge man über dich weiß. Und sicher, jeder Mensch verheimlicht die Erlebnisse, bei denen es ihm unangenehm wäre, würden sie an die Öffentlichkeit dringen. Auf der anderen Seite kannst du nicht verhindern, dass auch über dich kleine Tratschereien im Umlauf sind, Gerüchte aller Art, Nachrichten, Kleinigkeiten, so ist es eben bei uns.

Bucarest, une potinière, wie Professor Mironescu sagt.

Aber wenn du nichts preisgibst und es mit etwas Glück auch keine Zeugen gibt, dann kannst du immer von dir weisen, was behauptet wird. So bekommen sie dich nie in die Hand …

Ja, so muss man das Problem des öffentlichen Bekenntnisses angehen, wenn man einen bekanntermaßen praktischen Sinn hat. Deine Vorsicht lässt dich bei allem die Vorteile und

Nachteile abwägen. So wie du dich auch jetzt fragst: Riskierst du vielleicht mehr, wenn du hinfährst, als wenn du nicht hinfährst? Wäre es nicht besser, augenblicklich umzukehren?

Und plötzlich ließ ihn ein heißer Windhauch vermischt mit dem Geruch nach sonnenerhitztem Unkraut, nach Liguster und Aasgeruch, sein Taschentuch zur Nase führen.

Dann stieß er ärgerlich mit dem Stock an den Kaftan des Kutschers:

»Wo hast du deine Augen, du Rindvieh? Kehr um, hörst du? Kehr endlich um, du Hornochse!«

Sie waren tatsächlich an dem Haus vorbeigefahren, und ohne den wohlbekannten Geruch der verwilderten Brachen wären sie vielleicht wer weiß wo gelandet! Doch zum Glück lag zwischen den zerzausten Disteln und Tollkirschsträuchern wie gewöhnlich ein toter Hund mit räudigem Fell und gebleckten Zähnen, umschwirrt von einem Schwarm träger Fliegen, die schwarzgrün im Licht blinkten. Was für ein Schnäppchen hatte Vater Mironescu machen wollen, als er sein Haus ausgerechnet hier am Ende der Welt an der Chaussee gebaut hatte! Bestimmt bereute er im Winter seinen Geiz, wenn er die Wölfe im Hof hatte und im Sommer alles mit verkohlten Tüchern abrieb, um der Mücken Herr zu werden! Und selbst nach vierzig Jahren ist dieser Ort noch nicht weniger verwildert.

Zum Glück war er rechtzeitig aufgewacht, um den Kutscher mit der Stockspitze anzustoßen. Und der riss an den Zügeln und kam mit den Rädern in zwei Schlaglöcher, bis er die Kutsche gewendet hatte. Und jetzt näherten sie sich also dem Haus Mironescu …

Alea iacta est! Der saure Geschmack im Mund ist jetzt zu einem Brennen in der Brust geworden, die Hitze noch schlimmer, vom Schweiß hat der Anzug angefangen, eine Menge Falten zu werfen. Noch hat er einen Fuß auf dem Tritt der Kutsche, der Körper hält noch die Waage, da wirst du gerufen:

»He! Sie! Sie!«

Dieses Tier von Kutscher hat endlich eine Stimme, und mit der niederen Schläue eines Menschen von seinem Rang, der genau weiß, dass es dir nicht leichtfällt, vor dem Haus, in dem du eingeladen bist, zu feilschen (sie riechen das, ob du nach Hause fährst oder zu jemandem zu Besuch oder zu einer Dame), fängt er an zu insistieren, wie ein Zigeuner!, denkst du.

Vor Aufregung findest du natürlich kein Kleingeld! Du kramst in allen Taschen, es kommt dir endlos vor. Wie kann es sein, dass ausgerechnet du, der du berühmt bist für deine Großzügigkeit, der du dir einen Namen gemacht hast unter deinesgleichen, dass gerade du so einen Affront erlebst?! Du hast die Münze und hältst sie ihm hin, soll er sich aus dem Staub machen! Wäre es nicht vor dem Haus Mironescu passiert, hättest du ihm sicher eine kleinere Münze gegeben, es ist wirklich nicht deine Art, so geistesabwesend zu sein wie der, den du nun besuchen wirst: Professor Mironescu.

Du hast also eilig dem Kutscher den Rücken zugedreht und schreitest hastig aus, fächelst dir mit dem Panamahut Luft zu, drehst nervös deinen Stock, reißt bei jedem Schritt deine Chevreau-Schuhe aus dem puddingweichen Asphalt.

Wie türkische Zuckerpaste …

Und deine Angst wächst – ein Druck, der dich erstickt, als bekämst du keine Luft mehr. Sorgenvoll wirfst du einen Blick zum Haus hinüber, um sicherzugehen, dass nicht irgendwer am Fenster auftaucht. Und wieder fragst du dich: Wie viel Wahrheit steckt in dem Bild, das sich andere von uns machen – die einen, die anderen – mit zärtlicher oder spöttischer Ironie …

Denn machen wir uns keine Illusionen: Dauernd wird über uns gesprochen! Die gierige Konversation der Freunde, das Getratsche der Bediensteten, unsere Bewertungen als Mensch, ob wir erfolgreich sind oder nicht, in der Partei, die *nouveautés* in den Salons, in die ich nie einen Fuß gesetzt habe … Darum fragst du dich wieder einmal, das ist eine alte Marotte von dir: Wie viel Wahrheit steckt in jedem der Bilder, das andere sich zufällig von uns machen? Du selbst weißt, wie wenig die Sache mit dem Kutscher vorhin zu dir passt, und schielst mit ängstlichem Blick zum Hof der Mironescus hinüber.

Aber niemand …

Niemand zum Glück, und die Fenster – alle – sind zur Siesta verschlossen. Die Jalousien sind heruntergelassen, die goldenen Kieswege menschenleer, und die Laube auch und überhaupt der ganze Garten, in dem im Schatten des alten Nussbaums die Korbsessel verstreut stehen. Unbeweglich hängen die Vorhänge am Fenster des Salons, der auf die Terrasse mit den Klematis hinausgeht, wo der Professor seine Korrespondenz erledigt, und was die Tür angeht – soweit du weißt, ist sie nie geöffnet worden. Vielleicht ist sie sogar vernagelt.

Niemand also. Und da du für die gute Meinung der anderen lebst, sagst du dir noch einmal: Es steht in deiner Macht, dass etwas Unangenehmes, aber dem Rest der Welt Unbekanntes, von dir aus dem Gedächtnis gelöscht werden kann. Am Ende muss das Gedächtnis eines Mannes, und auch das einer Frau, die irgendwie durchs Leben gekommen ist, zu einem Friedhof solcher kleinen oder großen, unwürdigen Ereignisse werden.

Während du dich selbst vertröstest, gehst du vorwärts und lässt weiterhin den Stock kreisen. Die Hitze und die Unruhe haben dich beschwipst, sie haben dich wie Alkohol in einen Zustand leiser Begeisterung versetzt. Da ist schon das Tor mit dem Bogen roter Kletterrosen; auf den Schädel brennt die Sonne und über den Fliederbüschen – das wohlbekannte Trugbild des Sommers, der Weite – bebt die Luft flüssig, zittert wie ein Tuch aus Wasser. Was für eine unpassende Zeit, was für ein Tag, so heiß! Aber du zwingst dich, gleichgültig zu sein, und tatsächlich gelingt es dir: Selbst der Schweiß stört dich nicht mehr und du gibst dich mit einem Gefühl des Genusses und der Erleichterung deinen natürlichen Ausflüssen hin. Würdest du nun noch den Würgegriff los, der dich packt, als du das Tor aufstößt – wie immer steht es offen. Denn was wirst du tun? Klingelst du? Fragst du den Jungen ... nach wem? Ach, verdammt, warum hat Sophie nichts weiter gesagt als *komm doch morgen früher*?

Du stößt also das Tor auf, der Kies knirscht vertraut unter deinen Schritten. Vor den Augen das Gipsmedaillon am Giebeldreieck, und darauf – die Ziffern des so weit entfernten Jahres 1879. Deine Nerven sind so angespannt, dass schon das eigene ängstliche Zusammenzucken dich erschreckt. Du drehst den Kopf dorthin, von wo du ein Rascheln gehört hast, und atmest erleichtert auf, als du ihn siehst. Er blickt dich aus seinen honigfarbenen, runden Augen an – eine schimmernde Kruste ohne Tiefe sind seine gelben Augen, die im weißen Funkeln des Tageslichts schweben – und nur seine Schwanzspitze bewegt sich leicht zwischen den Blättern.

Dann springt der Kater plötzlich aus dem Birnbaum und verliert sich im hohen Gras. Jetzt die Terrasse am Eingang. Die drei Stufen hinauf. Die gusseisernen Laternen, Sophies Geschmack hat die Renovierungsarbeiten bestimmt. Völlig unpassend zum Rest des Gebäudes und zu neu, zu glänzend, wie in einem Haus von Neureichen, so behauptet der Professor ...

Mit gänzlich von allen Gedanken befreitem Geist drückst du auf den Klingelknopf, das schwache Läuten, das sich im bedrohlichen Halbdunkel des Hauses verliert, lässt deine Muskeln verkrampfen. Du korrigierst mechanisch deine Haltung. Jetzt stehst du aufrecht da, das Kinn vorbildlich gereckt, bereit, sich beim leisesten Anzeichen lächelnd zu senken: in der einen Hand den Stock, in der anderen den Hut. Du stehst und wartest vor der Tür, ohne zu wagen, ein zweites Mal zu klingeln. Woher kommt nun das Bild der blauen, wässrigen Augen deiner Mutter – wie gut kennst du das Netz der Falten, die sie umgeben, und die weißen Pünktchen, die auf die Lider mit den geschwollenen Rändern und zwischen die dünnen Wimpern gestreut sind ... Ein Blick, der auf Pathos setzt, der dich ohne Worte schmerzen soll, denn ansonsten tut sie geschäftig wie immer, sitzt am Webstuhl und übermittelt dir nur eine sinnlose Nachricht: dass sie die Schulden im Laden oder beim Milchhändler bezahlt hat und dass es Mittwoch fünf Wochen werden, seit die armen Mädchen zu keinem Fest mehr eingeladen worden sind. Vielleicht ist es besser so, denn sie haben sowieso keine neue Toilette, mit der sie sich in der Öffentlichkeit zeigen können ... Hingegen kein Wort über die Gebethymnen, die sie in der Kirche singen lässt, damit die beiden nicht unverheiratet in diesem Vorstadthaus bleiben, die zwei schämen sich, von ihren Kavalieren hierhin nach Hause begleitet zu werden, in Buzău wären wir noch jemand gewesen, auch wenn man gewusst hätte, dass wir im Niedergang waren ... Kein Wort über deinen Lohn, dessen Höhe sie nicht einschätzen kann, weil sie keine anderen Indizien hat als dieses *œuf de Pâques* aus Schokolade, das er aus dem Capşa extra für sie mitgebracht hat, oder die teuren, unangemessenen Kuchen von Angelescu, als du nach einem Streit Gewissensbisse hattest! Nichts über die Bukarester Salons, wo du allem Anschein nach wohlgelitten bist, und das ist dein Verdienst, ganz sicher (wer sollte fester daran glauben als eine Mutter, deren ewige Schwäche ihr Erstgeborener sein wird?). Natürlich weiß sie nichts Greifbares von dir, aber man hat ihr gesagt, man hätte dich in einem Automobil gesehen, in einer Kutsche, zusammen mit ...

Du bist in der Tür erstarrt, bist verärgert und ungeduldig angesichts der Anklage ihres scharfen, tränenden Blickes, der welken Lippen, die sie verkniffen aufeinanderpresst, damit kein Wort über sie kommen kann, des feinen, faltigen Halses; du bist drauf und dran, so schnell wie möglich von diesem Ort zu fliehen, dem einzigen auf der Welt, an dem du nicht jeden Augenblick darauf bedacht bist, deine inneren politischen Grundsätze einzuhalten. Aber auch hier lassen dich deine Art und deine Gewohnheiten nicht offen reagieren. Nicht einmal hier kannst du kämpfen, deine Blicke schweifen unruhig nach allen Seiten, du lächelst schief. Sachte die Klinke niederdrücken, die Tür öffnen. Und erst jetzt, als dein Fuß in die düstere Eingangshalle getreten ist, kannst du eine Anspielung auf die alten Schmuckstücke machen, die mit den Goldmünzen und dem Silber zusammen in den besagten Koffer geworfen wurden – was garantiert uns (fragst du deine Mutter), dass sie nicht Dieben zum Opfer fallen? Solche Werte, die jederzeit gestohlen werden können, vor allem in Kriegszeiten, wäre es da nicht besser, sie beizeiten in Geld umzusetzen und es arbeiten zu lassen, wie du schon so oft vorgeschlagen hast? Ist es in diesen Zeiten nicht eine sichere Anlage, Renten und Hypotheken zu haben? Man sollte wenigstens darüber reden, warum diese Sturheit, nicht darüber zu sprechen? Sicher, die Mutter ist es, die entscheiden wird, aber lass uns doch wenigstens einen Augenblick lang darüber reden: Gold vermehrt sich nicht im Keller, während Geld immer Geld einbringt, und wenn wenigstens eins der Mädchen eine gute Partie macht …

Sie hat den Kopf gehoben und sieht dich plötzlich anders an. Ich höre dir nicht einmal zu, scheint ihr widerborstiger Blick zu sagen. Und im bleichen Blau ihrer Augen liest du, oh, zweifelsohne, dort liest du ihre Feindseligkeit! Würdest du dich vor Worten nicht fürchten, dächtest du sogar das Wort *Hass*. Ihre Augen haben sich wieder auf den Webrahmen gesenkt. Die knotigen, leicht zittrigen Finger mit ihren verhärteten Spitzen voller schwarzer Schnitte gehen weiter ihrer Arbeit nach, erst heute Abend, wenn sie ihre Haushaltsarbeiten beendet haben wird, wird sie sie mit Zitrone abreiben und sorgsam mit Salbe eincremen, dann wird sie ihre obligatorische Kompresse auf die geschwollene Wange legen. Auch hier, mitten in der Vorstadt, selbst hier, angesichts der peinlichsten Hindernisse musst du der bleiben, der du warst, musst dein sorgfältiges Aussehen und deine kleinen Gewohnheiten beibehalten! …

Du hustest verärgert über ihre ältliche Sturheit, du würdest dich gerne verabschieden, aber du bringst es nicht über dich, sie so unglücklich zu machen, Schweigen, Türknarren, was für einen schlechten Moment hat das Nesthäkchen gewählt, ihn gemäß ihrer streitlustigen Art zu piesacken! Keine gute Idee, sich jetzt auf diese Art an dich zu wenden, als wärst du nicht der, der du bist: der-größere-Bruder, der hervorragende Schüler und Student, der vorbildliche Beamte, die Schwäche, der Stolz der Familie!

»... als würden die ›Partien‹ allein auf dem Dealul Spirii herumlaufen und als dürftest du nicht auch mal die Chance bekommen, von einem Bruder in die Gesellschaft eingeführt zu werden, der nicht mal im Traum daran denkt ...«

Einen schlechten Moment hat sie sich ausgesucht, keine gute Idee! Du bist schon an der Eingangstür und rufst ihr wutschäumend zu! Nein, rufst du, und du wirst ihr nicht an den Zöpfen ziehen, wie es bei so einer Ungehörigkeit angemessen wäre und wozu die Macht des älteren Bruders dich berechtigen würde ... Dafür wirst du ihr diese Worte nie vergessen, so wie du auch ihr schlechtes Betragen nie vergessen wirst, sodass du dich in Zukunft noch mehr vor ihrer Mitanwesenheit hüten wirst, es ist nur normal, rufst du ihr zu, sich nicht mit seinen Schwestern in der Gesellschaft zeigen zu wollen, wenn ihr schlechter Geschmack, den sie an ihren Toiletten und ihren lächerlichen Manieren beweisen, einen dazu zwingen, es ist nicht nötig, rufst du ihr zu, nicht nötig, dauernd neue Ausgehkleider zu haben, aber eine angeborene Eleganz ist notwendig, um nicht den zu kompromittieren, der sich mit solchen Verwandten zeigt ...

Jetzt läufst du wie von Erinnyen gejagt auf die mit unbehauenen Steinen gepflasterte Straße hinaus. Große, eilige Schritte, hartes Gestikulieren, du mimst Energie, das Leiden deiner Seele, die so fein und mitfühlend ist: denn das, was du Lelia zugerufen hast, ist tatsächlich die Wahrheit. Denn wirklich haben sie dich, seit du denken kannst, mit ihrem ärmlichen Aussehen, ihrem ins Gespräch gestreuten Gekicher, den zu kurzen Fingern an zu dicken Knöcheln, den spitzen, gelben Zähnen und noch vielem anderen, das du bemerkt hast, in einem Maße beschämt, das viel größer war, als es hätte sein müssen.

Gedemütigt und beschämt in einem viel höheren Maße, als sie es verdient haben, die Armen ...

Ein unbekannter Vogelruf nimmt dir plötzlich diese unangenehme Erinnerung. Er hebt sie auf, genauso grundlos und blitzartig, wie sie gekommen ist. Du hast dich zu drei Vierteln umgedreht und betrachtest amüsiert den gelbkehligen Vogel mit dem schwarzen, langen Schwanz, der unter dem jungen Birnbaum durchs Laub hüpft. Hat er gepfiffen oder der Kater, dessen angespannter Körper hinter dem Weißdorn zu erkennen ist? Die Sonne tupft einen blendenden Lichtpunkt auf sein Fell, das nun nicht mehr gefleckt aussieht – im Licht haben sich auch die Streifen aufgelöst –, es schimmert wie dunkler Sand, kostbar und lebendig. Oh, warum sitzt du jetzt nicht entspannt auf einer Bank an der Chaussee, lauschst dem Zwitschern der Vögel, versuchst einen kindlichen Blick durch die Scheibe eines Coupés zu erhaschen, das eilig vorbeirollt, und wartest in Ruhe darauf, dass die Stunde naht, in der die Gäste kommen? *Voulez-vouz nous faire l'honneur…* Was kann einfacher sein, als dich zur zwölften Stunde ins Abseits zu retten? Hat der Mensch nicht aus diesem Grund den Verstand verliehen bekommen? Es hat sicher keinen Zweck, ein zweites Mal zu klingeln! Denk nicht länger drüber nach und geh die drei Eingangsstufen hinab!

Jetzt zur Auffahrt…

Der Vogel hüpft durchs Gras, mal hierhin, mal dorthin, mechanisch wie ein aufgezogenes Spielzeug, und der Kopf des Katers bewegt sich mit dort hinter dem Weißdornbusch. Jedem Tierchen sein Pläsierchen, der Kies knirscht unter seinen Sohlen, aber sieh an, wie wenig es dich jetzt noch interessiert, warum sie wohl gesagt hat, *komm doch heute früher…*

Du hast nur noch ein paar Schritte bis zum Tor, doch plötzlich zuckt dir ein unangenehmer Gedanke durch den Kopf: Was wäre, wenn der Junge, der erst jetzt dazu kommt zu öffnen, ihn weggehen sähe? Wie sollte er sich dann in zwei Stunden rechtfertigen, wenn er nicht zusammen mit den anderen Gästen einträfe? Wäre es dann gut, eine Anspielung auf dieses zu frühe Kommen zu machen? Wäre es ratsamer, darüber hinwegzugehen? Ach, so eine Verrücktheit, von dir zu verlangen, früher hierherzukommen! Von dir aus fühlst du dich schon oft schuldig, ohne zu wissen, warum, fühlst dich verfolgt für eine nicht einmal dir selbst bekannte Schuld! Besser dreh noch mal den Kopf und vergewissere dich aufmerksam, dass niemand da ist – dort im Türrahmen oder am Fenster oder im Garten …

»Vous voilà, enfin! Mais c'était à prévoir que vous seriez en retard …«

Du hast dich umgedreht, damit du nichts übersiehst, um alle Vorsichtsmaßnahmen zu treffen … Hättest du dich nicht umgesehen, würdest du dich jetzt auch nicht mürrisch und höflich vor der zauberhaften Frau Mironescu verbeugen, die sich dir mit dem Rosenkorb nähert. Der alte Strohhut, der ihr nachlässig am Rücken hängt, an einer Samtschleife, die ihren weißen, fülligen Hals schnürt, die Schultern blitzen entblößt aus der Gärtnerinnenbluse, *au diable!*, sie glaubt sich wieder bei einem *bal paré*! Und dieses konspirative Lächeln! Nichts ärgert dich mehr auf der Welt als sinnlose Unvorsichtigkeiten! Es gibt schließlich rationale Lösungen für alles! Und statt ihn ins Haus zu bitten und mit ihrem Mann einen Plausch zu halten, will sie, dass du sie durch den Garten begleitest, sie will dir *soi-disant* eine bestimmte Rosensorte zeigen … Hättest du dich nicht noch einmal umgedreht – und ihr wart schließlich ausreichend weit voneinander entfernt, du wolltest gerade das Tor öffnen! –, dann hätte sie sich davon überzeugen können, dass du ihrem Ruf prompt gefolgt bist, gesehen hättet ihr euch aber (um vieles glücklicher!) erst zwei oder drei Stunden später gemeinsam mit den anderen Gästen! Aber du folgst ihr, zwingst dich, hinter ihr herzugehen und von einem Stein auf den nächsten zu treten, denn man weiß nicht, wieso, aber der Erdboden ist nass.

Es ist tatsächlich schlammig auf den Wegen.

Dieses Gehen ärgert dich! Es ist ein zu fadenscheiniger Vorwand, dir eine Rosensorte zeigen zu wollen, wo sie doch dein geringes Interesse kennt, das du der Natur entgegenbringst.

»Könnten wir nicht vielleicht, verehrte Doamnă, hier stehen bleiben? Das ist kein besonders angenehmer Weg, ich denke damit vor allem an Sie, dieser Schlamm hier auf den Wegen …«

Du hast nicht so klar gesprochen, wie die Situation es erfordern würde! Unzufrieden holst du dein Taschentuch heraus und wischst dir die Stirn, das Taschentuch ist nicht gerade sauber. Du genierst dich und hältst inne, sie lacht wie über einen amüsanten Vorfall und geht weiter vor dir her, führt dich. Du folgst ihr wieder, voller Unlust, und versuchst fieberhaft festzustellen, was für Fenster das sind, unter denen ihr gerade entlanggeht, und wie die Chancen stehen, dass ihr zufällig von dort gesehen werdet.

Welche Chancen, wie hoch? Unermesslich hoch! Ach, wie wechselhaft sind die Dinge dieser Welt! Es sind mehr als drei Jahre, seit er bei einem kein Ende nehmen wollenden Diner … wie unglücklich hast du an diesem Abend sein können! Sie trug ein spitzenbesetztes Kleid, einen wunderbaren Kranz in ihrem dichten Haar, und ihre Gewissheit, unwiderstehlich zu sein, verlieh ihr einen ganz besonderen Hauch von Gefühligkeit und Verführung. Ihre Bewegungen waren dadurch noch auffordernder … Zu Anfang berauschtest du dich allein an ihrem Anblick, in den letzten Stunden des Abends hingegen tatest du nichts anderes mehr als trinken.

Professor Mironescu warf dir strafende Blicke zu, wenn du die Hand zum Glas führtest, aber es gab Augenblicke, da waren dir sogar seine Blicke egal! Du wolltest am Ende einen Toast aussprechen, aber deine Zunge war so schwer, du sprachst also langsam und mit langen Pausen, damit man nicht merkte, wie schwer es dir fiel, die Worte zu formen. Am Schluss ein kurzer ironischer Applaus, du winktest ab, gingst in den kleinen Salon und von dort auf den Balkon; es schneite, man hörte das Klingeln der Schlitten und die Nacht hatte etwas Seltsames, Bedrückendes! Du standst dort, bis du frorst, aber sie kam dir nicht nach und schickte auch niemanden, dich zu rufen; du warst so unglücklich und so verliebt! Eine blendend weiße Flamme erhellte dein Gemüt so fremdartig, es schien dir, du wärst sehr wach, und irgendwann dachtest du, wie wäre es, den Revolver an deine Schläfe zu pressen und dann abzudrücken? So etwas hattest du in jener Nacht denken können! Aber du warst nicht wirklich wach, denn damals, als du zurück in den kleinen Salon kamst, wurde dir von der Wärme drinnen schlecht und vielleicht auch durch die Tatsache, dass sie in Begleitung von jemandem war, vielleicht von Jorj Ioaniu. Du konntest dich gerade noch so auf den Beinen halten, dann gingst du eilig fort, verabschiedetest dich vom Professor, und noch in der Kutsche musstest du dich übergeben. Du würgtest lange, erniedrigt und unglücklich am Zaun vor dem Haus.

Und jetzt erst, in diesem Augenblick, siehst du, warum die Erde auf den Wegen nass ist: weil Sophie in unentschuldbarer Nachlässigkeit den Schlauch hat laufen lassen. Und während sie immer weiter vor dir her geht, bemerkst du plötzlich, dass sie nicht mehr schlank ist wie früher, etwas, was sie sicher nicht weiß, da sie sich noch immer so verhält, als wäre sie unwiderstehlich! Wie könnte sie das aber sein, wenn sie so gefährliche Versuchungen wagt? Versuchungen, die nichts als Risiko und Nachteile mit sich bringen, sowohl du als auch sie riskieren, kompromittiert zu werden!

Und daher machst du noch einen Versuch, ihr die Augen zu öffnen:

»Erinnern Sie sich noch an das Pasărea-Kloster, verehrte und wunderbare Doamnă? Erinnern Sie sich noch an die Gästezimmer, die Nonnenzimmer, die vor allem für *rendezvous* zur Verfügung stehen? Von gut unterrichteten Leuten habe ich erfahren, dass alle, die in diesem Paradiese grasen, also im Kloster Pasărea, automatisch von der respektierlichen Mutter Oberin registriert werden … Warum sagen Sie, verehrte und wunderbare Doamnă, dies sei eine Verleumdung dieser Kirchendienerinnen? Nun, aus glaubwürdigen Kreisen habe ich erfahren, dass die Liste der Mutter Oberin in offiziellen

Kreisen dazu dient, den ein oder anderen leichter überzeugen zu können ... Man hat mir sogar gesagt, die Geheimpolizei gebe ab und zu gewissen unverheirateten Paaren Hilfestellung, um dann später diverse wichtige Leute in der Hand zu haben ... Na, was sagen Sie? Erinnern Sie sich noch, wie Sie darauf bestanden haben, dass auch wir beide einen kleinen Ausflug dorthin machen? Scheint es Ihnen nicht auch, dass wir sinnlos etwas riskiert haben, weil es keinen Ort auf der Welt gibt, wo man vor Gefahren und indiskreten Blicken sicher wäre?«

Um den Kampf mit ihrem frechen Gekicher aufzunehmen, bleibst du plötzlich stehen, hältst gerade so das Gleichgewicht auf einem kleinen Flecken trockenen Bodens. Ringsum brodelt die Erde, der kleine Flecken wird immer mehr vom fließenden Wasser erobert, es reißt welke Blütenblätter mit sich, Halme, Grasbüschel, Zweiglein, aber du stehst weiter da und wartest. Du wartest darauf, dass sie sagt, was sie zu sagen hat, und dass ihr diese Situation beendet, die unangenehm für alle Beteiligten ist. Sie soll dich zur Vordertür begleiten, du wirst dann Professor Mironescu deine Honeurs machen, wirst dich für den zu frühen Besuch entschuldigen und dann werdet ihr freudig plaudern und auf die Stunde warten, wenn auch all die anderen Gäste kommen ...

Du wirst immer ungeduldiger und dein Gleichgewicht auf dem kleinen Stück trockener Erde ist wacklig, aber Sophie geht weiter! Nur ein Handgriff, ach, wie gestelzt!, sie dreht ihre Taille und bückt sich, um mit zwei Fingern ihren Rocksaum anzuheben, der in den Schlamm hängt. Ihre Fesseln sind zu sehen, aber sie geht ungerührt weiter, während du weiterhin wartest und ihr dein beunruhigtes Lächeln schenkst. Das Lächeln eines willenlosen Aristokraten, der versucht, an einem frischen Junimorgen würdevoll zum Galgen zu schreiten! Doch sie geht mit dem Rücken zu dir und sieht es nicht einmal! Deine Beine sind steif geworden in der unglücklichen Position und inzwischen versuchst du, dich an die Lage der oberen Zimmer zu erinnern: die Position der Räume, deren Fenster zum Garten hinausgehen. Die Schlafzimmer also, das Boudoir von Margot, die Bäder, *vis-à-vis* das Studierzimmer, und die Mansarde? Die Bedienstetenzimmer? So viele Räume, so viele Fenster, die in der reifen Nachmittagssonne leuchten, die du als gierig wahrnimmst, verschlingend, auf dich gerichtet. Ermattet lehnst du deine Schulter an den glatten Stamm des Kirschbaums, von allen Fenstern unzählige Blicke, unzählige Lanzen, sie dringen in deinen Epheben-Körper ein, in den Jünglingskörper des Heiligen Sebastian … Inzwischen findet sie es wohl angemessen, etwas zu rufen, mit unerträglich spitzer und ohrenzerreißender Stimme. Nein, du stehst hier vergeblich, sie hat nicht vor, aufzuhören, sie hat nicht einmal vor, sich umzudrehen, um dich anzusehen! Also besser, du gehst wieder hinter ihr her, sonst wirst du noch plötzlich *cache-cache* mit ihr spielen, schreien, durch den Garten rennen!

Du läufst leicht keuchend hinter ihr her, um sie irgendwie dazu zu bringen aufzuhören. Oh, hättest du dich nur nicht umgedreht, um sicherzugehen, dass niemand dein zu frühes Kommen bemerkt hat, dann würdest du jetzt nicht über nasse Erde schlittern, dich beschmieren, verdammt noch mal! Dein *écru*-Mantel! Du wirst hinter ihr hergehen, bis sie dich in einen Zustand gebracht haben wird, in dem du sogar dazu imstande wärst, sie hier mit ihren Rosen und ihrem Geheimnis einfach stehen zu lassen! Fass dir ein Herz, komme was da wolle, klingle an der Tür, entschuldige dich irgendwie für dein zu frühes Kommen und statte dem Professor einen unerwarteten Besuch ab. Sie hat dich in eine so ausweglose Situation gebracht, dass du keine andere Rettung mehr siehst!

Eine echte Wut kocht in dir, du musst irgendwie diese Situation beenden, sie wird immer unannehmbarer … Etwas muss unternommen werden, und am besten jetzt und hier, an dieser kleinen Kreuzung: Von hier aus führt ein Weg schnell zurück, der andere führt zum alten Nussbaum, wo die Korbsessel bereitstehen … Wenn sie auch so wahnsinnig ist, ihre Stellung für eine Nichtigkeit aufs Spiel zu setzen, es ist ihr nicht erlaubt, auch deine zu riskieren, du weißt, wie schwer du sie dir erarbeitet hast! ... Beeil dich also, bau dich vor ihr auf, und auch wenn deine Stimme vor Aufregung versagt, sag ihr die lange vorbereiteten Worte:

»... und trotzdem sehe ich nicht, warum wir derartig durch den Garten laufen sollten, verehrte und wunderbare Doamnă ... Es gibt Augenblicke, in denen man zur Konversation geneigter ist, als ... Und gerade deshalb habe ich Ihnen auch vorgeschlagen, wie früher ... Oder vielleicht in ein paar Stunden, wenn die Wege ein wenig getrocknet sind ... Nein, ich für meinen Teil bin nicht so schwer zu erreichen ... ich bin nicht ganz so beschäftigt, wie Sie sich vielleicht vorstellen, nur die Angelegenheiten ... dieser Tage mit all ihrer Aufregung und so verwirrt ... und erinnern Sie sich noch an meine Vorahnung? Es wäre überhaupt nicht unmöglich, dass wir nach all der Aufregung und Verwirrung von der Karte Europas ausgelöscht werden ... Nein, ich freue mich nicht darauf, was sein wird! Ich freue mich nur wie jeder Mensch mit ein bisschen Verstand, dass ich habe vorhersehen können, wohin wir gehen ... In eine Richtung, die ich mir so oft erlaubt habe, Ihnen zu erläutern: zur Katastrophe! Nein, nein, ich wollte nicht das Thema wechseln, aber stimmen Sie mir doch endlich zu, dies hier ist kein Ort für ein Gespräch und es ist auch nicht der Moment dazu. Folglich schlage ich Ihnen vor, in ein paar Stunden ... ein paar Tagen, in einer ruhigeren Zeit ...«

Du bist an die letzte Grenze des Widerstands deiner empfindlichen Nerven gegangen! Seit langem schweifen deine Augen unruhig zur Seite, längst schon siehst du zur Terrasse mit den Klematis hinüber, auf die der Salon des Professors hinausgeht, immerhin wird dort nie die Tür geöffnet ... Du siehst in alle Richtungen, nur sie siehst du nicht an, und daher kannst du ihre Handlung nicht voraussehen! Oh, so eine Taktlosigkeit! Deine Hand zu nehmen und sie an sich zu ziehen. Das ist der Tropfen, der das Fass zum Überlaufen bringt!

Du bist rot angelaufen, die Ohren feuerrot, das Blut rauscht in den Ohren, du bist nicht ganz sicher, ob das, was du hörst, tatsächlich ihre sture Antwort ist:

»Wir können nicht zurück, bevor ich dir sage …«

Dir was sagen? Welche Verbindlichkeiten will sie dir nach ein paar *rendez-vous* abverlangen? Du bist schon über die Hälfte des Weges wieder zurückgegangen mit großen, eiligen Schritten, es ist dir gleich, ob du deinen Mantel beschmutzt – um Kleidung kümmerst du dich nicht, um nichts kümmerst du dich! –, mit hastigen Gesten, die so vollkommen eine nicht vorhandene Energie vortäuschen, gehst du auf die Eingangstür zu.

Jetzt der Eingang.

Die drei Stufen.

Die Klingel.

Nur aus dem Augenwinkel, ohne dass du dich zu ihr umsehen musst, hast du bemerkt, wie sie endlich! zum Brunnen geht, das Wasser ausdreht, das den Garten überschwemmt. Dann, wie sie sich bückt, um den Hahn zuzudrehen.

Ştefan Mironescu

Ein erstickendes Kitzeln, das ich mich schon länger zu übergehen bemühe, sodass der erste Eindruck ist, ich hätte nur aus Unachtsamkeit zu husten begonnen. Ich huste, presse nachlässig mein Taschentuch an den Mund und versteife mich darauf, die Zeile noch einmal zu lesen, obwohl sie mir vor den Augen tanzt. *Nous sommes très peu connus …* Es fiele mir schwer zu sagen, wann mir der Druckbleistift aus der Hand fiel, der Schlag einer Explosion und ein Schrecken im ganzen Körper haben meine Erinnerung unterbrochen. Ich komme wieder zu mir, wie ich verzweifelt gegen das Ersticken anhuste, die Augen treten mir aus den Höhlen, Tränen und Speichel fließen über mein Kinn aufs Hemd, ich verfluche zum soundsovielten Mal meine gewohnte Unaufmerksamkeit, ohne die ich diesem Husten sicher entronnen wäre, unter dem ich mich auf dem Stuhl krümme. Mit zittrigen Händen öffne ich mein Hemd, mein Hals ist bis tief hinunter eine offene Wunde, ich huste immer verzweifelter, ich werde mich nie mehr beruhigen und versuche meine entblößte Brust mit den kraftlosen Armen zu schützen, das Rasseln darin entsetzt mich. Über allem schwebt die Halluzination eines Geräuschs – der Lärm einer Kutsche.

Endlich! Ich lehne verloren den Nacken an die Lehne des Mahagonistuhls. *Nous sommes très peu connus et avons, par conséquence, besoin de publicité occidentale*, lese ich mechanisch. Ich prüfe mein feuchtes Taschentuch und mir entfährt ein Seufzer der Erleichterung, nein, kein roter Fleck ist zu sehen, ich nutze es aus, dass niemand da ist, öffne es ganz und verberge darin meine hohlen Schläfen, die Wangenknochen – spitze Konturen, anscheinend habe ich noch mehr abgenommen, aber vielleicht auch nicht, ermutige ich mich selbst. Die Tränen und der Speichel haben stellenweise die Tinte auf dem weißen Papier vor mir zerfließen lassen und verunsichert zerknülle ich den gerade erst begonnenen Brief in der Faust und werfe ihn in den Papierkorb.

Ich atme vorsichtig, um den Husten nicht wieder zu wecken, vor dem ich mich so fürchte, und ich ziehe die Schnur der Brille hinter die Ohren, kein Gedanke mehr an die Symptome, die mich so erschrecken, obwohl ein Ferienaufenthalt in Italien mich sicher wieder auf die Beine bringen würde. Da aber so ein Vorhaben tagtäglich illusorischer wird, bleibt mir nichts, als verschwiegen und stoisch zu warten. Und vor allem kein Wort zu Sophie!

Wie würde die *pauvre* Sophie reagieren, erführe sie die Wahrheit über die Schwere meiner Krankheit? Männliche Würde, eine diskrete Entfernung, um die Ansteckungsgefahr zu meiden, und keinen Gedanken an die schreckliche Zukunft, die es vielleicht weiterhin erfordern wird, mich von ihr fernzuhalten. Kein Gedanke an die immer vergeblichere Liebe, an die immer drängenderen Wünsche, die von der Krankheit angefacht werden, während sie streng jede Annäherung verbietet, während mein Blick immer gieriger wird, ungut verwandelt in Gleichgültigkeit und ungerechtfertigte Reizbarkeit. Leider sieht sie nur das Letztere und nicht auch das religiöse Wunder, als das mich jede ihrer Gesten erstaunt, obwohl ich alle bereits so gut kenne! Das Lächeln ihrer begeisterten, gutgläubigen Augen, und ihre listige Art, mit der sie etwas flüstert und dabei mit bezaubernder Unbeholfenheit ihr beschämtes Gesicht hinter dem Fächer verbirgt, die Art, wie sie träumerisch ins Leere sieht. (Es wäre niedrig und menschenverachtend, mir vorzustellen, Sophie dächte dann nur an ihr Korsett oder etwas noch Profaneres!)

Ein seltsames Beben, eine grundlose Übertriebenheit, die ich in letzter Zeit immer häufiger an mir erlebe, ich atme vorsichtig, um den in meinem Körper verborgenen Husten nicht zu wecken, und mit Aufregung denke ich daran, dass Sophie keine Ahnung hat, wie ich mich in den Fasern meines Körpers fühle – immer sensibler werden sie, je abgenutzter sie sind …

Wie ich das erlebe, von außen und von innen, und wie sie dabei meinen hungrigen Aufmerksamkeiten entgeht, immer undurchschaubar bleibt, obwohl sie doch so durchsichtig ist.

Ebenso schwer zu verstehen bei aller Vorhersehbarkeit noch ihrer kleinsten Reaktionen ...

Un motif de plus que je sois très honoré d'écrire dans votre revue, wie viel Aufrichtigkeit kann noch der konventionellste Satz enthalten! Denn ich kann wirklich niemanden so verehren wie diesen unbekannten Kollegen, der sich mit Intelligenz und Unbeugsamkeit weiterhin um seine großartige Zeitschrift für Philologie kümmert, während die Welt um uns herum in Flammen steht ...

Ich runde sorgfältig jeden Buchstaben, zwinge mich, weder das Brennen der Augenlider zu beachten noch die trockene Hitze der Hände, ebenso wenig die gewohnte Lustlosigkeit, mit der ich in letzter Zeit zu kämpfen habe. Das Tischchen ist zu niedrig, ich schreibe also gekrümmt in ungesunder Haltung, und doch kann mich nichts dazu bringen, das Zimmer zu wechseln, in dem ich es mir vor zehn Jahren zur Gewohnheit gemacht habe, meine Korrespondenz zu erledigen, denn da es näher am Eingang lag, konnte auch ich selbst gehen und öffnen, wenn die schüchterne Klingel zu hören war ...

Dasselbe Tischchen, dieselbe Obstschale aus Bronze; ab und zu, auf die Klingel wartend, erlaubte ich mir einen Gang zum Kamin, wo ich eine Weile stehen blieb und in der Faust den verzierten Griff der Zange hielt. Ein etwas gewollter Aberglaube, der wohl dazu diente, mich in meinen Augen interessanter zu machen, er zwang mich, nur die gleichgültigen Briefe zu behalten. Ein erbarmungsloser Scharfrichter über die armen Papiere, so lauerte ich, war bewaffnet für den Fall, dass das Feuer unter der Schicht verkohlter Papiere zu ersticken drohte. Ich verfolgte die unermüdliche Bewegung des rotgoldenen Knäuels, durchlebte noch einmal die alte kindliche Lust: mit der Hand das seidige Streicheln der Flamme packen zu wollen, mit ihrem spiritusähnlichen, weiß-bläulichen Kern.

Ungefähr da kam Maria mit dem Tablett Süßigkeiten und Kaffee herein: Die orientalischen Riten des Hauses funktionierten noch und meine einzige Modernisierungsmaßnahme war es nach all der Zeit, in der ich bereits Hausherr war, dass ich elektrisches Licht hatte installieren lassen und eine Klingel an der Tür anstelle der alten Glocke ... Und ach, endlich das schüchterne Läuten! Mit eifersüchtiger Zufriedenheit verlor sich Maria in den schlecht beleuchteten Tiefen der Nebenräume mit ihrem abgeblätterten Putz und den quietschenden Türen, während ich zur Tür eilte, um die schamhafte Literatur- und Belle-Arte-Studentin vor eventuellen indiskreten Blicken zu schützen. Ich wusste, Sophie würde es nicht wagen, ein zweites Mal zu klingeln, ich konnte sogar davon ausgehen, dass ein unvorhergesehener Schüchternheitsanfall sie dazu veranlassen würde zu gehen, sodass ich, würde ich zu spät zur Tür kommen, mich fragen würde, ob es nicht eine einfache Halluzination des Gehörs gewesen sei.

Sie bestand darauf, in ihrer dunklen Kapuzenpelerine zu bleiben (die ihren unmodernen, romantischen Provinzmädchen-Geschmack bewies), setzte sich schweigsam in den Sessel, in den vom Tischchen am weitesten entfernten Winkel, und verlautbarte die Abenteuerlust in ihrem jungen, braven Herzen nur durch ihren heimlichen, gierigen Blick. Nichts hätte sie davon abbringen können, so schüchtern an der Tür aufzutauchen, immer zur selben Stunde. Ein kleines wildes Tier, das man nur in Ruhe lassen konnte, wenn man es nicht verschrecken wollte. Und genau das tat ich: Ruhig blätterte ich weiter in den Zeitschriften und beantwortete Briefe, während sie geduldig vor sich hin dämmerte; vielleicht erwartete sie trotzdem ein unschuldiges Streicheln? Mit strenger Ehrenhaftigkeit fuhr ich fort, sie zu ignorieren, selten hörte ich das kleine Knacken ihrer Knochen, wenn sie gähnte, das Schnalzen der feuchten, roten Zunge am Gaumen, das Rascheln der Seiten eines Gedichtbands oder des Romans, den sie unaufmerksam las.

So lernte ich, dass bei all den Gespenstern und Hausgeistern im Kamin noch ein weiterer, zarter Geist wohnt, der mir sanft zur Seite steht und mich beschützt.

Und später fuhr Sophie fort, um diese Zeit herunter in den Salon mit dem Porzellankamin zu kommen, wo auch ich fortfuhr, meine Briefe zu lesen. Vielleicht sehe ich dabei bereits mit Nostalgie auf den unbeholfenen Beginn unserer Liebe? Vielleicht bleibe ich bei diesem zufälligen Anfang, so wie in der Geschichte eines jungen Staates ebenfalls fast zufällig ein bestimmter – eigentlich banaler – Tag ausgesucht wird, um daraus den heiligen Nationalfeiertag zu machen? …

Unbesehen aller Gründe, die wir selbst nicht einmal wirklich kennen, erschien Sophie, wenn sie ihre nachmittägliche Toilette beendet hatte, im Türrahmen – gänzlich ein Meer an parfümierten Rüschen – und setzte sich übermütig in den Sessel und kannte keine andere Sorge als die Ruhe ihres Mannes und das Servieren des Tees.

Warum habe ich damals nicht gerufen, *Verweile doch*? Aber hätte ich es gewagt, den Augenblick anzuhalten, nachdem ich doch tot gewesen war und gerade wieder auferstand, jetzt, da das Leben in seinem unvorhersehbaren Spiel mit Fülle und Leere begann, mir unerhörte Freuden zu bescheren?

Aber ob du schreist oder nicht, die Zeit bleibt leider nicht stehen. So wie auch das Gesetz des Fortschritts sich in diesem Jahrhundert nicht zu bewahrheiten scheint, das gerade erst so große Hoffnungen geweckt hat, so wie auch das Gute nicht durch noch mehr Gutes ersetzt wird, sondern ganz im Gegenteil, so wie auch die bravsten Frauen nicht ohne Gesellschaft leben können … Trotzdem, dieser selbe Salon mit dem Porzellankamin, dieselbe Stunde, dieselbe Obstschale voller Briefe und Abschriften, derselbe volle Papierkorb …

Und das verführerische Gefühl, die Welt würde sich ringsum normal, schützend weiterdrehen, die Zeit würde zu unserem Nutzen weiterlaufen, solange wir unsere Gewohnheiten beibehalten. Unsere Gelüste …

Aber ist da nicht eine Kutsche zu hören? …

Leider hat jede Kutsche, die in unsere Straße einbiegt (wenn es kein verirrter Marktwagen mit einem betrunkenen Kutscher auf dem Bock ist, oder ein Coupé, das ein galantes Abenteuer verbirgt) kein anderes Ziel mehr, wohin sie fahren könnte, als unser Haus! Und ich bin nicht bereit, weder was meine Kleidung betrifft noch meine Laune, jetzt einen unangekündigten Besuch zu empfangen!

Ich bin in der Mitte des Salons angelangt und halte inne, um noch aufmerksamer zu lauschen. Alle Sinne haben sich in dem einen zusammengezogen, ich selbst bin nichts als eine riesige Hörmuschel. Nein, es war keine Halluzination, tatsächlich ist das Rumpeln einer Kutsche zu hören! Ein unverwechselbares Geräusch, vor allem jetzt, seit sie unsere Straße pflastern! Und ich, der ich so lange mit mir gerungen habe, um meine Schwächesiesta zu halbieren, und nach einer groben Toilette, mit noch zerschlagenem Kopf, vorsichtig die Holztreppe hinuntergestiegen bin, während der Rest des Hauses die Mittagsruhe fortsetzte, nur um meiner Gewohnheit zu frönen! Nur um ein paar Stunden meiner Einsamkeit zu widmen und mich seelisch auf das Fest vorzubereiten, wie ein Anthäus, der die Erde berührt hat …

Was für eine Enttäuschung! …

Und wenn es wenigstens jemand nicht so Anstrengendes wäre! Marie-Liliane zum Beispiel … Aber in so einem Fall hätte Sophie vorbereitet sein müssen und würde ihre Freundin erwarten! *Meine Freundin? Nur dir verdanke ich ihre Aufmerksamkeit!* Damals hat sie mir ihren vielleicht einzigen eifersüchtigen Vorwurf gemacht, und er war nicht einmal so absurd! Allzu sicher ihrer eigenen Vorzüge (sogar das Geständnis meines sehr alten Heiratsvorhabens mit Marie-Liliane hat ihre Sicherheit noch wachsen lassen), hält sie es nicht mehr für nötig, die Anstrengung zu unternehmen, so zu tun, als sähe sie in Marie-Liliane eine Rivalin …

Am Fenster zur Terrasse mit dem Efeu und der Klematis

lebe ich plötzlich auf bei dem Gedanken, der Besucher könnte Marie-Liliane sein … Und letztendlich warum nicht, auch wenn Sophie nichts zu wissen scheint? Marie-Liliane wird sicher nicht einfach so auf unserer Straße auftauchen, hier in dieser bunt gemischten Gegend. Hingegen könnte sie sich erlauben, derartig ohne Ankündigung vorbeizukommen … Um einfach ein kleines Geschenk mit ihrer Visitenkarte dazulassen, nicht nur einmal hat sie solche Anwandlungen gehabt. Und würde ich ihre Equipage erkennen, ich würde nicht zögern, sie hier festzuhalten! Ich würde den Zauber der Einsamkeit für die Freude eines kleinen Gesprächs mit ihr hergeben, so schillernd und humorvoll, wie sie bei ganz gleich welchem Thema ist: ihre mystische Krise oder das Gymnasium der Jungen, zwischen denen sie aufwuchs, sie, das einzige Mädchen, oder die zehn Operationen, die sie durchgemacht hat, wobei sie nebenbei im Krankenhaus Arabisch lernte, Sticken übte und den Koran las – man kann nie wissen, wohin man gelangt, wenn man mit Marie-Liliane spricht. Dieses köstliche Mädchen, das dich manchmal vergessen lässt, dass ihr das Geschenk der Schönheit nicht vergönnt ist! Manchmal erlaube ich mir sinnlose und schuldbeladene Träumereien und frage mich (vor allem, wenn mich meine Unzufriedenheit zermürbt), wie mein Leben aussehen würde, wenn das ungerechte Schicksal nicht von vornherein beschlossen hätte, dass Marie-Liliane eine alte Jungfer hat bleiben müssen … Das sind tatsächlich die Begrifflichkeiten, in denen ich an sie denke, und das bewahrt mich vor jedem möglichen Bedauern … Und je mehr ich nun darüber nachdenke, desto überzeugter bin ich, dass die Besucherin niemand anderes sein kann als sie … Deshalb versuche ich mit immer größerer Halsstarrigkeit durch das Fenster zu erkennen, was draußen passiert, doch so nahe ich auch herantrete, ich sehe nichts.

Wann habe ich mich entschlossen, die Tür zu öffnen?

Erst als Stirn und Hände vor Anspannung, vor Mühe beginnen feucht zu werden, merke ich, wie mechanisch ich gehandelt habe! Hätte ich vielleicht vorher nachgedacht, hätte ich mich erinnert, dass ich diese Tür zur Terrasse schon lange nicht mehr habe offen stehen sehen, und dann hätte ich jemanden gerufen, sie für mich zu öffnen. Hat Sophie Anweisungen gegeben, sie zu verschließen? Ich erinnere mich an nichts dergleichen. Es wäre nur natürlich gewesen aufzugeben, da ich ja gesehen habe, wie sinnlos und lächerlich mein Vorhaben war, denn das Rollen der Kutschenräder ist immer dumpfer zu hören, als würde es sich entfernen.

Plötzlich überkommt mich eine Trägheit und das Gefühl der Ermattung wächst. Wozu soll ich den Kampf mit der verklemmten Tür fortführen? Während ich weitermache, erinnere ich mich jedoch an eine alte Szene: *maman*, zwischen zwei Dienstmädchen, die samstagabends die frisch gewaschene Wäsche des Hauses registriert und dabei heraussucht, was sie selbst eigenhändig flicken will. Und eine andere, vielleicht noch ältere: *maman*, die in dem großen Marmeladentopf rührt und – wem? – mit unter dem gestärkten Tuch geröteten Wangen erklärt, keiner könnte die Bediensteten ausreichend überwachen …

Und ich soll nun schon so schwach sein, das ich eine verklemmte Tür nicht aufbekomme?

Na also, jetzt habe ich sie doch geöffnet!

Ein trockener, heißer Hauch schlägt mir ins Gesicht wie ein Fieberatem, und die Weiße des Lichts spüre ich in den Augen wie ein Brennen. Ich blinzele schnell hinter den Brillengläsern mit ihren hohen Dioptrien, ja, die Kutsche war keine Halluzination …

Schau an …

Eine gewöhnliche Kutsche vom Markt mit geöffnetem Dach fährt nun Richtung Straßenmündung, holpert mit den Rädern durch Schlaglöcher, umfährt die Asphaltmaschine, die Stapel von graugrünen Steinquadern. Darin dirigiert jemand, stößt den Kutscher mit dem Stock an – so scheint es. Ich bin mir der Einzelheiten, die ich sehe, nicht ganz sicher, ich bin nicht sicher, ob ich sie genau erkenne oder nur verzerrt von einem kranken Auge. Oder nur in der Vorstellung. Wie gewöhnlich bin ich meiner Sinne nicht sicher, und wie ich schon sagte, tue ich gut daran, sie zu bezweifeln. So muss es sein, man weiß, die Sinne täuschen.

Im Übrigen auch der Verstand.

Wichtig ist nur der leere Weg. Keine Spur einer Marie-Liliane, aber auch kein anderer Gast (denke ich, um mich zu trösten), der mich in Ungemach versetzt.

Vom Weg schweift mein Blick über den Garten und plötzlich mache ich große Augen, dann verziehe ich verärgert das Gesicht. Wie?! Ja, sie ist es, Sophie, obwohl ich sie kaum erkannt habe! Als hätte sie sich als Gärtnerin verkleidet! Man kann nicht behaupten, dass ein so ostentatives Äußeres, wie beim Karneval, nach meinem Geschmack wäre! In den ersten Jahren hat sie so sehr darauf bestanden, zu wissen, was ich hinsichtlich ihrer Toilette, ihrer Hüte nicht befürworte! Hinsichtlich ihrer Art zu konversieren! Männer verstehen nichts von Mode, sie interessieren sich nur für *bestimmte* Dinge, so hat sie sich angewöhnt, mit einem doppeldeutigen und beleidigten Lächeln zu sagen.

Eine banale Tatsache, dass es damals ich war und jetzt *die Männer*... Aber eine solche Vulgarität tritt nur deshalb so natürlich auf, weil sie in ein anderes Lebensalter wechselt...

Noch weniger zufrieden als mit ihrer Toilette bin ich aber, weil ich sehe, wie sie sich mit den Gartengeräten abmüht. Warum ermüdet sie sich mit solchen Dingen, wenn es doch einen dafür eigens angestellten Gärtner gibt, der von meinem bescheidenen Professorengehalt bezahlt wird? Es wäre normal, zu ihr zu gehen und sie zum Aufhören zu bewegen, und trotzdem zögere ich, weil ich mich an ihren heute schlechten Allgemeinzustand erinnere. Es wäre nicht auszuschließen, dass sie in einem solchen Moment mit der speziellen Logik der Frauen herausfindet, dass ich die Schuld daran trage, dass sie sich allein an eine Arbeit gemacht hat, die sonst die Bediensteten tun … Seit einiger Zeit ärgert sie sich über alles und jedes, sicher erträgt sie meine Krankheit nur schwer, auch der Haushalt strengt sie an, daher kommt vielleicht ihr Eindruck, sie schulde ihrem Mann alle möglichen Unbilden …

Lass sie also, denke ich, mit ihrem Schlauch und den Rosen, tu, als hättest du nichts gesehen … Lass deinen Blick zurück auf die Baumkrone des alten Nussbaums schweifen, unter dem die Korbstühle und der Tisch verstreut stehen, dann an den Rosenbeeten entlang. Das noch immer blendende Licht dieses Tages, das auf einen Wasserstrahl fällt, lässt einen kleinen Regenbogen darüber entstehen. Sophie hat, das bemerke ich jetzt, einen offenen Wasserschlauch auf dem Weg vergessen und er wird langsam überschwemmt, aber ihr ist das gleich, sie pflückt ungerührt Rosen und legt sie sorgsam in ihren Korb!

Zieh dich diskret von der Terrasse zurück, befehle ich mir. Indem wir unsere strengen Benimmregeln anwenden, verschont unsere gute Erziehung die anderen vor unserer Streitsucht; aber auch uns selbst schützt sie auf diese Weise, vor den anderen und vor unserer eigenen inneren Unordnung. Verkrieche dich also hinter diesen Regeln, befehle ich: Im reiferen Alter, wenn du beginnst, das Spiel zu durchschauen, kannst du dir leicht solche zivilisierten und egoistischen Überlegungen verordnen.

Lass also die Tür nur einen Spaltbreit auf, lass die schweren grünen Vorhänge und die durchscheinende, cremefarbene Gardine zugezogen, die sich im glänzenden Parkett spiegelt …

Lass alles, wie es ist, und kehr zurück zu deinen Korrespondenzen …

Veuillez agréer, monsieur, l'assurance de ma haute considération, nein, ich sollte mir wirklich nicht in diesem Zustand der Unruhe und Langeweile all das vorstellen, was sich in zwei, drei Stunden hier zutragen wird, wenn die Kutschen der Reihe nach an die Treppe gerollt kommen. Und all die auftauchen, die noch nicht in die Sommerfrische gefahren sind, dazu die, die wegen der schlimmen Gerüchte oder eigener Vorhersehungen zurückgekehrt sind. Weil es nicht mehr einfach um steigende Preise geht, um vermehrte Fastentage, um die vielen anormalen und alarmierenden Anzeichen, wir wissen alle genau, dass es ernst geworden ist, deshalb werden wir bis zum Diner ohne Unterlass über den *Eintritt* reden.

Ob wir in den Krieg eintreten wollen oder ob wir eine Invasion befürchten müssen, wenn wir nicht eintreten?

Und wer uns dann einnimmt? Die Russen natürlich!

Sicher ist, dass Brătianu ultimative Einladungen erhalten hat, und nicht nur von den Russen, sondern auch von den Alliierten, auf die wir die Hoffnung gesetzt haben, sie würden uns beschützen.

Uns beschützen? Vor wem beschützen?

Wie können manche Menschen noch so etwas fragen, weiß man das nicht?

Man weiß nichts, denn Brătianu redet undeutlicher denn je!

Das sphinxhafte Schweigen Brătianus hat Rumänien bis zu diesem Punkt geschützt!

Brătianu ist stummer denn je, und sobald er einen freien Moment hat, fährt er aufs Land nach Florica ...

Ja, um sich auf den Sofas zu wälzen und seine katastrophalen Projekte zu schmieden! Brătianu wird erst aufhören, wenn er sieht, dass Rumänien von der Landkarte Europas gestrichen worden ist!

Brătianu lässt nicht nach, weil er weiß, dass England uns beim Berliner Kongress schon einmal allein gelassen hat! Und auch jetzt hat er keine ausreichenden Zusagen erhalten!

Weiß man nach so langer Zeit noch immer nicht, wie kleingeistig die Dynastie Brătianu ist? Brătianu feilscht immer noch wie auf dem Basar, er will im richtigen Moment des Krieges eintreten und von seinen Ansprüchen um nichts in der Welt abrücken!

Brătianu fürchtet, die Alliierten könnten sich mit den Russen über seinen Kopf hinweg verständigen ...

Ein kleiner Staat, meine Herren, der in einen bewaffneten Konflikt hineingezogen wird, das ist eine Katastrophe …

Und wen verdächtigt man, mein Herr, dass er sich über seinen Kopf hinweg mit den Russen verständigt? Von wem wird behauptet, dass er uns verraten wird?

Wieso, wer, mein Herr, weiß man das nicht?

Wie, gerade England? Gerade der Unterstützer unserer Grundsätze?

Der perfide Albion!

Lachen.

Allgemeine Besorgnis, Lachsalven, Pikanterien, alarmierende Nachrichten, das laute Lachen der Herren, das Läuten der Frauen- und Fräuleinstimmen, eine bedrohliche Zukunft, Stimmung wie nie zuvor, vergebliche Begeisterung um den Minister Athanasiu, weil in Regierungskreisen mehr denn je absolute Diskretion empfohlen wird. Wir sind sarkastischer und misstrauischer miteinander als jemals zuvor: mit denen, die die Erfolgschancen jedes Lagers abwägen, mit denen, die nationalistische Paraden auf den Straßen abhalten, um die Regierung zu stürzen, mit denen, die bereit sind, an der Seite der räuberischen Imperien zu schreiten, mit denen, die großzügig bereit sind, rumänisches Blut für Frankreich und Russland fließen zu lassen … Jeder von uns hat überzeugende Gründe: nur ich und du sind vertrauenswürdig, ansonsten überall bloß Interessen, Spione und Verräter!

Die Gefahr einer Invasion besteht nicht, wie das böswillige Gerücht will, das einige Interessenvertreter verbreiten …

Lassen Sie uns daran denken, meine Herren, dass ein falscher Schritt genügt, und unser kleines Land verschwindet von der Landkarte Europas, als wäre es nie gewesen …

Die Lage hat sich grundlegend verändert seit den letzten Monaten, Petersburg hat es damals noch vorgezogen, uns so spät wie möglich *eintreten* zu sehen, damit wir keine Forderungen mehr stellen können, jetzt haben sie Brătianu doch eine ultimative Einladung geschickt …

Frankreich, meine Herren, Frankreich, noch einmal, Frankreich, das …

Man weiß alles und nichts aufgrund dieses entsetzlichen Schweigens von Brătianu!

Wer, Mann, wer, sagst du, verständigt sich über Brătianus Kopf hinweg mit den Russen? Was wagst du da zu behaupten, wer verrät uns?

Gerade Frankreich, gerade unsere Schwester, die uns so oft beigestanden hat?

Frankreich, das nicht imstande ist, für sein eigenes Schicksal zu sorgen!

Tun wir es, das sage ich auch jetzt noch, kurz vor zwölf, tun wir es so schnell wie möglich, meine Herren, so schnell wie möglich und ohne dieses kleinliche Geplänkel, ohne nach allen Seiten hin die Ohren zu spitzen …

Die Politik, das weiß ich, ist eine faktische Sache, nicht einfach Begeisterung …

Wenn du kein Kenner der Politik bist, denke ich, und dir diese Spielchen sogar missfallen, warum kannst du dich dann nicht zurückhalten und wirfst trotzdem manchmal einen skeptischen Satz oder ein zweifelndes Lächeln ein? Und wenn die Diskussion mit größter Sicherheit wieder an den Punkt gelangt, an dem es um die Garantien der Alliierten geht, und das Wie, darum, wie sehr sie uns beschützen, wirst du dann wenigstens an diesem Abend imstande sein, deine Lieblingsfabel für dich zu behalten? Welche Eitelkeit könnte mich dazu bringen, diese Geschichte noch einmal zu erzählen, auch wenn ich so oft Gelegenheit hatte, mich davon zu überzeugen, dass das, was mir derart zinnhaft erscheint, das Interesse der anderen keinesfalls weckt?

»Eine kleine wahre Geschichte«, werde ich mich beeilen zu versichern und verbindlich lächeln, »aus der Zeit, als die Zukunft unseres Staates noch unsicherer schien als heute …«

Hat es jemals eine Zeit gegeben, in der unsere Zukunft sicher schien?

Ein zu vernachlässigender Einwurf.

»Also, die Handlung spielt in den ersten Jahren der Herrschaft König Carols. Und tatsächlich geht es nur um einen kleinen Wortwechsel zwischen zwei Diplomaten. Damit nicht mehr verraten wird, als gut wäre, werde ich die Namen, auch den Namen des deutschen Ministers in Bukarest, nicht erwähnen, auch den Namen des rumänischen Politikers nicht, der, oh ja, noch lebt ... Als er also minimale Garantien für unsere unsichere Zukunft herausschlagen wollte, fragte der rumänische Politiker den deutschen Diplomaten: ›Wird Deutschland denn jedes mögliche Ungemach, das dem kleinen rumänischen Königreich widerfährt, als einen Prestigeverlust seiner großen Macht auffassen, solange auf Rumäniens Thron ein Hohenzollern sitzt?‹, ›Eine Teilung Rumäniens (die Hälfte Russland, die Hälfte Österreich) oder gar eine Annektierung hätten jede Chance auf Zustimmung von Seiten Deutschlands, wenn das deutsche Interesse es so vorschreiben würde und wenn die generellen Umstände es so verlangten!‹, antwortete der Diplomat trocken. Vielleicht erscheint Ihnen diese Antwort zu bissig? Ach was! Ach, sie wurde mit aller Herzlichkeit erteilt!«

Vielleicht haben mein Tonfall, meine Bewegungen bereits etwas Langweiliges angekündigt? Wie immer werden die meisten ihr Gespräch fortsetzen, ohne auch nur ihre Stimmen zu senken, ein paar werden versuchen, mir zuzuhören, aber nach den ersten Sätzen werden sie aufgeben, auf jeden Fall wird sich in der ganzen Aufregung niemand finden, der den zweifelsfreien Sinn darin erkennen wird, einen Sinn, der, so scheint mir, für das, was ich »das traurige Schicksal Rumäniens« nenne, immer aktuell bleibt ...

Noch unangenehmer als das fehlende Echo auf meine Lieblingsfabel wäre mir eine Entgegnung. Zum Beispiel die mögliche Antwort Victors:

»Und was sonst, *mon cher*, versuche ich dir seit mehr als zwei Jahren zu sagen? Lasst uns endlich an der Seite der Alliierten marschieren! Gut, dass du endlich auch überzeugt bist, auch wenn es fünf vor zwölf ist, zu was die Prodeutschen imstande sind, obwohl es mir erst schien, als hättest du andere Neigungen …«

»Aber, mein Lieber, es geht doch nicht unbedingt um Deutschland, sondern um jede der Großmächte … Und der Fehler, mich so zu exponieren, liegt bei mir, wenn das nicht verständlich war …«

»Wie, Onkel Victor, hast du das so verstanden?«

»Aber wie soll ich es sonst verstehen, liebe Madame?«

In unserer ersten Zeit haben mich solche Einmischungen von Sophies Seite furchtbar gestört! Am Ende gehört sie aber dieser neuen Generation an, die mit größter Natürlichkeit die Privilegien ihres Ranges und ihres Geschlechts mit Füßen tritt (genauer, sie tut so, als trete sie sie mit Füßen, wie sonst?). Inzwischen ist es eine gewöhnliche Tatsache, dass Damen weitaus überbordender über Politik diskutieren als die Herren! Soll ich sie mir dabei so vorstellen, wie ich sie damals in jener Zeit sah, in der ich, während ich ihr ungehalten zuhörte, einen treuen Hund vor mir zu sehen glaubte, der die Schnauze auf die Vorderpfoten legte, nur warnend knurrte, dann plötzlich aufsprang und mit blutunterlaufenden Augen zu bellen anfing? Oder soll ich ahnungsvoll ihren leicht affektierten Ton ausmachen, an dem zu erkennen ist, dass sie kokettiert – alle Welt weiß doch, dass unser Freund Victor eine große Schwäche für sie hat! »Dass ich Junggeselle geblieben bin, liegt daran, dass es keine zweite Sophie mehr gibt.« Bei keinem Fest vergisst Sophie, gegen Morgen beschwipst diesen Satz zu wiederholen.

Und ihr selbstverliebtes Lächeln ohne jede Spur von Ironie! Die weibliche Gier, die sie keinen Ekel empfinden lässt vor einer solchen unmodernen und demagogischen Galanterie! Doch ganz sicher wird sie bei der ersten Unterredung *tête-à-tête* unseren Freund Victor fallenlassen und in ein spöttisches Gelächter ausbrechen … Bis dahin aber:

»Also wirklich, Onkel Victor, du machst es dir einfach! Unser Diplomat hat den deutschen Minister gefragt, ob wir uns so lange als geschützt betrachten können, wie wir einen deutschen König haben… Er hatte nur mit einer etwas ungünstigeren Zukunft gerechnet, aber die Überraschung bestand darin, dass Deutschland, und eigentlich nicht unbedingt Deutschland…«

Sie wird wie ein vom Lehrer aufgerufenes Kind daherreden und in ihren Worten wiederholen, was ich vorher schon gesagt habe! Ihr rührende Unterwürfigkeit – könnte man im Ganzen sagen –, zu der sie fähig ist, wenn sie liebt; diese süße Sturheit, mit der sie blind auf etwas beharrt, sodass es ihr auf ganz natürliche Weise gelingt, nur das zu sehen, was ihr behagt!

Und wenn du diese Dinge bei ihr nicht mehr findest, könntest du dann sicher sein, dass sie nicht mehr liebt? Ich werde mich also dem Gespräch entziehen, werde zufrieden sein, wenn sich der junge Ialomiţeanu mit seinem eiligen Wunsch, mir zur Seite zu stehen, zu mir gesellt. Er wird mir gleich mit gewohnter, geschickter Schüchternheit seine kleinen Fragen hinwerfen, sodass ich mich belagert fühlen werde und verneinen, dass ich mehr wüsste als alle anderen, es tut mir leid, Herr Ialomiţeanu, ich habe davon keine Kenntnis… Ich werde ihm in die unschuldigen Augen blicken und mich übertrieben angetastet fühlen, und wie immer, wenn ich auch nur irgendeine Nichtigkeit zurückhalte, werde ich glauben, der andere läse mir die Wahrheit von den Lippen. Dennoch, wird mein Freund beharrlich fragen, sollte es wahr sein, dass Brătianu eine nationale Einheitsregierung vorbereitet, nicht nur mit Take Ionesco, sondern auch mit Marghiloman? Ich werde mich pressiert fühlen, werde mich in eine Grimasse und ein komplizenhaftes Augenzwinkern flüchten und werde mich so ebenfalls in die Kategorie der *informierten* Herren einreihen, die einzelne Worte betonen und einem bedeutungsvoll auf die Schulter klopfen. Eine unelegante Geste außerdem, ein Übertreten des Schweigegebots, auf das man sich in den liberalen Kreisen geeinigt hat, was mich plötzlich dazu bringen wird, mich von Herrn Ialomiţeanu eiligst zu trennen.

Ich ertrage es immer schwerer, mit mir selbst unzufrieden zu sein, das ist etwas, was meinen unruhigen Geist bereits so sehr gequält hat, als ich jung war und mir brennend einen dem ruhigen Meer gleichenden Seelenzustand wünschte! Ach, lang erträumte, unerreichbare *Sophrosyne*! Wie weit werde ich von ihr entfernt sein, während ich hinausgehen werde, um das Aufstellen der Whist- und *Écarté*-Tische zu überwachen! Die Pflichten als Gastgeber werden es von mir erfordern, mich auch im kleinen Salon zu zeigen, dort sind junge Stimmen zu hören, die Pallade-Brüder natürlich, der angenehme Tenor, der normalerweise Sophie begleitet, und der andere, der Automobilist... Lieder... Am Klavier wird ein junger Leutnant Platz genommen haben, ein Sohn aus gutem Hause, der gerade von der Schule in England zurückgekehrt ist. Der Name? Der Name? Ja, Alexandru Geblescu! Während er seinen Gastgeberpflichten nachgehen wird, wird der allgegenwärtige Herr Ialomiţeanu ihn mit seinen unschuldigen Fragen unterhalten. Was kann man also zu den neuen Ernennungen sagen? Sollte es wahr sein, dass nicht Brătianu, sondern der König derjenige ist, der General Crăiniceanu unterstützt?

Von den jungen Leuten, die sich da in Politik verstrickt haben, werde ich freudig zu den unvergleichlichen Nacu-Schwestern hinübergehen, *pauvre* Ortense, *pauvre* Lily! Da ist also noch ein Sommer vergangen, ohne dass die beiden es geschafft hätten, sich zu verheiraten! Ab jetzt werden die Heiratsgelegenheiten noch dünner gesät sein...

»Eine derart bezaubernde Toilette, dass man glauben könnte, es würden dafür ganze Häuser und Ländereien beliehen«, werde ich mit Freude lügen und mich der Reihe nach vor jeder von ihnen verbeugen. »Ach, nun ja, es hat solche Toiletten in Ihrer Familie auch schon gegeben! Ihre köstliche Großmutter könnte weiß Gott von den Dramen erzählen, die sich damals zutrugen, als Sarah Bernhardt hier gastierte! O weh, leider mache ich keine Witze! Ich war damals Gymnasiast! Und Ihre wundervolle Großmutter war damals noch *en beauté*!

Sie machte noch Furore, wenn sie in der Loge erschien, ja, erscheint Ihnen das so unglaublich?«

Nach dem Diner werden sich die Herren in den Rauchersalon zurückziehen: der Moment, in dem pikante Einzelheiten ans Licht kommen, schweinische Anekdoten. Aber man wird schnell wieder davon Abstand nehmen. Das Gespräch wird wieder bei den Neureichen landen. Bei all den Widerlingen, die Bukarest überschwemmt haben. Bei den Exportgenehmigungen ... Bei der Spekulation mit Nahrungsmitteln ... Bei den Nichtsnutzen, die in den Separees im Hotel Imperial so weit gediehen sind, dass sie sich mit den Kellnern über die Rechnung zanken und sich die Weste aufknöpfen!

Lachen, Lachen, diese gesunde Lust am nationalen Lachen, die ich im Laufe meines Lebens als die Begleiterscheinung von Katastrophen ausgemacht habe – bei Feuer, Erdbeben, Krieg, Cholera, Zerschlagung des Landes ...

Die Erinnerung an jenen Abend im Garten an der Fântâna Blanduzei, als ich dank des prompten Einschreitens meines Freundes Jean Athanasiu frisch von der balkanischen Front, aus der Hölle der Cholerakranken zurückgekehrt war und auf dem Stuhl hin und her rutschte, ich konnte die Couplets nicht hören, mich der Würstchen und warmen Hörnchen nicht erfreuen, der Einfachheit dieser Volksfeste. Die arme Sophie hatte schon recht mit einigen ihrer Vorwürfe! Dass ich nirgendwo anders einen freien Tisch gefunden hatte außer in diesem Winkel des Gartens, wo man schlecht hörte, dass ich sie so selten ausführte, damit sie sich amüsierte, und ihr nun auch noch mit meiner Stimmung die Laune verdarb, die wenigen Stunden, in denen sie wie ganz Bukarest feierte, um den Krieg zu vergessen!

Spöttisches Gelächter, erboste Stimmen, allwissende Stimmen.

Ein kleines Volk, meine Herren, in einen weltweiten Konflikt mit hineinziehen!

La mauvaise humeur de la Russie erweist sich dieser Tage offen und ohne Rückhalt als gegen uns.

Die öffentliche Meinung, geben wir es zu, zeigt sich gerade überhaupt nicht begeistert über die Nachrichten des *Eintritts.*

Denken wir daran, meine Herren, dass ein einziger falscher Schritt reicht, und unser kleines Königreich wird verschwinden, als wäre es niemals …

Die Menge ist skeptisch und besorgt, aber ich selbst bin von einer wirklich schlimmen Vorahnung ziemlich niedergedrückt …

Darum wiederhole ich es jetzt, fünf vor zwölf, noch einmal: Der, der jetzt mit verbrecherischer Gedankenlosigkeit zu so viel Blutvergießen bereit ist – dieser Verbrecher Brătianu …

Selbst wenn das die Stimme von Freund Victor wäre, der diese Worte formulierte, es wäre unüberlegt, denke ich, hinzulaufen und ihn mit der Ungeduld der Neurastheniker zu fragen:

»Na gut, mein Herr, haben Sie nicht seit zwei Jahren in diesem Sinne für einen schnellstmöglichen *Eintritt* plädiert? Haben Sie nicht gerade vor zwei Stunden noch geraten, wir sollten so schnell wie möglich *eintreten*, ohne noch lange nachzudenken, ohne dieses kleinliche Geplänkel? Sind das nicht genau Ihre Worte?«

»Mordsmäßig!«, wird Freund Victor ausrufen, »mordsmäßig! Entschuldige mal, mein Lieber, aber ich habe für etwas anderes plädiert! Für einen anderen Moment, nicht diesen! Den Lemberg-Moment, ja! Oder einen anderen, einen anderen, alle, die gewesen sind, alle, die noch kommen, aber nicht diesen! Nicht diese verbrecherische Gleichgültigkeit, mit der wir zugesehen haben, wie das unschuldige Serbien in den Würgegriff gerät, und wir haben keinen Finger gerührt, so wie wir auch unserem eigenen Schicksal, dem eines kleinen Volkes, das von anderen erdrückt wird, von anderen alleingelassen wird, nur zusehen, ohne einzugreifen! Ich habe für einen anderen Moment plädiert, mein Lieber, und dann auch mit anderen Leuten! Nicht mit Iliescu im Stab, der Tag und Nacht nur feiert, nein, ein anderer Moment und andere Leute! Nicht die, für die sich die Neutralität rentiert hat und die Konzessionen für ihre Waggons und die Exporterlaubnis und all das, was man ja nur zu gut weiß …«

»Warte, mein Lieber, ich lasse nicht locker, denn wir reden hier über den *Eintritt*! Über nichts anderes als den *Eintritt*! Wenn du einen anderen, früheren Moment vorgezogen hättest, wären wir dann nicht einfach ein Jahr oder ein paar Monate früher eingetreten? Ist es dann nicht gut, dass das Land noch eine Weile verschont geblieben ist, wenn wir doch sowieso alle skeptisch und pessimistisch sind?«

»Entschuldige mal, mein Lieber, vor zwei Monaten, ja, aber nicht jetzt … Und warum so viel kleinmütiges Misstrauen gegenüber unseren großen Alliierten? Brătianu ist voller Vorahnungen wie ein Bauer auf dem Markt …«

Er wird selbstverständlich in seiner Logik fortfahren, sodass du, während du sein kleines Kinn, seinen schmächtigen Körper und den gelben Fleck in der Iris betrachtest, der gemessenen Gestik der Hände folgst, mit der er seine Ausführungen unterstreicht, und all die anderen Hinweise auf seinen Charakter wahrnimmst, den du schon seit zwanzig Jahren kennst, aber die dir nicht mehr über ihn verraten, als du sowieso schon über ihn erfahren hast in all der Zeit – sodass du es nicht wagen wirst, ihn der Unaufrichtigkeit auch nur zu verdächtigen. Ach, wie gelangweilt wirst du sein, wie satt wirst du es haben, dass alle so ungnädig, so intolerant jeder Aufrichtigkeit gegenüber sind, alle scheinen wir unsere eigene Wahrheit zu haben! Aber was ist wirklich die Wahrheit über jeden von uns, nachdem wir unsere leidenschaftliche, klebrige, unendliche Diskussion beendet haben und immer zu demselben Schluss kommen, von dem wir schon ausgegangen sind?

Gelangweilt, satt und, oh, wie müde wirst du an den Spieltischen vorübergehen. Die gravitätischen Gesichter, die Selbstsicherheit derer, die in diesem Augenblick die Karten offenlegen.

Unbemerkt wirst du geradewegs zu dieser Tür hinausgehen,

die du hast offenstehen lassen, um ein wenig frische Luft zu schnappen, und du wirst ein paar Schritte auf die Terrasse hinaus tun, unter den Klematisblüten stehen, die vom samtigen Schatten vergrößert sind. Der Geruch der noch warmen Erde zwischen den dicken Blättern der Kletten und wilden Büschen der Glyzinie, umsponnen mit den Netzen der Herbstspinnen, und dazu die dialektische und zersetzende Bewegung deines Verstandes, der dir vor dem inneren Auge die Nachteile jeder seiner Lösungen hin und her flattern lässt.

Bis du in den Garten gehst, in die Stille des ruhigen Meeres, die Stille des spiegelglatten Meeres. Ach, lang erträumte, unerreichbare *Sophrosyne*! Mit den Ellenbogen an der Balustrade lehnend wirst du dich zwischen den dornigen Zweiglein des Geißblatts an den Monat ihrer Blüte zu erinnern versuchen – vielleicht der Mai? Vielleicht der Juni? Jedenfalls ist ihr Blütenmonat vorbei, das seltsame Parfüm des Geißblatts, das dir wie eine Botschaft aus himmlischen Welten erscheint, ist schon lange verflogen, die zarten Blüten sind zu andächtigen kleinen Händen zusammengeschnurrt, die Finger gehorsam gefaltet ...

Es ist die letzte, die vorletzte staubige und warme Nacht des Sommers, denn nach dem Marienfest wird die Luft plötzlich abkühlen und das Licht wird anders einfallen. Während du mit den Ellenbogen so an der Balustrade lehnst und die feurigen Worte, die du gehört hast, und die feurigen Worte, die dir als Antwort auf die Lippen kommen, sich immer weiter entfernen, da könntest du glauben, es wäre eine Nacht wie alle anderen Nächte auch im stickigen Bukarest – nur dass du zu den wenigen gehörst, die genau wissen, wie die Dinge stehen. Und wie jeder höherstehende Mensch, der die Mitte seines Lebens erreicht hat, wirst du vor deinen Augen, die sich bemühen, immer mehr zu erkennen und alles viel besser zu begreifen, nichts als Dunkelheit sehen.

Dunkel, dunkel ...

Aber deine logische Natur, so rätselhaft und optimistisch sie ist, wird sich nicht geschlagen geben. Plötzlich wird dich der Stachel der Schuld treffen, dass du vor deinen Gastgeberpflichten desertiert bist, du wirst dir eingestehen müssen, dass du dich schneller gelangweilt hast, als du dachtest, wirst noch immer diesen allmächtigen ländlichen Mond betrachten, der sich über den Linden der benachbarten Chaussee erhebt und der, *hélas!*, dich ahnen lässt, dass auch in hundert Jahren noch die Lichter einer wahren Metropole ihn nicht in den Schatten stellen werden ...

Ist das eine Halluzination oder klingelt es wirklich an der Tür? Plötzlich aus dem Traum aufgeschreckt, lausche ich angespannt und die Stille des Hauses füllt sich mit harmlosem Geknister – ein Türenknarren, ein Knacken der Fußböden in der oberen Etage, ein so leichter Tritt, dass es scheint, eine Katze kommt die Treppe herunter. Aber es folgt kein weiteres Klingeln ... Vielleicht war es ein Kind, das vom Geheimnis der elektrischen Klingel angezogen wurde, nachdem es unerlaubt durch das wie immer offene Tor gekommen ist, es hat einmal auf den Knopf gedrückt und ist dann auf die benachbarten Brachen geflohen, um vor seinen Kumpanen mit seiner Schnelligkeit anzugeben und sich dann wieder seinen Spielen zuzuwenden. Ich lausche noch ein paar Augenblicke der knisternden Stille des Hauses, die mein angestrengt horchendes Ohr erst geweckt hat, so wie die Lupe des Mikroskops auf einmal unzählige kleine Lebewesen aufweckt, die unruhig in einem Wassertropfen umherkriechen.

Und von nahem, viel zu nah, sodass ich aufspringe, die unerwarteten Schläge der Pendeluhr.

Ja, nicht mehr lange und die Klingel am Eingang wird ohne Unterlass zu läuten anfangen, ich strecke die Hand zur Obstschale aus und die seidigen Kuverts knistern zwischen meinen Fingern, der *Tavernier à Paris* titelt mitten auf der Seite, wie solle man sich mit dem Gedanken versöhnen, dass eine Reise nach Paris zu einem unmöglichen Unterfangen geworden sei. Wie soll ich begreifen, dass ein brennender Vorhang mich von der Hand meines Kollegen trennt, die ihre Unterschrift auf die Rückseite dieses Umschlags gesetzt hat? Explosionen, die Hände durch die Luft fliegen lassen, Köpfe und blutige Beine, Kugeln, die unschuldige Schulkinder und die Heiligen der großen Kathedralen köpfen, das ganze in den Zeitungen beschriebene Inferno ist für mich tatsächlich unvorstellbar. Ich sehe aber, dass meine letzte Reise jene vor zwei Jahren nach Wien gewesen sein wird, bei der ich mir meine Grammophone aussuchen fuhr und die notwendigen Bauteile für die Aufnahmen und alles, was mir noch für mein Phonetiklabor notwendig schien, das ich im Untergeschoss der Universität aufbauen will, sobald ich mich wieder bei Kräften fühle.

Nichts darf uns daran hindern, unsere Pflicht zu tun. Wir dürfen also weder nach rechts noch nach links sehen, nur nach vorn, immer nach vorn auf den Weg, wie Pferde mit Scheuklappen. Selbst wenn uns die Haut, zerschunden vom Zaumzeug, eitert, selbst wenn ihr Zucken und das Schlagen des Schweifs nicht mehr ausreichen, um die schwarzgrünen Fliegen zu verscheuchen, die sich uns in Trauben in die Wunden setzen, selbst wenn unter dem Geschirr unser Maul blutig wird und wir unter den Peitschenhieben immer häufiger stolpern, in die Knie gehen, wir müssen den Karren weiterziehen … So schlimm auch die Zukunft ist, in die wir gehen, wir müssen das Phonetiklabor planen, genau wie in besseren Zeiten, müssen uns Rat suchen bei denen, die so etwas schon länger haben … Bei denen, zu denen wir früher reisen konnten, einst, oh, die Spaziergänge in der Jugend damals auf der Hohestraße und der Zülpicher! O wunderbares Europa!

Du kramst auf dem Tisch unaufmerksam nach dem *coupe-papier*, den Blick auf die Briefmarke gerichtet, die auf dem Umschlag in deiner Hand klebt, die Siegel sind schwarz geworden und umso mehr noch die filigranen Spitzen des Doms – aber wie sehr müssten die nachdunkeln, dass ich sie nicht mehr mit sich verkrampfendem Herzen erkennen würde? Ich steche den *coupe-papier* eifrig in den Umschlag und lächele immer eisiger – welch seltsames Mitleid erweckt das Bild der eigenen Jugend in einem erwachsenen Mann!

Ein Junge mit noch kindlich geröteten Wangen über dem Flaum, mit magerem Körper, aber einer sehr lauten Stimme, der sich so ungelenk einen gelangweilten Anschein zu geben versucht, wenn er an der Pförtnerin vorbeigeht… Sobald er jedoch ins Zimmer kommt, geht er gleich zum schwarz angelaufenen Spiegel der Garderobe, und nicht das längliche Gesicht mit den wulstigen Brauen und der dicken Nase beunruhigen ihn, sondern der marineblaue Gehrock und das strohgelbe *gilet* mit Blümchen in getuschtem *foncée*, sowie die enteneifarbene Hose – was von seiner Kleidung trägt noch die Anzeichen des europäischen Westens, aus dem sie stammt? Wenngleich leidend und unter Schmerzen wegen des nahenden Abschieds, ist die *pauvre maman* vor seiner Abreise mit ihm zum *Aux Quatres Saisons* auf der Vămiistraße gegangen und hat ihn von Kopf bis Fuß neu eingekleidet – eine vollständige Garderobe sowohl für die warme als auch für die kalte Saison –, also?

Der forschende Blick schweift noch einmal von der schwarzen Seidenkrawatte, die zur Schleife gebunden ist, hinab zu den weichen Stiefeln mit Besätzen, aus denen die Strümpfe genauso gelb herausschauen wie oben die Handschuhe. Was fehlt ihm, dass er nicht genauso ist wie die anderen Jungen von hier, ist die Mode schon weiter? Ist der Schnitt der Kleider unmodern geworden? Oder vielleicht die linkische Art, wie er seinen Körper hält? Wie kann die Pförtnerin gemerkt haben, aus welchem Winkel Europas ihr letzter Mieter kommt, der Philologie- und Epigraphiestudent? Eine gewisse Verwirrung ist ehrlich gesagt noch in ihren Augen, aber er hat nicht vor, sie zu zerstreuen, er ist weder Pole, leider, noch Grieche, Serbe ist er auch nicht, kein Ungar und nicht einmal Albaner… Wenn sie von dem kleinen Königreich auf dem Balkan eben nichts gehört hat, dann hat er auch keine Lust, etwas zu erzählen; aber er wird auch nicht mehr rot werden wie in den ersten

Tagen, auf alle Fragen wird er jetzt einsilbig antworten, damit man seine Unsicherheit und Begeisterung nicht mehr errät. In nur ein paar Wochen hat er aufgehört, ein Kind zu sein, aber er wird allzu ungehalten wegen Kleinigkeiten, um schon ein Mann zu sein, nein, er zaudert nicht, er hat es wirklich eilig, er steht unter Druck, was das Geld und die Zeit angeht, ganz im Gegenteil. Deshalb legt er das Buch erst ab, wenn seine armen, kurzsichtigen Augen vor Müdigkeit anfangen zu tränen. Er sitzt im Schneidersitz zwischen den kühlen Laken, die Haare quellen ihm struppig unter dem verhassten Käppi hervor und mit kindlich zwischen den Zähnen steckender Zunge beginnt er seine Aufzeichnungen.

Wie die alten Griechen ihre Legenden nur allzu gut kannten, interessierten sie weder Handlung noch Charaktere in der Tragödie, sondern nur die Art und Weise, wie der Dichter den Ablauf der alten Handlungen rechtfertigte, nämlich in der neuen Denkweise seiner Zeit: denn die alte Art zu denken war zum Teil vergessen, zum Teil unverständlich geworden. Was bedeutet, dass die Fantasie der Dichter uns nichts anderes vorstellt als die Gegenwart! Aber verliert sich dann jeder Augenblick im Dunkel?

Mittagessen: table d'hôtel, bœuf à la mode *mit gerösteten Kartoffeln, Schnitzel und Spinat, 15 Kr.*

Geliehene Geldsumme: 85 Kr. Rückzahlungsdatum: 26. Oktober.

Ausgeliehene Bücher: Ilias, *übersetzt von Voss.*

Notiz: Ich habe den Eindruck, der Kern dieser Disziplin, in der ich vorhabe zu arbeiten, verändert sich, die Schale bleibt jedoch die selbe. Was meine Versuche angeht, sie erwecken in mir nicht das Gefühl von Sicherheit, im Gegenteil, die meiste Zeit schäme ich mich furchtbar für sie, sie scheinen mir nur zum Wegwerfen zu taugen. Und diese Reaktion meines Herzens macht mir Angst, dass all das zweifelsfrei meine angeborene Mittelmäßigkeit beweisen könnte.

Ob es wohl in irgendeiner Schublade des Aktenschranks in meinem Kabinett oder in einem der rappeligen Schreibtische in der Mansarde das Heft noch gibt, über das der arme Junge sich beugte, um unruhig die soeben beendete Seite zu betrachten? Hatte er es geschafft, alles aus der kurzen Zeit und dem wenigen Geld herauszuholen, über das er verfügte? Die Nase schlug herrisch ihren Schatten über die längliche Wange, die von lächerlicher und rührender Andächtigkeit war: Er hier allein, und erst so spät angekommen, er konnte sich nicht erlauben, der Unordnung zum Opfer zu fallen …

Gesehene Stücke: Die Hugenotten, Wallensteins Tod, Egmont.

Andere Wohnung mit separatem Eingang gefunden. Möbel: ein Sekretär, Bücherschrank mit Spiegel, Toilettentisch, ein Sessel, Waschtisch mit Marmorplatte, in die ein Wasserhahn montiert ist, Teppich und Fenstervorhänge. Im Preis inbegriffen: morgens ein Kaffee, Feuer im Ofen zu jeder Stunde, Wäschewaschen, Kleider bürsten und reinigen.

Für die Prüfung: Meyer Lübke vornehmen.

Unverzeihlich: Verspätung um eine Woche mit dem Brief nach Hause.

Er gähnt, legt das Heft von den Knien, setzt seine Füße auf den Boden, ertastet mit ihnen nachlässig tappend die Pantoffeln, eine seltsame Trägheit unterwandert seine spartanische Entschiedenheit, darum lässt er die Hände unachtsam schleifen, genauso die Schritte. Er gibt zu schnell auf, die Pantoffeln zu suchen, er tappt barfuß mit seinen großen Sohlen bis zum ärmlichen Waschtisch, streckt die Hand nach der Wasserkaraffe und trinkt in seiner Trägheit direkt daraus, er tappt zurück zum Bett und auf dem Weg dorthin meidet er das Pierrot-Gesicht unter dem Käppi, dazu der Flaum und die Pickel, im angelaufenen Spiegel, oh, warum bin ich nicht schöner?

Welch seltsames, wunderliches Mitleid für diesen Jungen, den ich fast gleichgültig – oh, wie blind! – in seine zukünftigen Leiden rennen lasse! Ja, ich lasse ihn, eine verrückte Empfindung, dass es in meiner Macht stünde, die Dinge zurückzudrehen auf ihren Anfang. Aber ich drücke den Stift auf mein Manuskript, *Lieber Karl*, schreibe ich… Ich schreibe eilig an dem Text, hier bin ich mit meiner ganzen Aufmerksamkeit, nicht bei dem armen ausländischen Jungen, der ich war, der mir so derart vage ähnelt! Wie schütter die Brauen geworden sind! Wie dünn das Haar! Welche vage Ähnlichkeit, abgesehen von dieser erstaunlichen Tatsache, dass niemand, nicht mal Der-da-Oben, mehr über ihn weiß als ich!

In Französisch, das kann er von Hause aus, darüber hat er seine Romanistikprüfungen abgelegt, gibt er jetzt zwei Pensionatsfräulein Nachhilfestunden, und sonntags, wenn das Leben der Stadt sich, eingesogen in geheimnisvolle Tiefen, zurückzieht und fesselnde Lektüre zur langweiligen Beschäftigung wird, dann erlaubt er sich, von ihrem *vermeil* Porzellanteint und ihren schimmernden Haaren zu träumen… Außer der Freundschaft zu seinem lieben Karl gestattet er sich keine anderen; er verachtet das frivole Glitzern der gewöhnlichen Konversationen, er kann aber auch nicht darauf verzichten, von anderen freundschaftliche Solidarität oder galanten, mondänen Erfolg zu verlagen… Und abends fährt er natürlich fort, in sein Heft zu schreiben:

Köln, anonym: Christus im Garten Gethsemane. *Da der Urheber nicht nur die Regeln der Perspektive und der Anatomie nicht kennt, sondern auch vom Zeichnen nichts versteht, kann ich mir nicht erklären, woher der künstlerische Eindruck entsteht, vor allem da in diesem Fall nicht einmal die Farben dazu dienen, da sie wegen schlechten Erhalts verblasst sind. Obwohl ich auch das Gegenteil behaupten könnte: dass das Verblassen der Farben größtenteils verantwortlich ist für den künstlerischen Effekt. Das Gold des dämmrigen Himmels hat sich, offensichtlich später, mit dunklen, symbolisch oder ahnungsvoll wirkenden Flecken gefüllt.*

Aber kann man die vom Künstler nicht angestrebten Effekte künstlerisch nennen, wenn sie nur dem Zufall entspringen? Über den Garten könnte man sagen, er ähnelt einem Tiergehege, auch wenn er nur klein ist, nur ein paar zwergenhafte Obstbäume, um-

geben von einem schiefen Zaun. Christus sieht unförmig und wasserköpfig aus. Die Soldaten rings um den Zaun haben dumpfe, lächerliche Gesichter. Also, der dramatische goldene Himmel mit verschatteten Streifen verdankt sich der verblassten Farbe und dem in fünfhundert Jahren vermoderten Holz. Die Furcht, die den armen Christus in die Knie gezwungen hat, der offensichtlich ein pitoyable bonhomme *ist, für den die Idee des Martyriums für die anderen wie eine ungerechte Absurdität aussieht, ermangelt jeder Größe. Durch das Fehlen von Schönheit erweckt diese Szene wohl dieselbe Abneigung und dasselbe Mitgefühl wie ungepflegte alte Menschen, die aus der Nähe abstoßend riechen. Was die soldatischen Henkersknechte angeht, ist die Angst, mit der man sie um den Zaun stehen sieht, vermischt mit Abscheu und Gelächter – so grotesk sehen sie aus! Nicht mal das Böse hat die feierliche Größe, die man erwartet, so wie auch das Gute sie nicht hat …*

Aber trotzdem hat der arme Christus recht, auf Knien unter diesem Himmel zu beten, der sich mit den Jahren immer weiter verdunkelt hat, denn die glänzenden Waffen umgeben ihn zu allen Seiten, darüber flattern schreiend rote Federbüsche und die Hellebarden funkeln drohend im Dunkel …

Manche Notizen können mir nur noch ein Lächeln auf die Lippen zaubern.

Seit ich hier bin, hat mich eine feenhafte Stimmung überkommen, die von den bunten Papierlampions und den Girlanden mit den Fotografien ausgehen, die in den Bäumen hängen. Aber dann war ich damit beschäftigt, vor allem, solange diese tableaux vivants *gegeben wurden, diese Unbekannte zu finden, dass sie mich vielleicht auch sah. Ich habe es nicht geschafft, erst als die Damen alle erschienen mit ihren wunderlichen Toiletten, mit Schmuck aus echten Blumen, wie es, so sagte sie mir später, die Mode dieser Saison strengstens erfordert. Sie war origineller und ehrlicher, verzichtete auf die aristokratischen Orchideen, auf die bürgerlichen Rosen und schmückte ihr Dekolletee nur mit einem Sträußchen frischer Veilchen.*

Ich weiß sicher alles, was ihn betrifft; was aber sie betrifft, haben die vielen Jahre, die vergangen sind, in dieser Hinsicht nichts gebracht… Ich halte beim Schreiben inne und stütze mein Kinn in die Hand, denke wie schon ein andermal darüber nach: Sie, wer hatte sie sein können? Diese anziehende und an jenem Abend stark umschwärmte Frau, warum hatte sie den ungelenken Studenten so schnell akzeptiert? Wer war sie wirklich, welcher Welt hatte sie vorher angehört, welcher Welt gehörte sie später an? Ihre Manieren waren so untadelig wie ihre Zähne, gesund und weiß… Und die Wohnung, in die er eingetreten war, so aufgeregt wie ein Verliebter? Wenn man noch keine sentimentale Vergangenheit hat, sondern nur einen jungen Körper, den wilde Träume plagen und die Anziehung schlechter Gewohnheiten, dann erreicht man mit erschütternder Hitze selbst in den bescheidensten Umgebungen unerträgliche Liebesspannungen.

Oder wenigstens ihm war das so passiert.

Das Fenster des kleinen Salons, das immer offen steht, kann den modrigen Geruch der alten Mauern nicht vertreiben, sie sind schlecht instand gehalten, und auch die allzu menschlichen Gerüche – Essen, Staub, üppig verspritztes Kölnischwasser, um alles andere zu überdecken –, die vermutlich schon seit langem in die abgenutzte Tapete gedrungen sind, welche einst, so scheint es, *bleu-vert* mit Blumen und Zweiglein war. Neben den Anzeichen von Niedergang weist die Wohnung jedoch hier und da auf vergangene bessere Zeiten: ein schöner japanischer *cloisonnée*-Teller, der an einer Wand hängt, eine schöne alte Uhr auf dem Marmor des weißen Terracotta-Ofens.

Wie lange sprechen die beiden im kleinen Salon auf dem Sofa mit den gesprungenen Federn? Das Gedächtnis hat nur die nächste Szene festgehalten, sie ist noch seltsam vollständig, als hätte ein allwissendes Auge von außen darauf gesehen: Er, wie er mit großen, langen Schritten zum Bett geht, steif voranschreitet wie ein Storch, mit der einen Hand verdeckt er seine Blöße, die Augen sind immer verhangener und der Atem geht immer schneller. Bis er plötzlich die Geduld verliert und losläuft, um sich in ihrem Körper zu verkriechen, ihren noch frischen Rundungen; kaum spürt er unter der zitternden Hand ihre weiche Brust, die unter ihrem eigenen Gewicht herabhängt … Aber welch ein Wunder! Was für ein Wunder tut sie, indem sie ihm zeigt, dass sein eigener Körper, den er bisher verachtet hat wie ein schmutziges, gefährliches und ärgerliches Tier, das ihm jederzeit Störungen und Demütigungen zufügen kann, dieser Körper, den er bisher nur unmutig gepflegt hat in seinen zu kalten Wohnungen, damit dessen Ausstattung nicht mehr als eine spartanische Prüfung ist, sie zeigt ihm, dass er fähig ist, ihr Herz zu beglücken! War ihre Lust in diesem alten Bett mit dem Baldachin lehrreich? Eine praktische Lektion? Nein, für ihn sind das keine Bewegungen, die er verärgert und brav lernt wie bei einer Tanzstunde, wo die Bewegungen von seiner eigenen zu großen Aufmerksamkeit behindert werden –, arme Anfängerballerina, die von den Bühnenscheinwerfern gelähmt ist!

Ein gieriger und unbändiger Impuls, der ihn auf einen Weg bringt, den er erkennt, indem er ihn jetzt zum ersten Mal geht, eine hohe Entfernung, er selbst, der Mann ohne Körper, er schwebt, rudert träge, erleichtert um sein eigenes Gewicht … Und das, was sein Leben zu sein schien – ein unbedeutendes Fragment, das von einem zufälligen Lichtstrahl getroffen wird, ein Winkel der riesigen Tapisserie, für die man wie viele Schritte zurücktreten muss, um sie ganz zu sehen? Ein tiefer, vielleicht endgültiger Sinn flattert vor seinen zugepressten Lidern, verschwindet nichtig nach den Spasmen der Liebe, die ihn ans Ufer werfen werden – ein irdisches Wesen mit verschlossenen Sinnen!

Und welch blauer Morgen dringt durch das geöffnete Fenster über den Schieferdächern der alten Burg! Nichts wird ihn in den kommenden Monaten verdunkeln können … Den Hausmantel nachlässig über die Schultern geworfen und das Haar sorgfältig unters Netz gesteckt (inzwischen achtet er darauf, es regelmäßig mit dem Eisen zu richten), streichelt er sich mit einer zur Gewohnheit gewordenen Geste seinen Schnauzbart, den er sich hat wachsen lassen, er wird sich in den Sessel fallen lassen wie so oft, ein Opfer der Erinnerungen sein. Ein lasziver Dampf wird seinen Geist vernebeln, das entfesselte Sausen in den Ohren, die Woge Blut, die die Knochen immer leichter werden lässt, immer schwammiger, und im Bauch noch immer derselbe vom Feuer glühende Eisenhaken der Lust...

Jetzt schreibe ich den Brief ins Reine, sitze gekrümmt über dem Tischchen. Wieder sehe ich mich, als würde ein fremdes, allwissendes Auge mich von außen betrachten, aber wie anders alles ist! Die mageren, hängenden Schultern bilden einen leichten Buckel, die Brust ist eng, aber die Eingeweide drängen weiter vorwärts, ein kleiner *embonpoint*, im Augenwinkel die weißliche Warze, und ein nervöser Tick lässt die langen, fleischlosen Beine, die mit den Kanten der Kniescheibe in den Stoff der Hose drücken, rhythmisch zucken. Wie soll *er* nun *ich* sein? Nur eine ungefähre Ähnlichkeit wie zwischen Vater und Sohn, noch weniger... Er könnte immerhin mein Sohn sein – könnte ich sagen, dass er es wäre?

Wäre er mein Kind, würde ich entsetzt die Augen schließen... Nein, würde ich Gott zurufen, lass diesen Kelch an ihm vorübergehen! Nein, würde ich Ihm zurufen und mich zu Seinen Füßen niederwerfen... Wie könnte ich ihn so übermüdet und blass, gelähmt vor Angst am Fenster sitzend, während dieser zweitägigen Zugreise allein lassen, während er ohne etwas zu sehen die Landschaft betrachtet?

Die Unruhe in der Kutsche, eiskalte Hände und Füße und klappernde Zähne, während er dauernd das Fenster aufreißt, den Kopf herausstreckt und dem Kutscher zuruft: »Schneller! Schneller!« Und jemand, der tief im Inneren betet, die Reise möge noch dauern, möge noch unendlich lange dauern, nur dass er jetzt doch keuchend die Eingangsstufen hinaufläuft, dann die unzähligen Stufen der Holztreppe und plötzlich der Geruch...

Schon auf dem schlecht ausgeleuchteten Flur, als die Schuhspitzen jede Unregelmäßigkeit des Holzbodens ertasten, um nicht darüber zu stolpern, wird der Geruch immer strenger, bis er stürmisch die Tür der Schlafkammer seiner Mutter aufstößt und plötzlich versteht. Anstelle der wohlbekannten Gerüche nach Lavendel und Basilikum, die diskret aus der immer frischen Wäsche dringen, aus den Schubladen des Sekretärs, stattdessen ein unanständiger Gestank nach fauligem Fleisch und Urin … Und seine zurückhaltende Mutter, die in dem Augenblick, in dem der Zug bei der Abfahrt pfiff, ihre hilflosen Augen hinter dem Schleier verborgen hatte, sie war in so kurzer Zeit – wie, um Himmels willen, wie – zu diesem schauerlichen Wesen geworden. Beim Flackern des Kerzenscheins ein schwarzer, verkleinerter, handgroßer Kopf, der auf dem riesigen weißen Kissen noch kleiner erschien, eisig glänzende Augen, blaue, verbrannte Lippen. Reglos, bloß laut atmend, ein seltsames Pfeifen des Atems wie ein Kampf mit etwas Unsichtbarem, auf das sie all ihre Aufmerksamkeit richtet. Ich bin's, weißt du, dass ich es bin?, flüstert er ihr dümmlich zu, und in diesem vereisten, erstarrten Gesicht und in den Augen, die niemanden mehr sahen, zuckte die schwarze Pupille lebendig, ein Zeichen des Verstehens. Sie hat gezuckt, wirklich, oder war es nur eine Täuschung? Weil dieses seltsame Pfeifen der Luft zwischen den halbgeöffneten Lippen keinen Augenblick innehielt und sie denselben konzentrierten Anschein hatte, als müsste ihre ganze Aufmerksamkeit auf dieser überaus wichtigen Sache liegen, die nur sie etwas anging und der sie sich bewusst widmete, so, wie sie ihr ganzes Leben lang gewesen war; nur noch ein bisschen Geduld, sie wird sich davon lösen und dann werden sie beide ganz normal miteinander sprechen können.

Ich bin's, weißt du, dass ich es bin? Der Geruch nach reinem Wachs und Weihrauch, der die peinlichen Gerüche des Fleisches überdeckt, hinter ihm sich öffnende und schließende Türen, verhaltenes Schluchzen, Schritte auf der Holztreppe, das Rumpeln einer Kutsche draußen auf der Straße, das Scheppern einer Milchkanne in einem Pferdewagen – das gewöhnliche Rauschen der Straße, des Hauses, der Welt, die dieselbe geblieben war, aber die nun aufgehört hatte, gastfreundlich und warm zu sein, und wo versteckte sie damals ihr entfesseltes, entsetzliches Grinsen?

Schritte um ihn herum, das seltsame Pfeifen der Luft war scheinbar immer schwächer zwischen den bläulichen Lippen zu hören und ihr noch konzentrierterer, aber auch gleichgültigerer Gesichtsausdruck, als hätte sie, so unglaublich es auch war, vergessen, dass sie diese Sache, die sie beschäftigte, schnell lösen musste, damit sie beide dann miteinander reden konnten. Als würde es, so unglaubhaft es auch war, ihr nichts bedeuten, dass er gerade nach so langer Abwesenheit zurückgekommen war, nach so langer Reise, als würde sie es nicht für nötig befinden, ihm wenigstens einen Blick zuzuwerfen …

Wieder die Glocke am Eingang, wieder Schritte auf der Holztreppe, das Rufen des Wasserkutschers draußen, das gleich vom Dröhnen der Fässer auf den Sandsteinen übertönt wird, mit denen die Straße gepflastert ist, *du*, die du einst so lebendig leuchtetest, dann die Stimme eines alten Mannes, trocken und weinerlich, die gleich von der Drehorgel übertönt wird, eine Tür öffnet sich, ein verhaltenes Weinen, er, der nichts mehr tun kann mit trockenen Augen, *als wir auf der Welt waren, du allein und ich*, die Stimme eines alten Mannes, so unerträglich trocken und weinerlich, und er, der wartend dasteht, unbeholfen, fast verliert er die Geduld, er merkt nicht einmal, dass seine ganze Existenz aufgehört hat, die zu sein, die er glaubte als Möglichkeit vor sich zu haben: ein natürlicher, angenehmer Aufstieg zu wohlverdientem Hab und Gut und süßer Harmonie … Denn jeden Sinn, jede Ermutigung verhöhnend, war von ihr nichts geblieben als der entwürdigende Gestank des Fleisches und das ungerechte Pfeifen der Luft zwischen den halb geöffneten Lippen …

Sodass es ihm ebenso natürlich vorkommt, dass das Pfeifen plötzlich aufgehört hat, dass die Kiefern halb geöffnet erstarren, und weich und gewohnt ist nur noch die Stille zu hören ...

Wäre er mein Kind, könnte ich nach so einem Bild nicht mit derart sicherer Hand den Brief zur Seite schieben, während mir diese Szene wieder vor dem inneren Auge flattert. Ich könnte nicht von der Abwesenheit von Zeugen profitieren, um kräftig zu gähnen und mich zu strecken. Ich würde nicht sorgfältig in allen Jackentaschen nach der flachen Dose mit Fructosan Vichy suchen, *traitement rationnel de la constipation, migraines, dyspepsies, maladies du foie, de l'estomac, de l'intestin*, da ist sie ja endlich! Der wohlbekannte süß-saure Geschmack auf der Zunge, ein Seufzer der Entspannung und des Wohlseins, der beruhigend blaue Himmel draußen unter den Wattebauschen der weißen Wolken, ein unerwartetes Lüftchen – Gott sei Dank! –, das plötzlich die Wipfel der Pappeln im gegenüberliegenden Hof belebt ... Der schimmernde grüne Körper atmet und ich atme mit ihm, betrachte ihn, bin glücklich ...

Aber wie? Wie ist so etwas möglich?

Wie kann jemand derartig impertinent um diese Uhrzeit klingeln? Und wie kann es sein, dass sich im ganzen Haus niemand findet, der nachsieht, wer das ist? Wie denn? Sind die Gesetze dieses Hauses derartig über den Haufen geworfen?, sind alle Bediensteten verschwunden, dass Sophie schon den Garten machen muss, und ich soll jetzt anstelle von Grigore an der Tür stehen? Soll ich von jetzt bis morgen früh keinen Augenblick mehr für mich alleine haben? Bis ich mich zitternd vor Müdigkeit ins Bett lege, soll ich ab jetzt ihr indiskretes Gedrängel aushalten müssen? Soll ich sie mit falschem Lächeln und taktvollen Worten begrüßen? Formidabel! Formidabel und unverzeihlich! Das heißt wohl, dass jeder, der am Haus vorbeikommt, auch gleich an der Tür klingeln kann! Ohne Visitenkarte vorher, ohne einen Anruf kann man hier klingeln und dann höre ich ihre Schritte in der *hall*! Ich werde mich nicht aus meinem Mahagonistuhl wegbewegen, wenn es klingelt, aber das wird mir tatsächlich nicht viel nützen! Gibt es denn in dieser Welt überhaupt keine Gesetze mehr? Ich schweige weiter auf meinem Stuhl, eine schreckliche Aufregung lässt mein Herz unerträglich klopfen, wirklich, man hämmert drei Mal an die Tür und dann wird die Tür geöffnet, ganz sachte?! Na bitte! Na bitte, wer steht da auf der Schwelle! ...

»Bitte, Herr Ialomiţeanu, komm herein und mach es dir bequem! Wir haben ja so oft darüber gesprochen, dass in unseren Zeiten das Protokoll nicht mehr zeitgemäß ist – man vereinfacht, man vereinfacht... Also nimm Platz und oder bleib stehen, wenn du dich so besser fühlst! Selbstverständlich machst du keine Umstände, absolut nicht, du inkommodierst mich nicht, lieber Herr Ialomiţeanu! Ganz im Gegenteil, wie du wohl weißt! Wie du weißt, bin ich immer in Gesellschaft, wenn ich meinen Kurier empfange... Ich könnte sogar sagen, das habe ich mir zur Angewohnheit gemacht...«

Sophie

Ich tat nichts. Ich saß da. Der Himmel war weiß wie aus Stein, mit einem blauen Riss auf einer Seite. Ich sah, wie der Efeu am Fenster entlang wuchs. Ein Efeuzweig teilt das Fenster des Zimmers, wo wir gemeinsam beschlossen haben, dass ich dort die meiste Zeit über schlafe. Das Fenster unseres Schlafzimmers ist ganz von Efeu überwachsen, aber ich liebe das Licht; ich habe ihm auch diesen Grund genannt, als ich ihm sagte, warum ich nicht mehr will, dass wir zusammen schlafen ... Ich hatte es aufgegeben, noch einmal in die Mansarde zu diesem Nichtsnutz Grigore hinaufzugehen, und tat nichts, saß da: Ich wartete darauf, aus dieser vorübergehenden *malaise* wieder zu mir zu kommen, um dann in den Garten zu gehen.

Man hörte nichts als das ferne Gurren der Tauben und eine Straßenbahn. Die Sonne kam hinter einer weißen Wolke hervor und zeichnete plötzlich klare Umrisse von Licht und Schatten auf die Mauer, mein Blut geriet in Wallung, als ich mich erinnerte. Ich bekam keine Luft mehr, erinnerte mich, das Blut staute sich in der Brust, hinter der Stirn, mein Atem stockte, ich sah, fühlte die rohe, samtige Berührung der Haut, oh, und die aneinandergepressten Körper, die aus derselben Hüfte wuchsen. Die Sonne verschwand gleichzeitig mit der Linie, die Licht und Schatten auf der Mauer klar getrennt hatte, und mein Herz hörte ich kurz und unruhig schlagen, wie aus Angst. Krächzend und fern der Schrei eines Hahns, der Zweig vor dem Fenster hängend mit seinen rohen, unter dem Laub verborgenen Knospen – nur die Angst war geblieben. Es schien mir, als hörte ich weit weg das Rappeln einer Kutsche. Weil es schon spät sein konnte, stand ich auf und prüfte meine Kleidung, ewig in seiner Reglosigkeit hing der Efeu ins Fenster.

»Da man keine Vorurteile mehr akzeptieren will, erkennen moderne Geister an, dass die Frau – in gleicher oder vergleichbarer Weise – den Mann begehrt ...«

Der Satz floss noch einmal durch meinen Kopf, während ich auf Zehenspitzen die Holztreppe hinunterging, während ich Korb, Handschuhe und Gartenschere nahm; genau mit der Betonung, in der ich ihn gehört hatte, vor Augen hatte ich etwas ganz anderes. Aufrichtig fragte ich mich, ob auch Lisette solche Dinge vorschwebten, und dann gleich mehrmals am Tag, ihre Beziehung zu Jorj ist wieder eingerenkt, auch wenn die Bedienstete vor einem Monat niedergekommen ist.

Als ich durch den Hintereingang in den Garten ging, hörte ich wieder die Kutsche. Und was war das für ein Sommer! Das Laub an den Bäumen hatte allem Anschein nach sein Grün verloren, war weißlich, mit Staub bedeckt wie mit Salz und verholzt, als wären wir schon einen Monat weiter. Ich wollte überhaupt nicht daran denken, was in einem Monat sein würde, was ich dann tun würde bei allem, was geschah... Ich wollte nicht, dass dieser schamlose Satz mir noch einmal durch den Kopf ging, und wollte auch nicht mehr mehrmals am Tag Dinge sehen, die man normalerweise verschwieg. Am meisten wollte ich aber Ştefans Augen nicht mehr sehen, die in blau unterlaufenen Augenringen lagen. Ich hatte begonnen, mich vor diesen bohrenden, dauernd auf mich gerichteten Augen zu fürchten, die hart waren von Hass und Unverständnis.

Das Leben ist uns nicht geschenkt worden, damit es uns zur Last fällt, sondern damit wir uns daran erfreuen, und weil ich fest daran glaube, kann ich ohne Mühe alle Gedanken verjagen, die mir Sorge machen. Weil das Laub der Bäume so verstaubt war, richtete ich den Schlauch auf sie, eine echte Verrücktheit, mitten am Tag die Bäume zu wässern, und wenn schon? Das Leben ist nicht schön, wenn man es sich nicht mit kleinen Verrücktheiten angenehm macht, ganz leicht konnte ich an nichts mehr denken, was ich nicht wollte, sogar der unanständige Satz war aus meinem Kopf verschwunden; ich richtete den Schlauch auf einen jungen Apfelbaum und benetzte ihn. Er versteckte unter den Blättern mit der samtigen, weißlichen Rückseite glänzende, unreife Äpfel: Ich habe mich nicht zurückhalten können, mir war das Wasser im Mund zusammengelaufen.

Ich streckte mich nach dem Apfel über meinem Kopf, stellte mich auf die Zehenspitzen, reckte mich. Der Schlauch drehte sich vom Wasserdruck und begann zu gluckern, aber ich ließ ihn so und streckte mich weiter, um den Apfel zu erreichen. Gerade da fuhr die Kutsche vorbei. Das Leben ist uns nicht geschenkt worden, damit es uns zur Qual wird, sondern damit es uns zur Freude gereicht, und wenn ich will, wird mich keins seiner Ärgernisse berühren. Ich war gerade dabei, die Hand auf den Zweig zu legen, und es gelang mir trotzdem nicht, weil ich den Kopf nach der Kutsche drehte. Aber es war nicht die, die ich erwartet hatte, sondern eine, die sich wer weiß wie hierher verirrt hatte, sie fuhr am Haus vorbei. Also beruhigte ich mich und packte den Zweig mit den Äpfeln. Der erste Apfel war so sauer, dass mir die Tränen kamen, wie wenn jemand mich ärgert; seine weißen Kerne platzten zwischen meinen Zähnen und eine Weile saugte ich an dem bitteren Geschmack und sah immer zu der Terrasse mit den Klematis hinüber. Es wunderte mich nicht, Ştefan auf der Terrasse zu sehen, wie er mit diesen bohrenden Augen alles durchmaß – den Hof, die Straße, den Garten. Wüsste er nur alle meine Gedanken, ach!, was für ein vampirischer Wunsch! Ich wunderte mich, dass er die Kraft gehabt hatte, die verklemmte Tür zu öffnen. Als hätte ich ihn nicht gesehen, bückte ich mich über den Schlauch, so weit war es also, dass er die Tür zur Terrasse geöffnet hatte, die seit Ewigkeiten nicht mehr aufgemacht worden war, und dass er sich versteckte, um mich auszuspionieren! Der Gedanke, ich würde ihm nicht gut tun, der mich manchmal überkam, verschwand auf der Stelle: Keiner hat auf dieser Welt das Recht, alles bis auf deinen letzten Gedanken von dir zu besitzen. Sich immer belauert zu fühlen, das ist ein Missbrauch, vor dem man sich schützen muss – selbst schützen … Das vor allem, ohne darüber nachzudenken. Im 18. Jahrhundert, als die Menschen die Kunst des guten Lebens zum Höhepunkt gebracht hatten, war ein galantes Abenteuer jedermanns Recht. Das Leben verlangt Kompromisse, mit Eleganz und Taktgefühl, denn das Leben ist etwas anderes als eine Übereinkunft der Prinzipien *sans queue, ni tête*. Ein großer Fehler, hatte Ştefan damals gesagt, als ich ihn daran erinnerte, dass er mir all das damals selbst beigebracht hatte; dann sagte er noch (übrigens ganz und gar nicht überzeugend), dass eine so leichtfertige Art zu denken ihm nicht zu eigen sei; damals wollte er mich bändigen, dass ich mich nicht in ihn verliebe! *Il ne désirait pas s'attirer des histoires ...*

Als ich wieder hinsah, war die Terrasse leer. Vielleicht spionierte er hinter dem Vorhang oder der offenen Tür weiter. Um ihn zu beruhigen, damit er seine Zeit nicht weiter sinnlos verschwendete, fuhr ich fort, die verblühten Rosen zu schneiden und in den Korb zu legen; sollte er das doch sehen! Die Rosen waren nicht verblüht genug, dass sie für Marmelade nicht mehr gut gewesen wären, solche Dinge kann man nicht der Dienerschaft überlassen. Diese schreckliche Margot könnte doch wenigstens so viel tun, sich nicht immer nur vor dem Spiegel zu drehen! Allerdings erwecken ihre Verschrobenheiten auch einfach mein Mitleid: Bei aller Mühe bleibt sie doch genauso hässlich. Was das Wesen betrifft, ist sie besorgniserregend oberflächlich, so steht es auch in der Charakterisierung für dieses Jahr: »*hohe Ansprüche an die anderen, unstete Neigungen.*«

Unter den Rüschen des Gärtnerinnenrocks hatte ich eine geheime Tasche, aus der ich hin und wieder ein Äpfelchen holte und daran knabberte, bis mein Mund sich zusammenzog. Hätte ich noch irgendeinen Zweifel gehabt, dieser Appetit wäre ausreichend Argument gewesen; dann das Haus, das seit zwei Wochen voller Gerüche ist. Als ich vorhin zu Margot ins Boudoir ging, roch ich den Gestank nach verbranntem Haar und dass Madam Ana wie gewöhnlich nach gebratenen Zwiebeln stank und nach altem Schweiß, und unter dem Diwan kam der Geruch von Katzenpipi hervor – sicher hat sie diesen entsetzlichen Pitzurka über Nacht dabehalten –, und in einer Ecke habe ich Margots fleckige Höschen gesehen – o weh! Wie ekelhaft können Mädchen sein! Nicht einmal die Erziehung vermag es, den Schmutz des Geschlechts beiseite zu schieben! Ich bin schnell hinausgegangen, um mich nicht zu übergeben, und das war ein schlimmeres Zeichen als alle anderen; ich habe angefangen zu spucken, kaum war ich im Zimmer und schloss die Tür hinter mir. Ich beugte mich über das Lavoir und habe lange gewürgt, am Ende spuckte ich sogar ein Fädchen Blut. Ich zog es vor, dass Maria sauber machte, auch wenn ich weiß, dass sie mich hasst und die ganze Zeit ausspioniert. Aber ich weiß, dass auch Ştefan sich von ihrem Hass gegen mich überzeugt hat, also wird er ihr, was auch immer sie sagt, nicht glauben.

»Mach schön sauber«, sagte ich und streckte mich aufs Bett.

Ich wusste, das reichte schon, damit sie mich noch schlimmer hasste. Nachdem sie hinausgegangen war, erhob ich mich, spülte mir den sauren Mund und die Wange, an der etwas Gelbes angetrocknet war, dann legte ich mich wieder hin, und aus Angst, einzuschlafen, betrachtete ich den Efeuzweig, der das Fenster entzweischneidet.

Alles hätte verhindert werden können, dachte ich damals, als ich auf dem Bett lag. Alles hätte verhindert werden können, wären wir rechtzeitig in die Sommerfrische gefahren. Und wer ist schuld, dass wir ersticken, wie kein anderer hier im Hitzemonat in Bukarest? Während die Leute sich wegen des Krieges gezwungenermaßen davon überzeugen, dass auch der Strand von Constanţa ganz angenehm sein kann, sind wir aus wessen Schuld zu Hause geblieben und ersticken zusammen mit den ganzen Vorstädtern hier im Staub und im Rauch der Mititei-Grille, in dieser sommers unbewohnbaren Stadt? Oh, hätte ich nur eine Menschenseele, um mich auszuweinen! Wenigstens wegen der allgemeinen Situation, die täglich unerträglicher wird, dieses ewige Gejammer und die Launenhaftigkeit, wenn wir im *tête-à-tête* sind, dann die grobschlächtigen

Einwürfe in der Öffentlichkeit, Antworten, die seine schlechte Laune verraten und jedes Fehlen von Höflichkeit… Sich nicht mehr um das Publikum zu scheren und bei jeder Gelegenheit aufzubrausen, um die zu beleidigen, die dir nahestehen! Und wenn dann der Moment kommt, in dem du dich als Mann erweisen müsstest, dann zeigst du dich egoistisch und kraftlos! Und wenn du eines schönen Tages keine Kraft mehr haben wirst *pour sauver les apparences*? Keine Kraft und nicht einmal den Willen?

Dich so jung zu fühlen und so voller Lebenswillen, und alles um dich herum stellt sich dir entgegen! Und keine andere Perspektive zu haben, als einen launischen, ausfälligen alten Mann zu pflegen. Dazu eine egoistische, verzärtelte Schwester zu haben, dann noch ein Krieg, der anscheinend bald beginnen wird.

Und wenn du alles vergessen willst und einen Augenblick der Freude auskostest, dann hast du plötzlich Frauenprobleme…

Als ich bis zu diesem Gedanken gelangt war, kam es mir so vor, als wäre ich nass. Ich stand schnell auf, aber es war nichts passiert, alles war wie vorher; zehn Mal am Tag schien es mir passiert zu sein, und ich sah sofort, dass es nicht so war. Es tat mir leid, und damit ich keine schlechte Laune bekam, sah ich wieder zu dem Efeuzweig, der das Fenster zerschnitt. Wären wir rechtzeitig weggefahren, wäre nichts passiert, denn dann hätte ich keine Gelegenheit gehabt, in Titis Zimmer zu gehen. So sind wir in der Langeweile des menschenleeren Bukarest geblieben, die einzige Vergnügung besteht darin, Ştefan zuzuhören, wie er den Krieg voraussagt, aber jeden Tag anders: Heute plant er, wie er den Doktor überzeugen kann, ihm eine Erlaubnis für den Kriegsdienst zu geben, morgen jammert er wegen der Schlächtereien und was für ein Elend das sein wird, übermorgen beweist er allen, es ginge ihm so schlecht, dass er mit oder ohne Krieg den nächsten Sommer nicht mehr erleben wird, überübermorgen fragt er sich, was wohl die anderen über ihn sagen werden, wenn man sogar einen Großteil der Reservisten mobilisiert hat. Die Meinung wechselt mit jedem Wochentag, nur eins ist seit mehr als drei Monaten immer gleich: dass wir auf keinen Fall aus Bukarest wegfahren, in die Sommerfrische.

»Ich will das Wort Sommerfrische nicht mehr hören!«, schreit er.

Und dann fängt er mit seiner Lieblingsgeschichte an: wie der Krieg uns auf gepackten Koffern erwischt, mit Amme, kleinem Kind und Madam Ana, und mit den Hutschachteln auf dem Nachttopf... Oh, er wird so unglaublich vulgär und ich hätte beim besten Willen nie geglaubt, dass mein Schicksal einmal so unglücklich verlaufen würde...

»Aber weißt du«, antworte ich ihm jedes Mal, »wieso hatten dann alle unsere Freunde den Mut?«

»Gedankenlosigkeit ist nicht Mut«, antwortet er.

Er ist von der Krankheit und seinen fixen Ideen, die ihn Richtung Neurasthenie treiben, so seltsam geworden, dass er sofort loslegt, einem regelrecht Vorträge hält. Er sieht sich dann auf der Tribüne einer wohltätigen Gesellschaft und er ist der Conférencier, der aus Bukarest gekommen ist und in erster Linie auf die Damen Eindruck machen muss, die ihn durchs *lorgnon* betrachten!

Also legt er los, *sans perdre un instant, il saisit à pleins bras*, das ist sein ewiges Schlachtross, und auf geht's, unsere fanariotische Verwaltung mit ihrer Unordnung und ihrer Primitivität, unser zersetztes Land, und Rumänien wird noch lange Zeit so bleiben. Und er redet und redet, *à tort et à travers*, und dann kommt er natürlich darauf, sich mit seiner Krankheit zu brüsten und mit seinem Unverständnis für praktische Dinge.

Ein kapitaler Mangel, den er nicht einmal anerkennen will – als Mangel –, und umso weniger will er ihn korrigieren.

»Krank und unfähig, was willst du da noch, dass ich mich zu deinen Vergnügungen schleppe?«

Mit solchem Geschrei endet jedes Gespräch, sodass ich mich, um den Bediensteten nicht noch einen zusätzlichen Grund zum Amüsement zu geben, zurückziehe, einem Nervenzusammenbruch nahe. Jetzt weiß ich immerhin, dass ich in mein Zimmer gehe und sicher sein kann, dass er nicht in zwei Stunden kommen wird und mich weiter mit seinen Zuständen belästigt, sondern höchstens so, als wäre nichts gewesen. Er wird es eher normal finden, dass wir über so etwas auf diese Art und Weise hinweggehen, in mir ruft das ausschließlich Ekel hervor. Ich kann es nicht in jeder Lage ertragen, dass man mir gewisse Sachen antut. Ich würde sagen, dass ich vom Wesen her eher sanft bin und sehr geduldig, und davon profitieren sie alle, einschließlich der Dienerschaft und der frechen Margot.

Als ich zum tausendsten Mal zu diesem Schluss gekommen war, war der Korb bereits zu Dreiviertel voll mit welken Rosen. Und plötzlich merkte ich, dass ich mich von dem Schlauch entfernt, ihn aber aufgedreht gelassen hatte. Ich sah, wie er sich wand, in einer kleinen Pfütze um sich schlug wie eine Schlange, Blütenblätter mit krausen, eingerollten Rändern schwammen darauf. Ich schwankte, ob ich ihn zudrehen sollte, bis dorthin war der Weg mehr als ungangbar, nasse, vom Wasser vollgesogene Erde. Da ich auch in den süßesten Momenten, auch im Dunkeln, nie mein Zeitgefühl verliere, wusste ich, dass es eine Viertelstunde später war als die Uhrzeit, die ich dem lieben Titi angegeben hatte. Wäre ich nun bis zum Brunnen gegangen, hätte ich mir die Schuhe schmutzig gemacht. Ich dachte noch immer darüber nach und vergaß den Schlauch zum zweiten Mal, als ich die Kutsche hörte.

Bisher war ich ruhig gewesen, so wie ich immer sein möchte: Ich machte mir keine Sorgen darüber, wie der liebe Titi auffassen würde, was ich ihm sagen wollte, und auch, als ich die Tür an der Terrasse mit den Klematis offen stehen sah, beunruhigte ich mich nicht darüber, dass Ştefan uns zusammen sehen könnte.

Doch als ich die Kutsche hörte und einen Knoten im Hals spürte, der aufwärts stieg und meine Kehle wie eine Zange umklammerte, sodass ich wieder befürchtete, mich wie vorhin übergeben zu müssen, da wurde mir klar, dass die Schwangerschaft diesmal schwerer erträglich sein würde als beim letzten Mal. So hatte es auch die Hebamme Fănica gesagt: dass es nie zwei Mal gleich wäre und jedes Mal anders.

Letztes Mal war mir nur selten übel, und wenn die Übelkeit vorüber war und mein Zustand langsam sichtbar wurde, schnürte ich mich rechtzeitig ein und kein Mensch hat irgendetwas bemerkt. Ich war auf Bällen, bei Picknicks, bei Pferderennen und überall, wo wir noch nicht gewesen waren, und niemand wusste, dass ich Yvonne erwartete.

»Aber *ma chère*, wo hattest du sie denn versteckt?«, fragte mich später der alte General Praporgescu.

Was für ein angenehmer und höflicher Mann, und wie man an ihm die guten Manieren vergangener Zeiten sehen kann!

Er war so verwundert, dass er mit all seiner gewohnten Feinfühligkeit überall herumerzählte, dass ich dünn gewesen sei wie ein Blumenstängel; *je l'écoutais sans mot dire*, allein ich wusste, was ich wusste; wie Madam Ana sich mit den Schnüren des Korsetts geplagt hatte! Sie hatte das Knie gebeugt, es mir in die Hüfte gestemmt und gestoßen, gezogen, gestoßen, gezogen …

»Wenn das nicht Sünde ist, Frau Sophiechen!«, jammerte sie.

Sie jammerte, wie sie es eben so tun: Sie denken, wenn man jammert, wäre man etwas Besonderes. Tatsächlich sagte auch Doktor Rădulescu, als er mich an den Gurten zerren und schreien sah:

»Was war das mit dem Korsett, von dem ich gehört habe? Wie konntest du so kopflos sein? Es hätte nicht viel gefehlt, dass du es nur weißt«, so sagte er mir erst am Ende, »es hätte nicht viel gefehlt und du hättest sie umgebracht …«

Darum ist es dieses Mal schwerer, dachte ich, vielleicht wird es ein Junge, und plötzlich nahm ich Verwesungsgeruch wahr, vermutlich kam er über den Zaun herüber, von den Brachen. Und da wusste ich, wenn er nur noch einen Moment später kommen würde, dann wäre es aus; wenigstens hatte ich nicht die Sorge wegen der Dienerschaft, dass sie mir einen Strich durch die Rechnung machen und die Tür öffnen. Bestimmt machte Madam Ana Margot immer noch die Haare und sicher verarztete Maria immer noch den verrückten Grigore. Und weil ich von Natur aus nicht schwanke, wenn ich einmal etwas entschieden habe, dachte ich, alles würde sich schon irgendwie einrenken, doch zuerst musste ich mich erleichtern.

Also ging ich und tat es.

Ich sah wachsbleich aus im Spiegel und die Knie zitterten mir, wie sie immer zittern, wenn ich mich erbrochen habe, aber ich hatte keine Zeit mehr, meine Frisur und die Schminke wieder zu richten, ich war also wie eine echte Gärtnerin: im perfekten Einklang mit meinem Kostüm.

Ich ging wieder durch die Hintertür in den Garten, aus dem Schlauch lief es immer noch, aber ich verzichtete darauf, ihn zuzudrehen, dazu war keine Zeit mehr. Wenn es ihm irgendwie in den Kopf kam, vorne zu klingeln, wer weiß, was dann passieren konnte! Sein Gehorsam und sein Unverständnis für Frauen (das mich einmal so rührte) sind für einen Mann doch ein großes Manko. Ich wusste nicht wirklich, ob ich entschlossen war, mit Titi zu fliehen, nun hatte es sich ergeben, dass ich in einer solchen Situation sehen konnte, was er mir zu sagen hatte. Andernfalls wären die Dinge nur schwer zu lösen, so *sans tambour, ni trompette*, obwohl es mir meinem Wesen nach zutiefst missfällt *s'arrêter à mi-chemin.* Über all das dachte ich nach, als ich Titi sah, noch bevor er mich entdeckte.

Er stieg langsam die Stufen herunter, richtete den Blick auf den verfluchten Kater Pitzurka, den ich schon eine Weile gehört hatte, wie er pfiff, um die Vögel anzulocken. Ausgeglichen und ruhig, wie ich es gerne bin, näherte ich mich, ohne ihm ein Zeichen zu geben; und da ich mir der Gefühle sicher war, die uns verbanden, war ich überzeugt, dass auch die ungünstigen Umstände unseres Gesprächs ihn nicht stören würden. Er wirkte sanft wie immer und ich glaubte, bei ihm genau das Gegenteil von dem zu lieben, was ich bei dem anderen nicht mochte; der andere, der mich, so kann ich sagen, verzweifeln ließ, sodass meine Nerven sich nun hier mit ihm beruhigten. Allerdings ist Titis Sanftmut in meinen Augen auch eine Schwäche, denn ich habe gesehen, dass er sich sogar in Augenblicken machtlos gibt, in denen ihm der Ärger die Röte ins Gesicht treibt. In solchen Momenten, in denen es normal gewesen wäre, von Wut übermannt zu sein, erschien er lediglich verletzt, ich erkenne den Ärger bei ihm an seinem plötzlich trotzigen Gesicht, an seinem schwankenderen Gang.

Ich habe mich immer gewundert, wie es ihm gelingt, über die Dinge hinwegzusehen, die ihn ärgern; denn ich selbst weiß immer, wer mir in Wirklichkeit etwas schuldig geblieben ist (und ich vergesse es nicht!), aber gerade das ist ja immer meine Sorge: dass es mich nicht kümmern soll. Damit die ganze Mühe derer, die mir Böses wollen, zu nichts führt, weil mich nur das kümmert, was ich will.

Aber Titi rührt alles an. Ich sage am Ende oft, dass mir die Meinung der anderen etwas bedeutet, aber wenn ich will, dass sie mir nichts ausmacht, dann macht sie mir nichts aus. Er hat mir nun genau das anvertraut: dass die Meinung der anderen ihm furchtbar viel bedeutet, immer. Sieh an, dachte ich da, während ich ihm zuhörte, sieh an, auch Qualitäten können Nachteile sein. Etwas, was ich auch bei Ştefan gedacht hatte, als er mich zu langweilen begann. Am Ende hatte ich mich davon überzeugt, es handelte sich bei ihm um reine Nachteile; ab da hörte das Thema Ştefan auf, mich zu interessieren.

Als ich *cher* Titi anfangs die Stufen hinuntersteigen sah, war ich sicher, ihm würde es sicher einfallen, mich im Garten zu suchen: doch nein. Er hielt sich an den Weg, der zum Tor führt.

Vielleicht hatte es ihn verärgert, dass ich ihm nicht gleich entgegengekommen war? Ich war mir seiner Gefühle sehr sicher und dass das Wagnis, zwei Stunden vor den anderen Gästen hierherzukommen, für ihn mit seiner Art eine heldenhafte Geste war; als ich ihn so offensichtlich schlecht gelaunt den Weg herabkommen sah, da rührte er mich wieder. Ich merkte, wie seine Sanftmut in mir Zärtlichkeit offenlegte, so, wie sich eine späte Blume öffnet. Mindestens zwei Mal wiederholte ich diesen Gedanken, genau mit diesen Worten. Ich bin fast sicher, dies waren meine Worte; auch wenn mich sein Kommen beschäftigte, ich wiederholte diese Sätze, sie gefielen mir, und hatte doch einen Zweifel: Woher waren sie mir so spontan in den Sinn gekommen? Hatte ich sie nicht vielleicht irgendwo gelesen?

Ich dachte daran, sie in mein Tagebuch zu notieren, heute am späten Abend, wenn die Gäste sich zurückgezogen hätten und ich in mein neues, angenehmes Zimmer gegangen wäre, das mich wieder wie eine *jeune fille* fühlen lässt, so wie jetzt, *hélas!*, zehn Jahre jünger, ich werde warten, bis der Lärm im Haus verebbt, ich werde den Kerzendocht schürzen und werde in mein Tagebuch, mit dem ich heute beginne, diesen Satz schreiben. Denn mein Leben ist doch von Anfang an so schrecklich gewesen, dass ich meine Jugend viel weniger als jede andere habe leben können, da ich so früh von dem entsetzlichen Unglück getroffen wurde, Waisenkind zu werden. Und ich lechze danach, ein junges Mädchen zu sein, für einen Ball gekleidet umworben zu werden und gar zu flirten, denn all das sind ganz natürliche Dinge, wenn man nicht gerade dem Glauben anhängt, das Leben wäre eine Plage und Prüfung.

Sicher ist Titis Ahnungslosigkeit gegenüber Frauen ein Makel, aber mich hat sie verjüngt, noch mehr, als ich es ohnehin schon war. Und was mir gefallen hat, war, dass er sich schämte, über sich selbst zu sprechen. Diese Scham, über sich zu sprechen, hat mich bewegt, vor allem da ich von der hochnäsigen Selbstsicherheit des anderen herkam, ich ertrug es schon nicht mehr, zu sehen, wie er sich für den Nabel der Welt hielt.

Das war es, was mich im Besonderen berührte.

Titi konnte sich wohl nicht mit dem gnadenlosen Gedanken abfinden, dass wir uns erst umringt von Gästen wiedersehen würden, sodass er, obwohl er nur ein paar Schritte vom Tor entfernt stand, noch einmal den Kopf umwandte, um zu sehen, ob ich nicht etwa doch erschienen war. *Évidemment il se donnait la peine* sich seine flammenden Gefühle nicht anmerken zu lassen, nicht einmal dann, als er mich sah.

Denn als er den Kopf umwandte, fiel sein Blick plötzlich auf mich, wie ich auf ihn zuging, lächelnd und leichtfüßig. Ich war gar nicht traurig geworden, als ich sah, wie er auf das Tor zuging; ich war überzeugt, aus der Ferne könnte ich ihm den Befehl schicken, zurückzuschauen, und ich konzentrierte meinen Willen darauf, damit er mich spürte. Sollte mein spiritualistischer Versuch nicht glücken, würde ich rufen:

»Was ist denn das, ein Inkognito-Besuch, Herr Ialomiţeanu?«

Im Stillen übte ich die Betonung, aber es war nicht nötig, der Blick reichte aus, noch ein Beweis, so schien es mir damals, für unsere seelische Verbindung, die keiner Worte bedurfte. Er sah sich um und mit der für ihn bezeichnenden Diskretion kam er zu mir herüber. Es ist schwer, seinen Gesichtsausdruck zu beschreiben; sein Anzug hatte einen Fehler an der Schulter, plötzlich sah ich es. Wie geplant, sagte ich nicht gleich etwas, sondern lud ihn nur ein, ihm im Garten eine neue Rosensorte zu zeigen. Ich merkte, er war enttäuscht, er hatte wohl etwas anderes von mir erwartet, ich ging vor ihm her, schicklich, wiegte mich nur leicht wie eine Gärtnerin. Ich wusste, wie mein blonder Zopf sich um meinen Nacken wand und dass ich ein *grain de beauté* am Hals hatte, das man von seiner Position aus bestimmt sehen konnte, wenn ich so vor ihm ging.

»Siehst du«, sagte ich und streckte die Spitze des Halbschuhs aus, um den gekrümmten Rücken des Katers zu streicheln, der mich gesehen hatte, der kleine Bösewicht war mir entgegengekommen. »Siehst du«, sagte ich, »was er jetzt für ein glänzendes Fell hat? Ja, er ist eben Madam Anas Patient. Ich habe keine Ahnung, woher er kam, so voller Krätze, Madam Ana, die ansonsten ziemlich ahnungslos ist, hat ihn gepackt und in Benzin getaucht. Und als der Arme ihr wieder entkam, bot er einen schrecklichen Anblick! Ach, glaub bloß nicht, dass ich übertreibe, ich bin fast in Ohnmacht gefallen, als ich ihn sah! Jorj Ioaniu, der zufällig in der Nähe war, schlug vor, ihn zu erschießen, damit er sich nicht weiter quälte, und bot uns dafür seine Dienste an. Ich versichere dir, ich übertreibe nicht, er sah furchtbar aus! Nur noch Fellfetzen und offene Wunden und er miaute und wälzte sich vor Schmerzen auf dem Boden … Im Haus herrschte ein heilloses Durcheinander … Und ich nehme an, dass er mit seinem tierischen Instinkt verstand, dass sein Leben in Gefahr war, und während wir uns noch nicht ganz entschieden hatten, war er verschwunden! Er machte sich aus dem Staub und uns allen tat es leid um ihn … Na ja, als er nach einer Weile wiederkam, war er nicht wiederzuerkennen: glänzendes Fell, ein großer schöner Katzenkerl. Er muss wohl im Wald gelebt haben, im Herăstrău*. Von dort kam er mit dieser neuen Angewohnheit zurück: er pfeift, um die Vögel anzulocken …«

Ich war sehr fröhlich und gesprächig, wie wenn ich Gäste unterhalten muss. Ich fühlte seltsame Strömungen im ganzen Körper, meine Übelkeit hatte aufgehört, als hätte sie mir jemand einfach weggenommen, nur dass die Erde, je weiter wir kamen, immer nasser wurde. Ich nehme an, das störte ihn, er sah *mal à l'aise* aus und er wischte sich mit einem ziemlich knittrigen Taschentuch immerzu die Stirn, auf der waren jetzt wieder rote Flecken erschienen, wie immer, wenn er sich aufregte; das zeigte mir nur, dass seine Haut ebenso empfindlich ist wie seine Seele. Als ich sein keinesfalls tadelloses Taschentuch sah, rührte mich das wieder, ich dachte daran, dass er niemanden hatte, der sich um ihn kümmerte, seine Mutter und die Schwestern lebten in einem anderen Haus und ich bin überzeugt, er war ihnen vollkommen egal. Ein weiterer Grund der Rührung lag in der Erinnerung daran, dass ich es einmal gewesen war, die ihm aus solchen kleinen Nachlässigkeiten einen Vorwurf gemacht hatte. So ist das Leben, dachte ich, ging vor ihm her, und unter meinem Schritt wurde der Boden immer unsicherer, immer nasser und schlüpfriger, so ist das Leben und so ist es, zu leben! Was dir gestern noch gefallen hat, gefällt dir morgen nicht mehr. Und umgekehrt.

»Könnten wir nicht, verehrte und reizende Doamnă, hier anhalten, wo auch das hübsche Katzenkerlchen Halt gemacht hat? Denn weiter…«, schlug er vor und sah immer beunruhigter und angestrengter aus.

Ich weiß, dass meine Anwesenheit ihn aufwühlt, darum kann er sich vor mir in der Öffentlichkeit nicht natürlich benehmen, aber da war noch etwas anderes. *Il se fait du souci*, mehr als jeder andere Mann, den ich kenne, sodass ich mich mit aller Klarheit meines Willens zu zwei Dingen zwang: mich von seiner Unruhe nicht anstecken zu lassen und ihn nicht wie eine unter Beobachtung stehende Frau zu betrachten (das wäre mir feige erschienen, hätte mir Ekel verursacht). Ich weiß, ich bin geistesgegenwärtig, die Vorstandsdamen der Königin-Elisabeta-Gesellschaft haben mir das schon oft bestätigt: Ich wäre die Person, die den besten Eindruck mache im Getümmel der Schulfeste und bei den für Waisen und Bedürftige abgehaltenen Ostergottesdiensten. Während andere Damen nur im Nationalkostüm defilieren, um möglichst in den *compte-rendu* zu kommen, und auch die Gelegenheit zum Flirten nicht verpassen, erweise ich mich jedes Mal als die nützlichste und geschickteste; aber in diesem Augenblick begann meine Geistesgegenwart zu schwinden, denn ich merkte, dass es ihm überhaupt nicht behagte, auf den überfluteten Wegen zu spazieren. Irgendwann bespritzte er sich schrecklich die Hosen und bückte sich, um sich mit seinem schmutzigen Taschentuch abzuwischen, wie ein von einer schmuddeligen Amme aufgezogenes Kind. Und um vielleicht den Spaziergang abzubrechen, der ihm nicht gefiel, sagte er mit einem Lächeln, das ich an ihm kenne und überhaupt nicht schätze:

»Kennen Sie das Kloster Pasărea, verehrte und reizende Doamnă? Kennen Sie die Gästezimmer in den Gebäuden der Nonnen, für *rendez-vous*, wo man zwei, drei Tage galanten Beisammenseins haben kann? Ja, ich erinnere mich, dass Sie anfangs, als Sie davon erfuhren, verwundert waren, wie jemand dorthin fahren könnte, nur um ein paar Stunden dort zu verbringen ... Ja, ja, ich weiß, Sie haben sich gefragt, welche Schönheit der Natur den fehlenden Komfort und die Mückenschwärme kompensieren könnte ... Aber dann haben Sie darauf bestanden, dass auch wir dorthin fahren ... Ja, aus glaubwürdigen Quellen weiß ich, dass es im Einverständnis mit der Geheimpolizei für diese Orte offizielle Begünstigungen gibt ... Dass es eine vollständige Liste der Personen gibt, die dort waren ... Nein, ich weiß nicht, was für handfeste Beweise sie außer leeren Pralinen- und Keksschachteln haben, außer Parfümfläschchen, die es dort in allen Schubladen gibt. Aber wenn ich Ihnen sage, dass man sich nirgendwo auf der Welt geschützt und sicher fühlen kann ... Ja, ja, ich weiß, meine Worte haben keine große Wirkung, ich bin überzeugt, die gesamte Geheimpolizei könnte mit Ihnen nichts anfangen. Immer ruhig, immer die Situation in der Hand ...«

Diese Art zu spaßen habe ich oft als unangenehm empfunden, geschmacklos und unmännlich, Qualitäten, die ich bei ihm, das muss ich gestehen, oft vermisst habe. Die entscheidende Gelegenheit, sie zu vermissen, boten die darauf folgenden Minuten, als er stehen blieb und schwankte, ob er weitergehen sollte.

»Ich glaube, reizende Doamnă, von nun an wäre das nur ein Abenteuer, wie durch eine Wüste ... Folglich schlage ich vor, dass wir Ihre Rosensorten, die selbstverständlich nicht anders als wunderbar sein können, ein anderes Mal betrachten... Sicher, wäre es nicht so schlammig, aber jetzt sind die Umstände, die Bedingungen ...«

Weil er vielleicht die Unzufriedenheit auf meinem Gesicht sah, fing er an, auf eine Art und Weise daherzureden, die mich verärgerte. Ich hörte nicht einmal mehr zu, was er sagte, und beschloss, die Dinge klarzustellen.

Später, als ich versuchte, noch einmal alles nachzuvollziehen, schien mir, dass meine Geste ihn mehr erschreckt hatte als meine Worte, ich hatte sogar den Eindruck, dass er nicht einmal Zeit hatte, sie zu hören, so gehetzt war seine Reaktion. Noch immer schwankend presste er das schlammbeschmutzte Taschentuch an seine Wange, sodass sie ganz beschmiert war, als er zu reden aufgehört hatte und sein Taschentuch in die Tasche zurückstopfte.

»Wir können nicht zurück«, flüsterte ich und streckte die Hand aus, um den Schmutz mit meinem eigenen Taschentuch von seiner Wange zu wischen und ihn an mich zu ziehen.

Er machte jedoch einen Satz, als hätten meine Worte oder meine Hand ihn verbrannt. Er sah zur Seite – sein trüber, sturer Blick traf mich –, er war rot vor Erregung oder von der Sonne, und sein ganzer Körper schien in sich zusammengezogen. Er hätte sich auch ganz zurückgezogen, sich unsichtbar gemacht, hätte es ein Versteck gegeben. Da es jedoch keins gab, rannte er davon, deutete verschwommen einen Abschiedsgruß an. Er floh, tatsächlich, eilte über das Pflaster, über das wir beide hergekommen waren! Eine Geste, die ihn eher beschuldigte, als dass sie ihn rettete, falls jemand uns in diesem Augenblick hätte sehen können. Also redete ich mir ein, er wäre nicht aus Feigheit geflohen, sondern weil er, hätte er nur einen Moment lang darüber nachgedacht, nicht mehr hätte fliehen können! Und er ist nicht der Mensch, der nicht alles überdenkt, was er tut! Doch meine Argumentation änderte nichts an der Tatsache, dass er mich allein gelassen hatte, dass er nicht wusste, wie er sich möglichst schnell retten sollte. Ich ging langsam weiter, lief zum Wasserhahn hinten im Garten, und während ich lief, schlug mir der Gestank der benachbarten Brachen entgegen; durch die Zaunlatten sah ich staubige Disteln, einen riesigen Tollkirschenstrauch, der auf einem Müllberg gewachsen war, einen zerzausten Hund, der gerade ein Bein hob, ein paar ihres Zweckes verlustig gegangene, verwitterte Holzpfähle, die in den farblosen Himmel stakten.

Aber mir tat nichts weh, und wenn ich wollte, musste es mir nicht einmal etwas ausmachen. Im Übrigen brannte die Sonne so stark, dass ich meinen Hut in die Stirn schob, das Band ließ ich unter dem Kinn baumeln, damit mir nicht wieder übel wurde.

»... in einer Welt, in der alle betrügen, musst auch du, wenn du nicht falschspielst, wenigstens dem anderen in die Karten schauen ...«

Das hatte er mir in einem Moment der Begeisterung gesagt, während ich auf einem Strohstuhl gesessen hatte, von dem ich immer aufstehen sollte, er behauptete, er wäre morsch.

Plötzlich schleuderte ich den Korb mit den verblassten Rosen von mir, begann zu stampfen, zu schreien, zu brüllen, und dann fiel ich in Ohnmacht. Nach langer Zeit wachte ich in kühlen Laken auf, es duftete nach Riechsalz, nach Steinklee, ein Zimmer mit heruntergelassenen Stores, die Stirn und die Schläfen umwickelt, ein mit aromatischem Essig getränkter Turban.

Und neben dem Bett fand ich eine Sorbetière mit Kaffeeeis, sie stand in einem Kühlgefäß, ich kühlte meine heiße Hand daran.

Ich betrachtete den Himmel, es war bereits reichlich spät geworden. Meine Knie waren weich und etwas Unruhiges und Ekelhaftes wand sich in meiner Brust, ich konnte nicht noch mehr Zeit verlieren, als ich bereits verloren hatte. Ich musste mich frisch machen, mich hübsch machen, mich in die Nachmittagstoilette kleiden, möglicherweise in den Salon mit dem

Porzellanofen hinuntergehen und die Situation glätten, wenn sich die Gelegenheit ergeben sollte, und *last but not least*, wie Jorj Ioaniu zu sagen pflegt, musste ich berechnen, wie viele Gäste da waren und wie viele Portionen Eis es gab.

Die Terrasse mit den Klematis

»... meine Maladie hat mich dazu gezwungen, die Haushaltsführung abzugeben, und eine Menge meiner alten Zuständigkeiten haben Sophie in die Erschöpfung getrieben«, sagt Professor Mironescu. »In unserem Haus laufen die Dinge schlechter als früher, außerdem hat der Junge ausgerechnet jetzt eine Mandelentzündung ... Und die nächsten Monate zeichnen sich derart düster ab ...«

»Sie haben es gehört, nicht? Dass die Russen schon bei Isaccea sind«, unterbricht ihn der Gast prompt.

»Mein Lieber«, lächelt der Professor liebenswürdig, der aus seiner Versunkenheit hochschreckt, »was die Nachrichten angeht, bist du eher auf dem Laufenden als ich! Um meine Neugier und meine Kräfte war es schon zu besseren Zeiten nicht so gut bestellt ... Aber jetzt geschieht es nur noch selten, dass ich das Haus verlasse ... Da jetzt keine Kurse mehr stattfinden, ein Teil der Freunde waghalsig in die Sommerfrische aufgebrochen ist ...«

In der anderen Ecke des Salons schließt Sophie, irritiert von der Anspielung auf die Sommerfrische, den Fächer. Sie sitzt aufrecht im Sessel, die Nasenflügel angesogen. Der Professor mit Brille auf der Nase, berührt den Papierstapel vor sich mit dem *coupe-papier*; er muss den Blick nicht auf sie richten, um zu wissen, wie sie ihn in diesem Augenblick ansieht. Dasselbe gilt auch für seinen jungen Freund: Er weiß, wie er da mit übergeschlagenen Beinen sitzt, wie seine weißen Seidenstrümpfe herauslugen, wie man sie diesen Sommer in eleganten Kreisen so trägt; eine willkommene Nonchalance hat sein Aussehen weicher gemacht, sonst ist es oft allzu beamtenhaft. Jemand muss ihm wohl beigebracht haben (der Professor lächelt mit zärtlicher Ironie), dass eine kleine Nachlässigkeit den guten Geschmack eines tadellosen Anzugs ausmacht wie eine Prise Pfeffer. Denn einen echten Patrizier sieht man selten *tiré à quatre épingles*, wohl eher trägt er eine souveräne Gleichgültigkeit für seine Kleidung zur Schau.

Der Professor merkt, er ist an diesem Nachmittag etwas zu gesprächig. Ein trübes und leicht unangenehmes Gefühl drängt ihn zum Sprechen, seit einer ganzen Weile spürt er es schon; er könnte darüber nachdenken, könnte es analysieren …

Aber er vermeidet lieber, es von nahem zu betrachten.

»Die eingetretenen Schwierigkeiten erklären zum großen Teil …«, der Professor unterbricht sich plötzlich, ein Lächeln erhellt sein Gesicht, er öffnet pathetisch die Arme und geht der kleinen Yvonne entgegen, die Nela frech von hinten durch den Türspalt schiebt.

»… Komm, *mon petit*, komm, trau dich …«

Die Kleine tut ein paar Schritte und dann rennt sie, erschrocken von so vielen Menschen, mit einem kleinen Aufschrei zurück hinter Nelas Rockschöße. Die Arme des Professors sinken langsam herab wie die Speichen eines sich schließenden Schirms, dann sieht Professor Mironescu verwirrt zum Sessel seiner Frau hinüber. Ja, die kluge Sophie scheint auch dieses Mal recht zu haben: Der Tagesablauf des Mädchens sollte wirklich gewahrt bleiben, auch wenn an diesem Abend *mademoiselle* Lisette, erschreckt von den letzten Gerüchten, oben ihre Koffer gepackt hat und vor Aufregung weint. Außerdem ist es nicht gut, den Bediensteten zu erlauben, unsere Gefühle zu erahnen, damit sie sich dann vor ihrer eigenen Verantwortung drücken; sonst werden sie uns noch die Zeiten vorschreiben, wann wir unser Kind sehen dürfen, was seit einiger Zeit, zugegebenermaßen, ohnehin schon der Fall ist …

Der Professor lässt seinen zweifelnden Blick über die Gesichter der anderen schweifen; etwas weniger empfänglich für Logik und Erziehung, wie die Jugend eben so ist, beeilt sich Margot, für diesen Abend eine Ausnahme zu erbitten. Und so bekommt der Professor die Erlaubnis (sie ist *à contre-cœur* gegeben, das ist in Sophies Gesicht deutlich abzulesen), auch die kleine Yvonne im Salon dazubehalten. Er setzt sich, hält die kostbare Fracht auf den Knien und streichelt das blonde, feine Köpfchen mit allzu niedergedrückter Miene.

»Was den Zwischenfall bei Marmoniţa betrifft, gibt es Neuigkeiten, die erklären, was da genau passiert ist?«

Was für eine sinnlose Frage! Aber der junge Ialomiţeanu freut sich über die Nachsicht des Professors.

»Was könnte nach so langer Zeit Neues kommen?!«, fragt der Professor gutmütig.

Eine beiläufige Gutmütigkeit, wie vor dem am wenigsten wohlgeratenen geistigen Sprössling. Ja, unzählige andere Jünger haben sich im Laufe seiner langen didaktischen Karriere um Professor Mironescu geschart, alle begabt, mit eigener, origineller Denkweise, mit einer deutlicheren Berufung, als es bei Herrn Ialomiţeanu der Fall ist. Es sind noch genug, denen er Bücher und Briefe zur Ermutigung schreibt, für die er nach Kräften um Stipendien, Einrichtung von Posten, Neuberufungen ringt. Und manchmal gibt er zu, dass Krankheit und Alter seine Großzügigkeit haben schrumpfen lassen.

An diesem Punkt macht er immer dieselbe Bemerkung: »Wie wenig hat sich«, sagt er, »die christliche Meinung bewahrheitet, Armut, Einsamkeit und Unglück würden im Menschen gute Eigenschaften hervorrufen! Dass man das großzügigste Verhalten und den Kodex eines *hônnete homme* bei den vom Schicksal weniger Begünstigten findet, denen Gott, da er sie liebt, die Versuchungen eines Hiob sendet! Der Professor gesteht, dass Krankheit, Alter et cetera seine Möglichkeiten verringert haben, den Hochmut, die Arroganz, die unerträgliche Eitelkeit der intelligenten Jugend zu ertragen. Was er nicht mehr in der Öffentlichkeit zugibt, ist, dass er von seinen begabtesten und herausragendsten Schülern Widerspruch bekommen hat, dass er ablehnende Rezensionen zu seinen Studien gelesen hat und ihm keineswegs schmeichelhafte Dinge zugetragen wurden. Kurz, er hat Schläge einstecken müssen, die seinen menschlichen Ehrgeiz verletzt haben.

Das ist wohl unter anderem die Erklärung dafür, dass am Ende nicht diese düsteren Ivans, sondern der sanfte Aljoscha neben ihm sein Dasein fristet (um auch mal eine Anspielung auf einen gerade sehr *en vogue* befindlichen Roman zu machen, von einem sogenannten Dostojewski, er hat ihn vor kurzem in einer schlechten deutschen Übersetzung gelesen). Ein Aljoscha Karamasow, der aber mit einem wohlgelittenen praktischen Sinn ausgestattet ist, bei dem man nur die breiten, kindlichen Wangen sehen muss, die bei jeder dekolletierten Anspielung rot werden, um sofort Vertrauen und Sympathie für ihn zu empfinden.

»Sicher, es ist inzwischen so lange her, dass es einem seltsam erscheinen mag, so etwas noch interessant zu finden! Aber im Regiment gab es eine gewisse Alarmiertheit, man glaubte, wenn wir in den Krieg eintreten würden, dann ...«

Warum hat der Gast es wohl für gut befunden, sich vom Stuhl zu erheben, gar die Haltung eines parlamentarischen Redners einzunehmen? Sollte es wahr sein, was Sophie ihm einmal zugeraunt hat, dass es der Traum des jungen Ialomiţeanu wäre, der ja doch auch Interesse für die Philologie zeigt, in Wirklichkeit lieber eine diplomatische Karriere anzusteuern? Es ist sicher wahr, wenn er es Sophie gestanden hat ... Die armen Höflinge, lächelt der Professor in weiser Großmut, die armen Höflinge, die den verheirateten Damen Geständnisse machen und sich auf die Diskretion einer d*onna angelicata* verlassen, die es in Wirklichkeit gar nicht gibt! Die armen Höflinge, die nichts als ihre Alkovenerfahrungen haben, wo die Liebenden es grundsätzlich nicht wagen, über etwas anderes zu sprechen als sich selbst! Wie kann er nur glauben, die *donna angelicata* würde mit unerschütterlichem Instinkt jede Nachricht, die aus der weiten Welt an sie herangetragen wird (oft nur zur Hälfte oder zum Besseren verändert) an ihren Mann und Hausherrn weitergeben? Was ist das für eine Frau, die es nicht schafft, durch ihr harmloses Gezwitscher über Dinge, die sie doch bloß mit ihrem unschuldigen Auge beobachtet hat, die Meinung ihres Gatten über Verwandte und gute Freunde zu ändern? Erst dadurch wächst die Solidarität des Paares, so wird die Luft im ehelichen Schlafzimmer wieder frisch, wo es in Ermangelung der wilden Düfte ihrer ersten Umarmungen sonst immer stickiger würde, erstickend ...

Aber warum möchte Freund Ialomiţeanu in die Diplomatie gehen, ein Beruf, für den er doch nun offensichtlich nicht geschaffen ist, fragt sich der Professor noch. Wieso merkt er nicht, dass es ihm an Kaltblütigkeit fehlt, dass er den *l'esprit de repartie* nicht hat, dass nicht einmal Reichtum oder die Beziehungen seiner Familie diese offensichtlichen Mängel sublimieren können. Er ist jetzt in dem Alter, in dem er ein Doktorat con brio anvisieren sollte, einen wohlverdienten Lehrstuhl, stattdessen plaudert er mit zweitrangigen Politikern, frequentiert Gesellschaften scheinbar nur, um überall sinnlose Informationen einzustreichen. Ein genauso sinnloses Unterfangen wie das Befüllen der Damaidenfässer, das den Lehrer immer deutlicher die Oberflächlichkeit seines Gastes erahnen lässt.

Und warum, oder besser woher, taucht da diese kleine belebende Freude auf, die das schmale Gesicht des Professors verjüngt, während er im Geiste alle Defekte seines Gastes aufzählt?

Zwei Seelen wohnen in meiner Brust, sagt der Dichter zu Recht ...

»Herr Ialomiţeanu, du hattest dich auf das Teleajenului-Tal konzentriert, als sich der Zwischenfall ereignete«, unterbricht Sophie.

Doch nun scheint die Aufmerksamkeit des Gastes von dem Bildband gefesselt, den Margot auf dem Schoß hält, er versucht, über ihre Schulter hineinzusehen. So unterläuft es dem jungen, von den Regeln der Mondänität besessenen Mann, einen weiteren unverzeihlichen Fehler zu begehen, nachdem er schon unangekündigt gekommen ist: Er überhört die Worte, die Sophie, die Hausherrin, an ihn richtet.

Der Professor hat keine Zeit mehr, die Dinge zurechtzurücken, denn Yvonne versucht von seinen Knien zu hüpfen und schlägt ihre kleinen Fingernägel in den Kragen seiner Jacke. Nicht einmal, als der geduldige Vater sie herunterhebt und sie ein paar Schritte um das Tischchen tun lässt, indem er sie fürsorglich und ungelenk an der Hand hält, zeigt sie die Bemühung, sich wie eine Person zu benehmen, die an einem Abendessen teilnimmt. Ein Schauspiel von schlechtem Geschmack, bemerkt die junge Mutter ungehalten, es lässt unseren Salon wie eine Feier in der Vorstadt aussehen. Aber nach Vorstadt sähe auch ein offener Streit mit ihrem Mann über dieses Thema aus, bei dem sie, wie bei so vielen anderen, nicht übereinstimmen.

Sophie verbirgt ihr unzufriedenes Gesicht hinter dem Fächer und wagt die Prophezeiung, das Kind würde sehr bald ein Theater veranstalten und man werde es *énormément* bedauern, sie in den Salon gelassen zu haben. Als Zeichen von Ablehnung und ihres Vorhabens, sich nicht einzumischen, öffnet sie wieder ihren Fächer, und indem sie sich mit trägen, eleganten Bewegungen Luft zufächelt, erhebt sie sich vom Sessel und nähert sich mit sachten Schritten dem Sofa. Sie wird sich lediglich ihren Aufgaben als Gastgeberin widmen, wird aufmerksam die zerfahrene Konversation wieder aufnehmen.

»Weißt du, Herr Ialomiţeanu, wie es *en grand* in Mamorniţa* vor sich ging? Der König war beim Ausritt an der Donau und als er die Nachricht vom Einfall der Russen hörte, kehrte er alarmiert zurück, obwohl die Königin darauf bestanden hatte, weiterzureiten ... Eine Tatsache, über die man sich im Übrigen auch lustig gemacht hat ...«

Die geduldige Sanftmut, mit der sie sich dem Gast zuwendet, hat die Wirkung eines scharfen Vorwurfs. Er ist plötzlich dunkelrot geworden, der junge Ialomiţeanu ändert militärisch schnell seine Haltung und präsentiert der Doamnă eine elegante Verbeugung zur Entschuldigung. Was den Professor angeht, er betrachtet seit einer Weile die Terrasse mit den Klematis. Durch die kristallwasserklaren Scheiben blaue Samtblüten, darüber der süße Himmel – grün, rosa, opal. Und genau wie in den ersten Morgenstunden das ohrenbetäubende Gelärme der Spatzen …

Ist das nicht ausreichend, um eine überpersönliche Freude zu empfinden, die einen vor aller Beschränktheit des Lebens bewahrt? Der wohlbekannte Zustand der Gnade, den dir diese Tageszeit schenkt und mit dem Gespenst eines Versprechens winkt – eine irdische, ewige Schönheit …

Der Blick des Professors wird plötzlich hell, als er auf Yvonne fällt: So fest sie kann, hält sie den Schreibstift in der kleinen Faust, die Kleine versucht, ihn sich vors Auge zu halten, wie Papa es ihr einmal gezeigt hat, sie will durch die kleine Scheibe am Ende sehen. Doch vergeblich, die kleine Hand zittert zu sehr. Papa tut aber das Wunder, er hält ihn zwischen zwei langen, heißen Fingern und dann sieht sie plötzlich die winzige Stadt, die dort hinter der Scheibe in der Metallhülle des Stiftes lebt, Yvonne stößt einen Freudenjauchzer aus.

Der Professor betrachtet eine Weile lang das Mädchen, ist geduldig, gerührt – eine Rührung voller Stolz. Dann fühlt er sich verpflichtet, ins Gespräch einzusteigen:

»Aber es kann ja nicht sein, dass Herr Ialomiţeanu derlei Dinge nicht weiß!«, weist er seine Gattin lustlos zurecht, »die Zeitungen waren damals voll davon …«

»Die Zeitungen, natürlich, aber wenn man fast auf dem Gipfel des Berges angelangt ist, wie es bei mir der Fall war, der ich mich darauf konzentrierte, zu … Und der General Prezan hatte seinen Offizieren germanophile Zeitschriften untersagt, allen voran die *Steagul* … Wussten Sie das nicht? Haben Sie das noch nie von irgendwem gehört?«

Der Professor schweigt zum Zeichen des Unwissens und sendet seinem ehemaligen Studenten einen Blick über den Brillenrand zu.

Wohl einen unzufriedenen.

Vielleicht hat nur die dauernde Doppeldeutigkeit des jungen

Mannes ihn dazu veranlasst, sich jetzt seine ritterliche Haltung zu verkneifen, mit der er Sophie wegen seiner verärgerten Bemerkung hatte beispringen wollen. Ist es nicht Großzügigkeit, die Ialomiţeanu von all seinen Wesenszügen vor allen anderen zur Schau stellt, indem er seine Energie in alle Richtungen streut? Immerzu sieht man ihn beschäftigt, mal sucht er nach einem Stipendium für einen arbeitslosen Freund, mal setzt er sich für einen benachbarten Beamten ein, dessen Stelle heruntergestuft wurde, mal empfiehlt er einen Studenten, der sich selbst versorgen muss, als Nachhilfelehrer, mal bringt er einer Bekannten, einer alten Jungfer, Medikamente… Und immer so weiter rennt der arme Junge herum, knüpft Beziehungen, er hat derartig viele und knüpft sie auf für alle Beteiligten karitative und profitable Weise. Das ist Titi Ialomiţeanu, gestern war er noch ein armer Provinzler, kann aber heute bei Bedarf Verbindungen zu jemandem vom Kultusministerium herstellen, vom Außen- oder Innenministerium. Denn er vergisst niemanden und ahnt (oder erfährt) immer, wie er jeden für sich einnehmen kann: hier eine kleine Aufmerksamkeit, dort eine galante Schwäche, hier ein kleiner Eingriff durch einen Dritten… Ein einfacher Netzeknüpfer, an den du dich auch wenden könntest, würde dir nicht diese instinktive Unlust, die du für solche Dinge empfindest, das Gefühl geben, du hättest für Derartiges keine Zeit. Darum siehst du den armen Ialomiţeanu mitleidig an, der es auf sich nimmt, sich ausschließlich um enervierende Dinge zu kümmern, und zwar aus einer Nächstenliebe heraus, die dir unverständlich ist und der du nur mit kleiner Münze antworten kannst: indem du das Mechanische seiner kindischen Fragen erträgst.

»Eigentlich muss man bei uns immer zwei Zeitungen lesen, den prodeutschen *Steagul* und die frankophile *l'Indépendance roumaine…*«

»Keiner hat immer recht, mein Lieber«, antwortet der Professor mit melancholischer Großzügigkeit.

In seinem Inneren spürt er, wie sich die beiden widerstreitenden Seelen in Balance halten: Jetzt, da die seinem Schützling wohlgesonnene sich wieder durchgesetzt hat, erinnert sich der Professor an eine seiner alten Behauptungen: dass dieser sensible junge Mann seine allzu verletzliche Seele schamhaft hinter einer holprigen, stereotypen Sprechweise verbirgt. Eine Hypothese, die in Einklang steht mit der großzügigen Art, in der der Professor seinesgleichen betrachtet und die, *hélas!*, von der Wirklichkeit nur äußerst selten bestätigt wird.

»Jemand hat mir in Zusammenhang mit dem Ereignis von Mamorniţa gesagt, die Regierung wäre angegriffen worden, weil sie die Russen nicht entwaffnet hätte. Und die Antwort war: Wie könnten wir unsere zukünftigen großen Verbündeten entwaffnen? Darum habe ich mich gefragt, ob es denn nun, nachdem einige Zeit vergangen ist, vielleicht doch Neuigkeiten gibt...«

Indem er seine großzügige Hypothese von der verletzlichen Seele des Gastes überdenkt, die sich hinter dessen holpriger Syntax versteckt, fühlt sich Professor Mironescu wie ein ungeduldiges Kind, das am liebsten die Verpackung des Konditoreikartons aufreißen würde, um zu sehen, was darin versteckt ist.

Ein Dämon der Neugier, der wie ein Dschinn mit dem Rauch aus einer verschlossenen Flasche dringt. Eine nicht zu unterdrückende Neugier, die aus einem unklaren, unverstandenen Gefühl kommt. Lächelnd wendet der Professor seinem Schüler sein undurchdringliches, noch freundliches Gesicht zu.

Noch zufriedenes.

Doch genau in diesem Augenblick lässt Yvonne den Stift fallen und mit unglaublicher Schnelligkeit greift sie nach einem ungeöffneten Brief in der Obstschale und zerknüllt ihn mit ihrem Fäustchen. Papa flüstert ihr sanft etwas ins Ohr und versucht, ihr unbemerkt den Brief zu entziehen, aber das Mädchen überhört die Zärtlichkeiten, als sähe sie nichts mehr, als hörte sie nichts mehr. Vielleicht sieht sie am Ende auch nur noch das Papier, das so angenehm knistert, wenn man es knüllt. Angenehm könnte ihr auch sein, dass ihre Handlungen die Welt um sie herum in Bewegung versetzen. Also zeigt sie allen den knittrigen Brief, ihr Gesichtchen strahlt vor Zufriedenheit, ein Henker unterbricht so für einen Augenblick die Qual des Märtyrers und zeigt der Menge der Gläubigen den zerfetzten Körper, und Sophies ganzes Wesen ist erfüllt – trunken machender Alkohol! – vom Rausch des Ärgers und des Unvermögens.

»*Mais non, j'en ai assez* …«

Vielleicht angetrieben durch das unmutige Flüstern seiner Frau, vielleicht plötzlich ohne Geduld, wie es einem auch mit den geliebtesten Wesen passiert – der Professor versucht die geballte Faust mit Gewalt aufzubiegen und entdeckt auf einmal verwundert, wie viel Kraft in diesen blassen, dünnen Fingern steckt. Und gerade, weil auf dieser Welt doch nichts Schlimmes vom lieben Papa kommen kann, beginnt Yvonne zu schreien. Ein spitzer, ausdauernder Schrei erfüllt den Salon wie eine Alarmsirene.

Herr Ialomiţeanu lacht und tauscht komplizenhafte Blicke mit Margot. Und Frau Mironescu, deren Gesichtsausdruck zwischen Sieg und Unzufriedenheit schwankt – sieh an, das versprochene Theater! –, geht zur Glocke: Nela wird kommen, das Kind wird zu seinen eigenen Angelegenheiten zurückkehren und der Salon zum zivilisierten Leben. Aber die Stimmen vermischen sich, wollen eine Aufhebung der Schuld, und die Gastgeberin gibt zu verstehen, dass sie einlenkt, ihre Handbewegung lässt durch eine Öffnung ihres Kleides ihren festen, weißen Arm sehen.

»Du ermunterst sie auch nur zu Unfug«, sagt sie strafend zum Gast und droht ihm scherzhaft mit dem Finger, »alle tut ihr das, aus Bequemlichkeit und Desinteresse, und ich warne euch völlig umsonst, dass wir so ihr Wesen und ihren Charakter verderben …«

»Ich bin viel unschuldiger, als Sie ahnen … Übrigens, wie immer …«, protestiert dieser lächelnd.

Eine Verwirrung entsteht: Herr Ialomiţeanu hat den Eindruck, ihr Vorwurf hätte dem Schwesterchen gegolten, mit der er eine eigene Konversation begonnen hat; nun glitzern seine klaren Augen listig. Gegensätzliche Gefühle kreuzen sich in seinem Herzen, werden spürbar in einem lebendigen, kurzen Pulsieren. Er bietet Frau Mironescu errötend, aber mit großer Höflichkeit den Stuhl neben sich an, dann wirft er einen aufmerksamen Blick zum Tischchen hinüber.

Natürlich ist die Person, die ihn in diesem Salon am meisten interessiert, der Professor.

Aber die Aufmerksamkeit des Professors ist vollständig beansprucht von der kleinen Yvonne, die endlich eine ruhigere Beschäftigung gefunden hat. Mit dem ausgestreckten Finger drückt Yvonne auf die Nase, die Augen, die Lider von Papa und Papa fürchtet sich und schützt sich.

»Unschuldig!? *Pas du tout* ... Es gibt unzählige Vorwürfe, die man dir machen könnte ...«, beharrt Sophie, »beispielsweise, wenn ich dein Verhalten so bedenke, dann frage ich mich oft: Warum müht sich dieser Mensch so ab, es allen Bekannten recht zu machen? Was für einen Sinn hat es, Verpflichtungen für sich in Anspruch zu nehmen, die Menschen gelten, denen man nichts schuldet? Und im Gegenzug bleibst du denen etwas schuldig, die ...«

Sophie fächelt sich Luft zu und sieht mit leicht zusammengezogenen Augenbrauen zu dem Stich von Rubens hinüber, die Töchter des Leukippos, als befände sich dort das Geheimnis, das sie durchdringen will.

»Meinen Nächsten bleibe ich etwas schuldig, das ist wahr«, gibt der junge Mann nach, »je näher mir jemand ist, umso ... mein Verhalten ist dann umso ...«

»Umso schlimmer, ja«, lächelt Sophie.

Ihr Lächeln – leicht resigniert, leicht säuerlich, leicht verletzt – trifft auf sein Lächeln – verspielt und triumphierend. Eigentlich treffen sie sich nicht, denn sie zielen mit verschiedenen Geschwindigkeiten durch eine ähnliche Substanz aneinander vorbei, befinden sich in verschiedenen Aggregatzuständen.

»Trotzdem weiß ich nicht, warum du unbedingt willst, dass alle dich sympathisch finden! Sowohl der Pförtner der Casa Vanicu als auch Marghiloman, Nela, Nicu Filipescu, Madam Ana... Alle, ohne Ausnahme... Alle... Was hast du für einen Charakter...«, murmelt Sophie und lässt ihn unter ihrem Fächer hindurch ihre vorwurfsvollen Augen sehen.

»Das sind die Grundsätze meiner Politik, verehrte Doamnă. Der Politik, nicht meines Charakters«, betont der junge Mann, und wie nach einem kompromittierenden Geständnis macht er ein paar zögerliche Schritte von ihr fort.

Im Gehen streckt er zufällig seine Hand aus und streichelt mit den Fingerspitzen automatisch die Bronze auf dem Sims: der glänzende Torso, die Leier des Apoll...

Eine kleine Schwingung, die die peinliche Erinnerung an ein Alter mit sich bringt, in dem das entfesselte Blut und das natürliche, gute Betragen noch keinen anderen Ausweg fanden als die aufmerksame Betrachtung der griechischen Keramikscherben mit gerade stattfindenden Vergewaltigungen, der Statuen mit und ohne Blätter, der erregenden nackten Körper, auf die er seine zitternde Hand hätte legen wollen. Obszöne, primitive Symbole, die *à bout de nerfs* studiert wurden. Darüber schwebend, unanzweifelbar, die beruhigende Sicherheit, dass er immer imstande sein wird, sich seinem Verstand unterzuordnen; dass er nie etwas Unüberlegtes tun wird, wovon er sicher weiß, dass es ihm schadet. Dass ihn die Angst vor möglichen Krankheiten, Skandalen und Ungelegenheiten, die ihn abstoßen und ängstigen vor den realen Verlockungen schützen wird...

Die kleine Yvonne kritzelt etwas und der Professor bewundert den Flug der Mauersegler: ein Zickzack aus schwarzen Linien, die sich zwischen den Mauern des elfenbeinernen, samtigen Himmels kreuzen, dort im Rot der Abenddämmerung, das begonnen hat ihn einzufärben. Draußen leuchtet das gebrochene, tiefgoldene Licht, das die Schatten im Salon wachsen lässt – so wie Wasser in zwei kommunizierenden Gefäßen steigt und sinkt.

Aus den Träumen erwacht, hört der Professor die angeregte Stimme seiner Frau: Man spricht immer noch über das Ereignis von Mamorniţa.

»Natürlich wollte König Ferdinand nicht die offizielle Version hören: dass die Russen aus Versehen die Grenze überschritten hätten ... Ein Fehler, der über sechzig Kilometer ging?, sagte er. Man kann doch einen russischen General nicht beschuldigen, er könnte die Landkarte nicht lesen!«

Aber seit wann versteht sich jene Sophie, die damals in ihrer düsteren Pelerine über einem Romänchen heulte oder mit Leinwand, Staffelei, Rahmen und ihrem pittoresken Hut, der nachlässig auf dem Rücken hing, in den Obstgarten hinausging, seit wann versteht sie sich so gut auf Politik? Wie er sie so hört, mit ihrer gewohnten Selbstsicherheit ... Eine eitle Lust belebt das junge Gesicht, oder ist es nur ein süßes, ein noch niedliches kleines Getue? Die niedrige Stirn, die kühne Adlernase, die langen, dünnen Lippen – ein egoistisches, sogar kleinliches Wesen?

Oh, unsere grundfesten, mittelmäßigen Familiengefühle, bei denen wir doch nichts wissen über den, der neben uns atmet, so wie wir auch über unseren unbekannten Körper nichts wissen, ihn aber routiniert benutzen!

Herr Ialomiţeanu wirft mit so gesenkter Stimme eine Frage ein, dass der Professor sie nicht hört. Er vernimmt aber die Antwort seiner Frau:

»Selbstverständlich machten alle sogar von Anfang an solche Vorschläge! Habe ich dir nicht gesagt, dass Brătianu alarmiert von seinem Gutshaus anreiste? Und der König war noch auf dem Schiff bereits sehr aufgewühlt! Vielleicht vor Wut, vielleicht vor Angst, eine halbe Stunde lang hat er gezittert ...«

»Ach, sieh an!«, ruft der Professor schneidend, »ach, sieh an! Der König hat eine halbe Stunde gezittert und wir alle wissen es sofort. Was für Menschen, Herr Gott! Was für Menschen und was für ein Land!«

Und zum Zeichen seiner Verärgerung hebt er die kleine Yvonne von den Knien. Er muss nicht zu seiner Frau hinübersehen, um zu wissen, wie sie jetzt aussieht: betrübtes Profil, der Blick wie ein trauriges Kind, das nicht weiß, wie es sich verteidigen soll. Ein unschuldiger blauer Streifen schwebt eine Weile störend zwischen den schweren Mahagonimöbeln, während Professor Mironescu eisern schweigt.

»Aber das haben uns Leute aus seiner nächsten Umgebung gesagt … Jorj, erinnerst du dich nicht? Du warst doch auch dabei …«, behauptet Sophie sanft.

Eine flehende Sanftheit, die in ihm vor allen anderen Gedanken blinde Wut hervorruft. Eine Sanftmut, mit der sie es seit einiger Zeit besonders reizend findet, sich in der Öffentlichkeit auszubreiten.

Natürlich erinnert er sich nicht, dass Jorj Athanasiu eine solche Aussage gemacht hätte: Es ist auch nicht die Art von Information, die er verbreiten würde. Das passt nicht zu ihm. Und heute Abend werden es sechs Monate, seit sie ihren Freund Athanasiu nicht mehr gesehen haben. Wer wüsste das nicht genauer als er, den die Einsamkeit so sehr bedrückt, dass er sogar schon begonnen hat, auf die Besuche Titi Ialomiţeanus zu warten? Seit mehr als einem Jahr sind die Leute, die abends vom Spaziergang an der Chaussee zurückkamen und ihre Visitenkarten bei ihnen vorbeibrachten, immer seltener geworden, schließlich blieben sie ganz aus. Die Besuche ihres Freundes Jorj waren in letzter Zeit durch Telefonate ersetzt worden. Wenn Sophie sich nicht mehr richtig erinnert, dann ist das, abgesehen von ihrem schlechten Gedächtnis, nur zu verständlich, denn sie hat nicht diese Erfahrung der Vereinsamung gemacht.

Selten, dass Sophie eine Blumenschlacht an der Chaussee verpasst hätte und danach einen Abend im Flora mit Miza und Radu. Lisette Athanasiu hat ihr dauernd die Gelegenheit verschafft, sich ihr gewohntes Eis bei der Konditorei Regler zu kaufen (vielleicht stammt der politische Tratsch ja aus ihrem Gerede?), der Höfling Titi Ialomiţeanu ist ein paar Mal mit Margot ins Theater gegangen und auch morgen, so scheint es, haben sie wieder Karten für das Französische Theater. Nur, dass heute das Gerücht in der Stadt umging, die nächste Vorstellung wäre abgesagt, weil das Französische Theater die Sachen gepackt hätte, um abzureisen.

Folglich war Sophie während seiner Krankheit nicht gar so vom Schicksal geschlagen, wie sie gerne jammernd vorgibt. Und wenn sie die Erinnerungen durcheinanderwirft, dann nicht nur aus ihrer tiefen Verachtung für jede Ordnung, sondern auch, weil sie vielerlei Erinnerungen hat. Daher kommt sie darauf zu behaupten, Jorj hätte diese Information in die Welt gesetzt, die du, ihr Mann, gerade zum ersten Mal hörst. Na dann, dass sie sie gehört hat, geht auf ihr eigenes Konto.

Wo, das hat keinen Sinn, sie zu fragen: Selbst wenn sie die Wahrheit sagen wollte, sie wäre nicht imstande, sich zu erinnern. Die gesamte rumänische Gesellschaft ist ja jetzt vom Kaffeehausgeist gepackt, ja sogar die Massen, die sich gerade erheben, haben keinen anderen Wunsch als diesen grobschlächtigen Luxus und dass sie auf dem neuesten Stand der letzten Cancans sind! In der Liga der Orthodoxen Damen, in der Gesellschaft zum Schutze der Gärten und beim Roten Kreuz disputieren die Damen in diesem Augenblick genauso erhitzt über Politik wie die Herren.

Der Professor legt seinen Nacken an die Stuhllehne und nimmt den schneidenden Brillenrahmen von seiner Nase, um schnell das Zucken zu verbergen, das seine halbe Wange verzieht.

Anzeichen beherrschter Nervosität.

Es gibt derlei Momente, in denen du fast glauben magst, du gingest in einem Zimmer mit vielen Menschen wie durch psycho-elektrische Strömungen. Von hier wäre es nicht mehr weit bis zu den vielbesungenen Theorien eines Doktor Charcot und sogar bis zu den spiritistischen Sitzungen! Aber der Verstand und der Positivismus, in deren Geist Titi Ialomiţeanu erzogen wurde, machen ihn resistent gegen solche Annahmen, die gerade in Mode gekommen sind. Es gibt schließlich ausreichend Gründe, um sich die Spannung zwischen den Ehegatten zu erklären: die Hitze heute, die Gerüchte über den *Eintritt*, die Krankheit der Professors, und das alles bei der Unsicherheit der nächsten Monate …

Immer auf der Suche nach einer Möglichkeit, die Konversation wieder in Gang zu bringen, setzt sich Herr Ialomiţeanu neben Margot auf das Sofa. Man weiß nicht, warum sie es vermeidet, ihm in die Augen zu sehen und seit so langer Zeit schon starr dasitzt und den Bildband auf dem Schoß hält. Der junge Mann sitzt eine Weile daneben und stützt die Hände linkisch auf die Knie. Eine Verwirrung ist noch in seinem durchsichtig-blauen Blick begraben, so wie man an heiteren Tagen unter hundert Metern transparenten Wassers den zitternden Schatten eines rostigen Segelschiffsrumpfes erkennen kann, der mit verkalkten Muscheln verkrustet und in den Ketten grüner und roter Algen liegt.

Und plötzlich ruft er den ehrlichsten aller Sätze:

»O Gott! Was wird aus diesem Land, wenn wir eines Tages so weit sind, die Politik den Frauen zu überlassen!«

Durch die Nachbarschaft ihres Kompagnons geweckt, mischt sich Margot mutig ins Gespräch ein. In ihrer dünnen Stimme klingt die leicht verhätschelte Schwingung mit, die bei den meisten jungen Mädchen aufscheint, wenn sie plötzlich beginnen, ihre Macht zu spüren und es ihnen so vorkommt, als könnten sie ewig die Welt beherrschen, solange sie sich wie Kinder benehmen.

»Und die Königin Victoria?! Und Elisabeth?! Und hast du nicht gesagt, Ştefan, dass dies das Jahrhundert der Wissenschaft und des Fortschritts ist und dass wir sehr bald eine andere Art von Frauen haben werden? Weißt du noch, Ştefan, wann das war? Einmal kamst du samstags, um mich von der

Şcoala Centrală abzuholen, und auf dem Weg hast du angehalten, damit eine Dame in Hosen zusteigen konnte. Sie war so erschrocken, die Arme, sie war ziemlich stark geschminkt und so erschrocken! *Elle tremblait de peur!* Vorwärts, Kutscher, vorwärts, schneller, schneller, riefst du, und sie verkroch sich auf der Bank vorne, das Dach war zugezogen, aber vergeblich, man sah sie doch. Und wie sie draußen mit den Stöcken drohten! Los, Kutscher, schneller, schneller, riefst du, und sie grölten! Sie schlugen mit den Stöcken auf die Kutsche ein, bitte halte dir die Ohren zu, sagtest du zu mir, etwas Hartes schlug an die Kutsche, o je, was hab ich geschrien! *Soyez tranquille*, sagtest du, *il n'y a plus de danger*, dann begriff ich, gerade deshalb hatten sie begonnen, mit allem zu werfen, was sie fanden, weil sie gemerkt hatten, dass sie uns nicht mehr einholen konnten … Es ist zu früh, dass die Pariser Schneider Modelle schicken, die bei uns auf der Straße in Hosen herumlaufen, sagtest du, dann ließen wir sie bei ihrem Modehaus heraus, aber du wirst schon sehen, es dauert nicht mehr lange und dann wird es sehr *chic* sein, so herumzulaufen …«

»Was für ein Abenteuer! Ich höre gerade zum ersten Mal davon«, wundert sich Sophie bissig.

»Wieso zum ersten Mal? Ich habe es dir doch gleich erzählt, wir beide …«, widerspricht ihr der Professor säuerlich.

Er verdächtigt seine Frau, dass sie ihre Schwester hat zurechtweisen wollen. Aber ihm persönlich ist Margots Einwurf überhaupt nicht deplatziert vorgekommen. Als alter Lehrer ist er kein Anhänger von Strenge um jeden Preis, und als Mann ist er der Meinung, jungen Mädchen stünde ein Körnchen frivoler Wildheit, die Hand in Hand mit ihrer Naivität, ihrer Frische geht, sehr gut … Sicher, die Hingabe Sophies für ihre kleinere Schwester kann nicht in Zweifel gezogen werden, aber ihr Betragen lässt durch ihre Rigidität manchmal zu wünschen übrig.

Es folgt ein weiteres längeres Schweigen, in dem nur das Zischen der Luft zu hören ist, die der Fächer zerreißt. Sophie blinzelt vor Verwunderung und Vergesslichkeit, dann berichtigt sie versöhnlich:

»Ja, ja, ich glaube, ich erinnere mich an etwas … Mein vielgepriesenes Gedächtnis muss mir einen Streich gespielt haben!«

Sie lacht. Ein wohlbekanntes, perlendes Lachen, das wohl nicht falsch sein kann, so scheint es ihrem Mann jedenfalls.

»Was die Politik betrifft, hier beanspruche ich keinerlei Kenntnis, ich habe nur wiederholt, was die Leute so sagen …«

Ja, ja, jetzt kommt die Art einer einfachen, gesunden Frau zutage, die sie in den rustikalen lebenden Bildern zur Schau stellt oder wenn sie ihr schönes Trachtenkostüm aus dem Musceler Land trägt! Und mit welch unterwürfiger Nachgiebigkeit sie dem Gast antwortet, obwohl er sich ihr gegenüber gar nicht zuvorkommend gezeigt hat, im Gegenteil! Aber hier eine unangebrachte Koketterie zu erkennen, das würde von Seiten des Ehemannes auf eine kranke Fantasie hindeuten. Neurasthenie?

»… also die Politik überlasse ich den Soufragetten …«

Neurasthenie, sicher, sie bewirkt, dass, wenn man sich eine Sache einbildet, man sie mit jeder Faser seines schwachen, reizbaren Körpers als real empfindet. Wie soll er sich sonst so einen Ausbruch erklären, bei dem seine unterdrückte Wut herausplatzte, trotz der bewussten Zurückhaltung vorher?

»Ich würde mich nicht wundern, meine Liebe, dich eines Tages als Soufragette zu sehen … Denn deine Gesellschaften nehmen seit längerem recht viel Zeit …«

Aber es sind keine fünf Minuten vergangen und er hat begonnen, an der Wahrheit seiner Worte zu zweifeln! Und seine Neigung, seiner jungen Gefährtin öffentlich Vorwürfe zu machen, davon reden wir gar nicht erst! Die Wut, die ihn in der letzten halben Stunde dazu gedrängt hatte, ihr nachzueilen, sie am liebsten zu schlagen, wo auch immer sie sich verstecken würde, diese Wut ist plötzlich verraucht.

Gewöhnt an seine Anwandlungen, geht Sophie mit der Unterwürfigkeit eines Haustiers zu ihrem Sessel. Im zitternden Mundwinkel verlischt kaum wahrnehmbar wie ein weicher Kreis aus Wasser die Bedrückung eines unwissenden Geschöpfs, das nicht begreift, warum es – ungerechterweise – geschlagen worden ist …

Wie soll man bei so einem Anblick nicht den Kopf abwenden wie ein sentimentaler Henker?

Professor Mironescu folgt mit dem Finger den Umrissen einer aufgestickten Seerose (oder einer Lotusblüte), Margot tuschelt mit der kleinen Yvonne, Herr Ialomiţeanu hüstelt und bereitet sich darauf vor, eine neue Frage zu stellen.

Doch als er dich mit ernsten Augen ansieht, mit der Ergebenheit eines treuen Soldaten, zerstreut sich da nicht jeder Zweifel an seiner Aufrichtigkeit?

»*A propos*, was die Explosion der Munitionsfabrik von Dudeşti angeht …«, beginnt Herr Ialomiţeanu.

Die Türflügel gehen endlich auf und die gestärkte Haube Madam Anas erscheint über dem Teetischchen. Das Klirren von Silber und Porzellan, das sachte Rollen der kleinen Räder auf dem dicken Teppich. Alle Köpfe wenden sich gleichzeitig um, nur Professor Mironescu, der seinen Hals steif an die Stuhllehne gestützt hat, wartet mit gutwilliger Miene darauf, dass der Gast seine Frage beendet.

Die gestärkte Haube Madam Anas bewegt sich in die Mitte des Raumes, dann zu den Tischchen mit den hohen Beinen, die am Kamin stehen. Auf jedes von ihnen setzt die Alte einen fünfarmigen Kandelaber und nach kurzem Zögern, da es draußen noch hell ist, zündet sie die Stearinkerzen an.

Hinter dem Sessel von Frau Mironescu beleuchtet das flackernde Licht einen weißen, runden Sockel, eine Säule, und darauf die Büste eines antiken Gottes. Ein Poseidon, ein Jupiter *tonans*?

Mit einem flammenden *frou-frou* und leichten Schritten geht Sophie von einem zum anderen. Ihr ernstes, kindliches

Gesicht schwebt jetzt im Halbschatten des Salons, sie reicht jedem die dampfende Tasse. So genau und taktvoll, dass es sicher nichts geben wird, in dem sie nicht recht hat.

Dass es keinen Zweifel geben kann …

»Ştefan! Bitte! …«

Sie hat ihm die zu heiße Zange aus der Hand genommen, ist ungehalten über die Ungeschicktheit, mit der er versucht, den Zuckerwürfel zu packen. Der Blick, den sie ihm unter den langen Wimpern hindurch sendet, sagt genug über ihre autoritäre und besitzergreifende Sorge. Und mit derselben Bewegung, die keinen Widerspruch duldet, weist sie ihn auf das obligatorische Tortenstück hin.

Oh, grundfeste, mittelmäßige Familiengefühle, derer du anscheinend nicht würdig bist, solange du es nicht lassen kannst, deine Mitmenschen prüfend anzuschauen! Sie anzuschauen und der Sünde des Urteils zu verfallen!

Aber wie bitter der Tee heute Abend ist! Oder ist nur sein Mund bitter?

»Achtung, Frollein, das ist nicht zum Spielen«, sagt Madam Ana und nimmt die kleine Yvonne beiseite, die versucht, das Rolltischchen zu schieben, »iss lieber dein Kekschen …«

Der Professor lässt seine Frau nicht aus den Augen, während er das letzte Stück Torte schluckt und dazu kindisch eine Grimasse schneidet. Da ist sie also, von so sanftem Wesen, und erfüllt die Gastgeberinnenpflichten, ohne auf irgendeine Weise ihre Niedergeschlagenheit zu zeigen. Und sicher wird sie ihm auch später keinen Vorwurf machen, dass er seine Stimme gegen sie erhoben hat; höchstens eine Migräne oder eins von diesen Frauenleiden, das sie ans Bett fesselt. Sie wird stundenlang daliegen, ihre arme Stirn in einen mit aromatischem Essig getränkten Turban gewickelt, an den kalten Füßen eine Wärmflasche, die Wangen weiß, die Lippen blass. Dann wird er es am meisten bedauern, dass er sie beleidigt hat, und auch noch vor den anderen! Auch er wird in seinem unfreundlichen Kabinett alleine sein, wird lustlos an dem Projekt seines dialektalen Atlanten arbeiten, wird keinen Gedanken fassen können, Gedanken, die immer zu ihr zurückkehren. Ein trauriger Trost, dass nur er sie so leiden lässt, sie scheint die unschicklichen Worte derer, die ihr gleichgültig sind, nicht einmal zu hören. Beispielsweise scheint sie sich auch nicht durch die fehlende Aufmerksamkeit des Gastes gekränkt zu fühlen; denn andernfalls, wenn die absurden Annahmen wahr wären, die ihn manchmal hinsichtlich seiner Frau und des jungen Ialomiţeanu plagen, wie würde ihr sensibles und zärtliches Herz verletzt sein, machte dieser ihrer Schwester den Hof!

Und was den jungen Herrn betrifft, sieh an, wie ungerührt er die dampfende Teetasse aus Sophies Hand entgegennimmt! Eine Hand, die streichelnd den Körper herabgleitet, weitergleitet, immer weiter? Was für eine absurde Vorstellung!

Das beruhigende Knistern des Zimmers.

»Die Explosion in der Munitionsfabrik von Dudeşti verfolgt mich, die Umstände wollten es nämlich, dass ich bei der Beerdigung dabei war«, fuhr der junge Mann fort, »stellt euch vor, Sarg an Sarg! Hunderte und Aberhunderte von Särgen! Was bei den Anwesenden, bei allen, den unschönen Eindruck erweckte, man wäre bei der Probe für das dabei, was nun auf uns zukommt. Übrigens auch schreckliche Leute, Offizielle, Reden, Hitze. Und da, Herr Professor, kam mir dieser Gedanke, den ganz sicher viele ehrenhafte Rumänen in diesem Augenblick hatten: Ist es nicht vielleicht wahr, dachte ich, was ja auch gemunkelt wird, dass hier die Hand eines Verbrechers im Spiel war?«

Herr Ialomiţeanu verbeugt sich auf seine übertriebene Art vor Madam Ana, die ihm das Tellerchen mit den glasierten Kuchen hinhält, seine Lieblingssüßigkeit.

»Jemand, der auf unsere militärischen Vorbereitungen aufmerksam machen wollte?«, lächelt der Professor, »wo doch die Artillerielager nur unzulänglich gefüllt sind, unsere Bestellungen nicht geliefert wurden und so weiter, warum sollte sich da auch noch ein Feind gegen uns stellen? Um dich gar nicht erst zu fragen, mein Lieber, an welchen Feind du da gedacht hast unter diesen Umständen, in denen das hoffnungslose Schweigen Brătianus offenlässt, ob wir jemals die Neutralität aufgeben, ob wir uns dann an die Deutschen oder an die Franzosen halten! Und wenn wir von Verbrechen sprechen und von einem gefährlichen Feind, wäre es dann nicht angemessener, an uns selbst zu denken? …«

Ein Tropfen freundschaftlicher Bosheit hat sich in der Herzlichkeit des Professors aufgelöst. Er sieht recht bleich aus, aber gut gelaunt. Vielleicht versucht er, die unangenehmen Dinge, die er vor einer halben Stunde über den Gast gedacht hat, als er sich gegen Sophie richtete, wiedergutzumachen.

»Aber dennoch«, beharrt der unschuldige Gast, der nichts von den komplizierten Analysen des Magisters weiß, »dennoch kamen mir die Untersuchungen, die gemacht wurden, unzureichend vor, als wollte nicht einmal die Polizei die Wahrheit herausfinden. Und schließen Sie denn ein Attentat aus?«

»Haben vielleicht die, die König Carol ermordet haben, diese Explosion in die Wege geleitet?«, fragt ihn Margot.

Titi richtet amüsiert seinen Blick auf sie, hebt die Augenbrauen vor Verwunderung, aber schluckt weiter glasierte Kuchen mit seiner gewohnten, nervösen Gier.

»Ich erinnere mich sehr gut an diesen Abend! Du warst zu Besuch und Sophie sprach am Telefon, und vor Aufregung, als sie vom Tod des Königs erfuhr, hat sie Yvonne früher bekommen! Und nachdem du aufgebrochen warst, kam Onkel Alecu und brachte die Patin Fănica in seinem Coupé mit. Und als sie die traurige Nachricht vom König hörte, da klatschte Fănica in die Hände und sagte: Das ist kein natürlicher Tod! Das ist ein Tod … da stimmt was nicht! Und Patenonkel Alecu hat schon früher gesagt, er hätte gewettet, dass sie den König Carol am Ende vergiften, weil er das Geheimpapier mit den Deutschen aufgesetzt hat …«

»Dummheiten … *Tu prêtes comme d'habitude l'oreille à toutes les bêtises … Pauvre Alecu, il est bien gentil, il fait de son mieux, mais…*«, sagt Frau Mironescu und setzt sich auch auf das Sofa, zur anderen Seite Herrn Ialomiţeanus.

»Komm jetz', Frollein, lass jetz' dieses Spiel sein! Und fang nicht alle Kekse an, ein Frollein muss vor den Leuten hübsch essen, wer soll sie denn dann noch nehmen, wenn die alle angebissen sind? Komm jetz', Frollein, komm jetz', seien Sie verständig! Gucken Sie mich nich' so an wie ein Wolf…«

Das Flüstern Madam Anas amüsiert die Anwesenden. Nur die junge Mutter bringt ihre Sorge zum Ausdruck, dass es in diesen schweren Zeiten, wenn die Ausländer nach und nach alle abreisen, wohl schwierig sein wird, jemand Guten zu finden, der auf das Kind achtgibt.

»Dass es unmöglich sein wird, ein *Fräulein* oder eine *mademoiselle* zu finden, ist noch gar nichts, verehrte Doamnă! Aber die Bediensteten werden verschwinden! Und die Nahrungsmittelversorgung wird ein Problem werden, wie es für die Armen ja schon eines ist, nicht nur, dass sie Schlange stehen, aber es gibt nur zwei Mal in der Woche Fleisch, ansonsten ist Fastentag, vom Staat festgesetzt. Es fehlt also nicht mehr viel und bei uns wird es wie in Deutschland sein, wo auch die gehobeneren Leute Schlange stehen… Ja, ja, verehrte und reizende Doamnă, auf uns warten schlimme Zeiten.«

Die Stimme des jungen Propheten ist fröhlich und ein befriedigtes Glänzen bringt seine Augen zum Leuchten. Aber ein sorgenvolles Schweigen hat sich jetzt im dämmrigen Salon breitgemacht, zu dieser beunruhigenden Stunde *entre chien et loup*. Am düstersten ist das Gesicht Professor Mironescus, der sorgenvoll seine kahle Stirn betupft: Die Hitze seiner Augenlider macht ihm den Eindruck, das Fieber wäre plötzlich gefährlich hoch gestiegen. Er wird noch ein paar Augenblicke warten, dann wird er sich ins Schlafzimmer zurückziehen und sich für das Abendessen umkleiden.

»Haben Sie bei der Beerdigung vielleicht auch diese junge Witwe von Hauptmann Albu gesehen, über die so viel gesprochen wurde?«

Frau Mironescu hält Madam Ana die nicht ganz geleerte Teetasse hin.

»Jemand hat sie mir tatsächlich gezeigt, verehrte Doamnă ... Aber bei einer solchen Gelegenheit wagt man nicht, eine Dame genauer anzusehen, und übrigens wäre es auch schwierig gewesen, selbst wenn ich es gewagt hätte, *parce qu'elle portait grand deuil*. Ihr Schleier war so dicht, dass man das Gesicht nur erahnen konnte, und wer ihre Schönheit lobte, hat sicher nicht mehr gesehen als ich. Sicherlich, man sah ihr an, wie mitgenommen sie war von ihrem Verlust und so etwas beeindruckt die Umstehenden, nur kann ich ohne Übertreibung sagen, dass man, wohin man auch sah, immer wieder genauso beeindruckt sein konnte. So viele betroffene Familien, jeder bei einem anderen Sarg! Und diese Särge, stellen Sie sich vor, liebe Frau Mironescu, stellen Sie sich vor, alle verschlossen und versiegelt! Denn was befand sich darin? Wenn ich so sagen darf, je ein Fetzen Mensch, eine Schulter, ein Bein und so weiter ... Nein, seien Sie beruhigt, ich werde nicht in grausame Einzelheiten verfallen, aber man konnte es nur mit dem Taschentuch vor der Nase dort aushalten. Ja, ich komme darauf zurück, in welcher Hinsicht Sie mich der Übertreibung beschuldigen, verehrte und reizende Doamnă. Jemand, der gut unterrichtet war, sagte mir, dass seit gestern Abend keine Personenzüge mehr Richtung Sinaia fahren, und wegen der Ärzte, da hörte ich, dass sie verpflichtet sind, Übungen als Sanitäter zu machen ...«

»Ich hoffe, es ist so, wie du gehört hast, mein Lieber. Ich hoffe, sie haben aus dem Balkankrieg etwas gelernt! Damals haben der Schmutz und die schlechte Organisation so viele Opfer gekostet! ... Mit eigenen Augen habe ich gesehen, wie unsere armen Soldaten sich gefreut haben, bulgarische Uniformen zu bekommen, sie wussten ja nicht, dass sie wahre Nessus-Hemden bekamen. Ich habe nur einen jungen Mediziner sagen hören, der gerade aus Heidelberg zurückgekommen war, wie er über die Notwendigkeit sprach, die beschlagnahmte Ausrüstung durch ein Hitzebad zu schicken, denn bei unseren bulgarischen Gegnern war gerade eine große Choleraepidemie ausgebrochen. Seine Rede stieß nur auf Ironie: Woher nun ein Hitzebad? Die gewohnte Respektlosigkeit, die man bei uns an den Tag legt, wenn man anderer Meinung ist. Und die Jugend des Mediziners erlaubte ihm nicht, klein beizugeben, sodass sogar die, die ihm recht gegeben hatten, nun abschätzig das Gesicht verzogen, ach, lass uns in Ruhe! Entschuldige mal! Mach die Augen auf, wach auf, du bist auf dem Balkan und nicht in Heidelberg, entgegneten sie dem jungen Mann, der tatsächlich eines der ersten Choleraopfer sein sollte, die die beschlagnahmten Uniformen der Bulgaren forderten …«

Der Professor klammert seine heißen Hände um die Armlehnen des Stuhls und nickt mit mattem Lächeln. Was für verspätete jugendliche Illusionen hatten ihn damals freiwillig in den Krieg getrieben? Was für eine Qual, die Stiefel zu tragen, die ihn drückten, die ermüdenden Märsche unter der brennenden Sonne und das brackige Wasser, der Staub, der dauernd zwischen den Zähnen knirschte, wenn er aß, der Gestank der Kloake, auf die man die Kantine baute, und dann noch die dauernde Anwesenheit der anderen! Von Erinnerungen übermannt holt er aus der Hosentasche seine unvermeidlichen *Fructines-Vichy, bonbons laxatifs purgatifs dépuratifs, inoffensifs antiseptiques de l'intestin, A. Pointet, Pharmacien de 1-ère classe*, öffnet die Dose und wühlt mit zitternden Fingern zwischen den Pastillen, bis er eine erwischt.

»Komm jetz', Frollein, lassen Sie das Tischchen in Ruhe, das is' kein Spielzeug …«

Madam Ana nimmt die Fingerchen des Mädchens und es gelingt ihr, sie zur Tür zu bringen, ein paar Schritte; aber gerade als sie sich schwerfällig zur Türklinke streckt, entwischt Yvonne, die auf ihren krummen Beinchen noch unsicher ist, aber dabei von einer flinken Tücke, und versteckt sich hinter den Möbeln, zur Belustigung von Herrn Ialomiţeanu.

»Yvonne! Du weißt, wo du um diese Uhrzeit sein müsstest!« Die fremden Leute regen sie auf und ermüden sie, und je müder sie wird, umso schwieriger wird es ...«

Ein kleines Intermezzo findet statt: Frau Mironescu bittet Yvonne, endlich schlafen zu gehen, Herr Mironescu macht Madam Ana ein Kompliment für die Torte, Fräulein Margot berät sich flüsternd mit Herrn Ialomiţeanu und dieser überredet sie mit jugendlichem Lachen, ihre Fragen laut auszusprechen.

»Vielleicht wollte König Carol deshalb nicht, dass Krieg ist? Vielleicht wusste er, dass das Land nicht darauf vorbereitet war, und darum wollte er die Mobilmachung nicht unterschreiben? ... Wie denn, das hast doch sogar du, Herr Ialomiţeanu, mir erzählt! Dass die auf der Straße schrien, er sollte mobil machen, und er wollte einfach nicht ... Und dass er es dann so laufen ließ, wie das Volk es wollte ... Und dann überließ er alles dem Willen des Volkes: Er hat alle zu sich gerufen und hat unterzeichnet! Er hat geweint und unterzeichnet! Und am Ende hat er gesagt: Armes Land! Aber er hat sich unterworfen, damit der Willen des Volkes zu seinem Recht kam...«

»Das Volk, ja! Das Volk, die Straße, die so gut weiß, was sie will! Aber *à propos*, erinnern Sie sich, was damals ein Agent kostete? Zwanzig Lei ... Ein Provokateur, ein Kriegshetzer, oder wie sollte man so jemanden richtigerweise nennen?«, lacht Herr Ialomiţeanu.

»Wie kannst du so etwas sagen, wo du doch mit eigenen Augen gesehen hast, dass die Straßen voller Demonstranten waren?«

Eine größere Verstimmung, als dieser Zwischenfall es verdient, lässt die Stimme Frau Mironescus zittern. Da Herr Ialomiţeanu sich damit begnügt zu lachen, erhebt sich die Gastgeberin verärgert, nimmt sich ein Biskuit vom Teetischchen und geht dann, um sich in den Sessel im entgegengesetzten Winkel des Raumes zu setzen.

»Vielleicht haben wir diesmal etwas daraus gelernt! Ich habe gehört, man hätte Rettungswagen gebaut und Apothekenwagen, dass man endlich Sterilisationen und Hitzebäder gebracht hat. Und dass wir sogar Sanitätszüge haben, mit Bad und vollständiger Ausstattung. Sehen wir mal, sehen wir mal. Denn die allgemeine Hygiene ist unsere Achillesferse«, wiederholt der Professor beharrlich sanft.

Er erfüllt geduldig seine Pflicht als Gastgeber: Er ignoriert die kindischen Kontroversen und bringt ein interessantes, moralisches Thema ins Gespräch, sodass die gefährliche elektrische Spannung in der Luft unbemerkt verfliegen kann. Dann wird er sich zurückziehen können, kann beruhigt sein, dass er eine angenehme und angemessene Gesprächsatmosphäre hinterlässt.

»Denn keine all dieser positiven Maßnahmen, die man zur Gesundung des Landes unternimmt«, fährt der Professor fort, und seine Stimme bebt vor Aufrichtigkeit, »keine, meine Lieben, liegt tatsächlich in unserer Hand! Wir, die wir guten Willens sind, großzügig, idealistisch, wir haben und werden nie etwas anderes zur Verfügung haben als das Wort! Daher fühlt man sich auch so oft unfähig und allein, die Einsamkeit, das weiß man wohl, bringt den egoistischen Wunsch mit sich, sich zu schonen, und die Angst...«

Die immer häufigeren Momente während des Balkankrieges, in denen er sich, plötzlich aus dem Schlaf gerissen, fragte, was er eigentlich hier suchte, warum er seine schwachen Lungen den Märschen in der Hitze aussetzte, all die Fliegen, der Staub, die unzähligen Mikroben, die überfüllten Ambulanzen und die mit weißen Leintüchern bedeckten Tragen... Wem hätte es genützt, wenn er unter so qualvollen Umständen sein Leben ausgehaucht hätte, er hätte nicht mal mehr richtig bluten können mit seinem dehydrierten, baumfilzartig ausgetrockneten Körper. Da kam das Treffen mit seinem Freund Jorj Athanasiu natürlich zur rechten Zeit: *Wie bitte, mein Lieber, du hier? Jetzt mal im Ernst, mein Freund, siehst du nicht, in was du dich da hineinbegibst?! Geh zurück zu deinen Grammophonaufnahmen und deinen dialektalen Atlanten!*

»Ich hatte beim letzten Mal die Gelegenheit, von nahem zu sehen, wie die Dinge stehen, und der Gnädige Gott hat mir beigestanden, mit dem Leben davonzukommen! Wie rechtzeitig kam nämlich meine Begegnung mit Jorj Athanasiu, wie er da neben Ionel Brătianu herritt! Sie haben mich nach Hause geschickt! Und dann, nach einer anstrengenden Autofahrt, Hunderte von Kilometern, kam ich im vertrauten Bukarest an: Sommer, warm, Pläne für die Sommerfrische. Sophie wirft mir immer noch vor, wie übellaunig ich abends im Biergarten an der Fantâna Blanduzei saß. Mich störte aber diese gesunde, nationale Lust am Lachen, das alle unsere Katastrophen begleitet … Manche behaupten, dass wir so durchhalten konnten, ich frage mich aber, ob nicht vielleicht daher der Verlust unserer Lebendigkeit kommt.«

Mit leicht zitternder Hand ordnet der Professor die Papiere auf der Obstschale. Und sein Gast beginnt nach altem Brauch, mit großen Schritten durch den Salon zu spazieren. Wahrscheinlich, denkt der Magister, wartet er darauf, dass ich noch mehr von meinen Urteilen über dieses Land zum Besten gebe, er hält sie für übertrieben streng …

Aber wie kommen wir dazu, zu wissen, wie wir von den anderen wahrgenommen werden, auch von denen, die auf unsere Reizbarkeit Rücksicht nehmen, indem sie jedem unserer Worte beipflichten? Mittels der Intuition, sagen die modernen Theorien – Theorien, die dem allmächtigen Positivismus widersprechen.

Professor Mironescu tut es immer mehr leid, dass er nicht rechtzeitig die Bücher dieses Bergson bestellt hat, der gerade sehr *en vogue* ist.

Die Intuition also weist ihn genau auf die besondere Nuance des Respekts hin, mit dem ihn sein ehemaliger Student betrachtet: eine lebendige Empfindung, wie das Flackern von Licht. Da es aber eine störende Empfindung ist, vermeidet er es, den Gedanken in dieser Richtung freien Lauf zu lassen.

Der Professor wendet sich von den anderen unaufmerksam,

aber wohlwollend ab und rückt die Brille auf der Nase zurecht. Das lebendige, beruhigende Knistern des Zimmers umgibt ihn, die Brillanten einer Brosche glitzern in einem Kragen, die schaumigen Spitzen einer Rüsche durchschneiden das Dämmer …

»Vorsicht! Ach du je, Frollein! Vorsicht!«

Rauschen von Röcken, Schreie, Trampeln, Geräusche von eilig auf Teller gesetzten Tassen. Und doch ist er, der keine Reflexe hat, er, der zerstreute Brillenträger, mit einem Satz der Erste. Er löst die feuchten Händchen Yvonnes – wie können sie nur so klein sein? – vom Rand des Rolltischchens, empfängt mit einem glücklichen Lächeln die Stiche der kleinen Fingernägelchen, sie schneiden wie Rasierklingen. Er streichelt das weiche, feine Haar, durch das man stellenweise den rosigblonden Kopf sehen kann. Er nimmt ihr die Fäustchen von den Augen, die sie mit ungeahnter Kraft an sich zieht.

»Nein, ihr ist nichts passiert«, erklärt der Professor geduldig und kostet seinen Triumph bescheiden aus, »es ist ihr nichts passiert, sie ist nur von dem Geschrei erschrocken …«

Und das ist tatsächlich die Wahrheit. Von ihren Schreien ist sie erschrocken und von ihnen allen, die plötzlich aufgesprungen sind. Eine Gefahr hat tatsächlich nicht bestanden, während der Tee serviert wurde. Das ist wahr, aber auf den Posten als Retter hat er schon lange gewartet. Also hebt er seine kostbare Trophäe in die Höhe, den kleinen Körper, der so berauschend und kindlich nach Milch riecht, und richtet ihr die winzige Matrosenbluse …

Oh, grundfeste, mittelmäßige Familiengefühle, die einem die Kraft geben, immer wieder von vorne anzufangen, Morgen für Morgen, und die Kraft, all das zu ertragen, Abend für Abend …

»Ich hätte es vorgezogen, meine Rede nicht ganz so schnell bewahrheitet zu sehen … *Mais c'est une véritable folie de la faire confier à Nela … Cette fille trouve tout le temps des moyens pour se dérober … Et toi aussi, chéri, tu laisses aller les choses …*«

Sophies Vorwurf klingt sanft, aber ihr Blick liegt starr auf ihm. Wieder dieselbe Empfindung, er wäre durchsichtig, dieselbe Schräglage, in die ihn die Lüge versetzt. Denn am Ende ist es doch eine Lüge, wenn er ihr seine schlimmem Momente verbirgt und sie ahnt, dass etwas nicht so ist, wie es sein sollte, und trotzdem nicht versteht, was es sein könnte. Sicher, er ist verzweifelt, versucht sich vorzumachen, seine Krankheit sei zur Hälfte Hypochondrie, zur Hälfte Neurasthenie, während er keinen Arzt aufsucht oder sonst eine Maßnahme ergreift …

Er schüttelt sich vor Unbehagen, dann setzt Professor Mironescu das Kind auf seinen Knien zurecht. Der Höhepunkt des Fiebers scheint überstanden, denn er fühlt sich zu Kräften gekommen. Und je kräftiger er sich fühlt, desto gesprächiger wird er. Dasselbe unangenehme Gefühl drängt ihn, aber seine Stimme klingt voll, die Augen strahlen und das Grün seiner Iris ist frisch vom nachmittäglichen Fieber:

»Denn bei uns, meine Lieben, sehen die Menschen von Anfang an müde aus, von Anfang an resigniert, als hätten sie schon viele andere schwere und enttäuschende Leben gelebt, als hätten sie es schon lange aufgegeben, sich dem allmächtigen Bösen noch entgegenzustellen. Aber die Unordnung, das Provisorium, die Primitivität, die vermehren sich spontan … Wie die Mikroben im Staub … Als gäbe es in der Luft ein Ferment der Unordnung …«

»Ein Enzym«, lacht der Gast.

»Ein Enzym, wenn du so willst«, stimmt der Professor zu, »eine allmächtige Mikrobe der Korruption, des Chaos, des oberflächlich Erledigten. Das Böse, über das sich schon mein Vater beklagte und über das auch wir nicht aufhören, uns zu beklagen. Und alles zusammengenommen verursacht diese kolossale Trägheit, in der die Energie verkleistert, pervertiert, erstickt. Wie wunderbar ist unsere Jugend, sind unsere Kinder, wie enttäuschend sind unsere Erwachsenen …«

Und Professor Mironescu schließt vorsichtig die Arme um die kleine Yvonne, die nicht merkt, wie geschützt sie in den Armen ihres Papas ist, sie jault wie ein nervöses Hündchen und will allem Anschein nach fort.

»Ja wirklich, mein Lieber, wie erklärst du dir, dass wir immer noch über dieselben Übel klagen seit so langer Zeit? Denn wären wir wirklich so viele Unzufriedene und so viele Aufrichtige, wie kann sich da das Böse vermehren? Aber scheinbar, von Generation zu Generation …«

Der Professor unterbricht sich und lässt Yvonne von seinen Knien gleiten, als er die Blicke des Gastes starr auf sich gerichtet fühlt. Möglich, dass dieser Bedenken angesichts dessen hat, was er hier hört! Es wäre also wohl gut, ihn mit großer Geste dazu einzuladen, die originellen Möglichkeiten seines Geistes hier zu offenbaren! Was Professor Mironescu hiermit auch augenblicklich tut; mehr noch, um ihm zu helfen, stellt er ihm eine Frage. Wie erklärt er sich als Vertreter einer jüngeren, dem Leben gegenüber anspruchsvolleren, kultivierteren Generation, die Beständigkeit dieser nationalen Sünden? Wie kann es sein, dass wir gleichzeitig mit dem Schlechten auch unsere Wehleidigkeit weitergeben, die aber später gleich bereit ist, wenn es um einen selbst geht, sich mit allem abzufinden? Die bereit ist, zu beschuldigen, zu kritisieren, zu bejammern, wenn es um einen anderen geht?

Als hätte ihn diese Frage auf taktlose Weise erwischt, errötet der junge Mann, seine Ohren werden feuerrot. Er, der Vertreter einer jüngeren Generation (antwortet er), aber auf keinen Fall einer kultivierteren! Anspruchsvoller, ja! Sinnlos allerdings, dass seine Generation anspruchsvoller ist, da die Würfel ja bereits gefallen sind und wir es, um es einmal so zu sagen, nach einer Zeit des Wohlstands und des Friedens mit einer »Opfer-Generation« zu tun haben … Bleibt noch abzuwarten, ob das Opfer sich lohnen wird, um die Sache mal beim Namen zu nennen. Übrigens ist er, als Vertreter dieser jüngeren Generation, der Erste, der ihre Oberflächlichkeit zugibt, und das ist noch gar nichts! Man wird sehen, was für kompromissbereite und profitgierige Menschen das sind, die da nachkommen!

Der junge Ialomiţeanu befindet sich nun in jenem entfernten Winkel des Salons, wo sich Porzellanofen und Terrassentür gegenüberliegen. Er stützt sich auf den Rand des Kamins, die rechte Hand lässt die an den Spitzen dünn auslaufenden Finger spielen. Aber wie kann der Professor in der anderen Ecke des Zimmers die helle Aufregung gespürt haben, die ihn vor ein paar Augenblicken erfasste, als er bei seinem nonchalanten Spaziergang durch den Salon gesehen hat, dass die Tür zur Terrasse mit den Klematis – offen steht?

Ja, eine erstaunliche Tatsache, wahrlich! Die Tür zur Terrasse, die jeder, der im Haus ein- und ausgeht, immer schon als verschlossen kennt, jetzt steht sie eine Handbreit auf! Und wenn sie jetzt offen steht, dann ist sie auch vor einer Stunde schon offen gewesen! Und vor zwei! Also ist jemand auf die Terrasse gegangen, um auf die Straße zu sehen, in den Hof. Oder sogar in den Garten! Und dieser Jemand kann kein anderer sein als der Professor, er erledigt ja in diesem Salon seine Korrespondenz!

Die Aufregung lässt ihm seinen Herzschlag wie ein Dröhnen erscheinen, wie Gongs, die Schlimmes verkünden, aber trotz alldem antwortet der junge Mann gutwillig auf die absurde Frage des Professors. Er hat bisher leider nicht über dieses Gesprächsthema nachgedacht, erst in der Zukunft – wenn es noch eine Zukunft geben sollte – wird er die entsprechende Antwort finden.

Der Professor lässt die Lider über die heißen Augen sinken: Also hat er sich geirrt, als er den unruhigen Blick des jungen Mannes auf sich ruhen spürte und annahm, dieser wolle ein Gespräch führen! Ein *malentendu*? Sicher, aber trotz der Erklärung, die er sich gibt, bleibt die Unzufriedenheit im Herzen des Magisters weiter bestehen. Sieh an, so sieht also so einer aus – und es ist nicht der Schlechteste! –, einer von denen, in deren Hände wir die Welt legen müssen. Oder sieh an, was das Jungsein heißt, mit seiner Oberflächlichkeit und seinem Egoismus.

»Ihr seid zu jung«, lächelte der Professor, »um euch zu erinnern, wie Maiorescus Artikel in der *Deutschen Revue* aufgenommen wurde. Er hat sich dort zum ersten Mal für eine notwendige Annäherung an Deutschland ausgesprochen. Der alte Brătianu wurde damals nicht gerade gelobt, weil er sich mit Bismarck treffen ging, obwohl der Druck durch Russland in diesem Moment deutlich zu spüren war… Die öffentliche Meinung war schon damals ablehnend gegenüber einer Annäherung an Deutschland, man war zurückhaltend gegenüber Österreich, wie es auch wohl angemessen ist, wenn wir an unsere Brüder in Siebenbürgen denken. So hätte der verstorbene König Carol das Papier mit Deutschland wohl noch dreißig Jahre lang geheim gehalten.«

Da ist die Tür, die eine Handbreit aufsteht, sodass der heiße Wind von draußen die cremefarbenen, durchsichtigen Gardinen bauscht, die über das spiegelnd glänzende Parkett wehen! Und soviel er auch nachdenkt, der junge Mann findet keine beruhigende Erklärung. Wenn der Professor die Tür geöffnet hat, ist es wahrscheinlich, dass er auch auf die Terrasse getreten ist und ihn gesehen hat, wie er von Sophie zu dem unglückseligen Spaziergang mitgeschleift wurde… Aber er wagt es nicht, seinen Gedanken in dieser Richtung weiter nachzugehen…

»Wir denken hingegen alle an unsere seltsame Nachkriegswelt, die von einem Russland dominiert wird, das nun sogar die Donaumündung, das Schwarze Meer beherrscht! Allmächtig!«

Der Professor hört seine Stimme vor Aufregung beben, er schämt sich. Und dazu die Scham, dass er seine Gedanken profan werden lässt, dass er Salondemagogie betreibt! Und ein nicht zu unterdrückender Wusch, weiterzureden, so angeregt von diesem undurchschaubaren und unangenehmen Gefühl! Wie ein Fuchsjunges, das sich an der Brust verkriecht, ins Innere des Hemds mit dem steifen Kragen…

»Nun gut, ich bin sicher, du wirst mir antworten, *en ce qui concerne la politique*, denn sehen wir nicht auch in den zivilisierten europäischen Ländern *un pareil spectacle*?« »Nicht ganz, mein Lieber, nicht ganz! Alle sind wir darin einig, dass es in Rumänien mehr Unernst gibt, mehr Gleichgültigkeit, mehr Unbeständigkeit. Und weniger Sorgfalt bei der Aufrechterhaltung des äußeren Anscheins. Wer wüsste nicht, dass Politik mit praktischem Geschick und Kompromissen gemacht wird? Aber vor dem Publikum die Geheimnisse aus der Kulisse aufzutischen und dann noch den Anspruch zu haben, glaubhaft zu sein, wenn man die Fahnen der Ideale flattern lässt!?«

Ein unerwarteter Husten erstickt die Stimme des Professors und er kämpft eine Weile dagegen an, redet würgend und mit dem Taschentuch vor dem Mund. Dann knüllt er das Taschentuch mit einer schuldbewussten Geste zusammen und fährt fort:

»Vielleicht lässt es mein Alter nicht mehr zu, mich für alles zu begeistern, und vielleicht rührt daher dieses Gefühl der Müdigkeit in mir? Du wirst von dem Skandal gehört haben, den es im Club gegeben hat. Die ehrenwertesten Männer, manche schon in respektablem Alter, hatten sich in eine peinliche Schlägerei verwickeln lassen und waren von dort mit zerdrückten Hüten, Beulen, schiefen Kragen und vertauschten Stöcken aufgebrochen …«

Er spricht, lehnt sich bequem im Stuhl zurück. Große, rote kranke Flecken sind auf seiner kahlen Stirn erschienen, auf den Wangen und Kiefern.

Das Fieber.

Im Reden lässt er keinen Augenblick das Gesicht seines Gastes aus dem Auge: eine angespannte Aufmerksamkeit, die nicht und doch sehen will, ob etwas Sündhaftes zwischen dem jungen Mann und Sophie existiert. Natürlich kann er sich nicht entschuldigen und den Salon verlassen, um die beiden unbeaufsichtigt zu lassen. Er wird hier noch etwas bleiben müssen, es ist, als warte er darauf, dass etwas passiert, auch wenn er sich bewusst ist, dass nichts passieren kann. Und je mehr ihn ein unangenehmes Gefühl befällt, das mit getrübter Zärtlichkeit für diese beiden Menschen vermengt ist, hört er seine Stimme immer liebenswerter klingen. So sanft, dass nur er selbst die wenigen falschen Töne ausmachen kann.

Sagte ich, falsche Töne? Ein Irrtum! Eher sind es die zwei Seelen in seiner Brust, wie der Dichter ganz richtig sagt …

»Der berühmte Brief König Carols, in dem er sich im Ausland über uns beschwert, beinhaltet ein paar interessante Passagen. Wie könnte man abstreiten, dass dieses Volk die demokratische Konstitution zu früh bekommen hat, da es noch nicht erfahren konnte, was Freiheit bedeutet, was Demokratie bedeutet, und darum beides missbraucht? Wenn einer in vielen Jahren in den Zeitungen blättert, wird er Gefahr laufen, von unserem schrecklichen Gelärme betäubt zu werden: ununterbrochenes Höhnen und Schuldzuweisen! Ein Getümmel grotesker Figuren, die scheinbar wie Jahrmarktsmarionetten an den Schnüren des Ehrgeizes und der Gier bewegt werden! Wir selbst beschreiben uns ja so, sind fortwährend mit leidenschaftlichen Streitereien beschäftigt, reden dauernd, wenden uns mit größter Frechheit fortwährend an die Anwaltskammer und boykottieren gute Gesetzesentwürfe, nur weil sie unser Gegner angeregt hat, wir halten bewundernswerte Reden, ohne in irgendeiner Hinsicht recht zu haben! Was haben wir in nur wenigen Jahrzehnten für Anwälte hinbekommen, was für ein lebendiges parlamentarisches Leben! Eins der ersten in Europa! Wir gehen mit jeder Revolution, der Bürgermeister zerstreut sie dann mit ein paar berittenen Gendarmen und im wirbelnden Staub der Straßenfeger; wir gehen aus jedem kleinen Grund vor den Palast und rufen: *Nieder mit Carol I., der rumänische Thron soll sich schämen! Nieder mit der Regierung, Mörderbande!* Wir lassen die Studenten ihre jugendliche Begeisterung verpulvern, errichten Barrikaden, halten flammende Reden, wobei wir auf die Statue von Mihai dem Tapferen klettern … Wie soll dieser Nachfahre dabei noch im Blick behalten, dass all das, was ihn umgibt – Häuser, Gesetze, Straßen, Ausdrücke, Versicherungsgesellschaften, Konventionen, Banken, Brücken, Bahnhöfe, allegorische Wagen bei den großen Aufmärschen, Schulen und so weiter – während dieses ganzen Getümmels errichtet wurde, von Herzen und, vor allem, von unserer Hand, die bürgerlich und ausdauernd arbeitet…«

Ja, das unangenehme innere Gefühl ruft bei ihm eine Logorrhoe hervor! Sein Lächeln bleibt dabei so lange auf seinem Gesicht stehen, bis er beginnt, es zurückzunehmen.

Und plötzlich die tiefen, bräunlich-violetten Augenringe und das dünne Haar, das von grauen Flecken durchsetzt ist.

»All das, weil keiner geneigt ist, dem anderen seine Großzügigkeit zuzugestehen, die selbstlose Tat, die Mühe für das Allgemeinwohl… Oder vielleicht gibt es das gar nicht und nur meine arme Illusion möchte sich aus tiefstem Herzen die Welt so schön reden? Aber wie viele großzügige Menschen, wie viele unvergleichliche Geister wird die Nachwelt unter uns entdecken können? Du wirst mir sicher antworten, niemand könne Prophet im eigenen Land sein und dass die Gegenwart immer ungerecht ist oder die Welt schon immer so war und niemand sie zu ändern vermag… Und dann werde ich dir sagen, dass es in jedem Menschen etwas Lächerliches und Ekelhaftes gibt und deshalb jeder bedingungslos von der Bescheidenheit dessen abhängt, der ihn erkennt. Du bist nur so viel und nur das, an was der Blick, der auf dir ruht, sich erinnern wird. Warum aber betrachten wir unsere Brüder mit solcher Ironie? Aus so niederschmetternder Höhe? Warum so wenig Großzügigkeit? So wenig Solidarität und Eleganz?«

Draußen durch die klaren Fenster der blaue Samt der Klematis in *rose-pâle*, der golden leuchtende Himmel. Darunter das dichte Gestrüpp der Glyzinie, die sich zwischen den knorrigen Wulsten des alten Nussbaums schlängelt. Ringsum die glänzenden Schuppen des Efeus, der die Mauern festlich kleidet und nur über dem löwenkopfbewehrten Regenrohr die schamlos weiße Nacktheit der Wand hervorblitzen lässt. Ganz unten im Dunkel die unbehauenen Steinplatten, die in die fruchtbare Erde gesenkt und mit schwarzgrünen Flechten überzogen sind.

Hier das süße, vom Abendlicht übersponnene Dämmer des Salons, das Mahagonimobiliar, das nicht mehr ganz neu glänzt, das Gespräch Professor Mironescus, der wohlweislich die eleganten Umgangsformen bricht, die von einem verlangen, spritzig, angenehm und oberflächlich zu sein. Und hinter dem Hemd mit dem steifen Kragen die Klauen des Fuchsjungen, das wild an seiner Brust zappelt, das ihm immer tiefer seine blutigen Krallen ins Fleisch schlägt.

Doch ihn verrät nicht das leiseste Zittern der Stimme, ein kleiner Spartaner! Er wird reden, wird sich immer mehr in den Schnörkeln verstecken, die er für den Rivalen in seine Rede flicht (denn dieser mittelmäßige junge Mann ist sein Rivale, er will sich nicht länger selbst belügen), und wird versuchen, sich ihm zu nähern. So nah will er ihm kommen, dass er die Seelenregungen des anderen einatmen kann.

»Wir sehen nur die unsolidarische Art, die jeder Höflichkeit entbehrt, in der unsere Wohlsituierten einander behandeln! Jeden Tag erfahren wir von einer neuen skandalösen Enthüllung! Noch ein Komplott durch eine Person, über die wir bis dahin keinen Zweifel hegten! Noch eine ehrlose Machenschaft, in die Leute verwickelt sind, für deren Ehrenhaftigkeit wir bislang hätten garantieren wollen! Ununterbrochen werden Geheimnisse ausgesprochen, die in einer Stunde die ganze Stadt weiß, und ununterbrochen spricht man über Skrupellosigkeit, veruntreute öffentliche Gelder, Korruption, wieder Skrupellosigkeit und Verrat! Stundenlang Geplauder und Geschwätz, das niemanden unangetastet lässt, wenn keine Beleidigung oder eine Verleumdung, dann, mindestens eine feine Unterstellung. Und von den Feinden gehen wir zu nicht anwesenden Freunden über, das Schlechte findet sich selbstverständlich nicht nur im gegnerischen Lager. Bei jedem von uns habe ich Widersprüchlichkeiten zwischen Gesagtem und Getanem beobachtet, niedrige Feinheiten, kleine Frechheiten, beschämende Allianzen, unausgesprochene Ambitionen! Über jeden von uns hätten wir ausreichend Gesprächsstoff, denn wir kennen uns nur allzu gut ...«

Aber warum quälen ihn eigentlich die bösen Gerüchte in der Stadt, und dazu in einem Alter, in dem diesbezügliche Illusionen sich bereits hätten verflüchtigen sollen? Warum ärgert ihn seine grundsätzliche Unfähigkeit, sich das Böse vorzustellen, in demselben Maß wie sein gutgläubiges und beeinflussbares Wesen? *Calomniez, calomniez*, hält er den Schwätzern entgegen, weil er nur zu gut weiß, wie schnell er sich von dem überzeugen lässt, was er hört: das böse zitternde Lächeln eines schmächtigen Jungen, der fürchtet, nicht ernst genommen zu werden, weil er um seine mangelnde Kraft weiß ...

Er ist so gefangen in seinen eigenen Sätzen, dass das wohlbekannte Schlagen der Pendeluhr ihn auffahren lässt. Die anderen, die das Zifferblatt schon lange heimlich im Blick haben, durchfährt ebenfalls ein Schreck. Ihre Gesichter wenden sich ihm aber erst zu, als der letzte Klang verhallt ist und sich Schicht um Schicht in der Luft zersetzt.

»... Es gibt sicher genug Leute, die diese rumänische Verschwendung beklagen: an Feinheiten der Beobachtung, an Humor, an denkwürdigen Formulierungen, die dem Vergessen anheimfallen ... Aber niemand scheint mir ausreichend beunruhigt durch die Tatsache, dass von all den bösen Worten *il en restera toujours quelque chose ...* Wir haben kein solches Sprichwort erfunden, denn wir setzen ja keine bösen Gerüchte in die Welt! Wir haben nämlich nie einen Zweifel daran, dass wir stets die ganze Wahrheit über die anderen wissen.«

Ein kleines Stottern verwirrt seine Gedanken und lässt ihn plötzlich die Lächerlichkeit spüren, der er sich aussetzt. Was für eine Geschmacklosigkeit, im eigenen Salon Lektionen zu erteilen! Wie geschmacklos und bar jeder Höflichkeit!

Professor Mironescu nimmt die beschlagene Brille von der Nase und wischt sie nachdrücklich mit dem Tuch, dann fährt er zögernd fort:

Wir haben ein weitestgehend skeptisches und nüchternes Verständnis davon, wie es um die Dinge auf dieser Erde steht: die Welt ist *un panier de crabes*, und du musst die Ellenbogen benutzen, musst ein Auge zudrücken, musst den Kopf senken, mit dem Teufel im Bunde sein, bis du über den Berg bist… So verläuft die so oft erwähnte rumänische passive Intelligenz im Sande, indem das Werk eines jeden verleumdet wird, bevor er noch dazu gekommen ist, es zu Ende zu führen! Indem wir uns aber nur auf die Schwächen unserer Mitmenschen stürzen, verleumden wir auch unsere Grundsätze! Wenn wir die Menschen immerzu ins Lächerliche ziehen, dann werden wir am Ende auch unsere Ideale ins Lächerliche ziehen…«

Herr Mironescu sieht plötzlich besorgt auf Yvonne, seit ein paar Minuten kreist sie ziellos um das Tischchen und die Fotografie und ist in Gefahr, den brennenden Kerzenständer umzureißen. Aber sie versteht den strafenden Blick ihres Vaters und rennt los, um sich unter den Schreibtisch zu werfen. Von dort steckt sie hin und wieder lustig das Köpfchen zwischen den seidigen Fransen der Tischdecke hervor und erwartet, dass Papa für sie *Huh!* macht. Und er kann gerade noch böse die Stirn kraus ziehen, da ist sie auch schon auf allen vieren mit der Schnelligkeit eines wilden Tieres darunter verschwunden und lacht spitz, bis sie einen Schluckauf bekommt. Mit diesem Schluckauf taucht sie wieder auf und kniet da, beschmutzt ihre Lochmusterstrümpfchen und ihr Matrosenröckchen.

Nur hat Papa sie schon wieder vergessen.

»Wir glauben sofort jedem böswilligen Gerücht, weil es nichts anderes tut, als unsere illusionslose Art, die Welt zu betrachten, bestärkt, es flüstert uns ein, jede gute Tat diene nur dem Eigeninteresse, ist es da noch verwunderlich, dass wir immerzu skeptisch und hochmütig sind?«

Warum aber kommt ihm ohne jede Verbindung zu dem, was er sagt, diese alte Erinnerung in den Sinn? Ein glasiger, grauer Februarmorgen, und er geht zu Fuß die Sfântul-Ionică-Straße hinunter, weil er keine einzige Münze mehr in der

Tasche hat, um wenigstens eine heruntergekommene Kutsche zu mieten. Zitternd vor Kälte, in seinem dünnen Mantel und immerzu mit seinen feinen Ballschuhen auf den Eiszungen umherrutschend, hält er das alte, schwere Medaillon fest, das mit großen Diamanten und Rubinen besetzt ist, ein Erbstück von *maman.* Er hat die ganze Nacht Karten gespielt, er hat verloren, eine Weile hat er auf Pump gespielt, und jetzt, *au diable*! Er eilt mit dem Medaillon zum Munte de Pietate, um diese unangenehme Geschichte zu Ende zu bringen und dann zu vergessen! Er kennt sich so gut, dass er sicher sein kann, er wird es fertigbringen, die Erinnerung an diesen kleinen Exzess tief in sich zu begraben und ihn nie mehr zu wiederholen. Also zittert er in seinem dünnen, eleganten Mantel, stellt utopische Berechnungen für eine Summe an, mit der er den lang ersehnten Zobelfellmantel kaufen will, der für ein kälteempfindliches Wesen wie ihn so notwendig ist, er umklammert weiter mit eisiger Hand das Medaillon, biegt an diesem glasigen, grauen Februarmorgen um die Ecke in die Sfântul-Ionică-Straße ein. Die schneidende Kälte verklebt seine Nase, rötet sie, es ist nur natürlich, dass er losgeht, um das am Totenbett erhaltene Medaillon zu versetzen, um eine verirrte Nacht seines Lebens zu bezahlen. Und kein böser Sinn setzt die Bedeutung seines Schmerzes herab, der so tief ist und den er in sich begraben hat ... Die Liebe, die ihm entgegengebracht wurde, ist noch immer über ihm und beschützt ihn, seine arme Mutter kann ihn nicht mehr ausschimpfen, kann ihn nicht mehr loben, kann ihn nicht mehr verstehen ...

»... Und erscheint es dir nicht auch, mein Lieber, dass aus so viel Pragmatismus und so viel Ironie nationale Ideen und Illusionen nur sehr schwer hervorgehen können? Oder, wenn sie doch entstehen, dann ist doch zu erwarten, dass wir sie sehr leicht wieder verlieren, schon bei der ersten Versuchung der Geschichte? Gerade erst ist der Himmel aufgeklart und bei der ersten Wolke wird die Sonne wieder verschwinden. Ein schöner Morgen ... verdorben ... verloren ...«

Obwohl der junge Ialomiţeanu zustimmend einen unverständlichen Satz murmelt, ist der Professor überzeugt, dass er sich bestimmt fragen wird, welche politische Enttäuschung der Magister wohl neulich erfahren haben mag, dass er eine solche *Attacke* fährt! Ja, *Attacke*, kein Zweifel, dass dies das Wort ist, das dem Schüler bei seiner Rede einfällt ...

Aber welchen Sinn hat dann noch diese lästige Mühe sich anzunähern, wenn er von Anfang an um seinen Misserfolg weiß? Das Vorurteil des Redeaktes, das er seit zwanzig Jahren untersucht, aber dabei das Eigentliche aus dem Blick verliert, so wie man in der Faust geschöpftes Wasser verliert! Wie wenig von dem, was in uns existiert, sind wir in der Lage durch Worte weiterzugeben, und wie wenig von diesem wenigen wird empfangen! Trotzdem reden wir (sieh an!) immer weiter, und glauben daran, dass die Sonne der Vernunft unseren Geist erhellt ... Was würde sonst auch aus unserem Leben, wenn wir den Austausch von Worten – was er tatsächlich auch ist! – als schwierige Transfusion betrachten würden? Nur in den Momenten großen Misserfolgs quält uns eine solche Ahnung, die wir bei erstbester Gelegenheit wieder vergessen ... Erst nachdem wir vergeblich die ganze Aufrichtigkeit unserer armen Seele haben davonfließen lassen und der andere sich als unfähig erwiesen hat, auch nur ein Wort davon zu empfangen, werden wir resigniert die geheimen Gesetze erkennen, die uns im menschlichen Miteinander lenken ...

Solcherlei Gedanken bewegt der Magister im Kopf, als er dem Blick des Schülers begegnet. Die Spur, die dessen Augen ringsum hinterlassen, ist – unerklärlich – unstet, klebrig, die eines umzingelten Tiers. Wieder hindert ihn der Beruf des Lehrers daran, aufzugeben, wie er es gern tun würde, er fühlt sich zur Beharrlichkeit verpflichtet.

»Übrigens haben wir ausreichend kritischen Geist, um diesen Fehler an uns zu erkennen! Wir sprechen mit resignierter Belustigung über unser unsolidarisches Verhalten. So sind die Rumänen, sagen wir, und so machen sie es eben, wo auch immer sie sind: in der Heimat oder in der Emigration, sie streiten sich und zerfleischen sich gegenseitig, sind eher geneigt, sich einem Ausländer zu öffnen, als einem Angehörigen ihres Volkes … Vielleicht liegt die Erklärung dazu in der Erinnerung an die Zeit, als sich alle Gegensätze an der Hohen Pforte belauerten? Naja, mein Lieber, naja! Heutzutage den Vertretern der Großmächte, einem Blondej oder Bussche, einem Czernin oder Poklovski näher zu stehen als deinem politischen Gegner, ist das denn in Ordnung? Ich weiß nicht, mein Lieber, ich frage dich nur, ich behaupte es nicht! Aber wenn du darauf bestehst, dann soll es so sein, ja! Ja, das ist meine Meinung. Ich glaube, dass diejenigen irren, die sich zu sehr an Frankreich halten oder an Deutschland oder Russland oder Österreich …«

Die Anwesenden drehen beunruhigt den Kopf zum besagten Tischchen mit dem brennenden Kerzenständer, es wackelt. Sofort ist Herr Ialomiţeanu, nur ein paar große Schritte, am Tatort; zuerst bläst er die Kerze aus, dann bückt er sich, um die unten im Dunkeln kauernde Täterin zu entlarven.

»Um diese Uhrzeit gehen brave Kinder ins Bett … Das Sandmännchen kommt, nicht wahr?«, fragt er liebevoll, »das Sandmännchen kommt«, wiederholt er und bückt sich noch tiefer, denn je näher er kommt, umso weiter zieht sie sich zurück, »das Sandmännchen kommt …«

Die Tatsache, dass der ganze Salon hört, wie er mit einem Kind spricht, eine Unternehmung, für die man, wie man weiß, ein besonderes Talent braucht, erstickt seine dünne Stimme.

»Attendez-moi un tout petit moment, je viens vous porter secours …«

Mit der Majestät hoher Damen tritt Frau Mironescu an das besagte Tischchen. Ein trotziges Mädchen gleichzeitig, das sich kaum zurückhalten kann, ihrer Puppe kein Bein auszureißen, sie in ihr Körbchen zu werfen und die karierten Gardinen darüberzuziehen – so sieht Sophie aus, als es ihr gelingt, ihre kahle Puppe mit den blassen Wangen und der ältlichen Nase endlich in den Arm zu nehmen. Sie setzt sie sich auf die Knie und wartet geduldig, bis sie ruhig ist und aufgehört hat, mit Armen und Beinen zu strampeln, ein Gemisch aus Tränen und Speichel läuft ihr über das Matrosenhemdchen.

Als wieder Ruhe im Salon eingekehrt ist, wirft Professor Mironescu den anderen ein beschämtes, entschuldigendes Lächeln zu:

»... doch ich bin weit davon entfernt, auf die Lichter des Abendlands zu schimpfen! Ihr wisst ja, ich gehöre nicht zu denen, die nur deshalb Barrikaden errichten, weil eine Truppe von Dilettanten die französische Sprache auf die Bühne des Nationaltheaters gehoben hat! Aber gerade, weil ich in mir für Frankreich die dankbare Liebe eines Sohnes empfinde – wie jeder Rumäne! –, kann es nicht angehen, dass mich nicht manchmal auch ihre Lächerlichkeit schmerzt ... Auf der einen Seite die Verherrlichung, die Nachahmung des Westens in allem, was möglich ist, auf der anderen Seite gutmütige Ignoranz. Desinteresse. Soll ich noch mehr sagen? Soll ich Verachtung sagen? Das würde uns zu sehr verletzen, aber die Wahrheit ...«

Er schweift ab, schweift ab, und dem jungen Mann geht durch den Kopf, dass in dem Augenblick, als Sophie sich so uninspiriert zu ihm herübergebeugt hat, um ihn mit dem Taschentuch abzuwischen, dass da der Professor (vielleicht!) heimlich unter dem Efeu- und Klematisbogen an der Terrasse zugesehen hat, die offen stehende Tür führt ja dort hinaus! Und jetzt redet er daher, wartet ... Worauf? Natürlich auf den Moment, in dem es ihm leichtfallen wird, einen öffentlichen Skandal anzuzetteln, der ihm, Titi, seine Zukunft verbauen wird, seine Karriere und seinen Eintritt in die Welt! Während ihm dieser verrückte Gedanke durch den Kopf schießt, kann der junge Mann sich kaum beherrschen, nicht einfach eilig zu grüßen, Stock und Hut zu nehmen, die wenigen Stufen hinunterzulaufen und mit einem Satz am Tor zu sein, dann die Straße hinaufzugehen und den Fuß nie wieder in dieses Haus zu setzen ... Hinaus, oh! Schnell, hinaus ...

»Mir ist gerade eine Erinnerung in den Kopf gekommen: der Abend, an dem General Pau* auf dem Weg nach Petersburg am Bahnhof von Tausenden und Abertausenden von Menschen erwartet wurde. Eine riesige, berauschte Menge mit Blumen, Fahnen, mit der unvermeidlichen *Marseillaise*, mit Ovationen und Tränen. Ich befand mich im Automobil meines Freundes Jorj und will nicht leugnen, ich war bewegt! Das gibt es, nicht?, ein kollektives Gefühl, das dich packt, über das du keine Kontrolle mehr hast. Ich fand meinen kritischen Geist während des Dinners bei Mişu Cantacuzino* wieder, wo ich tatsächlich *vis-à-vis* von General Pau platziert worden war. Die Regeln der Diplomatie forderten, dass er Gefühle für Rumänien zeigte, leider wusste er aber nichts über uns, und auch unsere flammende Demonstration hatte seinen Appetit nicht unbedingt entfacht. Da er Soldat war, richtete sich sein Respekt auf die deutschen Anwesenden. Über die Deutschen sprach er dann übrigens später auch. Ich hoffe nur, mein Lieber, dass alles, was ich bisher erzählt habe, dich nicht glauben lässt, ich wäre germanophil! Meine Vorlieben stimmen mit denen der frankophilen Mehrheit überein, aber in meinem Alter steht es mir wohl nicht so gut, auf der Straße mit der Trikolore zu agitieren? Ich war noch nie dazu imstande, mit meiner Stimme das schmerzhafte Opfer des Krieges herbeizurufen. Wenn ich darum höre, wie Brătianu Kleingeistigkeit vorgeworfen wird, mit der er die Chancen einer Allianz abwägt, mal die eine Seite, mal die andere ... Kleingeistigkeit? Scheint euch das das passende Wort?«

Frau Mironescu verbirgt ihr Gähnen hinter dem Fächer. Dann klappt sie ihn zusammen, sieht ostentativ zur Pendeluhr und ebenso ostentativ auf ihren Gatten. Er rückt die Brille auf der Nase zurecht und gibt ihr beruhigend zu verstehen: Sie soll noch ein bisschen Geduld haben, nur noch ein bisschen Geduld!

»Wahrscheinlich«, lächelt Herr Mironescu, »werdet ihr dagegen sein, wenn ich euch den Grund nenne, aus dem ich immer weniger für Pamphlete übrig habe. Ich habe Literatenkollegen, die ganz verrückt danach sind, weil dieses Genre in der jungen Literatur glänzend kultiviert wird. Aber wisst ihr, ich bin inzwischen so weit: Ich hasse die leidenschaftliche Übertreibung. Sodass ich sogar die Vortrefflichkeit unserer Pamphlete in Beziehung setze zu den Anzeichen einer unzureichenden Zivilisiertheit. Bei aufmerksamer Betrachtung kann man sehen, wie diese Dinge miteinander in Verbindung stehen ...«

Ein goldenes Licht flammt am Himmel auf und zeichnet die roten Ziegeldächer *vis-à-vis* schwarz nach: Kaum merklich verändert sich die süße Luft draußen – was für unerschöpfliche Nuancen sie aufweist. Ob auch unser junger Freund im geheimen Einklang mit dem Gang der Sterne steht, mit dem Gang der Natur? Denn so lange sitzt er schon da an der Terrassentür und wirft immer wieder einen Blick hinaus, aber um was zu sehen? Die Stufen? Die Straße? Den Garten?

»... Also, bei all meiner bestens bekannten Liebe für das niedere Volk werde ich nicht so blind sein, es wie diese hohen Funktionäre zu machen, die beim Besuch noch des letzten Ausländers nichts anderes vorzuweisen haben als die ewigen Pfingsttänze, als ob Rumänien nur daraus bestünde ... Da es doch so oft auch aus Armut, Primitivität, anarchischem Provisorium besteht ... Meine ganze allseits bekannte Liebe für die rumänischen Bauern lässt mich dabei nicht leugnen, dass sie zurückgebliebener sind als die im übrigen Europa. Siehst du nicht, mein Lieber, wie sie, ans Elend gewöhnt, ihren Maisbrei mit Essig kauen, mit den Schuhen in der Hand bis zum Stadttor gehen und erst dort die Schuhe anziehen? Hier, mein Lieber, behaupte ich genau wie die Liberalen, dass es eine Reform braucht.«

Sophie seufzt, sie hat Yvonne noch immer an der Hand und wischt sich die Wange mit dem Taschentuch. Was für ein ärgerlicher Nachmittag! Und die Übelkeit lässt sie das Mädchen immer schwerer ertragen, das auf ihrem Schoß herumrutscht.

Yvonne scheint es nicht sehr angenehm zu finden, in Muttis Armen zu sitzen. Man darf nicht die Wange an Mutti lehnen, sonst verwischt man ihre Schminke, man darf nicht ihren Kopf umfassen, weil sie ihn sofort mit einer Grimasse zurückzieht, man darf die Haarnadeln nicht herausziehen… Wenn Mutti dich im Arm hält, dann spürst du anstelle einer geraden, schützenden Brust unangenehme, weiche Rundungen unter dem Taft, er knistert die ganze Zeit so trocken, als würde er gleich reißen.

»Wenn du nicht ruhig sitzen willst, dann geh sofort runter.« Sophie verliert ihre Geduld.

Und Yvonne lässt sich das nicht zweimal sagen. Papa streckt den Arm aus und Yvonne rennt auf ihren dünnen Beinchen zu ihm und schmiegt sich an seine Schulter. Von dort aus betrachtet sie verächtlich die Kristallzapfen der Lampe, den Bronze-Apollo und den ganzen Rest des Salons. Sie atmet bezaubert den beruhigenden Duft und fühlt, erstaunlich sicher und erstaunlich klar für ihren kleinen Verstand, dass sie (sie, und nicht Mutti) für Papa die wichtigste Person ist.

»Ja, wären die Reformen nur früher durchgeführt worden, ich wage zu behaupten, dann sähe das Land jetzt anders aus… Hätte der König damals…«

»König Carol?«, fällt Margot mit ihrer gewohnten Schlagfertigkeit ein, »aber was hätte König Carol denn tun können? Du weißt doch, Ştefan, dass er nichts tun konnte, da er es nicht einmal tun konnte, als er es wollte, und sich schließlich umbrachte…«

»*Tu ne renonces pas de dire tes naïvetés!*«

Die gelangweilte Antwort Sophies gibt ihr das Gefühl einer spitzen Ungerechtigkeit.

»Doch, er hat sich umgebracht!«, gibt sie mit blitzenden Augen zurück, »es ist sicher, dass er sich umgebracht hat, denn er war doch ewig in einem schrecklichen nervlichen Zustand und im Schloss Sinaia weinte er nur die ganze Zeit! Und er hat sich alle Orden abgerissen, sodass sie ihm bei der Beerdigung nur noch zwei wieder annähten…«

»Die Geheimnisse der Geschichte wird erst die Nachwelt

aufdecken!«, philosophiert im gewohnt ironischen Tonfall Herr Ialomiţeanu, »hoffen wir, dass die Nachwelt klar zeigen wird, was wir nicht haben sehen können, obwohl ich mich manchmal frage, ob manche Dinge nicht besser verborgen blieben, sodass man sie nie erfährt...«

»Geheimnisse sind Geheimnisse, aber das hier ist nur ein dummes Gerücht...«, sagt Sophie.

Und sofort ändert sich ihre Stimme:

»Yvonne!«, ruft sie. »Yvonne! Bitte sitz gerade und schau nicht so! Wenn sie so schaut, dann kommt es mir vor, als würde sie schielen«, erklärt sie den anderen.

Ob sie die Verwirrung des armen Gastes bemerkt hat?

Um nicht mehr gezwungen zu sein, auf das Tischchen des Professors zu sehen, hat er die Figur der rosa Nereide in die Hand genommen, die da wollüstig in einer Muschel liegt und ihre runden Beine ein wenig spreizt. Obwohl er sie schon so oft heimlich betrachtet hat, fragt er sich erst jetzt, ob es wirklich möglich ist, ein Kunst- und Luxusobjekt aus einem Bereich des Lebens zu machen, der eher beschämend und animalisch ist. Es wäre natürlicher, seiner Meinung nach, klar zu unterscheiden: auf der einen Seite die poetischen, schönen Dinge, die man im wahren Leben eher nicht antrifft, auf der anderen die Prosa des Lebens, inklusive der Stiche, die die Bordelle zieren, und der Zeichnungen, die in schweinischen Unterhaltungen Erwähnung finden.

Das ist nur ein flüchtiger Gedanke, denn sein Sinn steht ihm nach etwas anderem: Wie kann man diesen unglücklichen Besuch angemessen, aber möglichst schnell zum Abschluss bringen?

»Es scheint, in dieser schweren Zeit... während der Gespräche, für gewöhnlich...« Kurz, seine Augen füllen sich mit Tränen.

Ungehalten sieht Sophie wieder auf die Pendeluhr, dann erneut auf ihren Gatten, der ihr wie gewohnt zu verstehen gibt: Sie soll noch ein bisschen, nur ein bisschen Geduld haben!

»Ist hier, mein Lieber, die Rede von König Ferdinand?«

Die Aufmerksamkeit, mit der der Professor sich demütigt, indem er das Gesicht des Gastes studiert und versucht, sich den Zauber vorzustellen, den es auf Sophie ausübt. Die leise Zerstörungswut, mit der er sich selbst zersetzt, bis sich eine reine Zärtlichkeit, eine verzeihende, fast brüderliche Zärtlichkeit in ihm ausbreitet. Ja, er verzeiht alles, sogar die Tatsache, dass er trotz seiner abstoßenden Ehrlichkeit keineswegs der Seele des jungen Mannes hat näherkommen können! Dass der junge Mann nicht ins Gespräch einsteigt, nur dann, wenn er die Gelegenheit bekommt, eine seiner seltsamen Anekdoten anzubringen, und vorsichtig die Distanz wahrt, um sich verteidigen zu können... Was? Eine zu große Verletzlichkeit der Seele? Ein scheinheiliger Zynismus? Eine verwirrende innere Leere?

»Ja selbstverständlich, selbstverständlich! Selbstverständlich habe ich von König Ferdinand gesprochen!«, antwortet Herr Ialomiţeanu hastig, »und diese Tatsachen – haben mir Personen aus nächster Nähe zukommen lassen...«

Wie schwer ist es, so jung zu sein, denkt Margot. Und sie gehen mit ihrem dummen Erwachsenenhochmut über dich hinweg, werfen einander Sätze zu wie in einem Spiel, an dem du, arme *Cendrillon*, du Aschenputtel mit deinen rissigen, roten Händen, nicht teilnehmen darfst, sondern lächerlicherweise nur am Rand hin und her laufen! Du existierst nicht einmal, du hast nicht einmal das Recht, dich zu ärgern! Du darfst nicht einmal deine Wahrheit mit tränenerstickter Stimme zu Ende formulieren:

»... ich erinnere mich nicht, wer, aber ich erinnere mich sehr gut, wo und was erzählt wurde: wie man vom Nervenzustand König Carols profitiert hat und wie er dazu gedrängt wurde, sich das Leben zu nehmen«, flüstert Margot mit belegter Stimme.

Die drei sehen rücksichtsvoll in eine andere Richtung, wie Menschen, die auch einmal dieses schwere Alter durchgemacht haben, sie ignorieren das kleine Fräulein, wie jedes andere Kind, das sein Maß überschritten hat.

»*Ah, j'en ai assez, elle fait tant de bêtises!*«, ruft Frau Mironescu ärgerlich und erhebt sich unvermittelt, indem sie zur Klingelschnur geht. »Nimm sie mit und bring sie in ihr Zimmer«, sagt sie kühl zu Nela.

Rot, verschwitzt und zerzaust lässt sich das kleine Mädchen nur schwer zur Tür bringen und stößt dabei ihren gewohnten spitzen, andauernden Schrei aus.

Es dämmert. Die Gaslampen auf der Straße sind noch nicht angezündet, aber der Flug der Mauersegler ist dichter geworden; sie kommen im Sturzflug wie tödliche Flugzeuge und nur die doppelten Fenster halten ihre Schreie davon ab, in den stillen Salon zu dringen.

»Trotzdem, es gibt auch eine Erklärung für Sachen, die eher… unerwartet…«

Herr Ialomiţeanu hält inne, ist etwas verwirrt und hüstelt, räuspert sich. Aber liebenswert, wie die ganze Welt ihn kennt, ergänzt der Professor dessen Satz:

»Ja, tatsächlich! Es muss eine Erklärung dafür geben, dass wir in diesem Maße damit beschäftigt sind, was die anderen tun! Und daher wollte ich dich auch fragen, mein Lieber, ob du schon einmal ein europäisches Volk gesehen hast, das so wenig Selbstvertrauen hat? Ich würde mich dazu versteigen zu behaupten: ein Volk, das sich auf diese Weise selbst verachtet? Lass einmal die Demagogie beiseite, oder nein, behalte sie im Auge, denn die äußerste Form, die sie erreichen kann, zeigt sich tatsächlich bei uns: eine erschreckende, ja, ja, eine erschreckende Selbstverachtung. Wir selbst finden es angemessen, über eine schlecht gemachte Sache zu sagen: Rumänenware! Mit diesem unnachahmlichen Tonfall, mit diesem unnachahmlichen höhnischen Lächeln…«

Indem sie ihre Lackstiefel quietschen lässt, erhebt sich Margot vom Sofa. Was für einen Sinn hat es, dieser Konversation noch länger beizuwohnen, die sich zieht wie Gummi?

Blague ennuyeuse! Nur leere Worte, zwischen die du kein Wort setzen darfst! *Sophie se conduit toujours comme en pays conquis* – und alles darf nur so sein, wie sie es will, aber nur Mut, *pauvre Cendrillon*! Wer weiß, wer heute Abend deinen Pantoffel finden wird! Zieh dich jetzt in die Einsamkeit des Boudoirs zurück und lass all dein inneres Brennen in einen langen Brief an Coralie fließen. Wenn du damit fertig bist, wird Madam Ana hereinkommen und dann kommt die Freude des Hübschmachens. Ach, so eine Aufregung, wenn auf dem Straßenpflaster die erste Kutsche zu hören sein wird! Heiter wirst du mit leichten Schritten die Holztreppe hinunterlaufen, wirst im Spiegel deinen Gang überprüfen, die Locken, die Haltung; in deinem Alter, *ma chère*, ach, warum bin ich nicht mehr so jung! (hat Tante Fănica gesagt), würde ich keine einzige melancholische Träne vergießen! Die Welt geht mit einem Kavalier nicht unter, dass du's nur weißt, soll er doch gehen, wenn er so blind war und keinen Blick für unser Mädchen hatte! Tante Fănica weiß alles, also geht die Welt auch nicht unter wegen einem wie Titi Ialomiţeanu, der angefangen hat ein widerlicher Tropf zu sein, der ein ekelhafter Lümmel zu werden verspricht, der wie ein fetter Schmetterling um verheiratete Frauen herumschwirrt. Denn wenn man ihn mal von nahem betrachtet, dann sieht man, dass die Gefahr des *embonpoint* geradezu auf ihn wartet!

Sie geht auf Zehenspitzen, so durchquert Margot den Salon. Würde sie gefragt, würde sie sagen, sie ginge sich für den Abend vorbereiten. Leider öffnet und schließt sie aber die Tür, ohne dass jemand etwas fragt. Gar ohne dass jemand etwas merkt?

Eine so große Stille ist über den Salon gekommen, dass das Ticktack des Pendels und dann die quietschenden Schuhe von Herrn Ialomiţeanu genau zu hören sind. Er hat den Ofenwinkel verlassen und nähert sich dem Tischchen, er wendet sich ausschließlich an den Professor:

»Trotzdem gibt es auch für die außergewöhnlichen Dinge eine Erklärung ... Sodass dieser unverzeihliche Besuch von mir, zu so einer ungelegenen Uhrzeit, und noch schlimmer, unangemeldet …«

Herr Mironescu hebt zum Zeichen des Protests seine Hände:

»Nein, mein Lieber! Bitte entschuldige dich nicht für deinen originellen Besuch! Du hast nichts als das Natürlichste getan, es zeigt bloß, wie nah wir uns einander fühlen. Wir fühlen uns dir alle sehr nah …«

Ein wohlbekanntes Geräusch – das kleine Klacken der Elfenbeinplättchen –, Frau Mironescu fächelt sich Luft zu, immer schneller, offensichtlich verärgert. Wird denn diese unangenehme Situation nie ein Ende nehmen? Unschöne und vulgäre Dinge hat sie erleiden müssen! Und ebenso unangenehm ist es, dass ihre Haut ununterbrochen schwitzt. Obwohl es Abend wird, treten ihr unablässig kleine Schweißtropfen auf die Stirn, an der Haarwurzel, am Kinn; heimlich und verdeckt vom Fächer, tupft sie sich mit dem Taschentuch.

»Aber schau, was ich dir schon vorhin sagen wollte, in der Hoffnung, dass du mich verstehst. Alles ist über den Haufen geworfen worden durch einen kleinen Zwischenfall, unser junger Diener leidet an einer Mandelentzündung …«

Der Professor lächelt, aber eine leichte Grimasse der Schuld zittert in seinem Mundwinkel. Er spürt den Schatten auf dem Gesicht seiner Frau, die zuerst ihn angestarrt hat, dann die Pendeluhr. Während er weiterspricht, beginnt er gemächlich die Papiere in der Obstschale zurechtzulegen. Nein, er wird sie mit seinem fröhlichen Wortschwall nicht hinters Licht führen können, vor ihr kann er nicht einmal seine tiefste Unruhe verbergen. Er kann ihrer Intuition vertrauen, so wie er an ihr gesundes Gefühl für Moral glaubt (auch wenn sie unter Leuten merkt, dass der Flirt in Mode ist, und sie sich bemüht, ebenfalls einen Liebhaber zu haben, um nicht zur jungen Landpomeranze abgestempelt zu werden!).

Was hat es also für einen Sinn, endlos den Grund seines Redeschwalls zu ignorieren – die Kralle des Fuchsjungen, den Schmerz der Eifersucht? Eine einfache Tatsache, die nur durch ihre Naivität verkompliziert wird. Denn Sophie ist so naiv, und so wenig sieht sie, was um sie herum geschieht, dass sie nicht einmal die Feigheit ihres Höflings Titi Ialomiţeanu bemerkt, um davon abgestoßen sein zu können! Soll er die beiden also unbeaufsichtigt lassen? Sicher, er gäbe viel darum, wenn man ihm auch nur den kleinsten Anhaltspunkt böte und er sich nicht schon so lange damit abmühen müsste, jede Geste und jedes Wort zu interpretieren. Aber trotz der entwürdigenden Leiden, die ihm sein leichtfertiger Schüler verursacht, auch wenn er bezweifelt, dass er jemals sein Schüler war, hält ihn die Neugier wach, jetzt und hier.

Es gäbe allerdings ausreichend andere Lösungen – als die Papiere so langsam zu ordnen –, um die beiden noch nicht allein lassen zu müssen. Es gäbe natürlichere und rücksichtslosere Lösungen, um diese Erniedrigung zu beenden und, *hélas*!, was für eine banale Situation… Aber die Neugier hält ihn reglos auf seinem Platz, um diesen jungen Mann zu beobachten, in dem sich, so scheint ihm – unermüdlich, zur Ruhelosigkeit verdammt – die Leere regt.

»Ihre Großzügigkeit vergrößert meinen Fehler… Umso schwerer wird es, ihn mir zu erlassen…«

»Ach, mein Lieber, aber wir haben uns doch darauf geeinigt, dieses Thema abzuschließen! Was hat es für einen Sinn, immer wieder darauf zurückzukommen?«

Ştefan sollte sich nun empfehlen und sich als Erster zurückziehen, um sein Äußeres zu richten, damit im Anschluss Sophie hinaufgehen kann! Er weiß doch wohl, wie lange die Toilette einer Dame braucht! Aber er zögert, um sich bloß keine Sekunde von ihr zu lösen! Er wird sich wahrscheinlich den ganzen Abend nicht von ihr entfernen! So wird sie nie Gelegenheit bekommen, mit dem schwächlichen Titi Ialomiţeanu auch nur ein paar Worte zu wechseln, zu sehen, sich davon zu überzeugen, dass er ihre Probleme begriffen hat, die Folge ihrer leidenschaftlichen Liebesstunden… *S'il ne veut pas s'assumer aucune responsabilité*… Dann wird sie darüber nachdenken, was zu tun ist, es hat ja keinen Sinn, sich schon vorher verrückt zu machen … Aber für dieses unglückliche *tête-à-tête* hat sie ihre Siesta geopfert und jetzt riskiert sie es auch noch, die Freude an diesem Abend zu verlieren … Und es reicht nicht, dass Ştefan so langsam seine Papiere zusammenlegt, der andere versucht ihn auch noch in ein neues Gespräch zu verwickeln … Ach, wie kann Titi nur dazu imstande sein, sie, Sophie, den Regeln der Vorsicht zu opfern?! Denn nur aus Vorsicht wird er ein geschmackloses Gespräch beginnen, das offensichtlich niemanden interessiert! Würde er zu ihr hinübersehen, gäbe sie ihm ein diskretes Zeichen, er solle aufhören!

»Eine Beerdigung, die einen schlechten Eindruck hinterlassen hat, nicht wahr?«

Möglich, dass dem Professor solche Kommentare über das Begräbnis Königin Elisabetas nicht passen, aber gerade deshalb erwähnt der junge Mann sie: um festzustellen, ob den Professor die bösen Gerüchte über seine Liberalen stören! Er hat versprochen herauszufinden, wie proliberal Mironescu ist, denn inzwischen hat er sein Gedächtnis durchwühlt und ist überzeugt, dass der Professor von ihm und Sophie an diesem Nachmittag im Garten nichts bemerkt hat! Beweis? Wie überrascht er war, als er ihn hat in der Tür stehen sehen! Er hat gelächelt, hat die Entschuldigungen angenommen, aber er hat ihn angesehen, als wäre er gerade dem Erdboden entwachsen. Er war weder feindselig noch wütend. Ihn durchschaut man schnell, er ist nicht fähig, sich zu beherrschen, wenn es ihn einmal packt! Und erst recht, wenn er etwas gesehen hätte! Folglich: Er hat nichts gesehen und er ahnt auch nichts! Wenn er so lange geredet hat, dann deshalb, weil es eben seine Art ist.

Das soll aber nichts daran ändern, was er sich vorgenommen hat: dass er vor dem Abendessen gehen wird. Nur so kann sein unangekündigtes Kommen einen angemessenen Abschluss finden!

Und wenn er morgen von Sophie überrascht wird, die unvorhergesehen und unangemeldet zu ihm kommt, vielleicht in einer Marktkutsche, den Kopf in einen dichten Schleier gehüllt und die Nase etwas rümpfend bei den Gerüchen auf der Treppe, dann soll den klugen jungen Mann das nicht stören. Im Gegenteil. Also setzt er das Gespräch auf natürliche Weise fort:

»... es war sehr heiß, aber Brătianu trug eine Mütze! Etwas, was natürlich auffallen musste, denn er war einer von denen, die die Gurte hielten. Trotzdem, all die Diplomaten in tadelloser Kleidung und der Premierminister mit einer Mütze auf dem Kopf ...«

Zum letzten Mal siehst du auf die Pendeluhr und dein Entschluss ist gefasst: Du wirst aufstehen, wenn die volle Stunde schlägt. Dein Wesen lässt dich nur ungern verlieren, ohne auch den letzten Zug gespielt zu haben, trotzdem hast du dich entschlossen: Dies sind die letzten Minuten, die du noch in diesem Salon verbringst. Du wirst aufstehen, dich entschuldigen, auch wenn du für immer auf ein Gespräch im *tête-à-tête* mit Titi verzichten musst! Ein simpler Ehrgeiz, kann man sagen, ohne einen allzu großen Fehler zu machen, obwohl sich in deinen Augen ein seltsamer Schmerz zusammenzieht, den du aus dem Gesicht, aus dem Kopf, aus dem Herzen vertrieben hast ... Sobald das Pendel schlägt, wirst du aufstehen, auch wenn du auf die Hoffnung verzichtest – aber welche Hoffnung? Hast du darüber nachgedacht, wie angenehm es sein würde an der Seite des jungen Ialomiţeanu – würdest du das wollen? Hast du dir wirklich nur einen Moment lang wirklich vorgestellt, wie es mit so jemandem wäre? Weißt du sicher, was du antworten würdest, wenn er dir das vorschlüge – aber was könnte er vorschlagen? Vielleicht bloß, dass ihr in die weite Welt hinaus flieht! Dass du ein Übel mit einem zufälligen anderen Übel ersetzt, das wäre nicht nach deiner Art, und immer verärgerter bewegst du den Fächer. Es wäre zutreffender, wenn man sagte, du säßest nur noch aus Neugierde hier: um zu sehen, was er imstande ist, für dich zu tun. Erst dann willst du sehen und entscheiden, ob der arme Titi aufgrund seiner Stellung als

Begleiter annehmbar wäre. Oh, wie spät es ist und du fühlst dich immer schlechter! Du hast nur noch ein paar Minuten, bis das Pendel anfangen wird zu schlagen, ein paar Minuten, die du noch geduldig ertragen kannst, nur weil du es willst! Wie geduldig du sein kannst, wenn das dein Wille ist, und wie gut du dich darauf verstehst, die Geduld augenblicklich in ihr Gegenteil zu verkehren! Sieh sie dir also geduldig an, so als hörtest du ihren Worten zu.

»... sodass die Pferde den Sarg derart schnell den Hügel von Curtea-de-Argeş hinaufzogen, dass manche Trauergäste anfingen zu rennen, andere zurückblieben! Jede Art von Feierlichkeit war dahin! Der König mit seinen wie man weiß zarten Nerven sah sehr unzufrieden aus. Meine Frage war, ob das Zufälle sein können.«

Warum so ein süßlicher Ton, der jede Freundlichkeit zu parodieren scheint? Du unterbrichst ihn mit gelangweilter Geste und nur ein unaufmerksamer Mensch kann missverstehen, was deine mürrische Stimme in Wirklichkeit meint:

»Da ich nicht in Curtea-de-Argeş gewesen bin ...«, antwortet Professor Mironescu mürrisch und hebt machtlos die Hände.

Also: Was soll ich sagen, da ich nicht in Curtea-de-Argeş war und auch nicht bei dem Begräbnis, und auch den Premierminister Brătianu habe ich nicht gesehen, mit oder ohne Mütze auf dem Kopf ...

Aber hat es da wirklich diesen frechen Tonfall in den Worten des Gastes gegeben? Und im Spiegel hat tatsächlich ein hastiges Lächeln Sophies gezittert, das sie eilig dem jungen Mann zugeworfen hat, womit sie ihn hat ermuntern wollen zu bleiben, was hat sie gewollt? Zu was hat sie ihn ermuntern wollen? Aber hat es dieses Lächeln wirklich gegeben, das im Spiegel an Ialomiţeanu gerichtet war?

Seine verwirrende Aufrichtigkeit erlaubt es dem Professor nicht, sicher zu sein, und da der Schrecken der ersten Ahnung bei ihm immer schnell verfliegt, schon in diesem Augenblick, weiß er bereits nicht mehr, ob das, was er gesehen hat, wahr ist oder ob er unter dem Einfluss seines – neurasthenischen, misstrauischen – Fieberwahns steht.

Er sieht zerstreut hinaus auf die Terrasse mit den Klematis, dann blinzelt er schnell mit den müden Augen; unter der heiteren Achse des Spätnachmittags scheinen ihm undeutliche, anschwellende Schatten vorbeizuziehen, ohne die Erde zu berühren.

Vergeblich hast du dem unerträglichen Titi dieses verschwiegene Zeichen gegeben, mit dem Gerede aufzuhören, er macht immer weiter! Oh, wie spät es ist und du fühlst dich immer schlechter! Aber atme tief ein und denk an die schönen Morgenstunden früher, als du noch keinen offenen Salon unterhieltest und niemand zu Besuch kam, nicht einmal dieser unerträgliche Herr Ialomiţeanu. Atme tief ein und denk daran, wie angenehm die Morgenstunden vor ein paar Jahren waren, als ihr gerade erst aus dem wunderbaren Italien zurückgekehrt wart! Du standst früh auf, so wie du es noch dein ganzes Leben lang gern tun solltest – der Himmel so *rose-pâle*, die errötenden Umrisse der zwei Pappeln am flammenden Himmelsbogen, das war der Ausblick, den du vom Fenster deiner Kammer aus hattest, eine Feuersbrunst, die in deiner Brust entflammte, die Vorahnung einer großen Liebe, die einmal kommen würde, und du würdest so intensiv leben, dass sogar das Glück dich schmerzen würde ... Atme und erinnere dich an die Reise in der Kutsche, das Gehüpfe durch die Schlaglöcher, das angenehme Wiegen, wenn sie auf sanften Wegen fuhr, das grüne Land, das sich unendlich auffächerte, und die roten Fensterläden der Herberge, die immer weiter zurückblieb, das ohrenbetäubende Zwitschern der Vögel, als würdest du über einen Haufen zerbrochener Flaschen schreiten, oh, die frische, lebendige Luft und die grünen, faden Maulbeeren voller Kerne, nach denen du im Fahren die Hände ausstrecktest, das harte Laub, das deine Hand peitschte, du lässt den Fächer neben den Sessel fallen und niemand scheint deine Geste zu beachten, mit der du dich eilig verabschiedest, mit der du dich entschuldigst, dass du dich nun für das Abendessen zurechtmachen wirst, dass du zurückkommen wirst – wirst du zurückkommen?

Du gehst mit eiligen Schritten zur Tür, beißt die Zähne zusammen, deine Nasenflügel sind gebläht, du merkst, wie deine Augen weiß werden, und als du die Hand auf die Klinke legst, hörst du, wie hinter dir die Schläge der Pendeluhr fallen …

Der Aufbruch Sophies, ob nun verärgert oder nicht, hat den Professor gelöster werden lassen. Gelöster betrachtet er seinen nicht aufzuhaltenden Gast … Sieh an, wie elegant so einer sein kann mit diesem sandfarbenen Anzug, von dem er behauptet, dass er ihn erst diesen Nachmittag vom Schneider geholt hat! Also ein sandfarbener Anzug, dann die rote Krawatte, die weißen Seidenstrümpfe, die Allüre eines aufgeputzten jungen Mannes, könnte man sagen, und macht seine Figur nicht alle Anstalten, fett zu werden? Und diese heimliche, flüchtige Art seiner Blicke, wie bei diesen Männern mit gewissen unaussprechlichen Gewohnheiten!

Die Ialomiţeanu vielleicht nicht einmal so fremd sind?

Denn woher kommt am Ende seine ewige Erregung? Und die Art und Weise, in der er platonisch und gleichgültig den Damen und Fräulein in allen besseren Häusern den Hof macht, wohin er seinen Fuß auch setzt, was kann das anderes sein als eine Methode, sein fehlendes echtes Interesse für sie zu verbergen?

»Ich bitte dich, entschuldige mich nur einen Augenblick, mein Lieber. Nur einen Augenblick lasse ich dich allein«, sagt der Professor und erhebt sich mit einem leichten Seufzen.

Mit dem schmalen Rücken unter der zu weiten Jacke geht der Professor zur Tür, die auf die Terrasse hinausführt.

»Aber natürlich, ach, selbstverständlich! … Ich habe Sie sowieso schon zu lange aufgehalten … Ich versichere Ihnen, seit ich hier hereinkam, wollte ich, obwohl ich mich dieser viel zu frühen Ankunft schuldig gemacht habe …«

»Ach, mein Lieber, wirklich, im Ernst … Wir haben uns doch geeinigt, dass wir unter uns auf so viel Getue und Entschuldigungen verzichten wollen… Ich möchte noch ein bisschen frische Luft schnappen, bevor wir hinaufgehen und uns frisch machen…«

Der Professor lässt den Vorhang aus Efeu und Geißblatt aus der Hand gleiten, den er angehoben hat, während er sich umdrehte, um Herrn Ialomiţeanu zu antworten, er stützt die Ellenbogen auf die Terrassenbrüstung.

Dann atmet er tief ein. Eine Weile hält er den Atem an, füllt seinen Brustkorb, dort erstickt und verfault seine zerschlagene Lunge. Er atmet, tut ein paar Schritte auf die Terrasse hinaus, kreuzt die Arme noch einmal auf der Balustrade. Es duftet betörend nach Gras, nach Heu, nach Erde, nach ferner Kindheit, und er spürt, es ist Sommer.

Es ist Sommer – es ist Sommer – es ist Sommer…

Die verhangene blaue Luft, der samtige Schatten der Klematis, der Duft des Jasmins und der Petunien. Die Rosenbeete Sophies, die im Dämmer leuchten, und hinter ihnen im Garten zwei Weidenstühle nebeneinander. Beunruhigend dieses Nebeneinander jener beiden leeren Stühle, wie ein Skelett bewahren sie ein mögliches, geflüstertes Gespräch. Aber er wischt diese Unruhe beiseite, der Professor spürt wieder wie einen süßen Gewissensbiss, wie einen süßen Schauder, dass es Sommer ist…

Es ist Sommer – es ist Sommer – es ist Sommer…

Und wie viele Sommer noch? … Und welche Art Sommer noch? …

Denn von nahem betrachtet stoßen auch die Mauersegler schreckliche Schreie aus und haben schreckliche Schnäbel, und ihr Flug ist nicht nur müheloses Dahingleiten. Von nahem betrachtet wird ihr Flug zu verzweifeltem Zappeln. Von nahem betrachtet sieht man die Angst in den Flügeln, ihr angespanntes Schlagen, um die durchsichtige Materie zu durchpflügen, und du tust ein paar Schritte zur Seite, denn sie könnten dich im Herankommen durchstoßen. Und wenn du ein paar Schritte zur Seite tust, wirst du sehen, wie sich der Anblick der

Dinge verändert ... Wie unerwartet schnell begreifst du und wie zunehmend aufmerksam siehst du dich um, eine umso gierigere Aufmerksamkeit, je älter du wirst, noch liest du, noch sammelst du Wissen, noch klassifizierst du und versuchst Neues daraus zu schließen, aber du tust es immer lustloser, als ermüdete dich eine Vorahnung. Vielleicht weißt du sogar, dass die Krankheit es dir nicht mehr erlauben wird, noch weiterzugeben, was du jetzt erfährst, und dass dir nicht einmal mehr die Zeit bleibt, es aufzuschreiben ... Es ist dir nichts mehr geblieben (fühlst du), als dich aufmerksam umzusehen; und in den Momenten, in denen die Krankheit dich nicht an deinen Körper erinnert, wenn er dich nicht drückt wie eine zu alte, zu enge Jacke, dann unterläuft es dir, dich nur noch wie ein gieriger ...

Noch wie ein unermesslicher Blick zu fühlen ...

Und das Licht des Himmels aus samtenem Elfenbein hinterlässt einen Augenblick die Illusion, er würde auch die Fäulnis der Lungen heilen, und das Brodeln des Herzens, das ihn an das Zusammensein mit einem Menschen erinnert, auf den er sich niemals hätte einlassen dürfen ...

Professor Mironescu geht mit glücklichem Seufzen zurück in den Salon ...

»Was sagst du, mein Lieber? Du willst ausgerechnet zum Beginn des Festes fortgehen? Denk nicht einmal an eine derartige Unverschämtheit! Wenigstens hattest du ausreichend Taktgefühl, so eine verräterische Erklärung nicht vor den Damen abzugeben! Du hast noch rechtzeitig gemerkt, dass man dir so etwas auf keinen Fall jemals verzeihen würde! Also, ich bitte dich, sei so gut und begleite mich nach oben, damit wir uns beide frisch machen ...«

Lass dich von seinem Betragen, das innerhalb nur weniger Minuten so grundlos süßlich geworden ist, nicht verwirren: So ist er eben, und nachdem er sich unschicklich aufgeführt hat, macht er eine Kehrtwendung und tut wie der netteste Mensch. Heute Nachmittag genauso: Als er merkte, dass er dich nicht gut empfangen hatte, weil er zu erstaunt über dein Kommen war, suchte er die Situation zu retten, und ein paar Mal hat er dich mit seinem Gerede erschlagen. Jetzt macht er dir fast schon den Hof. Was dich aber nicht verunsichern soll. Also verbeuge dich noch einmal und sage ihm freundlich, wie die Dinge stehen:

»Sicher gehöre ich bestraft für die fehlende Höflichkeit, mit der ich ... Aber was für eine schlimmere Strafe könnte es geben, als diesem wunderbaren Abend fernzubleiben? Unglücklicherweise, dringliche Verpflichtungen ...«

Der Professor geht durch den Salon, wie schneidend erscheint ihm auch nach so vielen Jahren noch das elektrische Licht, das die Gesichter bleich und unnatürlich erscheinen lässt! Er hält sich wie ein müdes Kind das Taschentuch vor die Augen, und als er sie öffnet, kommt ihm das Licht noch künstlicher vor! Und noch unpassender! Gänzlich unpassend, gänzlich künstlich erscheint ihm die Entschuldigung des Gastes – außerdem kommt sie zu spät! Wie bitte? Wir reden seit drei Stunden miteinander und das Wichtigste sagt er erst jetzt?

Und plötzlich spürt der Professor seine Müdigkeit kaum noch. Fast beginnt er, sich auf das abendliche Vergnügen zu freuen. Eine so plötzliche Erleichterung, sie scheint wie echte Freude, was er jedoch zu verbergen sucht, indem er dem Gast antwortet:

»Wenn du dringliche Verpflichtungen anführst, mein Lieber, was soll ich da noch sagen? Bei so etwas kann man nichts mehr sagen, außer dass es einem leidtut ...«

Und er befürchtet, der im Aufbruch befindliche Gast könnte an seinen Augen ablesen, was er fühlt, sodass er seinen Blick zerstreut auf den sandfarbenen Anzug richtet, der seine Neuheit herausschreit. Er entdeckt ein Fädchen, das der Schneider anscheinend vergessen hat, und weiter unten einen schiefen Strumpf und, wie seltsam!, Schlammspritzer am Hosensaum.

Frische Schlammspritzer, sicher frisch, wenn er ihn doch erst heute vom Schneider abgeholt hat! Er hat selbst gesagt, dass er ihn erst angezogen hat, bevor er herkam ... Und doch, Schlammspritzer auf dem Hosensaum, zwei Korbsessel nebeneinander unter dem Nussbaum, die Wege, die Sophie unter Wasser gesetzt hat, indem sie sinnlos die Rosen wässerte zu einer Stunde, in der ein unerklärliches Klingeln an der Tür zu hören war?! ... Verwirrung! Er hatte sich etwas anderes gewünscht als Wortklauberei, etwas anderes, ein kleines konkretes Detail, da hat er es vor Augen, noch immer genauso unsicher, aber es verdüstert ihm ab sofort diesen Abend – ganz gleich, ob der Gast geht oder bleibt.

Der Professor atmet schneller, die feuchte Hand drückt das zerknüllte Taschentuch an die Stirn, in den Schläfen pulsen die Hämmer des Blutes, während er mit großen, taumelnden Schritten den Gast zur Tür begleitet, wie konnte so ein Fehler passieren – bei Sophie, bei ihm, bei beiden? Ausgerechnet dieser Mensch, der ihnen vom ersten Augenblick an missfallen hat! Und jetzt soll es nicht mehr rückgängig zu machen sein von dem Moment an, als sie ihn sahen und er beiden missfallen hat? Alles zurückstellen und dann aufmerksam verfolgen, wo, wie der Fehler sich eingeschlichen hat, der Gast nimmt lächelnd Stock und Hut, wie leid es ihm tut, so zu gehen, er fügt allem noch eine letzte Unhöflichkeit hinzu: fortzugehen, ohne von der Dame des Hauses, vom Fräulein Abschied zu nehmen!

Der Herr Professor wird ausrichten, sicher, er wird ausrichten, selbstverständlich, mit ermatteten Beinen und geröteten Augäpfeln wird er jene endlose Untersuchungsbefragung beginnen, der sich Sophie entziehen wird, fliehen wird, indem sie nur eine Verwunderung, eine rätselhafte Unzufriedenheit hinter den langen, geraden Wimpern in ihren sehr blauen Augen halten wird. Leichte Schritte, das Knarren der Holztreppe, Türen, die sich oben öffnen und schließen, ein paar Töne auf dem Klavier, ein Kleid, das hinter den Stäben der Balustrade rauscht, der Gast, auch er muss sich beeilen, um nicht von den anderen Gästen überrascht zu werden, der Garten ist feenhaft erleuchtet, der diskutable Geschmack Sophies, Rosengirlanden und bunte Papierlampions hängen von den Bäumen. Der Professor rasselt nervös mit der flachen Pastillenschachtel, Schlammspritzer auf dem Saum einer erst heute vom Schneider geholten Hose, aber warum dann ein unangekündigter Besuch?! Zu so unangemessener Stunde?! Wie, wie, die Abfolge jeder Einzelheit, der zweifelhafte Klang jedes Wortes, der Professor führt eine süßsaure Pastille zum Mund, eine von diesen *inoffensifs antiseptiques de l'intestin*, um die Tatsache eines hastigen Zitterns zu vertuschen, das seit ein paar Sekunden die Hälfte seiner Wange zur Grimasse verzieht.

Ein Zeichen, allerdings, ein Zeichen seiner beherrschten Nervosität.

Noch quält er sich mit diesen Schlammspritzern auf dem Hosensaum, ist gedemütigt von dem Gedanken, den er nicht loswerden kann, der ihm einen unerträglichen, physischen Schmerz bereitet, einen Schmerz, der ihn erniedrigt und aufbringt, und dazu das gleichzeitige, beruhigende Gefühl, zwei durchsichtige, freundschaftliche Augen sähen ihn an, mit zuvorkommender und angespannter Aufmerksamkeit, oben vom ersten Stockwerk aus, Türen schließen sich, öffnen sich, leise Schritte auf der Holztreppe.

»Wie, Herr Ialomiţeanu? Wie, Sie bleiben nicht, um mit uns zu Abend zu essen? Wie, desertieren Sie?«, fragt Frau Mironescu, die mit leisen, majestätischen Schritten die Treppe herabkommt.

Herr Ialomiţeanu ist ein vollkommener Kavalier, wie man ja weiß. Wenn auch schüchtern, so gefällt er doch in weiblichen Kreisen, im Sommer kommt er mit der Kutsche, im Winter mit dem Schlitten, um mit ihnen auszufahren, es schneit ohne Unterlass, die Glöckchen der Pferde klingeln, Margot und Sophie strecken ihre Näschen aus den Pelzen, in die sie sich gehüllt haben, was für ein Gekicher, was für ein Lachen während der Fahrt durch dieses vom Schnee verkleinerte Bukarest, ein beinerner Himmel wölbt sich über ihnen, an dem sich wie auf einem Stich minutiös Mauern, Dächer, Schornsteine abzeichnen, aus denen lockig der Rauch steigt!

Eigentlich hat Professor Mironescu noch nie die Ausfahrten mit dem Schlitten gutgeheißen, nicht einmal mit der Kutsche, vor allem die Picknicks, und besonders Tanzabende und Abendessen, in den letzten Jahren hat er sich einfach geweigert auszugehen, aber vielleicht war das schon die Krankheit! Und sieh an, heute Abend hat Herr Ialomiţeanu noch andere Verpflichtungen, und deshalb ist er heute früher zu uns gekommen und darum hat er es bis zum letzten Augenblick nicht über sich gebracht, uns diese unangenehme Nachricht zu eröffnen, und jetzt will er nur noch von den Damen Abschied nehmen!

Aber diese Schlammspritzer auf dem Hosensaum sind noch immer da, sind wirklich von rätselhafter Gewissheit, das Gesicht des Professors bleibt undurchdringlich. Das nervöse Zittern ist verschwunden, sein freundliches Lächeln übrigens auch. Das unvorteilhafte elektrische Licht und die von den Ärzten schlecht diagnostizierte Krankheit erklären ausreichend, warum tiefe Falten sein Gesicht zerfurchen, als er herzlich die Hand ausstreckt, um den Gast zu verabschieden.

»Wie, du bleibst nicht, um mit uns zu Abend zu essen, Herr Ialomiţeanu?«, fragt die kleine Margot. »Natürlich, du gehst zu einem anderen Besuch, der bei uns war nur der erste!«

Plötzlich vereint, werfen die beiden Schwestern dem Deserteur ihre kleinen Anspielungen zu, er verbeugt sich der Reihe nach höflich vor ihnen, vielleicht werden sie morgen Abend über ihn sprechen, die Neugier einer jeden wird sich an den Worten der anderen entfachen und so werden sie sich jede schwer verständliche Geste erklären. Aber vielleicht werden die Ereignisse des heutigen Abends so aufregend sein, dass an Herrn Ialomiţeanu nichts mehr so interessant erscheinen wird – um noch erklärt werden zu müssen.

Doch gerade weil er so oft Bekanntschaft mit dem Misserfolg hat machen müssen, weil niemand ihn besser verleugnen könnte als er, weiß der junge Ialomiţeanu ihn mit Ergebenheit zu ertragen. Er verbeugt sich tiefer und häufiger, als es notwendig wäre, und schenkt seinen guten Freunden einen herzlichen Blick.

Nein, denkt der Professor, auf jeden Fall, selbst wenn meine Annahmen mir (wenn ich mich beruhigt habe!) wieder absurd und übertrieben vorkommen werden, es ist trotzdem erstaunlich, wie ich so *négligent* habe sein können, nicht zu merken, was ich doch jeden Augenblick gespürt habe: dass wir nichts gemein haben und dass mir fast alles an ihm missfällt…

Eine halbe Stunde später werden Frau und Herr Mironescu in der *hall* die Gäste empfangen. Das Dinner wird früher als gewöhnlich beginnen und der Professor wird sein eigenes, strenges, kleines Menü haben: nur ein paar Vorspeisen, kalter Braten und *Linzertorte.* Im kleinen Salon wird sich Sophies Stimme erheben, der strenge Jorj Ioaniu wird sie am Klavier begleiten, und sie wird mit einem rührenden Lied von Verdi Eindruck machen. Nach dem Tanz wird der junge Geblescu ein neues Gesellschaftsspiel erklären und Margot damit eine kindische Freude bereiten:

»Sehen Sie bitte, verehrte Herren, sehen Sie bitte, liebe Damen und Fräulein (wird der junge, gerade aus England heimgekehrte junge Mann sagen und das neue Gesellschaftsspiel beginnen, in Wirklichkeit ein einfaches physikalisches Experiment). Sehen Sie bitte, liebe Anwesende, aufmerksam hierher: auf diesen schwarzen Punkt im Zentrum dieses Kreises. Sehen Sie nur auf den Punkt in der Mitte des Kreises, und sofort, nicht wahr?, sehen Sie – sehen Sie es wirklich! – um den Punkt: nicht einen, sondern Dutzende von konzentrischen Kreisen, die Ihr geblendetes Auge – es hat schon angefangen – Ihnen vorspielt… Schneller, wirklich viel schneller als der Kreis, den ich nicht einmal Zeit hatte zu bewegen – Sehen Sie? – viel schneller also! – ist das Auge müde geworden und hat den Blick verändert! Mitten beim intensiven Schauen, bei aller angespannten Anteilnahme hat sich eine verfälschte Wahrnehmung eingeschlichen. Also ist es sinnlos, sich anzustrengen, noch aufmerksamer hinzuschauen, mit jeder Sekunde, die vergeht, wirst du umso weniger das sehen, was du anfangs gesehen hast. Wir wissen seit langem, liebe Anwesende, dass wir nie zweimal im Wasser desselben Flusses baden. Merken Sie nun, dass wir außerdem nie zweimal mit demselben Blick schauen!«

Als der Beifall und das Gelächter der fröhlichen Anwesenden abebben, ist aus dem kleinen Salon eine gewichtige Stimme zu hören:

»Wenn wir unsere heutige Position zu wahren wissen und nicht die Zukunft des Landes durch wer weiß welchen Unfug aufs Spiel setzen…«

Das kann natürlich nur die Stimme von Freund Victor sein.

1919

Dritter Teil

Das Tagebuch Professor Mironescus

22. August 1916

Die Signale der Schutzleute, die Kirchenglocken und Fabriksirenen haben heute Nacht ein paar Mal Alarm geschlagen. Danach begannen die Kanonen, keinen Augenblick ließen sie nach, und dazwischen die Maschinengewehre. Eine sehr störende Finsternis, durch die wir alle tappten, nervös, verschlafen. Natürlich hatte ich Schwierigkeiten, meine Leute zu überreden, in den Keller hinunterzugehen (wie es die *Anordnung* der Polizei verlangt), allgemein herrschte die Meinung, es gäbe keine Gefahr. Bisher scheint es wirklich so, als hätten die Besuche des Zeppelins, die Leute nennen ihn »Zippilig«, keine Opfer gekostet. Gegen Morgen gingen wir zerschlagen vor Müdigkeit nach oben in die Zimmer, profitierten davon, dass unsere Artillerie sich beruhigt hatte, aber nach einer kurzen Erholungspause begann es wieder. Nach einer solchen Nacht sind die Gewohnheiten des Hauses durcheinandergeraten, sodass wir, als nach elf ein Automobil an unserem Tor hielt, gerade erst das Frühstück beendet hatten.

Es war die liebenswerte Frau Nicolaid, eine der Vorsitzenden der Königin-Elisabeta-Gesellschaft, die zur Gară de Nord* musste, um den Soldaten, die an die Front gingen, das Nötigste auszuhändigen. Sie hatte erst im letzten Moment erfahren, dass sie keine Hilfe haben würde, die Damen, die ihr dabei hatten zur Hand gehen wollen, hatten sich abgemeldet, also war sie nur in Begleitung einer Bediensteten und ihres ergebenen Gatten ins Automobil gestiegen. Nach ein paar Metern dachten sie daran, einen Umweg über die Bonaparte-Chaussee zu wagen und Sophie dazuzubitten, wobei sie auf ihre hilfsbereite, unprotokollarische Art hofften. Sie hatten nicht viel Zeit zu bleiben, doch es reichte aus, um einen kleinen Spaziergang durch den Garten zu machen und sich mit uns an diesem späten Sommermorgen zu erfreuen, von Sophie ließen wir uns mit ihrem gewohnten Stolz ihre neuen Rosensorten zeigen. Wir saßen zu einem kleinen Gespräch in der Laube, hatten einen echten Kaffee vor uns, seit einiger Zeit ist er zum wahren Luxus geworden, wir tauschten die Eindrücke der vergangenen, so bewegten Nacht aus und sprachen über den gespenstischen Zeppelin, den die Zeitungen am Morgen erwähnt hatten. Frau Nicolaid wusste direkt vom Roten Kreuz, dass es in Constanţa bei dem schrecklichen Bombardement über hundert Opfer gegeben hatte. Wir teilten ihnen mit, was wahrscheinlich nicht mal mehr ein Geheimnis ist, dass Brătianu sich gesondert und persönlich bei Bussche, dem deutschen Botschafter, dafür eingesetzt hatte, der Luftkrieg sollte nicht auf dem Rücken der Zivilbevölkerung ausgetragen werden, und er hatte in dieser Hinsicht auch Zusagen bekommen. Da die Zeit fortgeschritten war und die Nicolaids pünktlich am Bahnhof ankommen wollten, erhoben wir uns und verließen die Laube. Leider war es Sophie nicht möglich, Hilfe zu leisten, sie wurde von einer schrecklichen Migräne geplagt, die sich nicht nur in ihren gewöhnlichen Kopfschmerzen zeigte, sondern ihr auch Schwindel und Erbrechen verursachte. Margot bot sich jedoch von Herzen an, ihren Platz einzunehmen, und ich musste dem Drängen Herrn Nicolaids nachgeben, sie zu begleiten und zu sehen, wie sehr sich die Hauptstadt nach nur fünf Tagen der Belagerung verändert hatte. Vor der Abfahrt hatte ich einen ärgerlichen Streit mit Sophie, sie lehnte es kategorisch ab, sich von einem Arzt untersuchen zu lassen, ich gab ihr seelenruhig zu verstehen, sie kennt das schon und weiß, zu was ich imstande bin, ich würde mich gezwungen sehen, mich an Doktor Fundăţeanu zu wenden, über ihren Willen hinweg. Ich muss gestehen, es war nicht der geeignete Augenblick, vor allem, wenn ich an ihren nervlichen Zustand dachte. Sie reagierte aus Schamhaftigkeit und Sturheit sehr aggressiv, und ich fuhr mit einem recht schlimmen Eindruck von unserem Wortwechsel ab, der (wir hassen es beide) *devant les domestiques* stattgefunden hatte. Es gibt Augenblicke, da alles verloren scheint und man nicht mehr auf das kleinste Einvernehmen hofft. Im Automobil bemühte ich mich, mit aller Diskretion meine geistige Verfassung vor den beiden zu verbergen, die sich gegenseitig ihre Zärtlichkeiten erwiesen und sich neckten; soweit ich gehört habe, *ils ont toujours été raisonnablement heureux en ménage*, sodass mich ihr Spektakel mit allerlei unangenehmen Impulsen erfüllte.

Plötzlich wurde mir bewusst: Was ich fühlte, war einfach *Neid*, damit hatte ich (in dieser Hinsicht ein glückliches Wesen!) im Leben nicht sehr oft zu tun gehabt! Die Scham vor mir selbst, aber vor allem das Schauspiel der Straße beruhigten mich. Nein, das ist ungenau! Sie ersetzten meine Unzufriedenheit durch Sorge, die mir allerdings leichter erträglich schien, da sie legitim, kollektiv war. Diese Sorge war vollkommen verschieden von den Leiden der Eifersucht und des Unverständnisses, die einen mit Dunkelheit erfüllen und ebenso demütigend beherrschen (und ebenso vollkommen!) wie physischer Hunger.

In der Vorstadt, und im Zentrum umso mehr, flatterten über den Geschäften die Trikolore und die Fahnen der Alliierten. An den Wänden Bekanntmachungen und Anordnungen, die ich allesamt las. Als wir im Gedränge am Matache-Markt hielten, las ich zuerst unaufmerksam: SOLDATEN! Dann:

NOCH JAHRHUNDERTE WIRD EIN GANZES VOLK EUCH SEGNEN UND DIENEN.

Ich glaube nicht, dass es die nervliche Ermüdung war, die mir plötzlich die Tränen in die Augen trieb. Trotzdem waren sie mir wieder einmal peinlich, meine sentimentalen Ausbrüche, meine idealistischen Vorstellungen, bisher hat sich immer jemand Nahestehendes gefunden, um sie mir vorzuhalten. Um sich regelrecht auf sie zu stürzen, und mir dann *à propos* ein dauerhaftes Gefühl von Schuld und Scham zu verursachen. Und tatsächlich, wie kann es sein, dass du bei der Lektüre der königlichen Anweisungen weinst, jeder, der klar im Kopf ist, kritisiert sie in jeder Hinsicht, und die Menge ignoriert sie, alles rennt kopflos zwischen den ambulanten Händlern aus Oltenien mit am Joch schwankenden Warenkörben umher oder zur Schlange vor der Bäckerei?

So sah die Stadt recht seltsam aus, es fuhr fast keins der gewohnten Verkehrsmittel. Erst am Abend merkte ich, wie viel Glück wir gehabt hatten, ich erfuhr, dass unzählige Automobile, Kutschen, sogar Taxis auf der Straße beschlagnahmt und nach Turtucaia* geschickt worden waren. Ein Zeichen dafür, dass es dort nicht gerade zum Besten steht. In einer solchen Stille erschien der Lärm der eiligen Militärfahrzeuge umso dröhnender. In großen Zeitabständen fuhr eine Straßenbahn vorbei, sie war so überfüllt, dass manche Leute sogar außen auf den Stufen standen! Die Gehwege waren voller Menschen, mit Paketen im Arm, eine wahre, sehr leicht zu begreifende Kaufwut war ausgebrochen, vor allem, da plötzlich eine Reihe von Dingen – Fleisch, Eier, Milch, aber auch Brot – nicht mehr aufzutreiben waren.

In diesem Augenblick halte ich inne und lese meine Aufzeichnungen noch einmal durch, dabei stelle ich mit Unbehagen fest, dass sie in ihrer Ungeschicklichkeit und Naivität von einem Gymnasiasten geschrieben zu sein scheinen. Das ewige Drama – das eine fühlst du, das andere landet auf dem Papier! Ich werde trotzdem fortfahren, auch wenn ich mir bewusst bin, dass mir das Eigentliche entgehen wird.

Beispielsweise das Gefühl, die Gesichter, die mir begegneten, würden mir ihre Verwunderung mitteilen: Dieses historische Unglück passiert wirklich uns! Wir sind eine Opfergeneration! Das sind nicht nur große Worte, an die wir uns schon gewöhnt haben und über die wir nicht mehr nachdenken! Dieselbe Verwunderung erlebe ich auch selbst, Stunde für Stunde, seit mir in der Nacht des 14. August die Kirchenglocken Schauder über den Rücken trieben, als sie die allgemeine Mobilmachung verkündeten! Worte, die wir bisher so oft vor der Jugend ausgesprochen haben – *kollektives Los, Schicksal, Geschichte* – jetzt fühle ich sie auf ganz andere Weise, ich könnte sagen, religiös und dunkel; und die Gedanken, die mir öfters durch den Kopf gehen, sind nicht nur meine eigenen: Indem wir jeder nur für uns und unsere Familie hoffen, wünschen, warten, so hoffen wir doch alle das Gleiche ... Darum scheint mir, ich las auf den Gesichtern, die mir begegneten, ganz ähnliche Dinge: Die Verwunderung darüber, dass es wirklich geschehen ist, die Beunruhigung angesichts des Schlimmen, das uns erwartet, Unglaube und Langmut – die bei uns so altbekannte Kraft durchzuhalten, mit der wir uns gleichzeitig auch schaden können.

Bevor ich aber zu solchen banalen Überlegungen kam, erreichten wir die Gară de Nord und gerieten bald in einen ganz anderen Zustand – der Erhabenheit. Die Festlichkeit, die mir dieser moderne Bau schon immer auszustrahlen schien, der Klang unserer Schritte, der sich im Klang der anderen Schritte verlor, das seelische Zittern der sich versammelnden Menge verursachten mir den gewohnten Kloß im Hals, obwohl ich kaum erst die grün-blauen Uniformen und Kappen der Soldaten gesehen hatte – manche zu Fuß, andere saßen auf den Kanten der offenen Güterwaggons. Wir, die wir gekommen waren, um sie zu begleiten, nährten die Gewissheit, an einem weihevollen Moment teilzunehmen, gänzlich verschieden von den gewöhnlichen Augenblicken, da doch der alltägliche Zustand der der Selbstvergessenheit ist. In diesen Augenblicken dachte ich daran, besondere Anstrengungen zu unternehmen, um selbst an die Front zu gehen, obwohl ich wusste, dass das ein Ding der Unmöglichkeit war – Beweis dafür, dass ich noch nicht die Kraft habe, meine Randposition zu akzeptieren, in die das Leben mich gestoßen hat und mich von nun an immer weiter stoßen wird.

Ringsum sang man *Zu den Waffen*, Tränen in den Augen; dieselbe Forschheit in manchen Stimmen, die sich als stark und melodiös empfanden, dasselbe genierte Raunen der Unmusikalischen und Schüchternen wie in der Osternacht. Auch ich sang, selbstverständlich, mit gesenkter Stimme. Viele waren mit Blumen gekommen und gaben sie diesen gemeinen Menschen, die unsere literarische Vorstellung heiligte, indem wir über ihren schwärzlichen und unrasierten Köpfen den Nimbus des Ideals schweben ließen. Singend sah ich mich aufmerksam um, traf auf die reinen Augen eines Lyzeaners, die Wange voller Pickel, die Augenbrauen zusammengewachsen, ich sah eine korpulente Dame mit welkem, feuerrotem Busen im Dekolletee, der vom Korsett hochgeschnürt war, dann (wahrscheinlich) einen Gymnasiallehrer mit kahlem Schädel, der affektiert durch sein Monokel sah, dann eine achtbare Familie, die ihre Kinder um sich geschart hatte, darunter zwei niedliche Fräuleins, die unter ihren Schirmchen kicherten ... Aber wozu diente ein so luxuriöses menschliches Inventar, das mir meinen Blick ins Unendliche zerstreute? Wie konnte aus so unterschiedlichen Körpern eine kollektive Seele entstehen? Ich wunderte mich über diese Verwunderung, die mir die einfachsten Dinge bescheren! Trotzdem, uns einte doch etwas mehr als das Geschehen (das fühlte ich dort auf dem Bahnsteig), nicht nur das *Schicksal*, sondern auch die Quellen der Mentalität, die in uns mit derselben verborgenen List sprudeln, mit derselben Kraft wie der Hunger, das Begehren nach Paarung ...

Lasse ich aber diese Ausführungen einmal beiseite! Die Militärzüge waren übervoll, und etwas anderes fuhr nicht mehr; auf die Gleise vorne hatte man zwei Sanitätszüge gestellt, ihr Dach war weiß gestrichen und auf dem Dach prangte ein riesiges rotes Kreuz – wahrscheinlich damit sie gesehen und von den Flugzeugen verschont wurden. Entlang des Bahnsteigs gingen *madame* Nicolaid und Margot unter den Fenstern des Zuges entlang und reichten den Soldaten Zigaretten und Essenspakete: Hinter ihnen ging die Bedienstete mit den Körben, wir begleiteten sie in einem gewissen Abstand. Da Frau Nicolaids Pakete bald vergeben waren, begann sie, Geld auszuteilen, da sie aber kein Kleingeld hatte, erhitzten sich die Gemüter, als sie Zwanzig-Lei-Scheine hervorzog und wollte, dass der, der sie nahm, sie sich mit ein paar anderen teilte. Natürlich griffen gleich mehrere Hände danach, ich! ich! ich!, und sie, die von den immer herrischeren Bitten eingeschüchtert war, gab sie dem Zufall nach denen, die am schnellsten waren. Die ordinären Bemerkungen derer, die enttäuscht worden waren, kamen mir zu Ohren, da ich genau hinter ihr ging, und verärgerten mich. Sie brachten mich wirklich in einer Weise auf, in der mich sonst nur das Leben aufregt, sobald ich mich, wenn ich aus den Wolken heruntersteige, daran stoße. Und gerade da provozierte auch Margot noch einen kleinen bedauernswerten Zwischenfall: Weil ihr schien, so erklärte sie später, man hätte das Signal zum Aufbruch gegeben, warf sie die Zigarettenpäckchen, die noch übrig waren, unter die Soldaten. Die armen Leute sprangen herbei, wo sie gerade standen, und beeilten sich, nach ihnen zu greifen, stolperten, begannen zu streiten, zertraten sich voller Wut die Hände und Finger. Ein Gedränge, das uns leidtat, weil es alles zerstörte, was vorher so schön ausgesehen hatte, und weil es wieder einmal zeigte, welche Armut und welche Primitivität uns beherrschen. Da mein psychisches Gleichgewicht labil ist und zur Melancholie neigt, sah ich plötzlich das heroische Spektakel von vorhin zersetzt in viele kleine alltägliche Szenen, der eine bohrte in der Nase, ein paar würfelten, ein anderer erleichterte sich vor aller Augen, eine Gruppe warf unseren großzügigen Damen anzügliche Worte zu, ein anderer feilschte mit ein paar ungarischen Dienstmädchen ... Wieder die wohlbekannte Verwirrung, wenn ich das Spektakel des Lebens mit seinem Idealbild vergleiche. Aber meine persönliche Zensur, die zeitgleich mit der am Tag der Ausrufung des Belagerungszustands durch den Innenminister I.G. Duca* allgemein eingeführten Zensur in Kraft trat, griff sogleich: Es war mir nicht erlaubt, etwas Niedriges im Betragen dieser Leute zu sehen, die abreisten, um für eine Idee zu sterben, während ich in das bequeme Automobil von Herrn Nicolaid stieg, um dann den gewohnten Spaziergang auf der Calea Victoriei zu machen, den üblichen *café glacé* im Regler einzunehmen, das Gedränge an der Gară de Nord zurückzulassen, die überfüllten Waggons, auf die gerade jene schwieligen

Hände geschrieben hatten (das sah man an den ungelenken Buchstaben): *Wo sin' die Tiger der Karpaten? Großrumänien* – und Ähnliches.

Die moralistische Neigung war aber offenbar nicht nur mein Gebiet, denn als wir uns dem Zentrum näherten und sahen, wie viele Menschen zum Spaziergang herausgekommen waren, wie die Damen und Herren sich an den auf dem Trottoir platzierten Tischen, unter den gewohnten Schirmen diskrete Zeichen des Erkennens zuwarfen, Küsschen, gelupfte Hüte und so weiter, und die meisten Bemerkungen den allgemeinen Unmut betrafen, da mit dem Belagerungszustand die Regierung den Konsum geistiger Getränke untersagt hatte, da wir also dieses frivole Schauspiel zu Gesicht bekamen, da wurde der ehrenwerte Herr Nicolaid, ein Kriegsversehrter, ganz ärgerlich. Wie, sagte er, kann es sein, dass an dem Tag, an dem die ersten Verluste gemeldet wurden, über fünfhundert Verwundete und sicher mehr Tote, als man zugibt, wie ist es möglich, dass sich hier nichts verändert hat? Diese Vergnügungslust scheint mir wirklich beschämend! Na gut, lachte die liebenswerte Frau Nicolaid, aber was suchen wir denn hier, *chéri*?

Auf der Rückfahrt erzählte mir Herr Nicolaid im Automobil von den Scherereien seiner Schwester Nathalie (die seit nicht einmal einem Monat mit dem Magistraten Creţeanu verheiratet ist). Auf ihrer *voyage de noces* in Sinaia im Hotel Caraiman wurden sie nicht nur von Unruhe geplagt, da die Front so nah war (ach! Was für ein Schock, zu merken, dass jeden Augenblick alles passieren kann, dass die Gesetze und Gewohnheiten, die dich sonst schützen, nicht mehr gelten!, weinte die *pauvre* Nathalie, der man im Gedränge den Hut fortgerissen hatte), sondern sie wurden plötzlich davon überrascht, dass alle Züge ausfielen bis auf einen einzigen, und in dem herrschte ein unbeschreibliches Gedränge. Der arme Creţeanu, ein Junge aus gutem Hause, noch unangetastet vom Leben, verteilte Trinkgelder nach allen Seiten und schritt wiederholt persönlich ein, um das Gepäck in einen bestimmten Waggon zu hieven, der aber aus allen Nähten platzte. Sie fuhren in einem Güterwaggon bis Ploieşti und ein Rohling von Soldat zwang sie unter Androhung von Waffengewalt, sich auf den Boden des Waggons zu setzen, sogar mitten zwischen Pferdeäpfel, bessere Leute und niedere durcheinander, eine stickige Luft, völlige Finsternis, Angst vor Läusen, Krätze, ach, was man sich nicht alles hätte holen können bei der Berührung mit diesen schmutzigen Menschen. Dann eine ganze Nacht im Bahnhof von Ploieşti, es gab nicht einmal eine Bank, um sich zu setzen. Bei der Ankunft des Zuges eine so große Verzweiflung, dass sie beinahe niedergerannt worden wären. Ich bat ihn inständig, seine Geschichte beim Mittagessen zu wiederholen, das wir gemeinsam einnahmen, aber Sophie tat, als würde sie sich um nichts in der Welt an den Grund so vieler Streits erinnern können – die Sommerfrische –, und nachdem sie gegangen waren, sprach sie nicht weiter mit mir.

Am Nachmittag versuchte ich der unschönen Atmosphäre keine Beachtung zu schenken und zu arbeiten. Ich merke, jede Seite, die ich verspätet zu Ende schreibe, vergrößert eine Schuld, da die Zukunft derart unsicher ist. Es sind nun fünf Jahre, seit sich keiner mehr an eine wichtige, grundlegende Arbeit gemacht hat, da über allen Köpfen das Damoklesschwert drohte – der unvermeidliche Krieg! Obwohl ich so etwas vorhabe mit meiner Arbeit, bin ich nicht freigesprochen von den Dornen der Schuld, weil ich meinem langsamen, schwärmerischen und umständlichen Wesen nicht Einhalt gebiete, statt der Kultur mit einem Buch zu dienen, das schnell veröffentlicht werden kann. Genauer gesagt, ich hätte es können! Bis zum Abendessen blieb ich im Kabinett, war freigesprochen von den Pflichten der Korrespondenz, die immer häufiger ausbleibt. Der Allgemeinzustand erstaunlich gut. Nichts Wichtiges ist bis zu dieser Stunde vorgefallen, da ich diese Aufzeichnungen beende. Ich habe mich entschlossen, um jeden Preis Ruhe zu bewahren, und für die seelische Entfernung von Sophie werde ich in einem stillen Moment nach einer Lösung suchen.

23. August 1916

Noch gutes Wetter. Totale Isolation, aus der mich Victor Apostoleanu herausholt, der lange angedrohte Besuch. Er ist heute vorbeigekommen, weil das Gericht geschlossen bleibt und die Prohibition ihm seine Gewohnheit, den Aperitif in Mirceas Kneipe, genommen hat. Um halb zwölf klingelte er an der Tür. Die Klingel wurde nicht gehört, weil seit Stunden schon die Artilleriekolonnen vorbeizogen. Die Scheiben klirrten vom Hufgeklapper der Pferde auf dem gerade erst fertiggestellten Pflaster und vom Rumpeln der Munitionskarren. Victor aber blieb nicht unbemerkt, das Knallen der Soldatenstiefel hatte das gesamte weibliche Personal ans Fenster gelockt. Er hatte die Idee, den Soldaten Wasser zu geben, eine gute Vorstellung, die wir jetzt weiter fortführen wollen. Victor ist wie übrigens viele andere von der Idee besessen, es gäbe unter uns unzählige Informanten und Spione, und der beste Beweis schienen ihm die Bomben, die das Haus Take Ionescus an der Piaţa Lahovary, Ecke Atena getroffen haben. Er kam gerade von dort her und hatte den Schaden genauestens untersucht. Die Neugier der Bukarester hatte aus dem Ort des Bombeneinschlags eine Attraktion gemacht und ein Ausflugsziel. Freund Victor berichtete, das Vorbeischauen Marghilomans, des Befürworters der Allianz mit den Deutschen, hätte feindliche Reaktionen unter den Leuten hervorgerufen; bleibt abzuwarten, wie viel Übertreibung in seinen Worten liegt, er ist grundsätzlich ein Mensch, der sich vom politischen Partisanentum blenden lässt.

Ebenfalls heute hat er eine weitere Szene beobachtet: Als der König im Automobil durchs Zentrum fuhr, kam es zu einer spontanen Sympathiekundgebung. Die Passanten und die Menschen in den Geschäften, sogar die Nichtsnutze, die sonst nie ihre Kneipe verlassen und sich mit einer Zitronenlimonade und Vichywasser begnügen, alle kamen sie heraus und spendeten Beifall, warfen die Hüte in die Luft und riefen: *Es lebe die rumänische Armee!* Er hat dieses Ereignis mit dem 10. Mai verglichen, als der arme Ferdinand mitten durch eine stumme und gleichgültige Menge fuhr. Freund Victor wurde geradezu redselig, als er bekannte, seine Gefühle hätten damals genau mit denen der Bevölkerung übereingestimmt und er wäre bis zum letzten Augenblick davon überzeugt gewesen, dass *»der Deutsche nicht in den Krieg eintritt«*. Ansonsten war seine Stimmung wie immer denkbar schlecht, vor allem *à propos* der Regierung und Brătianus. Es ging bei ihm aber nicht so weit wie bei anderen, deren Kommentare er heute Morgen gehört hatte: dass man besser einen Verlust einstecke mit neuen Leuten als einen Sieg, der uns die Gestrigen weiter erhalte! (Ich werde absichtlich nicht die Namen derer aufschreiben, die er mir nannte, sicher werde ich diese Aufzeichnungen irgendwann publizieren und ich möchte den Ruhm dieser schändlichen Menschen mit nichts untermauern.)

Aber wohin der rumänische Mangel an Solidarität führt! Mein Herz zog sich zusammen, als ich mich an dieses Gespräch erinnerte, das ich an jenem ermüdenden Nachmittag vor nur zehn Tagen kurz vor dem großen Abendessen geführt habe. Nicht die Erinnerung an das Gesagte verursacht mir Unbehagen, sondern die an den Zuhörer, den ich gefunden hatte ... Titi Ialomiţeanu!

Indem wir die Karte betrachteten, die ich im kleinen Salon angebracht habe und auf der ich abends gewöhnlich mit kleinen Fahnen das Vorrücken der Front Richtung Transsilvanien festhielt, beruhigten wir uns beide plötzlich, da uns die immense Länge der rumänischen Front ins Auge stach. Was für eine Armee musste man haben, um *allein* eine so lange Grenze zu verteidigen? *Allein*, denn der französische General Saraille, tja, keinerlei Aktivität in Salonica, obgleich unser Kriegseintritt den Franzosen in Verdun enorm geholfen hatte, denn dort mussten deutsche Truppen abgezogen werden, um sie uns zu schicken! *Allein*, denn die Russen waren nicht gar so viele wie gewünscht und man bemerkte sie auch kaum – Turtucaia ist der Beweis, die angespannten Kämpfe gehen dort anscheinend weiter.

Allein, mit einer so langen Front, und gerade wir, die als Volk gerade erst ins Leben gerufen worden waren, mit all den organisatorischen Mängeln, die wir nur zu gut kennen! Und wenn all das, was Brătianu sich zu berechnen bemüht hat, um dem Zufall keinen Spielraum zu bieten, sich in Luft auflösen wird, weil man sich nicht an die getroffenen Übereinkünfte hält? Wenn die Alliierten sich nicht mehr für uns interessieren? Wenn sie uns einem allmächtigen Feind überlassen?

Nach Tisch arbeitete ich recht zügig, obwohl sich eine gewisse Unruhe eingeschlichen hatte, sei es durch die allgemeine Lage, sei es durch die Situation im Haus. Meine Temperatur leicht erhöht, und das grundlos. Als ich um fünf hinunterging, war zufällig nur ich in der Nähe, als das Telefon klingelte. Herr Ialomiţeanu wollte sich erkundigen, ob die übliche Tennispartie mit Margot noch stattfinden sollte! Entschlossen, der Kleinen nichts zu sagen (sie ist im Übrigen sehr beunruhigt, weil ihr neuer Flirt, Geblescu, sich ausgerechnet an vorderster Front befindet), riet ich von der Partie ab, da man riskiere, leichtfertig zu erscheinen. Und es gäbe da ja auch das Problem des Hinwegs bis zum Cişmigiupark, der unter diesen Umständen, da die Straßenbahnen immer seltener führen und überfüllt wären und private Automobile nicht nur sehr schwer zu bekommen wären, sondern auch jeden Augenblick beschlagnahmt und nach Turtucaia geschickt werden können! Wie kann ich als Vormund einer Schülerin einen so weiten Weg erlauben, unter solchen Umständen? Ialomiţeanu blieb bis zum letzten Augenblick bei seinem gewohnten Habitus, obwohl er gemerkt haben musste, dass ich ihm keine Einladung zu uns nach Hause aussprach, was eine Premiere war. Ich wäre erleichtert, zu wissen, dass er mehr verstanden hat, als ich ihm gesagt habe, und dass dies unsere letzte Unterredung gewesen ist, denn erst danach merkte ich, wie viele Nerven mich das Gespräch gekostet hatte, ganz und gar unverhältnismäßig. Nach dem Abendessen stieg mein Fieber, ich hatte starken Schüttelfrost, schreckliche Kopfschmerzen, die auch jetzt, da ich dies schreibe, noch nicht ganz verklungen sind, Übelkeit und ein Zustand der Schwäche. Sophie, die an diesem Morgen einer Freundin einen kurzen Besuch abgestattet hat (wir waren weiterhin *en froid*, und ich erfuhr keine Einzelheiten), lag den ganzen Tag im Bett und erlaubte niemandem außer Madam Ana, hereinzukommen. Ich habe darauf bestanden, empfangen zu werden, und zwang Madam Ana fast, mir zu öffnen. Ich hatte ihr im Grunde nichts mitzuteilen außer den Anruf von Herrn Ialomiţeanu, von dem ich sie auch unterrichtete, vielleicht in einem unangenehmen Tonfall, ich zwang mich, ihren Gesichtsausdruck zu lesen. Sie war entsetzlich blass (eigentlich eher bleich) und sah mich an *comme une bête traquée*, ihre Augen hatten aber noch immer denselben Ausdruck von Sturheit, der mich aufbrachte. Außerdem stieß mich diese geheimnisvolle Atmosphäre um ihre Krankheit ab (ich habe keinerlei Zweifel, dass es ein Frauenleiden ist), die primitiven Heilmittel, auf die sie wahrscheinlich zurückgreift, weil sie sich keinem Arzt vorstellen will, und meine Ohnmacht, die Situation anders unter Kontrolle zu bringen als durch Schreien, und ihr Egoismus, der mir noch zusätzliches Leid verursacht über jenes hinaus, das ich meiner Krankheit verdanke. Bis zum Ende brachte sie kein Wort heraus! Seither ist eine Stunde vergangen, ich habe meine Eintragungen beendet, habe mich hingelegt, aber ich kann nicht schlafen. Von unten aus ihrem Zimmer höre ich verhaltene Geräusche, was mir zeigt, dass dort etwas nicht in Ordnung ist, Türen werden geschlossen, werden geöffnet, ungewöhnlich für diese Uhrzeit. Da ich nicht einmal rauchen darf, ist das Warten unerträglich. Warum, Herrgott, wird man vom Leben nur so leicht in derart unnatürliche Aufregung versetzt? Warum, da ich mir doch nichts wünsche außer Ruhe, muss ich derartig Nervenaufreibendes durchmachen?

27. August 1916

In den letzten Tagen war ich nicht fähig, auch nur eine Zeile zu schreiben, die Katastrophe von Turtucaia fällt mit unserer häuslichen zusammen. Ich kann sagen, Minister Athanasiu hatte eine glückliche Eingebung, als er mich morgens anrief: Er merkte meiner Stimme an, wie verstört ich war, und nahm sich im Laufe des Tages die Zeit, mit dem Automobil vorbeizukommen. Er traf mich allein an, da Margot schon mit Madam Ana zur Şcoala Centrală gefahren war, man hatte einen großen Transport mit Verletzten dorthin gebracht; er war mit Sophies Einlieferung natürlich nicht auf dem Laufenden und ich teilte ihm auch keine weiteren Einzelheiten mit. Es hat ihm immer gefallen, bis über beide Ohren in Arbeit zu stecken, dieses Mal aber verdächtigte ich ihn nicht der reinen Pose, vor allem als er mir sagte, was für Maßnahmen ergriffen würden, um eine eventuelle Evakuierung Bukarests vorzubereiten, die Panik war nach dem Fall von Turtucaia blitzschnell von Olteniţa bis in die Hauptstadt geschwappt! Gestern hatte man sich zurückgezogen, aber ihm steckte es noch in den Knochen: Es ist dieser Tage nicht leicht, zu einer Regierung zu gehören, die den Krieg erklärt hat! Wie immer legte sich meine unerträgliche Anspannung etwas, als ich mich gezwungen sah, aus mir herauszukommen und nach draußen zu sehen. Jorj war ebenfalls außer sich, ich habe ihn in den ganzen letzten dreißig Jahren, in denen wir uns nun kennen, nie so gesehen, er flehte mich an, es niemandem zu sagen, und gestand mir, er sähe die Dinge sehr pessimistisch. Das Unglück von Turtucaia ist in erster Linie ein materielles: Er nimmt an, dass man auch jetzt noch nicht genau weiß, wie viele Gefangene gemacht wurden, aber sehr wahrscheinlich sind es 20000! Dazu die Kanonen und Maschinengewehre … Sehr schlimm sei aber die Demoralisierung, man wisse, wohin das führe! Man wird, sagte er (vor Nervosität zündete er sich eine Zigarette nach der anderen an), Truppen von anderen Fronten abziehen und hierherbringen müssen, und ich befürchte, dass auf diese Weise auch unser Vorankommen in Transsilvanien erschwert wird! Na gut, rief ich, aber jemand muss die Schuld auf sich nehmen! Er sagte, General Aslan und General Teodorescu würden sich gegenseitig beschuldigen. Im Übrigen wären sie abgesetzt worden. Sicher ist jedoch, dass unsere Waffen nicht auf dem Stand der modernen Kriegsführung sind, die Artillerie vor allem ist sehr schwach im Vergleich zu der des Feindes, der darüber hinaus noch über Aufklärungs- und Zielfindungsflugzeuge verfügt, sie haben sogar einen Fesselballon. Aber die fehlende moralische Standhaftigkeit wiegt schwer. Ursprünglich waren unsere Truppen zahlenmäßig unterlegen, später wurde Unterstützung geschickt, 16 Bataillone Infanteristen aus der strategischen Reserve in Bukarest und zwei Batterien Haubitzen, aber sie kamen zu spät und wurden in diesem Chaos, in dem die Kommandanten der einzelnen Abteilungen kaum mit dem Wehrkommandanten kommunizierten, falsch eingesetzt. Gerade weil man wusste, die Verstärkung ist auf dem Weg, hatte man aus dem Hauptquartier den Befehl erteilt, der so unglückliche Folgen zeitigte, nämlich, dass die Garnison bis zum letzten Mann standhalten sollte. Denn sogar als man sah, dass die Sache verloren wäre, ergriff man keine Maßnahmen zum Rückzug der Armee, die sich auf fremdem Boden befand, die Donau im Rücken, und ohne irgendeine Transportmöglichkeit! Man hat bis zum Ende den Auswegs eines Rückzugs nach Silistra völlig übersehen, obwohl in den Instruktionen zur Verteidigung der Stadt diese Lösung beschrieben war. Sodass die uneinheitlich unterwiesene Armee, die gerade erst die Feuertaufe erhalten hatte und unter schwachem Kommando stand, in eine so große Panik ausbrach, und ihr Kommandeur in eine ebenso große Panik geriet, dass er sie zur Gefangenschaft und zum Tode verurteilte, indem er sie die Donau mit dem Boot überqueren ließ.

Das wäre die Situation, sagte er, die ich, bat er mich noch einmal, mit niemandem besprechen möge. Meinerseits sagte ich, es sei nicht erforderlich, dass Lisette Sophie im Krankenhaus besuche, da sie sehr bald wieder entlassen werde. Trotz der tragischen Dinge, über die wir sprachen, und der Unsicherheit, die wir um uns herum spürten, tat mir das Gespräch mit ihm gut. Wir waren einander so nah wie in unserer Jugend.

Manchmal, vor allem seit er in der Regierung ist, höre ich böse und bissige Dinge über ihn; meistens versuche ich nicht einmal nachzuprüfen, ob daran ein Körnchen Wahrheit ist. Was würde es mir nützen? Wenn es mir gelungen ist, über so viele Jahre eine Freundschaft aufrechtzuerhalten, dann versuche ich, den Menschen nicht mehr zu richten, so wie ich auch versuche, die Familie nicht mehr zu richten. Ich bezweifle, dass wir uns noch befreunden würden, wenn wir uns jetzt träfen; ich ahne, dass mir der erwachsene Mann, der er jetzt ist, keineswegs mehr gefallen würde. Aber er wird für mich immer der sein, der er vor dreißig Jahren ... vor sechsundzwanzig Jahren war ...

Da dies die Niederschrift der Gegenwart ist und nicht der Erinnerung an die Vergangenheit, lehne ich es ab, mich jetzt hier zu erinnern. Im Übrigen würde das meine Kräfte übersteigen. Seit drei Nachmittagen steigt mein Fieber über achtunddreißig Grad und den Grund dafür weiß ich nur zu gut. Erst heute, da ich mir ein paar Stunden Entspannung erarbeitet habe, konnte ich mich so ernähren, wie der Doktor es mir vorgeschrieben hat. Das Frühstück nahm ich alleine ein und ich war unglaublich ruhig. Margot hat mit ihrer Begeisterung für die Verwundeten übertrieben und ich habe Madam Ana in dieser Hinsicht Vorwürfe gemacht, als sie erst am Nachmittag mit ihr zurückkam. Unglaublich widerstandsfähig sind diese zarten *jeunes filles*, die sonst wegen jeder Nichtigkeit in Ohnmacht fallen, nun drängeln sie sich zwischen Versehrten und offenen Wunden. Sicher, sie war aufgeregt, voll romantischen Schwungs, und zum Kaffee nahm ich sie beide mit auf die Terrasse (seit ich die Tür geöffnet habe, gehen wir am Nachmittag hier heraus), sie erzählte mir von einem Hauptmann Feraru oder Heraru (der Kommandant einer Batterie, nahm ich an), der in Turtucaia bis zum letzten Augenblick gekämpft hat und sich dann zusammen mit ein paar anderen Leutnants umbrachte, um nicht in Gefangenschaft zu geraten. Sie war sehr angegriffen von dieser Geschichte und nahm an, einen von ihnen, einen gewissen Ioachimescu, im letzten Winter beim Schlittschuhlaufen kennengelernt zu haben. Abgesehen von der kindlichen Übertreibung hat es in Turtucaia wohl nicht nur allgemeine Panik gegeben, sondern auch Taten bewegenden individuellen Heldentums. Ich finde trotzdem, dass ihr Platz nicht inmitten so viel Leids sein kann, außerdem zeigt sich ihr das Leben auf diese Weise plötzlich mit seiner gemeinen und absurden Seite, die doch ein Kind noch nicht einmal ahnen kann. In diesem Sinne sprach ich mit *madame* Nicolaid, die abends mit ihrem Mann vorbeikam. Die beiden sind sehr warmherzige Menschen, vielleicht ein bisschen vereinsamt, so wie wir, da sie sich so um uns bemühen. Sie waren selbst schrecklich beeindruckt von dem, was sie gesehen und gehört hatten, vor allem Lucia Nicolaid, sie war bei den Verletzten gewesen, die mit der Straßenbahn zum Bahnhof Obor gefahren worden waren und dann auf einem verwilderten Grundstück ausharren mussten, bis man alles vorbereitet hatte, um sie aufzunehmen. Alles, was aus Turtucaia erzählt wird, ruft Bilder eines Infernos hervor, beispielsweise diese entsetzliche Geschichte über eine Fähre, auf die sie die Verletzten geladen hatten, und dann löste sich die Fähre vom Ufer und die, die auf bulgarischem Boden zurückblieben und vom gnadenlosen feindlichen Feuer niedergemäht wurden, vor sich nichts als den gewaltigen Strom, hasteten plötzlich in einem Anflug animalischen Entsetzens los und warfen sich über die Verletzten, stießen sie, traten sie, zerquetschten sie unter ihren Füßen. Mir graute, ich stellte mir das Jammern vor, die Schreie, dieses Ufer der Hölle voll hoffnungsloser Menschen, die sich ins Wasser warfen, sich um ein ärmliches, löchriges Boot schlugen, versuchten, an ein Brett, eine Kiste geklammert davonzutreiben, Schrapnelle und feindliche Geschosse, die sie auch hier noch verfolgten, aufgeblähte Kadaver, die auf dem Wasser trieben … Was für eine Verwüstung, was für eine Verschwendung! Dann all die Namen, die kursierten, heldenhafte Offiziere, die versucht hatten, der allgemeinen Panik zu widerstehen, und das in einer

Menge, die keinen Ausweg mehr sah und nichts anderes mehr wollte, als die eigene Haut zu retten! Was für hervorragende Menschen haben wir und wie leichtfertig opfern wir sie! Und wie wird auch ihr Andenken verlöschen, von der animalischen Menge mit Füßen getreten! Was geschieht mit uns? Und wer trägt die Schuld an diesem Fluch? Was wird mit Rumänien geschehen?

Ich spürte den üblichen Kloß im Hals, als mir Herr Nicolaid, eine nach der anderen, diese Fragen stellte.

7. September 1916

Seit mehr als einer Woche habe ich nicht mehr geschrieben, ich erlebe eine befremdliche seelische Lähmung; nur hin und wieder habe ich die Stacheln der Scham und der Verbitterung gespürt. Im Widerspruch zur letzten Zeit, in der es ziemlich viele Alarme gab, habe ich gut arbeiten können. Ich sah (seltsames Hirngespinst!), wie mein Leben gleichtönig in einer Ruhe dahinfloss, nach der ich mich so lange gesehnt hatte, während Sophie weiter im Krankenhaus blieb. Vielleicht wäre mir so ein Gedanke bei jemand anderem brutal, kleinlich vorgenommen, aber bei all dem, was sie mir angetan hatte, hatte sie nun ihre göttliche Strafe bekommen, ich wünschte mir nichts mehr *(pendant des mois)*, als sie auf Distanz zu wissen. Plötzlich merkte ich, wie geschunden meine Seele war, und ich wunderte mich, dass ich das ausgehalten hatte, fast ohne die Ausmaße der Qual zu bemerken. Ich wunderte mich auch, dass ich ihre Abwesenheit ausschließlich als erleichternd empfand. Unglaublich! Kein Bedauern, keine Nostalgie! Aber wie kann es sein, dass man derart leidet wegen einer Person, deren Abwesenheit einem in Wirklichkeit gut tut, deren Anwesenheit einem also nichts bringt? Ich wollte mich aber doch nicht dem Abgrund dieser Fragen überlassen, der, das merke ich, gefährlich geworden ist. In der Zwischenzeit bin ich ein paar Mal von zu Hause fort gewesen, bin verschiedenen Einladungen zu verschiedenen Anlässen gefolgt, die ich früher abgelehnt habe, und obwohl die Stadt leer ist und dunkel, habe ich mich unerwartet wohl gefühlt! *J'avais le cœur léger*, da war sogar die vage Hoffnung auf einen Neuanfang (was ich schon einige Male habe erfahren können), die mit den peinlichen Schmerzen meines Herzens rang. Ich bin wieder zu dem Schluss gekommen: Hätte meine konventionelle Art nicht für mich entschieden – es war mir ohnehin schon sehr spät dafür vorgekommen –, eine Familie zu gründen, sie zu respektieren etc., wofür ich mit einem recht bescheidenen anfänglichen Gefühl belohnt worden war, es hätte mir viel mehr entsprochen, ein freies Leben zu führen, ungebunden an die Dienstbarkeiten des Herzens! Ach, lang erträumte Gleichmut!

Indem ich diese Seite noch einmal lese, frage ich mich, ob ich diese Erleichterung weniger einer wahrhaften Gleichgültigkeit verdanke als der Tatsache, dass ich Sophie endlich an einem geschlossenen Ort weiß, an dem ich sie nicht mehr bewachen muss. Da mir dieser Gedanke kam, konnte ich mich nun entscheiden, es so zu sehen oder nicht. Seit langem schon habe ich sowohl bei mir als auch bei anderen eine Trübung der Gefühle bemerkt, zu schnell verbinden sie sich mit Feindseligkeit, Langeweile, Fluchtgedanken oder mit dem Wiederauftauchen einer Erregung im Zusammenhang mit lang verloren geglaubten Gefühlen; ich rechne gar nicht dazu die (manchmal gewaltigen) Begierden, die in einem so oft von außen wachgerufen werden, oder die Notwendigkeit, wie sie schwärmerische Wesen erleben, sich schönen Träumen hinzugeben. Selten wird über diese Vermischung der Gefühle gesprochen; sie erfreut sich der reservierten Behandlung, die wir allen unanständigen Dingen angedeihen lassen, von denen wir wissen, dass es sie gibt, aber wir sprechen nicht darüber.

Heute kehre ich zu diesem Tagebuch zurück, weil meine Ruhe, nachdem ich Sophie nach Hause gebracht habe, sofort verschwunden ist; *mais c'était à prévoir*, auch wenn allem Anschein nach die Dinge so gelaufen sind, wie es sich wohl schickt. Als ich ihr half, mit aller Höflichkeit, ins Automobil zu klettern et cetera, sorgte ich dafür, dass ich den anderen keine Möglichkeit bot, in meinem Gesicht abzulesen, was ich empfand: weil ich sie entsetzlich hasste, mit einer Abscheu, die mich allerdings nicht davon abhält, entsetzlich zu leiden. Allein ihr Anblick löste in mir physischen Schmerz aus, so wie eine alte Wunde ihr Gift in den Körper aussendet. Ich versuchte, nicht darüber nachzudenken, wessen Kind sie da bereit gewesen ist zu töten, und umso mehr vermied ich es, sie danach zu fragen. Normalerweise wird jede Ehe nach so einer Episode von Gott getrennt. Aber wünschte ich mir das wirklich? Wir traten beide ins Haus und sie bat darum, die Koffer nicht öffnen zu müssen, sie gedachte, nach Buzău zu reisen, gemeinsam mit Madam Ana. *Pas possible*, erwiderte ich lakonisch. Wären die Zeiten nicht, wie sie sind, ich hätte sie selbst hingebracht, so wie man gefallene Mädchen früher ins Kloster brachte. Aber jetzt?! Wo es doch praktisch unmöglich ist, Bukarest noch unter annehmbaren Umständen zu verlassen, und dazu das Risiko besteht, von dem Reisenden für immer getrennt zu werden! Ihre Beharrlichkeit erschien mir wie eine dumme Erpressung, von schlechtem Geschmack. Im Ton falscher Fröhlichkeit fuhr sie jedoch fort davon zu reden, Madam Ana jammerte natürlich, und aus alldem sollte folgen, dass ich der verrückte Tyrann wäre. Verärgert durch die Verlogenheit dieser Situation, zog ich mich eilig unter dem Vorwand zurück, sie solle sich nun ausruhen. Zwei Stunden lief ich im Kabinett auf und ab, ohne etwas arbeiten zu können. Vielleicht wäre es gegangen, hätte ich einfach angefangen, aber woher die Kraft nehmen, mich auf den Stuhl zu setzen, wenn ich doch so elendig zitterte und die Unterhaltung in Gedanken verbissen fortsetzte? So wird es nicht weitergehen, zischte ich einige Male zwischen den Zähnen hindurch. Außerdem litt ich auch, weil ich nicht rauchen durfte. Da ich zum Mittagessen gerufen wurde, gelang es mir, der Verlockung einer Zigarette zu widerstehen, gerade war ich an dem Punkt gewesen nachzugeben. Nach einer Unterbrechung von fünf Wochen! Auf dem Weg, noch bevor ich sie sah, beschloss ich, sie nicht noch einmal in ihrem Zimmer zu besuchen, auch kein Gespräch mehr zu beginnen, außer natürlich in Situationen mit Zeugen. Denn der Anschein muss gewahrt bleiben, wenigstens von jetzt an, denn einer der Gründe meines Leidens ist auch das Geschwätz der Bediensteten. Was für eine Erniedrigung, wenn ich merke, dass Madam Ana etwas weiß, wenn schon nicht die Wahrheit, dann aber doch unvergleichlich viel mehr als ich! An dem Morgen, als ich vom Krankenhaus zurückkam und aus der Kutsche stieg und die Alte anfing vor mir zu jammern, konnte ich nicht an mich halten und warf ihr hin: Beinahe hättest du sie umgebracht! An den folgenden Tagen aber fragte ich mich, ob ich nicht eine derart große Schuld auf die Alte geworfen hatte (letzten Endes ein dummes Geschöpf!), um *sie* von ihrer Schuld freizusprechen, denn es gibt noch immer genauso viele Augenblicke wie bislang, in denen ich sie mir weiter als unschuldig vorstelle. Aber was alles noch unerträglicher macht, ist die unvermeidliche Vulgarität der Situation und der Menschen, die über mir niedergeht wie ein Bottich Waschwasser, den du ahnungslos im Vorübergehen von wer weiß welchem Mansardenfenster aus abbekommst. Ich leide, weil ich mich vor mir selbst noch viel mehr ekele als vor den anderen, denn ich weiß ja, dass ich durch meine Schwäche diesen gemeinen Konflikt weiter am Leben erhalte. Beweis: Trotz meines Entschlusses habe ich, als sie mich nach dem Essen ansprach und in recht schüchternem Ton bat, ob ich sie nicht zu einem kleinen Spaziergang durch den Garten begleiten könnte, sofort nachgegeben. Die einzige Entschuldigung, die ich für mich in Anspruch nehmen darf, ist, dass auch Margot anwesend war. Ihre Liebe zum Garten ist wahrscheinlich das einzige Gefühl, das ich Sophie nicht abspreche. Während wir auf den Wegen zwischen den Rosenbeeten spazierten, ich mich ab und zu bückte, um mit der Schere die Rosen abzuschneiden, auf die sie zeigte (sie hatten begonnen zu welken), und sie sorgsam in den Korb legte, strengte ich mich sehr an, ein unbeteiligtes Gespräch zu führen, keinen wunden Punkt zu berühren. Leider war ich nicht imstande, diese Linie bis zuletzt durchzuhalten. Obwohl sie sich so weit näherte, dass unsere Hände sich berührten, wies ich jedwedes Begehren von mir (wegen ihrer Schüchternheit und ihrer mädchenhaften Kühle hat sie mich körperlich nie wirklich besessen). Dennoch, ihre Annäherung berührte mich, sodass ich meine Vorsätze über den Haufen warf! Es schoss mir durch den Kopf, dass all die Antworten auf die Fragen, die mich gequält hatten (sosehr ich mich auch in diesem letzten, unglücklichen Monat bemüht hatte, sie zu übergehen) nur zwei Schritte von mir entfernt lägen, in diesem Wesen, das sich da auf meinen Arm stützte! Und schließlich widerstand ich der quälenden Neugier nicht länger und sagte:

»Wenn ich begreifen könnte, warum es so viel Geheimnis zwischen uns brauchte, die wir einander doch einmal so nah gewesen sind... Dann würde weder übertriebene Scham eine Rolle spielen müssen noch... Um verzeihen zu können, muss ich verstehen...«

Wie hätte nun jedes andere rationale Wesen auf so eine delikate Frage reagiert? Man hätte sicher in zwei Worten antworten können, *voilà de quoi il s'agit* und alles wäre (soweit möglich!) gut gewesen. Aber stattdessen begannen ihre Augen wütend Funken zu sprühen. Und mit spitzem Ton behauptete sie, sie hätte genau so eine Attacke erwartet. *Qu'est-ce que cela veut dire?*, stammelte ich verwundert und unangenehm überrascht, da sie das Lieblingswort dieses unausstehlichen Ialomiţeanu benutzte. Und ich wiederholte, langsamer und ausführlicher, meinen Satz, da ich in diesem Moment fast überzeugt war, dass sie ihn nicht richtig verstanden hatte. *C'en est trop! C'en est trop!*, schrie sie, und mit der Unbeherrschtheit, die mich fassungslos macht, schleuderte sie den Korb mit den Rosen von sich, sodass sie herausflogen, und es war ihr ganz gleich, dass uns jeder von irgendeinem der Fenster des Hauses aus sehen konnte. *C'en est trop! C'en est trop!*, schrie sie und fuchtelte herum, sodass ich mich vergeblich bemühte, den Anschein zu wahren, indem ich mich zwischen die Beete bückte, um die verstreuten Rosen aufzusammeln, als hätte sie nur aus Versehen den Korb fallen lassen. Ich setzte darauf, dass man unsere Stimmen aus der Entfernung nicht hören konnte. Aber da ich mich dauernd stach, während ich sie aufsammelte, gab ich mein Vorhaben auf. Ich zog ungehalten mein Taschentuch hervor, um mir die Blutstropfen abzuwischen; auch der unglückselige Korb störte mich, der noch an meinem Arm hing, mich störte auch der Schlamm auf den Wegen, heute Nacht hatte es stark geregnet (daher waren wir auch vom Alarm verschont geblieben), vor allem aber ließ mich ihre Hysterie aus der Haut fahren, die entweder gespielt oder reine Verrücktheit war, dazu die Absurdität dessen, was sie behauptete, indem sie schrie: Ich hätte sie extra aus dem Krankenhaus nach Hause geholt, um sie hier gefangen zu halten und ihr die Reise zu ihrem Haus in Buzău zu verbieten, um mich Tag und Nacht zu verhören, bis sie ihren Verstand verlöre! Deshalb zöge sie es vor, nach Buzău zu gehen, auch zum Preis von Hunger und Tod … *À votre aise!*, schnitt ich ihr das Wort ab und wies sie darauf hin, dass wir uns den Kommentaren der Dienerschaft aussetzten, und ich glaube, meine Sorge um den äußeren Anschein brachte sie noch mehr gegen mich auf. Sodass sie sich mit Geschrei und Tränen auf mich warf, mir Egoismus und Kälte vorwarf, die alles zerstört und ihr schon vor der Hochzeit Wunden in die Seele gerissen hätten et cetera, et cetera … Warum hat sie dann so auf der Heirat bestanden? Wegen des Kindes? Furchterregend erschien mir dabei nicht, dass ich so viel Böses verursacht haben sollte (da alles ihrer böswilligen Interpretation geschuldet war, auch wenn ich zum Teil früher, aus Ekel vor Streitigkeiten aus Charakterschwäche, meine Schuld eingestanden hatte), sondern die Tatsache, dass der Vorwurf, obwohl sie ihn mir schon so oft gemacht hatte, noch nicht abgenutzt war. Als würde sie ihre Waffen aus derselben alten Sammlung holen und sie immer wieder benutzen, sie dann sorgfältig für das nächste Mal zurückstellen, und für das nächste Mal und das nächste Mal… Die Wut verzerrte ihr Gesicht und machte sie zehn Jahre älter, ihr Gesicht war bleich, und da sie den Mund zu weit öffnete, sah man, dass sie ihren Backenzahn nach Yvonnes Geburt verloren hatte, und sie hatte es bis jetzt vernachlässigt, einen falschen einsetzen zu lassen. Auch das fehlende Kokettieren vor mir verärgerte mich; ich bat sie aufzuhören, das brachte sie nur dazu, sich noch mehr gehen zu lassen; trotz ihrer Ansprüche war ihre schlechte Erziehung deutlich sichtbar. Sie schrie, es wäre jetzt zu spät, ich hätte es verhindern können, aber ich sollte jetzt nicht darum bitten… Diese dumme Hysterie, die sie nun gepackt hatte, aber vor allem ihr angeschwollenes Gesicht, die Bosheit auf ihren dünnen Lippen und in der spitzen Nase, die Wut, das schlechte Gewissen, die Abscheu, alles zusammengenommen war unerträglich und ließ mich schließlich die Geduld verlieren. Als wäre ein roter Schatten über mein Gesicht gezogen. Ich fühlte, wie mein Gehirn zu brennen anfing, und *fou de rage*, wobei ich wahrscheinlich ein schreckliches Gesicht schnitt, klammerte ich meine Hände um ihre Schultern und schüttelte sie. Schweig, schweig, schweig, schrie ich wohl, und spürte das tiefe Bedürfnis, sie zu schlagen, ich zitterte richtig vor Not. Da ich mir nicht erlaubte, so etwas zu tun (es ist erniedrigend, eine Frau zu schlagen), habe ich sie nur gekniffen und war selbst erstaunt über die Gewalt des Wunsches, sie zu schlagen: Hätte ich damit begonnen, hätte ich mich sicher nicht mehr bremsen können. Ich habe sie vor Augen, *terrassée*, wie sie mich mit Blicken anflehte, aber ihre Schwachheit brachte mich noch mehr auf. Welche Gewalttätigkeit schlummert da in mir, und ich weiß nichts von ihr?

Es war, als hätte ich durch einen Türspalt etwas gesehen, was ich eigentlich nicht sehen wollte, also schloss ich ihn schnell. Schlummern solche Abgründe der Grausamkeit in jedem kultivierten und harmlosen Menschen wie mir oder mache ich gerade die demütigende Erfahrung, ein degeneriertes Exemplar der Menschheit zu sein? Als ich später darüber nachdachte, wusste ich darauf keine Antwort. Dennoch hat genau dieser Moment, in dem ich mangels weiterer Talente (wie untröstlich wäre ich, hätte ich mich nicht selbst in der Hand) verwundert das Schauspiel meiner imaginären Brutalität verfolgte, mir meine Kraft, die eigene Zügellosigkeit einzudämmen, unter Beweis gestellt.

Und ihr rein animalisches Verhalten, das mich erschütterte und das ich vor Abscheu nicht mehr beschreiben mag? Sie hatte keineswegs meine Skrupel, und indem sie sich ganz ihrer Natur entsprechend benahm, stürzte sie sich auf mich, wobei es ihr ganz gleich war, dass, wenn der Mann schon so oft die Hand gegen die Frau erhebt, die Frau dazu in dieser Haltung auch noch dem Bild ihres Geschlechts widerspricht! Darüber hinaus beeilte sie sich zu schreien, sie log, ich hätte sie geschlagen, sodass mein Satz, den ich ihr lauter entgegengeschleudert habe, als es sonst meine Art ist, gänzlich verdient war.

Ich habe keine Kraft mehr zu schreiben und auch keine Lust, alle Einzelheiten wiederzugeben, die zu dieser abartigen Szene noch hinzuzufügen wären. Sie rannte zum Haus, Opfer eines Nervenzusammenbruchs, weinte laut und schrie, sie verbiete mir, sie zu begleiten, was ich auch nicht zu tun gedacht hatte. Ich begriff aber, während sie weiter zur Laube lief, dass meine Existenz an ihrer Seite von jetzt an nichts anderes mehr bedeuten konnte als Erniedrigung und Leid: Was ich für uns beide empfand und dabei kaum einen Unterschied zwischen ihr und mir machte, war ausschließlich Abscheu. Sie allerdings, mit ihrem beschränkten Geist, behauptete wütend, sie wäre das Opfer und ich der Tyrann! So schief und leidenschaftlich urteilte sie, dass ich sie nicht einmal mehr der Falschheit bezichtigen kann. Würde sie nur die kleinste Anstrengung machen, würden sich die Dinge vielleicht wieder richten lassen, aber nein! Mit unverständlicher Blindheit geht sie auf die Zerstörung zu, sodass ich ernsthaft darüber nachgedacht habe, ob sie nicht vielleicht verrückt ist. Beim Nachdenken kam ich zu dem Schluss, dass sie fast sicher dabei war, eine Art Neurasthenie zu erben. Aber was ist dann noch zu hoffen, wenn wir einander wie Neurastheniker behandeln?

In der Laube war es angenehm. Ein modriger Geruch, den die Feuchtigkeit der beginnenden Herbsttage hervorgerufen hatte, überall klebrige Spinnennetze, Staub überall, trockenes Laub! Ein Vogel ließ seinen Kot auf meinen Schädel fallen, wahrscheinlich, als ich unter dem Nussbaum entlangging und mich dann verstört mit dem Taschentuch säuberte; ich erinnerte mich flüchtig, wie sehr uns so ein Zwischenfall als Kinder amüsierte und wie wir glaubten, dass er Glück brächte. Sofort wurde ich von einem Hustenanfall geschüttelt, und zu meiner Verwunderung und Beschämung wurde ich gewahr, dass ich es bedauerte, ihn ausgerechnet hier zu erleiden, allein, nicht vor ihren Augen, beim Frühstück, beim Mittagessen … Ich litt also tatsächlich, war äußerst angeekelt von ihr, und ich war noch immer darauf aus, sie mit meiner Krankheit zu erpressen, aber um was zu bekommen?

Das Ergebnis dieses viertelstündigen, gemeinsamen Spaziergangs war ein für beide verpfuschter Tag. Als ich mich beruhigt hatte, ging ich in mein Kabinett und bis zum Abendbrot füllte ich meinen Papierkorb mit wertlosen Blättern. Die einzige wirklich angenehme Zeitspanne an diesem infernalen Tag war die halbe Stunde vor dem Abendessen, als ich mit Yvonne an der Hand zur Chaussee gegangen war; auf den Hintergässchen, in denen ich einst genau so mit meinem Vater spaziert war. Vielleicht ein oder zwei Jahre, bevor er starb, er war so zufrieden, wie er es in seinem ganzen Leben nicht gewesen war, vor allem über das Haus, das er nun fertiggestellt hatte, nicht nur, dass es nach seinen bescheidenen Plänen gebaut war, er hatte es auch innen selbst eingerichtet. Es war angenehm und ruhig, und weil hier nur noch selten die blau gestrichenen Laternengläser zu sehen waren, schien es mir auf einmal, als existiere der Krieg nicht mehr, und natürlich auch mein persönliches Drama nicht.

Sophie kam nicht zum Abendessen, sie ließ ausrichten, sie fühle sich nicht gut. Ich hatte den Eindruck, Margot trage mir gegenüber eine gewisse Kälte zur Schau, aber es mag sein, dass ich mich in meiner Überempfindlichkeit irrte. Trotzdem gingen wir, beruhigt von unserem kleinen Spaziergang, nach dem Abendessen wie gewohnt in den kleinen Salon, um unsere Fähnchen auf der Karte umzustecken, und seufzend ließen wir den Feind Petroşani einnehmen. Der Stillstand vor Sibiu dauert an und ist genauso unnatürlich. Die einzige logische Annahme, von der ich ausgehen kann, ist die, dass man einen Teil der erforderlichen Truppen in den Süden geschickt hat. Die Offensive von Mackensen* auf der Linie Raşova-Cobadin-Tuzla scheint sich zu einer Art Sieg beruhigt zu haben. Die Augenblicke, in denen ich die Situation teils mit Stolz, teils mit Sorge mitverfolgt habe, waren ebenfalls fast normal. Erhöhte Temperatur, aber weniger, als man an einem solchen Tag erwarten sollte.

In diesem Moment, da ich die Notizen beende, erscheint plötzlich ein Zweifel, den ich vor allem abends, wenn meine Nerven schwächer werden, ertragen muss: Wenn das abgetriebene Kind aber meins ist und Sophie unschuldig? Denn wenn sie schuldig ist, stehen die Dinge im Großen und Ganzen, wie ich sie beschrieben habe. Aber wenn sie unschuldig ist?

11. September 1916

Heute war Spiridon an der Reihe, das Krankenhaus zu verlassen. Er müsste nun also wieder zu seinem Regiment, was Madam Ana seit einer Woche, wie das Volk sagt, Terz machen lässt. Zu ihrem Geschrei kommen noch Margots Bitten. Sogar Sophie kam nach dem Frühstück, um sich mit mir zu beraten, was zu tun wäre ... Obwohl Sophie es leugnet, nehme ich an, Spiridons Krankheit war nicht echt, ein Arrangement von Herrn Ialomiţeanu, so wie auch die dreitägige Suspendierung, die nur sehr schwer zu bekommen ist, wenn einmal zur Mobilisierung aufgerufen wurde. Sie hat übrigens selbst gestanden, dass Ialomiţeanu sich für die Erlaubnis eingesetzt hat und dass sie ihn deshalb an jenem Nachmittag vor dem Abendempfang so umworben habe. Doch inzwischen haben die Ärzte, die mit Verwundeten und wirklich Kranken überhäuft werden, Angst bekommen (nehme ich an), Spiridon weiter im Krankenhaus zu behalten. Es bleibt also nichts anderes übrig, als sich wieder an Herrn Ialomiţeanu zu wenden. Aber sie, die bei aller Freiheit, die ich ihr gegeben habe, versprochen hat, keine Unterredung mehr mit besagtem Herrn zu haben, weigert sich, dort noch einmal vorzusprechen, und drängt mich, es selbst zu tun.

Aber warum sollte ich dazu Lust haben? Ich schlug vor, uns besser an Minister Jorj Athanasiu zu wenden. Sie hielt mir allerdings gleich ein unschlagbares Argument entgegen: Er wird dir den Gefallen nicht tun, weil er es auch in einfacheren Fällen noch nie getan hat! Also, dann wende ich mich eben an niemanden, antwortete ich und hatte den Eindruck, sie wollte mich zwingen. Es folgte ein beiderseits unterkühlter Tag. Ich spüre, mit welcher Verständnislosigkeit ich angeschaut werde, wie ein sehr egoistischer, herzloser Mensch, und dazu natürlich noch rachsüchtig. Wer denkt daran, was mich dieser Schritt kosten würde? Schon die Idee eines solchen Bittganges: Ihnen kommt es absolut natürlich vor – wie das Leben selbst! Aber für mich bedeutet das Erniedrigung und Demütigung, und dann – zu wem! Zu ihrem vermutlichen Geliebten! Nach einem Moment der Entscheidung: Nein!, folgten Momente des Schwankens, vor allem heute, als ich den armen jungen Kraftprotz sah, der nicht gerade wie ein Genesender wirkte, aber dafür ziemlich düster. Obwohl er jung und kräftig ist, hasst er die Armee und den Krieg, aber könnte ich von mir behaupten, ich hätte sie geliebt? Ich erinnerte mich daran, wie er zwischen unseren Füßen aufgewachsen ist wie ein kleines Haustier, und ich wurde ganz weich, sogar angesichts seiner kleinen Frechheiten: mich zu weigern, etwas für ihn zu tun, ist, als hätte ich seinen Marschbefehl unterschrieben. Am Ende fordert man von mir doch nur, dass ich es versuche. Dazu kommt ein Argument, das, es ist die Höhe!, von Margot kommt und mir recht angemessen scheint: Seit Grigore eingezogen wurde, gibt es außer mir, der ich so schwächlich bin, keinen Mann mehr im Haus; dabei wird das Leben immer schwieriger. *Bref*, da sah ich mich plötzlich zum Telefon gehen, es war um die Uhrzeit, von der ich wusste, sie war am geeignetsten, um Herrn Ialomiţeanu sicher anzutreffen. In dem, was ich tat, lag so viel Unbehagen, aber auch eine niedrige Anziehungskraft, eine Art niederer Neugier, die sich in meine Weigerung mischte, noch einmal mit ihm zu tun zu haben. Es lag aber nur eine sehr schwache Lust darin, auf die ich, wären da nicht sentimentale und die oben genannten Gründe, sehr gern hätte verzichten können. Hier auf dem Weg der Analyse dieser Unsinnigkeiten weiterzugehen erscheint mir wirklich wahrer Nonsens.

Besagter Herr befand sich nicht im Büro, aber ich ließ ihm meinen Namen ausrichten und er rief äußerst schnell zurück. Er war bemüht, sich für die lange Zeit zu entschuldigen, in der er etc., wobei er mir die Menge von Aufgaben nannte, die ihn beansprucht hätten. So erfuhr ich, dass er bei der Zensur arbeitete, was ich nicht gewusst hatte, und ich wunderte mich, aber nicht allzu sehr. Die bisher im Salon so flammend gehaltenen Reden, bei denen er die Regierung wegen ihres verzögerten *Eintritts* beschuldigt hatte, wiesen ihn doch eher als der Opposition zugehörig aus, man konnte sich nur wundern, dass er plötzlich ein *Mann der Regierung* war. Was sucht er plötzlich unter den Vertrauenspersonen der liberalen Ironiker und auf einem Posten, der Treue und Ergebenheit erfordert? Was sucht dieser kleine Salon-Oppositionelle, also Herr Ialomiţeanu, bei der Zensurbehörde, auf einer der Schlüsselpositionen der Geheimpolizei? Ich dachte plötzlich, *à propos* unseres Freundes, dass diese kleinen dummen Fragen, die er bei allen gesellschaftlichen Gelegenheiten zu stellen bemüht war, wohl nicht ganz so sinnlos gewesen waren! Möglich, dass sich ein *mouchard* bei uns eingeschlichen hatte, um es mal beim Namen zu nennen! Für wen genau spionierte er (wenn ich mir hier nicht nur noch mehr Schuld auflade mit ungerechten Verdächtigungen, die von meinen Abneigungen herrühren)? Für mich ist alles in der Schwebe und vage und beschränkt sich auf Mutmaßungen. Für wen – wir werden es erleben und sehen! Für sein Wohlergehen jedenfalls.

Ohne seinen unerwarteten Posten als Zensor zu kommentieren, überbrachte ich ihm die Bitte der Damen des Hauses, sich für Spiridon in dem allseits gewünschten Sinne einzusetzen. Wie immer bemüht, mir zu Diensten zu stehen, versprach er, es zu versuchen, wobei wir uns ja beide einig seien, wie schwer das in diesem ungünstigen Moment werden würde. Ich würde wohl auch von den Razzien gehört haben, die man seit einigen Tagen auf der Straße durchführe, um die auszumachen, die sich, manchmal sogar ohne irgendeine legale Bescheinigung, der Mobilisierung entzögen, indem sie vom Chaos und unserer gewohnten Unordnung profitierten. Es machte mir Freude, taktlos zu sein, und ich unterbrach ihn mit der Frage, ob diese Razzien nicht auch ihn belästigten, da er ja die entsprechenden Papiere immer dabeihaben müsste… Bei dem wenigen, was man am Telefon spüren kann, hatte ich den Eindruck, dass meine Frage ihm absolut nicht behagte. Er beeilte sich zu antworten, eine recht zufällige Verpflichtung hielte ihn noch in der Hauptstadt, aber es handele sich um eine provisorische Situation, die wohl nicht mehr lang andauere. Das Ungenaue, in dem seine Erklärungen schwammen, bestärkten meine Annahme, dass da eine *louche* im Spiel war, und dazu kam noch, dass er mit seiner mechanischen Geschicklichkeit gleich zu den neuesten Gerüchten überging, die gerade im Umlauf sind. Trotz des Affronts meinerseits war er unverändert, sowohl die Stimme als auch seine Worte. Er scheint auf den ersten Blick zurückhaltend, ist aber fähig, seine Frechheit bis ins Unvorstellbare zu treiben, indem er alles zu schlucken scheint, als ließe eine wohlüberlegte Taktik ihn jede menschenwürdige Reaktion unterdrücken. Auch das ist eine effiziente Waffe gegen Menschen wie mich, die in solchen Fällen eine lächerliche

Lust darin sehen, den Gegner zu beleidigen. Was aber ihn betrifft, nehme ich inzwischen an, dass er nicht liebenswert ist, wie ich eine Weile lang glaubte (und ihm deshalb auch seine mittelmäßige Intelligenz verzieh), sondern auf fast schon diabolische Weise fähig, seine Gefühle zu verbergen. Aber es reicht! Ich habe die praktischen Bedingungen hinsichtlich des Vorgehens für Spiridon ausgehandelt, habe beschlossen, selbst den Antrag und die Gutachten zum Ministerium zu bringen (obwohl er sich beharrlich anbot, vorbeizukommen und sie zu holen, ich lehnte ab, wollte mich nicht mehr manipulieren lassen). Er schien hinsichtlich Sophies Krankheit nicht auf dem Laufenden zu sein.

12. September 1916

Der höllische Tag heute schien anfangs unter einem guten Stern zu stehen. Die Gleichgültigkeit, die nun in unserer Beziehung herrscht, kann jeden Augenblick in Feindseligkeit umschlagen. Das ist jedenfalls mein innerer Zustand, ich kann ihn also künstlich auch auf Sophie übertragen, die noch immer rekonvaleszent ist und zu viel Zeit mit Hausarbeiten vertut. Vielleicht aus Dankbarkeit für die Schritte, die ich für Spiridon unternommen habe, zeigt sie sich von außergewöhnlicher Liebenswürdigkeit, gibt mir Zeichen, die mich rühren. Sie ist wegen mir beunruhigt und heute (ich werde davon berichten) hat sie mir gar ihre Sorge bewiesen. Es ist nicht das erste Mal, dass ich beobachte, wie Menschen, die gegen einen anderen Tausende von Vorwürfen auf dem insgeheim hasserfüllten Herzen haben und sich ihm gegenüber wirklich unangenehm aufführen, fähig sind, am nächsten Tag alles zu vergessen, ihre eigenen schweren Vergehen auf die leichte Schulter zu nehmen, um am dritten Tag wieder *da capo* zu beginnen und an diesem chaotischen Betragen nichts falsch zu finden. Nicht nur bei Frauen (von denen man weder Logik noch Konsequenz zu erwarten hat), sondern auch bei Männern habe ich das beobachtet, was in mir allerdings lediglich Widerwillen hervorruft.

Manchmal quält mich der Gedanke, so sei das Leben eben (Sophie selbst erscheint mir manchmal wie eine Allegorie des Lebens!), und mein Wunsch nach Ordnung und Sauberkeit sei rigide und künstlich. Darum setze auch ich eine annehmliche Miene auf, aber die Unordnung und Unreinheit, zu der unsere Beziehung gelangt ist, nagt weiter an mir. Meine Angst ist, dass etwas Irreparables geschehen sein könnte: denn nach den zu schlimmen Ereignissen haben mein Wille und meine Logik keinerlei Macht mehr über meine veränderten Gefühle. Meine Angst ist, ich wiederhole, dass dieses Mal so etwas passiert sein könnte. Zum Glück hat *sie* keine Ahnung von meinem Innenleben, was mir inzwischen ganz angenehm ist. Aber auf diesem Thema zu beharren ist in diesen Zeiten des Alarms und der ununterbrochenen Bombardements, die uns jeden Moment *en danger de mort* sein lassen, bei all den Nachrichten vom Tod nahestehender Menschen, eine unverzeihliche Frivolität.

Ich war mit Herrn Ialomiţeanu übereingekommen, dass ich, wenn ich im Ministerium ankäme, mich auf seinen Namen berufen dürfte, um die Dinge zu beschleunigen. Ich ging etwas später aus dem Haus, aber die Verspätung war größer, als ich vorgehabt hatte, denn die Fahrt bis ins Zentrum ist zu einem wahren Abenteuer geworden. Aus dem, was ich mit Ialomiţeanu besprochen hatte, wusste ich, dass die Audienz direkt beim Minister und vertraulich war. Aber entweder hatte er übertrieben oder die Ausnahmen in unserem Land waren wie immer viel weiter gefasst, und an Gesuchen mit Aussicht auf Erfolg herrschte kein Mangel, jedenfalls fand ich mich plötzlich in einem gut gefüllten Vorzimmer wieder! Obwohl wir übereingekommen waren, dass ich nicht wie jeder dahergelaufene Mensch Schlange stehen, sondern eintreten sollte, sobald ich die Tür aufgehen sah, konnte ich mich zu dieser Frechheit nicht entschließen. Mein zurückhaltendes Wesen und meine Prinzipien hielten mich davon ab und ich setzte mich auf ein noch freies Sofa, neben mir Stock, Handschuhe und Hut, und begann zu warten. Aber jeder, der einmal hineingegangen war, schien nicht mehr herauskommen zu wollen, und ich geriet langsam in Panik, da ich heute noch Holz kaufen musste. Die anderen hatten sicher nicht meine Gründe zur Eile, denn man gefiel sich darin, flüsternd Konversation zu treiben, sich den Grund zu nennen, der einen hergeführt hatte – derselbe wie bei allen, wie auch bei mir, schloss ich, – die zeitweise Beurlaubung von der Front. Manche schilderten ihren Fall konfus und sparten nicht mit Einzelheiten, andere beließen es bei Andeutungen und sahen sich ängstlich um, weil sie wussten, dass Spione aller Couleurs unter uns waren. Ich wurde immer ärgerlicher und zog die Uhr aus der Weste, zählte die Minuten, die jeder drinnen war, und versuchte, eine kleine Berechnung anzustellen: vergebliche Mühe. Außerdem traten manche einfach so oder in Begleitung eines Beamten ein (wie es auch mir geraten worden war), Proteste gab es nicht, denn wenn man protestierte, wie wollte man dann noch auf eine positive Antwort auf sein Anliegen hoffen, das ja guten Willen voraussetzte? Und wie schwer war es, diese Gnade zu erlangen! Und wie wichtig war sie für jeden Bittsteller!

Um mich zu beruhigen, zwang ich mich, wenigstens den Gesprächen um mich herum aufmerksam zu folgen, vielleicht würde ich, so dachte ich, darin etwas Interessantes finden, das ich später in mein Tagebuch notieren könnte. Leider haben mich die Gespräche der anderen immer über alle Maßen gelangweilt, sodass ich mich lieber verkrochen hätte, um sie nicht zu hören und mich von ihren Plattitüden nicht verdrießen zu lassen. Ich staunte über die Verkomplizierung, zu der die gesellschaftlichen Beziehungen gelangt waren, wenn einer so bunt gemischten Klientel eine so vertrauliche Audienz zugänglich war. Oder hatte mich Herr Ialomiţeanu belogen? Die Umstehenden erwähnten verschiedene Ausnahmen, die man für den Sohn von X, den Neffen von Y, den Schwiegersohn von Z gemacht hatte, mit einer enormen Detailfreude und in forderndem Ton. Die Leute hatten ihrerseits recht, X, Y, Z waren bekannte Namen, die auf dem Krieg bestanden hatten (ich notiere sie hier absichtlich nicht, da ich weiß, dass diese Seiten eines Tages das Licht der Druckerei erblicken werden und ich von Hause aus kein Saint-Just bin) und jetzt ihre Verwandten schützten. Aber wir hier in diesem Vorzimmer, was wollten wir anderes mit unseren Beweisakten? Dasselbe, vielleicht mit mehr Recht und weniger Chancen und daher mit mehr Gift in den Venen. Eine Ausnahme zieht ganz natürlich zehn weitere nach sich, und natürlich musste dieser Krieg für das ganze Land gelten, aber jeder von uns hatte das Recht, seine Liebsten vor Gefahr zu schützen! Ich konnte diesen Fehler in der Logik nicht übersehen, so wie ich es auch nicht lassen konnte, die Uhr immer häufiger aus der Weste zu ziehen, obwohl mir das nichts nützte.

Inzwischen hatte sich ein junger Mann neben mich gesetzt, der mir ein Gerichtsschreiber zu sein schien, seine Finger waren tatsächlich mit violetter Tinte befleckt und die Nägel schmutzig, sein Kopf saß ein wenig schief auf dem zur linken Schulter geneigten Hals, hatte grobschlächtige und unelegante Züge und seine Augen waren die eines idiotischen Träumers. Möglich, dass er Student war und nur deshalb Akten kopierte, um seinen Unterhalt zu verdienen, denn aus der ausgebeulten und abgewetzten Tasche seiner Jacke, die an der Brust fettige Flecken hatte, holte er zusammengefaltete Zeitungen hervor, sodass man die Titel sehen konnte (*Adevărul*, *Steagul* etc.,) dann die *Thaïs**.

Er hatte den Stapel einstweilen auf die Bank gelegt und begnügte sich mit der *Thaïs*; beim Lesen war sein Kopf noch weiter nach links gesunken, also in meine Richtung, denn ich bemerkte einen unangenehmen Mundgeruch, der zwischen seinen halb geöffneten Lippen hervordrang, sie waren von aufdringlichem Dunkelrot, der Geruch mischte sich in unvorstellbarer Weise mit dem Parfüm *Heliotrope blanc*, mit dem er sein Taschentuch und das Revers getränkt hatte. Ich erkannte es wieder, erinnerte mich, dass die Gymnasiasten sich in meiner – *hélas!* – lange zurückliegenden Jugend darum gerissen hatten.

Hin und wieder schüttelte er den Kopf, um seine langen, sehr schwarzen, glänzenden Haare zu richten, und klopfte sich die Schuppen von den Schultern. Ich genoss meinen Ekel, als wolle ich mich selbst grausam bestrafen, doch diese Strafe rief in mir das Echo eines vagen Zweifels wach: Wäre es nicht passender gewesen, diesen jungen, kultivierten Mann von unzweifelhafter Höflichkeit mit etwas mehr Nachsicht zu betrachten? Ich löste die Situation, indem ich mich etwas weiter weg setzte und sicher sein konnte, er würde es nicht merken, da er in seine Lektüre versunken war, als ich im selben Moment hörte: Pardon? Darf man? Der junge Mann raffte seine Zeitungen zusammen und stapelte sie auf die Knie seiner knittrigen Hose, und ich musste mich wieder zu ihm setzen, um einer korpulenten und recht betagten Dame Platz zu machen, die sich zu meiner Linken fallen ließ, wobei sie mich mit einem gewaltigen Parfüm überschwemmte, das ich nicht kannte.

Eine Weile galt ihre Aufmerksamkeit nur dem riesigen Hut, der sie störte und aus dem sie, sie wollte ihn zurechtrücken, die Hutnadel gezogen hatte, um sie dann mit so entschlossener Wucht wieder in den aufgeplusterten Dutt zu stecken, dass mir bei meinen empfindlichen Nerven ein Schauder über den Rücken lief: Ich hatte die Vorstellung, sie würde sie sich bis ins Hirn stoßen … Obwohl die große Brust in ein Korsett geschnürt war, quoll sie darüber hinaus und spannte die vielen Knöpfchen, die mit Mühe in ihre Ösen gequetscht waren. Über die ergrauten Löckchen im Nacken und den von einem Fettbuckel gerundeten Rücken hielt sie affektiert eine Fellstola (ausgesprochen unpassend bei diesem Wetter, schien mir, da ich durch die zugezogenen Gardinen den blauen Himmel sah wie an einem Sommertag). Als sie mit dem Hut zu einem guten Ende gekommen war, begann sie, einem Herrn mit weißem Bärtchen, der auf einem benachbarten Stuhl saß, zu erzählen, wie sie sich bemüht hatte, die Konzession für einen Zeitungskiosk zu erhalten, da ihr Gott-hab-ihn-selig letzten Februar gestorben wäre und es viele Schuldner gäbe, die das Recht einer armen Witwe nicht respektieren wollten, und jetzt, da sie sie bekommen hätte, sagten alle, es würde sich nicht mehr rentieren und, was noch schlimmer wäre, ihr Junge hätte nicht mehr von der Mobilisierung befreit werden können, obwohl er eigentlich für untauglich erklärt worden wäre. So ist sie eben noch einmal hergekommen, liebes Mamachen, geh doch bitte, hat der arme Junge sie gebeten, geh du, ich kann das nicht! Und sie? So schüchtern wie sie ist, fällt sie fast immer in Ohnmacht, wenn sie zu einer Audienz geht … Aber weil sie ein volles Haus hätte und ein unverheiratetes Mädchen, und ein zweites, älteres, das seit längerem mit einem Oltener aus Pantelimon verheiratet wäre und es jetzt mit einer Horde Kinder am Rockzipfel auch schwer hätte …

Ich zog wieder meine Uhr hervor und ich war höchst verärgert! Wie soll man die Menschheit lieben, wenn man in eine Umgebung geworfen wird, aus der man sich nicht mehr retten kann? Aufzustehen, um meine armen Nachbarn loszuwerden, hätte bedeutet, stehen zu müssen, wer weiß, wie lange noch, das erlaubte mir meine Gesundheit nicht. Außerdem plagte mich ein Krampf, ich merkte, Herr Ialomiţeanu hatte recht gehabt, als er mir riet, nicht anzustehen. Und ich konnte nicht übersehen, dass meine Prinzipien mich dahin gebracht hatten, mit all diesen Leuten an einem Ort zu landen: Außer der Tatsache, dass ich scharfsinniger argumentierte und die Menschen um mich herum mit einem »fremden, kalten Auge« betrachtete, als hingen wir nicht alle voneinander ab, säßen nicht im selben verdammten Boot, was sollte da der Unterschied sein zwischen mir, dem Theoretiker der Nicht-Einmischung, und jenen erfahrenen und überzeugten Praktikern des Bittstellertums? Wir alle saßen auf denselben, mit gut gepflegtem Samt bezogenen Sofas, lauerten auf dieselben von oben bis unten verspiegelten Türen, und in ihren unzähligen Quadraten, die durch goldene Streben getrennt waren, sahen wir einer das beunruhigte Gesicht des anderen. Bei dieser Vision machte ich mir noch einmal deutlich, dass ich das Gesetz nicht für mich, sondern für einen anderen brechen wollte: für das Kind einer Witwe, das sie erst in hohem Alter bekommen hatte, und so weiter… Aber ist die Bitte einer Mutter, bei noch so lächerlichem Aussehen, wie es bei meiner Nachbarin der Fall war, nicht viel weniger unverzeihlich, keine Mutter kann ein Gesetz verstehen, das ihr Kind bedroht, ist es bei ihr nicht verzeihlicher als die zweifelhafte Großzügigkeit eines Altruisten wie mir? Oder die Todesangst eines jungen Mannes, auch wenn er ein unangenehmes Gesicht hat, zerknitterte Kleider und Mundgeruch?

Ich starrte jetzt verzweifelt auf die Tür mit den Spiegelvierecken, sie schien sich stur zu stellen und ging nicht auf, ich versuchte meinen fast durchgehenden Wunsch zu unterdrücken, mich in einem vorteilhaften Licht zu sehen. Eigentlich wollte ich mich gar nicht mehr sehen, auch den Rest der Leute nicht! Ich wollte auch nicht mehr auf die Uhr sehen, um zu wissen, dass, wenn ich es nicht in der nächsten Viertelstunde schaffen würde, heute gar nichts mehr erreicht würde; ganz zu schweigen von dem Holz! … Als ich sah, wie ich immer noch hier auf dem Sofa saß wie ein müder, unfähiger Mann, der von jedem Stärkeren mit Füßen getreten wurde, da sprang ich mit einem Mal so entschlossen auf, dass ich den Hut meiner Nachbarin verrutschen ließ, den sie sich so lange bemüht hatte zu richten, indem sie die Nadel herausgezogen und wieder in ihr Hirn gestochen hatte. Ich entschuldigte mich ungerührt, nahm Stock, Handschuhe und Hut, und (auch für mich) mit unerwarteter Unternehmungslust und dem Aplomb des Aufbruchs griff ich mir den zweiten Sekretär, der – *o Fortuna!* – gerade herauskam und das Audienzvorzimmer durchschritt.

Das Ergebnis: In fünf Minuten wurde meine Bitte entgegengenommen, dazu die medizinischen Gutachten, man versprach mir, sie zu berücksichtigen. Zufrieden mit meiner Gerissenheit (ich, der ich die Gerissenen verabscheue!), fuhr ich wie eine Dame, der es beim Ball endlich gelungen war, auch einmal zu flirten, zum Holzlager und nahm dazu eine Kutsche, die zum Glück gerade wie aus dem Erdboden gewachsen vor mir auftauchte. Das Glück begann mir zu lachen, mein Gemütszustand besserte sich. Normalerweise deprimiert mich die Vorstadt mit ihrer Armut und Gleichförmigkeit, heute jedoch nicht. Sogar die kleinen Hütten mit ihren handgroßen Fenstern, mit den schlammigen Gärten, in denen die Schweine umherliefen, die Hunde, Hühner und rotznasigen Kinder, die beklagenswert gekleidet waren und denen je eine von der Arbeit matte Frau boshaft hinterherschrie mit achtlos zu einem schmierigen Knoten zusammengebundenem Haar, Frauen, die ihre Röcke um den Dreifuß flattern ließen, an dem die Suppe oder die Seife kochte – sogar dieser vulgäre Anblick rief eine tiefe Rührung in mir hervor. Diese armen Frauen, sie waren mit ihrer Horde Kinder allein zurückgeblieben und warteten auf ihre Männer, die vielleicht seit wer weiß wie langer Zeit kämpften, und einige von ihnen hatten vielleicht schon jetzt niemanden mehr zu erwarten! Ohne es zu wissen!

Und so näherten wir uns dem Holzlager so weit, dass die unendliche Schlange in Sichtweite kam, die mehrheitlich aus Frauen bestand. Ab und zu eine bucklige Gestalt. Eine Menge, die größer und verzweifelter war als bei der Audienz, sodass ich begriff, es würde nicht gehen, noch einmal durch die Hintertür zu kommen. Die Menge, die hier so erbärmlich wartete, hätte sich sofort in eine Hydra verwandelt und mich zerrissen, mit umso größerer Lust, als ich nicht zu ihrem Stand gehörte. Ich zwang mich, mich an den Namen eines Beamten zu erinnern, der mir in einer anderen Sache prompt zu Diensten gewesen war. *Je lui donnerai sa pièce* von Anfang an, aber wie hieß er? Ich erinnerte mich an die Umstände, sein Gesicht, aber gerade an den Namen nicht. Während ich nachdachte, atmete ich voller Freude die frische Luft, wie Landluft (wenn auch mit einem Anflug von Müllgeruch), das Dach der Kutsche war aufgezogen und das weiche Mittagslicht schillerte zwischen den roten und gelben Bäumen, die über die schiefen Holzzäune ragten. Dann ließen wir die Häuser hinter uns. Entlang der Straße stand eine unregelmäßige Reihe Pappeln und ein angenehmer Lufthauch trug ihre Blätter davon, die gerade unaufhaltsam niederregneten. Ich richtete meinen Blick auf eines, das nicht fallen wollte, sondern in der hellen Luft dahinglitt und an einem Spinnwebfaden hing. Und plötzlich schien es mir, dass hinter ihm der sehr blaue Septemberhimmel seine Farbe änderte: Ich hob den Kopf, sah genau hin, ja, kleine weiße Wölkchen zogen auf, und es musste eine Weile vergehen, bis ich merkte, dass diese Wölkchen sich blähten, grünlich weiß, samtig und intensiv, sie waren etwas ganz anderes als unschuldige Schönwetterwolken. Und in der Menge, die ich nun immer mehr von nahem sah, hatten die Menschen ebenfalls gesehen, dass etwas passiert war, sie waren aufgeregt, wiesen einander darauf hin, schirmten die Stirn mit der Hand ab und besahen den Himmel; von hinten aus den Höfen, die wir soeben verlassen hatten, waren die vergnügten Schreie der Kinder zu hören und die allgemeine Begeisterung stieg, als am feierlichen Himmel blitzend fünf Flugzeuge – Tauben – erschienen.

Bevor selbst ich auch nur einen Gedanken an Gefahr fassen konnte, dröhnte die Erde von ohrenbetäubendem Lärm! Ich erfasste noch immer nicht, wo sich die Bedrohung befand, ich erschrak nur, weil das Pferd durchging und wie wahnsinnig über das Feld lief, in die der Explosion entgegengesetzte Richtung, drauf und dran – erst später wusste ich das –, die Kutsche umzustürzen, in der es mich mit solcher Gewalt hin und her warf, von einer Seite zur anderen, dass ich mich wundere, nicht hinausgeschleudert worden zu sein. Ich hatte gehört, dass in solchen Augenblicken jemand rettend in die Zügel greifen muss, und bei der ganzen Schwere der Lage erinnere ich mich, dass ich an diese Sache dachte und verzweifelt war, weil niemand in der Nähe war, der dies hätte tun können. Ja, wahrhaftig, wer? Ein schwarzer Rauch erfüllte die Luft, entsetzte Schreie, Gebrüll, insgesamt hatte ich das Gefühl, die Hölle öffne ihre Tore.

Wie lange es dauerte? Ich weiß es nicht. Der Instinkt des Kutschers oder des Pferdes ließen den Wagen schließlich doch zum Stehen kommen, er sah bejammernswert aus. Ein Rad war abgesprungen. Der Kutscher zitterte genau wie ich. Außerdem merkte ich, dass ich Beulen und blaue Flecken hatte, irgendwie floss über meine Wange ein Rinnsal Blut, aber das war mir egal. Das Pferd schäumte; der Kutscher gab ihm immerzu Klapse auf die Kruppe, um es zu beruhigen, und dann holte er eine abgerissene Decke hervor und hüllte es ein: Kühle schien heraufzuziehen.

Auch ich sagte meine Meinung dazu, fragte, machte unnütze Versuche, ihm zu helfen, bewegte mich und redete viel, war aufgewühlt, eine seltsame Nervosität: Ich war schockiert, sicher, aber der höllische Tag war noch nicht zu Ende! In diesem Zustand beeilte ich mich, loszugehen und nachzusehen, ob ich nicht jemanden auftreiben konnte, der dem Kutscher helfen konnte. Ich suchte zuerst den Himmel mit den Augen ab, die mörderischen Spielzeuge waren verschwunden, dann ging ich hinkend auf die Gässchen der Vorstadt zu, doch sobald ich dort ankam, merkte ich, dass das sinnlos gewesen war: Klein und Groß, Alt und Jung, alles rannte zum Holzlager, wo (erst jetzt begriff ich es wirklich!) die Bombe gefallen war. Die Höfe waren leer. Ich ging den Leuten nach, mit bloßem Kopf, so wie ich losgegangen war, mir war egal, wie ich aussah, ich hinkte immer schlimmer, folgte diesem unwiderstehlichen Ruf, der weder Neugier war noch Mitleid: sondern die entsetzliche Faszination der Katastrophe, die einen anzieht wie ein Abgrund. Lange sah ich nicht viel, die Menschenmenge verbarg den traurigen Anblick. *Tout à coup, j'ai demeuré pétrifié*, ich begriff die Gefahr, der ich ausgesetzt gewesen wäre, hätte ich das Depot rechtzeitig erreicht, begriff die Grausamkeit des Schicksals, das unter all denen, die wir uns hier befunden hatten, seine Opfer ausgesucht hatte, Zufall und Verhängnis vermischend wie bei der Ziehung von Gewinnerlosen.

Ein Teil des Gebäudes war eingestürzt und der Druck der Explosion, der die Fenster hatte platzen lassen, hatte die Beamten darin verletzt. Einer von ihnen war das erste Opfer, das ich zu sehen bekam. Er hatte einen Schlag ins Gesicht bekommen, ein Auge war ausgelaufen, mit blutiger Augenhöhle, mit einer Wange, von der frisches Blut über altes, geronnenes lief, mit durch das schmerzhafte Dunkel um ihn herum tastenden Händen ging er vorwärts, wurde von ein paar Frauen zu der Stelle gezogen und geschoben, wo all jene warteten, die man zum Krankenhaus bringen wollte und die ein entsetzliches Stöhnen von sich gaben.

Meine Beine wurden zittrig, ich stützte mich auf einen armen, hutzligen Pflaumenbaum, ich wäre gern von hier weggegangen, aber ich war dazu nicht imstande, und was sollte ich mir zuerst zuhalten: die Augen? die Ohren?

Die, die aus der Vorstadt gerannt kamen – die Alten, die Kinder, die Frauen –, riefen nach ihren Angehörigen und ihre Rufe verhallten über der beunruhigenden Weite des Feldes. Es war ein fortwährendes Gewühle, die einen gingen nach vorne, die anderen kehrten zurück: Selten war ein Aufschrei des Erkennens zu hören, man sah sich zwei unter Tränen umarmen. Die Augen aller richteten sich wie gebannt auf jene Unglücklichen, die ihre Angehörigen unter den Opfern fanden, die man noch immer herausbrachte und vorsichtig ablegte, um sie ins Krankenhaus zu fahren. Ganz zu schweigen von dem Schauspiel, das sich auf der anderen Seite zutrug, wo die Toten abgelegt wurden, die bislang niemand mitgenommen hatte, Menschen, die aus der ganzen Stadt hergekommen waren, ich vermied es, dorthin zu sehen. Es gab noch viele, die ihre Leute nirgends gefunden hatten und die sich wie besessen drängelten und blind und zitternd nach allen Seiten stießen und immer wieder zu dem Ort zurückkehrten, wo die Bombe gefallen war, es war nicht weit von der Stelle, wo ich jetzt stand: dort, auf der aufgewühlten Erde, die schwarz war vom Blut, mit weißen Flecken verspritzten Hirns, hier waren noch nicht abgeholte Reste, direkt vor meinen Augen, ich erinnere mich daran wie an eine schreckliche Halluzination, ein männlicher Fuß in einem Soldatenstiefel, eine Hand, ein Frauenkörper, der schräg zerschnitten mit nackten Brüsten da lag, eine blutige Masse, die ein kleines Kind hätte sein können, ein kleiner Junge, dessen Körper ganz geblieben war, nur der Kopf war ganz zerschlagen, ohne Zähne und das Gehirn ausgelaufen.

Ach, wie seine arme Mutter sich die Schuld gab, dass sie ihn geschickt hatte und nicht selbst gegangen war, um hier Schlange zu stehen! ... Diese Unglückseligen, die am schlimmsten versehrten Opfer, befanden sich am Anfang der Schlange nahe der Wand, die von der Bombe zum Einsturz gebracht worden war. Ein paar Leute versuchten mit Schaufeln, mit nackten Händen, die Trümmer aufzuheben, die Umstehenden schrien: Langsam! Langsam!, und machten darauf aufmerksam, dass vielleicht viele noch darunter begraben lägen. Und tatsächlich sah ich selbst nach einer Weile zwei Hände aus dem fortgeschaufelten Schutt auftauchen. Geschüttelt von Krämpfen, begann ich mich zu übergeben, es war mir gleich, wer ich war, wer mich hätte sehen können: Alle Übereinkünfte der zivilisierten Existenz waren verschwunden und ich hatte vor mir das nackte, zynische Grinsen des Lebens.

Mit diesem Eindruck vor dem inneren Auge – denn der gewöhnliche Lebensmodus ist der einer künstlichen Illusion –, mit zitternden Knien, tat ich einen Schritt zur Seite, denn ein Lastwagen und zwei Wagen mit Aufklärern waren gekommen, die die Verletzten ins Krankenhaus und die unzähligen, nicht identifizierten Toten ins Leichenhaus bringen sollten. Ich drehte alldem den Rücken zu, um nichts mehr zu sehen, und legte mir die Hände vors Gesicht: Spuren von Tränen, geronnenem Blut, Reste von Schmutz, blaue Flecken, ich musste schrecklich aussehen, und da, eine Frau, die mit einem Wasserkrug vorbeikam, die mich sicher für ein lediglich etwas glimpflicher davongekommenes Opfer hielt, sie blieb neben mir stehen.

Sie war eine von den vielen, die den armen Unglücklichen mit Wasser, mit sauberen Lappen zu Hilfe kamen, mit Kerzen, die immer häufiger angezündet wurden. Sie hielt mir eine

Blechtasse hin, ich wusch mich, spülte mir den Mund, dann trank ich durstig. Zerschlagen schickte ich mich an zurückzugehen, aber nach ein paar Schritten blieb ich schaudernd stehen: Eine Frau, von der ich im ersten Augenblick gedacht hatte, sie wäre tot, lag auf der Erde, stöhnte nicht, klagte nicht, atmete nur schnell und mit aufgerissenen Augen. Eine Alte, die gut eine Verwandte von ihr hätte sein können oder auch nur eine mitfühlende Seele, wachte bei ihr und hielt auf dem Schoß ein Kind, das mit tränennassem Gesicht und laufender Nase an zwei Fingern saugend eingeschlafen war. Zwei Aufklärer waren hinter mir herangekommen und versuchten, die Frau aufzuheben. Sie hielten aber inne, waren entsetzt, entweder von dem Blut, das plötzlich unter ihren Röcken hervorsprudelte, oder von ihrem unmenschlichen Schrei. Während sich die Alte abmühte, eine Kerze anzuzünden, die immer wieder ausging, weckte sie das Kind auf, das sich benommen umsah und dann wieder zu weinen anfing. Ich ging weiter, verlor sie aus dem Blick, mein Herz war gebrochen.

Warum, Herr? Warum?, wollte ich Richtung Himmel schreien, dessen Blau so strahlend und feiertäglich war. So kam ich zurück zu meinem Kutscher, der sich auch ohne meine Unterstützung zu helfen gewusst hatte: Er hatte, wer weiß wie, Hilfe gefunden, und zusammen werkelten sie an dem Rad herum, was noch zu dauern schien. Aber ich blieb dort, wartete, bis sie fertig waren, denn wenn ich nicht mit ihm fuhr, dann musste ich mit einem der Totenwagen fahren. Welche Kutsche sollte sich sonst noch in diese Gegend verirren? Obwohl der Tag sommerlich warm gewesen war, kam die Abendkühle schnell heran; jenseits des Feldes ging das Gedränge beim Holzlager weiter, aber es wurde bereits weniger, die Menschen der Vorstadt hatten sich langsam in ihre Häuser zurückgezogen, und bis der Kutscher den Wagen wieder instand gesetzt hatte, waren die Spuren des Unglücks nur noch in den Mauern und auf der Erde zu sehen. Die traurige Öde des Feldes …

Während wir später die von den Bomben unberührt gebliebenen Straßen der Stadt durchfuhren, hatte ich in der Kutsche, von Aufregung und Kälte geschüttelt, plötzlich das Gefühl, zu spüren, wie sich der Schleier der konventionellen Welt und der Illusion unbemerkt wiederherstellte. Ach, ich weiß nicht, wie ich dieses schreckliche Gefühl beschreiben soll, das ich in diesem Augenblick der großen Not empfand, und als ich plötzlich verstand, dass dies die Wahrheit von allem ist, was wir erleben! Es war gegen Abend, nach fünf schon, als ich wie abwesend aus der Kutsche stieg: Ich hörte Türen gehen, Rufen, und auf der Terrasse mit den Klematis, zwischen den roten und grünen Blättern des Efeus, sah ich, wie das Gesicht Sophies zu leuchten anfing. *Elle bondit de joie, comme un enfant.* Sie wusste, dass die Stadt furchtbar bombardiert worden war; zwei Mal war das Haus in Alarm gewesen und sie hatte auf der Terrasse auf mich gewartet, das Stickzeug in der Hand, wie früher. Sie rannte mir beinahe entgegen. *Quand on s'y attend le moins*, sagte sie lachend und eilte in meine Arme, ohne sich um die Zeugen ringsum zu kümmern.

Ich streichelte ihre Wange, zum ersten Mal nach einem ganzen Monat der Entfremdung; im Herzen aber war, wie ich schon sagte und wie ich begonnen habe zu beschreiben, eine seltsame Kälte. Wir aßen alle früher zu Abend, ich redete viel, aber ohne roten Faden, glaube ich, ich sprang vom einen zum anderen, verspürte einen brennenden Drang zu erzählen: eine Auswirkung des Schocks!

Nach dem Abendessen gingen wir gemeinsam in den kleinen Salon, wir blätterten alle in den Zeitungen, kommentierten wie gewohnt die Lage und rückten die Fähnchen auf der riesigen Karte weiter; eine Militärkarte, die Sandu Geblescu Margot mitgebracht hat, bevor er abreiste. Ich gebe zu, wir bemühen uns, indem wir Zeitung lesen, uns noch für etwas anderes zu interessieren als für die Bombenangriffe. Man sagt, es wären fünfhundert Tote und tausend Verletzte, die allem Anschein nach mit dem Tod ringen, da die Verwundungen sehr ernst sind. Es sind noch an vielen anderen Orten Bomben gefallen, unter anderem in der Covaci-Straße, an der Piaţa de Flori, der Piaţa Sf. Anton. Als Sophie sah, mit welcher Anteilnahme ich diese Nachrichten empfing, bestand sie darauf, ich solle mich hinlegen, da man nicht wisse, wie die Nacht werden würde. Eine Weile blieb sie noch und verlangte von mir, meine Temperatur zu messen. Während wir miteinander sprachen, machte sie mich darauf aufmerksam, dass ich ohne Stock und Hut nach Hause gekommen war. Sie hatte gut im Gedächtnis behalten, wie ich ausgesehen hatte, als ich aus der Kutsche gestiegen war, nur hatte die Aufregung, die sie spürte, als sie mich sah, sie dieses Detail gleich vergessen lassen. Obwohl ich so aufgewühlt gewesen bin, glaube ich nicht, dass ich sie in der Kutsche vergessen habe, sondern dass sie der Helfer des Kutschers geklaut hat, der sich da auf dem Feld zu uns gesellt hatte. Ich fühlte mich verpflichtet, Sophie zu trösten, sie hat den Stock mit dem Hornknauf sehr gemocht. Nachdem sie gegangen war, begann ich Tagebuch zu schreiben, so detailreich wie noch nie. Aus Angst vor dem, was ich schließlich erzählen musste, verlor ich mich in den vielen Einzelheiten. Aber nun, in dieser Sekunde, da ich schließe, sind die Glocken der Metropolitenkirche zu hören und das Herz hüpft mir ganz anders in der Brust als noch vorhin.

15. September 1916

Ganz benommen nach drei Tagen ununterbrochenen Alarms: Nachts bombardiert der Zeppelin, der Zippelin, tags bombardieren die Flugzeuge. Das Hinuntersteigen in den Keller gibt mir keine Sicherheit mehr, Freund Victor hat mir bestätigt, was ich gehört habe: dass es Bomben gibt, die auch drei Etagen Stahlbeton durchschlagen! Unter solchen Umständen beruhigen wir uns selbst dann nicht, wenn die Sirene vom Arsenal die sich verziehende Gefahr verkündet, sondern lauern darauf, wann es wieder anfängt. Jetzt wissen wir, was Bombenangriffe bedeuten.

Auf der anderen Seite ist uns klar, dass die Gegnerseite alle Einzelheiten der Hauptstadt kennt: dass da jedwedes Mittel zur Abwehr fehlt, dass die Kanonen nicht weit schießen, dass die Flugzeuge in diesem Moment in Sibiu sind, wo die Dinge keineswegs gut zu laufen scheinen. Unzählige Spione, die hier unterwegs sind, haben alles ausgeplaudert, zum Beweis dienen uns die Bomben, die neben dem Haus Filipescus fielen, auch bei Take Ionescu und auf das Anwesen von Brătianu etc. Marie-Liliane (die es von Frau Generalin Averescu weiß) erzählte mir heute von dem Vorhaben des Generals, Mackensen einen persönlichen Brief zu schreiben, um gegen die Bombardierungen zu protestieren: Da ist sie wieder, die militärische Logik, die nicht zwischen Kriegstheater und Politiktheater unterscheidet und dabei auf Bittstellerei fußt!

Da ich heute weniger verunstaltet aussah, fuhr ich noch einmal in die Stadt. Ich entschloss mich ohne jedes Vergnügen, noch einmal für Spiridon einzustehen. Abgesehen von dem Befehl, sich in den nächsten achtundvierzig Stunden zu präsentieren, hatte er kein weiteres Papier erhalten. Obwohl das ganze Haus davon überzeugt ist, dass ich alles getan habe, was getan werden konnte, sagt mir mein Gewissen, dass ich nicht die Geduld gehabt habe, mein Anliegen so vorzubringen, wie ich es hätte tun sollen. Ich beschloss also zu sehen, ob es nicht doch irgendwo *une porte de sortie* gab, und wollte auch auf keinen Fall mehr Skrupel haben *pour graisser la patte de quelqu'un*, wenn das Spiel nun einmal so lief. Herr Ialomiţeanu, der sich in seiner üblichen Liebenswürdigkeit fast überschlug, sagte mir, keines der vielen Gesuche, die damals bei der Audienz vorgebracht worden wären, seien erfolgreich gewesen, obwohl von verschiedenen Seiten starker Druck ausgeübt worden wäre, wie auch im Falle Spiridons geschehen, für den er sich selbst persönlich eingesetzt habe. Ich gestehe, ich bin vollkommen skeptisch, was sein angebliches Einschreiten angeht, denn ich habe den Eindruck, aus dem ein oder anderen Grund interessiert ihn unser Haus nicht mehr; vielleicht hat er für seine Missionen nun andere Häuser zu umwerben. Er bestätigte mir übrigens, dass der Generalstab in ununterbrochener Alarmbereitschaft sei, da unsere Truppen nicht ausreichten und die Russen uns permanent boykottierten, und sobald die Front an einer Stelle zusammenbräche, hole man Männer von anderswo, um sie zu stärken; sodass es nur natürlich ist, wenn nur mit großen Schwierigkeiten Beurlaubungen ausgegeben werden.

Herr Ialomiţeanu trug seine gewohnt fröhliche Miene zur Schau, während er düstere Prophezeiungen von sich gab, und als ich ihn maliziös fragte, welchen besonderen Anlass er dieser Tage zu solch guter Laune sähe, da versicherte er, es handele sich nur um nervösen Frohsinn. Weiterhin sagte er mir voraus, die Lage werde wohl an verschiedenen Stellen kippen und höchst kritisch werden. *Bref*, der Rückzug werde beginnen, wir würden Stück für Stück eingenommen und uns nach Russland zurückziehen müssen, das wäre das Ende. Wie immer hatte er nicht die Geduld, länger auf seinem Stuhl zu sitzen, er ging fortwährend durch das leere Büro, sprach flüsternd und sah sich beunruhigt nach allen Seiten um. Aber wieso die Mühe, diese gefährliche Unterhaltung zu führen? Er zog mich schließlich hinaus: »*Savez-vous ce qu'on m'a raconté? Quelqu'un très haut placé*…« Und er ließ mich wissen, der größte Teil der Verwundeten dieser Tage wären Opfer unserer eigenen Kugeln. Die Haubitzen, mit denen wir nach den deutschen Flugzeugen geschossen hätten, wären schlecht, wie alle Welt ja wisse, und hätten unsere eigenen Leute verletzt! Was für ein ungutes Gefühl mir diese Nachricht gibt, wie sehr ich befürchte, dass sie wahr ist!

Während der ganzen Zeit, die ich mit ihm sprach, hatte ich den Eindruck *qu'il y a là du louche*, ohne sein Spiel konkret zu durchschauen, an dem ich nun keinerlei Zweifel mehr habe… Wenn er früher daran interessiert gewesen zu sein schien, etwas über mich zu erfahren, dann hatte ich jetzt das Gefühl, er böte mir Informationen an, eventuell, damit ich sie verbreite –

alle waren sie demoralisierend und katastrophal. Was hätte es sonst für einen Sinn gehabt, seine jetzige Position als ergebener Mann der Regierung aufs Spiel zu setzen – er, die Vorsicht in Person! –, nur für ein kleines Geplänkel?

Die Nachricht, dass keine der vorgebrachten Bitten erhört worden war, beruhigte mein Gewissen. Ich brach auf, *le cœur léger, pauvre Spiridon, il n'y a d'autre à faire que plier l'épaule*, aber es ist kein Vergnügen, eine solche Nachricht nach Hause zu bringen! Ich sah schon vor mir, wie Madam Ana anfangen würde zu weinen, *qu'elle allait pleurer toutes les larmes de son corps*, und um diese traurige Aussicht noch etwas vor mir herzuschieben, entschloss ich mich, einen kleinen Spaziergang durchs Zentrum zu machen.

Heute waren wir vom Alarm verschont geblieben. Der Anblick der Stadt war wieder verändert: Auch wenn die gähnenden Löcher die Stellen anzeigten, an denen die Bomben gefallen waren, spürte man ringsum diese besondere Art von Energie, die alle Katastrophen entfesseln, indem sie die Überlebenden durch eine mit Freude vermischte Angst antreiben, für den Moment jedenfalls waren sie davongekommen. Lastwagen und Karren fuhren Schutt ab. Um etwas von dem zu erwischen, was noch übrig war, wühlten die armen Leute und die Stadtstreicher in den Ruinen, über denen Lappen flatterten, zerrissene Stoffe, Papier flog umher. Hämmer und Sägen waren überall zu hören und erweckten den beruhigenden Eindruck von Stabilität, den normale Arbeit immer verbreitet.

Ich ging melancholisch durch das Mittagslicht, das wieder weich und warm geworden war. Hier und da eröffnete eine eingestürzte Mauer aufdringlich die zerstörte Traulichkeit der Häuser. Ich ging auf die Covaci hinaus und hielt plötzlich an: zwischen zwei stehen gebliebenen Häusern eine Lücke, deren Schutt schon abgeräumt war – wie ein zahnloser Mund nach dem Eingriff der Zange. Und auf dieser neuen Brache brannten Kerzen, die man in Form eines Kreuzes in die soeben erst geglättete Erde gesteckt hatte. Hier und dort Tonkrüge mit

Dahlien und Zinnien. Die Passanten hatten plötzlich einen verschlossenen, entsetzten Ausdruck, wahrscheinlich wie ich, der ich wie angewurzelt dort stehen blieb und ahnte, dass ich nicht einfach an einem leeren Ort vorüberging, sondern an Gräbern. Plötzlich hielt eine Kutsche, eine elegante Dame stieg aus und näherte sich mit grazilem Schritt: Ich half ihr, den Strauß weißer Kamelien, den sie in der Hand hielt, in einen der Tontöpfe zu stellen, nachdem ich ein paar welke Zinnien herausgenommen hatte. Die Dame dankte mir mit einer *rauque* Stimme, ihr Gesicht blieb weiterhin verschleiert, und wahrscheinlich hätte sie weiter so reglos dagestanden, wäre nicht ein älterer Herr aus der Kutsche gestiegen (sein Gesicht kam mir bekannt vor, aber ich konnte mich nicht erinnern, woher); er näherte sich, bot ihr den Arm und holte sie aus ihrer Versunkenheit. Vollkommen starr ließ sie sich wegführen, und ich ging weiter, nicht ohne das krankhafte Vergnügen, mir das Drama der beiden vorzustellen.

Als ich nach Hause kam, herrschte große Aufregung. Margot hatte es ausgenutzt, dass ich nicht da gewesen war, und hatte mit dem Fahrrad eine kleine Spazierfahrt zur Chaussee unternommen. Die Unangemesseneit ihres Tuns ist gleichbedeutend mit der Gefahr, der sie sich ausgesetzt hat: Denn wenn man in der Stadt vom Alarm überrascht wird, lassen die Geschäfte sofort ihre Fensterläden herunter, um ihre Scheiben zu schützen, und so bleibt man auf der Straße. Außerdem kann das hier auf der Chaussee am neuen Museum installierte Maschinengewehr, das immerzu tackert, eine weitere Gefahr darstellen! Und dann, ein Fräulein fährt spazieren, unbegleitet! Und dazu noch auf dem Fahrrad! So weit steht die Welt noch nicht kopf, und mögen wir auch alles Leute mit modernen Auffassungen sein! Also verkündete ich ihre Strafe: zwei Tage eingesperrt in ihrem Zimmer, das missfiel ihr wirklich sehr, seelisch ist sie nicht darauf eingestellt, Einsamkeit zu ertragen.

Abends Besuch von Herrn Ioachim, meinem ehemaligen Studenten, einem schüchternen und ergebenen Menschen, der augenblicklich noch zu Hause weilt wegen seiner gefährlichen Kurzsichtigkeit. Er arbeitet beim Roten Kreuz bei Marghiloman (ich habe ihn dort über Marie-Liliane empfohlen).

Folglich brachte er uns Neuigkeiten aus germanophilen Kreisen, die teilweise mit denen übereinstimmten, die mir am Morgen Ialomiţeanu zugesteckt hatte. Was ich von Ialomiţeanu gehört hatte (dass die Opfer der Bombenangriffe unsere eigenen Opfer gewesen seien!), das hatte Her Ioachim auch von Frau Marghiloman gehört, die es wiederum von Petre Ghica vernommen hatte; Ioachim schien nicht geneigt, es zu glauben. Je lakonischer die Zeitungen werden, umso üppiger brodelt die Gerüchteküche. Manche erweisen sich als wahr, bei anderen würde ich vermuten, sie sind absichtlich in die Welt gesetzt worden, um bestimmte Reaktionen des kollektiven Zustands hervorzurufen: Panik, exzessive Sorge etc. Sicher, ich kann sogar bei einem Gerücht, das mein kritischer Geist sich weigert zu glauben, analysieren, wem es nützen würde, wenn man es weiterverbreiten würde, und wie es sich auf unseren gewohnten, selbstverachtenden Volkscharakter auswirken könnte. Da es ein Gerücht ist, bleibt da der Zweifel, den jeder gesunde Verstand haben muss: Ist es vielleicht doch wahr? Als ich Sophie mitteilte, was ich über das Gerücht dachte, das ich zuerst von Herrn Ialomiţeanu gehört hatte, formulierte sie eine Erklärung, die mich verwirrte und aufbrachte: dass Titi Ialomiţeanu mit Herrn Marghiloman *au mieux* sei, über alte Beziehungen aus Buzău. Vielleicht steht er gar auf der Gehaltsliste der Deutschen Gesandtschaft, kam mir da auf absurde und flüchtige Weise in den Sinn. Weder seine alte Haltung als Befürworter des *Eintritts* mit den Alliierten noch seine jetzige Position als glaubhafter Beamter der Regierung unterstützen aber eine solche Hypothese! Als ich später alles noch einmal aus der Distanz betrachtete, schien mir Sophie zu aufgebracht in ihrem Urteil, ihre Fantasie und ihre Abneigung hatten dabei wohl eine zu große Rolle gespielt. Sie machte eine verächtliche Miene angesichts unseres alten Hausfreundes. Solche radikalen Veränderungen in der Wahrnehmung deuten normalerweise auf etwas mehr als Freundschaft hin. Aus all den Einzelheiten resultiert nur eins: *ils ont rompu l'amitié*, und wenn meine Seele wirklich verzeihen könnte, dann würde mir das reichen. Aber kann sie das?

Da ich nicht mehr willens war, mich in Mutmaßungen zu verlieren, die nur schwer zu überprüfen waren, entschloss ich mich, ihre neue Haltung ihm gegenüber als Unmut zu interpretieren, den seine Nichtverwendung im Fall Spiridon hervorgerufen hatte. Das hätte sich immerhin gehört, dass er einmal das tut, worum man ihn bittet!, sagte Sophie, als der arme, hochgewachsene junge Mann sich aus den Armen seiner Mutter löste, mit dem Ranzen auf dem Rücken zum Tor ging und dann mit seinen schweren Soldatenstiefeln über die Schwelle stampfte. Trotz aller Bemühungen konnte ich dann über ihn nichts mehr in Erfahrung bringen.

Eine *atmosphère maussade* beim Abendessen, bei dem die bestrafte Margot fehlte. Da ich mich nicht überwinden konnte, ihr die Freude an dem Spiel mit den Fähnchen zu nehmen, begnadigte ich sie. Sie blätterte fieberhaft in den ausländischen Zeitungen, nicht nur in unseren, um Einzelheiten über den kleinen Leutnant Geblescu zu erfahren, der sich im Gebiet um Sibiu befand. Der oberste Befehlshaber der Operationen in Transsilvanien ist der berühmte Falkenhayn, der ehemalige Chef des deutschen Generalstabs, der dort inzwischen durch Hindenburg ersetzt wurde. In diesen zwei Wochen, in denen wir vor Sibiu standen (das nicht nur von Bomben, sondern auch durch die Besatzung geplagt ist), hat Falkenhayn seine Offensive vorbereitet, indem er von allen europäischen Fronten Truppen gegen die Verräter Rumäniens zusammengezogen hat: ein strafender Krieg, der, wie ich fürchte, *sans pitié* sein wird.

Beim Vergleich unserer Zeitungen mit den deutschen ist zu sehen, dass die Situation viel dramatischer ist: Wir wissen, dass wir nicht für einen Krieg im Bergland Richtung Österreich-Ungarn ausgerüstet sind, dass uns die nötigen Waffen und Ausrüstungen fehlen, von der in den Bergen notwendigen Artillerie bis zu den Flugzeugen, sodass uns nichts übrig bleibt, als atemlos auf diesen Teil der Landkarte zu starren und zu hören, dass unsere Männer dort mit verzweifeltem Heldenmut kämpfen, um der Umzingelung zu entkommen. Von nun an geht das Gerücht in der Stadt, dass wir ein zweites Tuturcaia erleben werden, und natürlich wird die Verspätung bei Sibiu dafür verantwortlich gemacht. Von Seiten der Alliierten nichts. Herr Ioachim sagte heute, Brătianu wäre derart unzufrieden mit der Passivität und dem Desinteresse der Russen, dass er mit separatem Frieden gedroht hätte, wenn sie keine Unterstützung schicken.

18. September 1916

Heute viele Opfer während der Bombenangriffe bei Filaret. Mich hat außerdem traurig gemacht, erfahren zu müssen, dass das elfjährige Mädchen von St. O. Iosif gestorben ist, dem Autor des geliebten *Zu den Waffen!*. Sicher haben das Ende der Schlacht von Sibiu und der dramatische Rückzug den allgemeinen Pessimismus vermehrt, auch wenn die Umzingelung durchbrochen und das Gros der Armee gerettet ist, allerdings mit den dazugehörigen Verlusten an Menschen, Waffen und Ausrüstung.

Von den Verletzten habe ich gehört, wie erbittert der Widerstand gewesen ist, ansonsten die üblichen Klagen, wir hätten keine Waffen, die den schrecklichen Maschinengewehren, Flugzeugen, Projektilen et cetera der Deutschen standhalten könnten. Dass wir mangels Telefon Reiterboten verwendeten und so die Verbreitung der Befehle verlangsamten. Dazu käme unsere gewohnte Unordnung, es sei also nur natürlich, dass das Ergebnis unserer Überlegungen nicht weitergegeben werde, genauso wie die Hilfsgüter. Ansonsten dieselben verwunderten Bemerkungen, dass das Deutsche Alpenkorps (eine ganze Armee!) sich so hat an die Seite der unseren anschleichen und die Umzingelung am Olt vorbereiten können, ohne dass man etwas mitbekommen hatte. Sicher ist: Einmal in so eine Lage geraten, war auf mehr als Rettung durch Rückzug nicht mehr zu hoffen.

Eine andere Hoffnung aber belebte manche noch: die Offensive im Süden durch Averescu. Wenn dieser Schlag gelänge, dann verändere sich (sagte Freund Victor zum Beispiel) mit einem Mal der gesamte Kriegsschauplatz: die Dobrudscha befreit, Mackensens Armee immer weiter gen Süden gedrängt, wir auf ihren Spuren, bis wir die erwünschte Vereinigung mit der Armee von Salonic durchführen könnten. Und so würde dann auch erst wirklich die Balkanfront eröffnet, was für eine Verzögerung! Was für verrückte Träumereien! Aus Aberglauben macht es mir direkt Angst, dass ich sie hier zu Papier gebracht habe.

19. September 1916

Ein besonderer Tag im Kriegskalender. Das Wetter ist schlechter geworden und ich habe mich heute Morgen gezwungen gesehen, mich auf den erniedrigenden Weg zu machen und mich um die Verpflegung zu kümmern. Es ist das erste Jahr, in dem ich mich persönlich um diese Dingen bemühen muss, da wir sonst Gefahr laufen, in diesem Winter kein Holz zu haben, der (hier gibt es keinen Zweifel!) der schwerste sein wird, den wir je erlebt haben. Die allgemeine Beunruhigung erschwerte dieses Vorhaben noch. Gegen Mittag ermannte ich mich, um meine Versprechungen zu halten, und ging müde vom vielen Hin und Her (ich hatte keine Kutsche gefunden), während es wie aus Eimern schüttete, durch die Mihai-Vodă-Straße, entschlossen, nach Hause zurückzukehren, als mir plötzlich ein Aufruhr um den Zeitungsverkäufer ins Auge fällt, der sich *vis-à-vis* aufgestellt hatte. Was er rief, hatte ich nicht gehört, da ich wie immer tief in Gedanken versunken gewesen war. Ich war bereits vor dem Café de Paris angelangt. Eine Sekunde lang zögerte ich, zitterte unter meinem Schirm, fürchtete mich vor der Nässe, die mir alles andere als gut tat, vor den nassen Schuhen, den vom Wasser überströmten Rinnsteinen: Dann entschloss ich mich und ging über die Straße.

Das Gedränge wurde immer größer, die Leute rissen dem Verkäufer die Zeitungen geradezu aus den Fingern, Lachen, Rufen, ich sah sogar zwei Freunde, die sich küssten! Obwohl ich einigermaßen auf dem Laufenden war und den Ausrufen und Bemerkungen der Umstehenden ungefähr entnehmen konnte, worum es ging, zog ich mich in einen Gang zurück, setzte meine *pince-nez*-Brille auf und las mit eigenen Augen:

Unsere Truppen haben die Donau zwischen Rusciuk und Turtucaia überquert!

Nur so viel! Bleibt nun, unsere Vorstellungskraft schweifen zu lassen ... Endlich, die lange besprochene Offensive im Süden durch Averescu! Ach, wäre Gott nur von jetzt an mit uns!

Es war über eine Stunde später, als ich endlich nass und zitternd nach Hause kam. Sophie war nicht da, sie war am Morgen zur Gesellschaft der Orthodoxen Damen aufgebrochen, und während ich auf sie wartete und mich der Schüttelfrost packte, nieste ich unaufhörlich. Besorgt durch den Gesundheitszustand, den ich durch meine Unvorsichtigkeit riskiert hatte, an einem solchen Tag hinauszugehen, gab ich die Anordnung, das Essen nur für uns zu servieren. Nachdem ich die Siesta beendet hatte, bemerkte ich vom Schlaf erfrischt, dass Sophie noch immer nicht zurückgekommen war. Mein nervlicher Zustand war allerdings besser, und geschützt von warmer Kleidung trat ich auf die Terrasse hinaus: Die Luft hatte eine süße, sehr gesunde Frische, von der ich glaubte, es wäre gut, sie auszukosten. Ich verlangte, dass man das Tischchen und die Korbsessel brächte, um den Kaffee hier einzunehmen. Der Regen hatte aufgehört und diamantene Tropfen glitzerten auf den Rosen, die in den letzten Tagen zum zweiten Mal aufgeblüht waren. Den erhabensten Anblick bot allerdings nicht der Garten – trotz seines Teppichs aus gelb-rotem Laub durch den strömenden Regen –, sondern unser bescheidener Efeuvorhang, der die Hauswand und die gesamte Terrasse mit wahrhaft göttlichen Farbschattierungen überzog – rot, orange, gelb und grün gefleckt. Wie kann man glauben, dass diese Schönheit der nahen Entlaubung und dem Tod entspringt? Oder dass am klaren Himmel jederzeit die mörderischen Tauben erscheinen können?

Margot kam und setzte sich zu mir mit diesem neuen Gesichtsausdruck resignierter Melancholie, die sie zur Schau trägt, seit die schrecklichen Dinge, die man über den Kampf von Sibiu hört, sie davon überzeugt haben, dass sie dort den verloren hat, den sie, ohne allzu viel Grund, begonnen hatte, als *son fiancé* zu betrachten – Sandu Geblescu.

Wir besprachen beide das Ereignis des Tages, als wir ein Automobil vor unserem Tor halten sahen: Eine zarte, untadelig weiß behandschuhte Hand gab uns durch die geöffnete Tür ein Zeichen. Dann eine jugendlich kraftvolle Gestalt, die unglaublich grazil herankam, neckische Locken unter dem Hutrand, das wohlbekannte, freundliche, ironische Lächeln – Marie-Liliane! Im selben Moment öffnet sich die andere Tür und strahlend, mit der gefalteten Zeitung wedelnd – Sophie!

Da bin ich also umringt vom schönen Geschlecht, das ausschließlich mit Kaffee und Kuchen bedient zu werden wünscht, und sofort beginnt die lebhafteste Unterhaltung über den Krieg, mit strategischen Einzelheiten und naturalistischen Beschreibungen schrecklichster Wunden, die sie erst in dem Augenblick unterbrechen, als sie sich an die Meißener Bonbonniere erinnern: ein Augenblick des Schweigens, als sie sich je eine Praline nehmen und in den Mund stecken und einen Moment lang nichts als gierige Kinder sind. Selbstverständlich beeilten sie sich, mir gleich alle Einzelheiten zu übermitteln, die sie von der Frau Generalin Averescu erfahren hatten, über die Überquerung der Donau: Sie ist über einen Weg gelungen, den wir sogar selbst am Ufer von Flămânda gebaut haben (ziemlich morastig), unsere Truppen sind von dort mit Booten und Pontons losgefahren. Die Brücke scheint fertiggestellt zu sein, nur, wie man hört, haben sie uns ziemlich schlimm bombardiert, da wir wie üblich über keine Flugzeuge verfügten…

Während ich ihnen so zuhörte, erwischte mich die Frivolität dieser Situation, in der ich natürlich eine komische Rolle einnahm, indem ich meine militärische Karte mithilfe des Damengetratsches zu vervollständigen suchte – eine kraftlose und groteske Figur am Rande einer wahren Tragödie!

Verunsichert durch meinen selbstkritischen Geist, wandte ich mich mit meinem Sarkasmus an die beiden Frauen, die sich mein Herz teilen, und lud sie noch einmal zum Mittag ein, wenn auch spät. »Sieh an, Sie haben bereits in der Offiziersmesse gegessen und werden wohl bald Ihre Uniformen erhalten!«, grinste ich, als sie ablehnten. Unachtsam setzte Sophie ihr Kriegs-*récit* fort, war dem General Popovici sehr gewogen, der so umsichtig den Rückzug von Sibiu durch das Olt-Tal vorbereitet hatte. Während ich ihr lauschte, störte mich schon wieder ihre blinde Hingabe, ich erkannte sie an ihrem begeisterten Tonfall, den ich inzwischen so gut kenne, ich habe sie genau so über Meyer-Lübke, Grigorescu, Kimon Loghi, Anatole France, Paul Bourget, Wagner, das allgemeine Wahlrecht, die Diskussionen im Senat, die Veränderung der Verfassung reden hören. Jetzt die österreichischen Motor-Granatenwerfer, den Bewegungskrieg, Kriegsschiffe – diese frische Energie in ihrer Selbsthingabe! Ich hatte den eifersüchtigen Kleingeist, mich zu fragen, wer bei ihr dieses neue Interesse geweckt hatte… Militär, dieses Mal. Mir kam sogar der Gedanke, es könnte Jorj Athanasiu sein, aber ich kann nicht glauben, dass eine Person so bar jeder Vorstellungskraft Sophies Interesse wecken könnte. Ich hielt den Damen schließlich eine einleuchtende Rede, indem ich ihnen sagte, nach Meinung eines Mannes, der nicht gerade unmodern sei, einem wie mir, sei das Schauspiel, das sie böten, unschön und es sei nicht angemessen, dass derlei Dinge durch das unschuldige Auge einer Dame betrachtet würden; was ihre Aktivitäten angehe, schienen sie mir vor allem zwecklos, denn so reizende Damen und Fräulein sollten niemals *(et Dieu nous en préserve!)* so elendige und abstoßende Dinge tun, die das menschliche Elend für einige Unglückliche bereithalte, meistens Leute von niedriger Herkunft und in bejammernswertem Zustand… Letztlich bliebe es für sie doch nur ein Gesellschaftsereignis, das Begegnungen mit ihresgleichen erlaube.

Sollte das ein egoistischer Ausbruch von Eifersucht gewesen sein? Wer weiß, was Marie-Liliane von meinen Worten hielt, denn von da an und bis sie sich zum Aufbruch erhob, hatte ich den Eindruck, ein trauriger Schatten läge in ihrem Blick. Sophie, die weniger subtil ist, jedoch außergewöhnlich anziehend (sie sieht so gut aus, seit sie wieder genesen ist), *fut celle qui me répondit, et pas un moment n'entra en colère, comme elle avait l'habitude.* Der Unterschied lag jedoch nur in dem lieblichen Tonfall. Ansonsten umging sie meine Argumentation vollkommen. Wenn du dieses schreckliche Schauspiel zu Gesicht bekämst, du würdest mich selbst hinschicken!, rief sie aus. Dann gestand sie, indem sie Marie-Liliane zulachte, solcherlei Beschuldigungen wegen Nichterfüllung ihrer Pflichten einer *femme de foyer* habe sie schon öfter gehört, nur wären sie jetzt – *hélas!* – berechtigt.

Und immer so weiter ging die Diskussion, ich sah mich in einer immer peinlicheren Position. Sophie war tatsächlich unfähig, auch nur irgendeinen Vorwurf zu begreifen. Dann brachte sie langweilige Einzelheiten vor, wie sie Anweisungen zur Organisation einer aufzustellenden Sanitätseinrichtung in der armseligen Schule von Bariera Vergului gegeben hätten, da die Krankenhäuser mit den unzähligen Verwundeten nicht mehr zurechtkämen. So verstand ich, wie die beiden sich getroffen und warum sie sich so verspätet hatten: Bloß verstand ich nicht, wer die Idee zu diesem Besuch gehabt hatte…

Wir plauderten ohne große Begeisterung. Nur eine alarmierende Nachricht, die in den heutigen Zeitungen bestätigt wurde, ließ uns noch einmal aufleben: dass man mit Mikrobenkulturen oder Gift versehene Gegenstände auf der Straße ausgestreut hätte. Marie-Liliane fragte, was meine Meinung dazu sei: Warfen das feindliche Flugzeuge ab oder waren es

Mörderhände, die unter uns weilten und so etwas verteilten? Ich kann mich des Eindrucks nicht erwehren, wir werden von Spionen und Verrätern überflutet, gestand ich ihr. Sie waren mir so nah, ich war in heller Aufregung, fast bekam ich davon Krämpfe: Aber ich riskierte nichts. Eine dunkle Angst, die meinem konventionellen Wesen entsprang, ich prüfte mich im Übrigen genauestens und war mir bewusst, dass ich keinerlei Schuld fühlte. Das Schlimme bestand tatsächlich nur darin, dass die beiden Damen nebeneinander saßen, und nur ich wusste, was genau es bedeutete. Plötzlich erinnerte ich mich an ein unangenehmes Erlebnis in meiner frühesten Jugend, als meine zu große Unschuld mich in ein damals in Bukarest berühmtes Etablissement getrieben hatte. Jahrelang hatte ich meine Erinnerung an die peinlichen Zärtlichkeiten zurückgewiesen, an die verwelkten Grazien, denen es nicht gelang, mich in Erregung zu versetzen, aber auch an den halben Ehebruch, der den moralischen und intellektuellen Respekt beschmutzte, den ich *ihrem* Mann entgegengebracht hatte. Ich hatte schreckliche Angst, dass diese hässliche Tatsache öffentlich würde. Hingegen (o Unschuld!) wunderte ich mich, als ich entdeckte, dass meine eigene peinliche Tat, die nach allen Normen verwerflich war, mir keinerlei Gewissensbisse verursachte (nur die feige Angst, man könnte etwas erfahren). Und auch der Himmel schien mich nicht dafür strafen zu wollen: Tag um Tag verging, gleichförmig, und die Erde beeilte sich nicht, mich zu verschlingen – mich, den furchtbaren Don Juan! …

In den letzten Minuten, bevor sie ging, wurde Marie-Liliane immer schweigsamer. Nachdem sie aufgebrochen war, machte ich Sophie einen Vorwurf, den ich mir eigens für sie ausgedacht hatte (perfide Verbindungen der Ehe!): dass sie, da sie sich der Verspätung schuldig wusste, mit einer Freundin nach Hause gekommen wäre. Kleinliche Schläue, die nur angewendet wurde, um den Sinn dieses Besuchs zu erfahren, und ich bekam auch meine Antwort: Marie-Liliane hätte den Wunsch zum Ausdruck gebracht, mit mir diesen Tag zu begehen, an dem das Schicksal unseres Krieges sich vielleicht wendete. Die Antwort schmeichelte mir, auch wenn ich beim Abschied nicht umhinkam, mit schwerem Herzen zu erkennen, dass Marie-Lilianes Wange nicht mehr so zart war und ihre Figur immer schwerfälliger wurde.

23. September 1916

Hoffnungslosigkeit hat alle Herzen erfasst! … Das Tableau des Desasters von Sibiu wird immer vollständiger, je mehr Einzelheiten wir von denen erfahren, die der Umzingelung entronnen sind, manche von ihnen sind in erschöpfenden Märschen über die Făgăras-Berge geflohen, haben die Verletzten mitgenommen. Die anderen, das Gros der Armee mit den schweren Wagen, den Pferden, der Ausrüstung, riskierte alles bei jedem Schritt durch die Olt-Schlucht, in der der Feind an manchen Stellen Angreifer versteckt hatte.

Über diese entsetzliche Nacht bekamen wir heute die Erzählung eines Augenzeugen zu hören: Der stürmische Sandu Geblescu, inzwischen der offizielle Flirt Margots, war vom Generalstab mit den zerfetzten Fahnenresten eines unvollständigen und aufgelösten Regiments losgeschickt worden, um sie zu übergeben und dazu einen Brief, auf dessen Antwort er ein paar Stunden lang hatte warten sollen; eine Pause, die er damit verbrachte, nahestehenden Freunden einen Besuch abzustatten (da sich sein Elternhaus in Craiova befindet). Ich war Zeuge der bewegenden Begegnung zwischen den beiden Kindern, dann ließ der junge Mann, der Jura und Wirtschaft in England studiert hat, eine alptraumhafte Nacht vor unserem inneren Auge erstehen, vor einer Woche war es gewesen, als sie erschöpft nach Tagen des Kampfes, übermüdet und mit schwankenden Beinen im Stockfinsteren marschierten, immer begleitet vom dröhnenden Rauschen des Olt, ewig unterbrochen von wilden Schreien und den Rufen der Agonie, vom Lärm der Karren, die mit entsetzlichem Rasseln in den Wellen versanken, vom Muhen der armen Tiere (die Kanonen, die Munitionskarren wurden von Ochsen gezogen, manchmal waren acht Paar Tiere vorgespannt), vom Knallen der Feuerwaffen. Die hohen, schrägen Felswände der Schlucht ließen die Geräusche noch donnernder und verdreifacht klingen in dieser Höllennacht, aus der der kleine Leutnant nicht mehr lebend hervorzugehen glaubte. Seit drei Nächten hatte er nicht geschlafen, da geschah es, dass er im Gehen mit offenen Augen einschlief, nur von dem Gedanken getrieben, irgendwo einen Ort zu finden, an dem er sich ausstrecken konnte. Wenn er einige Male so etwas fand, setzte er sich an den Wegrand auf einen Stein und wollte nur eine halbe Stunde schlafen. Das wäre wohl sein Ende gewesen, aber ihn interessierte nichts mehr und er hätte alles gegeben für einen Augenblick Schlaf. Alles?!, warf ihm die kleine Kokettiererin vor und es folgte ein Intermezzo von *marivaudage*, bei dem – die waghalsige neue Generation der Jugend! – sie zärtliche Blicke und hintersinniges Lächeln austauschten und dabei vollkommen davon absahen, dass auch ich anwesend war. Und wie hast du dann nicht geschlafen?, fragte ich ihn taktvoll. Meine Ordonnanz, der ergebene Ion, er hob mich mit Kraft hoch, ich selbst reagierte brutal, mein missachteter Instinkt und auch der Schlafwahn trieben mich dazu: Erst am nächsten Tag, als ich begriff, bereute ich es.

In diesem Moment der Erzählung unterbrach uns ein Alarm; wir gingen hinunter in den Keller und Sandu Geblescu erzählte uns von den unglücklichen Flüchtlingen, Siebenbürger Rumänen, die den unsicheren Weg des Exils gewählt hatten, die Gegend der Câineni war voll von diesen armen Entwurzelten, die in so dramatischen Zeiten alles Hab und Gut verlassen hatten und es auf sich nahmen, hier zu Hungerleidern zu werden …

Gleich nach dem Alarm verabschiedete sich unser Gast, indem er vorgab, eilige Erledigungen warteten auf ihn; tatsächlich ging er zu Enescu mittagessen, gemeinsam mit einem guten Freund, den er beim Generalstab getroffen hatte (wie er mir treuherzig gestand, während wir ihn höflich bis zum Tor begleiteten). Mir erschien das frivol (er hatte unsere Einladung zum Mittag abgelehnt), merkwürdig für jemanden, der gerade so einem Grauen entkommen war, sein Lebenshunger, den sein gesamtes Wesen verströmte, schockierte mich unangenehm. Später dachte ich, wie ungerecht ich gewesen war, wie so oft war es mir unterlaufen: Hatte er es nicht verdient, sich vielleicht ein letztes Mal an einem *jambon de Prague sauce madère* und an einem *dindon veau truffé* zu laben, von denen er an den Tagen, an denen er nur seinen Soldatenzwieback hatte, wohl geträumt haben mag? Waren eine kleine Feier, gebadet in *Champagne Pomméry*, und eine pikante *chanteuse* ein so großes Vergehen für einen Leutnant, der sich als tapfer erwiesen hatte, indem er der einzige Offizier des ganzen Bataillons gewesen war, gezwungen, alle Schwierigkeiten des Kommandos auf sich zu nehmen bei diesen physisch zerschlagenen und demoralisierten Männern?

Sicher, er gestand sein Mittagessen bei Enescu nicht vor Margot, aber ist das nun nicht das Wesen der Liebe: die Freude daran, das eigene Antlitz in der Seele, die einen liebt, idealisiert zu sehen, und das Verbergen prosaischer Dinge?

Nach seinem Aufbruch war ich wie besessen von den düsteren Bildern seiner Erzählung, aber vor allem von der Gesamtbedeutung dieser verlorenen Schlacht. Mit ihr hat unser Rückzug aus Transsilvanien begonnen! Seit drei Tagen ziehen wir uns unaufhörlich zurück, verlassen den Boden, für den wir gelitten haben. Man hört in Siebenbürgen von Rachefeldzügen gegen diejenigen unserer Brüder, die uns mit Freude empfangen haben. Wie sollten da die Herzen nicht zur Beute der Entmutigung werden? Uns ist nichts geblieben als Niedergeschlagenheit, enttäuschte Hoffnung und die Opfer!

Mein Herz bricht angesichts des sinnlos vergossenen Blutes. Wir haben auch ein paar strahlende kleine Siege davongetragen, bei denen man mit Bajonetten gegen eine von Flugzeugen aus dirigierte Artillerie kämpfte oder eine Kavallerie gegen Kanonenhagel auszog, um unter großzügigem Blutvergießen Positionen, die man besser hätte aufgeben sollen, nur dass wegen verspäteter Kommandos und eines permanenten Mangels an Realitätssinns die Befehle nicht rechtzeitig eintrafen und absurde Offensiven begonnen wurden! Kam der Befehl dann zu spät, ließen sie sinnlose Kadaver zurück, für ewig untröstliche Herzen von Müttern und Frauen, und derart siegreich, nämlich zerschlagen und dezimiert, leiteten wir ungeduldig den Rückzug ein.

Wie soll man sich da jemals wieder aufrichten in so einem Netz von Schicksalhaftigkeit und wie den Himmel anklagen, wenn doch die Schuld auf uns selbst zurückfällt? Soweit ich gehört habe, ist es bei Porumbacu genauso abgelaufen und auch in Bărcut, schwer erkämpfte Stellungen, die dann aus eigener Initiative wieder aufgegeben wurden.

Brătianus Angst ist es nun, dass wir von den Bulgaren angegriffen werden, und seine Forderungen (die bei uns klar als Kleinkrämerei und Unentschlossenheit gehandelt werden), man solle ihm ausreichend Russen zur Verfügung stellen, damit sie unsere Dobrudscha verteidigen, haben sich als begründet herausgestellt. Die Russen haben viel weniger Truppen geschickt, als sie versprochen hatten, und eine sehr verdächtige Trägheit an den Tag gelegt. Also sind wir im Süden nur durch unsere eigenen Truppen verteidigt worden, es waren zu wenige und sie gehörten auch nicht zu den besten. So sehe ich den Beginn unserer Niederlage. Aber die Beschuldigungen gegen Brătianu reißen nicht ab, noch heftiger als in der Zeit, da er die Neutralität nicht aufgeben wollte. Warum ist er in den Krieg eingetreten, sagte gestern Freund Victor zu mir, wenn er doch wusste, Rumänien kann nicht siegen? Ist er denn schuld an all den Fehlern der Rumänen?, fragte ich. Und an den Versäumnissen der Alliierten?

Ich gehöre zu den wenigen, die immer häufiger an ihn denken, während die an seine Adresse gerichteten Flüche und Gemeinheiten kein Ende nehmen. Wie viel Hohn in der Presse hat er ertragen müssen, Hohn in allen großen Reden seiner Gegner – ein wahres Martyrium der Lächerlichkeit, das denen, die es verdienen, und denen, die es nicht verdienen, wahllos verabreicht wird! Die wirre Denkart eines provinziellen Landes, das nicht in der Lage ist, den demagogischen, unfähigen und nicht einmal einer korrekten Sprache fähigen Politiker zu unterscheiden von dem, der zehn Mal jeden Schritt durchdenkt zum Wohl seines Landes! ... Mit dem Risiko, der Einzige zu sein, der dieser Meinung ist, werde ich die Verantwortung einer möglichen Katastrophe nicht ihm aufbürden.

Aber vielleicht übertreibt mein pessimistischer Geist wieder, wie schon so oft. Vielleicht wird unser Rückzug hier Halt machen – an der Bergfront –, wo Margot nun am Abend die Fähnchen eingesteckt hat. Vielleicht wird man in unseren armseligen und unsicheren Festungen überdauern und vielleicht wird es bald zur lange versprochenen Offensive der Alliierten kommen und wir werden uns wieder erlauben können, nach Transsilvanien vorzudringen. Was sollen wir noch anderes hoffen, da wir doch allein damit sind, eine solche Grenze verteidigen zu müssen? Wie sollen wir, wenn wir von allen Seiten durch derartige Kräfte angegriffen werden, die ganze Zeit über die Truppen von Süd nach Nord verlegen und umgekehrt, sie ermüden und die Hilfe kommt immer erst, wenn es sich als schon zu spät erweist? Wie sollen wir uns nicht verzweifelt an die Alliierten wenden, von denen wir übertriebene Ermutigungen oder böse Kritik und vor allem Versprechungen zu hören bekommen, die sie am Ende nicht einhalten? Was tun die Alliierten?, fragen wir uns, aber die Alliierten scheinen nicht vorzuhaben, uns zu helfen, wie sie es versprochen haben. Unser Kriegseintritt hat bei Verdun geholfen, hat damals die Fronten gestärkt gegen die, die sich nun gegen das arme Rumänien wenden. Und die Alliierten, was tun sie im Gegenzug? Was geschieht mit der russischen Offensive? Was ist mit der Ostfront auf dem Balkan?

Seit zwei Tagen gehen Gerüchte um über eine Fluchtwelle nach Moldova, eine Panik, die befördert wird von all den gutgestellten Menschen, die Züge und Automobile beladen. Dass die Banken zusammenbrechen, ist nun anscheinend sicher.

1980

Vierter Teil

Geblescu

»... armer Niki! Wie freut er sich, wenn er in die Stadt geht und Gelegenheit hat, mal einen Bekannten zu treffen! Ein noch junger, kräftiger Mann ... es ist wirklich furchtbar, Madam Delcă, wenn du ihn siehst, mit all der Energie, die noch in ihm steckt, wie er unter dieser Tatenlosigkeit leidet ... Früher, da hätte er sich in seinem Alter eine Klientel aufgebaut ... Einen Ruf in der Anwaltskammer ... Und er hätte einen Stand in der Politik gehabt ... Abgeordneter, Staatssekretär, vielleicht sogar Minister, was damals, wenn du dich erinnerst, noch etwas hieß! Das war ein Titel, den man sich das ganze Leben auf die Visitenkarte schrieb: SOUNDSO, EHEMALIGER MINISTER! ... Leicht war es auch damals nicht. Nein! Seien wir ehrlich ... Aber die Leute konnten damals ganz anders etwas erreichen im Leben, ganz anders! Niemand warf dir auf Schritt und Tritt Knüppel zwischen die Beine, bis du es satt hattest ... Niemand zog dir dauernd eins über ... Ach, der arme Tudor! Der arme Niki! ... Armer Herr Delcă: sich im Alter so abzumühen, der Arme, bloß für eine elende Rente! Wir Armen! Das denke ich so oft, Madam Delcă, wenn ich sehe, wie viel wir ertragen ... Was war ich für ein optimistisches Wesen – und nun habe ich jede Hoffnung verloren. Nichts! In meiner Jugend dachte ich daran zu reisen, ich hatte ein Stipendium, das ich wegen des Krieges nicht habe wahrnehmen können, Mutti war kategorisch dagegen, dass ich fortging. Ich gab nach, weil der Flirt mit Niki dazwischenkam. Ich war sicher, es wäre noch genug Zeit, was bedeuteten schon ein Jahr, zwei Jahre in der Jugend, wenn es einem scheint, man wäre ewig? Ich war überzeugt, ich könnte jederzeit fortgehen, du weißt, so dachten wir alle! Und ebenso überzeugt war ich, dass Niki Karriere machen würde! Mit seinem Redetalent, mit seinem Talent, mit Menschen umzugehen! Wir konnten auch auf die Beziehungen zu Sandu Geblescu bauen, ich sage dir, ganz sicher, Niki hatte Chancen, wäre nicht die Zeit gekommen, die dann kam ... Und jetzt wäre er wirklich an der Reihe, zu pro-fi-tie-ren! Ehr-lich zu pro-fi-tie-ren von seinen Mühen! Stattdessen eine lächerliche Rente, nachdem er sich sein ganzes Leben ohne jede noch so kleine Befriedigung abgemüht hat, und alle betrachten ihn als einen Mann, der am Ende ist ... Nein, auch für Frauen ist es nicht leicht, in Rente zu gehen, aber bei den Männern ist das ein echtes Drama ... Aber *à propos* Niki, wenn er mit seinem Bekannten so lange braucht, wie wäre es, wenn wir einen Kaffee trinken? Nein, bitte, bemüh dich nicht, beim Kaffeemachen wage ich mich mit jedem zu messen! Sogar Niki sagt, so einen Kaffee wie bei uns sonst nirgendwo getrunken zu haben! Und man kann nun nicht behaupten, Niki wäre nicht herumgekommen. Sicher, er ist, so wie wir alle, nicht gereist, das wäre wohl normal gewesen, aber er ist ein Mensch, der herumgekommen ist!«

Ach jaaa, 'ne große Sache, dass man rumgekommen ist! Guck da, diese dämliche Ivona, wie sie ihn seit 'ner Stunde mit gedecktem Tisch erwartet und dauernd nur von ihm schnattert, Niki rauf, Niki runter ... Wenn man die so hört, schlägt man wirklich drei Kreuze; also, was sollen das für Zeiten sein, wo so einer Minister werden soll? Anscheinend raubt der da oben ihr den Verstand, wenn sie von ihm redet, so kommt einem das vor, so verrückt wie die ist! Ein böses Herz hat die ja nicht, guck, wie se sich jetzt anstrengt, sich wieder mit mir zu vertragen ... Nur dass sie jetzt gar nichts mehr von diesen fünfzig Lei sagt. Vielleicht wenn der Kaffee fertig ist, vielleicht kommt ihr dann mal der richtige Gedanke. Ach, arme Ivona! ... Verrückt, verrückt, aber guck, da kommt sie schon mit den Kaffeetassen, auf 'nem Tablett, wie für Gäste ... Und jetzt hat sie auch noch Kekse draufgetan, sie wird schon wissen, woher! ...

»Lass ma', Madam Ivona, lass ma'! Lass ma', ich komm schon, musst du nicht raufkommen damit!« Aach, Ivona, Ivona, verflixte Kiste, ich kenn die doch, seit sie so klein war! »Dein Vater war grad gestorben und Madam Geblescu schickte mich, dein Kleidchen zu machen! Und ich hab dir paar Abnäherchen reingemacht und vom Saum was weg. Da waren wir beide alleine, nur noch deine Deutsche, und du sagtest kein Wort, gucktest nur so finster und hattest dick geschwollene Augen, und rot waren sie dazu. Ja, das hab ich gemerkt, du Arme! Was hat sie für ein Haus, alles da, ein Haus wie'n Palast, aber guck, wie traurig sie ist! Ich wusste nämlich, was man zu knabbern hat, wenn man Waisenkind wird!«

Wo ich das sage, da seh ich noch den Winter vor mir, wo Mama starb. Da hör ich den Wind draußen blasen und drin die Kälte, kalt und dunkel isses, Petroleum für die Lampen, nix, Kerzen, nix, nur das Öllämpchen brennt, warum?, es sind nur ein paar Monate, nicht mal, seit die arme Mama tot ist. Und wie ich mich aus dem Schlaf reiße, als ich das Klopfen am Fenster hör, komm, Vica, komm, Mädchen, aufstehen, und ich geh, ich schleich ganz beduselt bis in die Küche und heb den Deckel vom Kessel hoch, von den Eimern, und zerschlag mit dem Löffelstiel das dünne Eis und schütte mir mit einer Hand so gut's geht was davon ins Gesicht, was auch immer kommt, geh nie am Morgen aus dem Haus, bis du dir nicht Wasser auf die Augen getan hast, so hat's mich meine arme Mutter gelehrt. Und das Wasser, das spür ich jetzt noch, wie's mir ins Gesicht beißt und in die von der Kälte ganz steifen Finger, komm, Vica, komm, Mädchen, mach nich' so lang, die arme Nachbarin Tincuţa, was hatte sie Angst so allein im Dunkeln auf der Straße. Sie klopfte an mein Fenster und schnell, schnell muddelte ich mich an mit dem Zeug, was mir die arme Mama dagelassen hatte. Dann bückte ich mich, band Lappen um meine Stiefel, die Sohlen waren durch, ein Kind war ich ja, aber ich wusste, wenn ich mich nicht selbst kümmere, dann kümmert sich keiner. Und ich seh's noch, wie ich ganz leise die Haustür zumache, damit ich nicht die ganze Horde Geschwister wecke, die da schläft, und ich klappere mit den Zähnen, wie ich da zum Bäcker geh. Und da war's noch kälter und noch dunkler, da hockten sie alle, wer konnte, schlief noch bisschen, wer nicht, der quasselte drauflos: Der eine wär grad gestorben, der andere wär krank, den einen würden sie heut begraben, den andren morgen, und die an der Ecke, die einen Deutschen bei sich zu Hause hat, würd sich eine Erlaubnis zum Tzuica-Brennen holen, hat sich Holz besorgt, wenn du der was gibst, kannse dir auch vielleicht was besorgen, was schnattern sie, wie geht da der Mund ... Und ich zittere, press mich an die Nachbarin Tincuţa und steck mir die Hände an die Brust, aber sind trotzdem eiskalt, bitterkalt, und vom eisigen Wind kommen mir die Tränen, laufen mir runter, als müsst ich weinen. Darum sag ich, ich weiß, was für ein bittres Brot du zu knabbern hast, wenn du Waisenkind wirst, da seh ich mich noch in der Schlange beim Bäcker, so dunkel, so kalt, immer Winter. Aaach jaa, und seitdem warn's so viele Schlangen, als hätte ich das ganze Leben lang Schlange gestanden ... Und erst wenn's langsam Tag wird, da seh ich mich mit dem Brot im Arm, was für schlechtes Brot, steinhart, kein richtiges Brot, gefroren vom eisigen Wind, und liegt mir so steinhart im Arm. Und ich mit dem Brot im Arm renn schnell damit nach Hause, ich weiß ja, sie warten da auf mich, die ganze Horde Geschwister ist wach geworden und brüllt und prügelt sich und ruft mich, alles auf einmal, man weiß gar nicht, wohin zuerst. Sie waschen, ihnen allen Essen geben, dann die Tür auf, dass der Gestank aus dem Haus geht, dass frische Luft reinkommt, dann Holz aus dem Schuppen holen und Feuer machen, immer mit diesen Händen, ich seh sie noch, diese Kinderhände, zerrissen und frostig. Ganz allein mit elf Jahren haushalten, ganz allein sich ums Holz kümmern, weil der Winter früh angefangen hat, und Schnee, und Eis, darum geh ich es immer im Schuppen zählen, und wenn ich seh, wieder ist eine Reihe verschwunden, und draußen Schneewehen und Schneesturm, dann wird mein Herz vor Sorge ganz kalt. Und die Nachbarinnen haben, heute die eine, morgen die andere, angefangen, einen alten Zaun einzureißen, einen Holzpfahl, einen Hühnerstall, dann machen sie sich an die Bäume. Dann hört man, es gibt Holz soviel man will bei den Gerüsten in der Stadt, bei den Häusern, wo man das Dach nicht mehr hat aufsetzen können, und die sie bauen wollten, sind weg, los alle Mann, die ganze Mannschaft, alle von der Mihai-Vodă-Straße, von der Vama-Poştii-Straße, und ich auch mit, und ich denk noch dran, die beiden Frauen da in ihren Persianerpelzen und Hüten auf dem Kopf und mit einer Hand im Muff, und mit der anderen ziehen sie einen Balken an 'ner Schnur. Zerren beide an 'ner Schnur einen Balken durch alle Straßenlöcher auf der Iancului-Straße, werden gewusst haben, wo sie den gefunden hatten. Und hinter ihnen ein etwas älterer Herr, aber gut angezogen war der, mit Kotletten, wie er da durch den Schnee stolperte mit einem Holzpfahl im Arm. Und ich, als ich sie so seh, bleib stehen und denk nach: Wenn die's schon kaum schaffen, was soll ich dann noch den Weg durch die Kälte umsonst machen?

So seh ich mich da an der Ecke der Iancului, wie ich dasteh und nachdenke, was hat es mir früher gefallen, hier im Winter langzugehen, mit Papa und Mama, Mama holte eine Münze raus und ich lief und kaufte mir geröstete Kastanien. Aber jetzt gab's keinen Kohleofen mehr und auch keine gerösteten Kastanien, Mama war auch nicht mehr da, nur ein Mann stand da an einem Zaun, der muss vorher mal ein hoher Herr gewesen sein, und den sah ich da mit ausgestreckter Hand, und der schämte sich, noch den Mund aufzumachen und zu betteln.

Also hab ich sie alle in die Stadt gehen lassen und ich bin schnell zurück nach Hause, und ich seh's noch, wie ich keuchend nach Hause renne, damit ich ankomme, bevor es dunkel wird, ich hatte Angst, im Dunkeln an der Capra-Kirche vorbei zu müssen, von da holten sie dauernd Särge raus, dauernd hingen an der Tür Totenbänder, hinter der Kirche kam gleich der Friedhof voller neuer Kreuze, aach, was hatte ich Angst! Ich geh mit geschlossenen Augen bis zur Mauer und schlag mit der Zunge ein Kreuz, ich hab Angst vor dem Friedhof, wie lange ist es her?, einen Monat, zwei, vielleicht nicht mal, seit sie die arme Mama dorthin getragen haben, und so viele kamen noch nach ihr, wer weiß, wo sie alle sind? Und als Papa zurückkam, wussten wir nicht, wie wir's ihm sagen sollten, wo sie ist, die Arme, und ob sie ein Kreuz hat oder nicht …

»Ja, das gibt einem keiner im Leben zurück, die Eltern und die Gesundheit, wenn du das verloren hast, dann gibt's dir keiner mehr zurück! Und so bleibt's dann, da gibt's keinen mehr, bei dem man sich ausweinen kann und der dir glaubt! Und noch jetzt, so alt wie ich bin, wenn ich daran nur denke, dann könnte ich … Was ist los, Vica, gießt du Wasser auf die alten Mühlen?, sagt meiner, wenn er mich so sieht. Darum erinner ich mich auch so gut an dich. Geh doch, Vica, hat Madam Geblescu gesagt, geh und mach meiner Nichte das Kleidchen zurecht, das ganze Unglück ist ja so unerwartet gekommen, mein armer Schwager Ştefan Mironescu ist gestorben und nicht mal die Tualetten sind fertig! …«

»Aber welches Unglück kommt schon mit Ankündigung? Ach, die arme Margot! Hat ihr denn jemand ihr Unglück angekündigt? Die Margot von damals sehe ich noch jetzt vor mir mit ihrem *garçonne*-Schnitt, mit einer pikanten, exzentrischen Note, wie man es nach dem Krieg so trug … Ich liebte sie schrecklich, sie und Onkel Sandu! Onkel Sandu Geblescu war ein perfekter Mann von Welt, und er hatte auch die Geduld, mit mir zu spielen! Wenn ich den Motor seines Automobils hörte, rannte ich los und sprang ihm um den Hals! Wie gut seine glatte, sanfte, frisch rasierte Wange immer roch, und das lockige Haar, das sich unter der Brillantine wellte! Immer kam er die Treppe zu mir mit einer Schachtel Kuchen herauf und Suchard-Schokolade und glasierten Früchten. Und ich ging ihm überall hin nach wie ein Schatten und kicherte bei allen seinen Witzen, von denen Mutti behauptete, sie wären nicht allzu gelungen. Mutti hat nie ein Gefühl für den *homme chic* gehabt, in dieser Hinsicht hatte sie überhaupt kein Taktgefühl …«

»Also, nee! Ich hab nie ein Wörtchen über Herrn Geblescu aus ihrem Mund gehört! Sie hat eigentlich nie über ihn geredet. Nicht mal, als sie sich getrennt haben, er und Margot, auch da hat sie nichts zu mir gesagt ...«

»Sie haben sich nicht getrennt, Madam Delcă! Also, sie haben sich getrennt, aber nicht so, wie du es verstehst. Er hat nach *drüben* fliehen müssen, er hatte erfahren, dass er verhaftet werden sollte, und es ist ihm gelungen zu fliehen. Wusstest du das nicht? ...«

»Hab's gewusst, hab's nicht gewusst, was weiß ich? Aber vielleicht hat mir Madam Ioaniu auch nichts gesagt. Und was sie mir nicht gesagt hat, das hab ich auch nicht gefragt.«

»Aber was würdest du von einem kleinen Cognac halten, Madam Delcă? Ein kleiner Cognac zu diesem Kaffee, was meinst du?«

»Pferdchen, willst du Zucker?«

»Ach, Madam Delcă, ich als reife Frau, ich begreife die Dinge jetzt ganz anders, wenn ich daran denke ... Zum Beispiel, warum hat Onkel Sandu Mutti nicht beeindrucken können, wo immer er auftauchte, hat er doch seine Verführungskünste vorgeführt. Clark Gable, ungefähr so etwas war Alexandru Geblescu ... Alle Frauen waren von ihm fasziniert, wie von einem Rassemännchen!«

»Aach, so'n Käse! Ich hab Clark Gable auch gern gehabt und Jean Marais, aber so was zu Hause haben ...«

»Aber nein, Madam Delcă, bitte glaub mir, nicht alle Frauen denken so! Es gibt schon auch den *sex-appeal*, und Charme ... Und charmant war mein Onkel Alexandru Geblescu! Alle Frauen waren hingerissen! Und vor allem *tante* Margot, die wegen ihm ja auf die beharrlichen Gefühle Herrn Ialomiţeanus für sie verzichtet hat. Der war entsetzlich mitgenommen, als er um ihre Hand anhielt und abgewiesen wurde! Er ist nie darüber hinweggekommen! Übrigens, die Männer damals, die wussten, wie man liebt! Sie liebten eine einzige Frau bis zum Tod! Natürlich hatten sie auch ihr Männerleben und ihre Bekannten im *Café chantant* und Flirts in den Salons, manchmal gingen sie eine Ehe ein, aber wenn sie ihr Herz einer Frau geschenkt hatten, dann schenkten sie es ihr für das ganze Leben! Das sieht man auch in den Romanen! Und wie spät auch immer sie sich wiedertrafen, er liebte sie so wie am ersten Tag, so wie Herr Ialomiţeanu *tante* Margot geliebt hat. Aber sie, das ist meine Meinung, hat nur ihren Mann geliebt! Nach der Heirat hat sie so viele andere abblitzen lassen! All die Feste, von denen Bukarest nur so brodelte! Man traf Onkel Sandu mit größerer Sicherheit im Hôtel Boulevard an als zu Hause (er wäre gestorben für die französische Küche). Was das Vergnügen anging und die Frauen, da hatte er keine Vorurteile. Man konnte ihn auch bei einer Feier in der Vorstadt antreffen, mit Musikanten, die ihm schwermütige Lieder ins Ohr geigten, und er klebte ihnen Hunderter an die Stirn.«

»Was sag ich? Hurenbock und großkotzig! So einen wie den darf man nicht mal bis zur Tür kommen lassen! Soll er mir abhauen mit seinem Charme!«

»*Tante* Margot hat ihm alles verziehen! Die Feiereien, die Geliebten … Niki hat recht, wenn er sagt, dass die beiden ziemliche Originale waren … Sie ähnelten sich in vielerlei Hinsicht, sie war genauso verschwenderisch, und ohne Muttis Rat hätte sie keine einzige Investition getätigt bei all dem Geld, was ihr durch die Finger rann … Auf Muttis Rat hin hat sie sich die Villa und den Weinberg in Otopeni gekauft, obwohl sie das besser nicht getan hätte. Aber jeder hat sein Schicksal; oberflächlich gesehen ist man selbst für seine unüberlegten Handlungen verantwortlich, aber in Wirklichkeit glaube ich, der Herrgott lässt einen jeden blind seinem vorherbestimmten Weg folgen …«

Die Wahrheit ist – aber das werde ich ihr nicht sagen! –, dass es Margot wahrscheinlich nichts ausmachte, was Onkel Sandu so trieb, weil sie ihren Ausgleich hatte. Sie liebte wohl das Geld, oder wie soll man es sich sonst erklären, dass eine höhergestellte Frau einen Beruf erlernte? Ihr Modehaus war erlesen und hatte einen engen Kundenkreis, aber trotzdem, was für eine Idee! In ihrer Situation hätte ein anderer Mann ihr so etwas kategorisch verboten! Dachte er freizügiger als andere Männer? Und ließ die Gleichgültigkeit ihrer Menage jedem von ihnen freie Hand? Das war Muttis Meinung. Aber ich neige dazu, Niki recht zu geben! Auch ich bin zu dem Schluss gekommen, dass dieses Modehaus Onkel Sandu ganz recht war, wegen seiner eigenen Händel – die nie völlig klar waren! Tante Margot reiste ziemlich oft, sehr viele Verbindungen hatte sie mit ausländischen Modehäusern! Und er begleitete sie auf jeder Reise?! Benahm sich plötzlich wie ein sehr aufmerksamer Gatte, wenn er es in anderer Hinsicht doch sonst so häufig vergaß zu sein … So etwas habe ich bisher noch niemandem gesagt und natürlich wäre Vica die letzte Person, der ich solche Annahmen auseinandersetzen würde … Und in der heutigen Zeit ist es gesünder, so wenig wie möglich zu wissen.

»Aber sag nur aufrichtig, Madam Delcă, bitte, sag ruhig: Soll ich dir noch ein bisschen nachschenken?«

»Naja, ich sehe ab und zu auf die Uhr, weil wir heute Abend noch zu einer Hochzeit gehen müssen. Und als Niki ging, sagte ich zu ihm: Vergiss die Kirche nicht! Aber etwas in seinem Gesichtsausdruck ließ mich spüren, er ist vollauf beschäftigt. Du weißt ja, wenn man ein Leben lang mit einem Mann zusammengelebt hat, da merkst du so etwas auf einen Blick …«

»So isses! Wenn ich nur mal mein Zeug zusammennehm', dann fängt das alte Rindviech schon an, sich im Bett rumzuwälzen! Und dann guckt er so nach mir! Armes altes Rindviech, der mag's in letzter Zeit gar nicht mehr, mich gehen zu sehn! Geeehst du und lässt mich hier sitzen, fängt er dann an. Pass auf, dass du nicht so spät kommst, sonst krieg ich Angst! … Und einmal, was da passiert ist: Ich kam von Niculaie nach Hause, tapptapp, mit meinen Füßen, was soll's, es war schon spät. Und an der Straßenecke ist da plötzlich das alte Rindviech: Der war rausgekommen und hat auf mich gewartet! Ich hatte keine

Ruhe mehr, drin zu bleiben, sagt er, ich dachte, dass dich nur die Straßenbahn nicht überfahren hat, also nee, was dem in den Kopf kommt! Und wenn du noch mal zu spät kommst, sagt er, dann lass ich dich nicht mehr von zu Hause weg! Guck, wie mein Herz klopft! Komm, komm, altes Rindviech, hab ich gesagt, jetzt hast du Angst, dass ich sterbe, und das ganze Leben warst du so bösartig zu mir! Lass ma', sagt er, da sind doch die anderen schlimmer, sonst hätten wir doch nicht neunundvierzig Jahre zusammen ausgehalten? Ach, Gott geb euch zweien auch so lang, dir und Herrn Niki! Was ich auch sage, ich seh's doch, du guckst auch immer nur zur Uhr, ich seh's schon lange, du wirst wohl auch mal wie das alte Rindviech werden ...«

»Ich denke nur daran, dass er keine Zeit mehr haben wird, sich auszuruhen. Nein, zur Feier müssen wir nicht gehen! Aber zur Kirche! Das war der Punkt! Clemenţa, kennst du sie? Clemenţa Vrăbiescu! Sie ist die Schwiegermutter, und darauf hat sie wirklich bestanden: die kirchliche Heirat in der Boteanu-Kirche! Zu Hause findet alles in engem Kreise statt, viele junge Leute und Lärm und Ausgaben, alles auf Kosten der Eltern des Mädchens, sodass Clemenţa es sich nicht erlaubt hat, Einladungen auszusprechen. Das war wenigstens ihre Entschuldigung. Ich meinerseits habe sie verstanden und ihr zugestimmt, Niki weniger, du weißt ja, wie die Männer sind, sie haben nie etwas gegen eine kleine Feier ... Also, bis Niki kommt, musst du dich wirklich nicht beeilen, Delcă ...«

Keine Sorge, ich beeil mich auch nicht! Ich hab überhaupt nicht vor zu gehen, so wacklig sind mir die Beine von diesem verdammten Cognac geworden, selbst wenn ich unbedingt wollen würde, ich könnte mich überhaupt nicht hier wegbewegen! Und du lässt dich auch nicht dazu herab, endlich die fünfzig Lei rauszurücken ... Also beweg ich mich auch nicht hier weg, so verrückt wie du bist, kommt's dir vielleicht erst in den Kopf, mir was zu geben, wenn ich schon durch die Tür bin! Warum sollst du's mir jetzt nicht geben, wenn's doch eh nur noch eine Woche ist und du's mir per Post schickst? Was soll ich dem Postboten noch fünf Lei geben, wo der die Hand nach ausstreckt? Aach, was brennt mein Gesicht, als wär ich ganz aus Feuer, und so ein Rauschen in den Ohren! Besser ich nehm' ein Hyposepril, damit mich's hier nicht erwischt, Gott bewahre! Meine Ohren rauschen, ich weiß gar nicht, und die, was die immer redet! Guck, wie der ihr Mund gar nicht mehr stille steht! Weil, darum bleibt auch dieser Unhold von Niki nicht zu Hause! Wegen ihrem Gerede, weil die nicht mal ruhig sein kann, darum rennt er weg, als hätte einer auf ihn geschossen!

»... Ich mache mir keine Sorgen, denn was ist ihm noch geblieben, dem Armen, als die Tennispartien und die wenigen Momente, wenn er mal wie heute eine schöne Unterhaltung hat. Plötzlich in Rente zu müssen, wenn du noch ...«

»Also mein Mann hat sich bedankt, als er es geschafft hatte! Jetzt, sagt er, sollen doch andere halb fünf aufstehen, um sechs begann seine Schicht. Und da an der Haltestelle sich abfrieren, bis sie der Teufel holt! Jetzt hab ich keine andere Sorge mehr, als den Postboten abzupassen, 'ne andere Sorge hab ich nicht mehr ...«

»Ach, Madam Delcă, ich bitte dich, erlaube mal! Bitte, erlaube mal, das ist doch eine ganz andere Sache! Eine ganz andere! Sicher hat Herr Delcă kaum erwarten können, in Rente zu gehen, und der arme Mann hatte ja recht. Er hat sein ganzes Leben etwas ganz anderes gemacht, und dann hat er sich gezwungen gesehen, diese Arbeit da zu machen, und nicht im Alter, sondern in seinen besten Jahren ... Während Nikis Fall oder der Fall von Ingenieur Cristide ... Seit dreißig Jahren kann ich, wenn ich einen Blick aus dem Fenster werfe und ihn sehe, meine Uhr nach Herrn Cristide stellen! Was willst du, Madam Delcă, Ingenieurstudium in Deutschland, Doktorarbeit, und dann hat er dort, scheint mir, eine Weile gearbeitet, darum hatte er auch so viel zu erleiden ... Er redet nie darüber, ihm reicht es, was er durchgemacht hat, und jahrelang nachdem er aus dem Gefängnis kam, beobachteten sie ihn noch, das hat er mir angedeutet! Sie machten ihm Angebote, wie sie es machen, er sollte ihr Informant werden, er, ein Ehrenmann, er machte nicht mit, aber er hat es auch niemandem erzählt. Sie hat es mir erzählt, sie, die in der Welt herumgekommen ist! Ja, sie ist etwas netter, er aber ist un-ta-de-lig… Ich bin die Einzige, zu der er manchmal etwas sagt, wenn wir uns auf der Straße treffen: er sagt, es gäbe zwischen uns ein Band… Ach, Madam Delcă, ach! Du nun wieder, was für Ideen! Nein, im Ernst, o weeh, wie lustig du bist! Niki hat keinen Anlass, eifersüchtig zu sein, das hatte er noch nie! Ha-ha-ha, wie niedlich du bist, Madam Delcă. Komm, noch ein bisschen Cognac, noch ein bisschen, nur einen Tropfen! Natürlich auch für mich, was denn sonst? Aber was sagte ich gerade? Ah ja, von Ingenieur Cristide. Er sagte, er habe in Rente gehen müssen, er hätte es gerne noch herausgezögert, aber mit diesen Umstrukturierungen, naja, das weißt du wohl nicht, Madam Delcă, du warst ja keinen Tag lang auf dem Arbeitsmarkt! Monate bevor er in Rente ging, rechneten sich die anderen schon aus, was mit seinem Posten passieren würde… Wie, wer? Die Kollegen, die Führung, die auf den Posten aus waren! Sodass der Arme, ob er wollte oder nicht, in Rente gehen musste. Und er gestand mir, obwohl er es schon erwartet hatte, dass eine psychisch schwierige Zeit auf ihn zukäme, bis er sich daran gewöhnen würde, dass die Wirklichkeit dann alle Erwartungen übertraf!«

»Aach, nee, jaa! Soll er doch seine Rente mal meinem Mann geben und dann würdest du sehen, wie gut der sich dran gewöhnt! Da würdest du sehen, wie mein Mann sich bedankt und mit dem Schwanz wedelt! Der ist ja imstande und lässt ein Spiel von Steaua im Fernsehen sausen, um loszurennen und Geld rauszuwerfen! Sich an der Bäckerei an der Ecke mit Teilchen und Cico vollzustopfen und mit allem möglichem Unsinn im Arm nach Hause zu kommen, so hat er's sein ganzes Leben lang gemacht! Hätte ich jetzt nicht eine eiserne Hand drauf, dann wär seine Rente schon längst weg, aber siehst du, ich bin erst viel zu spät drauf gekommen! Sie hat schon recht, diese Krähe von Schwägerin, wenn sie sagt, so viel Geld, wie euch durch die Finger geronnen ist, Vica, dass ihr da kein Häuschen im Alter habt… Tja, so weit ist es gekommen! Er hat sich halt manchmal was genommen, damit er zeigen konnte, wie großzügig er war, und ich hab hier was weggegeben, da was weggegeben, an die Geschwister und Enkel, deck den Tisch, wenn einer kommt, und hätte mein Mann was dazu gesagt, ich hätte ihm die Augen ausgekratzt! Aber so bösartig der auch war, das alte Rindviech, er hat seinen Schnabel nicht aufgemacht! Und so sind wir weiter in dieser Hütte geblieben, ich muss mich jetzt im Alter mit dem Holz abplagen und mit den Kohlen, winters wie sommers, immer nach hinten in den Hof, und dann noch die Frechheiten von dieser ekligen Vermieterin schlucken. Ekelhaft…«

»Ach nein, Madam Delcă, lass nur! So ist es gekommen, weil die Zeiten so waren, so war es gewollt. Ich glaube, meine Liebe, das habe ich vorhin schon gesagt, dass jeder Mensch sein Schicksal hat. Wie viele hatten nicht Land und Häuser und der Staat hat es ihnen genommen! Wie viele sind nicht gestorben und in ihren Häusern haben andere gehaust! Wie viele haben nicht ihr Geld zusammengehalten und sich alles versagt, nur um dann ein Haus nach ihren Vorstellungen zu bauen, und jetzt sparen sie wieder, um es sich ein zweites Mal zurückzukaufen! Was denkst du da noch groß nach, wie alles hätte kommen können, wo wir alle so viel haben durchmachen müssen, Madam Delcă, alle… Außer den wirklich Schamlosen, wer aus unserer Generation hat nicht gelitten? Eine Generation, kann ich sagen, die geopfert wurde… Zwei Kriege, verlorene Habseligkeiten, Erdbeben, Festnahmen, volle Gefängnisse, Terror und Armut! … Wenn ich daran denke, wie es uns im Winter ’52 ging – weißt du noch, dieser schreckliche Winter? Wir hatten kein Holz… In jenem entsetzlichen Winter, das weiß ich noch, war ich mit Mutti im Holzlager, sie ließen uns die Ästchen aufsammeln, was noch herumlag, um es auf unseren Schlitten zu laden. Wir wühlten mit den Händen im Schnee, bis wir sie nicht mehr fühlten, tagelang konnten wir sie nicht mehr bewegen, so geschwollen waren sie, so sehr taten sie weh… Und Mutti, diese liebe, kluge Mutti – Gracchen-Mutter – machte uns Mut: Wir leben einer für den anderen, sagte sie, wir haben nicht das Recht, an den Tod zu denken! Auch wenn es für uns leichter wäre, dürfen wir nur daran denken, wie sehr die anderen leiden würden, wenn sie uns verlören… Deshalb, gebe dir Gott ein langes Leben, Madam Delcă, ein langes Leben, du hast jemanden, für den du lebst! Für den du dein ganzes Leben hingegeben hast! Gefühle zählen mehr als Hab und Gut, hör mir gut zu, du hast es also nicht umsonst ausgegeben! Du sagst, dir wäre genug Geld durch die Finger geronnen, um ein Häuschen zu kaufen? Aber wie viel ist Margot durch die Finger geronnen? Und sie ist in einem Kellerloch gestorben…«

Die Arme, wie sie am Ende ausgesehen hat! Mit einer schmutzigen, flauschigen rosa Kindermütze auf dem Kopf, die sie bis über die Brauen gezogen hatte! In dieser entsetzlichen Julihitze mit dieser Mütze auf dem Kopf! Ein Wunder, dass ich nicht den Fehler begangen habe, sie zu zwingen, dieses Ding abzusetzen! Ach, ja, ich war von Mutti gewarnt worden… Mutti hatte mir gesagt, ich sollte mich nicht wundern, wenn ich sie sehr schwach sehen würde, ich sollte mich nicht über die Farbe ihres Gesichts wundern… Es war so weißlich-gelb, wie Paraffin… Gott im Himmel, was für eine schreckliche Krankheit… Wie hatte sie das nur zulassen können! Eine intelligente, kultivierte Frau, die bis zum letzten Moment nicht zum Arzt gegangen war… Wenn jeder Blutstropfen nach der Menopause ein böses Zeichen ist, wie konnte sie sich so gehen lassen, bis die Schmerzen begannen? Und die Bestrahlungen, die sie zerstört haben, sie verbrannten ihr die Haut, ihre Zähne fielen aus, die Haare. Arme Tante Margot! Vielleicht hat sie gewusst, was es war, aber wollte nicht direkt in die Gefangenschaft des Krankenhauses … Das wäre, nicht wahr?, verständlich …

»Was hast du gefragt, Madam Delcă? Wann Margots Mann fortging? Er ging '47. Warum er Margot und Riri hierließ? '47 konnte er sie nicht mehr herausholen. Nein, Margot hat bis zum letzten Augenblick nichts gewusst! Bitte glaube mir, das ist die Wahrheit: Margot hat nichts gewusst!«

Tja, sie glaubt mir nicht. Keiner glaubt mir, keiner hat geglaubt, dass Margot nichts wusste, außer denen, die glauben, er habe ihr nichts gesagt, aus Angst, sie könnte ihn denunzieren! Und das ist nicht wahr! Er hatte die Angewohnheit, ihr unangenehme Dinge immer erst im letzten Augenblick zu sagen. Vielleicht würde etwas dazwischenkommen, vielleicht würde alles einen anderen Verlauf nehmen, und dann verunsichere ich dich umsonst, wenn ich es dir zu früh sage. Ja, so entschuldigte er das! Ja, bei einem aufreibenden Beruf wie seinem konnte das eine Entschuldigung sein. Ich bin überzeugt: Nicht aus Angst vor Margots möglichem Verrat hat er bis zum letzten Augenblick geschwiegen!

»Am letzten Abend hat er ihr mitgeteilt, sie würden sich endgültig trennen, er erklärte ihr jedoch nicht genau, wie! Er teilte ihr auch mit, er werde ihr nicht schreiben, da er ihr damit nur schade. Und sie nahmen auf diese Weise Abschied, und tatsächlich sollten sie sich nie mehr wiedersehen! Manchmal schickte er noch über jemanden eine Nachricht, sehr selten, aber Briefe oder Pakete wie andere – nein! Nie! Ob sie ihm nicht böse war? Nein, keineswegs, Madam Delcă! Margot hat ihn nie wegen seines Weggangs verurteilt! Er hat ohnehin schon lange genug gezögert, es zu tun, wenn man bedenkt, was er hier aufs Spiel setzte – so höre ich sie noch! Margot bekam immer schlechte Laune, sobald jemand ihn angriff, und brach sofort jedes Gespräch ab …«

Die arme Margot! Die Menschen haben eine Lust daran, dich ausgerechnet in schwierigen Situationen zu verletzen … Und was für einen Sinn hätte es, jemandem wie Vica davon zu erzählen, was Margot an Untersuchungen durch die Securitate hat erleiden müssen! Diese ganzen Befragungen, zu denen sie auch Riri bestellten und versuchten, ihr etwas aus der Nase zu ziehen ... Selbstverständlich erfuhren sie nichts, denn sie wussten ja nichts!

»Margot ist nach Otopeni gezogen, wir dachten, sie wollte aus ihrem zu großen, zu kostspieligen Haus ausziehen ... Mutti hätte sie aufs Schärfste missbilligt, hätte sie erfahren, dass sie dorthin gezogen war, um dort Herrn Ialomiţeanu zu verstecken. Ja, den Mann, den du hier auf der Fotografie siehst! Natürlich, Mutti kannte ihn und schätzte ihn nicht sehr, von Jugend an. Damals hat er um Margots Hand angehalten und ist abgewiesen worden. Nach dem Krieg war Alexandru Geblescu, der jüngste Abgeordnete der Kammer, eine weitaus bessere Partie als Herr Ialomiţeanu, um den es eine Menge ungute Gerüchte gab! Denn während der deutschen Besatzung war er ein Kollaborateur gewesen, einer der Kartoffelliebhaber – wie man die Germanophilen damals nannte ... Die Russen haben uns als Alliierte damals verlassen, die Regierung, die königliche Familie und alle, denen es gelang, waren im Herbst 1916 nach Moldova geflüchtet ...«

»Herbst?! Winter! Naja, du hast das in Büchern gelesen, aber ich hab's mit eigenen Augen gesehen! Was später war, weiß ich nicht mehr, aber was ich als Kind erlebt hab, das ist alles, als wär es gestern erst gewesen! ... Weißt du, wie man die Kanonen von nahem hörte? Man dachte, es wäre nur eine Straße weiter! Die arme Mama jammerte die ganze Nacht, sie kriegte kein Auge zu wegen denen und vor lauter Sorge, was noch kommen würde! Die Kanonen schossen auch tags, aber es ist was anderes, sie im Dunkeln zu hören! Aaach, wir quirligen Kinder, wenn wir den Kopf aufs Kissen legten, dann kriegte uns die Müdigkeit gleich, aber Mama stand die ganze Zeit am Zaun, spätabends, immer mit den Nachbarinnen ... Und mal sagten sie, sie hätten die Deutschen geschlagen und fertig, jetzt wär

Frieden, und dann sagten sie's umgekehrt, dass sie unsere Leute geschlagen hätten und jetzt kämen die Deutschen. Wer das sagte? Die Leute, die Frauen in der Vorstadt, was sie eben wussten! Was sie eben wussten, was ich eben wusste, ein Kind von elf Jahren! Hätte ich gewusst, wie viele Tage meine arme Mama noch zu leben hatte, dann hätte ich mich nicht mehr von ihr wegbewegt, damit sie genug von mir gekriegt hätte, aber so kamen wir erst abends wieder von der Straße zurück. Und einmal gingen wir sogar zum Bahnhof am Obor, dahin war ich mit dem verrückten Niculaie gerannt, und darum weiß ich noch, dass es Winter war. Der Wind blies und es war eine Kälte und ein Schneeregen! Und bis wir vom Bahnhof wieder loszogen, wurde der Regen zu Schnee, ich weiß nicht mehr, wie lange wir da waren. Eine ganze Zeit, denn so vollgestopfte Züge hatten wir noch nie gesehen! So viele Leute auf den Stufen, auf den Dächern, manche nur mit einer Hand, mit einem Fuß im Zug, andere steckten ihre Köpfe aus den Fenstern, die konnten kaum atmen. Was glaubst du denn, was sind da viele drin gestorben, zerdrückt! Das sagten die Leute dann, dass Frauen gestorben wären, Kinder gestorben wären, vor Hitze, vor Kälte, am Typhus, wer weiß, woran sie alles starben, bis sie da ankamen, wo sie hinwollten! Und wenn sie starben, wer sollte sie dann und wie denn überhaupt begraben? Man sagt, sie hätten sie aus dem Fenster geworfen, aufs Feld, nach draußen. War's so, war's nicht so, ich sag's so weiter, wie ich's gehört hab. Ich kann nur dafür die Hand ins Feuer legen, was ich mit meinen eigenen Augen gesehen hab, einer auf dem anderen im Zug, alle auf einem Haufen, und unten an den Schienen die ganze verzweifelte Menge, hatten einfach alles liegen lassen, durcheinander, alles lag da, nur schnell nach Moldova, und jetzt konnten sie nicht mehr einsteigen... Und alle klatschnass, ach du meine Güte, und wir dazwischen, hin und her, und auf einmal ist da ein Güterzug mit offenen Waggons, und da drin, was war da drin! Nur teure Sachen, da stand uns der Mund offen! Nur Plüschsofas und Sessel und Tischchen, alles übernandergeworfen, und dazwischen Weinfässer und Spiegel und Vogelkäfige und Kochtöpfe und Hutschachteln und eingerollte Teppiche, so ein Reichtum! So viel teures Zeug, einfach wie vom Herrgot übernander gekippt! Was für rausgeschmissenes Geld! Wem gehörte das? Und was war später davon übrig, denn schon im Bahnhof fiel da eine Schicht Schnee drauf, eine Handbreit hoch! So ein Unglück, so ein Verlust, Madam Scarlat! Da denke ich jetzt erst dran, als Frau, die in der Welt rumgekommen ist! Denn damals hatte ich keine Ahnung! Da riss ich nur den Mund auf, weil ich so teure Sachen noch nie gesehen hatte! Und wie wir da so stehen, hört man auf einmal ein Krachen, ich dachte, das Ende der Welt wär gekommen! An die Bomben hatten wir uns schon gewöhnt, aber das war keine Bombe, das war schlimmer! Danach sagten die Leute, dass die Pulverfabrik in die Luft geflogen war und dass es darum so geklungen hätte, weit war's ja nicht von Dudeşti bis zu uns. Und wer war das gewesen? Weiß ich's? Unsere Leute oder die Deutschen, die werden wohl gewusst haben, wer's war, ich weiß nur, dass die Leute sagten, die Pulverfabrik wär in die Luft geflogen! Und auf einmal rannten wir los und nur immer gerannt sind wir bis nach Hause! Die arme Mama suchte uns in der ganzen Vorstadt mit Ilie im Arm und den Zwillingen an ihrem Rockzipfel! Und als sie uns dann gesund und munter sah, da kann ich dir nicht sagen, wie sie uns das Fell über die Ohren gezogen hat! Vielleicht weiß ich auch darum noch, wie viele Leute damals auf dem Bahnhof waren ... Wie viele wahnsinnige Leute ...«

»Ja, wenn du es mit eigenen Augen gesehen hast, dann ist es etwas anderes. Die bequemste Art fortzugehen war es, offiziell geschickt zu werden, denn mit der Regierung wurden auch die anderen Institutionen verlegt. Und es wurden auch Menschen zur Begleitung mitgeschickt. Wenn man also gute Beziehungen hatte, konnte man in Sicherheit kommen, als Angestellter in Moldova. Nur dass sich nicht alle dieses Privilegs erfreuten!

Auch unsere Familie ist in Bukarest geblieben, so wie deine ja auch blieb, und so viele andere Menschen, die unter der Besatzung lebten … wie lange? Ich glaube, wohl zwei Jahre. Und in diesem Jahr wurde Herr Ialomiţeanu in die neue Verwaltung aufgenommen. Er muss wie so viele geglaubt haben, dass wir unter den Deutschen bleiben werden. Als nach 1918 die Unsrigen zurückkamen, galt er natürlich eine Weile als sehr verdächtig. Aber er hat sich sehr schnell wieder rehabilitiert! Sehr schnell beruhigten sich die Gemüter und vergaßen die alten Sachen! Was warf man ihm vor? Er war unter denen, die man verdächtigte, sie wären von den Deutschen bezahlte Informanten gewesen. Aber die Namen, denen man zuschrieb, sie wären von den Deutschen gekauft worden, wurden nie öffentlich gemacht, es gab nur Gerüchte. Obwohl es Beweise gab! Zum Beispiel: am Zufluchtsort Iaşi entdeckte man zufällig einen Safe in einem Geldinstitut, die geheimen Papiere eines deutschen Agenten. Günter … ja, ich glaube Günter … Was war da drin? Die Namen derer, mit denen er kollaboriert hatte, und die Summe, mit der jeder bezahlt worden war … Natürlich Rumänen! Und einige bekannte Namen darunter, ja, ja … Wieso glaubst du das nicht, Madam Delcă? Warum soll das erfunden sein? Glaubst du nicht, dass so etwas auch im echten Leben stattfindet? Denkst du, das gibt es nur im Film? Dann gestatte mir, dir zu sagen, dass du hier irrst! Schade nur, dass diese Geheimpapiere nie veröffentlicht wurden, so ist es immer! Sodass sich also alles nur auf Gerüchte beschränkte … Und da es nur Gerüchte waren, wie sollte man da jemandem etwas vorwerfen? Aber ich erinnere mich, dass dieser Herr Ialomiţeanu nach dem Krieg in unserem Haus nicht mehr empfangen wurde, weil er unter den Besatzern ein hoher Beamter und Abgeordneter gewesen war! Aber Papa erzählte auch, nachdem die Regierung und der König nach Iaşi geflohen waren, als man jede Stunde den Einmarsch der Deutschen nach Bukarest erwartete, dass da Herr Marghiloman … du musst von ihm gehört haben! Der Chef derer, die darauf bestanden hatten, an der Seite von Deutschland in den Krieg einzutreten! Naja, wenn du es nicht wusstest, jetzt weißt du es! Marghiloman war auf einmal sehr gefragt. Er hatte ein volles Vorzimmer! Darunter viele, die ihn in den letzten Monaten gemieden hatten, andere, die keine Gelegenheit gehabt hatten, ihn kennenzulernen, wieder andere, die schlecht über ihn geredet oder ihn direkt angegriffen hatten, alle baten ihn jetzt um Hilfe! Bevor sie sie brauchten! Er war entsetzt, der arme Papa, als er das erzählte. Herr Ialomiţeanu entstammte einer Familie aus Buzău, die früher einmal einflussreich gewesen war, und kannte Herrn Marghiloman noch von dort. Warum sollte er sich also nicht in schwerer Stunde an ihn wenden, wie so viele andere? Nach Margots Meinung war das die Erklärung für seine Karriere in den Besatzungsjahren! Was natürlich nicht heißt, dass er eine zweifelhafte Person gewesen wäre ... Aber du scheinst dich nicht so sehr für Politik zu interessieren, Madam Delcă!«

»Nee, aach, kann mir den Buckel runterrutschen, die! Wenn ich die Nachrichten im Fernsehen gucke, dann sag ich immer zum alten Rindviech: Jetz mach endlich aus, da brenn' ja die Drähte durch und dann kommt wieder dieser Verbrecher und du reichst'n Hunderter rüber! Diesen Ialomiţeanu hatte Margot da in Otopeni versteckt? ... Als die mich damals mit den Kanistern nach Wein geschickt hat und ich keine Ahnung hatte, auf wen ich da treffe? Du meinst wirklich, Madam Ioaniu hatte keine Ahnung? Und ich, die immer für sie da war, mich hätten sie damit in die Pfanne hauen können!«

»Nein, Mutti wusste nicht, dass Margot, nachdem Onkel Sandu weg war, Herrn Ialomiţeanu versteckt hielt! Mutti war so geschockt, als sie es erfuhr! Sie meinte, Margot hätte eine unverzeihliche Dummheit begangen! Und der besagte Herr erschien ihr auch nicht von hohem Wert, ich sagte ja schon, dass sie seit den Kriegsjahren eine schlechte Meinung von ihm hatte. Mutti war Patriotin wie Papa und sie war der Meinung, wir sollten an der Seite von Frankreich kämpfen! Für Siebenbürgen! Während der Besatzung hat Mutti als Krankenschwester im Spital gearbeitet. Es gab viele Damen, die den Schwesterndienst leisteten, aber wenige nahmen ihre Beschäftigung so ernst wie Mutti! Mutti ging um fünf Uhr morgens fort, im Dunkeln, Madam Ana begleitete sie, damit sie im Krankenhaus war, wenn die Zuckerrationen für die Kranken abgewogen wurden. Sie wusste, wie viel gestohlen wurde! Eine Zeit lang ging sie in ein Altenasyl, wo sie die ansteckenden Fleckfieberfälle untergebracht hatten. Sie erzählte, wie die armen Soldaten mit Läusen ankamen, sowohl in den Wimpern als auch in den Augenbrauen! Was sollte sie tun? Sie ließ sie sich waschen! Sie wuschen sich in Holzwannen und dann schütteten sie Wasser mit Kreolin darüber, um die Läuse in die Kanalisation zu spülen! Wie sollte das nicht gefährlich sein! Das war es! Ist so nicht eine ihrer Freundinnen gestorben, ein Fräulein aus sehr gutem Hause, Marie-Liliane Botescu? Sie hat sich von den Verwundeten Typhus geholt und ist gestorben! So wie du erzählst, dass deine Mutter gestorben ist! Mutti erzählte, dass sie sich Seidenhäubchen gemacht hatten, weil Läuse nicht auf Seide gehen ... Im Krankenhaus hatten sie nichts: weder Öl für die Heizung, noch Benzin für die Lampen, noch Watte, noch Verbände ... Es war so kalt, dass die Ärzte im Mantel bei Kerzenlicht operierten ... Darum verbot Papa Mutti auch, weiter ins Krankenhaus zu gehen, damals nach dem Tod Fräulein Botescus! Aber Mutti, die zwar sehr mitgenommen war durch den Verlust ihrer Freundin, wollte auf die Arbeit im Krankenhaus nicht verzichten! Papa musste das akzeptieren, und im Übrigen wurde er auch sehr schnell von den Deutschen festgenommen. Wer weiß, wer ihn als Freund von Jorj Athanasiu, dem liberalen Minister, denunziert hatte? Wenn sie sehr aufgebracht war, sagte Mutti, die Denunziation müsste das Werk Herrn Ialomiţeanus gewesen sein. Denn Papa hat nie wirklich Politik gemacht! Hingegen andere, die sich mit der Faust an die Brust geschlagen hatten, wir wollen Siebenbürgen, wir wollen Siebenbürgen, und beleidigende Artikel gegen die Deutschen geschrieben hatten, die erklärten nun, sie wären schon immer

Gegner des Krieges gewesen, und spazierten ruhig durch die Straßen! Siehst du, so etwas gibt es in allen Zeiten! Papa, der wegen seiner Krankheit, wegen seines Wesens sich fast nie in irgendeiner Weise geäußert hatte …«

»Ihn hat's getroffen.«

»Aus diesem Grund sage ich dir, ich glaube, es war eine Denunziation. Aber wer es war …«

»Böse Leute, wer wohl? Wie der, der den Kohlwäscher verraten hat, dieser eine, den Bruder von meinem Papa. Die Deutschen kamen, und schon ging mein Bruder los, wo er seinen Schuppen hatte. Er nahm das Holz zur Seite und fing an zu graben. Da grub er und grub, bis er auf ein Gewölbe kam, der Kohlwäscher hatte da ein kleines Gewölbe aus Ziegeln und da hat er die Säcke versteckt. Alles, was er im Laden hatte, Zuckerhüte, Reis, und was er da alles in das Loch geschmissen hat. Die Nachbarn, wer sonst hätte ihm so was antun sollen? Die Nachbarn, die gesehen hatten, als er das Gewölbe gemauert hat. Die Deutschen luden die Säcke auf, nahmen mit, was sie fanden, nahmen den Kohlwäscher mit … Erst nach einem Jahr oder was ist er zurückgekommen …«

»Ich erinnere mich an ein Ereignis, das Papa immer wieder erwähnte … 1918, als die Deutschen sich anschickten in großer Eile abzuziehen und man auf unsere Leute und die Franzosen wartete, da war Papa, ich weiß nicht genau, aus welchem Grund in der deutschen Kommandantur. Vielleicht mit einem der medizinischen Atteste, aufgrund derer ihm Hausarrest zugestanden worden war, da seine Krankheit sich verschlimmerte. Papa konnte sehr gut Deutsch, einen Teil seines Romanistikstudiums hatte er in Deutschland absolviert, und er sprach mit einem deutschen Offizier, dem er normalerweise die Gutachten bringen musste. Währenddessen sortierte der Offizier seine Papiere. Und plötzlich begann der Offizier Schublade auf Schublade seines Schreibtischs zu öffnen und sie in die Mitte des Zimmers zu kippen. Sehen Sie, sagte er am Ende, wobei er mit der Stiefelspitze auf den Berg von Papieren von unterschiedlichster Qualität zeigte, die mit verdschiedensten Handschriften bedeckt waren. Sehen Sie, sagte er zu Papa, das sind alles Denunziationen! Wie hätten wir Sie nicht festnehmen sollen, bei so vielen Denunziationen, die immer von euch, immer von den Rumänen kamen. Und letztendlich haben wir die meisten von ihnen nicht einmal zur Kenntnis genommen! Das sagte der deutsche Offizier zu Papa. Und Papa hat nicht mehr lange genug gelebt, um zu sehen, wie Herr Ialomiţeanu seine Lage langsam wieder zurechtbog, bis ihm nichts mehr vorgeworfen wurde... Er heiratete später eine hässliche Frau schlechter Herkunft, die aber Geld hatte. Der Wohlstand und die Beziehungen seiner Frau halfen ihm anscheinend, irgendwie zu Einfluss zu kommen, obwohl ich nicht genau weiß, was für eine Art Politik er machte. Eine immer noch prodeutsche Politik, glaube ich. Sodass sich unter Antonescu seine Lage nicht verschlechterte... Ich bin sogar überzeugt, dass er Karriere machte. An Antonescu kannst du dich aber doch erinnern, hoffe ich. Weißt du noch, dass du bei uns warst während der Rebellion der Legionäre*?«

»Das ja! Ich weiß auch noch die, die sie hier auf dem Dealuţăcăliei erschossen haben, und keiner durfte sie dort wegholen... Und der Mann von der Moapsa war im Lager, und was hat die Moapsa gezittert, bis er wieder da war! Aber er hat mir dann erzählt, dass er Schachfiguren gemacht hat – aus Holz, aus Brot, aus weiß der Teufel – und die tauschte er gegen Zigaretten und was die anderen in Paketen kriegten. Manchmal schickte ihm auch die Moapsa was und meinte, er hätte es da gut gehabt. Aber dann ist er noch mal reingekommen und hat 'ne Weile Schilf geschnitten... Und da, beim zweiten Mal, da war es schlimmer, sagt er...«

»Ja, das ist vielen so ergangen. Auch Unschuldige... Und Margot, da bin ich überzeugt, hatte Herrn Ialomiţeanu nur versteckt, weil sie allein war und orientierungslos...«

Ihre Augen, die so riesig geworden waren, tellergroß …

»Bitte bemüh dich nicht!«, rief ich, als ich sah, mit welchen Schwierigkeiten sie die Tür des Buffets öffnete … Und dann diese Schüssel mit Lokum-Stücken … Ich seh sie noch vor mir, grün, rot, orange, steinhart und der Puderzucker auch hart geworden … Natürlich, sie waren für Gäste aufgehoben worden … Seit langem … Und nur diese kleine Anstrengung hatte sie schon ermüdet! Sie legte sich hin, ganz matt, auf die Schaukel, die sich unter ihrem Gewicht nicht einmal bewegte … Und dann bat sie mich, aus dem Buffet Gläser zu holen und kaltes Wasser aus dem Kühlschrank.

»Wir haben kaltes Wasser, Riri kauft alle zwei Tage Kühleis«, sagte sie.

Und es stimmte tatsächlich: Meine Kusine kaufte regelmäßig welches, damit Margot den ganzen Tag mit Eisbeuteln daliegen konnte und ihre Blutungen aufhörten … Wer weiß, was für eine zerstörerische Wirkung diese Eisbeutel noch gehabt haben! Aber sie wollte nicht mehr auf sie verzichten, solange sie noch bei Bewusstsein war …

Ich suchte im Buffet und brachte die Gläser, die entsetzlich verstaubt waren, und ich merkte, dass niemand sie je besuchte. Seit sie hierhergezogen waren, hatten sie wahrscheinlich keine Gelegenheit mehr gehabt, die Gläser hervorzuholen … Ich wischte sie mit ein paar vergilbten Servietten ab und mit Mühe schluckte ich das Stück Lokum herunter … Meine Zähne taten mir weh … Sie beeilte sich, um Entschuldigung zu bitten, dass sie mir beim Essen keine Gesellschaft leisten könne, sie hätte keinen Appetit … Ich wusste von Mutti, dass sie seit langer Zeit nichts mehr zu sich nahm, sodass ich nicht darauf bestand … Um ihr einen Gefallen zu tun, brachte ich die Rede auf Onkel Sandu, wie schön, wie charmant er gewesen war, und sie lebte plötzlich auf … Sie erzählte mir, wie er ihr im Ersten Weltkrieg, er war Leutnant, eine Militärkarte dagelassen hatte, die sie im kleinen Salon verwahrten und mit Fähnchen bestückten, zuerst den Vormarsch, dann den Rückzug. Und was die Geschichte seines Weggangs anging, merkte ich, dass sie sich verändert hatte: Er hätte sein Leben riskiert, indem er erst so spät, nämlich '47, fortgegangen wäre, weil er sich nicht von ihr und Riri hätte trennen können! Ob es so war? Ich kann trotzdem nicht verstehen, wieso ein Mensch mit klarem Verstand nicht rechtzeitig gegangen ist, solange die Grenzen noch offen waren, um dann auch die Familie mitzunehmen …

Wie es so viele andere gemacht haben …

Arme Margot! Über alles, was ungeklärt war, breitete sie wenig überzeugende, sentimentale Erklärungen aus. Denn warum war Onkel Sandu so spät fortgegangen? Wer weiß? Eins ist sicher: dass er rechtzeitig merkte, wie der Krieg ausgehen würde, und er zum Ende hin eine Rolle eingenommen hatte, von der er gehofft hatte, dass man sie ihm anders auslegen werde. Vielleicht war auch das eine mögliche Erklärung für seine Verspätung, denn es hatte schließlich ausreichend Momente gegeben, in denen er Riri und Margot hätte außer Landes holen können. Sollte er bis zum letzten Augenblick gehofft haben, dass die Dinge doch keine so ungünstige Wendung nehmen würden? Seit einiger Zeit scheint mir, als wäre jede seiner Taten wohlüberlegt gewesen! Möglich, dass auch das Bild seiner Verschwendungssucht falsch war, wo Margot doch nach seiner Abreise diese Hefte fand, in denen er jede ausgegebene Summe notiert hatte. Natürlich mit geheimen Ziffern und Initialen … Nicht umsonst war er eine Zeit lang beim Innenministerium gewesen.

»Aber was machst du, Madam Delcă, was machst du? Suchst du etwas?«

»Ich suche die Tasche, ich will ein Hyposerpil nehmen, ich brenne so, und alles dreht sich mir …«

»Ganz ruhig, harte Getränke tun dem Blutdruck nichts! Und wenn dir schwindelig ist, schau mal, dann mache ich noch einen Kaffee … Dir einen kleineren und mir einen großen, ich rauche dann auch noch eine Zigarette dazu. Wir trinken einen

Kaffee und dann wirst du dich auch schon anders fühlen, bis dahin wird sicher auch Niki auftauchen!«

»Lass doch, Madam Delcă, lass nur, ich komme schon mit dem Tablett! ... Ich habe dir doch erzählt, dass hier der Salon war, solange Papa lebte, um fünf Uhr wurde hier der Tee serviert... Nein! Alles hat sich verändert! Aus dem alten Salon sind zwei Zimmer gemacht worden, so praktisch wie Mutti war, dachte sie, sobald ich geheiratet hätte, würden wir weiter zusammenwohnen, die einen oben, die anderen im Erdgeschoss. Ihr Einkommen war nicht so hoch, dass man daran denken konnte, noch ein Haus zu kaufen. Nur, dass sie das Haus in Wirklichkeit für unsere berühmten Untermieter herrichtete, die ihren Teil dazu beitrugen, siehst du dort? Und da auch, ja! Und dort drüben! Vergeblich hat Mutti mit Petruţa verhandelt, vergeblich hat sie mit ihnen geredet und sie zum Kaffee eingeladen, wenn sie ein paar Löffelchen erstanden hatte! Unter uns gesagt, es war wirklich Unsinn, denn Petruţa hatte gar keine Ahnung, was es heißt, echten Kaffee zu trinken! Die Mode mit der Tasse Kaffee hatte noch nicht angefangen, später trank man ihn dann in allen Büros... Ich sehe noch, wie Mutti immer anfing: Petruţa, das Tischchen mit den Rollen und das Serviertischchen in deinem Zimmer sind Erinnerungsstücke, die mir viel bedeuten... Wenn du bitte gut darauf achtgeben würdest... Sie wollte sie eigentlich darauf hinweisen, nicht mehr die Ölflasche und das nasse Geschirr und die gerade erst vom Herd genommenen Töpfe darauf zu stellen!«

»Petruţa, die Sau, der man Perlen hingeworfen hat...«

»Ja, ja... Aber glaub nicht, dass die keine Antwort parat hatte! ... Jetzt red'ste schon wie meine Mutter! Das war Petruţas Antwort: Meine Mutter tut auch ihr ganzes Zeugs leid, das sie hat, jetz' mach es weg, Mama, verbrenn's, Mama, das is' zu nichts mehr nütze! Das kannst du doch gar nicht alles sauber halten! Ja, ja, sagt Mama, und macht eben doch, was sie will! So sind die alten Leutchen, denen bedeutet alles was, was sie so im Haus haben, das eine erinnert sie an dies, das andere an das… Man hätte glauben können, Frau Petruța hätte wegen ihrer schlechten Erziehung so geantwortet – nein! Die haben eine Art, einem das Wort abzuschneiden, indem sie dümmer tun, als sie sind! Sie haben so eine Art Schläue, die sie an die Stelle der Vernunft setzen… Das hat man auch an ihrem Mann gesehen, der Mutti von uns allen am meisten zu mögen schien; er machte mit Mutti seine Witzchen, sagte Gnädige Frau zu ihr. Es könnte sein, dass Mutti das befohlen hatte, nachdem sie erfuhr, dass Onkel Jorj gestorben war und sie diesen verzweifelten Ausbruch hatte… Obwohl, kannst du wissen, ob er sie wirklich mochte oder ob er nur auf Mission war? Vielleicht dachte er, da gäbe es noch was zu erfahren! Aber nun sind sie am Ende doch gegangen! Und jetzt sitzen wir wieder im alten Salon, wo ich anscheinend als Kind alle möglichen Streiche verzapft habe… Angeblich stürzte ich mich auf das Rolltischchen von Madam Ana, fing an, es herumzurollen! Aber ich weiß nicht, ob du Madam Ana noch kennengelernt hast… Ja, da war sie schon alt und am Ende, du weißt, was ihre Tragödie war: Ihr Sohn, Spiridon, war '42 in russische Gefangenschaft geraten und sie hat immer auf ihn gewartet… Und beim ersten Mal – was für ein Schicksal! Da war er Gefangener bei den Bulgaren, beim ersten Mal! Er litt an Hunger, Kälte, hatte Typhus, Ruhr, lag auch im Lazarett… Und trotzdem, er ist davongekommen…«

»Man kommt davon, ja! Man kommt davon, wenn man jung ist…«

»Das war er. Plötzlich stand er da, schwach und heruntergekommen, wie ein Schatten: Sie dachten, es wäre ein Bettler! Überall war ein schreckliches Durcheinander, der Krieg war zu Ende, die Deutschen zogen ab, die alliierten Truppen kamen, ein tolles Fest! Die Menschen auf den Straßen von morgens bis abends, Blumen, Fahnen, Lagerhallen brannten und was die Deutschen noch alles ansteckten bei ihrem Abmarsch, die Sachen, die man aus den Häusern holte, wurden für nichts verkauft, gestohlene Dinge … Die Menschen sangen, riefen, warteten auf unsere Männer … Ich weiß das natürlich nur vom Hörensagen …«

»Ich erinnere mich sogar noch dran! Ich weiß es noch, ich weiß, was da los war bei uns in der Vorstadt! … Und eines Nachts, da kamen die Vagabunden und brachen das Geschäft vom Kohlwäscher auf. Da kam der, wer es eben war, und brach ein und hat alles mitgenommen, und dann hat er Feuer gelegt und ist weg! Na, ich kann dir sagen, was da los war! Die Leute waren mit Eimern gekommen, löschten, löschten, und das Feuer brannte lichterloh, breitete sich immer schlimmer aus, als würden sie Benzin drauf schütten, nicht Wasser! Wir dachten, die ganze Vorstadt würde Feuer fangen und wir würden alle wie die Häuser mit abbrennen! Was hatten wir Angst, wir waren doch arme Waisenkinder und verkrochen uns bei einer Nachbarin …«

»Ja, daran erinnere ich mich auch aus ihren Erzählungen, dass da eine große Aufregung war in diesen Tagen! Polizei gab es nicht, keine Armee, überall nur Freude, dass der Krieg zu Ende war! … Die Leute kamen morgens auf die Straße, ließen die Trikolore wehen, sangen … Papa ist auch hinausgegangen, das ging ja nicht, dass er als guter Rumäne, der er war, sich nicht mit dem begeisterten Volk gefreut hätte! Und, endlich, der rumänische Morgen, rief er und vor Aufregung bekam er Fieber. Aber er nahm Stock und Hut und ging zu Fuß nach Hause. Man tuschelte, die Franzosen wären gekommen und auch unsere Armee träfe nun ein. Er kam spät zurück, der arme Papa, die Kleider in Unordnung, ohne Stock und Hut … Die Deutschen kamen, eine Schlägerei hatte stattgefunden, und Papa, der Held!, war davongekommen, weil er sich in einem Gang versteckt hatte … Und während nur noch Frauen im Haus waren, kam da ein abgerissener Mann und lief immer vor dem Haus herum. Was sollten sie tun, sollten sie ihm etwas geben, würde er dann gehen? Oder sollten sie sich tot stellen, damit der Schmutzfink dachte, das Haus wäre verlassen? Denn, wie du auch sagst, Madam Delcă, damals hatten alle Angst vor Räubern und dass die Vorstadt bis in die besseren Häuser vordringen würde. Dass es Aufruhr geben würde. Aber es passierte nichts. Sie wussten nicht ein noch aus, sollten sie nun loslaufen und das Tor abschließen? Und dieser abgerissene Mann, Spiridon also, denn er war es, fürchtete sich wiederum, hineinzugehen, nicht dass dort etwa die Deutschen einquartiert waren. Dann, nach dem Krieg, wurde Spiridon Beamter, er besuchte die Handelsschule, heiratete ein Fräulein, das beim Telefondienst arbeitete, sie hatten ein Kind... Das arme Kind starb im April '44, die Amerikaner hatten Bukarest bombardiert und das war ein erneuter Schicksalsschlag für Madam Ana. Sie wohnte noch immer bei uns, war wie ein Familienmitglied... Spiridon hat wahrscheinlich nicht einmal mehr vom Tod seines Kindes erfahren, denn er kam zum zweiten Mal in Gefangenschaft. Oder erfuhr er es doch? Ja, ich glaube, es war noch Zeit, dass er es erfuhr... ja, wenn ich ein bisschen nachdenke, das Bombardement, also, es war am 4. April, und die Armee aus Iaşi wurde am 25. August gefangen genommen. Oder vielleicht Anfang September... Ja, Madam Delcă, man hatte die Waffenruhe mit Russland unterzeichnet... und wenn schon? Hast du nicht von diesen Fällen gehört, in denen die Leute ganz ruhig auf der Straße unterwegs waren und plötzlich von den Russen mitgenommen wurden und erst Jahre später wieder auftauchten? Weißt du denn nicht, wie das war, als die Russen '44 kamen?«

»Na, wie soll ich das nicht wissen! Wo alle Jüngeren sich Ruß ins Gesicht schmierten und sich vermummten, damit sie wie alte Weiber aussahen, weil man wusste, was einem blühte, wenn der Russe einen erwischte! Und ich dann auch! Haben wir nicht alle Fensterläden verschlossen und die Lichter ausgemacht, damit der Russe glauben sollte, das Haus stünde leer? Aber was meinst du, die haben nicht lockergelassen! Die haben die ganze Nacht mit dem Gewehrkolben an die Fensterläden geschlagen und gerufen, werden gewusst haben, was sie da riefen in ihrer Sprache! Was für ein Durcheinander! Was für'n Aufstand! Ich tat bis zum nächsten Tag kein Auge zu und am Morgen hab ich mich vor alle Ikonen hingekniet und mich bedankt, dass ich überlebt hatte, ich und mein Mann auch. Aber sie hatten immer noch nicht vor zu gehen, und als wir das sahen, haben wir am Ende aufgemacht. Mein Mann hat gesagt: Mach auf und gib ihnen zu trinken! Ob sie zahlen oder nicht, mach auf und gib ihnen zu trinken, dann lassen sie uns in Ruhe! Und ich machte auf und versteckte alle Uhren, vielleicht würde sonst einer bis ins Zimmer kommen und sie sich nehmen. Aber keiner verirrte sich rein, trotzdem wär uns fast was passiert! Mein Mann trug nämlich eine Uhr am Arm und weil Sommer war, hatte er da einen Streifen von der Sonne. Mein Mann war richtig schwarzgebrannt, nur der Streifen vom Armband war weiß. Und glaub's oder nicht, der Russe hat sich zwei Stunden mit der Pistole neben ihn gestellt! Der Russe die Pistole auf ihn, *dawai tschas, dawai tschas.* Ich hätte sie hergegeben, zum Teufel mit der Uhr! Aber er, das alte Rindviech, ein Esel! Wenn man will, dass er weitergeht, muss man ihn am Schwanz ziehen! Meiner, der machte ihm immer Zeichen, er hätte sie verkauft, er hätte sie nicht mehr, der Russe nichts! Der Russe kannte nur eins, *dawai tschas!* Und die Pistole! ... Ich, gib'se ihm, aber das war gehupft wie gesprungen, ich geb dem Russen zu trinken, immer um ihn rum, geb ihm dies, geb ihm das, der Russe immer nur das eine! *Dawai tschas*! Und dann? Da kommen zwei mit den' ihrem Anführer, mit Gewehren, mit Maschinenpistolen, was weiß ich alles, und der wird auf einmal wachsbleich! Auf einmal ließ der seine Pistole sein und der Anführer schrie ihn an, was der ihm gesagt hat, in ihrer Sprache, wusste nur er. Dann nahmen sie ihn mit und weg war er. So wie du sie nicht mehr gesehen hast, ich auch nicht ...«

»Willst du mir sagen, seine eigenen Leute haben ihn festgenommen?«

»Ja sicher! Das hab ich doch mit eigenen Augen gesehen! Woher die das wussten? Seine Männer werden ihn vielleicht verraten haben. Oder welche von uns, Leute auf der Straße, weil alle mich gern hatten, alle haben mich geschätzt, und wie vielen hab ich auf Pump gegeben! ... Siehst du, das kannst du von meinem Geld dann auch noch abziehen, ich hab keine Ahnung ... Aber was der dann aufgebrummt gekriegt hat, keiner weiß es! Manche meinten, der würde erschossen, andere, dass sie ihn mit den Gurten von den Gewehren schlagen ...«

»Mit den Uhren bei den Russen, das ist Geschichte geworden ... Weißt du noch, der arme Tănase, mit den ganzen Uhren, die ihm an den Armen und am Hals hingen, und er: *Tiiick!, Taaack!*, mit dem Finger vor den Lippen! Und dann: *Schlimm war's mit dem Derdiedas, schlimmer mit dem Dawaitschas.* Was für Dramen hat der Krieg nicht mit sich gebracht! Und wie die Zeit vergeht und man vergisst ...«

»Jaa, nee, das Leben geht weiter! Und die Zeit heilt alle Wunden! Wie ich immer zu Madam Ioaniu gesagt hab' ...«

»Ja, das Leben geht weiter und keiner erinnert sich mehr, außer an das, was im eigenen kleinen Bekanntenkreis passiert ist! So wissen wir ein paar Dinge dank Madam Ana. Als der Krieg zu Ende ging und alle wieder zu Hause waren, nur ihr armer Junge nicht, da ging es ihr jeden Tag schlechter! Und plötzlich brach sie zusammen! Sie war wie ein kleines Kind ...«

»Lass, das weiß ich noch! Daran erinnere ich mich noch ... Sie schlief oben im Zimmer in der Mansarde und überall roch es nach Pipi! Und das Pipi von Kindern riecht nach Milch, aber das Pipi von einem Erwachsenen ist schlimmer als das von einem Kater! Es nützte nichts, dass Madam Ioaniu ihr eine Decke unterlegte, der Gestank zog überall rein, nee, sie hätte mir Gold geben können, ich hätte sie nicht bei mir haben wollen! Und wenn du gerade an nichts Böses dachtest, dann stand sie plötzlich vor dir! Wenn ich sie nur sah, wie sie ankam mit ihrem Hemdchen, also, und ihren drei weißen Fusseln auf dem Kopf, die ihr noch geblieben waren, so zerzaust, und mit glotzenden Augen, pfui! Dass einem bloß nachts mal nicht so was über den Weg läuft, da kriegt man ja gleich einen Schlag! Sophiiie!, rief sie. Sophiiie!, rief sie nach Madam Ioaniu. Komm mich wechseln, ich hab in die Hose gemacht... Aber warum behalten Sie sie noch hier, Herr vergib mir, warum behalten Sie sie hier, das ist doch weder für die noch für Sie ein Leben, kann man meinen!, so sagte ich zu Madam Ioaniu. Geben Sie sie doch in irgendein Asyl, bringen Sie sie irgendwo hin!, sagte ich zu Madam Ioaniu. Die Arme!, sagte Madam Ioaniu. Die Arme! Das will ich nicht, sie hat mich großgezogen! Also ich an ihrer Stelle wär schon lange weggewesen! Einmal kam ich und Leana, die Wäscherin, war da und sagte mir, Madam Ana wäre gestorben, sie hatten sie begraben, aus! Also weiß ich nicht, ob ihr sie weggebracht habt? Oder nicht?«

»Nein, wie sollten wir sie wegbringen? Mutti sagte immer: Weißt du, wie das Ende eines jeden aussehen wird? Was für eine starke Frau, sieben Haushalte zu führen, so war Madam Ana, und was ist aus ihr geworden? Mutti war am meisten bekümmert wegen ihr, natürlich verteidigte ich sie auch vor Niki, der... du weißt, wie die Männer sind! Bequem! Er dachte wie du, praktischer, aber wir behielten sie da, und bei uns ist sie gestorben, die arme Madam Ana. Und wie verwirrt sie war, was denkst du? Sie wartete noch immer auf ihren Jungen! Sie wüsste, dass er lebe, sie fühle es... Selbstverständlich glaubte ihr keiner! Und was denkst du? Ungefähr ein Jahr, nachdem Madam Ana gestorben war, bekommen wir Besuch. Ein Mann, der uns, als wir ihn durchs Fenster sahen – klein, untersetzt, etwas älter – beunruhigte, weil er sich so ahnungsvoll umsah, bis er sich entschloss zu klingeln! Und so baten wir ihn hinauf; wir steckten alle oben in der Mansarde und es machte uns keine Freude, unter diesen Umständen jemanden zu empfangen, er wollte auch nicht groß sagen, wer er war und was er wollte, er wollte nur Einzelheiten über Madam Ana wissen. Er war ein Leutnant aus der Armee in Iaşi. Der Mann war mit Spiridon im selben Lager gewesen, in Russland, dann hatte er in derselben Mine gearbeitet. Als man sie trennte und jeden in ein anderes Lager brachte und in eine andere Mine, da tauschten sie die Adressen von zu Hause aus und versprachen sich hoch und heilig: Wenn einer von ihnen je wieder freikommen sollte und nach Hause gelangen, dann würde er der Familie des anderen Nachricht geben. Als wir all das gehört hatten, war uns etwas wohler, wir waren sehr angespannt gewesen! In dieser Zeit, nicht wahr, Madam Delcă, da kamen plötzlich Leute, manche hatten nur irgendwo gehört, dass man einen im Gefängnis sitzen hatte, und wollten davon profitieren – ein Essen, eine Jacke oder etwas Geld, weil man bereit war, alles zu geben für eine gute Nachricht! Oder andere, die die Securitate geschickt hatte, um einen auszuhorchen, wie wir es erst bei diesem Mann gedacht hatten, weshalb ich und Mutti anfangs so vorsichtig gewesen waren. Dann, wie gesagt, entspannten wir uns, als er sagte, er habe unter der Adresse der Familie niemanden angetroffen: Spiridons Frau hatte wieder geheiratet, tatsächlich…«

»… naja, was sollte die Frau denn machen? Dahocken wie ein Käuzchen? Wenn sie so dagesessen hätte, davon wär er auch nicht zurückgekommen. Also besser, sie hatte ihr Dach überm Kopf, ihren Mann…«

»Ja, du denkst praktischer… aber nicht alle…«

»Aach, wenn sie gestorben wär', hätte er da nicht auch wieder geheiratet? Die Männer heiraten noch schneller wieder! Guck dir den Bruder von der Nachbarin Reli an: Dreißig Jahre war er mit seiner Frau zusammen, und drei Monate, nachdem er sie unter die Erde gebracht hatte, hat er sich 'ne Neue geholt. Was sollte er machen, Madam Delcă, meinte Reli, jemand muss ihm doch waschen, bügeln? Soll ich mich darum kümmern? Das könnte ich gar nicht, ich bin auch nicht mehr die Jüngste…«

»Das hat sich auch Spiridons Frau gedacht! Vielleicht hat sie recht gehabt, aber ich, Madam Delcă, ich bin überzeugt, ich hätte nicht die Kraft dazu… Ein anderer Mann, ein zweites Kind! Um Gottes willen, nein! Aber sie konnte es! Als wir ihn so hörten, da fingen wir an, ihm zu glauben, und luden ihn zu Mittag ein. Wir mussten ewig darauf bestehen, bis wir ihn davon überzeugten zu bleiben! Er sprach im Flüsterton, er schaute in alle Richtungen, und weil er wusste, dass wir hier im Haus überwacht wurden, stellte er keine Fragen. Beim Mittagessen erzählte er, was ihm einfiel, was sollte man ihn noch fragen, für ein Wort zu viel musste man furchtbare Jahre im Gefängnis verbringen! Wir wollten den armen Mann nicht in wer weiß was hineinziehen, wirklich, über ihr Leben dort hat er nichts erzählt. Nur ein bisschen über die Lager, wo sie gewesen waren; zuerst ein Lager in Roman, kurz nach ihnen wurden dort auch Bauern hingebracht. Die Bauern erzählten, wie der Pfarrer sie zu einer politischen Versammlung einberufen hätte und wie sie von da ins Lager gebracht worden seien. Das Lager, in das sie danach kamen, war für Deutsche und Ungarn: Am Anfang waren sie 1300 Mann, und bis sie die Rumänen wegbrachten, waren es nur noch 350, der Rest war gestorben. Sie beide hatten sich mit einem Ungarn angefreundet, einem alten Architekten von etwa sechzig Jahren, groß, mit Kropf. Er war mit seiner Frau im Theater gewesen und beim Hinausgehen hatten die Russen ihn mitgenommen. Sie sagten: Die Frauen nach Hause, die Männer – *siuda.* Ich habe ihn mir oft vorgestellt: groß, gut rasiert, ein Mantel mit Pelzkragen, ein schicker Hut, zwischen den Fingern eine Zigarre ... Die Männer – *siuda ...*«

»Aach, nee, solche Sachen hab ich auch schon gehört! Da war auch bei uns auf der Straße einer, der erst '49 oder '50, ganz spät, zurückgekommen war. Und er hat das wohl auch gesagt, dass manche noch da oben sind, in Russland, und warum sollen sie da weg? Die hätten geheiratet, hätten eine andere russische Frau, andere Kinder ... Darum mein' ich, die Frauen waren schön dumm, die hier gewartet haben, und die Männer da ... So sind die Männer ...«

»Die Armen, Madam Delcă! Waren sie etwa zu ihrem Vergnügen da? Ich glaube, auch Spiridon ist unter denen ... Ich habe allerdings auch schon von jemandem gehört, der erst '69 zurückgekommen ist … Er hatte in einer Mine an der Grenze zu China gearbeitet. Und solange sie da gewesen waren, hatten sie immer noch gedacht, der Krieg wäre nicht zu Ende. Aber es hat Zusammenstöße gegeben, das weißt du ja, an der Grenze, die Chinesen fielen ein und so sind sie nach Hause gekommen. Das hat mir jemand anders erzählt, nicht Spiridons Freund. Der wurde übrigens lockerer mit der Zeit. Als er erzählte, lachte er so, mal nach der einen, mal nach der anderen Seite. Er hatte einen kleinen Bauchansatz, er war, wie man sagt, *trapu*, saß breitbeinig auf dem Stuhl, lachte immer und strich sich das Haar über die Glatze. Nur ein Flaum, nur ein paar Härchen waren noch da und er strich sie von einer Seite auf die andere, um seine Glatze zu bedecken. Er hatte seine besten Jahre vergeudet, er war fast als alter Mann zurückgekehrt …«

»Ich sag dir, was ich so davon gehört hab! Und ich sag dir auch, woher: von der Cristidoaia … Was die mich verrückt gemacht hat, bat mich immer, komm mal zu mir, Madam Delcă! Komm bitte auch mal zu mir, mach keinen Bogen um mich! Ich mag's so gerne, mit dir zusammenzusitzen, wie du's mit Ivona und Madam Ioaniu machst! Und ich riss mich nicht gerade drum, Kundinnen hatte ich genug! Und dann bin ich ein paar Mal hin, aber öfter hat sie mich nicht zu sehen gekriegt! Also, wenn ich da klingelte, das wird dann so zehn Uhr gewesen sein, und ich klingle und klingle, wie bei dir heute, ich klingle, und nichts! Keiner antwortet! Wo ich gerade dran dachte zu gehen, hör ich sie: Komm bitte rein und entschuldige mich, Madam Delcă! Neee, der Gehörnte kann dich entschuldigen! Du schläfst hier faul bis Mittag! Und als ich reinkomme, was war? Stockdunkel! Man brach sich den Hals, man brach sich alle Knochen, da kam man nicht mehr lebendig raus! Ich taste so, stoße an alles, Tische, Stühle, taste alle Wände ab und schaffe es, das Licht anzumachen, also, da fing sie an zu schreien, die Wahnsinnige! Neeein!, schrie die wie wahnsinnig. Nicht anmachen, bitte, Madam Delcă!«

»Ja, ja! So schläft Madam Cristide! Sie ist nachts schlaflos von der Menopause, aber sie will nichts nehmen und schläft erst gegen Morgen ein. Darum verdunkelt sie das ganze Haus. Die Dunkelheit tut ihr gut, den Nerven und der Schlaflosigkeit …«

»Ich weiß schon, wem das gut tut! Der Faulheit! Das kannst du glauben, darum sitzt sie im Dunkeln und macht das Licht nicht an! Liegt da, damit niemand sie sieht, wie sie da so verwahrlost hockt … Aber ich habe sie da im Haus mit runtergetretenen Schuhen und so einem schmierigen Hemd gesehen, damit hättest nicht mal mehr den Boden wischen wollen. Komm, Madam Cristide!, sag ich zu ihr. Komm'se, ich komm rüber und du machst mir die Nähmaschine auf! Na los, geben'se mir gleich alles her! Aber sie hat bisschen Licht bei sich im Schlafzimmer gemacht und hat sich erst mal gepudert. Als sie sah, dass ich drauf bestand, ließ sie das Gemale sein und kramte in allen Schränken und Schubladen! Und sie war so ärgerlich! Guck, so schlug sie alles zu, so ärgerlich war sie, weil sie sich nicht in Ruhe anscheußeln konnte! Und dann kam sie mit ihrem Zeug auf dem Arm und warf mir alles hin! Als ich gemerkt hab, wie sauertöpfisch die war, hab ich nichts mehr gesagt. Wo sie so viel Puder draufgetan hatte, war sie jetzt nicht mehr gelb, mehr so wie einer vom Zirkus! Ein dummer August! … Der Hals, der hing so runter, Augenbrauen hatte sie nicht mehr … Und dann ging sie wieder zum Spiegel, und immer rauf mit der Farbe! Dann fing sie an Grimassen zu schneiden, so machte sie, und so …«

»Ha-ha-ha! Was willst du denn! Sie hat probiert, wie es ihr am besten stand …«

»Nee, und was sie mir da anbrachte! Was für Wischlappen! Alle uralt, wenn man die nur ausbreitete, dann gingen die schon auseinander! Ich hab dann immer gestopft und geflickt, aber bei der ersten Wäsche werden die alle gerissen sein! Schade um die Arbeit! Nee, hab ich gesagt, Pustekuchen! Du kriegst mich nicht mehr! Essen – auch nur ein Krümel, und dann immer das Gerede! Die hat geschnattert, dass ich ganz dusselig im Kopf war, als ich ging, die Ohren sausten, alles … Und was die mir alles erzählt hat, von dem und von dem, und über jeden …«

»Wirklich, Madam Delcă? Hat sie auch was über uns gesagt?«

»Sie hat gesagt, dass der Schwager von dem einen an der Ecke ein großer Legionär war. Und dass er zusammen mit den Deutschen ins Ausland ist, aber die Amerikaner haben ihn erwischt. Und die Amerikaner haben ihn den Russen überlassen, und die Russen haben ihn mitgenommen nach Sibirien. Tja, die *Sibirische Ballade*! Was für ein Film! Was hab ich bei dem geweint! Ich hab da an der Nähmaschine gezittert und die *Sibirische Ballade* gesungen! Und die Cristidoaia sagt, da in Sibirien haben sie ihn den Pflug ziehen lassen. Und '54, als er zurückkam, hat sie die Striemen gesehen, die er noch davon hatte, als sie ihn vor den Pflug gespannt hatten. Ich glaub das nicht, denk doch mal nach, Madam Cristide, hab ich gesagt, und sie immer, nein, nein, er hat ihr die Streifen auf dem Rücken gezeigt und sie hat sie mit eigenen Augen gesehen. Nee, pfui Teufel, denk ich da. Und du, was hast du ihm gezeigt? Du Nutte?«

Ivona öffnet die Tür und aus dem Halbdunkel der *hall* dringen die Schläge der Pendeluhr. Beide zählen: Vica auf dem Stuhl, Ivona im Stehen, die Blicke auf die alte Uhr auf dem Buffet gerichtet. Eine Uhr mit blauem Emaillezifferblatt, das von goldenem Zierwerk gerahmt ist. Golden sind auch die Zeiger und die römischen Ziffern, die die Uhrzeit anzeigen.

»Zwei!«

»Zwei? Unmöglich! Unmöglich, dass es erst zwei ist! Du hast nicht richtig gezählt …«

Ivona geht hinaus, ihre eiligen Schritte auf der Treppe sind zu hören. Sie stellt einen russischen Wecker auf das Buffet, dessen alarmiertes Ticken auf einmal das Zimmer erfüllt.

»Der zeigt die Zeit richtig! So einen hab ich auch zu Hause. Wenn der klingelt, dann kriegt der dich sogar von den Toten geweckt. Die andere, die ist nur zum Schönaussehen!«

»Nein, wirklich, sie geht noch, Madam Delcă. Aber manchmal bleibt sie ohne Grund stehen oder geht nach, auch wenn sie aufgezogen ist.«

»Eine alte Uhr, was will man! Außen ist sie schön, aber innen drin ist sie ein altes Ding! Die halten so lange, wie's eben geht, aber dann musst du sie wegschmeißen!«

»Wie könnte ich die wegwerfen! Alte Uhren sind so wertvoll wie Schmuck, Madam Delcă!«

»Hab ich nur so gesagt, wegschmeißen! Ich meine, verkauf sie doch bei den Antiquitäten oder einem, der sie will. Wenn sie halt nicht mehr geht, sie dann einfach zu behalten, die nimmt doch Platz weg …«

Ivona dreht weiter an den Rädchen hinten an der Uhr, presst die Lippen aufeinander vor Aufmerksamkeit und Unzufriedenheit. Sie hat ihre Brille nicht aufgesetzt. Als sie die Uhr wieder auf das Buffet zurückstellt, sieht sie die Spuren ihrer Finger im Staub. Sie geht in die Küche und kommt mit einem Lappen in der Hand zurück, um schnell das Buffet abzuwischen. Dann sieht sie wieder auf die Uhr.

»Die Uhr meiner Kindheit! …«

»Guck mal, da ist noch welcher! Guck, siehst du, da an der Ecke, da ist noch Staub! Und da! Aber ich, ohne Brille, als wär ich blind, ich lass auch immer noch ganz schön was da, wenn ich gefegt hab! Was liegen da noch für Schwiegermutterbärtchen rum … Nee, wissen Sie nicht, dass man das so sagt, wenn man was liegen lässt, dann ist das, was da noch liegt, das Bärtchen von der Schwiegermutter …«

»Ach, lass doch den Staub! Glaub mir, mir fällt es immer schwerer, mit allem zurechtzukommen! … Ein großes Haus, Madam Delcă, und vor allem auch ein altes Haus, das seit langem nicht mehr instand gesetzt wurde, das unterhält man heutzutage nur noch schwer.«

»Besser du lässt es sein und ziehst in einen Wohnblock!«

»Du wieder wie Niki! Glaub nicht, dass Niki mir nicht auch schon diesen Vorschlag gemacht hätte. Dass wir das Haus verkaufen und mit dem Geld eine Wohnung in einem Block kaufen, zwei Zimmer ...«

Ivona nimmt eine Zigarette aus dem Päckchen, nimmt das Feuerzeug und lächelt gezwungen: nicht angenehm, sich daran zu erinnern.

»Seit einer Weile«, hatte sie ihm zugeraunt und dabei darauf geachtet, dass Mutti sie nicht streiten hörte, »seit einer Weile scheinst du bereit, alles in nur ein paar Stunden aufzugeben. Das Haus, die Familie, die Vergangenheit ...«

»So sind die Zeiten, was willst du!«

Sein unruhiges Lachen. Die Augen, die sich hüten, ihr ins Gesicht zu sehen, so wie jedes Mal, wenn er merkt, dass sie auf die Person anspielt, deren Art sich zu benehmen er immer mehr auch selbst an den Tag legt ...

»Das sind die Zeiten, in denen wir leben, und irgendwann müssen wir uns auch anpassen. Herrgott! Immer wieder dieselbe Diskussion! ...«

Ihre Anspielung und ihr Ausbruch haben zu keinem anderen Ergebnis geführt, als dass er sich nun zur Tür wendet. Gleich werden seine Schritte in der *hall* zu hören sein. Er wird die Hand ausstrecken und seine Sporttasche und den Tennisschläger vom Haken nehmen. Und sie wird wieder gegen das wohlbekannte Gefühl der Verstörung und Demütigung ankämpfen: Nach Jahren hast du dir ein diskretes Verhalten zurechtgelegt, du kannst deinem Unmut nicht einfach freien Lauf lassen.

Sie steht da und ist außer sich und kämpft mit einer unerklärlichen Panik. Hitzewallungen lassen ihre Wangen brennen und mechanisch fängt sie an, sich zu kratzen – an den Armen, am Hals –, es macht ihr nicht aus, dass sie so ihre unerklärliche Allergie nur verschlimmert. Seit einem Jahr macht sie eine schwierige Zeit durch, und er, der um diese Sache weiß und der sie doch beschützen müsste, beschützt sie nicht. Wie immer. Er hat sie nie beschützt, im Gegenteil, in meinen schwersten Jahren, da hat er gerade seine Momente gehabt, ist desertiert. Und jetzt kommt er mit diesem Vorschlag: das Haus verkaufen, für das Jahre des Lebens und des Wartens aufgewendet worden sind! Das kann nur der Wille dieser Person im Hintergrund sein, die schon lange ein Auto will: Und er mit seiner verschwenderischen Art wird es ihr kaufen, und er wird noch weniger zu Hause sein, als er es jetzt schon ist…

»Ich habe dabei übrigens nicht an meinen Vorteil gedacht, sondern an Mutti und an dich, ihr müht euch immer mit den Öfen ab… Für euch wird das Leben dann bequemer sein. Überall haben die Leute sich doch für Bequemlichkeit entschieden…«

»Mutti in einen Block umziehen lassen, genau das, was sie hasst? Dass wir alle abhängig werden von denen, dass sie uns zu viel, zu wenig Wärme anstellen? …«

»Naja… Vorteile und Nachteile…«

Sein ironisches Lächeln, während er seine Schlüssel kontrolliert. Und ihre Hoffnungslosigkeit, die sie pathetisch werden lässt. Lächerlich.

Seine ironische Stimme. Die lässig in die Jackentaschen seines *sweaters* gesteckten Hände, ein Bein etwas vorgestellt. Erst draußen im Licht werden die geröteten Augen Nikis zu sehen sein, die aus heiterem Himmel anfangen zu tränen.

»Eine ganze Vergangenheit in vierundzwanzig Stunden auszulöschen, wenn du doch weißt, wie verbunden wir alldem sind… Dich in eines dieser Viertel zu begeben, wo du nicht den Eindruck hast, in Bukarest zu leben! Da sollen nun die hingehen, die als Erste ihren Fuß in diese Gegend hier gesetzt haben? Wir leben seit hundert Jahren in dieser Straße, immer in diesem Haus, und hundert Jahre bedeuten etwas für… Aber nein, für dich bedeutet es nichts. Von dir bekomme ich nur zu hören, wir müssten uns anpassen!«

»Lass nur … Reg dich nicht auf. Mach nicht aus allem ein Drama! Du hast so eine Art zu übertreiben … Wir lassen es oder reden ein anderes Mal weiter …«

Im nächsten Augenblick, noch bevor sie die nächste Antwort gefunden hat, bevor es ihr gelingt, ihm alles ins Gesicht zu sagen, wird er ins Vestibül gehen, wird die Hand nach der Sporttasche am Haken ausstrecken … Gerade jetzt, wo sie all ihre Zurückhaltung überwunden hat und sich von diesem plötzlichen Ärger mitreißen lässt, der ihre Stimme hat schrill werden lassen und ihr die Tränen in die Augen treibt, da verzichtet er auf das Gespräch und geht. Sie kennt ihn aber zu gut, um nicht zu wissen, dass er einen günstigeren Moment abpassen und dann noch einmal Anlauf nehmen wird. Sollte sie nicht doch ein Gespräch mit Mutti darüber führen? Würde Mutti so ein abwegiges Projekt befürworten, Mutti, die nicht mehr die Mutti ist, seit ihr lieber Tudor fortging? Schwer zu glauben … Sie wird sich mit Mutti beraten, aber nicht jetzt, sondern wenn sie sich wieder beruhigt hat.

»Bitte, bitte, bei mir keine solchen Krisen! Bitte, bei mir hast du bitte nicht deine Krisen!«

Sie will nicht Muttis verächtliche und autoritäre Stimme hören, die dann in tabakhaltigem, heiserem Husten verstummt. Während sie weiterhustet, wird Mutti weiter ihre gerissenen Fingernägel mit Aceton abreiben; dann wird sie wieder zu ihrer fast schon ausgegangenen Zigarette greifen, die auf dem Rand des Aschenbechers liegt, wird einen Zug nehmen und dann den Deckel des Fläschchens mit rotem, rumänischem billigem Lack aufschrauben. Sie wird sorgfältig jeden Nagel bestreichen, einmal, zweimal, wird ab und zu schnell die überflüssige Paste mit dem bereitliegenden Wattebausch wegwischen. Präzise, ökonomische Bewegungen, obwohl sie keine Brille trägt: Seit einiger Zeit kann sie wieder gut sehen.

Und wenn sie beginnt, ihre knotigen Hände mit der dünnen, bläulichen und leberfleckigen Haut über den geschwollenen Adern zu schütteln, damit der Lack auf den Nägeln schneller trocknet, wird sie endlich den Kopf heben und ihrer Tochter den üblichen Blick zuwerfen – keinesfalls verwundert, mit leichter Abneigung.

Sie geht schnell, immer schneller im Wohnzimmer auf und ab, einst war hier der Salon. Ein Mundwinkel zuckt vor Ärger und ihr Kopf scheint zu pulsieren. Sie würde gern schreien, die Türen schlagen, laut weinen vor Wut, immer weiter steigt sie in ihr an, genau wie diese grundlose Hitze. Unerwartet. Warm, schrecklich warm! Nur die Füße sind eiskalt. Niki ist fort, man hört seine wohlbekannten Schritte auf dem Pflaster im Hof, und am liebsten würde sie das Fenster öffnen und ihn rufen. Er soll sofort zurückkommen, wirklich mit ihr sprechen, von Angesicht zu Angesicht. Aber sie tut nichts, sie läuft durchs Wohnzimmer und kratzt sich mit ihren spitzen, harten, oval geschnittenen Fingernägeln. Durch die noch offen stehende Tür hört man aus der *hall* die Schläge der Pendeluhr und sie kratzt sich immer schneller, immer kräftiger, mit immer größerer Lust, der Schmerz löst sich darin auf. Rote Streifen, an manchen Stellen sickert Blut, sie bleiben auf der weißen Haut ihrer Arme zurück, auf den langen, milchigen, welken Beinen, die noch ihre Form bewahrt haben, trotz der Venen, die geplatzt sind und hier und da das trockene Weiß überschwemmen, das seit so langer Zeit keine Sonne mehr gesehen hat. Ihre wunderbaren, langen Beine, die Beine einer ehemaligen Schlittschuhläuferin, ehemaligen Tennisspielerin, ehemaligen … Unerklärlich, die Hitzewelle ist vorüber, ihr ist sogar kalt, sie hört, wie ihre Zähne aufeinanderschlagen. Sie bleibt stehen, rückt einen Stuhl mit lederbezogener Lehne heran und setzt sich, sie zündet sich eine Zigarette an und nimmt einen ungeduldigen Zug. Und plötzlich steigt aus ihrem Inneren sehr deutlich, sehr klar alles herauf, was noch kommen wird. So unschön ist das, was sie sieht – was sie weiß –, dass sicher nicht sie das denkt, sondern ein allmächtiger, allwissender Blick, der sich in sie hinabgesenkt hat. Tudor; von jetzt an wird sie Muttis Platz einnehmen müssen. Sie wird die

Dinge im Haus schützen müssen, so wie sie auch sich selbst wird schützen müssen.

Das Leben an Nikis Seite wird immer schwerer werden, sein Gedanke ans Desertieren immer stärker, und er wird sich immer weniger bereit zeigen, alle möglichen Schwierigkeiten mitzutragen. Nicht einmal Tudor wird hier sein, dessen simple Anwesenheit die Situation noch im Gleichgewicht hielt. In kurzer Zeit wird auch Mutti nicht mehr da sein, die ihren Einfluss immer mit Taktgefühl eingesetzt hat. Nur sie selbst wird noch da sein mit diesem egoistischen, schlüpfrigen Mann, neben dem sie leider nicht nur wird leben, sondern auch sterben müssen. Von jetzt an wird sie alles entscheiden müssen und ihn nur zu Rate ziehen. Ansonsten wird sie mit ihm leben – unabhängig und ausgeglichen. Trotz der unverständlichen Unruhe, die sein Betragen in ihr auslöst, muss sie so tun, als würde nichts geschehen, niemals geschehen sein.

Ruhig also. Ruhig, die Treppe hinaufgehen, vorsichtig an die Tür klopfen und sich dem großen Ledersessel nähern, in dem Mutti sich sicher gerade die Nägel macht.

»Du wirst es nicht glauben, Madam Delcă, wie oft ich gegen sie ankämpfen musste! Ich sage *sie*, denn zu meiner Verwunderung war Mutti einverstanden. Ja, stell dir vor, das Haus zu verkaufen und eine Wohnung zu nehmen! Oder genauer gesagt, sie hat sich Nikis Vorschlag nicht mehr verweigert, was dasselbe bedeutet: zwei gegen einen!«

»Naja, was hat sich Madam Ioaniu wohl dabei gedacht, denn, wirklich!, sie war ein kluger Kopf. Sie hat wohl dran gedacht, dass der Junge nicht mehr da ist, dass du das Haus niemandem überlassen kannst, und wozu sollst du dich also noch damit rumplagen? Wir ja auch: Hätten wir Kinder gehabt, vielleicht hätten wir unser Geld zusammengelegt und dran gedacht, dass wir es jemandem hätten weitergeben können, und würden heute nicht in dieser Hütte da leben und ich müsste nicht der Moapsa ihr Geschimpfe aushalten und immer raus in die Kälte nach hinten in den Hof. So wird Madam Ioaniu wohl gedacht haben … Im Block wohnen, das hab ich bei meiner Schwägerin gesehen, das ist der Himmel auf Erden, ehrlich …«

»Vielleicht hat sie wirklich so gedacht, ich will das nicht abstreiten … Es ist aber wahr, dass es das Ergebnis von Nikis entschiedener Befürwortung war. Schritt für Schritt hat er Mutti überredet, es würde zum Wohle aller sein. Dass sie viel weniger Mühe mit dem Haushalt haben würde, und das hat Mutti getroffen, sie wusste ja, wie sehr ich es hasse zu kochen und all das! Aber ich halte diese Dinge jetzt aus, Tag für Tag wird es schlimmer, nur weil ich mich nicht von diesem Haus trennen kann! Jetzt bedeutet es mir so viel, wie es Mutti bedeutet hat! Ich musste, das sag ich dir, gegen beide ankämpfen, und das war nicht leicht! Ich war so mitgenommen, dass Mutti mit Niki koaliert hat, und als wir unter uns waren, da habe ich zum ersten Mal in meinem Leben die Stimme gegen sie erhoben … Später hat es mir leid getan, denn die Arme, sie stand damals kurz vor einer Lungenentzündung, aber woher hätte ich das wissen sollen?«

Ich wusste es erst, als der Arzt kam, aber auch da war ich wütend auf sie, wie auf ein Kind, das einem einen Streich spielt …

»Lungenentzündung ist eine Alte-Leute-Krankheit, ich hab dir immer gesagt, schütz dich vor Kälte! Ich hab dir gesagt, du sollst dich richtig anziehen und Leute mit Grippe meiden und Vitamin C nehmen und Zitronade trinken …«

In dem fieberroten Gesicht, das umgeben war von ihrem weißen, unfrisierten Haar, schienen mir ihre Augen plötzlich sehr blau … Sie hatte einen schuldbewussten Blick: Denn statt mir das Leben zu erleichtern, so wie alle Eltern doch ihren Kindern gegenüber die Pflicht haben, macht sie es mir eher noch schwer …

»Während sie krank war, hat sie deliriert, sie war nicht bei Bewusstsein. Einmal haben wir ihr sogar das letzte Abendmahl gehalten, wir dachten, es ginge aufs Ende zu. Zufällig war Niki nicht da und ich musste sie mit Gewalt festhalten, damit der

Pater ihr das Abendmahl geben konnte: Sie aß schon lange nichts mehr …«

… dieser seltsame Moment, als ich meine Hände in ihre schmal gewordenen Schultern krallte und spürte, wie sie aufgab, sich länger zu weigern. Sicher, ich hatte nun nicht mehr mit der autoritären Mutti zu tun, sondern mit einem armen Kind, das gezwungen war, eine unangenehme Medizin zu sich zu nehmen … Diese Szene macht mich noch immer schwindelig und scheint mir wie irreal, weil ich sie tatsächlich bis dahin schon so oft durchlebt hatte! Dasselbe Klirren des Löffelchens, das an die verbissenen Zähne stieß, derselbe sanfte Befehl, *komm, komm, mach den Mund auf, du wirst es nicht mal merken und schon ist es unten …*, in den Zeiten dieser zahllosen Erkrankungen bei Tudor. Wer war dieses bewusstlose Geschöpf, kraftloser, schwächer und ungeschützter, als je ein Kind hätte sein können? Jedenfalls jemand anders als Mutti. Eine andere, ganz andere Person … Und dann diese Momente, in denen ihr Blick – merkwürdig verjüngt, entfernt, geheimnisvoll – mich ein junges, träumerisches Gesicht sehen ließ, das eine allmächtige Hand mit entsetzlicher Grausamkeit verzerrt hatte …

»Arme Mutti! Ich bin überzeugt, dass sie damals geahnt hat, dass sie nicht mehr lange leben würde, denn genau wie die Tiere spüren auch die Menschen ihr Ende … Ich bin keine abergläubische Person, aber als Mutti starb, gab es alle möglichen Zufälle … Zuerst fiel die Tür ihres Zimmers aus den Angeln. Dann blieb diese Uhr plötzlich stehen. Dann war die Küche plötzlich voller roter Schaben, wie wir noch nie welche gehabt hatten …«

»Nee, soll'n sie verrecken, diese widerlichen Viecher! Ich halte die immer nur mit Benzin auf Abstand, sonst würden die alles einrennen! Aber ich schütt' mit der Flasche in alle Ecken was, wo ich weiß, da hocken sie. Nur diese Ziege von meiner Schwägerin, die rümpft die Nase, nein, das würde stinken, jawoll, nach was riecht das denn, sag ich. Nach was? Nach Benzin! Lass es stinken, sag ich, Benzin macht keinen Dreck, und ich schwör drauf, bei mir tut keins von diesen widerlichen Viechern seinen Fuß reinsetzen. Was sollte ich sonst mit diesem vergammelten Haus von der Moapsa machen? Das Holz ist schon ganz morsch, so alt…«

»Mit Benzin? Ich habe unsere Insektizide benutzt, aber… Ja, es schien ihnen davon fast noch besser zu gehen… Wonach guckst du denn immer? Suchst du etwas… Wonach suchst du denn, Madam Delcă?«

»Meine Tasche! Danach guck ich die ganze Zeit, ich will eine Hyposerpil nehmen, eine Carbaxin, ich hab einen Kaffee nach dem anderen getrunken und mir ist ziemlich… Nein, nicht aufstehen, ich geh und hol mir etwas Wasser aus der Küche.«

Vica stellt die Tasche auf einen Stuhl und geht krumm zur Küche, hält die Tablette fest in der Faust. Man hört das Klirren eines Glases, dann die Tür des Kühlschranks. Vica kommt zurück, kaut.

»Hast du sie genommen, bist du jetzt ruhiger? Also, wovon sprachen wir gerade? Ja, die roten Schaben, die auftauchten, als Mutti starb! Verzweifelt fuhr ich in diesem Sommer zu Tudor, und als ich zurückkam – keine Schabe mehr! Sie waren verschwunden! Diese Uhr ist auch stehen geblieben, bevor Mutti gestorben ist… Ich versuchte, sie zu stellen, es ging nicht! Dann hat niemand sie mehr beachtet. Aber einmal, ich war hier im Wohnzimmer mit Niki, wir tranken wie gewohnt unseren Kaffee und ich habe sie irgendwann aufgezogen. Und was war? Danach ging sie ohne Unterbrechung. Seither, das gebe ich zu, stört es mich, wenn ich sehe, dass sie stehen bleibt. Auf der anderen Seite durchlebe ich meine ganze Kindheit noch einmal, wenn ich sie so ansehe. Vor allem erinnere ich mich an einen bestimmten Nachmittag, als ich alles dafür gegeben hätte, die Uhr lesen zu können. Ich war bestraft worden, bis sechs Uhr durfte ich nicht herauskommen, man hatte mich in meinem Zimmer eingeschlossen, das ehemalige

Boudoir von Margot, ein ziemlich vollgestopftes Zimmer: auf dem Schlafsofa alles voller Kissen, Hocker, größere und kleinere Blumentöpfe, Lampen, deren Schirme mit Borten mir bei zunehmender Dunkelheit immer bedrohlichere Formen anzunehmen schienen … Dazu ein Spiegel, du kennst ihn, mit Perlmuttinkrustationen im Rahmen … Ein Spiegel, der im Halbdunkel seltsam, bedrohlich scheint, nicht? Kommt es dir nicht so vor? Naja, mir als Kind jedenfalls, ich war besonders empfindlich. In dem Moment, als sie den Schlüssel umdrehten, hat das Zimmer mir schrecklich Angst gemacht. Ich hätte alles darum gegeben, die Uhr lesen zu können, zu wissen, wie lange ich noch aushalten müsse, aber ich habe es bis zum Schluss nicht geschafft. Und sie holten mich erst heraus, als die Zeit um war, denn ich war wirklich schuldig …«

»Nein, ich weiß wirklich nicht mehr, wie ich mit ihr verfahren soll! Und diese Sache heute … völlig anormal! Und sie spielt auch völlig anormal, ich habe es beobachtet: Obwohl sie so viele Puppen hat, zieht sie es vor, mit Blättern zu spielen, sie bewegt sie so und ich weiß nicht, spricht mit ihnen … Sie redet mit sich selber …«

Da waren die herabhängenden Winden und ich spielte mit ihren Blättern: Auf jedem Blatt erkannte ich ein anderes menschliches Gesicht … Und dann war ich leise die Treppe hinaufgestiegen und war in Papas Kabinett gegangen, ich war die Einzige, die ohne zu klopfen hereinkommen durfte, und ich war mir meines Privilegs bewusst! Und er hatte mich gerade erst in die Arme genommen, als Mutti eilig hereinkam, ohne zu klopfen … Es brachte mich auf, dass er nicht mit ihr schimpfte! Warte kurz, bitte, sagte Papa zu mir und setzte mich ab. Ich wartete, aber nicht kurz, ich wartete lange, ich verlor meine Geduld … Papa war schnell zu Mutti gegangen, hatte sie auf die Stirn geküsst und dann blieben sie lange stehen, einer vor dem anderen, und redeten. Natürlich hatten sie mich vergessen. Ich sprang immer um sie herum, sie achteten nicht darauf, dass ich alles tat, damit sie mich sahen. Mutti hatte beide Hände auf den Rücken gelegt und erzählte ihm etwas, beugte sich weit nach vorne und erstickte fast vor Lachen. Ich sah mir lange ihre Hände auf dem Rücken an, ihre rosa Hände, ihre Finger mit den wunderschönen Fingernägeln, und plötzlich schlug ich meine Zähne in ihren kleinen Finger, den spreizte sie etwas ab. Was für ein Theater! Mutti weinte vor Scham, dass sie so ein Kind hatte! Alle Leute wurden unterrichtet und gaben ihre Meinung dazu! Und der arme Papa, der sonst immer so blass war, wie rot er wurde, und was für eine unsichere Stimme er hatte! Er fühlte sich sicher angegriffen, ein so intelligenter Mann wie er konnte nicht übersehen, dass hier eine kleine Krise aus Eifersucht stattgefunden hatte, wegen ihm! ... In der Hoffnung, dass man so dem Vorfall wahrscheinlich weniger Gewicht beimessen würde, war er immer um Mutti herum, tröstete sie, stimmte ihr zu ... Ja, sie muss bestraft werden ... ja, antwortete er und warf so verzweifelte Blicke um sich, als wäre er der Schuldige!

Wie verloren kam ich mir vor! Und welche unauslöschliche Scham war über mich gekommen! Wahrscheinlich führte ich mich deshalb weiter so schlimm auf, warf böse Blicke um mich und es war unmöglich, mich dazu zu überreden, um Verzeihung zu bitten.

»Jetzt guck dir das verdammte Ding an! Guck es dir an, es ist stehen geblieben!«

Gut, dass se jetzt was zu tun hat! Gut, dass se jetzt was hat, womit sie ihre Zeit vertun kann, dass se nicht gehen muss und das Geld holen! Wo sie doch wie blöde ungeschickt ist und ihr alles aus der Hand fällt, da fängt sie an, an der Uhr rumzuschrauben! Und immer weiter und weiter, wie lange braucht die denn noch?

»Jetzt lass doch diese Uhr mal sein, Madam Ivona! Was machst du dich so verrückt! Wenn Herr Niki kommt, dann sieht er nach, was sie hat ... Oder der Uhrmacher ...«

Zum einen Ohr rein, zum anderen raus! Sie nickt nur mit dem Kopf und fummelt weiter! Nee, ich bleib jetzt hier und dann sag ich's ihr, aber direkt! Sie weiß doch, noch eine Woche und dann muss sie mir das Geld sowieso geben, aber sie tut so, als wüsste sie's nicht... Und mein Magen knurrt auch vor Hunger, nee, hör doch mal, neee, aber da könnten haufenweise Mägen knurren, wenn's nach so einer Geizhälsin ginge! So geizig wie die ist, schüttet sie einen Kaffee nach dem andren in sich rein und raucht ihre Zigarette und von wegen dann krank, sie hat überhaupt nichts!

»Jetzt lass doch diese Zigaretten mal sein, Madam Ivona, gerade hast du doch erst die letzte ausgemacht! Ich seh doch, dass du dich ärgerst, dass Herr Niki nicht auftaucht, aber ob du jetzt rauchst oder nicht, der Ärger bleibt ja trotzdem!«

»Aaach, Madam Delcă, das denkst du? Dass ich wegen Nikis Verspätung verärgert bin? Ach was! ... So sind wir das gewohnt: Keiner von uns macht sich Sorgen, wenn der andere zu spät kommt! Ich hasse diese Familien, in denen man unter Druck steht: Ein Mensch muss sich auch mal frei bewegen können, mal atmen! Und wirklich, so Schnabel an Schnabel in unserem Alter, das wäre doch vermessen, findest du nicht, Madam Delcă?«

»Ganz genau! Ich sag's dem alten Rindviech offen ins Gesicht: Geh doch auch mal raus in den Cişmigiupark, guck diesen Schachspielern zu, aber glotz nicht immer fern und quatsch mich nicht voll! Wenn ich wie er wäre, ich würde platzen, immer nur im Haus! Ich bin da, sitz da, und dann geh ich mich lüften: ein' Tag zu denen, ein' Tag zu denen, mal ein Wörtchen wechseln, dann hört man mal was anderes ...«

»Das machst du gut, Madam Delcă, das machst du gut! Wir müssen ja unsere Energie auch irgendwie loswerden, wir haben ja noch genug! Wir haben noch Energie, aber wissen nicht, wie wir sie loswerden sollen – beim Schlangestehen, beim Einkaufen, bei den Besorgungen, und das war's dann! Aber wie schade! Das geht doch nicht! Darum denke ich, dass wir wenigstens für unseren Mann, unsere Frau Verständnis haben sollten, wenn das Regime schon keins hat. Nachdem der arme Mann ausgenutzt worden ist, jahrelang, ohne auch nur irgendeine Befriedigung davon zu haben, da soll er sich nicht mal zu Hause über ein bisschen Verständnis freuen können? Nicht mal die Frau …?«

»Verdammtes Verständnis! Ein Mann kennt kein Verständnis! Männer sind wie Kinder: Die kennen nur Angst …«

»Aber nein, Madam Delcă, ein Mann hat doch trotzdem auch seine Persönlichkeit! Wirklich! Ich habe, als ich jung war, schon genauso gedacht. Ich habe immer versucht, rational zu sein, und habe mich immer in den anderen hineinversetzt. Ich denke zum Beispiel, wie Niki denkt: Da stehe ich also am Rand der Gesellschaft, obwohl ich noch so viel Kraft in mir habe! Und jetzt führe ich ein trauriges Rentnerleben – traurig schon an sich, aber vor allem traurig, weil es bei uns grundsätzlich so ist, Madam Delcă! Gestern warst du noch jemand, der einigermaßen respektiert wurde, bei dem man vorsprach. Heute zählst du für niemanden mehr was, du bist schlechter angesehen als damals ein Diener! Sogar deine Kinder spotten über dich, schämen sich, wenn du zu lange mit ihnen bei ihren Freunden bist, passen auf, wenn du den Mund aufmachst, dass du sie nicht blamierst … Es gab kein lieberes Kind als Tudor, und trotzdem! In der Poliklinik wartest du stundenlang, und wenn du reinkommst, schicken sie dich weg, obwohl doch erst in deinem Alter die Krankheiten überhaupt auftauchen, die wirklich behandelt werden müssen … Im Krankenhaus gucken sie dich nicht mal mehr an, weil sie entsprechend Anweisungen haben; die Bekannten, die sich vorher noch drum schlugen, dich anzurufen, wenn sie etwas brauchten, haben jetzt deine Nummer vergessen, weder zu den Feiertagen noch zum Geburtstag erinnern sie sich an dich … Wenn du schon kein Umfeld mehr hast, dann wenigstens Geld, tja, wenn du nur welches hättest! Das war sehr weise früher, dass der Besitz erst nach dem Tod eines alten Menschen verteilt wurde. Er behielt seine Würde, wurde umworben, wurde gepflegt … Weil Geld eben verpflichtet …«

»Arme Madam Ioaniu, Gott hab sie selig! Wie oft hat sie mir gesagt: Egal von was, Vica, leg dir einen Groschen beiseite! Und so hab ich diese siebentausend gespart … Aber seit ich in Rente bin, du sagst es, hab ich keinen Leu mehr auf die Seite gelegt …«

»Ach, ja, dein Geld, siebentausend, eine große Überwindung! Was denn, denkst du, wir hätten mehr angespart für den Notfall? Und ich kann nicht behaupten, dass wir uns amüsieren! Wir sind es müde geworden, vor der Zeit … Aber drüben, wenn man da in Rente geht, die haben da eine unheimliche Lebenslust! Schrecklich! Sie sind entschlossen, alles das zu tun, was sie in ihrer Jugend nicht haben tun können, weil sie arbeiten mussten! Bei uns arbeitet man auch, das streite ich nicht ab, aber es ist, geben wir es zu, etwas lockerer! Drüben wird man gut bezahlt, aber man arbeitet auch hart, denn wenn man es geschafft hat, eine Arbeit zu ergattern, dann will man sie nicht mehr verlieren! Das ist keine Propaganda, was ich jetzt sage, Madam Delcă! Aber wenn man dann mal in Rente geht, dann können sie sich ausruhen! Sie reisen um die ganze Welt, denn bei ihnen gibt es keinerlei Einschränkungen …«

»Aaach neee! Was sollste so viel reisen? Was sollste das Geld auf den Kopf hauen?«

»Also, Madam Delcă, du nun wieder! Wieso, warum? Um etwas zu sehen! Um sich zu bilden, sich zu amüsieren …«

»Im Alter zu reisen, das ist doch nicht lustig! Naja, als ich jung war, da hab ich mich auch nicht gerade dafür umgebracht zu reisen, im Fernsehen sieht man doch alles! …«

»Das Fernsehen ist das eine, Madam Delcă, das andere ist die Wirklichkeit! Und Bewegung tut auch einfach gut, macht jung! Psychisch und physisch tut es einem gut! Die Leute dort in unserem Alter gehen zu Bällen, zu Feiern …«

»Das würde noch fehlen! Dass das alte Rindviech noch irgendeiner Nutte hinterherrennt! Er war ja ein großer Tänzer, was für Walzer haben wir getanzt, als wir jung waren! Alle sind sie stehen geblieben, nur um uns anzugucken! Aber jetzt, da kann man das doch nicht mehr. Das würde nur noch dieser verrückten Reli gefallen, zum Ball gehen und Männer anmachen, sie sagt ja, sie bräuchte halt einen Mann, und ihrer hat es mit fünfzig nicht mehr gekonnt…«

»Es ist nicht unbedingt das Sexualleben gemeint, Madam Delcă, obwohl sie auch dazu eine ganz andere Einstellung haben! Schrecklich frei! Und ich, so tolerant ich auch bin, war manchmal doch schockiert…«

»Soll'n die das da so machen! … An Vergnügung fehlt's der Welt nicht!«

»Ich verstehe deine Zurückhaltung, aber ich habe nicht nur das gemeint! Ich meinte das Leben eines noch jungen Menschen, beim Sport, denn da spielen sie alle Tennis, schwimmen im Schwimmbad, steigen auf Berge, ja, ja, und warum nicht! Warum nicht, hast du da auch wieder etwas einzuwenden? Erlaube mir, dir zu widersprechen, Madam Delcă! Also, warum denkst du, es wäre besser, dich wie eine Krähe in Schwarz zu kleiden, nur immer zu Totenfeiern zu gehen und auf Enkel aufzupassen, und dafür dankt dir dann noch nicht mal jemand? Warum ziehst du diese Art zu leben vor? Warum, wo man doch gerade im Alter hässlicher wird, soll man sich da nicht schön anziehen – eine Massage, eine Kosmetikpflege? Warum versuchst du dich nicht zu pflegen, einen leichten Sport…«

»Also das würde noch fehlen! Mein Mann mit seinen hundertzwanzig Kilo, die er drauf hat, nur Sport fehlt ihm da noch! Mehr Sport als Holz und Kohlen hinten aus dem Hof vom Schuppen zu holen, was brauchst du noch mehr Sport? Er kann nicht mal seine Schnürsenkel zubinden, nicht mal das schafft er mehr alleine! Also ich hab genug Sport! Andere vielleicht nicht, aber am Sport fehlt's mir nicht! …«

Hau mir ab mit deinem Unsinn! Siehst du nicht, wie du aussiehst, so gelb und nur noch Haut und Knochen mit deiner Kosmetik und deinen Vergnügungen! Hau mir ab und lass dieses Ungetüm von Uhr jetzt und geh hoch und hol das Geld! Hol das Geld, ich kipp sonst um vor Hunger, mir wird schon schwarz vor Augen ... Ich bin geduldig, ja, und wie geduldig ich bin, aber wenn ich's nicht mehr bin, dann sag ich's auch! Denn wenn ich nichts sag, wer ist dann der Verlierer? Ich doch! Und dann?

»Nein, Madam Delcă, nein! Du hast nur Vorurteile vorgebracht! Denn wo steht geschrieben, dass Herr Delcă hundertzwanzig Kilo wiegen muss in seinem Alter? Ja, das ist eine Sache, entschuldige bitte, bei der du nicht aufgepasst hast! Und wie oft habe ich dir gesagt, ich und Mutti auch: nichts Gebratenes! Nur Geflügel und Rind – gekocht. Schwein – gegrillt! Nicht in der Pfanne gebraten! Sei nicht ärgerlich, bitte, denn ich sage es dir wie eine Schwester: Diät beim Essen und dann Bewegung! Keine Nudeln! Kein Brot! Keine gesäuerten Suppen! Ein Stück Fleisch, Obst, Bewegung, denn nur die Fettleibigkeit ...«

»Also nun komm! Was redest du denn da, Madam Ivona, das reicht jetzt aber! Ich kann dir schwören, dass es drei Monate sind, seit ich kein Fleisch mehr zwischen die Zähne gekriegt habe! He-he, was mein Mann und ich für Diät machen, da können die uns jetzt schon in den Heiligenkalender eintragen! Bei dem, was du da sagst, da ist die Rente ja gleich in zwei Tagen futsch! Ohne Suppen, ohne Makkaroni, ohne Kartoffeln, ohne Bohnen – das ist bei mir die Basis, und anders geht es auch nicht! Es geht nicht und aus! Tja, zwei Köpfe sechshundertfünfzig Lei, davon die Miete, Strom, Fernsehen? ...«

»Ja, wenn ich mich in deine Lage versetze, ja, das ist wohl schwierig. Ich muss gestehen, ja, das ist es, und darum hab ich dir auch schon so oft gesagt, ich bewundere dich dafür, Madam Delcă, wie du deinen Haushalt schaffst, mit dem Einkommen, das du hast ... Aber wenn du das Gebratene noch aufgeben würdest, dann ...«

»Ach, ich hab schon immer so gegessen und bin noch nicht gestorben! Und ich hab meinem Mann davon gegeben, und guck, wir haben keine einzige Krankheit! Denn wer dünn und nervös ist und mäkelig, der kriegt alle Krankheiten der Welt! Und Diät, das ist was für Reiche! Das hab ich auch Madam Ioaniu immer gesagt und sie sagte dann: Du hast recht, Vica! Wenn man zu zweit vier- oder fünftausend Rente hat, kann man sich vollstopfen, mit was man will, aber mit sechshundert isst man entweder Kartoffeln und Brot oder hungert. Bei viertausend Rente kaufst du Fleisch, kaufst dir Cico, holst Kirschen, Pasteten, was du willst…«

»Ja, Madam Delcă, ja… Im Vergleich zu der kleinen Rente deines Mannes, da könnte es dir scheinen, dass wir… Aber in Wirklichkeit nicht! In Wirklichkeit ist der Unterschied nicht allzu groß…«

Da sieht man, was schlechte Herkunft bedeutet: Du streckst ihnen einen Finger hin und sie nehmen die ganze Hand! Ich behandle sie wie meinesgleichen und bin so nett wie möglich zu ihr und sie erlaubt sich, über uns zu richten! Sie richtet uns, sie berechnet unser Geld, aber so sind die Leute aus dem Volk: Bei ihnen steht das Praktische an erster Stelle! Die verlieren sich nicht wie unsereins in Idealen, sie stehen immer mit beiden Beinen auf dem Boden, und wie viel du ihnen auch gibst, sie sind unzufrieden: Sie finden es normal, dass du ihnen was gibst, das ist deine Pflicht, und es scheint ihnen unnormal, dass du auch etwas hast! Sie redet über deine Rente und die Rente ihres Mannes, als trügst du irgendeine Schuld daran, dass du studiert hast und mehr Jahre auf dem Arbeitsmarkt warst! Denn nur du allein weißt, was du für diese lächerliche Rente alles hast schlucken müssen! Du hast es dir nicht erlaubt, zu Hause zu bleiben, obwohl du da auch zu tun gehabt hättest, aber sie sagt hier laut und hochmütig: Ich mochte es nicht, einen über mir zu haben! Tja, wenn du es nicht mochtest, dann fass dich an die eigene Nase!

»… Tja, Madam Delcă, nimm unser Geld, zieh davon die Ausgaben und Abzüge ab und dann siehst du, was übrig bleibt! Zieh dann noch die Heizung und das Hausgeld ab für dieses große Haus, dann die Telefonate mit Tudor und die Pakete, die enorm viel kosten, weil wir immer noch was schicken, zieh die Medizin ab, dann die ganzen Reparaturen – ein Schuh, eine Jacke, ein Einkauf… Dann die Verpflichtungen, nirgendwo kommst du ohne Blumen, Aufmerksamkeiten, Pralinen rein… Tja, Madam Delcă, nein, das ist keine Kleinigkeit: Jeder Besuch kostet fünfzig Lei! Sicher, wir geben es gerne, für die Nahestehenden gibst du gerne was, aber siehst du! Es summiert sich! Da kommt eins zum anderen, das summiert sich! Aber, *à propos*! Wo du gerade den Weg her gemacht hast, da gebe ich dir schon einmal die fünfzig Lei, die dir für nächsten Monat zustehen!«

»Aach, lass mal! Lass nur, du hast ja auch nichts! Du hast ja auch diese ganzen Ausgaben, von denen du geredet hast… Schick sie mir, wenn du kannst, wann auch immer, mit der Post…«

»Es ist schon richtig, du hast mich ein bisschen auf dem kalten Fuß erwischt, und weißt du, warum? Weil morgen erst meine Rente kommt und vorher bin ich immer etwas ausgebrannt. Ich habe mein Geld und Niki seins, so fanden wir es gesünder, damit es keinen Streit gibt. Wir legen nur für die gemeinsamen Ausgaben zusammen. Ich könnte natürlich vom Boiler-Geld nehmen, und wenn dann meine Rente kommt, leg ich es wieder zurück. Niki wird nicht mal Zeit haben, es zu merken…«

»Lass mal, Madam Ivona! Wenn ich's doch sage! Ich wollte sowieso gerade gehen, guck, ich hab schon meine Sachen zusammengesucht! Was soll man noch, bei so viel Aufhebens… Schick es mir, wenn du's kannst, mit der Post…«

»Gar kein Aufhebens, es ist ganz einfach! Wir haben schon so lange Geld für den Boiler beiseite gelegt und bei jeder Rente legen wir was dazu, jeder soviel er kann. Letzten Sommer hat Niki sich fast alles genommen, er brauchte vor seiner Abreise zu Tudor so viel ... Im Herbst haben wir wieder angefangen zu sparen, und da habe ich zu ihm gesagt: Das ist das letzte Mal, dass du es verwahrst, immer nimmst du was davon! Und jetzt werde ich eben die sein, die sich dran vergreift ...«

»Lass doch, Madam Scarlat, wenn ich's doch sage! Guck, ich bin schon weg! Und du schickst es mir, wenn's soweit ist, wenn du's kannst ...«

»Nein, bitte, Madam Delcă, warte, ich gebe es dir jetzt! Ich gehe gleich und hol es und dann, wenn du willst, kannst du gehen. Aber bitte, solange ich weg bin, guck auf die Uhr ... Guck, ob sie geht ...«

So! Wenigstens ihr eins auf die Nase geben, damit sie merkt, dass sie das Maß überschritten hat! Damit sie merkt, wo sie hingehört und dass du ein Opfer für sie bringst, wenn du ihr das Geld gibst! Ein kleines Opfer, das sonst kein anderer für sie bringen würde. Weil sie dich in die Lage versetzt hat, dass du dich vor ihr entschuldigst, du, die sich aus reiner Menschenliebe bereit erklärt hat, ihr jeden Monat eine kleine Rente zu zahlen! Niki hat schon recht, wenn er sagt, das, was du tust, ist keine Menschenliebe ... *Tu te laisses faire ...*

Aber was würde Niki jetzt sagen, wenn er wüsste, dass ich imstande gewesen bin, meine Einkünfte vor ihr zu rechtfertigen! Ein Fehler, wie er mir so häufig unterläuft, weil ich so naiv bin! So gutgläubig! Hier hat Niki wieder recht, wenn er sagt, dass jedes Kind mich an der Nase herumführen würde, wenn es wollte! Der einzige Trost ist, dass ich ihr, als ich mich rechtfertigte, eins auf die Nase gegeben habe! Seit einer Stunde denke ich immer: Soll ich ihr heute das Geld geben, vor der Rente? Soll ich es vom Boiler-Geld nehmen? Soll ich es ihr eine Woche vorher geben und riskieren, dass sie dann immer früher kommt? Aber wenn nicht, dann muss ich in einer Woche zur Post gehen – wieder so ein Aufwand, noch mehr Mühe. Als ich ihre Frechheiten gehört habe, da habe ich plötzlich beschlossen: Ich gebe es ihr, aber ich sage ihr ganz deutlich, was mit diesem Geld ist! Damit es da keine Unklarheiten gibt! Ich habe sowieso schon den ganzen Morgen wegen ihr verloren! Ein verlorener Morgen! Dass sie merkt, sie hat sich danebenbenommen: Denn ich rede mit ihr wie mit meinesgleichen und sie antwortet mir wie ein Tier! Und ihre ganzen Vulgaritäten, die Mutti ertragen hat, manchmal hatte ich sogar den Eindruck, diese niedrige Art zu denken amüsierte sie, ich kann wirklich nicht behaupten, das wäre nach meinem Geschmack. Ich kann nicht behaupten, dass mir das irgendeine Freude bereitet.

Ivona stellt die Uhr zurück an ihren Platz auf dem Buffet und geht zur Tür hinaus, den Schraubenzieher in der Hand. Vica wartet, bis sie oben das Parkett knacken hört, dann kramt sie in ihrem Beutel, nimmt eine Carbaxin und geht damit in die Küche. Sie kommt zurück, kaut. Sie sieht auf der Tischkante das Fotoalbum mit dem weinroten Ledereinband, sie setzt die Brille auf und betrachtet lustlos die ersten Seiten. Oben hört man eine Tür zugehen, dann quietscht die Treppe unter Ivonas Schritten. Ivona kommt rein und ohne ein Wort hält sie ihr einen Hunderter hin. Vica legt schnell die Brille auf das aufgeschlagen daliegende Album und tut ein paar schwerfällige Schritte, um ihn ihr aus der Hand zu nehmen.

»Was ist das? Ein Hunderter? Aber ich kann nicht wechseln, dass du's weißt! Ich such noch mal in meinem Beutel, aber es ist nie so, dass ich mehr Geld hab, als ich wüsste! Das passiert nicht, dass ich mal vergessen würde, wie viel Geld ...«

Sie nimmt den Beutel und holt der Reihe nach alles heraus, was darin ist: leere Plastiktüten, dann die Geldbörse. Ivona tastet auf dem Tisch unaufmerksam nach dem Zigarettenpäckchen, holt eine heraus, zündet sie an ...

»Zwanzig Lei hab ich doch gehabt, zwanzig Lei und bisschen was Kleingeld, aber mehr nicht ... Aber was ist los, dass du gar nichts mehr sagst, Madam Scarlat? Hast du dich über irgendwas geärgert?«

»Also so was! Warum sollte ich mich ärgern?«

Ivona steht auf, sieht auf die beiden Uhren: Die alte funktioniert, geht aber fünf Minuten nach. Sie hält die brennende Zigarette im Mundwinkel, bis sie sie gestellt hat.

»Dreienzwanzig, vierenzwanzig … Nein, ich hab dir gesagt, ich hab nichts! Das ist alles und kein Pfennig mehr! Das gibt's auch nicht, dass ich Geld dabeihab und nichts davon weiß! Alles, aber so was nicht! Lass ma', Madam Scarlat, du schickst es mir mit der Post! Du hast ja auch nichts, und jetzt hast du's vom Boiler-Geld genommen …«

»Ich habe es nicht vom Boiler-Geld genommen … Ich habe es von Nikis Geld genommen … Und bis der Boiler mal gemacht wird, wer weiß … Nimm es, Madam Delcă!«

»Warum soll der Boiler nicht gemacht werden? Und wie soll ich den ganzen Hunderter nehmen, Madam Scarlat?! Na, dann geh ich wechseln …«

»Wo gehst du hin?«

»Wieso wohin? Zum Laden …«

»Der ist bis Montag zu, Inventur … Es gibt nichts, wo du hin könntest.«

»Nee jetzt aber, ich kann nirgends hin! Die haben doch nicht alle zu. Ich geh zum Tabakladen …«

»Es ist nach vier, siehst du, es ist zu. Keine Sorge, wenn es irgendwas gäbe, wo du in der Nähe wechseln könntest, ich würde dich hinschicken. Aber es gibt nichts. Nimm den Hunderter und fertig. Für die nächsten beiden Monate.«

»Dann lass ich diese vierenzwanzig hier und … Wenn's so weit ist, dann komm ich, und du gibst mir den Rest, musst du nicht per Postanweisung schicken … Ich komme und …«

»Komm, Madam Delcă, lass nichts da! Lass nichts da, nimm den Hunderter, sonst werde ich böse! Wenn ich dir sage, du sollst ihn nehmen, dann nimm ihn! Nimm ihn, wer weiß, was noch kommt?!«

»Was soll das heißen? Wieso bist du jetzt so? Bevor du hoch bist, warst du nicht so!«

»Wie war ich nicht?«

»Also, du führst mich nicht an der Nase rum! Ich kenne dich doch, seit du klein warst! Mich führst du nicht so einfach hinters Licht, los, sag, was du hast! Ich bin gleich weg, ich hab meinen Beutel, aber wie soll ich jetzt gehen und dich hier so allein lassen? Hee, lass doch diese Männer! Lass doch diese dummen Männer, die machen einem doch nichts als Ärger ...«

Niki

»... Auch wenn Niki jemandem das Boiler-Geld geliehen hat, ohne mir was zu sagen, das ist für uns kein Grund zum Ärger.«

»Der Mann hat es nicht gern, pleite und mit leeren Taschen in die Stadt zu gehen! Vielleicht hat er es mitgenommen und bringt es auch wieder mit zurück! Gleich hörst du den Schlüssel im Schloss und ... Herr Niki! Herr Niki mit dem Geld!«

»Dass er mit Tausenden Lei rausgeht! Was denkst du denn! Nein, das Boiler-Geld muss in seinem Zimmer sein. In einer anderen Schublade, woanders als dort, wo wir es normalerweise immer hingetan haben! Vielleicht hat er es extra versteckt, dass ich es nicht finde, falls ich auf dumme Ideen komme. Aber es war nicht schwer, deinen Hunderter von seinem Geld zu nehmen. Ich weiß, wo es ist, aber eigentlich bedien ich mich nicht an seinem Geld. Natürlich hätte ich das für den Boiler gefunden, dann hätte ich lieber davon genommen, weil das unser gemeinsames Geld ist. Und mein Beitrag ist auch größer. Ich habe weniger ausgegeben, weil ich seltener aus dem Haus gehe; ich kann natürlich sagen, mein Interesse an einem Boiler ist auch größer, weil ich fröstelig bin. Wenn der Winter kommt, dann sterbe ich fast, ganz einfach! Und dann kommt wieder das Feuermachen, und bis Mai hört das nicht auf! Und die Asche und das Holzsparen! Und die Kohlen, die so schlecht brennen! Und vor allem das eiskalte Bad ...«

»Na, da wunderst du dich noch, was du hast! Da wunderst du dich noch und denkst dieses ganze dumme Zeug! Du bist erkältet, das ist es. Du gehst dich immer waschen und das Bad ist kalt!«

»Schön, wenn es das wäre, Madam Delcă! Schön wäre das, aber ich weiß nicht!«

»Ja, doch, werd wieder klar im Kopf! Komm, beruhige dich, merkst du nicht, wie nervös du bist? Ich hab so was auch oft gehabt, aber keiner hat's gesehen. Bei uns sieht man so was nicht! Und das kommt wirklich nur von der Kälte!«

»Das ist es ja! Es kommt nicht nur von der Kälte! Vor allem nicht von der Kälte, liebe Vica ...«

»Du willst es nicht hören! Wenn ich's doch sage, du bist erkältet! So ein großes Haus, und wie viele Feuerstellen hast du? Siehst du? Und dann dauernd ins Bad, dich waschen, ja ja, ich kenn doch deine Schwächen! Und hast du nicht auch so ein Brennen da? Und fröstelst du?«

»Ich hab nichts. Kein Brennen, kein Frösteln, ich hab nichts. Ich kann zwar auch nicht gerade sagen, dass ich mich besonders gut fühle ...«

»Weil du erschrocken bist, darum! Lauter Dummheiten kommen dir in den Kopf! Darum sind auch deine Männer nicht zu Hause. Heute Abend nimmst du ein Säckchen warmes Salz, legst es auf den Bauch, eine Flasche mit heißem Wasser an die Füße und dann so dicke Unterhosen, zieh dir lieber zwei Paar an, hörst du? Hör auf mich, ich hab das schon oft gehabt! Die Kälte ist der größte Feind des Menschen, darum hab ich immer alle meine Siebensachen an! Darum nennt mich der Gelu, mein Neffe, auch immer Baba-Dochia*! Ja nee, so ein kluger Junge und gebildet und nett! Der, sag ich, ist noch mit keinem Mädchen losgezogen bis jetzt!«

»Glaubst du?«

»Glaub ich, aber weißt'es? Der ist ja so verschüchtert! Diese Stummen, die ruhig sind und nichts machen, denen darf man nicht trauen; wenn man grad nicht damit rechnet, dann legen sie los. Seine Mutter ist genauso, stumm und verschlossen, und er ist ihr wirklich ähnlich, aber meinem Bruder auch, dem Ilie! Er ist so klug und so brav wie er! Es war ein Glück für den armen Ilie, dass ich geheiratet hab und an der Coriolanstraße einen Laden aufgemacht hab! Da hatte ich Geld auf der Hand, ich langte hinter die Theke und holte Geld raus und bezahlte dem Ilie seine Gebühren fürs Internat – der war ja im Internat, denn wer sollte sonst nach ihm gucken? Und warum hätte er immer von hinten vom Pantelimon bis zur Wirtschaftsschule fahren sollen? Ich langte hintern Tresen und bezahlte für Ilie die Gebühren, was hab ich mich mit meinem Vater gestritten, dass er ihn was lernen lassen soll! Ich hab kein Geld, Mensch, hab ich nicht! Wenn ich keins hab, was soll ich machen?, sagte der Alte immer. So'n nervöser Oltener! Und alles, was er hatte, Häuser und den Laden und Geld, das hat er alles seinen zweiten Kindern hinterlassen, von dieser Hexe, ist alles den Bach runter! Aber Ilie hab ich in die Wirtschaftsschule gegeben! Gut, dass du diese Schule für Ilie gefunden hast, wo du nichts bezahlen musst!, hat der Vater sich gefreut. Denn das hab ich ihm so gesagt, dass das eine Schule ist, wo man kein Geld zahlen muss, die geben dir noch was, damit du da bleiben kannst. Und ich hab bezahlt, aber ich konnte es ja auch: Der war ein guter Junge, der Ilie. Und sein Sohn, der Gelu, auch: Schlau wie sonst keiner, und immer mit der Nase im Buch! Jetzt lass doch mal diese Bücher, sag ich manchmal, wenn ich ihn immer so seh. Geh doch mal raus, geh spazieren! Darum mögen ihn auch alle, die Mädchen, der Direktor, und seine Chefs da, alle sind ganz verrückt nach ihm! So war's ja auch mit dem Jungen, mit Tudor…«

»So verrückt waren sie nicht nach ihm! Wäre es so gewesen, dann wäre Tudor glaube ich noch hier!«

»Vielleicht! Aber der Gelu ist auch so wie Tudor… Sieht nichts, hört nichts… Nur heute, als ich gehen wollte und ich mich anzieh, meine Mütze aufsetze, mir alles ummache, da sagt er da: Als wärst du Napolejon in Russland, Tante!«

»Wie hat er gesagt, Madam Delcă? Napoleon, in Russland?«

»Naja! Ach, lass nur. Aber ich werd das mal zu diesem verrückten Niculaie sagen! Na, guck mich mal an, sag ich dann zu ihm, und rat mal, wem ich ähnlich sehe? Wem ich, wie dein Neffe Gelu sagt, ähnlich sehe? Und dann, da werden wir lachen! Denn Niculaie, der ist bis Stalingrad gekommen, wo da alles Schlimme der Welt war! Und er weiß schon, was er meint, wenn er Russland sagt! Und einmal, das hat er erzählt, da hat er seine Hand in die Kälte raus gehalten. Die saßen da in den Gräben, unter der Erde, wie auch immer die da hockten, wie die Ratten… Und draußen eine Kälte, dass die Steine krachten, und Niculaie, der war sein ganzes Leben lang so ein Witzbold, er hat seine Hand einfach rausgehalten, damit sie abfriert. Dann würden die ihn doch nach Hause schicken, und dann wäre er den ganzen Wahnsinn los. Und da stand er so die ganze Zeit mit der Hand draußen, bis sie ganz hart wurde: steif und ganz weiß war sie! Und als er sie wieder reinzog ins Warme, da sieht er nach 'ner Zeit, wie sie dick wird. So 'ne Freude! Sie wird dicker und dicker, aber jetzt sieht er, dass er seine Finger bewegen kann. Na, auf einmal, was war der froh! Das war mein Glück im Leben, lacht Nicluaie, wenn er das erzählt, dass nichts im Leben so wird, wie ich will! Aber, es ist schon so geworden! Er hatte dann einen Laden auf der Brezoianu, und Kunden hatte der! Und jetzt noch, wo er so alt ist, da ist er immer noch Chef von der Kooperative! … Und das heißt ja, er hatte wohl Glück, dass er aus Russland zurückgekommen ist, von anderen liegen da jetzt nur noch die Knochen… Aber ich red hier, egal, Madam Ivona, ich seh, du bist mit dem Kopf ganz woanders!«

»Ich überlege, ob ich den Umschlag mit dem Boiler-Geld nicht richtig gesucht habe… Ich habe mich plötzlich so schrecklich geärgert und hatte keine Geduld mehr, ihn zu suchen. Denn er müsste doch trotzdem da sein… Vielleicht auch, weil wir über die arme Margot geredet haben… Außerdem die Uhr, die stehen geblieben ist…«

»Das ist doch alles Unsinn. Wenn *ich* sagen würde, ich glaube da dran, aber Sie, eine gebildete Frau! Also Madam Ioaniu habe ich nie so reden hören. Manchmal jammerte sie: Ich kann nicht glauben, Vica, nicht mal an Gott, auch nicht an den Teufel oder das Jenseits. Aach was, was soll man auch glauben? Da ist noch keiner hin und wieder zurückgekommen, um uns zu erzählen, wie's da ist. Und jeder glaubt, was er will! Na, das alte Rindviech, der glaubt auch nichts! Und dann solltest du mal sehen, wie er anfängt zu schimpfen, mit Adam und Eva und dem Affen, was er da schimpfen kann! Und dass er nur keinen Popen sieht, da sieht er rot, nicht mal zu Ostern will er ihn ins Haus lassen, der alte Sünder … Da ist also doch was von den Kommunisten bei dir hängen geblieben, sag ich, wenn er anfängt. Und das war's dann für mich! Weißt du was, sagt er, was die da sagen, das hab ich schon immer gesagt …«

»Nein, Madam Delcă, ich glaube! Ich habe von Kindesbeinen an geglaubt! Wie viele Kerzen habe ich in der Sainte-Vierge angezündet, die Patronin der Notre-Dame, und wie oft habe ich drum gebetet, dass Papa nach Hause kommt … Mehrmals im Leben kam es mir so vor, als hätte Gott seine Hand über mir ausgebreitet – auch in diesen unglücklichen Zeiten. Ich bin nicht abergläubisch, aber die Welt erscheint mir voller Zeichen, und darum war ich so beklommen, als die Uhr stehen geblieben ist …«

»Aber jetzt geht sie, siehst du? Siehst du, du hast sie repariert! Komm, liebe Ivona, du siehst dauernd Sachen! Aber jetzt bin ich platt: Hätte ich nicht gedacht, dass du so was kannst, ein altes Ding wieder zum Laufen bringen! Ja guck, es geht, pfui, das ist ja Zauberei! Dieses alte Zeug ist wie altes Leinen, wenn du's nicht erwartest, dann reißt es.«

»Ja, mir mangelt es nicht an Sinn für Technisches. Der Erste, der das gemerkt hat, war Tudor! Ivona, sagte er, du hast deinen Beruf verfehlt! Und als er fort war, wer repariert jetzt alles im Haus? Das ist an mir hängengeblieben! Bei Niki und mir, du wirst es nicht glauben, aber Niki der Dichter! Er hat seine Ideen, seine Wörter, ich das Reparieren …«

»He-he, der hat dir ja auch Gedichte gemacht, was?«

»Ssst! Sei bitte kurz ruhig, Madam Delcă! Ich glaub, man hört was im Hof …«

»Herr Niki! Na, dann geh ich jetz' mal, bin eh nur geblieben, damit du nicht so alleine bist! Aber jetz' kann ich mein Zeug zusammennehm' und ab, sonst erwischt mich noch die Dunkelheit auf dem Weg.«

Nee, wie sie hochspringt und los ist, ihm aufmachen! Was soll's, gut oder schlecht, ist eben ihr Mann! Sind doch schon ein ganzes Leben zusammen! Mal hü, mal hott, aber zusammen! Und lange werden se nun auch nicht mehr zusammen sein, der Tod vergisst ja keinen hier von uns! Herr, vergib mir, soll kein böses Omen sein! Dass dir jetzt so was durch den Kopf geht und auf die Zunge kommt, was du nicht mal denken sollst! Und wenn sie auch verrückt ist und verdreht, aber von den beiden ist sie doch die bessere! Sie versteht nichts von Haushalt, aber eine Hausfrau ist sie doch! Die hat kein schlechtes Herz, sie hat ja dran gedacht, mir diese fünfzig Lei zu geben! Als ihre Mutter starb, da hat sie dran gedacht, mir die zu geben, statt Totenkuchen zu machen und Totenandachten und auf dem Friedhof die ganzen Zigeuner vollzustopfen! Diese ganze Horde von Dreckschweinen, die dich anspringen, wenn sie dich mit einem Teller in der Hand sehen! Und gut war das, und wir haben immerhin von ihr geredet! Denn wenn ihre Mutter mir was gegeben hätte, dann hätte ich es erst gekriegt, wenn sie mich von hinten gesehen hätte! Nee, ihre Mutter war noch geiziger als dieser Sparfuchs hier! Sie steckte mir manchmal ein Pastetchen in den Beutel, ein trockenes Kuchenstück, aber Geld?! Sie und Geld rausholen? Alle Heiligen! Sie gab mir mal zwanzig, wenn ich bei ihnen von morgens an war und abends steif wieder ging! Aber wie die Ivona ins Vestibül losgerannt ist, um diesem Unhold von Niki aufzumachen? Naja, ist ihr Mann, ist ihr Ehemann! So wird wohl das alte Rindviech auch hüpfen, wenn er mich im Hof hört! Armes altes Rindviech! So mürrisch, so stumm, so bösartig wie der ist, aber man kann sich auf ihn verlassen! Immer ist er los, ist frühmorgens aufgestanden, um halb fünf ist er los, sonst hätten wir beide jetzt nichts, jetzt, im Alter... Und was hat er sich wegen der Krätze gejuckt, die er von der Fabrik hatte, verdammte Giftsachen da, mit denen er gearbeitet hat, dass seine ganzen Hände eine einzige Wunde waren. Aber am Zahltag, da kam er so an, das ganze Geld! Na, nimm's dir!, hat er gesagt. Und hat mir alles in die Hand gelegt! Also, wenn du diesen Unhold von Niki mal so was machen siehst! Ja, da hat das alte Rindviech wohl recht: Du kannst dich immer nur über mich beklagen, sagt er, aber wenn du mal wüsstest, was die andren machen! Ja, kam er so mit dem Lohn an? Er kam! Na, nimm's dir!, hat er gesagt. Und ich hab es gezählt, hab alles berechnet: das für den Fernseher, das für die Miete, das fürs Holz. Und hier was, da was, so haben wir unsere Siebentausend zusammengespart. Darum, das kann man wirklich sagen, hat auch Madam Ioaniu was Gutes getan auf dieser Welt! Und darum kann ich nicht hier in dieses Haus kommen und sehen, wie runtergekommen es ist, und dann die eingefallene Laube, und dieser vertrocknete Birnbaum voller Raupen und außen ganz abgeblättert, und dann Ivona so zu sehen, so dürre und gelb und nur Haut und Knochen, ich weiß gar nicht, wie mir wird ... Ich weiß gar nicht, wie mir ist, ich will gar nicht mehr weg, man weiß gar nicht, wie die Zeit vergeht und alles, und dann bleibt nichts mehr ... Und jetzt werd ich gehen, im Flur, da knarrt schon das Parkett.

»Nein, es war nicht Niki, Madam Delcă ... Es war der Postbote, mit einem Brief von Tudor. Bleib noch ein bisschen, ich gehe kurz hoch und hole die Brille und dann sag ich dir, was er schreibt ...«

Guck, er ist immer noch nicht da! Aber da hatte se ja Glück, die Ivona, dass se nicht mit eingezogenem Schwanz zurückkommen musste, sondern mit 'nem Brief von ihrem Sohn! Und auf einmal ist alles gut! Sie hat diesen Unhold vergessen, hat die Rosinen im Kopf vergessen ... Ach, was hat sie immer, und ihre Mutter auch, für 'ne Sehnsucht nach dem Jungen gehabt! Sie sparten sich alles vom Mund ab und alles, was es Gutes gab, immer für Tudor! Und der, so mäkelig und schnäkig ...

»... wenn Sie ihn mir einen Monat geben würden, den würde ich auf die Beine bringen! Für den hätte ich genau das Richtige!«

Das hab ich ihnen so oft gesagt! Und einmal, da waren sie weg und blieben bis Abend. Und als ich den Tisch decke, da kommt Tudor, wie er so erzogen war, und ja, und nein, und ich esse jetzt nicht, ich hab jetzt keinen Hunger – sooo?! Ich hab ihm alles weggenommen, hab aufgeräumt, hab alles weggestellt, hab den Schlüssel in die Tasche gesteckt... Dann kommen sie am Abend, wir sitzen alle am Tisch, und der Kleine legt die Hand auf den Brotlaib und fängt an zu schlucken: Wie ein Wolf aß er, er konnte es gar nicht mehr abwarten! Was haben wir über ihn gelacht, was waren wir da fröhlich!

»Madam Delcă, du vollbringst echte Wunder!«, hat seine Mutter sich gefreut.

»Na, keine Sorge, ich hab genau das Richtige für ihn«, hab ich gesagt. Aber nur da hab ich ihn mal essen sehen! Er war nicht gierig, wie's manche so sind. Er mit seiner ganzen Bildung, die er hatte! Alle setzten sich hin, er auch, und schnellschnell, küss die Hand, danke für das Essen! Wenn er alles aufaß, dann erlaubte seine Großmutter ihm aufzustehen. Und er stand auf und rannte wieder zu seinen Büchern. Immer weiter, immer weiter, und liest, und schreibt, er wusste, was er da machte, da unterm Dach, die hatten ihnen noch ein großes und ein kleines Zimmer unten gegeben und oben unterm Dach, da war nur der Junge. Tudor. Jetzt waren sie zufriedener, der Junge war groß, er hatte sein eigenes Zimmer, da konnt' er lernen. Und dann abends kamen seine Freunde, Schulfreunde, wer weiß, wo die alle herkamen, der ganze Haufen. Und das ganze Rudel nach oben und machten ihre Musik an, nur immer so'n Hämmern – so was will man bloß nicht hören! Wenn seine Großmutter es nicht mehr aushielt, dann stieg sie rauf zu ihnen und stellte es leiser, »sonst hören die es unten und ärgern sich noch!« Und die machten es aus und machten es wieder an, es waren auch Mädchen dabei, mal die eine, mal die andere, und da kam auch die, die Tudor dann später geheiratet hat. Anca. Eine abgemagerte Katze, als sie kam, war sie noch Schülerin, Madam Ioaniu hat gesagt, dass ihre Familie

Probleme gehabt hätte, solche wie sie, und ich fragte Madam Ioaniu, ob die Mutter von diesem Mädchen wohl wusste, wohin sie geht. Also zu einem Jungen? Aber sie waren da alle zusammen, Jungen, Mädchen, und die Mutter des Mädchens hat es gewusst, aber sie wird sich wohl gesagt haben: Ach, das ist ein guter Junge, der hat seine Mutter und seine Großmutter da zu Hause, und die haben auch Kristalle und Teppiche, lass sie halt! Und sie hat ihn um den Finger gewickelt, denn am Ende hat er sie genommen! Aber bis er sie genommen hat, ist sie, die Anca, noch lange da raufgestiegen unters Dach. Sie saßen da, redeten, lachten und wer weiß, was sie da noch für Dummheiten machten.

»Sie tun nichts, Madam Delcă«, sagte Madam Ioaniu, »sie tun nichts, sie rauchen wie die Schlote, alle, und einer von ihnen bringt eine Flasche mit, sie trinken harte Getränke, wie es jetzt Mode ist, amerikanisch, und sie reden, aber noch mehr schweigen sie und hören diese Musik.« »Was ist das für Musik, die ihr da hört?«, hab' ich Tudor gefragt, und er hat gelacht und gesagt, die ganze Welt hört diese Musik da von denen. »Barbarische Musik«, hab ich gesagt, »wir kehren zurück zur Barbarei. Und ich glaube, ihm und keinem von denen gefällt das, weil gefallen kann dir so was nicht, keine Melodie, nichts, nur das Trommelfell platzt einem. Aber sie hören das, weil's halt Mode ist...«

Das war's, was Madam Ioaniu bei ihrem Enkel nicht leiden konnte: diese Musik, die sie da hörten, und dass die ganze Bagage im Sommer mit dem Rucksack in die Berge fuhr. Wer weiß, wo sie schliefen, bei den Schäfern, in Zelten, wer weiß, was sie aßen und was sie da machten, weil sie mit so vollgestopften Säcken loszogen, dass sie kaum krabbeln konnten, und abgetragene Kleider, o jemine.

»Was soll das für ein Spaß sein, mit so einer Last rumzulaufen? Statt sich auszuruhen, sich schön anzuziehen, die Landschaft zu genießen...«, sagte Madam Ioaniu.

»Also ich würde nicht mitgehen, du könntest mich schlachten!«, machte ich mit. »Wäre ich anstelle dieser Mädchen, ich würde nicht mitkommen, da könntest du heißes Wachs auf mich gießen!«

Aber diese Hexchen, sie konnten's kaum erwarten! Naja, wie sollten sie diese Dummköpfe sonst einwickeln!

»Und wenn du mir Gold gibst, ich würd mir für die nicht den Buckel krumm machen«, sagte ich zu ihnen.

Was lachte Tudor da! Er war kein schlechter Junge, nur ziemlich verstockt, aber so sind die Jungs, seine Anca, die konnte quatschen! Und Ivona hier, Ivona da, sie hatte sich angewöhnt, sie beim Namen zu nennen – da hab ich schon gesehen, dass hier was nicht stimmt! Und am Ende hat Tudor sie geheiratet. Was hing er mir am Rockzipfel, als er klein war! Und jetzt auch, wenn er mich sah, da lachten seine Augen, so lustige Augen hatte er, er war nicht hässlich, auch nicht richtig schön, er sah Ivona bisschen ähnlich und ihrer Familie, schön war er nicht, aber klug, jaa, ein Mann muss bisschen schöner sein, das weiß man ja… Und am hässlichsten war er, als er sich einen Bart stehen ließ. Uuuh, bist du scheußlich mit deinem Bart!, sagte Madam Ioaniu. Und er lachte wieder so, aber am Ende hat er ihn abrasiert. Er hat ihn nicht abrasiert, weil seine Großmutter es ihm gesagt hat, er hat ihn abrasiert, als er in die Partei wollte. Es ging ihm damals gut, alle waren ganz verrückt nach ihm, seine Chefs, und alle, das will Ivona jetzt nicht mehr hören, aber so war's eine Zeit lang. Es ging ihm gut und die haben ihn noch nach Frankreich geschickt, nach Deutschland, wo der noch überall war. Du wirst sehen, der bleibt da, hat Madam Cristide gesagt. Dass er bleibt, dass er bleibt! Und er ist nicht geblieben! Er ist zu seiner Mutter und zur Großmutter zurück nach Hause gekommen! Und dann haben die, wo er gewesen war, ihm geschrieben, er solle noch mal kommen. Entweder die oder die anderen, die von ihm gehört hatten, die haben ihm geschrieben, er solle kommen, sie hätten was mit ihm vor. Und er ist rumgerannt, damit er fahren kann, er wusste, wo er hinrennen musste, aber am Ende ist er nicht weggefahren. Und statt ihm ist ein anderer hin, der Parteimitglied war. Und als er das gesehen hat, da hat er gedacht: Los, jetzt geh ich auch in die Partei. Aber als er rein wollte, die immer:

»Ausgerechnet du?«, haben die gesagt, »ausgerechnet du, wo dein Stiefschwiegervater da gestorben ist, wo er gestorben ist? Und der andere hat Land gehabt, und deine Tante hat im Loch gesessen, weil sie den einen da in Otopeni im Schrank versteckt hat?«

Und was sie ihm noch alles gesagt haben! Bei denen wissen die ja alles. Bei denen haben die ja alles aufgeschrieben, was wer gemacht hat, und was der gemacht hat, der mit dem verwandt ist, alle bis zum neunten Grad. Und dann hat er sich wieder abgeplackt, ist rumgerannt, überall, hat alles gemacht, was die ihm gesagt haben, aber umsonst! Sie haben ihn nicht aufgenommen.

Und was sollte er da noch sagen? Er hat geschluckt und hat den Mund gehalten und hat gedacht: Ich werd's euch schon zeigen! Und nach einer Zeit, als es grad passte, da ist er abgehauen. Und woher weiß ich das alles eigentlich? Hat mir Madam Ioaniu das alles erzählt? Madam Cristide? Aber ich weiß, was ich weiß, man weiß das alles. Er ist mit seiner Frau abgehauen und hat hier alles dagelassen: das Haus, die Teppiche, die Kristalle, alles hat er dagelassen und jetzt wird's der Staat kriegen. Du musst mit sechshundertfünfzig Lei zwei Mann durchkriegen und so ein Vermögen geht den Bach runter, und da soll man nicht die Wut kriegen? Wenn ich anstelle dieser dummen Ivona wäre, würde ich alles verprassen; alles, damit ich weiß, dass von mir nichts mehr übrig bleibt! Aber dann verprasst man doch lieber nichts, weil man nicht weiß, wie, Gott bewahre, dein Ende aussieht! Wie Ivona: Darum ist sie wohl so sparsam! Sie redet so, Niki hier, Niki da, aber sie weiß, dass dieser Unhold sie an der Nase rumführt! Du legst was zur Seite, damit du einen Boiler kriegst, oder bei Krankheit oder, Gott bewahre, für irgendeinen Notfall, und der bringt das Geld mit seiner Nutte durch!?! Denn das ist wohl klar, dass er das gemacht hat! Aber was macht Ivona denn, dass sie so lange da oben bleibt und nicht mehr runterkommt? Von wegen, warte bisschen, ich komm gleich, und jetzt ist schon so viel Zeit vergangen und sie ist immer noch nicht wieder unten! Und ich hab noch Mitleid, dass sie erschrocken ist, und na komm, ich lass sie nicht alleine, aber sie denkt überhaupt nicht nach …

»Hast du dich so alleine gelangweilt, Madam Delcă? Was zuckst du so zusammen, ich bin es! Bitte entschuldige, aber als ich oben ankam, wurde mir ganz schwindelig und ich musste mich zwei Minuten hinlegen, mich erholen …«

»Aach, du bist erschrocken, darum! Geht mir auch so, wenn was passiert, sacken mir die Beine weg und den ganzen Tag bin ich zu nichts mehr zu gebrauchen. Und jetzt auch wieder: Morgens bin ich schon im Dämmern weg, auf leeren Magen, und jetzt fall ich dauernd fast um … Aber du, das würd ich schwören, du hast doch heute auch noch nichts zu beißen gehabt …«

»Möglich, aber ich habe auch keinen Hunger … Komm, ich lese dir den Brief vor …«

»Was sagst du, wer schreibt da?«

»Anca. Sie ist für die Korrespondenz zuständig. Ich fange nicht ganz von vorn an, vielleicht interessiert dich das nicht … Aber hier, schau:

Ich weiß nicht, was wir immer machen, dass wir dir nicht öfter schreiben, aber in Gedanken sind wir immer bei euch. Wir reden jeden Tag von euch, und immer, wenn ich mir morgens die Ohrringe einstecke, ob es die von Mama Linica sind oder die von dir, dann denke ich an euch. Hier ist alles gut, wir sind fröhlich und extrem zufrieden. Ich habe im November drei Tage die Woche gearbeitet, aber das hat mir nicht gereicht und ich habe weiter nach etwas Besserem gesucht und jetzt warte ich auf die Antwort eines Tourismusbüros. Bete zu Gott, dass das wahr wird, denn das wäre wirklich wunderbar, auch der Lohn, und überhaupt.«

»Aber was macht sie da, ist sie nicht Lehrerin?«

»Es ist schwer, eine Lehrerstelle zu bekommen. Jetzt versucht sie, ihren Beruf zu wechseln, warte ein bisschen, hier schreibt sie nämlich:

Wir sind bei allen zu spät dran mit dem Schreiben, weil ich immer mehr mit dem Kurs in Wirtschaftswissenschaft beschäftigt bin, den ich absolviere und für den ich lesen und Lektionen vorbereiten muss. Dazu kommt noch, dass wir mitten beim Umzug in unsere neue Wohnung sind. Der Wohnblock ist nicht groß, er hat nur fünf Etagen, Parterre und Untergeschoss, wo wir auch ein Kellerabteil und einen Stellplatz in der Tiefgarage haben. Mit dem Auto können wir durch eine automatische Tür hineinfahren. Die eigentliche Wohnung hat zwei Zimmer und ein Wohnzimmer. Draußen ist ein großer Balkon, man sieht auf ein paar Bäume, die abends von Scheinwerfern angestrahlt werden. Die Küche ist hell, es gibt hier sogar einen Ofen zur Müllverbrennung. Wir haben Gardinen im Esszimmer und im Wohnzimmer angebracht. Wir haben sie hier gekauft, weil sie bis zum Boden reichen sollten, wir haben Türfenster. Sobald wir fertig sind, machen wir Bilder von den Innenräumen und dann schicken wir sie dir. Wir haben die Stühle mit den Strohsitzen reparieren lassen und jetzt, hoffe ich, können wir auch die Bilder zum Rahmen bringen. Ich habe auch die Ikonen aufgehängt. Zu Weihnachten waren wir bei Sandra und Şerban, auch ihre Trauzeugen aus Deutschland waren da. Die Geschenke wurden verteilt und wir haben schön gefeiert. Ich habe Sarmale mit gesäuertem Kohl gemacht, den ich in einem armenischen Geschäft gekauft hatte, sie haben Waren in Fässern, ganz orientalisch: Sauereingelegtes, Brăilaer Käse, Oliven, unglaublich viele Sorten Halwa (sehr gut), Nüsse, Rosinen. Die Sarmale sind wunderbar geworden, Tudor sagte, sie wären so gut gewesen wie die von Mutti. Dein Brief voller Zuversicht und Liebe für uns hat uns riesige Freude bereitet. So wie auch der Anruf am 18. Januar, an meinem Geburtstag. Auch die Neujahrspost hat uns sehr gefreut, die von all den Gästen unterschrieben wurde, die du bei dir hattest und denen wir danken und unsererseits auch alles Gute und viel Glück wünschen. Wir denken viel an euch und es tut uns sehr leid, dass wir nicht alle zusammen sein können. Wir lieben dich und schätzen dich so sehr …«

»Ach, was machst du denn, Madam Scarlat, was machst du denn? Komm, lass, denen geht's da gut, und uns geht's hier gut … komm, komm, was ist denn? Hee, was die da haben, das haben wir hier nicht, und du warst doch gerade erst da und hast sie gesehen! Und jetzt im Sommer fährst du wieder hin, oder wann wolltest du fahren? Komm, liebe Ivona, nicht immer so nah am Wasser bauen … Lass mal, denen geht's doch gut, guck, was sie schreiben …«

»Ich weiß nicht, vor Aufregung, ich weiß nicht … Und er tut mir so leid, vor allem er. Es ist nicht leicht für Tudor, meine Liebe! Für sie schon, sie macht Kurse, wartet, aber er hat es schwer … Glaub bloß nicht, es wäre einfach, sich da zurechtzufinden … Du musst arbeiten und nochmals arbeiten, nicht wie hier. Und er, der Arme, wenn er dann nach Hause kommt, dann muss er lernen, manches hat er hier ja gelernt, da ist es aber ganz anders … Weil dir dort niemand was umsonst gibt, und ich denke, dass wir hier ja das ganze Haus voll haben und sie müssen da mit allem noch mal neu anfangen.«

»Aach, ja, da geben sie einem nichts umsonst, aber hier auch nicht … Hier biste gut, wenn de was zu geben hast, wenn nicht, bist du keine faule Zwiebel wert. So sind die Zeiten jetzt … Komm, komm, nicht traurig sein, ich weiß doch von Madam Cristide, dass die Kommunisten Tudor nicht in die Partei gelassen haben und dass er darum weg musste … Aber die Zeit heilt alle Wunden … Aber siehst du irgendwo meine Brille? Ich will auch mal sehen, was der Junge schreibt …«

»Die Brille? Nein … Ich seh sie nicht, aber weißt du was? Es ist jetzt so spät, es hat keinen Sinn mehr, dass ich das Essen für Niki warm halte. Komm, iss etwas, ich versuche auch etwas zu essen …«

»Schau, es gibt noch etwas Suppe, ich tue sie dir auf, gut? Nein, ich nicht! Wärst du nicht gewesen, ich hätte sicher keinen Bissen herunterbekommen! Aber du hast so eine ansteckende Lebenslust, obwohl du auch allen Grund zur Sorge hättest …«

»Ich weiß, aber ich mach mir keinen Kopf! Und nachts, wenn ich nicht schlafen kann, na warte, euch zeig ich's, sag ich dann! Und ich nehme eine Carbaxin und eine Diazepam und schlafe bis morgens wie ein Stein! Wär schlimm, wenn ich mich nicht selber beruhigen könnte! Da kannst du mit dem Kopf gegen die Wand rennen, was passiert, passiert halt!«

»Da hast du recht, Vica! Aber was Tudor angeht, es ist nicht ganz so, wie Madam Cristide sagt! Die Zeiten ändern sich, Madam Cristide ist auch alt geworden, aber ihren Stil hat sie beibehalten: Immer noch hautenge Kleider, die die Formen betonen, immer noch schreiende Farben, Hüte mit großen Krempen, lange Schals in *mauve*, billiger, glitzernder Schmuck, wenn ein einziges echtes und diskret getragenes Schmuckstück doch ausreichen würde. Sie erregt Aufmerksamkeit, wird kritisiert, aber ich habe sie immer in Schutz genommen. Auch das ist ein Stil, habe ich gesagt, warum nicht? Wenn es ihr steht, was habt ihr gegen sie?! Aber was mir nicht gefällt, sie tratscht überall herum! Und sie bauscht alles auf, fügt noch etwas hinzu, wie auch bei dieser Geschichte mit Tudor! Schau mal, hier ist noch ein bisschen Suppe, soll ich dir auftun, ja? Doch, du kannst noch, du kannst noch! Nein, ich nicht! Wenn du nicht hier gewesen wärst, ich versichere dir, ich hätte keinen Bissen gegessen! Aber du hast anscheinend so eine Überzeugungskraft … Du hast eine ansteckende Lebensfreude, obwohl du ja auch genug Gründe zur Sorge hättest …«

»Ich weiß schon, aber ich denk nicht drüber nach! Aber nachts, da kann ich nicht einschlafen deswegen! Naja, aber euch zeig ich's, sag ich dann! Und ich nehme eine Carbaxin und ich nehme eine Diazepam und mein Zeug, was ich so weiß, und dann schlaf ich wie ein Stein bis zum nächsten Tag! Was würd ich machen, wenn ich mich nicht selber beruhigen könnte! Da kann man mit dem Kopf durch die Wand, es passiert halt doch so, wie's passiert!«

»Du hast ja recht, liebe Vica! Willst du ein Gläschen Wein?«

»Zum Wohl, und dass Sie sich an Herrn Niki freuen können! Was für ein schöner und kluger und braver Mann…«

»Schön war er mal, klug ist er vielleicht noch mehr als in der Jugend, brav – naja… Weil er eben diese Angewohnheit hat, sich zu verspäten… So ruhig wie ich grundsätzlich bin, manchmal passiert es mir doch, dass ich unruhig werde, während ich auf ihn warte. Aber heute nicht! Heute bin ich so ruhig! Ich fühle, dass da nichts ist, worüber ich mich aufregen müsste… Du hast schon recht, im Grunde passiert eben das, was passieren muss… Aber ich denke wieder daran, was du sagtest, was Madam Cristide dir erzählt hat. Die Sache war ganz anders! Wegen der Familienakte hat Tudor seine Doktorarbeit nicht machen können! Er hat die Bewilligung nicht bekommen, seine Doktorarbeit zu verteidigen, verstehst du das, Madam Delcă? Obwohl er seine Arbeit schon geschrieben und fast ganz publiziert hatte, konnte er sie nicht verteidigen, weil er politisch nicht die Bewilligung bekam. Und wenn dann eine Graduiertenstelle ausgeschrieben war, dann war er praktisch für die Bewerbungsformalitäten nicht zugelassen. Unangenehm, vor allem für einen so ernsten Menschen, mit seiner Ausbildung… Immer zu sehen, wie alle möglichen Nichtskönner an einem vorbeiziehen und du dich umsonst abmühst… Immer das schwarze Schaf zu sein, und dann ist auch noch dein Posten in Gefahr, wegen dieser Titel und Examen, die man dafür braucht, und jedes Jahr werden Stellen an der Universität abgebaut… Du hältst durch, hältst durch, aber irgendwann… Das ist die Wahrheit, und nicht, was Madam Cristide erzählt hat, dass Tudor in die Partei eintreten wollte! Und wenn auch ein Krümel Wahrheit an dem ist, was Madam Cristide erzählt hat, die Situation war eine andere, ich weiß nicht, ob du das verstanden hast…«

»Ja, versteh schon! Ich versteh Sachen, das denkst du nich' mal, dass ich das alles verstehe! Aber erzähl lieber von dem Brief.«

Ein nettes Mädchen, diese Ivona, aber so verrückt! Und ihr Sohn genauso, kann man sagen, er war kein schlechter Junge, aber der war auch so verdreht! Das ist doch verdreht, wenn man immer nur die Nase in die Bücher steckt! Da kann man ja kein verständiger Mensch werden! Darum hat er's auch zugelassen, dass das Haus so runterkommt und er inzwischen durch die Welt tingelt! Nee, besser, dass ich keine Kinder hatte! Noch mehr Sorgen, noch mehr Ärger, alles umsonst! Besser, dass mir der Herr im Himmel keine Kinder gegeben hat, der weiß, was er tut! Wenn man Kinder hat, hat man nur Ärger ... Und jetzt haben sogar die Kinder schon Ärger mit den Eltern, den Kindern geht's jetzt sogar schlecht wegen der ganzen Familie. Von Generation zu Generation, bis ins neunte Glied, so ist das jetzt bei den Kommunisten Gesetz. Und dann muss man wer weiß wen haben, der da noch ein gutes Wort für den Zögling einlegt, damit es nicht so schlimm wird: Das gibt's nämlich auch. Das weiß ich von der Zahareasca. Weißt du was, Madam Delcă, sagt sie, weißt du was? Eine Hand wäscht doch die andere! Jaja, die war auch gerissen und raffiniert, und eine Materialistin, und hinterhältig, alles nur für sich ... Also besser, ich hatte keine Kinder, wer weiß, was das für verrückte Menschen geworden wären! Und dann bitter drüber werden, sie großzuziehen, dir für sie alles vom Mund abzusparen, und wenn's dann so weit ist, dann siehst du, es war sowieso egal! Wie Ivona, siehst du!? Ganz alleine in diesem leeren Haus, draußen wird's dunkel und hier knackt alles, dass man denkt, Gott bewahre, die Gespenster gehen um! Und sie wartet auf diesen Unhold mit gedecktem Tisch! He-he-he, besser gesagt, sie hat gewartet! Am Ende hat sie's doch gemerkt! Am Ende hat sie doch gedacht: Ich bring dir Benehmen bei, du Unhold, wenn du bei deiner Nutte bist und's dir um sie leidtut, und vergisst, dass du auf dieser Welt noch ein Haus hast und eine Frau! Dass du da hinrennst, und dann wieder zu mir zurück, und ich soll für dich waschen und bügeln und dir Fresschen geben! Nee, friss du nur, friss Dreck! Bitte schön, Madam Delcă, bitte zu

Tisch, bitte am Tischende auf Nikis Platz! Bitte schön, ich tu dir seine Suppe auf! Da hab ich doch einmal im Leben zu sehen gekriegt, dass Ivona eine kluge Frau ist! Wenn man so mit ihr zusammen ist, dann meint man mal dies, und sie meint dann das, und guck an, sie macht es doch noch richtig …

»Komm, setz dich hier ran und lies! Was steht in dem Brief?«

»Zu Sainte Épiphanie waren wir bei Sandras Schwester eingeladen, die mit Morand verheiratet ist, ich habe dir im letzten Brief alles über sie geschrieben. Sie hat ein Fondue *serviert, eine Art Schweizer Essen mit geschmolzenem Käse, danach die traditionelle* galette des rois, *in die man eine* fève *tut, einen kleinen Gegenstand, und wer ihn in seinem Kuchenstück findet, wird König. Und wer hat ihn gefunden? Natürlich Tudor, der Glückspilz der Familie!«*

»So ein ausgekeester Glückspilz! Aber sie noch mehr, dass sie sich so einen Jungen geschnappt hat, schön und klug und alle verrückt nach ihm, wo er auch hinkommt! Komm, lies weiter!«

»Wie du siehst, gesellschaftliche Anlässe gibt es hier genug. Schon wenn man auf die Straße kommt, das ist ein Vergnügen, ich glaube nicht, dass es noch eine schönere Stadt auf der Welt gibt. Manchmal fahren wir abends mit dem Auto herum und können uns gar nicht satt sehen an den Lichtern und den steinernen Gebäuden (Häuser und Kirche), die wunderbar beleuchtet sind. Zu Weihnachten, das habe ich dir geschrieben, war das so bildschön, hier ist Weihnachten sehr wichtig. Es war wunderschön, und wir waren so entzückt, Tudor hatte gerade die Nachricht von seiner Festanstellung bekommen. Und es war gerade Ausverkauf und es ist wunderbar zu sehen, wie die Geschäfte in der ganzen Stadt sich darin übertreffen, schöne Kleider und Schuhe anzubieten, zu unglaublichen Preisen. Ich habe zwei Blusen gekauft und ein Paar wunderschöne Bally-Schuhe.

Aber wie unaufmerksam ich bin, Madam Delcă! Du sitzt da schon so lange mit leerem Teller und sagst nichts! Komm, ich tu dir den zweiten Gang auf! Hühnchen mit Erbsen …

Fleisch ist nicht viel dran, aber ich gebe dir hier einen Flügel. Ach, es ist noch genug Zeit, du isst in Ruhe, dann gehst du. Ich fange mich allerdings an zu wundern, dass Niki … Natürlich werde ich bis zum letzten Augenblick auf ihn warten, aber wenn nicht, dann werde ich alleine gehen müssen! Unmöglich, dass wir beide nicht kommen! Ich werde allein hingehen müssen, was mir, liebe Vica, das gebe ich zu, überhaupt nicht behagt! Du weißt ja, wie die Leute sind: Sie interpretieren gleich alles!«

»Aach, lass die Leute quatschen! Soll'n se quasseln, soll uns nich' den Tag vermasseln … Aber weißt du was, liebe Ivona, weißt du was? Jetzt geh rüber und trink deinen Kaffee und lass mich abwaschen … Ruh dich mal aus, den ganzen Tag bist du rumgelaufen …«

Wenn du darauf wartest, dass der Kaffee etwas abkühlt, du dich auf das Sofa setzt und deine Lider senkst – dann wunderst du dich, wie schnell dein Verstand beginnt, sich wie im Schlaf *zu trüben … Ja, eine so große Müdigkeit … Eine Erschöpfung, die du in jeder Faser deines Körpers spürst, während deine Gedanken langsamer kreisen – chaotische Fasern, die zuckend vibrieren unter einer schwarzen Klaue. Gedanken, die abreißen, sich verbinden, immer langsamer werden, bis du kein zusammenhängendes Etwas mehr bist, sondern nur ein Fleck, der davonfließt, der sich ausbreitet, sich ausdehnt, und in seiner Mitte ein Knoten, der die Fasern zusammenhält. Die Fäden. Eine schwarze Klaue schließt sich und öffnet sich mit tauben Schlägen, zieht durch dein erschöpftes Fleisch die Fäden. Dass dich rhythmisch Unruhe durchfährt. Es ist spät, sehr spät, vergiss wenigstens einen Augenblick, dass er nicht gekommen ist, dass es spät ist, das taube Schlagen deines Blutes in den Schläfen, in den Ohren, in der Mitte dieses Etwas zieht die Fäden bis zu ihrem entfernten Ende und es durchfährt dich. Es ist spät, es ist spät, aber jetzt-jetzt-jetzt-jetzt hörst du es? Hörst du es? Kommt er? Kommt er nicht? Jetzt, jetzt wirst du seine Schritte im Hof hören, auf der Treppe, vor der Tür, nichts, nur das Ticktack der Pendeluhr in der* hall, *wie ein fremder Atem, gleichmäßig, wie ein fremdes Wesen, das immer da ist, immer unsichtbar, das dir folgt, es ist so leicht, sich hinter den alten Möbeln zu verstecken, im staubigen Dämmer des Hauses, um dich zu verfolgen, und das Herz, das unter dem schwarzen Griff zerquetscht wird, und die Fäden, die rhythmisch ziehen, die drücken, dich mit Unruhe durchfahren bis in die Fingerspitzen, bis in das weiße, dunkle Innere deines Gehirns, vergiss. Vergiss, vergiss, denk nicht daran, denk nicht daran, vergiss, das gleichmäßige Ticktack der Pendeluhr in der* hall, *in der Mitte des Etwas ein verzweifelter Atem unter der schwarzen Klaue, ein entsetztes Seufzen und das Schlagen des Blutes, immer, immer, das Fenster zum Hof glänzt vor Nacht und kein Geräusch auf dem Pflaster, auf der Treppe, nur jemand, der immer unsichtbar bei dir ist, der dich verfolgt, und nicht einmal das Telefon läutet. Nur die Täfelung des Hauses knackt, nur die Treppe, es ist spät, es ist Abend, überall Stille, er ist nicht gekommen, und sicher wird er nie wiederkommen …*

Die schweren Lider sind immer weiter herabgesunken, immer tiefer, die schütteren Wimpern liegen nicht aufeinander. Es gibt noch eine kleine Öffnung, durch das das Auge, blind und tot, das Wohnzimmer betrachtet, ohne es zu sehen. Und doch, hinter den Lidern sieht es das ganze Wohnzimmer, die ganze feierlich aufgestellte Reihe der Stühle um den holländischen, runden Tisch, in der Mitte dampft die Kanne mit dem Kaffee, er ist noch zu heiß. Was bedeutet diese feierliche Einladung der Stühle voller Pflichtgefühl, die auf keinen Fall zulassen … Ein würdiges, schweres Warten, das unter der Reglosigkeit die Unruhe verbirgt, schwer zu glauben, dass wir jemals von hier fortkommen, bewacht von der engen und feierlichen Reihe der Stühle, so durchdrungen von Ordnungssinn und Pflichtgefühl, schwer zu glauben, dass wir jemals wieder in die hall *gehen werden, dass unsere Füße jemals wieder auf dem gesprungenen Pflaster im Hof zu hören sein werden, auf den drei Eingangsstufen, jeder geht der Reihe nach zur Boteanu-Kirche, wir werden zur Boteanu gehen, sicher, aber* nicht beide, nicht zusammen, wie lange schon, ach, ertrage ich dieses ermüdende Klirren des Geschirrs in der Küche, das ermüdende Gluckern des Wassers im Becken, das entsetzliche Brüllen der Wassertiere, die sich abmühen, aus dem Rohr zu kommen, aus dem zu heißen Wasser, das ihren glänzenden, kahlen Kopf verbrüht unter der flauschigen, schmutzig-rosafarbenen Mütze. Das gluckernde Brüllen des Wassers und immer die schwarze Klaue, die verzweifelt die Fäden zieht, und ermüdend-beruhigend jemand, der in der Küche abwäscht, jemand, der die Töpfe und Teller abwäscht und aus der hall das Pendel verjagt – Mutti. Mutti säubert sich ungeduldig die vom Kartoffelschälen schwarzen Hände mit einer halben, ausgepressten Zitrone und wirft sie auf den Stapel abgewaschener Teller, der unterste ist voller Knochen, von denen das Fleisch nur nachlässig abgelöst ist; dort wird die Spinne fressen, aus ihrem grauen Nest kommt sie herab, das über dem Spülbecken hängt. Mutti drückt mit der Watte auf den gesprungenen Nagellack, im Mundwinkel ist ihr die Zigarette ausgegangen, aber sie weiß es nicht, sag es ihr. Sag es ihr nicht! Sag es ihr nicht! In dieser Situation sagt man dem, um den es geht, nie die Wahrheit!

»Bevor wir hier vor Ostern streichen, werden wir ihr helfen müssen, die Netze in alle Zimmer auszuspinnen, und in die obere Etage sollte sie jemand die Treppe hinauf begleiten …«

Den Finger nach oben gestreckt zeigt Mutti auf die Spinnweben, die sachte zittern. Sie hat inzwischen die ganze Zimmerdecke besponnen. Mutti drückt die Zigarette im Aschenbecher aus, die Zigarette atmet, siehst du, wo die Zigarette atmet, siehst du, wo sich das Papier gelöst hat, siehst du? Sollte das etwas Gefährliches bedeuten? Ein schlimmes Zeichen? Vielleicht bedeutet das etwas Schlimmes, irgendein … Doktor?

… wenn Sie darauf bestehen, dann erläutere ich Ihnen all meine Doktorenängste, sagt der Arzt flüsternd, aber versichern Sie mich Ihrer Diskretion, denn wenn Niki das erfährt, dann wird es auch Madam Cristide erfahren, wegen der Niki immer zu spät kommt.

Und du siehst nun ganz klar, dass Niki auch jetzt dort ist: Alle drei sitzen sie zusammen in der Küche mit Madam Delcă. Die Küche ist unsere Küche, tatsächlich, es ist wahr: Niki ist dort, wie immer übrigens, immer bei Madam Cristide!

Seien Sie beruhigt!, sagt der Doktor, nach der Operation werden wir beide mit der Kutsche losfahren und Niki bei Madam Cristide abholen! Was die Diagnose betrifft, meiner Erfahrung nach sind das Blut im Urin, die Verstopfung, die Blähungen, all das scheinen mir Symptome von … Aber werden Sie die Diagnose ertragen können?

Du hast dich in den Zahnarztstuhl gekrümmt, die runde Lampe ist auf deine Augen gerichtet, du hast kalte Hände vor Angst, dir ist so kalt! Du nickst aber aufmunternd, du würdest es aushalten, denn darum bist du ja zu ihm gekommen: dass er dich untersucht und dir die Wahrheit sagt. Ja!, schreist du. Ja!, schreist du aus Leibeskräften, aber auf unerträgliche Weise hört dich der Arzt nicht. Und sosehr du dich auch bemühst, du kannst nicht schreien, weil man an einem deiner Vorderzähne mit dem Bohrer arbeitet.

Ist es richtig, dass ich Ihnen, à l'américaine, die Wahrheit sage?, fragt der Doktor und geht mit großen Schritten durch den Salon. Ist es normal, menschlich, richtig, oder ist es nicht richtig? Ich weiß es nicht. Ich werde es Ihnen trotzdem sagen, denn Sie müssen es rechtzeitig erfahren, nicht wie Margot, das ist meine Meinung als Arzt: Ich bin fast sicher, dass Ihre Mandeln geschwollen sind …

Was für eine Erleichterung! Es ist schlimm, du wendest erleichtert den Kopf ab. Es hätte etwas Schlimmeres sein können – etwas, aber was? Du erinnerst dich nicht mehr! Du hast den Kopf abgewendet, bevor er den Mund aufmachen kann, darum siehst du, wie Margot Herrn Ialomiţeanu unauffällig Zeichen gibt, ja, es ist Margot, wirklich Margot, wirklich ihre flauschige, schmutzig-rosafarbene Mütze, die sie bis an die Augen gezogen hat. Gleichzeitig siehst du deutlich auch den kahlen, runden Kopf, er glänzt wie eine Kugel. Margot gibt Herrn Ialomiţeanu stumme

Zeichen, dass er nichts sagen soll, aber Herr Ialomiţeanu scheint nichts zu bemerken.

Die Mandeln, sagt Herr Ialomiţeanu. Dann halten wir uns bereit für …

Du krümmst dich vor Angst, vor Kälte in dem hohen Lehnstuhl, nur ihr seid hier in diesem Hochparterre mit den zusammengewürfelten Möbeln, ein lit-de-repos, *dem ein Bein fehlt, ein Toilettentisch mit einem schwarzen Loch an der Stelle, wo der Spiegel sein müsste, ein paar übereinandergestellte Sessel, eine massive Kommode, an der die Tür lehnt, auch sie mit einem schwarzen Loch anstelle der Klinke. Was für ein* bric-à-brac! *Wie kalt es ist! Und wenn Niki nicht bald kommt, bald, was wirst du dann tun? Wie sollst du der Operation entgehen, die Margot und Herr Ialomiţeanu für dich vorbereiten? Käme Niki nur jetzt-jetzt-jetzt-jetzt! Mit dem Rücken zu dir hantiert der Arzt nervös auf dem Rolltischchen, ordnet die Porzellantassen und vergoldeten Silberlöffel hierhin und dorthin, an die erinnerst du dich jetzt ganz genau, du hast es geschafft, ja! Du hast es geschafft, sie nach drüben zu bringen, für Tudor! Mit Mühe zwar, was für eine Anstrengung! Sicher hast du deshalb Blut im Urin! Das ist doch eine beruhigende Erklärung! Das wird doch jede Untersuchung erübrigen, du musst es aber dem Doktor so schnell wie möglich sagen, sag es ihm! Sag es ihm! Aber wie ärgerlich, gerade jetzt kommt kein Ton aus deiner Kehle! Die Augen treten dir aus den Höhlen, Speichel tropft dir auf deinen Schülerinnenkragen und du wischst ihn heimlich fort, so angestrengt bist du von dem Versuch zu schreien! Aus deiner Kehle kommt nicht das leiseste Krächzen, oh! Es hat keinen Zweck, dich weiter zu bemühen! Gib auf! Und du gibst auf, denn plötzlich erinnerst du dich an das, was absolut unmöglich war zu vergessen: Du hast keine Stimme mehr, weil du auch keine Zähne mehr hast! Wegen der Bestrahlungen sind deine Zähne ausgefallen, aber das macht nichts! Du fährst besänftigt mit der Zunge über das weiche, nackte Zahnfleisch, wichtig ist, dass du lebst! Dass du noch jahrelang leben wirst! Anderthalb Jahre, Gott sei Dank! Gott sei Dank kann man* auch ohne Stimme leben, so leicht und gut hast du dich daran gewöhnt! Nur dass der Arzt noch immer am Rolltisch hantiert, du hörst das Klirren, und Niki, ach! Niki! Ginge nur die Tür auf und Niki käme herein! Der Arzt hat gefunden, was er gesucht hat: eine vernickelte, glänzende Dose, dann macht er sie auf und holt Kürettierlöffel, Pinzetten, Gabeln, Salzfässchen, Watte hervor, und du siehst verzweifelt zur Tür, die an der massiven Kommode lehnt. Dir ist kalt und du hast Angst! Am Spülbecken wäscht Herr Ialomiţeanu mit Glacé-Handschuhen die Töpfe von Soßen und Blut rein, und über seinem Kopf zittert das graue Nest der Spinne. Und plötzlich ruft Herr Ialomiţeanu:

Wie lange, ruft er, sollen wir hier unten in diesem unbequemen, kalten Hochparterre warten? Wann wird es zu spät sein, wie es schon bei Margot zu spät war?

Noch kurz, rufst du ihm verzweifelt zu, aber nur kleine Krächzer kommen aus deinem armen, gequälten Hals. Noch kurz! Gleich wird Niki kommen! Er hat diese dumme Angewohnheit, sich zu verspäten, aber er kommt immer …

So, ruft der Arzt und kommt mit einem billigen vernickelten Messer auf dich zu.

Du versuchst von dem hohen Stuhl herunterzukommen, aber deine Beine reichen gerade über seinen Rand, so klein bist du! Sie haben dir drei Kissen unter den Popo gelegt, damit du mit dem Kinn an den Tisch reichst, ach, Niki, wenn Niki nur jetzt käme! Im Dämmer der hall hält sich Mutti mit dem Bolero über den Schultern die Hände auf die Ohren, damit sie nicht hört, wie du schreist.

Warum schreist du, wenn es dir nicht wehtut? Tut dir was weh, sag doch?, fragt der Arzt streng.

Nichts tut dir weh und du fühlst dich schuldig, weil du dich so ungezogen aufführst und hier im Nachthemd vor den strengen und anklagenden Augen der Gäste stehst. Die Gäste sitzen alle würdevoll und ernst um den runden Holland-Tisch. Nur ihr seid noch hier, du und Herr Ialomiţeanu, und ihr flüstert, weil du ihn hier versteckst. Psst! Dass die Gäste nebenan euch nicht *hören! Was für eine Kälte! Was für eine Stille! Was für ein unangenehmes Licht! Du hast keinen Hunger, aber du bemühst dich, brav etwas zu essen, du kaust lustlos an der Torte und lässt Herrn Ialomiţeanu nicht aus den Augen. Warum hast du ihn hier versteckt, wenn du doch weißt, dass Niki gleich hier auftaucht und er immer schlechte Laune bekommt, wenn er ihn hier antrifft? Nein, Niki schätzt ihn nicht, und das zu Recht! Denn sieh doch, wie dieser Herr seinen Finger in den Mund steckt, wie er mit dem Fingernagel an einem Backenzahn kratzt und da einen Faden Fleisch hervorholt. Schrecklich! Was für Manieren! So eine schlechte Erziehung! Aber du wirst es niemandem sagen, du hast ihn ja selbst hier versteckt! Das ist keine Menschenliebe,* tu te laisses faire, *sagt Niki und hat, wie immer, recht!*

Du sitzt reglos und lehnst deinen Nacken an die hohe Lehne, das alte Leder ist zerrissen und modrige Holzspäne kommen dir daraus entgegen, aber nicht bewegen, nein! Die Gäste, die in der Küche das Geschirr abwaschen, werden dich hören! Du kaust immer schwerer an der Torte, aus deinem Pflichtbewusstsein heraus, du wirst hier nicht herauskommen, so bewacht wie du bist von diesen Stühlen um den Tisch. Es ist ein chewing-gum, *das die Zähne verklebt, die Zunge, du kaust, spürst verzweifelt, wie dein Hals anfängt krampfartig zu zittern, du kaust, kämpfst mit den Tränen, die dir die Kehle hochsteigen, mit der Verzerrung in deinem Gesicht, die begonnen hat, wie eine Lähmung nach deiner Wange zu greifen, mit dem kleinen Grunzen, das den schleimigen Bissen mitten auf den Tisch wirft, so blendend weiß ist er, die Kristalle, das Silber glänzen darauf. Du würgst, erbrichst dich und weinst in den Teller und die Tränen und die sauren Reste, die deine Wange verzerren wie eine Maske, die dich drückt …*

Nehmt sie hier weg! Schnell! Schnell!, ruft Mutti und streckt ihren weißen Finger aus, auf dem noch feucht die frischen Spuren deiner Zähne zu sehen sind.

Aaach, was ist das? So ein Wirbel! So ein Aufstand! Es ist doch schon so lange her, dass du Mutti in den Finger gebissen hast? Bist du eingeschlafen, wach auf! Gott sei Dank, du bist aufge-

wacht! Gott sei Dank fahrt ihr mit der Kutsche Niki abholen, die Kutsche fährt zu langsam, du sitzt auf der Bank und kannst den Kutscher nicht antreiben, aber jetzt-jetzt-jetzt kommt ihr an! Zu deinen Füßen liegen die Bestellungen für die ganze Woche – Suchard-Schokolade, schwarzer Kaviar, in den du aus Versehen deinen Fuß gesetzt hast, pssst! pssst! Dass Mutti nicht sieht, wie du mit der Sandale in den Kaviar getreten bist! Dass Mutti nicht sieht, dass dein Lochmusterstrumpf voller Hundekot ist! Der arme Pekinese von Margot hat sich in der Kutsche versteckt, seit er allein hier zurückgelassen wurde! Seit Margot sich in ihren Weinberg in Otopeni zurückgezogen hat, damit Herr Ialomiţeanu nicht sieht, dass sie kahl ist und Tag und Nacht die flauschige, schmutzig-rosafarbene Mütze trägt.

Nehmen wir Yvonne mit ins Theater?, fragt Onkel Jorj, als wärst du nicht anwesend.

Heute ist relâche!, sagt Mutti gelangweilt.

Dann in einem völlig anderen Tonfall zu dir:

Sitz gerade und guck nicht so! Wenn sie so guckt, dann habe ich den Eindruck, sie schielt!

Dann kehr um zum Theater!, ruft Onkel Jorj und sticht mit der Stockspitze in den Kaftan des Kutschers.

Aber Niki? Was machen wir mit Niki? Fahren wir ihn nicht mehr von Madam Cristide abholen?, wirst du verzweifelt schreien.

Du öffnest den Mund, beugst dich zu ihnen vor – wieder, wieder?, anscheinend ja, anscheinend ist es wieder so, wie wann? –, wieder kommt kein Ton aus deinem Mund. Hingegen ist ringsum so ein Lärm! Das Hupen der Automobile, das Schlagen des Pendels, Pferdetrappeln, von den anderen Kutschen.

Vier Hörnchen ein Ban!, ruft der Zeitungsverkäufer und rennt mit dem Stapel Zeitungen unterm Arm herum.

Und die Kutsche wendet. Und du sitzt auf der Bank, öffnest den Mund, strengst dich an, rufst, aber kein Laut dringt aus deinem Mund, die schwere, schwarze Samtschleife drückt auf deinen Kopf, die spitzen Haarklammern stechen tief in deine Kopfhaut, ins Gehirn, Niki, Niki! Aber kein Ton ist zu hören, ein gelbliches

Mädchen mit zu langer Nase, mit zu langen Beinen sitzt auf der Bank einer Kutsche und über ihr bricht die ganze Langeweile eines Sonntags zusammen …

»Bleib doch sitzen! Mach die Augen wieder zu und bleib sitzen, du hast noch Zeit! Ach, Ivona, Ivona! Verdammte Kiste, sie ist eben auch müde … Sie ist eben auch ein kleines müdes Mädchen! Lass nur, ich hab dir meinen Mantel übergelegt, als ich reinkam, saßt du ganz zusammengekauert da, hier zieht es ja auch aus allen Ecken, und wenn du einnickst, da wird einem kalt …«

»Ich bin eingenickt? Ja, anscheinend … Aber weißt du, wie lange? Fünf Minuten! Auf keinen Fall länger! Ich habe nicht mal geträumt! Aber kalt, wirklich, kalt war mir wohl, daran erinnere ich mich, und danke, dass du mich zugedeckt hast! Ich bin ganz steif! Ach, wie gut wird mir jetzt der Kaffee tun! Aber was suchst du denn?«

»Die Brille such ich, verdammtes Ding!«

»Vielleicht hast du sie zu Hause vergessen! Oder hier, in der Küche! Und hol dir doch auch eine Tasse für den Kaffee! Na komm, nur einen Schluck!«

O weh, was für ein abstoßender Geruch! Nach Moder, nach Benzin! Die Arme, sie hat es gut gemeint, aber … Leider riechen alle ihre Kleider so, wenn sie weg ist, muss ich hier lüften! Sie ist eben eine arme alte Frau und hat keine andere Möglichkeit mehr gesehen, mit dem ganzen Schmutz fertig zu werden! Ihre Lösung bei der Hygiene ist das Benzin, ihre medizinische Lösung Carbaxin, und so weiter! Wenn man richtig darüber nachdenkt, ist sie originell, wahrscheinlich hält sie deshalb zu mir, hat sie zu Mutti gehalten, denn eine gewisse Nähe lässt sich nicht leugnen! Darum kommt sie vielleicht auch öfter, als es sein müsste, wer weiß, wie oft sie noch Gelegenheit haben wird herzukommen? Wer weiß, was die Zukunft noch für sie bereithält – etwas Gutes jedenfalls nicht! In diesem Alter hat man nichts Gutes mehr zu erwarten! Und wie so viele andere hätte sie mehr vom Leben verdient, sie hat so eine hingebungsvolle Art…

»… mit meiner eigenen Brille seh ich gar nichts mehr, die hier ist vom alten Rindviech … Jetzt wird er wohl fast umkommen, weil er sie nicht findet! Als ich meine Siebensachen angefangen hab zusammenzunehmen, was machst du?, sagt er. Gehst du schon wieder? Aber dass ich dich nicht erwisch, sagt er, dass du meine Brille mitnimmst! Ja, so isser, mich immer beobachten! Was hast du, sag ich, was ist los? Was soll ich mit deiner Brille? Ich hab doch wohl meine, sag ich. Was brauch ich denn, sag ich, deine Scheiben da, mit 'nem Faden zusammengebunden? Wenn er merkt, dass ich ihm immer nur Saures geb, dann ist er ruhig, und wie er den Kopf wegdreht, schwupp, schnapp ich sie mir! Tu die Brille in den Beutel! Haa, ich hab sie genommen, groß was mit der sehen tu ich nicht! Die ist mir zu stark! Das ist ja ein kleines Foto, keine Ahnung, wer das hier ist … Nur die im Sessel, das ist wohl Madam Ioaniu …«

»Sie ist es wirklich! Und der korpulente Herr daneben ist Onkel Jorj! Und diese wunderbaren Beine gehörten *tante* Margot! Und da bin ich! Wie jung ich war! Ich kann es gar nicht glauben, dass ich einmal so jung war … Die ganze Familie ist auf diesem Bild … nur die Familie … Nein, hier in der Ecke ist noch eine Frau, aber ich weiß nicht, wer das ist … Weißt du was, Madam Delcă? Auf dem Buffet dort, ja! Mehr rechts, noch weiter, noch weiter, da ist Onkel Jorjs Lupe, ja, gib sie mir bitte. Jetzt ist mir alles klar! Jetzt bin ich mehr als sicher, das ist Larisa Peşel. Larisa Geblescu! Ich werde sie dir mal auf anderen Fotos zeigen, damit du sie richtig siehst … Mit ihren feuerrot gefärbten Locken und ihrer völlig weißen Haut und den schwarzen Augen, da machte sie Eindruck! Übrigens erinnere ich mich noch gut an diese Rüschenbluse und aus den Rüschen hier kamen die Hände – mit sehr roten, langen Nägeln, ohne das kleinste Schmuckstück … Kein Ring, kein Armband, nicht mal ein Ehering! Sie behauptete, der wäre ihr in

Bessarabien abgenommen und nicht wieder zurückerstattet worden. Sie bedauerte, dass sie zu viel Angst gehabt hatte, ihn vor der Flucht wieder an sich zu nehmen …«

»Flucht? Was für eine Flucht?«

»Als die Züge mit den Flüchtlingen kamen, erinnerst du dich nicht mehr? Aus Bessarabien. Beim ersten Mal!«

»Von so was hab ich damals nichts gewusst, hab ich ja schon gesagt!«

»Ich erinnere mich sehr gut an diesen furchtbaren Sommer! Der Sommer '40 … Und mein Gefühl, dass wir alle eine schwierige Zeit durchmachten … Ich war idealistisch, wie die Jugend eben ist, patriotisch, wie Papa es gewesen war, und übrigens war unser ganzes Haus mitgenommen davon, was passierte. Und eines Tages fuhr Onkel Sandu mit dem Automobil vor und nahm mich mit zur Gară de Nord. Die Züge mit den Flüchtlingen kamen und es war angekündigt worden, sein Cousin würde kommen, der Richter Geblescu aus Chişinău.«

Wie beeindruckt war ich von dem Treiben auf dem Bahnhof! Diese verwirrten, hilflosen Gesichter … Als hätte ich da schon eine böse Vorahnung gehabt von dem, was kommen sollte! Was würde mit uns geschehen?, fragte ich mich und fand mich mitten in der Menge wieder, die nicht mehr wissen wollte, wer man war … Und als hätte er meine Gedanken gelesen, beugte sich Onkel Sandu zu mir herüber, wir werden dem Krieg nicht entkommen, das ist sicher!

»Unser armer Verwandter, der Richter Geblescu, er fühlte sich schrecklich schlecht, als er aus dem Zug stieg! Er hatte ein Herzleiden und die Aufregung hatte ihm geschadet, die unbequeme Reise, die Hitze … Ich sah ihn damals zum ersten Mal und ehrlich gesagt fand ich ihn ziemlich langweilig. Viel mehr Erfolg hatte seine Frau, Larisa, die du hier siehst … Viel größeren Erfolg, fast bei allen Leuten …

Bei allen außer bei Mutti, die sie von Anfang an nicht leiden konnte. Sie hatte immer kleine Bosheiten für sie übrig, die Larisa vorgab zu überhören! Diese Szene hier zum Beispiel, nach etwas über einem Jahr, als Larisa sich darüber beklagte, dass ihr Schmuck, die Teppiche, das Silber, alles, was sie bei der übereilten Abreise dagelassen hatten, nicht mehr in ihren Besitz gelangen würde. Wir hörten Onkel Sandu sagen, er hätte in einem günstigen Moment dafür gesorgt, dass sein Cousin das gesamte Vermögen wiedererlangt hätte. Aber wie ich so bin, schwieg ich lieber und sah zur Seite. Mutti aber antwortete ihr trocken: Lass nur, du hast sowieso mehr bekommen, als du je besessen hast. Oder etwas in der Art.

Kurze Zeit, nachdem Larisa den Fuß auf den Bahnsteig an der Gară de Nord gesetzt hatte, hatte sie sich vollkommen eingewöhnt! Ihr Mann lehnte hingegen jede Einladung ab und schob vor, seine Gesundheit würde ihm keine Anstrengung erlauben, sodass Onkel Sandu und Margot Larisa überallhin mitnahmen: zu Festen, ins Restaurant, in die Biergärten, zu Pokerpartien, in die Landhäuser der Freunde, wo sie eingeladen waren … Wir begannen zu glauben, der arme Richter wäre ein Hypochonder und eine sehr komische Figur, als er plötzlich starb! Ich glaube, er starb im Winter, ja, denn ich erinnere mich, dass Larisa bei der Beerdigung einen wunderbaren Astrachanpelz trug! Und ein Käppi, das ihr sehr chic stand. Nun, was rede ich da, liebe Vica!, was haben wir an diesem Nachmittag nicht alles geredet! Eine Weile hat mir das wirklich Freude gemacht, aber jetzt rede ich mehr vor Nervosität, denn, sag auch du, ist es normal für einen Mann wie Niki, sich wie ein Kind aufzuführen? Und dann, was für ein Kind? Tatsächlich hat sich Tudor nie solche Streiche erlaubt wie sein Vater. Aber das ist ein Thema, das mir überhaupt nicht passt! Ich wollte nur sagen, dass ich rein wegen meiner Nerven so viel erzähle – nein, ich bin nicht beunruhigt, aber ich bin ungehalten! Und worüber sprachen wir? Ah, über den Tod des armen Geblescu! Um ehrlich zu sein, ich glaube, wir haben ihm alle unrecht getan … Das ist etwas, was du manchmal auch in der Familie antriffst … Hast du so etwas schon erlebt?«

»Naja, wenn ich jetzt nur an mich denke … wenn ich jetzt an

mich denke, dann weiß ich ja, wie viele Nächte ich nicht hab schlafen können vor Sorge um meine Familie… Aber glaubst du, denen geht's genauso? Glaubst du, die bringen sich groß um wegen mir? Nee, Ivona, Ivona! Alle kümmern se sich nur um sich selber! Was hat das alte Rindviech recht, wenn er sieht, wie ich wieder loszieh: Gehste wieder, gehste wieder, sagt er. Aber immer nur du, immer du… Von denen kommt keiner mal! Komm, halt den Mund, sag ich, aber ich weiß, es ist so, wie er sagt… Wenn ich zu denen komm, gut! Und wenn ich nicht komm, noch besser!«

»Jetzt übertreibst du aber, liebe Vica! Die Geschwister, der Enkel, die halten doch zu dir, das hab ich doch deinen Erzählungen entnommen. Aber die Leute heutzutage sind so beschäftigt, dass sie ihre Beziehungen zur Familie ganz vernachlässigen, was früher… Zum Beispiel, wie aufmerksam wir alle gegenüber Larisa waren, nachdem der Richter gestorben war. Ich und vor allem Margot, die überall mit ihr hinging, sie machten Besuche, sahen sich zusammen Theaterstücke an… Sie waren unzertrennlich… Es ist wahr, Larisa hatte eine große Begabung, sich überall beliebt zu machen! Und man sah, dass sie eine gute Erziehung genossen hatte und aus gutem Hause stammte. Sie war vorzeigbar, die Figur, die Beine, wie aus dem Ei gepellt, immer… Eine wunderbare Stimme außerdem! Bei Festen hatte sie einen ungeheuren Erfolg!«

»Bei Festen? Sie sang? Hast du nicht gesagt, Madam Ivona, dass ihr Mann gestorben war?«

»Er war gestorben, ja… Und wenn schon? Larisas Stimme hatten wir alle schon gehört, bevor sie in Trauer ging… Wie lange war es her, seit sie aus dem Flüchtlingszug gestiegen war? Vielleicht ein Jahr… Vielleicht ein paar Monate… Lass mich nachdenken… Geblescu und Larisa kamen im Juni, dann sind wir nach Balcic, wir sind wegen der bösen Gerüchte dann vorzeitig aus der Sommerfrische zurückgekehrt… Die dann wahr wurden… Es war, ja, der letzte Sommer in Balcic… Als Nordsiebenbürgen* fiel, waren wir in Bukarest, und damals waren wir überzeugt, es würde zum Krieg kommen ... Darum kann es nicht sein, dass du dich nicht erinnerst!«

Hier, in Bukarest, ja ... Vielleicht sogar in diesem Zimmer ... Und Onkel Jorj ging nervös umher, die Hände auf dem Rücken ... Sein steifer Gang, der eines aufgestiegenen Militärs ... Und wie wir alle aufschreckten, wenn wir das Telefon hörten. Und wie er dann weiter herumlief, immer noch nervös, weil der Befehl nicht kam. »Noch nie hatte die Armee einen solchen Elan ... Alle warten nur auf ein Zeichen, dass wir uns die gestohlenen Territorien wiederholen!« Und dann, als wir *Erwache, Rumäne!* sangen und alle weinten, da weinte auch Mutti ... Am schlimmsten hat Larisa geweint, die dann ging und einen wahren Kruson-Punsch zubereitete ... Der arme Onkel Jorj! »Noch nie hatte die Armee einen solchen Elan« ... Er wusste keinen anderen Satz mehr zu sagen, aber seine Anspannung war so aufrichtig, dass sie sich auf uns übertrug ... Das Zeichen, auf das er wartete, wurde nicht gegeben, die rumänische Regierung, der König haben es nur langsam akzeptiert, man reagierte nicht auf das Diktat von Wien*! Aber damals habe ich zum ersten Mal in diesem korpulenten Mann mit seinem mürrischen Wesen, der meine gesamte Kindheit über nicht gewusst hat, sich mir zu nähern, damals habe ich in ihm den General Ioaniu gesehen, von dem ich gehört hatte, in Militärkreisen würde mit großem Respekt von ihm gesprochen ...

»Es kann nicht sein, liebe Vica, dass du dich daran nicht mehr erinnerst! Ein Volkstrauertag, ein ganzes Land erinnert sich daran!«

»Aaach, ich versteh nicht mal richtig, was du da sagst ... Trauer? Trauer war doch, als König Ferdinand gestorben ist ... Danach hat man Lila aufgezogen, für Königin Maria ... Wie verrückt die war, Gott hab sie selig, das ganze Leben ist sie so bösartig gewesen ... Diese Trauertage hab ich noch mitbekommen ... dann als Stalin gestorben ist und Gheorghiu-Dej*. Am besten weiß ich noch, als Gheorghiu-Dej gestorben ist, da hab ich im Fernsehen die Beerdigung gesehen. Der Arme, was hab ich um den geweint! Ich kann keinen Toten sehen, ohne dass ich losheule! Was haste, Vica, flennst du, sagt Meiner da. Er ist stark, ein Tier, hart wie Stein! In neunundvierzig Jahren hab ich ihn kein einziges Mal weinen sehen! Das weiß ich noch, dass da Trauer war ... Aber wenn du sagst, damals war das auch, wird so gewesen sein, aber ich habe nichts gewusst ...«

»Wie kannst du das nicht wissen, Madam Delcă? Sogar wer damals noch ein Kind war, erinnert sich daran, dass wir in diesem Sommer ein Viertel des Landes verloren haben ...«

»Ich hab dir ja gesagt, ich wollte von Politik nichts wissen und nichts hören ... Dass es so ist, oder anders, ich wollte es nicht sehen und nicht wissen. Denn wenn ich mich nicht um mich kümmere, wer macht es dann ... Da brauch ich nicht diesen Blödsinn, und Politik ist Blödsinn, das hab ich immer gesagt! Du mischst dich in die Politik ein und verlierst Kunden, der hält zu denen, der zu denen, du musst immer nur deine Sache machen! Du musst für alle und für keinen sein! Wie oft hab ich das zu dem alten Rindviech gesagt! Du hast mit niemandem was gemein! Sollen die doch halten zu wem sie wollen, du hältst zu mir und aus! Mal schlüpft dem einen ein Wort raus, mal gibt's ein Strohfeuer, weil einer gesoffen hat, du hörst nichts und siehst nichts! Wenn einer nicht säuft und dann was kaputt macht, wenn sie sich nicht kloppen, wenn sie nicht wie die Schweine kotzen und ordentlich zahlen, dann hast du mit denen keine Probleme, und sie nicht mit dir! Lass die Politik sein, wenn du noch Kunden haben willst!, hab ich dem alten Rindviech gesagt. Der hatte auch eine Zeit lang solche Flausen im Kopf. Und dann wusste er auf einmal nicht, wo er sich noch verkriechen sollte, wo er sich verstecken sollte ...«

Nein, sie hat keine Ahnung, was dieses Land durchgemacht hat, und es ist schon lustig, was sie da für Ungeheuerlichkeiten sagt ... Aber um ehrlich zu sein, es gibt so viele kultivierte Menschen, die ihr nicht gerade unähnlich sind! Es kommt auf das Wesen an, das man geerbt hat, aber auch auf die Erziehung, die man genossen hat ... Was mein Interesse an Politik angeht, sicher verdanke ich es Onkel Sandu ... Fast zwei Jahre vor diesem furchtbaren Sommer habe ich ihn immer prophezeien hören: Jetzt, nach der Tschechoslowakei, da ist Rumänien an der Reihe, jetzt nach Polen, da ist Rumänien dran ... Ich erinnere mich an seine Stimme, die gepflegten Hände, alle möglichen unsinnigen Einzelheiten, denn ich weiß über ihn eigentlich gar nichts ... In der letzten Kriegszeit, da bin ich überzeugt, hat er sich Margots Reisen zunutze gemacht, er war mit Nachrichten von Maniu für die Engländer unterwegs. Wozu sollte Margot nach Ägypten oder Schweden fahren, sie hatte ja nun nicht wer weiß was für ein Modehaus! Auf keinen Fall!

Ivona sieht auf die russische Uhr und zündet sich eine Zigarette an:

»Aber wie spät es geworden ist! Schrecklich spät ... Und so großzügig ich auch bin, dieses Mal hat Niki jedes Maß überschritten! Ich müsste jetzt natürlich hinaufgehen und mich zurechtmachen, sollte fertig sein, wenn er kommt, aber ich habe überhaupt keine Lust!«

»Dann bleib hier bei mir, wir reden noch bisschen, und gleich sehen wir, wie er klingelt! Erzähl noch, wie war das mit der ... Wo der Mann gestorben ist ...«

»Larisa? Onkel Sandu hatte eine ansehnliche Rente für sie arrangiert, aber mit den Umwälzungen nach dem Krieg, mit der Entwertung des Geldes und all dem, was du ja weißt, da fand sie, eine Arbeit würde nicht schaden ... Zuerst war sie bei einem Wirtschaftsinstitut, aber da gefiel ihr irgendetwas nicht und sie halfen ihr, zur Nationalbank zu wechseln. Und hier, bei der Nationalbank, da lernte Larisa einen Schweizer kennen, der sie leidenschaftlich liebte. Sicher, er war kein junger Mann, er hatte große Kinder, sie waren verheiratet und wohlsituiert dort in der Schweiz. Aber er war ein ernstzunehmender Mann, Witwer oder geschieden, etwas Besseres hätte sich nicht finden lassen ... Schnelle Heirat ... Gerade da kommt die Anweisung, die Ausländer sollten das Land verlassen. Und sie könnten ihre rumänischen Ehemänner oder Ehefrauen nicht mitnehmen, wenn sie nicht mindestens fünf Jahre verheiratet wären … Alle Unternehmungen des Schweizers waren vergeblich und da ging er ganz verzweifelt zu Onkel Sandu und bot ihm eine unglaubliche Summe Geld an, wenn er Larisa über seine Beziehungen, die er im Innenministerium besaß, mit der Ausreise helfen würde … Wahrscheinlich war Onkel Sandu damals gewarnt worden, dass nun die massiven Verhaftungen beginnen würden und er selbst in Gefahr war …«

»Und?«

»Er nahm den Pass des Schweizers, tauschte das Foto gegen seins, es war eins im Profil (trotzdem befürchtete er, dass man ihn an der Grenze durch irgendeinen Zufall erkennen könnte), und ging auf diese bequeme und legale Weise mit Larisa fort, als Mann und Frau.«

»Was, sagtest du nicht, sie durfte nicht? Hast du nicht gesagt …«

»Ach, das machte nichts! Onkel Sandu hatte noch genug Beziehungen zum Innenministerium, um sie durchzuschleusen. Er hat sie rübergebracht.«

»Und der?«

»Wer der?«

»Ihr Mann! Der Schweizer!«

»Der Schweizer ging am nächsten Tag zu den Behörden und gab an, seine Frau hätte ihm den Pass gestohlen und wäre mit jemand anderem geflohen. Vielleicht hat es zwischen ihnen in dieser Hinsicht eine Verabredung gegeben. Vielleicht hat ihn aber Onkel Sandu auch von seinem Manöver nicht in Kenntnis gesetzt … Ich weiß nur, dass er, weil er Ausländer war und weil er selbst nichts getan hatte, die Erlaubnis bekam auszureisen … Drüben hat er sich dann mit Larisa getroffen und vielleicht hat Sandu dann diese unglaubliche Summe Geld eingestrichen.«

»Also, er hat sie nicht genommen … Der Mann von Margot! Er hat die, mit der er geflohen ist, nicht zur Frau genommen!«

»Ach nein! Larisa blieb weiter mit ihrem Mann in der Schweiz, das weiß ich aus den Briefen, die ihre Mutter später von ihnen bekommen hat. Wenige waren das. Larisas Mutter hat nur noch ein Jahr gelebt, sie war gelähmt und lebte in schlimmstem Elend …«

Ivona erhebt sich vom Stuhl, und während sie die Zigarette im Mundwinkel lässt, geht sie zum Buffet und stellt die alte Uhr, die wieder nachgeht …

»Und Madam Margot?«

»Margot? Ein paar Monate lang, vielleicht noch länger, haben sie sie mit den Verhören gequält, danach ist sie nach Otopeni gezogen, wo … Ich hab es dir gesagt. Sie hat Herrn Ialomiţeanu versteckt. Seine Frau hat sie verraten, es hat einen Prozess gegeben …«

»Und er?«

»Er, wer?«

»Geblescu! Ihr Mann!«

»Was ist mit ihm?«

»Was macht er da? Hat er geheiratet? Was treibt er da?«

»Was trieb er da, besser gesagt, denn inzwischen ist er gestorben. Was er dort trieb – wenn du wüsstest, liebe Vica, wie oft ich diese Frage schon gehört habe! Absurd! Weil man von hier aus nicht erfahren kann, was einer dort tut, genauso wenig, wie du weißt, was auf dem Mond los ist!«

»Kannste nicht, kannste nicht! Von hier aus nicht! Aber Tudor? Tudor kann doch nachgucken … Und du, als du letztes Jahr da warst, im Sommer …«

»Aber ich hab doch gesagt, er ist gestorben, meine Liebe! Er ist schon lange tot! Keiner von uns hat ihn mehr lebend gesehen, und die Korrespondenz, ich habe es ja erzählt! Nicht mal Margot hat er geschrieben!«

Ich werde ihr nun nicht sagen, dass Tudor ihn bei seiner letzten Reise wirklich gesucht hat und dass wir erst da erfahren haben, dass er gestorben ist! Die Pförtnerin hat gesagt, dass Onkel Sandu an einem Infarkt gestorben ist, zwei oder drei Monate her, und nichts war mehr da … Weder Urkunden noch Papiere, auch nicht diese Aufzeichnungen, von denen ich sicher weiß, dass es sie gegeben hat, seine wenigen Freunde waren auf dem Laufenden, sie hatten diese anscheinend brillanten Texte gesehen, die die diplomatischen Vorgänge während der Kriegszeit beschrieben, mit wunderbaren Einzelheiten. Um sie tut es mir am meisten leid, und ich kann nicht verstehen, dass er sie nicht seinen Freunden zur Aufbewahrung gegeben hat, so macht man es doch meistens in solchen Situationen! Und je mehr Zeit vergeht, umso logischer ist Tudors Theorie, dass Onkel Sandu ein Doppelspion war, das kam mir zuerst so extravagant vor, die Phantasmagorie eines Jungen, der sich für Krimis begeistert, aber es scheint mir immer wahrscheinlicher … Wir haben nur erfahren können, dass er in Paris im XIV. Arrondissement lebte, dass er ein Auto hatte, einen riesigen Hund und eine Geliebte von niedriger Herkunft, sie war jung, und die hatte er dressiert, ja nicht den Mund aufzumachen. Er hatte sich extrem gut gehalten für sein Alter, das dort niemand kannte, und er sah bis zuletzt großartig aus. Aber aufgrund solcher Angaben kann man nur ahnen …

Tudors Annahme, er habe ein doppeltes Spiel gespielt, was auch seine häufigen Reisen erklärt hätte, und das Verschwinden seiner Akten, seiner Erinnerungen, des Hundes und seiner Geliebten von niedriger Herkunft, seines Autos, ja, das kommt mir immer plausibler vor …

»Hörst du? Es klingelt!«

»Niki! Endlich! Aber wirklich, was sagst du zu seiner Bequemlichkeit? Er macht sich nie die Mühe, den Schlüssel zu suchen … Hast du keinen Schlüssel?, frage ich ihn jedes Mal, es ändert nichts. Na, nur einen Moment, entschuldige mich, Madam Delcă, ich mache Niki auf …«

Von wegen Niki! Das ist nicht Niki, das ist eine Frauenstimme! Wenn die jetzt auch noch kommt, dann mach ich aber los! Aber wer ist denn das, so heiser, verdammt, die kenn ich doch? Und Ivona, hör mal, wie sie die dauernd hereinbittet: Aber bitteee! Bitte, bitte, komm reeein! Ach, wer kommt denn da! Wenn man vom Teufel spricht, da ist er schon, der Teufel! Madam Cristide! Und immer noch mit der Jacke, die ich ihr umgewendet und einen Umhang draus gemacht hab, was hat die mich verrückt gemacht, mach, mach, Madam Delcă, mach mir einen Umhang, was steht mir das gut mit Krawatten und Schals! Komm, lass ihn aus, nimm da was weg, näh da was dran, mach, wie du's kannst, aber mach mir da einen Umhang draus! Und ich hab's fertiggebracht, sonst wär ich diese Wahnsinnige nie losgeworden! Also dieser Umhang wieder, der Hut wie ein Wagenrad, immer noch mit diesen Fummeln und angemalt wie ein Kasper! Und immer noch diese schlimme Angewohnheit, einen auf die Schnauze zu küssen!

»Tachchen, liebe Vica! Vica hat Madam Ioaniu dich immer genannt, was? Ich seh's noch vor mir, wie du immer da mit Madam Ioaniu gesessen hast!«

»Und ich erst! Es vergeht ja kein Tag, an dem ich nicht von ihr rede! So winzig, wie sie war, aber ohne sie, da ist das Haus ja wie leer! Und wie geht's, wie steht's, Madam Cristide? Wie geht es Herrn Puiu?«

»Pass auf, du hast dort Lippenstift von ihr! Nein, dort... Mehr rechts, Vica, weiter...«

»Entschuldige! Da siehst du, wie schlecht der Lippenstift von der Niculeasca ist! Die Niculeasca von der Brezoianu, du kennst sie, Ivona, Schätzchen! Mit diesem Puppengesicht, tolle Haut, ganz weiß, ohne eine Falte! Sie ist über vierzig, weit über vierzig! Doch, du kennst sie auf jeden Fall! Sie hat Puder und Lippenstift und Nagellack und Cremes, ganz gute... Ja, ich, ich hab mir das ganze Leben alles für den Mann abgespart! Ich sag auch manchmal zu ihm: Puiu, Lieber, du hast keine Ahnung, wie andere das Geld von ihren Männern rausschmeißen! Immer nur Helena Rubinstein! Immer Elisabeth Arden! Immer Max Factor! Sachen aus Paketen! Ich mit meinem billigen Klunker und meinen Lippenstiften von der Niculeasca! Ich war damit zufrieden, so bin ich halt: bescheiden und uneitel! Und wenn du mich mit sechzehn gesehen hättest! Wenn mir da jemand gesagt hätte, dass ich mal Tüten mit zehn Kilo auf jeder Seite schleppen würde, dass ich mal Schlange stehen würde und mit eigener Hand mein Parkett wischen… Darum bin ich auch so geworden, dass ich mich nicht mehr im Spiegel erkenne! Es gibt Frauen, die ihre Männer in die Kantine schicken, ihre Kinder in die Krippe, so, sagen sie! Ich hab keine Zeit, mich mit so was zu beschäftigen! Ich muss mein Leben leben! Und das sind wirklich intelligente Frauen! So, wie eine Frau sein muss! Nicht wie ich, die ich mich für meine Familie aufgeopfert hab… Denn ich hab eigentlich eine andere Natur, aber ich hab sie geopfert, nachdem ich im Elfenbeinturm eingesperrt gewesen bin! Und Puiu ist der, der mich eingesperrt hat, Puiu ist der, der mir mit Methode und unnachgiebig neue Angewohnheiten antrainiert hat! Meine neue Natur, die nicht meine ist! Er ist mir immer nach, bis ich nichts mehr machen konnte und es gemacht hab wie er! Puiu, mit Methode, aus dem Schatten raus, da hat er meine ganzen Liebhaber zur Seite gewischt! Bis er mich im Elfenbeinturm hatte! Er hat mich im dritten Semester aus der Philologie rausgeholt und hat mich zur Frau genommen! Und weil ich dauernd mit ihm zusammen war, hab ich dann angefangen, ihn zu lieben, er war halt mein Mann! Ich hab angefangen, die Tüten zu schleppen, zu sparen, mich mit den Lippenstiften von der Niculeasca zu begnügen. Aber, liebe Ivona, ich bitte dich, geh und mach dich zurecht! Los, dass wir rechtzeitig zur Kirche kommen, damit wir was sehen können… Und entschuldige, liebe Vica! Du hast mich was gefragt, aber ich habe vergessen, was…«

»Ich hab nichts Dolles gefragt! Wie's dir geht, hab ich gesagt. Wie's Herrn…«

»Danke, gut… Weißt du nicht, wie fertig und kränklich Puiu ist? Jetzt lässt er sich den Zahn vorne austauschen und wollte ums Verrecken nicht, dass die Leute ihn so zahnlos sehen… Trotzdem, dachte ich, ich kann Clemenţa so was nicht antun! Und dann hab ich Niki und Ivona gesagt, dass ich mit ihnen mitgehe. Und tja, er ist nicht zu Hause, sie ist unentschlossen… Lass uns doch die Gelegenheit nicht verpassen, sag ich zu Ivona, dass wir die mal los sind. Dass wir bisschen Luft schnappen! Dass wir beide allein gehen! Aber guck, wie sie sich ziert! Komm, liebe Ivona, steh nicht rum, sonst kommen wir nicht mehr zur Kirche. Und so was hat Clemenţa doch nicht verdient! Und Ţuţulica verdient es auch nicht, der Liebe! Ich kenn ihn doch, seit er noch ein Krümel war! Magst du Ţuţu nicht, Ivona?«

»Wieso soll ich ihn nicht mögen? Ein guter Junge, immer lieb zu seiner Mutter! Ich habe mich gefreut, als Clemenţa sich entschlossen hat, ihn heiraten zu lassen… Vielleicht hab ich sie sogar ein bisschen beeinflusst, am Anfang war sie etwas reserviert, aber ich war dafür… Wenn man ein Kind hat, hab ich gesagt, dann musst du an das Kind denken, nicht daran, wie es dir besser gefallen würde…«

»Du, Ivona, du denkst genauso, wie ich's mein Leben lang gemacht hab! Opfer! Obwohl du deine Arbeit hattest, dein Leben, ich sehe doch, dass du es so gemacht hast wie ich: mich zurückzuhalten für meine Familie… Und auf der anderen Seite hab ich, auch wenn ich mich geopfert habe, zu Clemenţa schon so oft gesagt: Ich bedauere es, dass ich keine Arbeit habe, mit meinem eigenen Geld, dass ich mir selber ein Leben aufbauen kann! … Und darum habe ich ihre Reserviertheit auch verstanden, als Ţuţu mit seiner Verlobten zu ihr gekommen ist… Ich habe sie verstanden und habe ihr recht gegeben in dem, was sie zu ihnen gesagt hat. Meine Lieben, hat Clemenţa gesagt, ich sehe, ihr seid entschlossen zu heiraten, weil ihr mich nicht gefragt habt, was meine Meinung dazu ist! Ihr habt mir nur noch Bescheid gesagt! Hättet ihr mich gefragt, mein Ratschlag wäre gewesen: Wartet noch! Ja, das sage ich euch, ich, die ich mit achtzehn geheiratet habe! Zu meiner Zeit akzeptierte man bestimmte Dinge viel schwerer. Aber jetzt leben die Mädchen mit den Jungen erst mal zusammen, bevor sie heiraten – eine normale Sache, wo es nicht mehr diese Häuser gibt, wo man früher hingehen konnte! Auch die Mentalität ist anders geworden, die Jungen auch, sie sind für gewöhnlich korrekt und heiraten dann die Mädchen auch, mit denen sie zusammenleben. Wenn nicht, dann heiraten die Mädchen eben jemand anderen, man wirft ihnen nichts vor, weil es diese Skandale wie früher nicht mehr gibt ... Vielleicht glaubt ihr, was ich gesagt habe, bedeutet, dass ich die Mädchen von heute verurteile, nein, im Gegenteil! Ich würde überhaupt nicht mehr heiraten! ... Heirat bedeutet Frondienst, Kinder, also, obwohl ihr mich bloß davon unterrichtet, aber nicht gefragt habt, rate ich euch, noch einmal gut darüber nachzudenken, was ihr tun wollt.«

»Ja, ich weiß, ich weiß! Sie hat mir auch von diesem Gespräch erzählt, darum habe ich mich auch gezwungen gesehen, meine Meinung dazu zu sagen.«

»Auch wenn Clemenţa in deinen Augen jedes Maß überschritten hat, liebe Ivona, senk die Waffen! Wenn ich zum Beispiel manchmal mit der Straßenbahn fahre, mit der auch die Schlechtergestellten fahren, und weil ich bisschen koketter bin, wie ihr mich eben so kennt, da gibt es Momente, in denen ich mich richtiggehend bedroht fühle ... Aber wirklich, ihre Beleidigungen, die höre ich nicht mal! Ich bin eben immer noch hübsch, ich bin offen mit ihnen, und das entwaffnet sie!«

»Aber du hast mich falsch verstanden! Was für Waffen soll ich strecken? Davon kann gar keine Rede sein!«

»Ich weiß, meine Liebe, ich weiß! Ich habe nur einen Vergleich gemacht, du, die du so ein gebildetes Mädchen bist, du verstehst schon! Darum bleibe ich ja auch dabei: Sieh über die Anspielungen von Clemenţa hinweg und komm!«

»Aber du hast mich falsch verstanden ... Ich habe mich gar nicht geärgert ... Ich und Clemenţa, wir kennen uns doch schon so lange ...«

»Ich weiß, du machst da keine Sache draus! Du, Ivona, Schätzchen, du bist ein zu intelligentes Mädchen, als dass du ... Aber ein kleiner Ärger über Clemenţa lag schon in deiner Stimme, ein berechtigter Ärger! Nein, sei ehrlich zu mir und gib es zu! Und jetzt, da gibt es wirklich keine Entschuldigung mehr … Du musst hochgehen und dich ein bisschen frisch machen, du bist ganz blass, geh hoch, mach dich ein bisschen hübsch. Damit du es weißt, vor Niki werde ich alles auf mich nehmen! Soll er sich doch über mich ärgern, ich werde ihm sagen, wie sehr ich an dir zerren musste und dass du keineswegs so unabhängig bist mit deinem Zeitplan, wie Clemenţa denkt, und dass dich das geärgert hat.«

»Mich geärgert? Aber ich sag doch, davon kann gar keine Rede sein …!«

»Also, wenn du dich nicht geärgert hast, dann hat es dich wenigstens gestört! Es hat dich gestört, gib es zu! Und ich weiß nicht, warum es dich gestört hat, denn eigentlich hat sie nichts Schlimmes gesagt. Nur eine Meinung von ihr – wie sie dich halt so sieht! Clemenţa ist kein schlechtes Mädchen, aber bestimmte Dinge kann sie eben nicht begreifen. Es schockiert sie vor allem, wie du diese Entfernung zu Tudor aushältst, das hat sie mir gesagt und darüber haben wir geredet! Ich könnte es ums Verrecken nicht aushalten, Ţuţu drüben zu wissen, so wie Ivona mit Tudor! Ihn nur einmal im Jahr zu sehen, einmal alle zwei Jahre, immer zu zittern, krieg ich ein Visum, krieg ich keins! Ivona, erklär ich ihr, ist eine moderne Frau! Sie hat sich mit dem Gedanken getröstet, dass es Tudor dort besser geht als hier … Sie hat sich mit seiner Situation dort getröstet, über die ich ja keine Einzelheiten weiß, nur ein bisschen von Niki, denn von den beiden ist er ja der, der mehr redet. Aber ich nehme an, es ist eine gute Situation, die er hier jedenfalls nicht gehabt hätte … So erkläre ich es ihr …«

»Also … wenn es nötig ist … Ich wusste nicht, dass es da so ein großes Interesse für …«

»Siehst du, wie du es auffasst? Du bist eine intelligente Frau, Ivona, außergewöhnlich intelligent, aber meiner Meinung nach auch schwierig … Schwie-rig, man hat Angst, vor dir den Mund aufzumachen, weil du alles interpretierst. Weil dir keine Nuance entgeht, keine … Und dann bist du auch noch misstrauisch, ja, ja, das bist du, das bist du! Streite es nicht ab! Jetzt guck, wie sie das wieder auffasst! Als hätten wir uns für deine Person interessiert! Keinesfalls! Über das Weggehen, das musst du zugeben, reden alle! Das ist ein Thema, das ... Da kommst du hin, ohne dass du es willst. Ich zum Beispiel, ich habe Clemenţa gesagt, ich würde nicht weg wollen, außer, wenn wir alle weggehen würden! Wenn ich mich schon mal auf dem Altar der Familie geopfert habe, dann will ich auch wissen, wofür ... Aber alle auf einmal ist ziemlich schwer! Und wenn ich mal dran gedacht habe, dann kann man jetzt wohl sagen, ich habe es aufgegeben ... Mit über fünfzig Jahren ist es wohl schwer, da was zu finden ... Die wollen lieber junge Leute ... Und auf diese Weise, du ahnst es nicht, sind wir im Gespräch von meinem Fall, pass auf, auf dich gekommen ... Ich, sagte Clemenţa, wenn ich an Ivonas Stelle wär, ich wär schon lang gestorben! Und da sag ich zu ihr: Vergiss nicht, dass Ivona ein intelligentes Mädchen ist! Sie hat immer ihr eigenes Leben gehabt, sie hat sich nie wie wir nur mit der Familie begnügt! Nach einer Zeit, wenn Ţuţu fortginge, da würdest du dich auch drüber wegtrösten! Ich?, braust Clemenţa auf. Ich, die ich dafür gesorgt hab, dass er nicht zur Armee muss, ich, die ich ihn per Telegramm aus dem Urlaub hergerufen hab? Keine Woche hab ich ohne ihn sein können! Und hier, liebe Ivona, damit du merkst, wie schlecht du mich kennst, hier gebe ich dir recht! Die Wahrheit ist, dass Ţuţu ein Märtyrer ist! Und Märtyrer sind auch Clemenţas Männer gewesen, dieser Nanu, den ich nie kennengelernt habe, und Barbu Vrăbiescu ... Und alles hat seine Erklärung, mit der du einverstanden sein wirst, da bin ich überzeugt: Clemenţa ist immer noch genauso verwöhnt und egoistisch wie mit achtzehn Jahren! ... Nur dass damals ein paar Männer um sie rum kreisten und jetzt ist es nur noch ein einziger unglücklicher Junge! Aber sie macht das alles nicht aus Bosheit! Sie denkt nicht drüber nach, dass sie ihrem Kind etwas antut, indem sie ihn erpresst, nicht zu heiraten, was du vielleicht nicht weißt! Ich weiß, wie sie ihn immer erpressen wollte und was für furchtbare Streits es gab! Aber aus Egoismus hat sie sich am Ende nur selbst geschadet! Denn am Ende ist sie alleine geblieben und musste ein Kind großziehen! Und daran ist nur Clemenţa schuld!«

»Na, wenn der Mann abhaut, dann isses so, da ist die Frau schuld! Weil aus Spaß geht keiner!«

»Ja, Madam Delcă, so ist es, wie du sagst! Ich kenne Nanu nicht, aber Barbu Vrăbiescu, den Vater von Ţuţu, der war das ganze Leben mit Puiu befreundet. So haben wir uns auch kennengelernt, über unsere Männer. Eine Zeit lang war ich mit denen allen in einer Gruppe. Ich war natürlich eine Tänzerin – Foxtrott, Charleston, Argentinischer Tango –, alles, was neu war, schnappte ich auf… Aus der Luft! Und mein idealer Partner war Barbu Vrăbiescu! Clemenţa hatte dafür einen besonderen Sinn für Kunst, das sah man sofort! Selbst wenn sie einen Salat garnierte! Ein Fleischsalat, eine Schokoladentorte, die Clemenţa dekoriert hatte, das war eine Freude! Was für Blusen, was für Röcke sie bemalt hat, nur so aus Spaß! Hätte sie sich weiter damit beschäftigt, sie wäre bestimmt eine große Malerin geworden… Groß wie…, was soll ich sagen? Groß! Wie Grigorescu! Wie Luchian! Ich weiß nicht, ob es schon mal eine so große Malerin gegeben hat wie Clemenţa! Leider sehr faul! Ich stehe auch morgens spät auf, weil ich die ganze Nacht lang nur die Wand anstarre, aber es ist nie vorgekommen, dass Puiu nach Hause gekommen wäre und das Haus nicht in Ordnung gebracht war und der Tisch nicht gedeckt. Während bei Clemenţa, wie das Haus da manchmal aussah! Was für eine Unordnung! Und der arme Barbu, der aß ewig in der Kneipe, um sie nicht zu stören… Und so hat er sich dann eben mit der Sekretärin einlassen müssen, wenn er immer so ins Restaurant ist… Seit ich ihn kennenlernte, war immer ein Mädchen im Haus, als Kindermädchen, und wenn sie frei hatte… Ich seh ihn noch mit dem Töpfchen in der Hand! Ich seh ihn noch, wie er bellte und auf allen vieren rumkroch, nur damit der Kleine lachte! So bescheiden ein Mann auch mit seinen Ansprüchen sein kann, wenn du ihm keinen einzigen erfüllst, dann kannst du dich nicht beklagen, wenn du ihn dann eines Tages los bist! Clemenţa erzählt selbst, dass sie aus ihrem Nanu den ›Waldmenschen‹ nicht rausgekriegt hat, weil er aus einer gewöhnlichen Familie kam. Es ist verständlich, dass einen bestimmte Manieren stören, aber warum hat sie dann akzeptiert, ihn zu treffen? Am Ende, eines Tages, haben Nanu und auch Vrăbiescu ihre Koffer gepackt und sind auf und davon, wie du sagst, liebe Ivona …«

»Ich?! Hab ich so etwas gesagt? Über Männer, über Koffer? Das wäre nicht meine Art …«

»Vielleicht hat sie es nicht gesagt, aber man hat es rausgehört … Oder, wenn man es nicht rausgehört hat, dann sage ich es eben, bitte! Ich sage es, weil ich die Wahrheit sage, ich rede nicht, weil ich Clemenţa kritisieren will. Puiu weiß, dass ich meine Freundinnen nie kritisiere, es sind meine Freundinnen, und was auch immer passieren mag, was auch immer sie tun, ich halte zu ihnen! Aber die Wahrheit ist wahr! Die Männer von Clemenţa haben eines Tages ihre Koffer genommen und nur noch der arme Ţuţu ist da im Straflager übrig geblieben!«

Das Telefon klingelt, Ivona springt auf, beherrscht sich, nicht loszulaufen, geht mit gemessenem Schritt.

»Pass auf, wenn es Niki ist, dann sag ihm, er soll direkt zur Kirche kommen! Und was ist das für ein Foto hier auf dem Tisch? Was sagst du, wer ist das? Professor Mironescu? Ich hab immer von ihm reden hören, aber es ist das erste Mal, dass ich ihn auf einem Foto sehe … Madam Ioaniu hat diese Fotos so ziemlich versteckt, damit ihr zweiter Mann, der General, sie nicht sieht … Da gab's ja so eine Rivalität zwischen denen … Wenn ich's doch sage, Madam Delcă! Halb Bukarest wusste, dass Madam Mironescu mit Ioaniu lebte, ach, wie lange schon … Alte Geschichten … Ich sag dir noch was, auf jeden Fall, bitte … Man sagt sogar, Ivona wäre eigentlich nicht … Sie wäre eigentlich von Ioaniu …«

»Das glaub ich ja ums Verrecken nich! Jetzt guck dir Madam Ivona an, guck dir ihren Vater an: der ist dünn und kahl und hat 'ne lange Nase! Guck, siehst du! Wie ein Ei dem anderen! Flacher Kopf …«

»Ja, die Ähnlichkeit … Kann man nicht leugnen … Und Ioaniu hatte einen anderen Gesichtsschnitt … Aber weiß man's? Wer hat ihr am Ende die Kerze gehalten? Ich glaub nur, was ich sehe, wie man so sagt … Ha-ha-ha … Also so sah Madam Ioaniu in ihrer Jugend aus … Schon präsentabel, ja, aber schön, hm, hm … nicht so sehr. Trotzdem, irgendwas hatte sie. Ja, schade, Ivona hat es nicht geerbt … Das ist die Schwester, ja, mit der Geschichte! Und der junge Mann auf dem Stuhl … Warte bisschen, sag's nicht, ich sag's dir selbst! Ich sag es dir, weil, na wunderbar! Titi Ialomiţeanu! Titi Ialomiţeanu – sieh an! Wie viel ich von dem schon gehört habe, von meiner Schwiegermutter! Die Eheleute Ialomiţeanu waren immer zu Besuch bei meinen Schwiegereltern. Na, wie soll ich Titi Ialomiţeanu denn kennengelernt haben, so jung wie der hier auf dem Foto ist? Denk doch mal nach, zu der Zeit war ich noch nicht mal geboren! Ich habe ihn wiedererkannt, weil meine Schwiegermutter ihn mir so oft auf Fotos gezeigt hat, und es hat mich so frappiert zu sehen, wie sehr er sich verändert hat: Auf den Jugendfotos war er blond und schmal, aber ich kannte ihn als korpulenten, weißhaarigen Mann – eine ganz andere Person! Warum er dauernd auf den Fotos bei meiner Schwiegermutter war? Willst du fragen, Madam Delcă, ob zwischen ihnen nicht etwas gewesen ist? Möglich, das sage ich nur dir, weil du verschwiegen bist … Meine arme Schwiegermutter war ziemlich stürmisch, natürlich. Puiu erträgt es nicht, so etwas zu hören …, aber ich glaube, mein Schwiegervater ist in seinem Leben ab und zu mit Hörnern rumgelaufen … Aber er hat daraus keine große Sache gemacht, ein Gehörnter zu sein! Als Beweis, er lebt immer noch … Aber Titi Ialomiţeanu, was für ein charmanter Mensch! Was für hübsche Komplimente er machte! Ach, Madam Delcă! Die Jugend von heute ist keinen Heller mehr wert! Was wissen die noch, was Liebe ist? Und unsere Männer waren auch keine solchen Männer mehr, wie es sie früher gegeben hat! Die eine Frau zu schätzen wussten! Die waren wirklich Teufelskerle! Wussten, wie sie es drehen mussten, wie sie es machen mussten, wie sie einen schwindelig werden ließen, und ... Ha-ha-ha, wie lustig du bist, Madam Delcă! Komm doch auch mal bei mir vorbei, wenn du Zeit hast! Dann reden wir ein bisschen, so wie jetzt, wir ... Und warum, sagst du, hat Ivona dieses Foto hergelegt?«

»Was weiß ich denn! Sie hat es gefunden und ...«

»So ein Zufall ... Dass ich hier Titi Ialomiţeanu sehe! Ich weiß noch, dass er beim Explora gearbeitet hat, er verdiente sehr gut, blühender Wohlstand, bis die Kommunisten kamen ... Damals hatte er einen schwachen Moment und er hat sich bei seiner Geliebten versteckt ... Seine Geliebte, ich sag es dir, Madam Delcă, sicher! Ivona will es nicht zugeben, so ist sie eben ... Ein schwieriges Wesen, du hast ja gehört, ich hab es ihr selbst gesagt! Schwierig und passt nicht besonders gut zu Niki! So wirft einen das Leben zusammen, mit wem man nicht zusammenpasst! Niki, ein wirklich süßer Junge! Geistig und mit Temperament, ich und Niki, wir haben uns wunderbar verstanden! Mit Titi Ialomiţeanu genauso, obwohl das eine andere Generation war, eine andere Art. Aber ich traf ihn manchmal im Park vor ein paar Jahren, er führte einen kleinen Pekinesen aus, sehr alt, sehr nervös, biss heimlich zu. Ich musste aufpassen, nicht zu nahe zu kommen, und darum war es etwas schwierig, mit ihm zu reden ... Aber wir redeten viel! Er war im Gefängnis gewesen, aber er war ziemlich schnell wieder rausgekommen. Er hatte von den Umständen profitiert und war zu seiner Frau zurückgekehrt ... Er hatte sich eingefügt, bekam jetzt Rente, aber weil er so bescheiden war, machte es ihm keine Freude, über sich zu sprechen. Aber was er alles wusste, was er alles gesehen hatte! So eine Intelligenz! Selten! Ein Vergnügen, ihm zuzuhören, eine Chance fürs Leben! Ich hielt ihn Puiu immer als Beispiel vor, und das war glaube ich nicht gut. Siehst du, sagte ich, er war auch im Gefängnis, wie du, und er ist zwanzig Jahre älter als du und er jammert nicht so! Vielleicht will Puiu deshalb nichts von ihm hören! Um ihn nicht treffen zu müssen, war er imstande, alle möglichen Geschichten über den armen Titi zu erfinden! Puiu ist sein Leben lang so eifersüchtig gewesen… Eine Zeit lang hatte er es auf Herrn Ialomiţeanu abgesehen: Er wäre zu gerissen, am Ende hätte er sich mit den Kommunisten eingelassen, denn wieso würde er sonst so leicht ein Ausreisevisum kriegen, er und seine Frau auch… Sachen, die vor allem neidische Leute sagen… Bitte, zu mir musst du mit solchen Schweinereien nicht kommen, nur damit du mich schön in deinem Elfenbeinturm einsperren kannst – ich hab's ihm wirklich gegeben! Ich kenne ihn von euch, aus dem Haus deiner Mutter, und was tun wir Böses, wenn wir im Park spazieren gehen? Wir schnappen bisschen frische Luft, wechseln ein paar Worte! Denn das war alles, was wir gemacht haben, Madam Delcă! Was hätte ich sonst mit ihm machen sollen, in seinem Alter? Aber ich mochte ihn, weil er immer informiert war, über alles und jeden, eine Qualität, die ich sehr schätze! Nur ein Hitzkopf wie Puiu konnte aus so was eine große Sache machen! Ich verbiete dir, sagte er, ihm über uns weiter etwas zu erzählen! So gesprächig wie du bist, und er, der sein ganzes Leben nichts anderes gemacht hat, als Leute auszuhorchen und sie zu hintergehen… Puiu und seine Dummheiten, die Eifersucht macht einen wirklich blind…«

Oben ist wieder das Telefon zu hören.

»Weißt du, Madam Delcă, du weißt doch, was für eine gute Frau ich bin! Wie nett und leutselig! Und mit Ivona heute, was hab ich da für eine Geduld gehabt! Hingegen sie, die ganze Zeit… Und dann, wie sie einen anguckt! Aber wechseln wir das Thema, ich will nicht, dass sie denkt, man würde sie kritisieren… Wir hatten eigentlich von Herrn Ialomiţeanu gesprochen, von dem Mann mit den meisten Beziehungen, den ich je kennengelernt habe! Es gibt keinen Menschen, den er in seinem Leben mal getroffen hätte und bei dem es ihn nicht interessierte, wie es ihm dann weiter ergangen ist! So ist er eben, ein neugieriger Mensch und sehr liebenswert… Zartfühlend…

Mit denen, die nicht mehr in Rumänien sind, steht er immer noch in Verbindung. Er korrespondiert mit jedem, er hat mir Briefe gezeigt, ganze Stapel von Farbfotos! Er wusste von jedem, was er macht, wo er ist. Mit seinem ersparten Autochen ist er mit seinem Frauchen durch Europa gereist. Bei den letzten Reisen haben sie einen Neffen mitgenommen, sie waren ja nun auch schon in einem gewissen Alter! Als ich ihn damals traf, war er schon über siebzig, damit du dir vorstellen kannst, wie absurd Puius Eifersucht war! Irgendwann traf ich ihn dann nicht mehr, ob er wohl krank ist? Ach, Gott sei Dank! Endlich kommt Ivona! Hörst du sie? Sie kommt die Treppe runter! Ja, aber ich glaube, er lebt noch, in der *România liberă* habe ich ihn nicht gesehen ... Über Titi Ialomiţeanu haben wir gesprochen, liebe Ivona! Ich habe das Foto auf dem Tisch gesehen! Aber wenn wir jetzt nicht in fünf Minuten gehen, können wir es aufstecken ...«

»Ich möchte dich nicht aufhalten, nein ... Wenn Niki in fünf Minuten auftauchen sollte und wir schon losgegangen sind? Dann geh du besser! Entschuldige, dass ich dich habe umsonst warten lassen ...«

»Ach, meine Liebe, es macht nichts, dass ich gewartet habe! Das macht nichts! Ich will, dass am Ende alles gut wird! Und darum lass mich dir noch mal sagen: Gerade weil dich Clemenţa verärgert hat bei eurem letzten Gespräch, da solltest du als gebildetes Mädchen ...«

»Schön, aber etwas bringt mich wirklich zur Verzweiflung: Ich mühe mich ab, dir zu sagen, dass ihre Worte mir nichts ausgemacht haben, aber völlig umsonst! Du willst unbedingt eine große Sache daraus machen ...«

»Also, genau das tue ich nicht! Genau etwas Großes will ich nicht daraus machen! Aber du bist drauf aus, mir etwas in die Schuhe zu schieben, ich weiß, seit wann, ich weiß, warum, und das ist nicht in Ordnung! Denn ich habe dich immer hochgehalten und dich verteidigt, wenn mal der ein oder andere gesagt hat, es käme ihm schwierig vor, sich mit dir gut zu stellen.

Du gehst jetzt nicht, weil du auf Niki wartest, aber wer außer mir kennt diesen Grund noch? Keiner! Die anderen werden nur dein Fehlen bemerken, und sie werden ihre Bemerkungen machen…«

Ivona geht wieder zum Telefon, das klingelt.

»Wenn es Niki ist, dann sag, dass er direkt kommen soll! Denn wir, Madam Delcă, müssen jetzt wirklich gehen! Ihr müsstet das Telefon hierhin stellen, Ivona, guck doch, was für Wege du immer zum Telefon machst… War es immer noch nicht Niki?«

»Doch, Niki… Es war Niki… Er ist auf dem Weg nach Hause und sagte, ich solle mich bereithalten.«

»Wunderbar! Sobald Niki kommt, gehen wir.«

»Nein, Ortansa, nein, meine Liebe… Es hat keinen Sinn, dass du wartest, wir werden sicher zu spät kommen…«

»Wie spät ist es denn? Ja, du hast recht… Vielleicht bleibe ich noch ein bisschen, und wenn Niki nicht in fünf Minuten da ist…«

»Nein! Du wirst dich nur ärgern! Und du bist ja nicht losgegangen, um dir die Laune zu verderben…«

»Ich ärgere mich schon nicht, liebe Ivona, wenn ich hier umsonst warte… wenn ich nett zu jemandem bin, der es mir nicht mit gleicher Münze zurückzahlt! Nicht mal, wenn ich mit dem, was ich sage, missverstanden werde… Ich bin mit dem Alter weise geworden, ich weiß, dass ich so etwas nicht beachten muss!«

Aus der *hall* ist die Pendeluhr zu hören. Ortansa Cristide springt vom Stuhl auf und knöpft ihren Umhang zusammen.

»So ist es nun mal, meine Lieben! Schade, liebe Ivona, schade, dass wir nicht zusammen gehen, ich mag es immer, mit dir zu reden. Aber bitte, versprich mir, dass ihr ein Taxi nehmt, damit ihr rechtzeitig ankommt! Das arme Ţuţuchen hat es nicht verdient, er hatte es so schwer, sich das zu ermöglichen! Bei ihm war es schwieriger mit den Examen als bei deinem Tudor, was natürlich auch nachvollziehbar ist!«

Ortansa öffnet ihre Tasche, holt ein abgenutztes Schminktäschchen heraus und zieht ihre Lippen nach.

»Man muss sich nicht wundern, liebe Ivona, dass Ţuţu in der Schule nicht so gut war wie Tudor! Dass er mal sitzenblieb, nicht gleich an der Universität aufgenommen wurde ...«

»Herrgott, Ortansa! Aber ich glaube nicht, dass ich jemals so einen Vergleich gezogen habe!«

»Das hast du nicht, weil man ihn auch nicht ziehen kann! Aber selbst wenn du sie verglichen hast, unwahr ist daran nichts ...«

»Aber ich habe nicht einmal daran gedacht!«

»Na gut, sicher, sicher! Es sagt nur keiner! Ich habe sie verglichen! Und wie sollte ich es auch nicht tun, wenn man ja automatisch daran denkt? Aber es ist ein Vergleich absolut nur zugunsten deines Sohnes, also seh ich nicht, was dich daran stören könnte ...«

»Also, so etwas!«

»Warum Ivona, warum? Die Wahrheit ...«

Ortansa Cristide steckt eilig ihre Schminke wieder ins Schminktäschchen, rückt ihre Tasche auf der Schulter zurecht, zieht ihre Handschuhe an und richtet mit der behandschuhten Hand ihre Hutkrempe – etwas tiefer, etwas höher.

»Aber keine Sorge, die Natur, so objektiv wie sie ist, sie gleicht das wieder aus: Eine Hässliche macht sie intelligent, eine Schöne und Temperamentvolle ist dafür schüchtern und verliert dadurch ... Und so weiter ... Ţuţu hat nicht das Köpfchen und die Arbeitskraft von Tudor, aber dafür ist er seiner Mutter völlig ergeben! Was für eine besorgte und zärtliche Seele! Und übrigens, wisst ihr, was ich bei den Kindern beobachtet habe, die von ihren Eltern nicht gehegt und gepflegt wurden? Dass sie netter und aufmerksamer werden als unsere, für die wir uns so aufgeopfert haben! Für die wir uns unser ganzes Leben fast umgebracht haben, tja, die haben normalerweise weder Respekt noch Mitgefühl! Glaubst du das nicht, liebe Ivona, hab ich nicht mal damit recht? Aber denk doch mal nach ... Du hast dich doch auch für Tudor aufgeopfert, und er, als es dann so weit war, er hat vor allem an sein Wohl gedacht... An seins und das von seiner Frau ...«

»Nun ja, deine Einschätzung... Ich will dich nicht daran hindern ...«

»Bist du schon wieder beleidigt? Ich werde noch dahin kommen, dass ich vor dir gar nichts mehr sage, was ich denke... Nichts, absolut gar nichts! Wir wissen alle, was du für einen besonderen Jungen hast, wie gebildet, wie... Ich habe hier nur von seinem Herzen geredet, und dass Eltern, die sich ihren Kindern gegenüber egoistischer aufführen, dass die mehr von ihnen bekommen... Das ist nur eine wissenschaftliche Tatsache, und tja, dann achte ab jetzt darauf und beobachte mal. Ja, ja, beobachte ihn, beobachte ihn! Vielleicht denkst du dann noch mal drüber nach und wirst mir dann recht geben... Na, Tachchen! Tachchen, liebe Vica, so hat Madam Ioaniu zu dir gesagt, nicht? Komm, ich geb dir ein Küsschen, guck, ich geb dir ein Küsschen, wenn's bisschen abfärbt, macht nichts. Guck, wie gut dir das steht! Bei dem Teint, den du hast... ein wunderbarer Teint in deinem Alter ...«

»Soso, hast du mich bisschen aufgehübscht... Vielleicht find ich ja in der Straßenbahn ein Alterchen, das ich mir mit nach Hause nehme ...«

Alle drei lachen.

»Nein, sag doch! Sag doch, ob du so etwas schon mal gesehen hast!«

»Ich seh die ja nu nicht zum ersten Mal! Ich weiß ja, wie verrückt und irre die ist!«

»Du lachst! Ja, mach dich nur lustig! Aber ich zittere richtig vor Ärger... Ich hätte nicht gedacht, dass ich gerade an so einem furchtbaren Tag, bei diesen Anstrengungen, auch noch sowas aushalten muss... Ach! Ich habe Kopfschmerzen, entsetzlich ...«

Ivona lässt sich auf einen Stuhl fallen und presst die Hände gegen die Schläfen.

Vica kramt in ihrem Beutel, knistert mit ihren leeren Plastiktüten. Sie geht schlurfend in die Küche und kommt mit einem Glas Wasser.

»Komm, komm! Nimm die, wenn ich's doch sag! Komm, schluck die, und wenn's in einer halben Stunde nicht weg ist, dann … Komm, Ivona, hör auf mich und nimm sie … Du musst auf mich hören, ich bin die Ältere …«

Ivona massiert mit geschlossenen Augen ihre Schläfen.

»Was für ein dummer Tag, was für ein schrecklicher Tag! Und wie ich es früher schon oft bemerkt habe: Wenn ein Tag schlecht anfängt, dann kannst du es nicht mehr geradebiegen, soviel Mühe du dir auch …«

»So sind manche Tage! Wenn man morgens mit dem falschen Fuß aufsteht!«

»Reden wir nicht mehr davon! So tolerant ich auch bin, aber heute hat Niki jedes Maß überschritten! Er hat alles zerstört, seinen Tag und meinen, alles! Wir waren verpflichtet, zur Kirche zu gehen! Dass er mich all diesen Affronts aussetzt, die du jetzt gesehen hast … die du gehört hast … Ach, wie soll man das nicht merken? Kein einziges Wort war zufällig ausgesprochen! Nur giftige Sticheleien …«

»Komm, setz dich, was stehst du immer auf und setzt dich wieder? Setz dich und beruhige dich! Und nimm dir nicht alles so zu Herzen! Wenn ich alles aussprechen würde, was ich auf dem Herzen hab, da wär ich schon längst an der Capra-Kirche bei Mama! Und wenn ich merke, ich rege mich auf, dann nehme ich schnell ein, zwei davon und gleich beruhige ich mich wieder! … Du bist eine kluge Frau, und da ärgerst du dich über so ein verrücktes Weib?«

»Es wäre gut, wenn sie verrückt wäre … Aber diese Sorge, ja alles zu sehen, alles zu wissen … So viel Mühe und sie ging einfach nicht, sie ging einfach nicht!«

»Ach, und ich bin auch die ganze Zeit hier, schon seit heute Morgen! Also, jetzt ist es spät, guck, draußen ist schon Nacht, was stolpert man da durch die ganzen Löcher auf der Puişor …

Und was ich dann auf den Buckel kriege, wenn ich nach Hause komm! Da wartet das alte Rindviech an der Straße mit dem Knüppel auf mich ...«

Vica fängt an, ihre Sachen zu packen.

»Geb's Gott, ich mach mich auf den Weg, Herr Niki wird ja wohl bald kommen ...«

»Lass doch diesen Niki bitte, denn heute, ich habe es dir schon gesagt, hat er jedes Maß überschritten! Wir sind doch beide schon in einem gewissen Alter, und plötzlich wird dir schlecht, schau, wie heute dieser Zwischenfall bei mir, du fühlst dich schlecht, man braucht ein bisschen Aufmunterung. Ja, deine Anwesenheit, nur deine simple Anwesenheit hat mir sehr gut getan. Und ein Anruf reicht doch schon, und Bukarest ist voller Telefone ... Schließlich findet man immer eins, das geht, wenn du nur anrufen willst ... Wenn du eben willst, wenn du willst ...«

»Einmal hat er doch angerufen, der arme Mann! Gerade hat er angerufen, als diese Verrückte gerade ging ...«

»Ein Mal? Hat mich Niki heute Nachmittag angerufen?«

»Was hast du, liebe Ivona, was hast du? Du machst mir Angst! Bist du nicht, als diese Verrückte hier war, reingekommen und hast gesagt, Herr Niki hätte angerufen ...«

Ivona sieht sie rätselhaft, etwas theatralisch an, dann tastet sie nach dem Päckchen und zündet sich eine Zigarette an.

»Niki hat überhaupt nicht angerufen! Zwei Freundinnen haben angerufen, bei denen ich aufgelegt habe, und ein Anruf war für Niki, ein Mann, der seinen Namen nicht genannt hat ... Das war alles ...«

»Ja, aber wie? Du hast doch gesagt ...«

»Du bist kein komplizierter Mensch, hältst mit nichts hinterm Berg ... Ich habe doch gesagt, sie ging nicht und ging einfach nicht ...«

»Die Cristiderin?«

»Ja, wer sonst?«

»Ah! Und du hast nur so zu ihr gesagt ...«

»Endlich hast du es begriffen! Nur dass sie geht und obwohl ich so ein Unbehagen damit habe, wenn ich lüge! ... Aber es hat mich zur Verzweiflung gebracht, dass ich ihr dann alles ganz umsonst so gesagt habe: Sie wollte ja trotzdem um keinen Preis aufbrechen!«

»Sie war wie angewachsen! Was konnte sie da noch losgehen ...«

»Glaubst du?! Keine Rede! Schon als ich ihr aufgemacht habe, habe ich ihr gesagt, dass ich auf Niki warte! Sie hätte es sein lassen können, aber nein! Und auf der Straße fällt sie mich auch so an, sie lädt sich selber ein, ohne sich zu genieren, zu mir, einfach, weil das ihre Art ist: Überall hineingehen, zu sehen, zu hören, zu spionieren ... Und außerdem hat sie eine Freude daran, mich zu ärgern, indem sie hier ist, denn ich schätze sie wirklich nicht, und das beruht auf Gegenseitigkeit ...«

»Willst du sagen, dass sie dich nicht mag? Ach! Das kam mir nicht so vor! Hast du nicht gemerkt, wie sie dir Honig ...«

»Ihre Sticheleien – Honig? Du bist naiv, liebe Vica! Naiv oder unaufmerksam, eins von beidem! Hast du nicht gemerkt, was sie mir alles aufgetischt hat? *À propos* Tudor, *à propos* meine Art ... und dauernd Frechheiten *à propos* Niki, die sie immer ohne jeden Zusammenhang ins Gespräch einflicht ...«

»Das ist doch alles Unsinn! Herr Niki guckt doch so eine nicht an ...«

»Ob er sie anguckt oder nicht, das betrifft ihn, liebe Vica. Das ist seine Sache! Was mich stört, ist, dass er diese Frau ermuntert hat, und es ist praktisch unmöglich, sie wieder loszuwerden. Denn wie lange macht sie Niki jetzt schon den Hof und lässt nicht locker ... Eine andere hätte es sein lassen, aber sie gibt die Hoffnung nicht auf ...«

Ivona drückt niedergeschlagen die Zigarette aus und sieht besorgt auf den Aschenbecher. Vica steht vom Stuhl auf und setzt sich näher an sie heran.

»Und ich, wo ich sage, sie mag dich! Ich würd es fast jetzt noch sagen ... Aber Herr Niki guckt doch so eine nicht an!

Siehst du nicht, wie die aussieht, angemalt wie ein Kasper? Wer ein ernstzunehmender Mann ist, der guckt doch nicht …«

»Ich weiß nicht, liebe Vica, ich weiß nicht … Wir glauben, sie wären fähig zu widerstehen, wir machen uns diese Illusionen, aber die Wahrheit ist, dass nur wenige widerstehen können, wenn man ihnen in diesem Maße den Hof macht … Wenige, um nicht zu sagen keiner …«

»Von mir aus soll er machen, was er will! Aber die sind doch nicht blöd … Und Herr Niki ist ein gebildeter Mann …«

»Ist er, ist er, aber er hat seine schwachen Momente … Lass nur, protestiere nicht, liebe Vica, es gibt auch Tatsachen, die du nicht weißt, obwohl du seit so langer Zeit zu uns ins Haus kommst … Weil ich eine diskrete Person bin, und andere profitieren davon … Ich habe nicht dich gemeint, also wirklich! Keine Rede! Manche – ich meinte Madam Cristide! Glaubst du, sie würde sich noch erlauben, hier hereinzukommen, wenn ich nicht so wäre, wie ich bin? … Nachdem ich so viele Anrufe bekommen habe, die mich warnen wollten? Ja, wegen ihr und Niki, was sonst? Nein, nicht jetzt, nein! Vor Jahren, Jahre her, aber sie, siehst du nicht? Sie lässt es immer noch nicht sein! Ob da etwas war oder nicht, ich weiß es nicht, Madam Delcă! Und wenn du mir glauben willst, es interessiert mich auch nicht … Ich habe niemandem etwas gesagt, du bist, ja, die erste Person, weil wir uns schon so lange kennen und heute war so ein schwerer Tag für mich, da haben wir uns miteinander zurechtgefunden … Ich habe nichts gesagt und habe niemanden etwas gefragt, im Gegenteil, sie … Sie erlaubt sich immer noch ihre Anspielungen, sie erlaubt sich immer noch ihre Affronts, aber die Schuld liegt selbstverständlich nur bei Niki! Niki, den es immer noch amüsiert, sie zu sehen, mit ihr zu konversieren, obwohl ich ihn darauf aufmerksam gemacht habe, wie gefährlich sie ist, aber er, du kennst ihn! Er sagt zum Spaß alle möglichen Dinge und die Frauen nehmen ihn ernst … So ist es eben … Und trotz meiner Warnungen fährt er fort, alle möglichen Dinge vor ihr auszuplaudern, und sie kommt mit allem, was sie erfährt, sofort zu mir und schiebt es mir unter... Ach, was für ein Gestichel! Genau das, was ich so hasse!«

»Unsinn! Was machst du dich heiß wegen leerem Gerede? So hab ich das auch wegen der Moapsa gehabt, die spinnt immer nur Intrigen, von mir zu Reli, und immer nur spionieren. Man ärgert sich, weint, kriegt Blutdruck, bis ich irgendwann gesagt hab: Es reicht! Und jetzt, wenn ich sie sehe, da gehe ich schon von weitem auf die andere Seite! Und wenn sie mit ihrem Rüssel zu mir rein will, zeig ich ihr die Tür! Sonst nichts! Kein Guten Tag, kein Leck-mich-am-Arsch! Ich hab mit dir nichts zu tun, du hast mit mir nichts zu tun! Und so hab ich mich beruhigt und bin diese Schlange los. Ja, wie denn! Soll ich in meinen eigenen vier Wänden keine Ruhe haben, weil die jederzeit reinplatzt?! ... Jawohl, nicht so wie du: Komm rein, komm rein, bitte sehr, bitte sehr, immer rumscharwenzeln! Nein!«

»Guck dir die Vica an, die Liebe! Du hast recht! Nur meine unentschlossene Art ist schuld! Nur meine Unfähigkeit, einem Menschen unangenehme Dinge ins Gesicht zu sagen! Aber weißt du, was ich vor allem bedauere?«

Ivona zieht das Päckchen Zigaretten näher zu sich heran, holt eine heraus, zündet sie an.

»Ich bedauere furchtbar all das, was ich über Clemenţa gesagt habe! Ich weiß gar nicht, was mich da gepackt hat! Ich wusste doch, mit wem ich es zu tun habe, aber ich hatte es anscheinend vergessen! Ach, und ich habe sie damit so lange gefüttert! Du wirst schon sehen, was dabei rauskommt, vor allem, wenn jetzt kein Wunder geschieht! Wenn Niki nicht in einer Viertelstunde auftaucht, spätestens, dann ist der Kirchgang erledigt! Und dann wird es losgehen ... Ich könnte natürlich alleine gehen, aber siehst du, ich werde es nicht tun! Vor allem, weil ich mich den ganzen Tag nicht wohlgefühlt habe, meine Laune ist am Boden! Ich bin ein echtes Nervenbündel! Und seit so vielen Jahren versuche ich hinter ihm herzuräumen, die Lage zu glätten, seine Fehler auszubügeln, die vielen peinlichen Situationen durchzustehen... Ich bin es leid, ich bin-es-leid, wie lange ich schon versuche, den Schein zu wahren! ... Und er hat keine Sorgen, ihn beunruhigt gar nichts, denn er weiß ja, ich bin auf dem Posten! Ja, heute wird er seine Überraschung erleben, dass ich nicht... Bei allem Risiko, ich werde nicht in die Kirche gehen, obwohl das Risiko sehr hoch ist, ich weiß... Nein, ich sage dir ganz ehrlich, wäre Niki hier gewesen, ich hätte die Anstrengung unternommen und wäre gegangen...«

»Das Telefon! Komm, renne! ... Lass das jetzt und renne! Und bis du zurückkommst, packe ich meine Sachen zusammen, ich bin spät dran...«

Vica stopft die leeren Plastiktüten in ihren Beutel, zieht ihren Mantel an, die Kopftücher, die Mütze, bindet den Schal darüber, prüft, ob der Hunderter von Ivona noch im Geldbeutel ist. Dann, so angemummelt wie sie ist, geht sie in die Küche, man hört die Tür des Kühlschranks. Vica kommt zurück, kaut. Im Wohnzimmer sieht sie Ivona, die sie nicht vom Telefon hat herunterkommen hören.

»Was hast du, Ivona, Liebe, was hast du? Komm, sag's! Du warst nicht so, als du losgelaufen bist... Komm, sag's, ich bin spät dran, aber ich kann so nicht los! Ich kann dich nicht so alleine lassen! Komm, Ivona, sag's! Komm, sag's, guck doch, meine Beine sind ganz weich geworden, warte, warte, ich hol eine Carbaxin raus – eine für dich, eine für mich. Nimm, nimm ohne Wasser, komm, sag's doch! Komm, sag's, ist Herrn Niki was passiert? Ach, dann beruhige dich! Doch, wenn er im Krankenhaus ist, dann kann man doch sagen, er hat's geschafft! Mit dem Fahrer ist es schlimmer? Ach, das war der Böse, wer auch immer es war! Mann! Frau! Der Böse! ...«

Epilog

Gelu

Wie eng der Hof ist! So eng, dass ich, wenn ich die Arme ausstrecke, mit der Rechten Relis Zaun berühre, der so schmierig ist, als hätte sie ihn mit Motoröl eingerieben, und mit der Linken die Hauswand, von der die Farbe abblättert. Immerhin, bei Glatteis war es hilfreich, dass es so eng ist: Sie haben sich am Zaun festgehalten, haben sich an der Wand festgehalten und so ist es ihnen gelungen, bis zum Klosett hinten im Hof zu kommen. Und Glatteis ist dauernd, von November bis März. Es genügt schon, dass es regnet, es genügt schon, dass der am Zaun liegen gebliebene Schnee schmilzt: Das Wasser sammelt sich zwischen den alten, schiefen Ziegeln, mit denen der Boden ausgelegt ist, und sobald es friert, ist der gesamte Hof eine Eisfläche. So war es auch in der Nacht, als Vica sich die Hand brach. Gegen Ende des Winters, am Tag hatte es geregnet, spätabends war sie nach Hause gekommen, und der Boden war gefroren. Wie Glas. Spiegelglatt. Das späte Nachhausekommen tat ihr nun leid, sie hat sich so gequält: die rechte Hand! Und schlecht zusammengewachsen! Die Finger waren geschwollen, waren blau geworden, die Schmerzen hörten nicht auf, sie konnten nichts machen: Sie brachen sie ihr wieder und steckten sie ein zweites Mal zusammen. Seitdem sind sie vorsichtiger, schütten Salz und Asche aufs Eis. Nur schlecht, dass man es an den Sohlen ins Zimmer schleppt, und dort dann das ganze Durcheinander – der Herd, die alte Gaslampe, das Schlafsofa, die Singer-Nähmaschine, die Stühle, das Buffet, der Waschtisch, die Dose mit den Bürsten und Cremes –, anstrengend, das sauber zu halten. Wenn ich drüber nachdenke, dann verstehe ich fast, dass sie auf einmal alles loswerden will.

»Nur altes Zeug! Warum soll ich da dauernd drüber fallen?«

Sie hat es alles für ein paar hundert Lei abgegeben. Ein paar hundert Lei, und die auch nur in Raten! Oiţa hat es genommen,

Delcăs Kusine zweiten Grades. Nicht für sich, sie hat sich nicht das Haus mit Vicas Sachen vollgestellt. Ihr Mann ist gekommen und hat alles mit dem Auto weggefahren. Zuletzt hat er den Fernseher mitgenommen. Der war dreizehn Jahre alt, aber er ging noch.

»Behalt den doch!«, haben alle gesagt. »Du machst ihn manchmal abends an, siehst dir einen Film an, kriegst mit, was los ist… Dann ist einer da, der dir Gesellschaft leistet…«

»Wenn's nach mir gegangen wäre, ich hätte dafür kein Geld rausgeschmissen! Aber auf einmal hat er ihn angeschleppt! Ich hab es dreizehn Jahre ausgehalten, dass er dauernd lief. Das alte Rindviech hat halt auch 'ne Schwäche haben müssen, der eine so, der andere so… Und seine Freude hier auf Erden war halt das: im Bett liegen und fernsehn, schön eingemummelt, dass er nicht friert, die Nachbarn sollten dann kommen und sich dazusetzen – sie sollten nicht lachen, nicht laut reden… Nur dasitzen und gucken… Die Verwandten sollten kommen und man konnte ihnen was zum Knabbern geben, bei dem ganzen Elend haste ja doch was da, um's in den Mund zu stecken, und dann sitzen alle da vorm Fernsehn… Dass die Nachbarn sehen, aha, da ist jemand, der geht bei denen aus und ein.«

Inzwischen (sagen die Nachbarinnen) hätte Vica sich angewöhnt, was rauszugeben, aber sie hat nicht mehr viel. Sie geht so durch die Wohnung, und was sie sieht, das würde sie weggeben. Sie geht durch die Wohnung, greift nach etwas, zufällig:

»Wie viel gibst du mir dafür?«, sagt sie.

Sie verhandeln, bis Vica mit dem Preis heruntergeht. Oder sogar sagt:

»Dann gib mir eben, soviel du kannst! Sehen wir mal, wie viel du mir dann eben gibst, später!«

Wenn Oiţa geht, tut es ihr plötzlich leid, dass sie es so billig weggegeben hat! Bei erstbester Gelegenheit sagt sie ihr ins Gesicht:

»Du hast dies und das für fast nichts gekriegt…«

»Wie denn, Tante, ich?«, fängt Oiţa an.

Sie verhandeln wieder, und auf einmal bleibt es dabei, wie viel Vica gewollt hat. Aber bis es so weit ist, bis sie das Geld bringt, die Rate für den nächsten Monat, da vergessen sie, was sie ausgemacht haben …

Das haben mir die Nachbarinnen gesteckt …

Aber ich, was soll ich tun?

Ich sehe unentschlossen auf die schwärzlichen, staubigen, verblichenen Schatten, die sich an der Wand abzeichnen, auf dem Boden die Stellen, wo die Möbel jahrzehntelang unverrückt standen.

Es ist wie bei einem Umzug …

Die Wand links ist gerissen, von oben bis unten – so ist es seit dem Erdbeben. Und von der Decke im Zimmer ist ein großes Stück Putz gefallen – darunter sieht man die Ziegel, die Holzbalken.

Onkel Delcă hat es nicht mehr reparieren können, Vica auch nicht … Sie kann nicht mal mehr die Spinnweben wegnehmen, die sich in den Ecken ansammeln …

Sie wacht morgens auf (so sagt sie) und liegt im Bett, den Blick zur Decke. Die hohe Decke, die so lange schon schwarz ist. Irgendwann ist sie mit Vernyl gestrichen worden und mit Seidenstaub besprüht, man sieht es noch an manchen Stellen, seit wer weiß wie langer Zeit schon. Nur sie erinnert sich noch daran. Sie erinnert sich an alles, der Reihe nach, wie es war (so sagt sie). Denn vergeblich wacht sie morgens früh auf, sie bleibt ja doch im Bett, zwischen den grünen Laken. Grün – so halten sie besser, dann musst du sie nicht dauernd wechseln, musst dich nicht dauernd mit ihnen rumplagen … Nicht mal nach Onkel Delcăs Krankheit hat sie sie sofort gewechselt – sie hat sie wohl noch einen Monat drauf gelassen …

»… ich kann gar nicht einschlafen, ich mache keine Sekunde die Augen zu, die ganze Nacht!! Was reden die, dass ich die ganze Zeit schlafe? Ich hab sie doch gehört, diese intrigante Moapsa, die schläft die ganze Zeit, sagt sie, die nimmt ihre Tabletten und schläft wie eine alte Schachtel! Und dabei schlaf ich keine zwei Stunden jede Nacht! Ich lieg nur im Bett, denk nach, ich erinner mich nicht mehr an alles der Reihe nach, ich kümmer mich nicht mehr um alles! Guck, so geht's immer in meinem Kopf rum, und ich weiß das alles noch, und so lieg ich da, bis es hell wird ... Wenn es richtig Tag ist, dann geh ich ins Zimmer und wasch mich, mach alles, was ich schon ein Leben lang gemacht hab, dann geh ich los ... Geh zum Markt ... Ruf wen an, kaufe paar Tomaten ...«

»Aber was hast du denn, um Gottes willen, dass du so viele auf einmal kaufst? Wenn das hier nicht fünf Kilo sind ... Fünf Kilo bei der Hitze ohne Kühlschrank, guck ... Die haben schon angefangen zu schimmeln, da kommen Fliegen, guck doch ... So allein wie du bist, kannst du doch jeden Tag gehen und dir nur ein paar kaufen, nur genau so viel, wie du brauchst, dann machst du dir ein bisschen Essen ...«

»Ich hab mein ganzes Leben in Mengen gekauft!«

Sie lacht über ihren Witz, reißt den Mund auf mit den leeren Zahnreihen (sie hat es aufgegeben, das Gebiss einzusetzen, wie sie es früher immer tat, wenn jemand Fremdes hereinkam). Kleine, runde Schweißperlen stehen auf ihrer weißen Stirn, auf den unerwartet fleischigen Wangen; es ist warm hier, obwohl sie die Jalousien heruntergezogen hat. Jemand – die Nachbarinnen bestimmt – haben ihr die Haare geschnitten, und anstelle des Knotens, mit dem sie ihre lockigen Haare im Nacken zusammenhielt, die sich ihr an den Schläfen von selbst in Wellen legten, hängen ihr jetzt die abgeschnittenen Haare neben den Ohrläppchen in unerklärlich dünnen, geraden Strähnen herunter. Der Scheitel, der mitten auf dem Kopf gezogen ist, lässt ihre blassrosa Kopfhaut sehen.

»Hast du auch die weiße Emailleschüssel weggegeben? Du hattest so eine weiße Emailleschüssel mit großen, roten Blumen darauf und eine dazu passende Kanne, sie war so hoch ... Du hattest sie auf dem Waschtisch stehen ... Hast du sie weggegeben? Beide? Warum, Tante Vica?«

»Zum Teufel mit dem Zeug! Zum Teufel mit dem Zeug, die waren gesprungen! Aber hätte ich gewusst, dass du sie willst, hätte ich sie nicht weggegeben… Ich hab deiner Mutter immer gesagt, wenn sie vorbeigekommen ist, nimm dir und nimm dir… Nimm du dir, für euch, für den Jungen… Nimm das auch noch, und das, nimm's für die Kinder, hab ich gesagt… Nimm und gib's ihnen… Was soll ich nehmen?, hat deine Mutter gesagt. Den jungen Leuten gefallen keine alten Sachen. Den jungen Leuten gefallen neue Sachen… Und sie haben sich genommen, was sie wollten, und haben sich Raten aufgehalst – ihre Sache, ich sag nichts, hat deine Mutter gesagt. Ich misch mich nicht ein… Sie haben sich die ganzen Raten aufgehalst, haben sich übernommen, jetzt müssen sie es weitergeben – wie? Sie werden wissen, wem sie's weitergeben! Ich misch mich nicht ein, ihm das vorzuschreiben, ihr das vorzuschreiben, nimm dies, nimm das! Mir tut's leid, dass es so gelaufen ist, wie's gelaufen ist, was soll ich mich jetzt noch um deine Angelegenheiten kümmern? Ja, das hat mir deine Mutter so oft gesagt, wenn ich wollte, dass sie was für euch mitnimmt… Am Ende, weißt du, was sie mir da gesagt hat? Alles, was du jetzt ins Haus steckst, das wird später aufgeteilt, wenn sie da Ansprüche erhebt… Als ich das gehört habe, da hab ich aufgehört! Ich werd doch meine Sachen nicht für umsonst so einer fiesen Nuss geben! So einen guten Mann, wie die hatte, so ein Glück wie die hatte, und mir dann so einen Tritt verpassen… Was ist? Was murmelst du da, was schimpfst du da? Was rennst du hier rum? Isses nicht so? Gucken wir mal, ob sich noch mal so einer findet!«

Stille. Ich sehe mich im Garderobenspiegel in einem Licht von Staubfäden, die der goldene, flutende, an der Pappe der Jalousie vorbeifallende Sonnenstrahl geweckt hat. Ich betrachte mich mit Unbehagen im Garderobenspiegel…

»… aber wenn diese Diebin von Oiţa kommt, die wird schon kommen, sie muss mir noch achtzig Lei geben, und seit wann die mich hinhält! Wenn diese Diebin kommt, dann sag ich ihr, sie soll das zurückbringen, was du gesagt hast … die Schüssel und die Kanne … Sie soll nicht denken, sie hat da die Pfoten drauf, sie soll das schön wieder zurückbringen! Und sag, was willst du noch, ich lass alles wieder zurückbringen … Sag's mir, mein Junge …«

»Ich will nichts, ernsthaft! Ich mochte es, sie hier bei dir zu sehen, hier, nicht bei uns! Nicht bei mir! Nein, denk nicht mal daran! Ich werde sie nicht nehmen! Wenn ich sage nein, dann ist es ein Nein, verstehst du! …«

Ich nicke noch immer störrisch mit dem Kopf, während mein Blick auf die Wunde im graugrünen Putz fällt, dort in der Ecke, wo dreizehn Jahre lang der Fernseher anstieß und die Wand berührte. Wie seltsam ist das Leben, denke ich, ohne genau zu wissen, was ich da denke, und ich betrachte das Zimmer, in dem der Flickenteppich liegt, auch er von zweifelhafter Sauberkeit … Wie seltsam das Leben ist, und ich hüte mich, den Kohlengeruch, den Geruch nach Benzin und fauligen Tomaten zu tief in die Lunge einzuatmen, ich ringe mit mir, um zu vergessen, dass ich gerade den altbekannten Geruch dieses Hauses einatme, zu dem sich ein Hauch alter Kartoffeln mischt, ein Hauch von lagerndem Holz, ein Hauch von Wischwasser … Wie seltsam, ich lasse meinen Blick über das leere Zimmer gleiten und über das fragende Gesicht Vicas, das Gesicht eines treuen Hundes …

»Komm, iss etwas! Ich hab, warte mal, guck mal, was ich hab! Kartoffeln, dafür warst du doch immer zu haben! Komm, ich tu dir bisschen auf, hier auf der Tischkante … Ich weiß, du magst es hier im Laden nicht mehr.«

»Ich kann nicht! Ehrlich, nicht ärgern, aber ich kann nicht! Ich habe gerade gegessen, bevor ich zu dir kam …«

Und ich kann tatsächlich nicht! Ich könnte keinen Bissen herunterbringen! Aber wie konnte ich es vor zehn oder fünfzehn Jahren? War der Geruch des Hauses damals schwächer? Ich erinnere mich gar nicht daran, ich erinnere mich an den roten Teppichboden, den sie an manchen Stellen mit dem Messer geschnitten hatten, an das um das Buffet gestapelte Holz, den Eimer mit dem Abwasser, den sie bescheiden zur Seite gestellt und abgedeckt hatten.

Und sonst die Regale, Kohlen, all das.

Damals? War der Geruch schwächer? War ich ein anderer?

»Komm gucken, wie schön meine Blumen wachsen! Komm, sieh dir meine Himbeeren an ... Danach gehen wir bisschen im Hof sitzen, auf der Bank unterm Baum ... Ich geh abends, setz mich auf die Bank und sitz da ... Gott, gut tut das! So wunderbar! Das ist wirklich der Himmel auf Erden, wirklich!«

»Gut, komm ...«

Der Hof ist schmal, aber Vica hat eine Stelle gefunden, wo sie Blumen pflanzen kann! Zwischen den schiefen Ziegeln mit den abgeschlagenen Kanten wachsen die Stängel heraus wie weißliche Steinbrechranken. Lila, rosafarbene Blumen, gelbe – gefingerte Blätter. Die bunten Blumen breiten sich wie ein seltsamer Efeu über die gesprungenen Stufen an Vicas Tür aus. Wie stolz Vica auch auf den Himbeerstrauch ist, den sie an den schmierigen, braunen Zaun gepflanzt hat! Und auf den Baum hinten im Hof – eine riesige Pappel, die am Ende des Frühlings, wie jetzt, den Hof mit ihren Flocken füllt.

»Geh und sag der Neguleasca Guten Tag ...«

Vica gibt mir einen Knuff, wie damals, als ich noch klein war. Wenn man hinten in den Hof geht, ist die nächste Tür nach Vicas Türe die der Neguleasca. Der Vermieterin. Sie sitzt wie immer auf dem Stuhl, stützt sich auf ihren Stock, und es kommt mir so vor, als hätte sie noch mehr als bei den letzten Malen den Anschein eines hohen Prälaten. Die schwarzen, langen Kleider flattern um ihren riesigen Körper; dem weißen Haar, das lang und gerade geschnitten ist, gelingt es nicht, ihr männliches Gesicht weicher wirken zu lassen. Ich verbeuge mich und küsse ihr die pergamentartige Hand, die sie mir anschließend vergebend auf den Scheitel legt, während die andere Hand sich weiter steif auf die Krücke stützt.

»Auch ich küsse den Jungen! Wie groß! Wie schön er geworden ist! Pfui, es soll kein böser Blick auf ihn fallen! Schau, wie schön er ist! Schau, wie gut ihm diese weißen Fäden im Haar stehen, die ihm gewachsen sind! So sind die jungen Leute heute, auch meine Enkel habe ich schon früh weiß werden sehen! Aber es steht ihnen gut! Nicht wahr, mein Lieber?«

Die schmeichelnde Stimme der Moapsa. Als sie ihr Mopsschnäuzchen mit der kurzen Nase und den weißen Barthaaren an meiner Wange streckt, spüre ich ein leichtes Stechen, eine kleine Leere mitten in meinem Körper, etwa da, wo der Magen sein müsste.

Durch die weit geöffneten Türen sieht man drinnen die Möbel des Wohnzimmers, blank, wie neu, ohne ein Staubkorn. Gebügelte Tischläufer unter den Blumenvasen, die Buffets voller Nippes. Unglaublich, dass es in diesem Zimmer, das an das Zimmer von Vica grenzt, nach Blumen riecht! Aber ich bin noch nie hineingegangen. Es sieht dort wie in einer gepflegten Wohnung aus, so eine, in die man nicht mit Schuhen hinein darf. Ich war nie drin und werde wahrscheinlich auch nie hineingehen, obwohl die laute Stimme der Moapsa, die sich beeilt hat, mir eine Süßigkeit zu bringen, mich wie immer einlädt:

»Ja, komm herein! Komm rein, bitte! Komm rein …«

Ich komme nicht herein … Ich entschuldige mich, murmele etwas, ich winde mich, lächele gezwungen, erkläre, dass gerade heute … (Du kommst recht selten vorbei!, antwortet sie mir mit einem Lächeln, was den Vorwurf nicht abmildert.) Ich erkläre, dass ich nur kurz vorbeigekommen bin, nur, um ein bisschen bei Tante Vica zu sein, und mit dem Blick nach drinnen gerichtet, auf das Zimmer, das an Vicas grenzt, rieche ich auf einmal durch den Duft der Pfingstrosen denselben Geruch – nur etwas verdünnter. Etwas in meinem Hals beginnt zu zittern und kalte Tränen steigen mir in die Augen, während sich mein ganzes Inneres anspannt, um gegen den Ekel anzukämpfen.

»Wie hässlich war die Moapsa, als sie jung war! Hässlich und speichelleckerisch! Guck, so lief sie immer rum, mi-mi-mi, immer zu der alten Neguleasca, damit Mişu Negulescu sie nahm. Und guck an, er hat sie genommen! Und seit damals immer nur Intrigen, damit ich mich mit der alten Neguleasca streite…«

»Was hast du gegen sie, Tante Vica? Sie scheint eine fleißige Frau zu sein…«

»Ach, zum Teufel mit ihr!«

Wenn sie sich nicht mit der Moapsa versteht, dann versteht sie sich immerhin mit Reli, der Nachbarin auf der anderen Seite des braunen Zauns. Die Jahre gehen an der Nachbarin Reli vorüber und sie bleibt davon unberührt, sieh sie dir an, noch immer stickstoffblond. Noch immer das weiße Gesicht mit den drei Falten in den Augenwinkeln, die vor Creme nur so glänzen, mit sorgfältig gezupften Augenbrauen, und den welken Mund hat sie herzförmig geschminkt und die Strähnen kokett unter dem Tuch, das sie mit zwei Zipfeln verknotet. Und immer traurige Augen. Traurige Augen hat die Nachbarin Reli, weil sie sich von Mişu Negulescu getrennt und er die Moapsa geheiratet hat und sie ihre Höfe, die sich hätten vereinigen sollen, durch diesen sehr hohen Holzzaun getrennt haben, jede Latte eng an die andere gedrückt, sodass man durch keinen Spalt sehen kann, was drüben geschieht.

Und dazu noch mit schmierigem Motoröl gestrichen. …

»Zum Teufel, mit der auch! Zum Teufel mit dieser Hure!«, flüstert Vica. »Das ist doch eine Hure, und tut immer so! Sie lebt mit ihrem Cousin, der sein ganzes Leben nie geheiratet hat. Sie geht in seine Wohnung, sagt, sie kann nicht ohne, und bei ihrem sind mit fünfzig schon die Schotten dicht gewesen… zum Teufel mit der und mit allen. Komm, setz dich und ruh dich bisschen im Garten aus… Weißt du noch, wie du es gemacht hast, als du…«

Vica geht um mich herum, schwerfällig und wichtigtuerisch, auf Zehenspitzen. Und ich sitze hier wie damals, als wir zu Hause so beengt waren, alle in einem Zimmer, als ich herkam, um hier zu lernen, ich sitze auf der Bank hinten im Hof unter der riesigen Pappel.

»Beruhige dich mal und setz dich hin«, sage ich zu ihr.

Die glänzenden, harten Blätter der Pappel rauschen über uns, schlagen aneinander, schlagen an den Zaun. Vor der Bank steht derselbe Küchentisch, auf den ich damals meine Bücher und das Heft legte – jetzt nur meine Ellenbogen. Ich stütze mein Gesicht in die Fäuste. Die schäbig-weiße, hohe Wand umgibt uns von allen Seiten des Hofes, kaum, dass hier von oben eine Ecke des farblosen Himmels hereindringt. Die Mauer ist frisch gestrichen, wie immer, der Hof ist vor kurzem gefegt worden. Alles ist ordentlich und sauber. Hinten im Hof ist tatsächlich Moapsas Bereich, auch wenn ich und Vica jetzt auf der Bank sitzen und der Blick aufbricht vom Weiß der Wand, die uns auf drei Seiten umgibt. Auf der anderen Seite ist ein altes Ziegeldach, ein etwas höher gebauter Taubenschlag. Vorne steht der Holzschuppen der Moapsa und daran gelehnt die Zwillingsklosetts: das Klosett Negulescu und das Klosett Delcă, beide aus demselben geschliffenen Holz gemacht, mit demselben OO auf der braunen Holztür. Die Riegel schließen die Tür gut ab. Unten ein Flickenläufer, an der Tür quadratische Zeitungsfetzen, die an einer Schnur hängen.

Jeder hat seinen Schlüssel.

Wir sitzen beide auf der Bank und verschnaufen. Wir versuchen, das Stück Himmel zu sehen, sehen dann hinunter auf den gefegten Hof. Der Hof ist kahl, hier wächst kein Gras. Ich stehe als Erster von der Bank auf und der Kies knirscht unter meinen Schritten. Wir gehen zurück, gehen am Eingang der Neguleasca vorbei, keiner ist mehr draußen, nur die Tür steht noch weit offen.

»... so macht sie's immer, damit sie sieht, wer vorbeikommt, wer reinkommt, wer zu mir kommt ... Damit sie sieht, damit sie alles weiß, so ist die Moapsa, eine Spionin und Intrigantin ...«

So hat sie sicher auch die gesehen, die kamen, um Onkel Delcă abzuholen. Sie kamen pünktlich zur vereinbarten Stunde mit ihrem Sarg, ein geräumiger Sarg, wie gewünscht, er glänzte und hatte bronzene Verzierungen. Ein glänzender

Deckel. Sie wollten mit dem Sarg ins Haus, aber sie konnten nicht, der Hof ist zu eng. Sie konnten ihn nicht zur Tür hineinbekommen, auch nicht, wenn sie ihn neigten, auch wenn sie ihn schräg hielten. Und die Tür kannst du auch nur schlecht einreißen oder den Sarg knicken …

»… eine Decke …«, verlangten sie da.

Zwei von ihnen hoben ihn aus dem Bett, während ich mit den anderen, die da waren, die Decke vorsichtig an den vier Ecken festhielt. Eine gewöhnliche Decke, die natürlich nach Benzin und Kohle und Wischwasser roch … Vom Bett legten sie ihn auf die Decke. Es war schwer für sie, ihn anzuheben und ihn wegzuschleppen mit dem grünen Laken und allem. Und so legten sie ihn auf die Decke, die wir an den vier Ecken festhielten, und dann zogen sie unter ihm vorsichtig das Laken weg. Wir hielten die Decke genau so wie damals, als sie mich hochgeworfen hatten, sie beide, Tante Vica und Onkel Delcă. Sie warfen mich mit der Decke in die Luft und riefen:

»Komm zum Krabbelkäferloch,
ist da nicht, ist da doch …«

Warum solltest du sonst eine Decke an allen vier Enden halten und einen Menschen hineinlegen? Und wieso solltest du ihn hineinlegen, mit so natürlichen Bewegungen – wenn seine Lider schon verschlossen sind, weich, fast glitschig, auch die Lippen sind verschlossen …

»Dass nur die Decke hält«, sagt einer.

Nicht nur er, alle haben Angst, dass sie unter dem riesigen, schweren Körper nicht halten wird, sie ziehen ihn in dem Laken bis an die Bettkante und lassen ihn dann hinunterfallen, auf die Decke. Und etwas Seltsames ist da in meinem Atem, ich habe keine Tränen in den Augen, ich sehe heimlich zu Vica hinüber – weint sie, weint sie nicht? Der riesige Körper liegt zusammengesackt in der Decke, er ist zusammengesackt, weiß, der Eindruck, dass der Tod ihn steif gemacht hat, ist falsch, alle

Eindrücke sind falsch, und hinter allem sehe ich mit eigenen Augen (glaube ich zu sehen), dass die Welt eine ganz andere ist.

Einfacher, natürlicher, bestimmt…

Nur gelingt es mir nicht, mich an ihre Natürlichkeit zu gewöhnen, nur mich, unter allen hier, erschreckt das Natürliche… Wie natürlich hängt Onkel Delcăs Hals zusammengestaucht, weich, schief in der Decke, die die Leute tragen, krumm unter der Last. Sie gehen vorsichtig durch das Zimmer, um nicht an eine der weit offenstehenden Türen zu stoßen, sie tragen diesen aufgeweichten, in die Decke gekrümmten Körper, und entgegen ihren Befürchtungen hält sie.

Beschämend eingekrümmt (flüstert in mir eine fremde Stimme), die letzte Demütigung… Spürt er diese Demütigung noch, dass er die würdige Steife des Todes nicht hat, diese entsetzliche, würdige Steife?

Und so tragen sie ihn über den mit alten Ziegeln gepflasterten Hof, zwischen denen sich die hinterhältigen, weißlichen Stängel des Steinbrech hindurchzwängen, über die lila-gelbrosa Blumen hinweg, da ist der glänzende Sarg, in den sie ihn legen. So wie vorher das Laken, ziehen sie jetzt unter ihm die Decke weg. Der Kopf schaukelt, bleibt schief liegen, sie richten ihn in dem geborgten Sarg gerade, heben den Sarg auf ihre Schultern und bringen ihn zu dem verhängten Lastwagen, dessen Motor schon so lange vor dem Tor brummt.

»Aach, nee, wie? Ich? Ob ich ihn kenn' – ihn? … Also hör mal! Sag du mal! Sag ihm mal, seit wann wir uns kennen! Seit wann wir uns kennen und liebhaben! Wer hat ihn denn im Wännchen gebadet? Abends zog ich das Rollo runter, stellte das Wännchen ins Zimmer und los, von der einen Seite, von der anderen, was der quäkte! Seit wann wir uns kennen, bist du noch gesund! Und ich und du und alle! Würden doch alle nie mehr krank werden, müsste keiner mehr ins Krankenhaus! So… da bist du also gekommen… haste noch 'ne Sorge mehr… Und was, wenn ich vor mich hinrede? Der hört mich nicht, kann er nicht, der ist gerade zu dem Bett da in der Ecke… Der ist nicht… nein… Das ist nicht der Chefarzt! Der große Chef, der kommt immer mit dem ganzen Rattenschwanz, Männer, Weiber, er geht vorn, er ist der General! Und die immer so um ihn rum, alle schmieren sie ihm Honig ums Maul… Aber der kommt nicht jeden Tag, der kommt nur, wenn er Lust hat… Aber der eben, dieser Irre, den ganzen Tag nervt er mich! … Die wird man nicht mehr los! Vielleicht, wo er weiß, er kriegt Geld… Was lispelst du da? Lass doch, ich red nicht laut, du bist immer so ängstlich! Und dann, was hab ich denn gesagt? Ich hab gesagt, er kommt den ganzen Tag – da ist doch nichts Schlimmes dran, was ich gesagt hab? Er kommt den ganzen Tag und, wie geht's?, wenn er kommt. Wie geht's, wie steht's, wie fühlen Sie sich? Der ist wie mein Doktor bei der Apotheke: Sie sind meine Kundin Numero eins! Aber im Kopf, da ist der doch… Lass doch, zuck nicht so zusammen! Was glaubst du, wer uns zuguckt? Für uns hat keiner Zeit, die kümmern sich nur um ihren Kram, hör mal, so ein Lärm! So ist das an Besuchstagen! Ich hab zuerst an der Tür gestanden, dass ich dir entgegengeh, wer auch immer da kommt, ich dacht nicht, dass du das bist, ich dachte, du bist beschäftigt, dachte, du hast zu tun. Aber die anderen, sag ich, ob da wohl einer kommt… Ich hock hier, hock hier, immer kommt einer, zu dem, zu dem andren. Zu mir – keiner… Was soll ich hier noch rumsitzen wie ein Stück Holz? Als ich das merke, bin ich raus…«

»Warum raus? Ich habe dir doch gesagt, sei vorsichtig! Die Stationen sehen hier alle gleich aus, du kannst dich verirren…«

»Ich hab auch schon dran gedacht, dass ich mich verirren könnte… Diese Gänge hier, nach allen Seiten, Teufel, sag ich. Wenn ich dann den Weg nich' mehr finde? Nur zum Kiosk wär ich rüber, mir Kuchen kaufen, bis dahin weiß ich – weiß ich, wie man kommt und wieder zurück… Aber als ich raus bin, hab ich mein Geld nich' mitgenommen, warum sollt ich? Ich meinte doch bloß, ich geh dem mal entgegen, der da kommen sollte! Aber es ist ja keiner gekommen. Aber's war ja besser so, jetzt hast du mir Kuchen mitgebracht! Aber gib kein Geld mehr aus, du hast doch auch nichts, lass mal, du hast ja auch nichts … Und ich, von dem, was du mir letztens dagelassen hast, da hab ich vielleicht so zweifuffzig ausgegeben, für was denn, hier haste doch alles! Ich hab keine Ansprüche, gut oder schlecht, so ist das Essen hier halt! Und ich tunk mir das Brot in die Soße und … Hier gibt's Brot, soviel de willst, wenn's dir nicht reicht, dann lassen se dich nachnehmen! Brot, wenn du noch was willst, Brot geben se dir … Einmal haben sie mir auch noch Suppe gegeben! Aber gut, dass ich kein Geld dabeihatte, ich hätt's ja umsonst ausgegeben! Du hast mir ja jetzt Kuchen mitgebracht … Weil, als ich sah, ich hatte kein Geld, hab ich's gelassen, noch mal zum Kiosk zu gehen, da kam auch ein Haufen Leute, nicht, dass ich mich hier verirre, um Gottes willen, sag ich. Da kam ein Haufen Leute, hätteste sehen sollen, was da an Leuten kam! Zu einem sogar vier, fünf kamen da, das hörte gar nicht mehr auf … Die kamen zu allen, zu mir – keiner … Dann hab ich angefangen mir Sorgen zu machen: Wenn der, der kommen wollte, jetzt auf der anderen Seite rein ist? Der, der zu mir kommt! Wenn der von der anderen Seite reinkommt, in den Hof, und dann ins Zimmer durch die andere Tür und mich nicht findet? Siehst du nicht, wie viele Türen das noch sind, wie viele Türen, wie viele Gänge, wie viele Leute … Der geht ins Zimmer und was macht er, wenn er mich nicht findet? Was macht er? Der geht! Und dann hat er den ganzen Weg umsonst gemacht! Wieso wer, wieso verstehst du nicht? Der, der kommen sollte, hab ich doch gesagt! Ich wusste ja nicht, dass du das wärst, ich wusste nicht, dass du kommen würdest, aber ich dachte: Das geht doch nicht, dass gar keiner kommt! Also husch ins Körbchen, Madam Delcă, sag ich, husch ins Körbchen, ha-ha … Ich geh also, schlapp-schlapp, zu meinem Platz, setz mich aufs Bett, und sitze und sitze … Alle mit ihren Leuten, manche passen gar nicht rein, konnten sich nirgendwo mehr hinsetzen, sitzen auch auf dem Bett, stehen. Alle mit ihren Leuten, nur ich – mutterseelenallein … Ich saß da, saß da, konnte gar nicht mehr, so 'ne Sorge... Was ist mit deiner Mutter, denk ich, warum kommt die nicht... Dass ich hier so alleine dasitze, so mutterseelenalleine. Was ist denn mit Niculaie mit seinen Weibern – was ist, dass keiner kommt? Als ich auf einmal, ich weiß gar nicht, wie ich so zur Tür gucke, da seh ich, wie du da auftauchst! Und dieser Arzt, der Verrückte, hopp, fängt an zu reden! Kennst du den?, sagt er. Seit wann, was weiß ich... Gut, dass er weg ist, dass wir bisschen reden können! Dass wir reden können, wie sich's gehört! Erzähl mal, was ist bei euch los, deine Mutter, noch immer so? Seit ich sie kenne, sag ich ihr immer, sie soll nich' so nackig rumlaufen! Aber was redet man mit einem störrischen Esel? Lass, sie wird schon wieder! Aber wenn du ihr die Medizin gibst, dann bleib schön bei ihr sitzen, ich weiß doch, wie verrückt die ist: Wie sie sieht, du drehst den Kopf weg, da tut sie die Tabletten unters Kissen und dann schmeißt sie sie weg. Und du? Die Arbeit. Ach, die werden dich schon nicht rausschmeißen! Wie, warum nicht? Na, so einen klugen Jungen, wo kriegen sie so einen noch mal? Komm, lass! Und wenn ich's so sage, was denn? Ich geh dir auf die Nerven? Sag mir lieber, was ist, wie's den anderen geht... Du hast sie nicht gesehen, du hast sie nicht gesehen, aber ihr habt doch geredet... Niculaie? Dieses Weibsbild von seiner Tochter? Du sagst, die trennt sich jetzt auch? Nein? Doch nicht? Die kriegt noch ein Kind? Also, wer hat mir das denn dann gesagt? Niculaie? Aber wann? ... Niculaie, den hab ich schon über ein Jahr nicht mehr gesehen! ... Wenn ich's dir sage! Nein, ich verwechsle da nichts! Na, seit dein armer Onkel starb, wie lang is' das her? Nur acht Monate, sagst du? Nur acht Monate... sieh einer an... Ach, is' schon gut, lass nur, hier ist es schon ganz gut. Zu Hause saß ich da, saß da und wenn ich nichts gegessen hatte, dann hatt' es mich plötzlich... Und was kann ich schon machen? Wenn er noch im Haus wär, würde mal ein Wort sagen, mal... Jetzt fängst du auch noch mit meinen Tabletten an! ... Deine Mutter war schon so, dass ich sie nicht mehr nehmen soll! Was hätte ich ohne die gemacht? Da kommt's einen so an, da wird einem so, und du kannst nichts machen. Hast keine Kraft mehr… Geht ja nicht, so'n erwachsener Mensch, dass de dich einfach hinsetzt und heulst wie'n Wolf… Und darum mein ich, hätte ich die Tabletten nicht gehabt, ich glaub, ich wär geplatzt… Aber so hab ich eine genommen, hab wieder eine genommen, zwei, wie viel ich brauchte, und dann war ich ruhig… Dann, ich weiß nicht… Da hatte ich so Sehnsucht nach ihm, dass er auch noch im Haus wäre, was sagen würde, was er so gesagt hat, mal schimpft, und dann ich wieder was sage… Was hätte ich drum gegeben, dass er auch noch im Haus ist… Aber was soll man machen? Kannst nichts machen, da haste keine Macht drüber… Und wem soll man was sagen? Was soll man sagen? Dir, warum hätte ich dir was sagen sollen? Du bist jung, du hast deine eigenen Sorgen… Und dann, du hättest es deiner Mutter weitergesagt, und deine Mutter hätte mich wieder ausgeschimpft, was heulst du ihm so nach, hat deine Mutter gesagt, der hat dich doch genug geärgert, als er noch gelebt hat! Jetzt bist du ihn los, jetzt hast du deine Ruhe! Ja, das mochte ich nicht, das von ihr zu hören! Darum hab ich ihr nichts gesagt, damit sie nicht wieder anfing, mich auszuschimpfen, wie mich alle ausschimpfen! Sei ruhig, aber wie soll ich ruhig sein? Ein leeres Haus, so schlimm ging's mir da! Und dann war da noch die, die nachts über den Zaun kam und über mich herfiel, die kam, die kam, das weißt du nur nicht! Du weißt auch nicht alles! Du denkst bloß, da kam keiner und ich wär verrückt geworden vor Angst, aber so isses nicht! Das ist nämlich nicht alles so, wie du denkst, hör lieber auf eine alte Frau, die weiß schon, die hat viel erlebt auf der Welt… Siehste, du glaubst mir auch nicht, siehste, dir kann man auch nichts sagen! Siehste, so isses, man kann niemandem was sagen, kann niemandem vertrauen… Reli und die Neguleasca immer: Beruhige dich, sagten die! Komm zu dir! Du hast dich so viel geärgert, solang er gelebt hat! Was wissen die denn! Der Arme hat nie einen Fehltritt begangen! Und was guckten die Leute, wenn wir

Walzer tanzten, als wir Niculaie sein Weibsbild kennenlernten! Nicht die, die davor! Was haben wir getanzt, was haben wir gefeiert, was waren wir lustig! Und wenn dein Onkel mich zum Walzer aufgefordert hat, da guckten die Leute! Er war groß gewachsen, ein riesiger, starker Mann, aber so leicht beim Walzer, alle standen da mit offenem Mund! So viele Jahre, wie wir zusammen waren, und jetzt sollst du ihn nie mehr wiedersehen?! ... Was meinst du ... Wir leben da, leben da und dann ist das Haus leer, und ich hab so eine Sehnsucht nach ihm, ach, was hätte ich gegeben, wenn er auch wieder im Haus gewesen wär! ... Aber zum Glück hatte ich mein Leben lang eine eiserne Hand! Und wie ich merkte, es kommt wieder, schnell, nahm ich eine Tablette ... Und dann, ob's wiederkam oder nicht, dann war ich ruhig, ich habe keine Ahnung! Was soll man machen? Kann man nichts machen, du hast auf dieser Welt keine Macht, und du kannst ja auch nicht einfach, als großer Mensch, dich hinsetzen und wie ein Wolf heulen ... Ist ja auch keiner da, bei dem de dich ausweinen kannst, keiner, dem de was sagen kannst, das weiß ich von der armen Ivona, es gibt keinen, liebe Vica, sagte sie, nachdem ihr Mann gestorben war, du hast keinen, bei dem man sich ausweinen kann! Und es gibt auch keinen, weil dich keiner versteht! Nee, jetzt fragst du, welche Ivona! Ivona Scarlat! Ivona von Madam Ioaniu! Die kennst du nicht, aber siehst du, sie kannte dich! Sie kannte dich, weil wir beide so viel geredet haben, auch über dich, und über ihren Sohn, der weggegangen ist! Er ist mit seiner Frau weg – wie lange wird das her sein, dass er weg ist? Vielleicht zehn Jahre? Vielleicht fünf? Sie werden wissen, wie viele, ich habe ja was anderes zu tun, als ihr Zeug nachzurechnen! Aber ich und Ivona haben oft über sie geredet! Und was haben wir für Kaffee zusammen getrunken, was haben wir geredet! So ein gutes Mädchen, die Ivona! So eine gebildete Frau, eine kluge Frau! Was die für Bücher in ihrem Leben gelesen hat! Und was die mich lieb hatte, was die mich geschätzt hat, wie die an mir hing! Du hast goldene Hände, sagte sie, goldene Hände hast du, Madam Delcă! Du, liebe Vica, du mit deinem Optimismus, du flickst mich wieder zusammen, sagte sie! Und ich hab immer gesagt, ich nehme dich mal mit zu ihr, und sie auch, komm, bring ihn mal mit, ich will ihn auch mal sehen, sagte sie, wenn wir über dich und ihren Sohn redeten ... Ihr Sohn und ihre Schwiegertochter, sie wollten sie ja zu sich nehmen, aber sie hat es nicht über sich gebracht, das ganze Haus sein zu lassen, mit allem drin, was war da altes Zeug drin! Und sie wollte nicht mal eine Stecknadel wegwerfen! Und weil sie sich nicht überwinden konnte, sind die ganzen Sachen bei ihr geblieben, weißt du, wie es da aussah? Aber was hast du jetzt mit meinen Zähnen? Weiß der Teufel, wo die hin sind?! ... Vielleicht hat die eine, die nachts über den Zaun kam, sie mir weggenommen. Die kommt! Wenn ich's doch sage! Du bist doch wirklich verrückt, dass du nicht glauben willst, was man dir sagt! Nachts kommt die. Und wenn das Tor zu ist, dann springt sie über den Zaun! ... Gut, komm, komm, lass! Lass, wir reden über was anderes, reden über das, was ist ... Sonst sagen die, du sollst gehen, und wir konnten noch gar nicht richtig reden! Und ich bin noch nicht satt von dir! Und weißt du, was der mich immer gefragt hat? Also, wer? Na, von wem haben wir gerade geredet? Von dem Verrückten! Ich sitz da so, mutterseelenallein, alle auf einen Haufen mit ihren Leuten. Bei mir am Bett – keiner ... Und da hatte ich so Sorge, was ist mit denen, fragte ich mich, was ist denn, dass keiner kommt? Und da seh ich, wie du kommst! Und dieser Verrückte, hopp, mischt er sich ins Gespräch ein! He, du Verrückter, was ist los? Lass mich! Also, wieso soll ich nicht Verrückter sagen, was fragt der denn, ist das denn eine Frage von einem, der normal im Kopf ist? Also letztes Mal, als er dich bei mir gesehen hat, auch wieder: Siehst du den?, fragt der. Kennst du den, wer ist das, seit wann ... So ein dummes Zeug! Und ich hab ihm da schon gesagt: Mein Neffe! Ja guck, hab ich gesagt, das ist mein Neffe, und so ein kluger Junge, das ist selten, und schön und brav! Fast zu brav – und diese zu Braven, die bleiben im Schlamassel kleben! Die haben nicht so viel

Glück! Das Glück ist mit dem, der seinen Rüssel überall reinsteckt! Was ist denn? Du bist so nervös, immer platzt dir gleich bei allem der Kragen, wirklich … Hör doch auf, hör auch mal anderen zu, red nicht immer so … Komm, lass, wir reden was anderes. Wie's so ist, die ganze Nacht hab ich keine Ruhe und wälz mich rum! Was wird sein?, denke ich. Behält mich dieser Verrückte noch hier? Behält er mich nicht hier? …«

»Warum wälzt du dich rum? Beruhige dich! Er behält dich hier, warum sollte er dich nicht dabehalten?«

»Hast du es geschafft, ihm den Umschlag zu geben? Dem da, diesem Verrückten, hast du ihm den Umschlag gegeben? Den Umschlag mit dem Geld, wie wir's besprochen haben! Lass doch, ich rede ja nicht laut! Lass doch, ich weiß schon, wie man sich benimmt, hör auf zu … Siehst du nicht, wie leise ich rede? Aber ich muss dich fragen, ich sorge mich wegen dem Geldumschlag … Darum kann ich ja nicht schlafen, und die ganze Nacht hab ich kein Auge zugetan und hab mich rumgewälzt … Hat der Junge ihm wohl den Umschlag gegeben?, dachte ich. Hat er, oder hat er nicht …«

»O Gott! Ich habe doch gesagt, dass ich ihm den gegeben habe … Ich habe es dir letztes Mal schon gesagt … Du hast es vergessen, siehst du! Ich habe dir gesagt, wie ich ihm den gegeben habe und um was ich ihn gebeten habe, und ich habe dir gesagt, was er geantwortet hat … Was hast du für einen Grund, nicht zu schlafen, dich herumzuwälzen? Ich habe ihn abgegeben und fertig!«

»Du hast ihn abgegeben, sagst du?«

»Ich hab ihn abgegeben, ich hab ihn abgegeben!«

»Und?«

»Wie und? Was denn?«

»Und was hat er gesagt? Du hast ihm den gegeben und was hat er gesagt? Hat er gesagt, er behält mich hier?«

»Er behält dich, er behält dich hier, bleib ganz ruhig! Ich hab dir doch gesagt, was war, ich habe dir alles gesagt, letztes Mal schon, aber wenn du willst, ich sage es dir noch mal … Also, du hast es wohl vergessen, macht doch nichts! Ich vergesse auch dauernd was, verwechsele dauernd was … Vor allem, sei ganz ruhig, er behält dich hier! Und dann? Dann werden wir weitersehen … Für mich hab ich auch aufgehört, auf längere Sicht zu planen … Warum? Guck, warum: Weil man heute nicht wissen kann, was passiert … Also, eine Zeit lang behält er dich noch hier, bis es wärmer wird, bis du nicht mehr heizen musst … Weil du nicht schwer tragen darfst und dich nicht anstrengen, und nicht bücken … Komm, sei ruhig, ich habe ihm erklärt, worum es geht … Ich habe ihm gesagt, wie das Haus ist, wie du alleine bist, dass der Winter früh angefangen hat und dass du kein Holz mehr hast, auch keine Kohlen, dass die Rente so ist, wie sie ist … Und er weiß doch auch, besser als ich, dass du noch schwach bist … Er weiß, dass du jetzt nicht gehen kannst … Ich habe ihm alles gesagt, ich hab ihm auch den Umschlag gegeben, ich hab ihm aufgelauert, dass ich ihm den geben kann, hab rumgestanden … Gut, dass ich ihm den gegeben habe … Es war jemand dabei, aber …«

»Du bist eben nicht findig, so ist das eben! Da sind andere, die … Aber dich haben sie zu sehr verwöhnt … Da sind andere, die kommen vom anderen Ende der Welt, und was die reden können … Was die sich ins Zeug legen! … Aber dich haben deine Mutter, dein Vater, ich, alle, wir haben dich alle zu sehr verwöhnt, seit du klein warst …«

»Na bitte! Und du wunderst dich, dass ich mich immer ärgere! Nachdem ich … Na bitte, wie du sagst! Tja, wenn du es wissen willst, ich mag es eben nicht, mich an jemanden ranzudrängeln! Ich mag diese Einmischer nicht! Jetzt hör dir das an: Ich hab dich verwöhnt! … Ich mag es nicht, so ist das! Und wenn du mich nicht mehr ärgern willst, dann behalte das und sag nicht mehr zu mir … Ich rede überhaupt nicht laut, ich rede normal, und was ich sage, das stört mich überhaupt nicht, wenn es jemand hört! Ich mag diese Leute nicht, so ist das eben …«

»Heee, halt! Jetzt legste los wie 'ne kaputte Windmühle! Was hast du denn, schreist so los, was haste denn? Ob du's jetzt magst oder nicht... Als ob es jemanden stört, was du magst oder nicht! Das Leben ist dazu da, dass es dir gefällt... Wenn ich dich nur irgendwann mal ruhig wüsste! Ruhig wie die andren, ohne Sorgen, ohne Ärger... Weil dir darum dauernd der Kragen platzt... Mach nur, drängel dich vor, du musst bisschen drängeln, ich seh doch, dass du immer noch wie'n Kind bist... Du hast noch immer solche Kinderflausen im Kopf, bist noch immer nicht erwachsen... Aber du musst dich vordrängeln, das musst du, das ist nur zu dei'm Besten...«

»Ich rede gegen eine Wand... Dafür hab ich mir freigenommen, dass ich mir Ratschläge anhören muss...«

»Ratschläge, ja... Ich hab ein ganzes Menschenleben gelebt! Und du bist vielleicht belesen, aber ich hab die Schule des Lebens durchgemacht! Die Schule des Lebens, Abendkurs, wie ich zu Madam Ioaniu immer gesagt hab... Und was haben wir da beide gelacht! Aber warum springst du so auf! Wenn wir hier so reden, dies und das, was ist daran schlimm? Wir reden halt! Darum hat uns der da oben doch einen Mund gegeben! Komm, lass doch, reden wir, wie's eben ist, sonst sagen die gleich, du musst gehen, und wir... Sag mir was über die Rente... Was hat der Postbote gemacht? Hat er sie bei Reli lassen wollen? Also, vielleicht hast du's mir schon gesagt, vielleicht auch nicht, beim letzten Mal, ich weiß nicht... Und wenn du's mir zweimal sagst, was soll's? Und sind die mit dem Abriss wiedergekommen? Sind sie nicht wiedergekommen oder weißt du's nicht? Wenn die jetzt nicht gekommen sind, dann kommen sie wieder, wenn die Kälte nachlässt... Aber komm, bleib doch noch, lass sie, lass die anderen doch gehen, die sind früher gekommen...«

»Ganz ruhig, ich gehe jetzt noch nicht... Hab Geduld, ich komm Donnerstag wieder... Siehst du, die Leute sind fast alle weg... Aber nächstes Mal werde ich mich anstrengen, rechtzeitig zu kommen... Sei bis dahin ganz ruhig, pass auf deine Gesundheit auf, schlaf...«

»Was soll ich schlafen! Der Schlaf kommt nicht mehr zu mir! Ich mach mir Sorgen! Ich mach mir Sorgen um Niculaie, der ist ja auch schon alt, ich mach mir Sorgen um deine Mutter, siehst du, sie ist krank, ich mach mir Sorgen um dich, du hast so viel Ärger, und jetzt sagst du, du hast auch auf der Arbeit welchen … Du sagst, die werfen dich raus …«

»Wie, hab ich das gesagt? Ich habe gesagt, dass sie welche rausgeworfen haben und es hätte genauso mich treffen können … Man kann dir wirklich nichts sagen, du gleich: Ich mach mir Sorgen! Aber was machst du mit diesem Klopapier hier? Warum hast du das unterm Kopfkissen? Gut gut, aber so viel? Na guck an! Und lass mich mal die Schublade aufmachen, ich tu da die Kuchen rein … Ach, guck dir das an! Nein!«

»Sssst! Die hören dich doch! Die spitzen doch immer die Ohren, die wollen doch immer hören, was wir sagen, immer sehen, was wir machen … Und lass das Papier da, lass es da, wieso ich es da hab? Ich habe es hier, damit ich welches habe, wenn ich's brauche! Denn dann, wenn ich welches brauche, dann gibt's keins mehr! Ich mach mich lächerlich! Also hör mal! Was wissen die denn, was ich mach! Das Brot ist hier in der Schublade! Brot, was sonst? Was soll da sonst noch sein? Na, wo soll ich es denn hintun? Was machst du? Warum räumst du die Schublade aus? Lass die Schublade, lass mein Zeug in Ruhe, wie ich's da reingetan hab! Lass, ich weiß schon, was ich mache! Und das Brot, wenn welches vom Essen übrig ist, warum soll ich es wegschmeißen? Warum sollen die es wieder mitnehmen? Warum soll ich es ihnen zurückgeben, sag mir das! Warum soll es verloren gehen? Was für Kakerlaken, welche Kakerlaken? Hier gibt's überhaupt keine Kakerlaken … Nicht ein Fitzelchen von so einem widerlichen Viech … Ja, wie sollen hier welche sein, wenn ich in alle Ecken Benzin kippe, wo ich weiß, dass da welche sein können, ich kippe auch zu Hause Benzin hin, hier auch, und die widerlichen Viecher trau'n sich nicht her … Ich kipp zu Hause welches hin und hier auch, ja, ja, was wunderst du dich … Ich kipp hier auch welches hin, wenn ich hier kein Benzin hinkippen würde, wäre das ganze Zimmer voll! Was denkst du denn! Also lass mir mein Zeug, wie ich's da reingetan hab, lass mir das Papier, wo's ist, und lass das Brot da, das hilft mir! Ich weiß ja nicht, ob morgen … Lass mal, ich mach dich nicht lächerlich und ich mach mich auch nicht lächerlich, sei nicht so ängstlich! Guck, was hat die Moapsa für ein Glück gehabt, mit den Schwestern und mit den Nichten und Neffen, die wissen gar nicht mehr, was sie ihr noch alles mitbringen sollen! Und was die alles anschleppen, Weintrauben und Wein und Geflügel und was du nur willst, da von dem Hof, wo die arbeiten, guck doch, wie beladen die sind! Und dann sitzen sie zusammen an den Feiertagen und feiern! Ach, geklaut oder nicht, sie nehmen halt was mit! Nehmen was von dem Hof mit, wo die sind, da hinten! Und die Moapsa hat sie alle um den Finger gewickelt und alle hat sie unter ihrem Kommando, sie hat auch der Bescheid gesagt, die nachts zu mir reinkommt! … Wie, die wär nicht gekommen? Sie ist gekommen, wenn ich's doch sage! Die ist nachts über den Zaun, das Tor war zugeschlossen, ich habe es zugemacht, der Schlüssel war bei mir, aber sie sind über den Zaun gekommen und haben meinen Fleischwolf mitgenommen. Wie sie ins Haus gekommen sind? So eine Frage! Die sind wie die Diebe rein! Die haben doch so Dietriche, die haben … Und diese intrigante Moapsa hat sie geschickt, sie ist an dem ganzen Bösen schuld, geht los, hat sie zu denen gesagt, jetzt ist es Zeit, zu Madam Delcă zu gehen! Geht zu Madam Delcă und nehmt ihr den Fleischwolf weg, hat sie zu ihnen gesagt. Und sie sind nachts über den Zaun, haben mit dem Dietrich aufgemacht, sind eingebrochen und haben ihn mitgenommen … Wenn du's sagst! Wie soll der noch an seinem Platz stehen? Wie soll der Fleischwolf denn noch an seinem Platz stehen? Komm, lass! Lass das, wir reden eben, was wir zu reden haben! Reden wir eben so, wie's ist, sonst kommen die gleich und schmeißen dich raus … Und ich hab dich noch nicht satt gekriegt …«

Anmerkungen

S. 8: **Brătianus**, eine Familie, der mehrere historisch wichtige rumänische Politiker entstammen. Ion I.C. Brătianu (1864–1927), Präsident der Nationalliberalen Partei. Er hatte eine wichtige Rolle in der Konstitution des modernen Rumäniens inne. Als Präsident des Ministerrats entschied er, Rumänien solle im Ersten Weltkrieg an der Seite der Alliierten in den Krieg eintreten. Sein Bruder, Dinu Brătianu, und sein Sohn, der Politiker und Historiker Gheorghe Brătianu, starben im Gefängnis von Sighet während des kommunistischen Regimes.

S. 9: **Cişmigiupark**, Park im Zentrum Bukarests

S. 10: **Oltener**, aus Oltenien Stämmiger, einem südrumänischen, ärmlichen Landstrich, der »Kleinen Walachei«

S. 11: **Dragomir Niculescu**, Geschäftsmann, »Kollege« von Vica und ihrem Mann, besaß einen berühmten Laden im Zentrum Bukarests.

S. 17: **Ban**, Währungseinheit. Ein Leu unterteilt sich in 100 Bani.

S. 21: **Lei**, Sing. Leu rumänische Währung

S. 43: **Balcic**, Ferienort am Schwarzen Meer, heute Bulgarien

S. 62: **Alimentara**, Lebensmittelladen

S. 65: Alexandru **Averescu** (1859–1938), einer der Befehlshaber der rumänischen Armee im Ersten Weltkrieg

S. 65: **Predeal**, Ort in den Karpaten, inzwischen ein Ferienort, im Ersten Weltkrieg spielte er eine Schlüsselrolle, die ersten Schlachten nach dem Kriegseintritt fanden dort statt.

S. 70: **Moldova**, die Moldau, heute nordöstlichster Teil Rumäniens, bzw. die anschließende Republik Moldau, während des Ersten Weltkriegs zeitweilig russisches Besatzungsgebiet

S. 70: **Mărăşti**, Kriegsschauplatz, die Schlacht von Mărăşti gilt als Wendepunkt des Kriegsgeschehens, das den Rumänen Hoffnung auf weitere Siege gegen die Deutschen und Österreich-Ungarn machte.

S. 70: Ioan **Antonescu** (1882–1946), selbsternannter Führer des Staates vom 4. September 1940 bis zum 23. August 1944. Er gelangte mithilfe der Legionärsbewegung zu politischer Macht, die er nach deren Rebellion im Januar 1941 eliminierte. Er war im Zweiten Weltkrieg treuer Verbündeter Hitlers, der ihm versprochen hatte, die durch das Diktat von Wien verlorenen Gebiete wiederzubekommen. Er war verantwortlich für eine antisemitische Politik und für die entsetzlichen Verbrechen, die an Juden und Roma begangen wurden (das Pogrom von Jass, Odessa, die Lager in Transnistrien etc.). König Mihai verhaftete ihn bei seinem Staatsstreich am 23. August 1944 und er wurde als Kriegsverbrecher zum Tode verurteilt und hingerichtet.

S. 74: Iuliu **Maniu** (1873–1953), Begründer der Nationalen Bauern-Partei, Premierminister, während des kommunistischen Regimes als Inhaftierter im Gefängnis von Sighet gestorben

S. 115: ***Scânteia***, Presseorgan der Kommunistischen Partei

S. 145: **Archimandrit**, orthodoxer Erzabt oder Priestermönch

S. 158: **König Carol**, Karl von Hohenzollern-Sigmaringen (1839–1914), wurde 1866 Fürst der Walachei, 1881 König von Rumänien. 1914 starb er auf Schloss Peleş in Sinaia.

S. 158: **Königin Elisabeta**, Ehefrau König Carols

S. 178: Petre **Carp** (1837–1918), Vorsitzender der Konservativen Partei, prodeutsch, unterstützte im Ersten Weltkrieg den Kriegseintritt Rumäniens an der Seite der Zentralmächte.

S. 182: **Take Ionescu** (1858–1922), Politiker, Jurist, Diplomat, Begründer der Konservativen Partei, vielfacher Minister mit wichtiger diplomatischer Funktion nach dem Ersten Weltkrieg, fiel als Staatsmann den politischen Manövern Brătianus zum Opfer.

S. 206: Titu **Maiorescu** (1840–1917), Literaturkritiker, Politiker, Schriftsteller, Philosoph, zeitweiliger Minister. Als Begründer des Kreises der Junimea und einer wichtigen Literaturzeitschrift gilt er als Vordenker des rumänischen kulturellen Selbstverständnisses im europäischen Rahmen und Begründer der rumänischen Literaturkritik.

S. 208: ***Steagul*** (zu Deutsch: Die Fahne), prodeutsche Zeitung vor und im Ersten Weltkrieg

S. 211: Alexandru **Marghiloman** (1854–1925), konservativer Politiker, Jurist, Minister. Prodeutsch, wandte sich erfolglos gegen die Politik Brătianus, unterschrieb nach dem Krieg den Friedensvertrag von Bukarest und besiegelte damit das Scheitern der Konservativen Partei.

S. 211: **König Ferdinand** von Hohenzollern-Sigmaringen (1865–1927), trat mit Rumänien trotz seiner deutschen Herkunft an der Seite der Mittelmächte in den Ersten Weltkrieg ein, was ihm den Beinamen »der Treue« eintrug. Innenpolitisch minderte er die Gefahr kommunistischer Umstürze, indem er Bodenreform, Wahlrecht etc. reformierte.

S. 281: **Herăstrău**, größter Park Bukarests um den gleichnamigen See im Norden der Stadt, 1936 in einem ehemaligen Sumpfgebiet angelegt und eröffnet, seit 2017 umbenannt in König Mihai I. von Rumänien-Park

S. 292: **Mamornița**, Grenzort im Norden Rumäniens. Der *Zwischenfall bei Mamornița* bezeichnet den Angriff der russischen Truppen im Mai 1916 gegen die österreich-ungarischen Truppen, wobei sie in (noch neutrales) rumänisches Gebiet eindrangen, das erhöhte die politische Anspannung der Zeit unmittelbar vor dem Kriegseintritt Rumäniens erheblich.

S. 330: Paul Marie César Gérald **Pau** (1848–1932), General der französischen Armee

S. 330: **Mișu Cantacuzino** (Prinz Mihai Cantacuzino, 1867–1928), Politiker aus der wohlhabenden Adelsfamilie der Cantacuzino

S. 353: **Gară de Nord**, Nordbahnhof (Hauptbahnhof von Bukarest)

S. 356: **Turtucaia**, Kriegsschauplatz einer Schlacht Anfang September 1916 während des Ersten Weltkriegs. Rumänische sowie bulgarische und deutsche Truppen kämpften gegeneinander, die rumänischen Truppen, die die Brücke von Turtucaia verteidigten, verloren. Die Südfront war also für die russischen und bulgarischen Truppen offen, nachteilig für Rumänien war der Abzug von Truppenteilen von der Nordfront nach Turtucaia, wodurch die dortige Offensive unterbrochen wurde und der deutsch-österreich-ungarischen Invasion Vorschub leistete.

S. 359: Ion Gheorghe **Duca** (1879–1933), Politiker der Nationalliberalen Partei, vielfacher Minister und am Ende Premierminister. Er wurde von den sogenannten Nicadori, Nicolae Constantinescu, Doru Belimace und Ion Caranica, Mitgliedern der Legionärsbewegung, erschossen, die Duca zu verhindern suchte.

S. 379: August von **Mackensen** (1849–1945), Generalfeldmarschall und erfolgreicher Heerführer im Ersten Weltkrieg, später Anhänger Hitlers

S. 386: ***Thaïs***, frankophile Zeitschrift

S. 439: **Rebellion der Legionäre**, 21.–24. Januar 1941, gewalttätige Auseinandersetzungen und antisemitische Pogrome. Die Rebellion bestand aus mehreren Angriffen der Eisernen Garde auf verschiedene Staatsbehörden, Militär und die jüdische Gemeinde. Es ging um die endgültige Machtergreifung. Marschall Antonescu gab schließlich den Befehl, den Widerstand zu brechen und die Rebellen festzunehmen.

S. 477: **Baba-Dochia**, eine der wichtigsten mythologischen Figuren Rumäniens, in der sich Geschichte und Mythologie der Rumänen vermischen. Königstochter Dochia des Dakerkönigs Decebal, oder auch Schwiegermutter, die ihre Schwiegertochter, das Märzchen, quält, bis es Frühling wird und die Alte Dochia erfriert.

S. 506: **Nordsiebenbürgen**, hier kämpften einige rumänische Nationalisten gegen österreich-ungarische Truppen.

S. 507: **Diktat von Wien** (im deutschen Sprachgebrauch: Zweiter Wiener Schiedsspruch), Abkommen, in dem Rumänien 1940 von den deutschen Nationalsozialisten und dem faschistischen Italien gezwungen wurde, große Teile Nordrumäniens an Ungarn abzugeben

S. 507: Gheorghe **Gheorghiu-Dej** (1901–1965), Vorsitzender der Rumänischen Kommunistischen Partei, rumänisches Staatsoberhaupt bis zu seinem Tod, baute den Sicherheitsdienst Securitate auf, führte Zwangskollektivierungen durch und begann den Bau des Donau-Schwarzmeer-Kanals mit politischen Häftlingen.

Verlorener Morgen ist im August 2018 als vierhundertvierter Band der ANDEREN BIBLIOTHEK erschienen.

Die Herausgabe lag in den Händen von Christian Döring.

Wir danken Eva Ruth Wemme für die Übersetzung aus dem Rumänischen und Jan Koneffke (Bukarest) für das Lektorat. Eva Ruth Wemme hat in Zusammenarbeit mit der Autorin die Anmerkungen erarbeitet.

Die Redaktion übernahmen Christian Döring und Ron Mieczkowski.

Das rumänische Original unter dem Titel *Dimineaţă pierdută* ist erstmals 1983 bei Editura Cartea Românească erschienen.

Gabriela Adameşteanu, geboren 1942, ist als Schriftstellerin und Publizistin eine der wichtigsten Stimmen der rumänischen Literatur des 20. Jahrhunderts. Zuletzt erschienen von ihr in deutscher Übersetzung *Der gleiche Weg an jedem Tag* (2013) und *Begegnung* (2018).

Die Herausgabe dieses Werks wurde gefördert durch TRADUKI, ein literarisches Netzwerk, dem das Bundesministerium für Europa, Integration und Äußeres der Republik Österreich, das Auswärtige Amt der Bundesrepublik Deutschland, die Schweizer Kulturstiftung Pro Helvetia, KulturKontakt Austria (im Auftrag des Bundeskanzleramts der Republik Österreich), das Goethe-Institut, die Slowenische Buchagentur JAK, das Ministerium für Kultur der Republik Kroatien, das Ressort Kultur der Regierung des Fürstentums Liechtenstein, die Kulturstiftung Liechtenstein, das Ministerium für Kultur der Republik Albanien, das Ministerium für Kultur und Information der Republik Serbien, das Ministerium für Kultur und nationale Identität Rumäniens, das Ministerium für Kultur von Montenegro, das Ministerium für Kultur der Republik Mazedonien, die Leipziger Buchmesse und die S. Fischer Stiftung angehören.

traduki

Dieses Buch wurde von Carolin Rauen, Hamburg,
gestaltet und ausgestattet.
Den Satz übernahm Dörlemann Satz, Lemförde,
mit der Schrift Arnhem.

Die Herstellung betreute Katja Jaeger, Berlin.

Das Memminger MedienCentrum druckte auf 100 g/m² holz- und säurefreies, ungestrichenes Munken Pure. Dieses wurde von Arctic Paper ressourcenschonend hergestellt.
Den Einband besorgte die Verlagsbuchbinderei Conzella in Aschheim-Dornach.

Die Originalausgaben der ANDEREN BIBLIOTHEK sind limitiert und nummeriert.

1.–4.444 2018

Dieses Buch trägt die Nummer:

3444 *

ISBN 978-3-8477-0404-1
AB – DIE ANDERE BIBLIOTHEK GmbH & Co. KG
Berlin 2018

Die Andere Bibliothek